ÓRBITA
DE INVERNO

EVERINA MAXWELL

ÓRBITA DE INVERNO

TRADUÇÃO
Vitor Martins

Copyright © 2021 by Everina Maxwell

Grafia atualizada segundo o Acordo Ortográfico da Língua Portuguesa de 1990, que entrou em vigor no Brasil em 2009.

Título original
Winter's Orbit

Capa e ilustração
Jean-Michel Trauscht

Preparação
Fernanda Cosenza

Revisão
Bonie Santos
Natália Mori Marques

Dados Internacionais de Catalogação na Publicação (CIP)
(Câmara Brasileira do Livro, SP, Brasil)

Maxwell, Everina
    Órbita de inverno / Everina Maxwell ; tradução
Vitor Martins. — 1ª ed. — Rio de Janeiro : Suma, 2022.

    Título original: Winter's Orbit.
    ISBN 978-85-5651-135-5

    1. Ficção inglesa I. Título.

21-89572	CDD-823

Índice para catálogo sistemático:
1. Ficção : Literatura inglesa   823

Eliete Marques da Silva – Bibliotecária – CRB-8/9380

[2022]
Todos os direitos desta edição reservados à
EDITORA SCHWARCZ S.A.
Praça Floriano, 19, sala 3001 — Cinelândia
20031-050 — Rio de Janeiro — RJ
Telefone: (21) 3993-7510
www.companhiadasletras.com.br
www.blogdacompanhia.com.br
facebook.com/editorasuma
instagram.com/editorasuma
twitter.com/editorasuma

Para Em
Este livro não existiria se não fosse por você

1

— Bom, *alguém* tem que se casar com o homem — disse a Imperadora.

Ela estava sentada na sala de recepção, severa e ameaçadora com sua túnica de gola alta, no coração do labirinto que se espalhava pelo Palácio Imperial. As janelas em arco da torre eram otimizadas para ampliar a fraca luz outonal de Iskan v; os raios quentes que iluminavam o semblante imperial enrugado deveriam suavizá-lo, mas até a luz solar já havia se dado por vencida.

À frente dela, em um uniforme formal um pouco amarrotado, Kiem — príncipe real de Iskat e neto preterido da Imperadora — permanecia silenciosamente atordoado. Era raro ser convocado para uma audiência imperial, a não ser quando fazia algo muito insensato, então, quando a assistente da Imperadora o chamou, ele vasculhou o cérebro em busca de um motivo, mas não conseguiu achar nada. Chegou a pensar se não seria por causa da delegação galáctica que havia chegado no dia anterior e agitado o palácio. Kiem não levava muito jeito para política; talvez a Imperadora quisesse alertá-lo para que ficasse fora do caminho.

Aquilo era o oposto de ficar fora do caminho. Kiem havia se preparado para uma bronca, não para sair da sala noivo de um diplomata vassalo que ele nem conhecia.

Abriu a boca para dizer *Não vejo motivos para alguém ter que se casar com ele*, mas sabendo que era melhor não contradizer a Imperadora, calou-se. Era assim que ele se metia em confusão. Melhor refrasear.

— Vossa majestade, só se passou um mês desde a morte do príncipe Taam.

As palavras pareceram horríveis no momento em que saíram de sua boca. Taam e Kiem eram primos, afinal, e a família imperial ainda estava tecnicamente de luto. Kiem ficara em choque, é claro, ao saber do acidente de mosqueiro, mas até onde lhe constava, havia mais de quarenta parentes à frente dele na linha de sucessão, em sua maioria primos, e ele não conhecia Taam tão bem assim.

O olhar da Imperadora foi fulminante.

— Você acha que eu não sei disso? — Ela tamborilou os dedos na superfície envernizada da mesa ao seu lado, provavelmente dando a ele uma segunda chance para se lembrar dos bons modos. Kiem estava perturbado demais para aproveitar a oportunidade. — O tratado de Thea precisa ser firmado — continuou ela. — Estamos correndo contra o tempo.

— Mas... — rebateu Kiem. Buscava um argumento enquanto seu olhar seguia o movimento dos dedos dela. A mesa baixa estava lotada de presentes oficiais, a maioria de planetas vassalos: pratos de cristal, uma tigela de musgos raros, um relógio dourado horroroso do Parlamento de Iskat. Entre eles, sob uma redoma de vidro, um pequeno fragmento galáctico brilhava com suavidade. Era de uma cor que os olhos de Kiem não conseguiam processar, como um caco de vidro de outra dimensão. A mera presença do fragmento no salão causava desconforto ao cérebro de Kiem. Forçou-se a desviar o olhar, mas infelizmente isso significava encarar a Imperadora.

Ele tentou mais uma vez.

— Mas, vossa majestade, casar com o *parceiro* de Taam...

Ele tinha apenas uma vaga noção de quem se tratava. O príncipe Taam e o conde Jainan, representante de Thea, costumavam ser um dos casais mais intimidadores e elegantes da família real, como se tivessem sido fabricados em um sintetizador por ordem da Imperadora. Iskat firmava seus tratados por meio do casamento — sempre fora assim, desde a chegada dos primeiros colonizadores ao planeta —, e um dos motivos tácitos para a manutenção de tantos membros da realeza menor em Iskat era que sempre houvesse um representante na manga quando necessário. Kiem não tinha nada que o desqualificasse: não tinha filhos, não era muito religioso, não se opunha à monogamia, não preferia exclusivamente um gênero e não estava vergonhosamente enrolado com outra pessoa. Mas aquilo não significava que poderia substituir Taam, parceiro de Jainan por cinco anos.

— Senhora, tenho certeza de que a situação pede alguém mais... — *digno* — ... adequado. A princesa Vaile, quem sabe. Ou talvez ninguém? Sinto muito, mas não entendo por que precisamos encontrar outro parceiro pra ele.

A Imperadora analisou Kiem como se acometida pela lembrança dolorosa das diferenças entre ele e o príncipe Taam.

— Então você não está atento à nossa situação política.

Kiem esfregou a testa sem perceber. O ar nos aposentos da Imperadora sempre parecia seco e quente demais.

— Sinto muito.

— Claro que não sente. Vejo que você andou bebendo na noite de ontem. No carnaval?

— Não, eu... — Kiem percebeu que soava defensivo e parou. Fazia tempo desde a última vez que bebera até cair, mas as interações entre ele e a Imperadora pelo jeito já estavam definidas desde os tempos de escola, quando toda convocação significava represália imperial por causa de um escândalo recente qualquer. — Só dei uma passada durante a tarde.

A Imperadora observou as imagens passando na pasta de imprensa sobre a mesa.

— A assessoria de imprensa diz que você se fantasiou de *troll*, foi atrás de um bloco de carnaval e caiu dentro de um córrego durante o desfile.

— Era coisa de criança — disse Kiem. Ele até teria entrado em pânico tentando explicar as fotos que saíram na imprensa, mas já tinha gastado toda a cota de pânico no noivado relâmpago com um estranho. — O *troll* do bloco desistiu em cima da hora. E o córrego foi um acidente. Vossa majestade, e-eu... — Ele olhava em volta desesperado — ... sou novo demais pra me casar.

— Você já tem lá seus vinte e poucos — rebateu a Imperadora. — Não seja ridículo. — Ela se levantou com a delicadeza comedida de alguém que recebe tratamentos rejuvenescedores com frequência e caminhou até a janela da torre. Kiem se levantou automaticamente junto com ela, mas não havia nada a fazer, então juntou as mãos atrás do corpo. — O que você sabe a respeito de Thea?

O cérebro de Kiem rodopiava em busca de alguns fatos relevantes. Iskat governava sete planetas. Era um império livre e federado; Iskat não interferia nos assuntos internos dos vassalos e, em troca, os vassalos mantinham as rotas comerciais em perfeito funcionamento e pagavam seus impostos. Thea era a menor e mais recente adição. Fora absorvido em paz — o que não se podia dizer de todos os planetas do Império —, mas aquilo acontecera havia uma geração. Não costumava render manchetes, e Kiem nunca prestava muita atenção em política.

— O planeta tem... um litoral bem bacana? — disse Kiem. Ele só conseguia se lembrar de algumas imagens turísticas, com florestas e colinas ensolaradas que davam em um oceano azul-cobalto, vistas em um documentário já esquecido, e um trecho de uma música chiclete cantada por uma banda theana. — Eu, hm, conheço um pouco da — a Imperadora não escutava grupos musicais — cultura popular?

Até ele se encolheu ao ouvir as próprias palavras. Aquilo não era o suficiente para estabelecer um relacionamento.

A Imperadora o examinou como se tentasse entender por que os genes dos pais dele tinham produzido algo tão inferior à soma dos dois lados. Ela desviou o olhar para a vista exterior outra vez.

— Venha cá.

Kiem foi até a janela, obediente. Abaixo da torre, a cidade de Arlusk se espalhava sob um céu carregado de neve, pálida mesmo através do vidro que otimizava a luz. Os grandes edifícios estatais se projetavam pela cidade como veias de mármore saltando de uma pedra, duzentos anos mais velhos que qualquer coisa naquele setor, com uma mistura de quarteirões residenciais mais recentes aninhados ao redor. A primeira neve de verdade daquele longo inverno caíra no dia anterior. Já estava virando lama nas ruas.

A Imperadora ignorou tudo aquilo. Seu olhar estava fixo na parte mais distante da cidade, onde o porto espacial se espalhava montanha abaixo como um formigueiro. Clarões prateados de transportadores passeavam nas alturas, enquanto naves ancoradas se agrupavam na baía gigantesca escavada na encosta da montanha. Kiem conhecera a agitação do trânsito espacial local durante toda a vida. Como a maioria dos iskateanos, ele nunca fizera a jornada de um ano até o distante elo galáctico — o portão para a galáxia vasta —, mas os planetas vassalos do Império eram muito mais próximos, então as naves viajavam entre eles e Iskat o tempo todo.

Uma nave flutuando sem suporte ao lado de uma torre de serviço causou dor de cabeça imediata em Kiem. A superfície preta e fosca sugava todos os reflexos e emitia brilhos ondulantes que não tinham nada a ver com o ângulo da luz solar. Kiem apertou os olhos para absorver todo o tamanho da nave. Um veículo grande daquele não deveria ter permissão para flutuar em gravidade planetária. Não se parecia em nada com o fragmento sobre a mesa da Imperadora, mas com certeza era um troço esquisito que não respeitava as leis da física. Ele decidiu arriscar.

— Os galácticos?

— Você não lê nada além dos tabloides? — disse a Imperadora. A pergunta parecia retórica. — Aquela nave pertence à Resolução. Apesar do tamanho francamente absurdo, ela contém um Auditor e três membros administrativos. Ao que tudo indica, ela pode saltar entre elos usando o próprio poder e é impenetrável por scanners de massa. O Auditor que, devo admitir, me deixa pessoalmente perturbada ao extremo está aqui para os trâmites legais de renovação do tratado entre o Império e a Resolução. Até você deveria saber uma coisa dessas. Me diz que você sabe o que é a Resolução.

Kiem se segurou para não dizer que não morava debaixo de uma pedra, mesmo que Iskat estivesse a um ano de distância de qualquer outro setor.

— Sim, senhora. É o que governa o restante das galáxias.

— Não é, não — rebateu a Imperadora em um tom afiado. — A Resolução nada mais é que um acordo entre os detentores de poder. Ela comanda a rede de elos. Iskat e nossos vassalos assinamos nossos próprios termos de Resolução, assim como outros impérios e os poderes galácticos. Desde que tudo esteja sendo cumprido, podemos realizar trocas através do nosso elo, manter os assuntos internos privados e ter a certeza de que nenhum invasor usará o elo pra nos atacar. Nossa data para a assinatura do tratado, o Dia da Unificação, é em pouco menos de um mês. Se tudo der certo, o Auditor vai olhar nossa proposta, coletar os fragmentos pelos quais a Resolução é tão obcecada, testemunhar a assinatura do tratado e *partir*.

Kiem piscou, afastando os olhos da nave deslumbrante da Resolução, e olhou para a Imperadora. A mão nodosa dela tocou brevemente o pingente de pedra ao redor do pescoço, em um gesto que parecia revelar seu estresse. Kiem não conseguia se lembrar de um tempo em que o cabelo dela não fosse todo branco, mas ela nunca parecia envelhecer. Só ficava mais magra e mais resistente. Kiem percebeu que ela estava com medo. Foi tomado por um calafrio repentino; ele nunca a vira com medo.

— Entendi — disse ele. — Ficar de boa com a Resolução. Dar um tratamento VIP pro Auditor, mostrar o que ele quer ver e mandá-lo embora de novo. — Ele insistiu pela última vez. — Mas o que isso tem a ver comigo e os theanos? Com certeza um casamento é a última coisa com a qual você gostaria de se preocupar agora.

Aquilo foi a coisa errada a se dizer. A Imperadora lançou um olhar penetrante e implacável para ele, deu as costas para a janela e caminhou com rigidez de volta para a cadeira. Alisou a túnica antiquada enquanto se sentava.

— É inevitável — disse ela — que numa família grande como a nossa existam algumas pessoas mais capazes de lidar com as próprias responsabilidades do que outras. Levando em conta as conquistas da sua mãe, eu tinha altas expectativas pra você.

Kiem se encolheu. Ele conhecia aquele sermão; a última vez que o ouvira tinha sido depois do acidente na universidade, momentos antes de ser exilado para um monastério por um mês.

— Peço perdão, senhora. — Ele conseguiu ficar quieto por um milésimo de segundo antes de continuar. — Mas ainda não entendi. Sei que os tratados são importantes. Mas o homem que Thea enviou, Jainan, já se casou com o príncipe Taam. O fato de Taam ter morrido não significa que o casamento não aconteceu.

— Nosso tratado com a Resolução é sustentado pelos tratados com os nossos vassalos — explicou a Imperadora. — Eles formalizam nosso direito de falar em nome do Império. O Auditor vai checar se todas as legalidades estão em ordem. Se ele descobrir que um dos nossos elos matrimoniais está quebrado, decretará a *invalidade* do tratado.

Kiem era novo demais para se lembrar da última renovação do tratado galáctico, e nunca se preocupara em aprender mais sobre a Resolução, mas até ele sentia o horror iminente pela probabilidade de um Auditor examinar com minúcia o que estava sob sua responsabilidade. Os Auditores eram meticulosos na busca por erros e irritantemente desapegados de preocupações humanas. Ele engoliu em seco.

— Sim, senhora.

— Você não precisa ser astuto ou politizado — disse a Imperadora, voltando para o tom de voz normal. — Só precisa ficar parado no lugar certo, dizer algumas palavras e não ofender toda a imprensa theana. Recentemente, Thea tem passado por algumas dificuldades internas envolvendo protestos e estudantes radicais; nossa ligação política não está tão forte quanto gostaríamos. Um novo casamento vai ajudar a baixar a poeira.

— O que isso significa? — perguntou Kiem.

A Imperadora franziu os lábios.

— Que eles estão teimando com tudo que pedimos. Nossas minas em área theana são o que nos abastece com minerais valiosos, e os theanos têm encontrado cada vez mais formas de reclamar. No momento, tenho um membro do conselho me recomendando desistir e transformar Thea em território especial.

— Você não faria isso — disse Kiem, em choque. Iskat só instauraria um modelo de governo especial se o planeta em questão fosse bárbaro demais para se autogerir. Sefala era o único território especial no Império, e só porque era dominado por gangues de corsários. — Thea tem um governo próprio.

— Espero não ter que fazer isso — revelou a Imperadora, incerta. — Não tenho estômago pra mais uma guerra e esse seria o pior momento possível. É por isso que você assinará o contrato matrimonial com o conde Jainan amanhã.

Pela primeira vez desde que podia se lembrar, Kiem estava totalmente sem palavras.

— Não haverá nenhuma complicação legal — continuou a Imperadora. — Você já tem idade e está próximo o suficiente do trono. Ele vai...

— *Amanhã?* — soltou Kiem. Ele se jogou na desconfortável cadeira dourada. — Pensei que você estava sugerindo daqui a alguns meses. O homem acabou de perder o parceiro.

— Não seja inocente — rebateu a Imperadora. — Todo o pouco tempo que temos é precioso antes da assinatura do tratado no Dia da Unificação. Até lá, tudo precisa estar indiscutivelmente resolvido. Além do mais, o combinado é revezar os planetas onde a cerimônia acontece. Há vinte anos foi Eisafan, agora é a vez de Thea. Os theanos radicais não entendem o conceito de estabilidade. Se perceberem qualquer fraqueza, podemos esperar que eles usem a ocasião como ponto focal para manifestações de rebeldia. O Auditor pode acabar concluindo que Iskat não tem o controle necessário sobre o restante do Império pra manter a validade do tratado com a Resolução. Precisamos de um casal de representantes pra evitar isso, sem nenhum problema visível, sorrindo pras câmeras. Você é bom em parecer confiante nas fotos. Isso não excederá suas habilidades.

Kiem cerrou os punhos, olhando para o chão.

— Em uns dois meses, sem dúvida — disse ele. As rugas ao redor dos olhos da Imperadora começaram a ficar mais fundas; ela nunca reagia bem a súplicas. Apesar de todo o esforço de Kiem para permanecer sóbrio, ele nunca conseguia se manter firme diante dela. Tentou pela última vez. — Diga ao Auditor que estamos noivos. Não podemos simplesmente forçar o conde Jainan a aceitar uma coisa dessas.

— Chega de rodeios! — comandou a Imperadora. Ela voltou à sua mesa, apoiou as mãos e se inclinou para a frente. Ainda que fosse idosa e lenta, seu olhar perfurava as partes frágeis dos receptores de medo em Kiem como um anzol de pesca. — Você prefere que eu quebre o tratado. Prefere destruir nossa ligação com a Resolução, nos excluindo do restante do universo. Tudo porque *você* não se importa com as suas obrigações.

— Não — respondeu Kiem, mas a Imperadora ainda não havia terminado.

— Jainan já concordou. E uma coisa eu posso dizer sobre Thea: a nobreza de lá sabe cumprir com os próprios deveres. Você vai nos desonrar diante deles?

Kiem nem tentou manter o contato visual. Se ela decidisse transformar aquilo em uma ordem imperial, ele poderia ser preso por desobediência.

— Claro que não — disse ele. — Fico muito feliz em... em... — Ele gaguejou até parar. *Em me casar à força com alguém que acabou de perder o parceiro. Que ideia ótima. Viva o Império.*

A Imperadora o observava de perto.

— Em garantir que Thea saiba que ainda está ligada a nós — completou ela.

— É claro — concluiu Kiem.

Uma nuvem fina de fumaça saía da cúpula no santuário do palácio. O ar do lado de fora estava frio e com um cheiro leve de incenso. Jainan nav Adessari dos Feria — recentemente enlutado e, agora, recém-prometido — estava no topo de uma escada de pedra, observando os jardins com um toque de gelo no Palácio Imperial de Iskat, e se forçou a manter o foco. Ainda tinha deveres a cumprir.

As linhas simples e elegantes do jardim estavam mais acentuadas com a chegada da neve, e todas as plantas vivas tinham sido aparadas ou enterradas para a primavera. Os caminhos de pedras pálidas e as paredes sinuosas de mármore o envolviam como restos silenciosos de uma criatura pré-histórica, como um amontoado de ossos alvejados que se fundiam com a colina abaixo. Cada um dos caminhos começava e terminava com o emblema de Iskat entalhado em pedra no chão: a linha curva no formato da Colina Duradoura.

Jainan não conseguia aproveitar os jardins como deveria, sequer os enxergava direito. A mente estava enevoada desde a morte de Taam. Ele andava metodicamente de um lado ao outro da escada para se manter aquecido.

Sentia-se vazio. A responsabilidade de selar o tratado entre Iskat e Thea sempre pesara sobre seus ombros, mas agora o peso tinha se espalhado pelas costas até o fundo do estômago. Ele e Taam eram símbolos da relação entre os dois poderes. Jainan se sentira honrado por ter sido escolhido para aquela missão, mesmo que tudo não passasse de uma grande cerimônia: ele não era um embaixador nem um negociador e não deveria se envolver na política. Mas sempre soubera, durante cinco anos, que uma hora ou outra estaria diante de um Auditor da Resolução para renovar o tratado de Thea e fazer sua parte para manter o elo galáctico firme e o setor, protegido. Mas agora tudo aquilo estava ameaçado.

Durante a semana anterior, se tornara cada vez mais difícil manter a concentração à medida que o escritório privado da Imperadora começava os preparativos para substituir Taam. Jainan colocara seu selo nos formulários de autorização — deixar Thea sem uma dupla no tratado estava fora de cogitação —, mas eles ainda não haviam confirmado seu parceiro iskateano. Poderia ser qualquer um entre as dezenas de membros da realeza menor. Jainan não estava familiarizado o bastante com os primos de Taam para avaliar as possibilidades. A incerteza era como uma teia de aranha sobre seu rosto; ele precisava afastá-la o tempo todo para conseguir pensar em qualquer outra coisa.

Tinha que permanecer focado. Um grupo de moradores do palácio apareceu do outro lado do jardim, se apressando para o santuário onde aconteceria o último funeral de Taam, curvados contra o frio. Jainan analisou os rostos, mas nenhum deles lhe era familiar. Ele também deveria comparecer à cerimônia, embora só tivesse recebido o convite no dia anterior. O atraso era compreensível; todos os iskateanos com quem ele havia conversado estavam ocupados com a visita da Resolução e tinham coisas mais importantes para resolver. O próprio Jainan não vira o Auditor ainda. Fora orientado a evitar os visitantes da Resolução até que o novo casamento estivesse formalizado e, junto com seu parceiro de Iskat, ele pudesse falar em nome do tratado. Jainan sabia a importância de uma frente unificada.

Pelo menos a espera compensou: um elemento vestindo um uniforme de general apareceu no longo caminho de pedrinhas que levava ao quartel militar e aos dormitórios do exército, seguido por outros dois oficiais. Jainan respirou fundo e apertou o passo para alcançá-lo.

Taam era — tinha sido — coronel no exército de Iskat. Após o acidente de mosqueiro, os antigos comandantes de Taam assumiram o controle e orientaram Jainan durante todos os procedimentos funerários: fique aqui, compareça a tal cerimônia, não fale com a imprensa. Jainan obedecia como um homem em transe. Não cabia a ele contrariar os oficiais superiores do exército do Império.

— General Fenrik — disse Jainan, parando no meio do caminho. — Será que eu poderia... — Ele precisou pensar um pouco. *Tomar um minuto do seu tempo* soava presunçoso — ... fazer uma pergunta?

O general Fenrik era um homem severo de ombros largos, de cabelo branco raspado, bengala e o ar sensato de quem comandara a força militar do Império por quarenta anos. Um botão polido de madeira no peito mostrava a versão antiga do emblema imperial. Seu olhar atravessou Jainan sem parecer reconhecê-lo.

— Sim? O que foi? Seja breve.

Uma das oficiais do escalão mais baixo surgiu detrás do general, sussurrando--lhe o nome do interlocutor. Jainan conhecia os oficiais que tinham trabalhado com Taam: aquela ali, com um broche de sílex preso de forma impecável no colarinho e um rabo de cavalo firme puxado para trás, era a coronel Lunver, que assumira as funções militares de Taam. Tinha pouca paciência para civis e menos ainda para planetas vassalos.

O sussurro pareceu refrescar a memória de Fenrik.

— Ah! O parceiro de Taam. O que você quer?

— Sobre a cerimônia — disse Jainan. A boca estava seca. Ele não poderia se dar ao luxo de causar problemas, mas ainda tinha outras tarefas além das que envolviam Iskat. — O príncipe Taam teve alguns ritos de Iskat. Mas há também alguns rituais dos clãs theanos...

— Rituais theanos? — O general Fenrik arqueou as sobrancelhas. Ele não precisava dizer que *Taam era iskateano* ou que *a família imperial precisa seguir as tradições do Império*; os dois já sabiam disso.

— Prometo que não será nada intrusivo — explicou Jainan, tentando recuperar a atenção do general. Ele deveria ter pensado em uma abordagem mais delicada, mas não tivera tempo. — O novo embaixador theano estará presente e a imprensa theana vai ficar atenta ao que acontecer na cerimônia.

— Do que você precisa? — perguntou o terceiro oficial, jogando a pergunta com habilidade enquanto Fenrik franzia o cenho. Jainan também o conhecia: Aren Saffer, o antigo subordinado de Taam, alegre e desprendido. O tom de Aren era quase de pena, o que causou arrepios de vergonha na nuca de Jainan. Mas ele já estava entorpecido demais para deixar que aquilo o impedisse.

Jainan calculou rapidamente o nível mínimo de formalidade no ritual para evitar a hostilidade na mídia theana.

— Se eu pudesse ter apenas cinco minutos para uma declamação durante a cerimônia... Seria mais apropriado durante a exibição de imagens no funeral.

— Por que você não resolveu isso com o comitê de organização? — questionou Fenrik.

— Eles não foram muito... prestativos — respondeu Jainan. O comitê do santuário havia se recusado a mudar a cerimônia, o que Jainan compreendia, já que aquele era um pedido de última hora. O general Fenrik era seu último recurso.

O general o examinou, como se suspeitasse de algum tipo de manobra política. Jainan se manteve firme. Cinco minutos não seriam o suficiente para uma declamação de clã, mas dava para ver que até aquilo já forçava a barra.

Mesmo assim, Fenrik aparentemente decidiu que cinco minutos eram um pequeno preço a se pagar para dar fim à petição de Jainan.

— Cuide disso — disse Fenrik para a coronel Lunver, que engoliu o que estava prestes a dizer e bateu continência. Fenrik assentiu para Jainan da forma mais breve possível e seguiu em frente, determinado a não perder mais tempo com tudo aquilo. Os dois oficiais esboçaram uma reverência a Jainan e seguiram o general.

Jainan deu um passo atrás para deixar os três passarem. Deveria estar aliviado, mas só conseguia sentir o calafrio na nuca e um pavor distante da cerimônia em si. Ele não tinha espaço para ceder àqueles sentimentos.

Depois de esperar um instante, caminhou atrás dos oficiais, mantendo distância da multidão que se reunia para o evento. Não seria capaz de encarar condolências. Enquanto se aproximava dos portões frontais, ele conseguia ver a cidade de Arlusk ao pé da colina e uma fila de naves chegando ao palácio, esperando para desembarcar os visitantes. A cúpula baixa do santuário se estendia à sua direita. A imprensa recebera permissão para se posicionar até o limite das portas: meia dúzia de câmeras aéreas circulavam a cúpula de mármore, fotografando os convidados. Não tinha como evitá-las. Jainan se certificou de que sua expressão estava neutra.

Dentro do santuário, o cheiro de incenso pesava o ar sob a alta rotunda de pedra. Ao menos o espaço abaixo da cúpula estava livre de câmeras aéreas. Os espectadores se espremiam ao redor para preencher os assentos que circulavam as bordas do altar; um brilho uniforme vinha das fileiras com oficiais militares condecorados, contrastando com os civis em roupas sóbrias de cores leves.

Uma fileira de assentos estava reservada para os doze representantes do tratado. A representante de Eisafan estava luxuosa como sempre, envolta em uma capa extravagante em tons de bronze e creme, com seu parceiro real ao lado e um bando de funcionários postados atrás. O cabelo dela estava trançado através de dois anéis pesados de sílex — uma forma galáctica ostensiva de mostrar seu gênero. Os delegados de Rtul e Tan-Sashn, assim como Jainan, escolheram se vestir com os tons de cinza que representavam o luto em Iskat; eles pareciam sérios e implacáveis. Os dois assentos de Sefala estavam ocupados por iskateanos. Quem representava Kaan sequer tinha aparecido. Jainan sentia uma admiração distante por aquela habilidade de descobrir uma rara moléstia kaani toda vez que não queria comparecer a algum evento.

Alguém tocou seu cotovelo.

— Vossa graça?

Jainan puxou o braço e deu um passo para trás. Era um homem jovem, alto e esquelético, vestindo uma túnica ao estilo theano. Jainan levou um momento para se dar conta de que o branco e o azul-marinho formavam uma combinação de cores que ele conhecia: o estilo do clã Esvereni. Aquele devia ser o novo embaixador theano.

— Conde Jainan dos Feria — disse o embaixador, esperando que Jainan assentisse em confirmação. — Meu nome é Suleri nal Ittana, dos Esvereni. Estava torcendo para encontrá-lo aqui.

Jainan fez uma reverência. Ele e Taam deveriam estar acima de toda a política, mas ninguém reclamaria se ele cumprimentasse o embaixador do seu planeta natal.

— Vossa excelência. Parabéns pela nomeação.

O embaixador abriu um sorriso frio e disse:

— Obrigado. Para dizer a verdade, eu estava começando a me preocupar. Convidei-o para a embaixada diversas vezes nos últimos dias, mas vossa graça não respondeu.

Jainan respirou fundo. Foi necessário muito tempo até Iskat aceitar a nomeação de um novo embaixador, precisamente porque o último havia tentado interferir demais nos assuntos do palácio. Convidar Jainan para a embaixada antes mesmo que ele estivesse casado com seu próximo parceiro iskateano poderia dar a entender que Thea pretendia começar tudo de novo. Aquele esvereno parecia ter sido treinado, mas o povo Esvereni não era conhecido pelo tato nem pela parcimônia política... Jainan se deu conta do padrão antigo de pensamento e mandou-o para longe. Preconceitos entre clãs de Thea não tinham relevância alguma em Iskat.

— Peço perdão. Eu estava muito ocupado com os deveres religiosos.

O sorriso murchou.

— Sinto muito que esteja tão ocupado, vossa graça. Infelizmente, como a Resolução está aqui para as cerimônias do tratado, tenho mais coisas a lhe pedir. Preciso saber se participará ao menos da entrega dos fragmentos. Ninguém da minha equipe tem autorização para interagir com o Auditor.

Jainan hesitou, a sensação terrivelmente familiar de uma corda escorregando pelas mãos. Ele sabia que antes da renovação do tratado havia uma série de cerimônias da Resolução. Em uma delas, cada planeta deveria entregar todos os fragmentos estrangeiros encontrados nos últimos vinte anos, descobertos no lixo espacial, em locais de escavação ou entre o entulho de terraformação. Thea havia encontrado alguns fragmentos pequenos que seriam entregues à Resolução.

Jainan faria sua parte, é claro, mas o novo parceiro teria que concordar. Ele deu um passo para o lado, deixando um grupo de servos civis tomarem seus lugares.

— Sim, embora eu ainda esteja aguardando o itinerário...

— É claro — interrompeu o embaixador Suleri. — Eu não lhe pediria pra fazer nada sem a aprovação de Iskat.

Jainan fechou os olhos por um breve momento e sentiu o lampejo de algo cruel. Um embaixador novo e inexperiente de um clã rival seria mais um problema com que lidar, mais um fator caótico naquela equação. Suleri não sabia como era fácil arruinar o equilíbrio das relações.

— Vou lhe enviar meus horários assim que possível — disse Jainan. — Prometo. O casamento é amanhã. Depois disso terei mais informações.

Ele viu certa surpresa na expressão de Suleri ao ouvir *amanhã*, mas Jainan estava cansado demais para interpretá-la. Suleri suavizou o semblante e fez uma reverência.

— Amanhã, então. Aguardo sua mensagem.

Jainan se virou como se tivesse acabado de cruzar um campo minado. Tomou seu assento momentos antes do início da cerimônia.

Enquanto um grupo de padres entrava em fila, a representante de Eisafan se inclinou em direção a ele.

— Seu novo embaixador parece ter tido dificuldade pra conseguir um convite — murmurou ela sob a leva seguinte de cânticos. — Minha equipe teve que ajudá-lo. Você teve algum problema?

Jainan manteve o olhar virado para a frente.

— Os convites foram enviados tarde — disse ele. Em geral, era Taam que lidava com os outros representantes do tratado. Jainan ainda sentia isso pela maneira como a representante de Eisafan olhara a cadeira vazia ao seu lado antes de continuar a falar. — Obrigado pela ajuda.

— O prazer é nosso — disse ela, recostando-se na cadeira. Eisafan era o planeta exemplar do Império: mais rico e mais populoso a cada ano, integrado com Iskat em todos os níveis. O embaixador de Eisafan não teria dificuldade alguma em ser convidado para qualquer evento.

Jainan se forçou a prestar atenção no restante do ritual. O memorial de um mês era uma cerimônia formal de Iskat, e o estilo do evento era ditado pela seita religiosa de Taam. Tecnicamente, era uma seita diferente da de Jainan, mas na verdade Taam só havia se juntado a uma porque o exército esperava isso, e nem ele nem Jainan davam muita atenção às cerimônias para além dos feriados importantes.

Jainan suspirou enquanto o canto ficava mais alto. Aquele era o sexto funeral em um mês. Ele mal se lembrava dos detalhes dos eventos anteriores — tudo se misturava em uma longa fileira de padres e soldados com expressão de luto, observando enquanto Jainan lutava para se lembrar da sua parte em rituais que nunca frequentara.

Ao menos ele já estava acostumado. Levantou-se quando um dos padres acenou e caminhou com firmeza até o círculo de mesas com oferendas, lotadas de fotos de Taam em molduras cinza. A rotunda ficou em silêncio. A imprensa não tinha permissão para entrar antes do fim.

Jainan acendeu um pavio em espiral dentro de um recipiente, e uma nuvem fina de fumaça subiu, adicionando mais névoa à redoma. Ele deveria sentir alguma coisa, mas estava apático; a apatia tinha a frieza e o peso de uma piscina de água congelada. Ele permaneceu de pé com o acendedor nas mãos e observou a trilha de fumaça rodopiar para o alto. À sua frente, um sacerdote sussurrava uma reza que Jainan não tinha permissão para ouvir. O rosto de Taam o encarava de todos os ângulos — insípido, sem vida, nem de longe como Jainan o conhecera —, mas o espaço crescente acima era vazio e calmo.

Era hora de começar a declamação. Jainan percebeu de repente que não tinha se certificado de que Lunver avisara aos padres. Ela devia estar sentada na fileira da frente com o general Fenrik, mas ele não podia se virar e olhar para ela, e se os padres não estivessem esperando por aquilo, as coisas ficariam bem constrangedoras. Mas, ao se casar com ele, Taam havia entrado para o clã Feria, a despeito de quão insignificante isso pudesse ser para os iskateanos, e Jainan sentia no fundo do peito que seria errado não dizer algumas palavras. Ele fechou os olhos e falou.

Era um canto antigo e simples: uma lista dos nomes importantes do clã Feria pelas últimas gerações, cada sílaba deslizando como um fio sendo puxado de uma tapeçaria. Os primeiros nomes aterrissaram no mais puro silêncio. Jainan precisou pigarrear diversas vezes enquanto recitava. E mesmo depois disso, para sua irritação, a voz ainda saía baixa e rouca. Fazia tempo desde a última vez que falara em público. Ele vislumbrou uma sacerdotisa que recolhia as fotos de Taam ficar imóvel de repente — ela tinha sido avisada sobre aquilo? Jainan estava arruinando a cerimônia? Ele sentiu pontadas de vergonha nas têmporas, mas não podia parar na metade.

Por fim, conseguiu concluir. Os últimos nomes — os pais de Jainan — mergulharam no silêncio. Ele ouviu os ecos morrerem à distância. Sua mente ficou vazia de alívio; não conseguia lembrar o que deveria fazer em seguida. Seguiu-se uma pausa desconfortável. O sacerdote à sua frente tossiu.

A pressão embrulhou o peito de Jainan como uma armadura. As cerimônias religiosas de Iskat sempre corriam suavemente, sem pausas. Os espectadores achariam que ele estava desmoronando. Com pressa, olhou para baixo e se lembrou do que deveria fazer; pegou um pedaço de carvão ao lado do incensário e rabiscou uma linha na mesa, na frente de cada uma das fotos emolduradas. A imagem de Taam o encarava com calma, alheia aos erros de Jainan.

— Obrigado, vossa graça — disse o sacerdote. Jainan tentou ignorar o tom de censura. — Por gentileza, pode se sentar.

Jainan deu as costas para a mesa central. Precisava se recompor. Não podia deixar o palácio todo achar que estava arrasado.

Antes que ele pudesse dizer a bênção final e sair dali, ouviu-se uma perturbação abafada às portas do santuário. Abriram meia-porta, deixando entrar um feixe de luz pálida e um pequeno grupo de pessoas. Jainan gelou; a imprensa não deveria ser autorizada a entrar ainda. Ele tinha atrasado o cronograma da cerimônia.

Mas aquelas pessoas não eram repórteres. Duas delas usavam roupas de corte peculiar e colarinho largo e dobrado, vestimentas típicas da galáxia distante. E tinham um brilho cintilante em frente ao olho esquerdo, como se a luz estivesse desviando de um obstáculo.

A terceira devia ser o Auditor.

O Auditor estava vestido da mesma forma despretensiosa que os dois membros de sua equipe — de onde estava, Jainan não conseguia enxergar nenhum ornamento, porém sabia o gênero dele por causa dos relatórios —, mas a coisa mais surpreendente era o semicírculo de iluminação suave que cobria seus olhos e boa parte do rosto. Envolvia a testa e os olhos dele como uma armadura, numa cor que os receptores visuais de Jainan se recusavam a processar. Jainan pensou ter visto feições humanas através dela, mas não identificou muito bem; a luz lhe causava náuseas.

Jainan não conseguia imaginar por que o Auditor apareceria em uma cerimônia religiosa que não tinha relação alguma com política. Mas não parecia estar ali para fazer uma cena; sentou-se nos fundos, indiferente, com o ar de um antropólogo fazendo observações. Ao se sentar, ele se movia feito uma pessoa, e a cabeça virava sobre o pescoço como a de uma pessoa, embora o rosto fosse de uma impassividade inquietante. Jainan levou um segundo para perceber que o Auditor estava olhando para ele.

Jainan já estava acostumado com os picos de pânico. Sabia que seu rosto não o denunciava. Era uma pena que o Auditor tivesse aparecido justo quando um dos representantes do tratado estava paralisado depois de arruinar uma cerimônia iskateana ao insistir em costumes theanos, mas não chegava a ser um desastre. Eles teriam a chance de mostrar uma imagem melhor de união mais tarde, quando o novo parceiro de Jainan fosse escolhido. Ele tentou não pensar no que seu parceiro acharia dos acontecimentos daquela manhã.

Retornou às obrigações que o aguardavam. Virou-se para as mesas de ofe-rendas com um controle deliberado de cada movimento, recitou a bênção final da seita iskateana de Taam e curvou a cabeça da forma correta antes de se virar. Não conseguia pensar no futuro; era um vazio assustador; mas se pudesse ao menos controlar o presente, faria o melhor que pudesse. Thea não suportaria um erro dele. Quem quer que fosse seu parceiro, entenderia que a necessidade de manter o tratado estável deveria estar acima de todo o resto.

2

Que inferno. Que. *Inferno*. Kiem conseguiu chegar aos seus aposentos antes de cair de cara no sofá. Convocado do nada num dia, casado — *casado!* — até o fim do dia seguinte. Ele se perguntou se o parceiro azarado já havia recebido o cronograma.

Sempre soubera que seu casamento aconteceria em algum momento e que, provavelmente, não seria por amor, mas ainda tinha a vaga ideia de que fugir e se casar em segredo poderia ser divertido. Mesmo nos momentos mais realistas, Kiem imaginava que teria pelo menos alguns meses para ele e o parceiro se conhecerem melhor. Mas convencer um estranho de luto a não ficar ressentido com um casamento forçado e às pressas... Isso exigiria muito mais do que ser convincente. Ele precisaria operar um verdadeiro milagre.

Kiem estaria acorrentado a alguém que odiava tudo a seu respeito, mas ainda seria o *sortudo* da relação. O arranjo era muito pior para o conde Jainan. Não era uma parceria igualitária: como Thea era o parceiro menor na aliança, esperava-se que Jainan adequasse sua vida à de Kiem. E ele provavelmente estava lendo os registros de imprensa naquele momento e desejando que tivesse sido Kiem, e não Taam, no acidente de mosqueiro.

Kiem afundou a cabeça nas almofadas e grunhiu.

— Vossa alteza — disse a assistente na entrada, num leve tom de desaprovação. — O sofá serve pra se sentar, a cama serve pra se deitar, e os bares no porto espacial servem pra seja lá qual for essa combinação profana que você está fazendo agora.

Kiem rolou de barriga para cima e se sentou. Como sempre, Bel parecia um modelo de assistente real, com seu casaco recém-lavado e o cabelo numa composição de tranças impecáveis. Ao assumir o trabalho, Bel havia dito a Kiem que se adaptaria aos costumes de Iskat, e ela não era do tipo que faz as coisas pela metade: indicou seu gênero usando brincos de sílex e prata e até trocou o sotaque de Sefala pelo de Iskat.

A porta aberta atrás de Bel deixava entrar o barulho de passos e conversas ao fundo. Kiem recebera aposentos enormes na ala oeste, junto de dois andares residenciais em uma área reformada do palácio que antes fora um estábulo. Não era uma residência estritamente imperial, mas em momentos como aquele Kiem teria ficado louco no ambiente sussurrado e solene da ala da Imperadora. Pelo menos aquilo era melhor do que ficar se lamentando no silêncio.

— E pra surtos de desespero? — disse ele. — Você tem algum móvel específico pra isso? Coloque aí na lista: providenciar móveis de desespero para a sala de estar. Eu contei que vou me casar?

— Estou ciente — falou Bel. Ela fechou a porta ao entrar, restabelecendo o lacre acústico, e gesticulou com a mão sobre o punho oposto. Sua pulseira de prata respondeu ao gesto e projetou uma tela pequena e brilhante no ar, acima de seu cotovelo. — Fiquei sabendo há vinte minutos.

Desta vez, Kiem reconheceu a desaprovação verdadeira na voz dela.

— Ei! *Eu* só fiquei sabendo há dez minutos. — Ele fez uma careta. — Não acredito que você sabia do meu casamento e não me contou nada.

— Você estava literalmente em um encontro particular com a Imperadora Suprema quando eu soube — rebateu Bel. Ela arrumou uma trança que escapou do penteado rigoroso. Um sinal de que estava abrandando. — Seu prometido é o conde Jainan nav Adessari de Thea, vinte e sete anos, clã Feria. Puxei todos os arquivos sobre ele que consegui encontrar, e você pode acessá-los na primeira pasta da lista quando abrir sua tela.

— Você faz milagres como ninguém — disse Kiem. Ele tirou a mão de baixo de uma almofada e tocou a própria pulseira para ativá-la. O receptor de ouvido soltou um alarme suave, e uma tela iluminada surgiu à sua frente: um quadrado brilhante que flutuava na altura do peito. A tela começou a se encher de texto. — O que eu deveria saber a respeito de Thea? O que *você* sabia sobre Thea antes disso tudo?

Bel parou por uma fração de segundo.

— Não muito — anunciou ela. — Ainda estou lendo algumas coisas. Terraformação de sucesso, muitas zonas agrícolas e mares estáveis. Deve ser legal crescer em um lugar assim, eu acho. Costumava ser um planeta tranquilo, mas tenho visto cada vez mais sobre ele nas notícias. A cultura dos clãs.

— O que os clãs fazem? — perguntou Kiem. — Mantêm todo mundo informado sobre o aniversário da sua tia-avó?

— Eles *governam* — explicou Bel. — Clãs são grupos familiares extensos ligados às prefeituras theanas. Os membros nem precisam ser da mesma família. Feria, por exemplo, é um deles.

— Ah, merda, beleza, essa eu deveria saber. Não tenho a menor ideia de nada disso, Bel. — Kiem passou a mão pelos cabelos distraidamente. — O que eu vou fazer?

— Fico feliz que tenha perguntado — respondeu Bel, com uma voz que significava papelada para Kiem resolver. — Você vai organizar seu cronograma, como eu venho tentando obrigá-lo a fazer a manhã toda.

Kiem jogou as mãos para o alto em rendição.

— Beleza! Cronograma.

A sala principal de Kiem tinha janelas panorâmicas que davam para os jardins do pátio; ele não costumava usar filtros nos vidros, então a luz difusa que atravessava as nuvens do lado de fora era pálida e clara. Com um gesto, Bel transformou uma das janelas em uma parede opaca de exibição. Ela fez o calendário aparecer ali com um movimento rápido dos dedos.

— Você precisa liberar tempo pra ler o contrato antes de assiná-lo amanhã — disse ela. — Vai precisar de outro bloco pras ligações congratulatórias, e a equipe da Imperadora sugeriu que você receba Jainan meia hora antes da cerimônia.

— Sim. Pode deixar. Nós temos bebidas? Providencie as bebidas. Peraí, só vamos ter meia hora?

— Posso cancelar o almoço com o grupo de extensão escolar que você tem antes disso?

— Pode, pelo amor dos céus, pode cancelar *tudo* — pediu Kiem. — O que vão pensar se me virem almoçando por aí quando estou prestes a me casar? A Imperadora vai me esfolar vivo.

— Você tem imunidade imperial — disse Bel num tom seco.

— O *conde Jainan* vai me esfolar vivo — retrucou Kiem. — E com razão. Não é melhor convidá-lo na parte da manhã? Ou hoje à noite?

— Quer que eu pergunte?

Kiem angulou sua tela pessoal e a analisou.

— Não — anunciou ele. — Melhor, não vamos criar nenhuma demanda.

Bel lançou um olhar não muito simpático e foi para o escritório fazer as ligações longe dele, sempre uma entusiasta da etiqueta. Kiem acenou para a tela que flutuava diante dele. A pulseira identificou o movimento e abriu o arquivo de Jainan.

O homem na foto era ligeiramente familiar, um rosto distante nos compromissos imperiais. Sério, com belas feições, a pele escura um tom mais pálida que a de Kiem. Algo em seus olhos profundos e sombrios deixava a fotografia intensa, mas não intimidadora, como se ele tivesse sido flagrado no meio de uma conversa importante. Vestia o uniforme theano formal, que consistia em muito verde e dourado, e o cabelo longo e preto estava preso para trás. Um pingente de madeira estava escondido discretamente na corda que prendia o cabelo, entalhado com algum tipo de símbolo theano que Kiem não reconhecia.

Kiem ficou observando. Era a primeira vez que ele realmente olhava para aquele rosto. *Taam, seu sortudo dos infernos*, ele quase disse em voz alta — mas em algum lugar entre o cérebro e a língua ele conseguiu se censurar, afinal *o que diabos tinha de errado com ele?* Jainan ainda estava de luto. Kiem arrancou os olhos da fotografia e começou a ler o histórico. O casamento de Jainan e Taam tinha durado cinco anos. Ele tinha educação avançada e...

— Um *doutorado* em engenharia do espaço-remoto! — Kiem gritou para Bel no escritório. — Aos vinte e sete anos! Como eu vou conseguir conversar com alguém que tem um cérebro desses?

— Você já pratica comigo. — O tom divertido de Bel flutuou de volta.

— Com você não conta! Seu trabalho é emburrecer as coisas pra que eu possa entender! — Kiem continuou descendo a página. — Aqui diz que ele ganhou um prêmio planetário por um novo método de injeção de combustível quando tinha dezoito anos. Será que ele não pode se casar com você?

— Depende. Você vai conseguir parar de falar por tempo o bastante pra assinar o contrato? — disse Bel com uma pontada de cansaço; ela estava tentando avançar com seu trabalho. Kiem entendeu a indireta, deitou-se novamente no sofá e continuou lendo. A tela iluminada flutuava sobre sua cabeça.

Havia uma lista curta dos artigos publicados por Jainan. Ele não parecia ter feito muita coisa nos últimos anos. Talvez tivesse desenvolvido outros interesses depois de se casar com Taam. Talvez Kiem tivesse mais facilidade para conversar sobre eles. Por exemplo, corridas de carros antigos.

Ainda assim, não parecia provável.

Kiem rolou mais a tela. Não havia uma seção de hobbies. *Por que* não havia uma seção de hobbies? Quem compilou aqueles arquivos e deixou de fora as partes importantes, tipo, sobre o que diabos eles iriam conversar? Kiem fez uma busca rápida no histórico de Jainan, o que acabou sendo um grande erro: todas as informações públicas mostravam o casamento perfeito dele com Taam, de cenas da cerimônia a uma matéria sobre a cabana de inverno dos dois que era deprimente de tão perfeita. Jainan parecia jovem e feliz nos vídeos do noivado, uma diferença gritante da foto mais recente que, conforme Kiem percebera, havia sido tirada após a perda do parceiro. Ele e Taam eram a imagem perfeita para a aliança com Thea. Isso explicava a dor da Imperadora com a perda daquela união.

Kiem deixou a tela desaparecer e encarou o céu através das janelas, observando as nuvens que se moviam sobre as árvores esqueléticas do lado de fora. Jainan não tinha direito imediato a uma acomodação, então ele moraria com Kiem, ao menos até que o departamento imobiliário do palácio encontrasse um lugar maior para os dois. O que poderia levar meses. Eles teriam que dividir os aposentos de Kiem por um tempo. Jainan provavelmente gostaria de ter o próprio espaço para fugir de Kiem. Eles precisariam decidir o que fazer com o quarto.

— Bel, será que podemos colocar uma parede aqui? — chamou ele. — Dá pra fazer um outro quarto, não dá?

A campainha da porta tocou. Kiem abriu-a com um gesto, viu quem era e desejou não ter visto.

O assessor de imprensa era um homem robusto, baixinho, com uma careca que refletia a luz e com a presença física de um urso dentro de uma sala cheia de nanotecnologia. Ele tinha um bracelete grosso de madeira em cada pulso e dava a impressão de que preferia estar usando um soco-inglês.

— Bom dia, Kiem.

— Bom dia, Hren — disse Kiem, com certa cautela. Hren era nomeado direto da Imperadora, e ele e Kiem não tinham a melhor das relações de trabalho. — Tudo certo?

— Sim — respondeu Hren. — Parabéns pelo casório.

Naquele momento, Bel saiu do escritório dizendo:

— Outro quarto? Ah... Hren Halesar. Bom dia.

— Deixa eu tentar de novo — anunciou Hren, ignorando Bel. — Meus parabéns pelo seu casamento.

— Obrigado...? — disse Kiem.

Hren se sentou na cadeira em frente ao sofá e arregaçou as mangas.

— Pelo visto você ainda não decorou seu roteiro de imprensa.

— Eu preciso de um roteiro de imprensa?

— Lamento informar que só recebemos o material do seu departamento agora — disse Bel com frieza. — Eu estava vindo informar sua alteza.

— Envie pra maldita pulseira dele, então — disse Hren. — Isso foi há cinco minutos. Já conversamos sobre isso antes. A *primeira coisa* que você deve fazer em qualquer evento é...

— Eu sei, preparar as respostas que devo levar, eu sei. — Kiem odiava receber os roteiros de imprensa. Eles não eram usados apenas com jornalistas, mas com qualquer pessoa que fizesse qualquer pergunta relacionada ao assunto, e isso fazia com que ele se sentisse um robô. Mesmo assim, contrariar Hren nunca terminava bem. — Anda logo, Bel, quais são as falas?

— São duas páginas com várias respostas — disse Bel. — Nesse caso, você agradece as felicitações e diz que está orgulhoso por continuar a aliança em memória do seu honorável primo, o príncipe Taam.

— E o Jainan? Eu não deveria mencionar o Jainan? — perguntou Kiem. — Algum tipo de elogio, talvez?

— Kiem — disse Hren com paciência. — Ele é um representante diplomático, não um dos seus fãs.

— Só pensei que...

— Preste atenção. Jainan sabe que isso é um acordo político e não está esperando elogios. Já conversei com ele.

Kiem se contorceu ao ouvir *acordo político*. Ele provavelmente não deveria imaginar o futuro casamento como uma reunião hostil com o conselho, mas uma vez que a imagem brotou em sua cabeça, ficou difícil se livrar dela.

— Certo.

— Sua imagem pública precisa mudar agora que você é casado, entende?

— Eu mudei — protestou Kiem. — Não tem nada a ver com imagem pública.

— Sim, já escutei essa antes — rebateu Hren. — Quando você e seus amiguinhos inundaram a escola usando a máquina de gelo.

— Eu tinha quinze anos — defendeu-se Kiem.

— E de novo quando você perdeu seis meses de mesada apostando que conseguiria escalar a cúpula do santuário, e seu amigo contou tudo pra imprensa.

— Eu tinha *dezessete* — respondeu Kiem, se dando conta de que aquilo não estava ajudando em nada. — Eu não entendia muito sobre dinheiro naquela época. — Isso soou ainda pior. Ele fora esculhambado por causa daquilo, tanto pela imprensa quanto pela Imperadora, o que de certa forma foi mais doloroso do que a fratura no calcanhar. — Olha, eu sei que já fiz muita besteira, mas isso tudo foi anos atrás.

— E quando você se inscreveu naquele reality show enquanto estava na universidade, e nós tivemos que obrigar o departamento de mídia a apagar as filmagens?

Kiem não tinha como se defender daquilo. Hren apontou o dedo na direção dele para enfatizar seus argumentos.

— Chega de escândalos. Chega de relatos minuciosos da sua última ressaca. Você tem menos de um mês pra convencer o público com esse casamento antes do Dia da Unificação. Os canalhas da Resolução levam a opinião pública em conta na hora de auditar o tratado. E, falando nisso, você precisa prestar mais atenção nas organizações onde faz trabalho voluntário, entendeu? Nada de politicagem.

— São só arrecadações de fundos pra caridade. Isso não é politicagem.

— Eu vou dizer o que não é. Isso não é simplesmente *sorrir pra maldita câmera* — afirmou Hren. — Mesmo se os portais de Thea fossem amigáveis e animados com a gente, coisa que não são, uma morte seguida de um casamento apressado é difícil de vender. Preciso de algo que não cause nenhum tipo de farpa. Que história é essa de arrumar outro quarto?

Kiem levou um tempo para se lembrar do que ele e Bel estavam conversando.

— Nada de mais — disse ele. — Jainan vai precisar de um quarto só dele, mas sei que vai parecer esquisito se não morarmos juntos. Vamos só fazer algumas reformas aqui, adicionar um quarto... — Ele se calou ao ver a expressão de Hren.

— Adicionar um *quarto*? — disse Hren. — Você concordou com o casamento ou não? Quer ver matérias na imprensa theana sobre como o relacionamento de vocês já esfriou antes mesmo de completar uma semana? Vai dar pano pra manga. Vão associar isso à fraqueza da aliança theana, encontrar aquelas porras de adolescentes que inventaram que protestar contra a unificação é a nova moda. Não vai ter reforma nenhuma.

— Eu... o quê? Você não pode esperar que ele durma comigo!

— Não acha o cara bonito? Que pena. Engole o choro.

— Não é isso! — protestou Kiem. — Ele acabou de *perder o parceiro*, tenho certeza de que ele não vai querer isso. Casamento? Beleza. Mas dormir junto é outra coisa.

— Tudo começa com um novo quarto, até um pedreiro vazar pros portais de notícias — disse Hren. — Fora de cogitação! Graças a você, aos seus amigos, aos seus antigos colegas de quarto e até aos faxineiros da universidade, eu tenho uma lista detalhada de todo cabeça de vento deslumbrado que já foi pra cama com você...

— *Ei!* — interrompeu Kiem. — Ninguém era desse tipo.

— ... o que é a única parte de todo o conhecimento adquirido no meu trabalho que eu gostaria de remover do meu cérebro com um laser industrial, mas você se meteu nessa. Os portais de notícias vão querer saber todos os detalhes da sua vida sexual. Você é uma presa fácil. Faça o que quiser a portas fechadas, mas pro resto do povo, finja que você e o theano têm um casamento feliz.

— Tudo que acontece nos meus aposentos é particular — disse Kiem com teimosia. — Nada vai vazar. E, de qualquer maneira, isso não é da sua conta.

— Este palácio tem mais vazamentos do que a tubulação de esgoto de uma nave velha. — Hren olhou para Bel, uma breve espiada.

Kiem estreitou os olhos.

— Bel é mais discreta do que qualquer membro da sua equipe de assessoria.

— Posso sempre contratar alguém mais confiável — comentou Hren, e Kiem percebeu que estava sendo chantageado. Hren tinha credibilidade suficiente com a Imperadora para influenciar decisões contratuais, e, tecnicamente, Bel era paga pelo palácio. Mesmo sendo príncipe, Kiem não tinha todo aquele poder. Ele não precisava olhar para Bel pra saber que ela estava pensando a mesma coisa. Hren nunca havia cruzado aquele limite. Antes não valia a pena chantagear Kiem. Ele sentiu, com um certo desconforto, que atravessara uma fronteira invisível para um mundo político do qual não fazia parte no dia anterior.

— Não vai ter reforma nenhuma — repetiu Kiem. — Entendido.

— Entendido. Vou liberar sua declaração pública pros jornalistas. — Kiem pensou em protestar por ainda nem ter lido o documento, mas sabia reconhecer a derrota. Hren se levantou. — Memorize tudo até amanhã. Nos vemos na cerimônia de assinatura.

Kiem o acompanhou até a saída. Só depois que a porta se fechou ele se virou para Bel, jogou as mãos para o alto e disse:

— E não é que as coisas ficaram ainda *piores*?

E as coisas continuaram piorando. O mordomo-chefe chegou cedo na manhã seguinte com a programação da cerimônia e uma lista entorpecente de detalhes para Kiem aprovar. Mal tinha terminado a papelada quando as ligações de felicitações começaram a chegar.

A maioria vinha de pessoas que ele mal conhecia. Os indivíduos que se importavam com a aliança theana costumavam estar a um mundo de distância da vida dele até aquele momento: nobres de fora do palácio ligaram, assim como oficiais do parlamento estrangeiro e burocratas do alto escalão. O presidente de Thea ligou. O secretário das Relações Imperiais também. Kiem atendeu as chamadas em sua cadeira de vídeo formal no escritório, onde sensores projetavam uma imagem dele de pé e formigavam desconfortavelmente toda vez que a projeção de uma nova pessoa aparecia à sua frente. O Comitê Consultivo ligou do meio de uma das reuniões, sua prima, a princesa Vaile, sentada de forma discreta entre eles, e todos o parabenizaram, um de cada vez, com uma sinceridade deprimente. Vaile deu apenas um sorriso irônico. Kiem até tentou desviar do roteiro de imprensa, mas no meio da ligação com o cônsul de Eisafan deu-se conta de que *Estou muito feliz* também não era apropriado, já que Jainan quase certamente não estava.

Lá pela décima segunda ligação ele estava tão desesperado que recusou a chamada seguinte e cutucou a máquina de comida para fazê-la servir um sanduíche gorduroso que não estava no cardápio. Pegou um café para Bel e balançou o copo em direção a ela assim que a assistente entrou no escritório com uma tela de luz flutuando ao seu lado.

— Estou fora — disse ele. — Chega de ligações. Diz que fui arrecadar dinheiro pra Fundação dos Filhotinhos em Desvantagem Educacional.

— Você não precisava participar dessa última chamada, de qualquer forma — disse Bel, desligando a tela e pegando o café. — O conde Jainan chega em dez minutos. O que tem nesse sanduíche?

— Chocolate — respondeu Kiem, enquanto a pulseira de Bel apitava. Ele grunhiu. — Diz que não é mais uma ligação pra mim — suplicou ele, mas Bel já estava levantando o dedo para ativar seu dispositivo de ouvido.

Ela escapou de volta para a outra sala, onde teve uma conversa breve. Quando ela colocou a cabeça para dentro do escritório novamente, Kiem tinha pedido outro sanduíche para a máquina e estava se sentindo muito rebelde.

— Preciso me preparar pro encontro com Jainan. Não posso passar o dia inteiro...

— É a irmã do conde Jainan — disse Bel. — Lady Ressid. Vai atender?

Kiem engoliu em seco; de repente a comida parecia um nó na garganta. Aquele era o primeiro contato de alguém que de fato conhecia Jainan.

— Coloca na tela de vídeo. — Ele se sentou na beirada da cadeira, a postura ereta, e tentou parecer alguém no absoluto controle de toda a sensibilidade política que um casamento às pressas envolvia. Seria mais fácil se ele tivesse alguma ideia de como uma pessoa assim agiria.

Uma projeção cintilante ganhou vida: uma nobre theana de pé, com trajes de seda creme e pérolas, o cabelo longo em um penteado leve e elaborado no alto da cabeça, preso por um pente de madeira. Kiem piscou para ajustar suas percepções bem a tempo. Gênero era algo simples em Iskat: qualquer pessoa usando ornamentos de sílex era mulher, ornamentos de madeira eram para homens, e vidro — ou nada — era para as pessoas não binárias. Um sistema prático que até os galácticos usavam. Mas Bel tinha dito *irmã*, então Ressid devia ser do gênero feminino apesar do pente. Jainan podia ter se adequado aos costumes de Iskat em sua foto, mas aquilo não significava que o resto de Thea faria o mesmo.

— Lady Ressid — disse Kiem, fazendo uma reverência ainda sentado.

Os olhos de Lady Ressid eram quase idênticos aos de Jainan na foto que ele vira, mas havia algo mais rígido neles.

— Príncipe Kiem — respondeu ela de forma seca, e em seguida fez uma reverência.

— É uma honra falar com você — continuou Kiem. Ele mantinha o olhar atento na legenda projetada ao lado da imagem de Ressid, onde Bel mostrava de forma incisiva *estou orgulhoso de continuar a aliança em memória do meu honorável primo*. Mas Ressid não o parabenizou de imediato. Houve uma breve pausa, e Kiem percebeu uma pontada de tensão no canto dos lábios dela.

— Estou ligando para solicitar formalmente acesso ao meu irmão — anunciou ela. As palavras saíram cortadas e duras, como uma chuva de pedras. — Se vossa alteza estiver disposto a me conceder.

Aquele era um jeito esquisito de anunciar uma visita.

— Bem, é claro — respondeu Kiem. — Ficaremos felizes em te receber. Quando? — A ligação vinha de Thea; a viagem levaria alguns dias. — Pensei que esse tipo de pedido geralmente chegasse pelo escritório de Relações Exteriores...

Calma, estaremos no espaço theano no mês que vem pro Dia da Unificação. Acho que é perto da sua estação orbital. Você não estará lá?

— Não foi isso que eu quis dizer — explicou Ressid. — Gostaria de permissão para ligar pro Jainan. — A pontada de tensão continuava ali.

Kiem a encarou, perplexo. Ele estava completamente perdido em relação às formalidades theanas.

— Isso não tem nada a ver comigo. — Opa, devia ser algum tipo de protocolo. A única coisa que o impedia de lançar um olhar agoniado para Bel era seu treinamento intenso em boas maneiras reais, mas a assistente parecia tão confusa quanto ele, porque a legenda ao lado da tela havia mudado para *???* — Hm, perdão. Existe algum tipo de resposta formal pra isso?

A tensão na boca de Ressid aumentou, ficando ainda mais profunda, então desapareceu enquanto ela se forçava a suavizar a expressão.

— É um assunto de ordem prática.

— Ah. Se é assim, então... espera, é sobre a mudança de aposentos? — Aquilo lhe trouxe alívio, porque agora ele tinha ao menos uma pista do que estava acontecendo. — Isso não será um problema. Ele só vai se mudar, mas a ID vai continuar funcionando perfeitamente. O sistema do palácio vai redirecionar as ligações pra cá. — Jainan devia saber disso; Kiem não fazia ideia de por que Ressid estava perguntando *para ele*. Mas talvez Jainan não tivesse prestado tanta atenção aos sistemas do palácio. — E, de qualquer forma, temos as pulseiras aqui.

Ressid soltou um suspiro curto e intenso, e Kiem não entendia o motivo. Olhou com esperança para a legenda, mas Bel não tinha nenhuma informação útil para oferecer.

— Vossa alteza — disse Ressid. — Gostaria de uma garantia de que Jainan vai me ligar em algum momento durante as próximas duas semanas.

Um alarme começou a soar na cabeça de Kiem. Quer dizer que Jainan não estava em contato com ela, então? Aparentemente, ele já traria os próprios problemas familiares para o casamento. Kiem poderia imaginar a reação de Jainan caso ele tomasse o partido da irmã naquela disputa familiar; seria um *ótimo* começo para uma parceria de vida.

— Não posso garantir isso.

Ressid se encolheu só um pouco, mas Kiem conseguia sentir a raiva dela através da projeção. Um momento de silêncio. Kiem, por ser o que Bel chamava de um viciado em agradar as pessoas, tentou melhorar a situação.

— Mas vou avisar que você ligou — disse ele. Não... Merda... Aquilo só colocaria mais pressão sobre Jainan se ele tivesse mesmo cortado o contato com a irmã. Jainan devia ter seus motivos. — Hm, se ele perguntar.

Por um momento ele pensou que Ressid ia gritar. Kiem ajustou a postura e abriu os ombros; não gostava de gritaria, embora o jeito mais fácil de terminar com aquilo fosse deixar as pessoas extravasarem. Mas até mesmo aquele pequeno movimento pareceu fazer Ressid hesitar. Ela lançou um olhar que beirava a afronta, depois tirou qualquer expressão do rosto e disse:

— Permita-me oferecer-lhe os parabéns, vossa alteza.

— Obrig... — ele respondeu no automático, mas antes que pudesse terminar, a projeção de Ressid desapareceu. Ela havia encerrado a ligação.

Kiem se levantou da cadeira de vídeo com desconforto.

— O que foi isso? — perguntou ele. Havia cruzado um território desconhecido por acidente. Precisava ver se Jainan faria algum comentário a respeito daquilo. Kiem não era o garoto-propaganda das boas relações familiares, por mais que se esforçasse, mas nunca estivera envolvido em uma disputa de verdade.

— Sei tanto quanto você — respondeu Bel, enfim tomando seu café. — Você tem que parar agora. Jainan chega em três minutos. — Enquanto ela falava, a campainha tocou. Bel checou sua tela. — É ele.

— Ai, merda! — exclamou Kiem, alisando freneticamente o paletó do uniforme cerimonial. — Isto aqui está amarrotado? Tenho tempo pra me trocar? Temos bebidas?

— Não. Não. E as bebidas estão no armário de sempre — respondeu Bel. — É só deixar ele falar um pouco de vez em quando que vai ficar tudo bem.

Ela levou o café para o escritório e, no caminho, ativou a abertura da porta principal, deixando para Kiem a tarefa de correr para receber Jainan.

3

Jainan nav Adessari aguardava sozinho do outro lado da porta. Kiem estava esperando uma pequena multidão de mordomos e assistentes, não uma única pessoa com aquela calma inacreditável e a segurança de um negociador no campo de batalha.

Kiem tinha a foto em mente, mas ainda era chocante ver aquele olhar intenso à sua frente. Os olhos escuros de Jainan davam um toque elétrico à expressão perfeitamente apropriada e neutra. Suas roupas eram theanas, uma túnica de manga três-quartos com um corte bem mais rústico e largo que o estilo de Iskat, em um azul opaco que ficava a meio caminho entre o traje cerimonial e o cinza do luto.

Jainan desviou o olhar e fez uma reverência. Era um cumprimento formal, um tom acima do esperado na interação de um conde com um príncipe. Kiem percebeu com uma pontada de vergonha que aquela era, provavelmente, uma forma educada de dizer que ele estava encarando.

Ele acordou do torpor e deu um passo atrás, fazendo a reverência formal também.

— Seja bem-vindo! Fico feliz em recebê-lo. Me chamo Kiem, e é um prazer conhecer você. Quer dizer, de forma apropriada. Sei que a gente meio que já se viu de longe durante alguns eventos. Obrigado por, hm, concordar com tudo isso. Agora entre, entre.

Jainan se levantou da reverência e olhou para Kiem, pensativo. Kiem não era muito de enrubescer, mas conseguia quase sentir o rosto queimando ao escutar a própria voz muito mais abobalhada do que o normal. *Me chamo Kiem*, como se Jainan não soubesse quem estava visitando. E *obrigado por concordar com tudo isso*? Jainan sabia tão bem quanto Kiem que nenhum dos dois tinha escolha.

Mas tudo que Jainan disse foi:

— Jainan. O prazer é todo meu, vossa alteza. Fico mais que honrado pelo convite.

Enquanto atravessava o saguão de entrada, ele assimilou todas as janelas e os jardins do lado de fora com um movimento rápido dos olhos. Movia-se com graça, quase sem fazer barulho, e de imediato Kiem se sentiu desajeitado e inadequado em comparação ao conde. Ainda mais quando se jogou para trás a fim de sair do caminho de Jainan e os olhos dele pousaram em Kiem por um momento antes de se desviarem mais uma vez.

— Sente-se, por favor — disse Kiem apressado quando percebeu que Jainan estava educadamente esperando. Ele apontou para uma das cadeiras amontoadas em volta da mesinha de café; sobre a mesa havia um samovar e uma coleção de xícaras antigas que sempre eram ignoradas em função da máquina automática, mas era tradição deixá-las ali para os convidados. Jainan se sentou na beirada da cadeira, a postura impecável. O azul-acinzentado do uniforme apagava um pouco a cor de seu rosto, mas não tirava a forma angular dos ombros. Kiem parou de encarar.

— Eu, hm, espero que você não tenha interrompido nada importante pra estar aqui.

— Não — respondeu Jainan, delicado e comedido. — Meu último compromisso foi o memorial de um mês para o príncipe Taam, que terminou ontem.

Pergunta errada. *Pergunta errada.*

— Ah! Eu não sabia que já tinha acontecido.

— Sinto muito — disse Jainan. — Eu deveria ter enviado um lembrete.

Kiem estremeceu. Ele fora aos memoriais públicos de um e de dez dias, mas o protocolo dizia que ele não era próximo o bastante de Taam para continuar frequentando os memoriais um mês depois — não se lembrava de ter sequer falado com o primo nos últimos anos. Entretanto, aquilo foi antes de ficar noivo do ex-parceiro de Taam. Ele deveria ter importunado alguém para conseguir um convite depois da bomba que recebera no dia anterior.

— Certo. Sim. Hm. Quer beber alguma coisa?

— Se você me acompanhar — respondeu Jainan com educação.

Kiem planejava tomar um drinque, sim, e o plano se tornava mais concreto a cada palavra daquela conversa. Ele se levantou. Parecia errado beber alguma coisa qualquer, então ele pegou uma garrafa ornamentada de destilado com infusão de frutas vermelhas e serviu uma taça.

— Vinho de amora silvestre? Café? O que você prefere?

Jainan olhou para a segunda taça que Kiem segurava.

— Água...?

Kiem decidiu que o tom de reprovação era coisa da sua cabeça e levou uma garrafa de água gelada e um copo até a mesa. Houve um momento desconfortável em que Jainan tentou se levantar para pegar a bebida e Kiem não estava esperando, mas tudo se resolveu com uns poucos respingos sobre o móvel. Jainan observou a água derramada como se fosse uma tragédia. Kiem estremeceu mais uma vez. Ele precisaria ser muito mais cuidadoso dali para a frente.

— Não se preocupe, depois eu limpo.

— Me desculpa — disse Jainan.

— Hm, não, não precisa se desculpar — respondeu Kiem. Ele sentia uma camada pesada de cerimônia cobrindo os dois como veludo. Ao se sentar, apoiou a cabeça sobre as mãos. — Certo — disse, por fim. — Podemos ser diretos? Não sou muito bom em fazer rodeios.

O que atravessou o rosto de Jainan não foi bem uma mudança de expressão. Era mais como olhar para a superfície da água na enseada e sentir que algo havia se mexido por baixo dela. Ele enrijeceu a coluna e colocou as mãos sobre os joelhos.

— Por favor — disse ele. — Vá em frente.

Kiem respirou fundo. Certo. Eles iam esclarecer as coisas.

— Acho que temos mais chances de fazer isso funcionar se formos honestos um com o outro — disse ele. — Sei que você não está dando pulos de felicidade. Para ser sincero, não sei o que passou pela cabeça da Imperadora. — O estresse que pairava sobre os dois era tanto que eles nem se preocuparam em checar se mais alguém estava ouvindo.

— O tratado — disse Jainan. A expressão neutra mais uma vez.

— O tratado — concordou Kiem. — Mas veja bem, esta não foi sua primeira escolha. Eu também não estava esperando nada disso, só que agora estamos presos nesta situação. Podemos pelo menos combinar que vamos nos esforçar pra dar certo? Sei que você precisa de espaço pra... pro luto. Podemos interpretar nossos papéis o mínimo necessário pra que o palácio acredite neste casamento e baixar a guarda quando estivermos a sós.

Jainan sorriu. Um sorriso peculiar e distante que não parecia particularmente feliz, mas ainda assim era um sorriso.

— É engraçado — disse ele.

— O quê? — Aquilo não parecia bom.

— O príncipe Taam... Nós tivemos essa conversa. Uma muito parecida.

Taam e Jainan tinham começado o casamento daquela forma? Kiem sentiu uma empolgação obscura, embora as circunstâncias não fossem as mesmas.

— Então... estamos combinados? Juro que não sou um psicopata.

— Essa parte ele não disse — comentou Jainan.

Kiem levou um momento para perceber que tinha sido uma piada sarcástica, e então sorriu.

— Talvez ele fosse. Quer dizer, é bom já botar as cartas na mesa.

A expressão de Jainan se fechou por completo e ele colocou o copo d'água sobre a mesa.

— Não... eu... ai, merda, desculpa. Não foi minha intenção... — A campainha tocou novamente. Kiem se segurou para não jogar as mãos para o alto de tanta frustração. Devia existir alguma lei que o proibisse de abrir aquela boca estúpida. — Bem, não é como se estivéssemos no meio de algo importante aqui. Pode entrar! — acrescentou ele, erguendo a mão para abrir a porta com um gesto.

Era o mordomo-chefe com dois assistentes. Ele fez uma reverência meticulosa.

— O contrato está pronto para assinatura no solário oeste. Vossa alteza e o conde Jainan estão prontos?

Kiem se sentiu inquieto.

— Estamos? — perguntou ele, olhando de lado para Jainan, que provavelmente estava tão relutante quando ele. Mas Jainan já tinha se levantado, o que forçou Kiem a ficar de pé também. Ele ofereceu o braço para Jainan.

No momento em que fez o gesto, congelou e desejou não ter feito. Não queria obrigar Jainan a nada. Mas antes que pudesse transformar o movimento em qualquer outra coisa, Jainan estava caminhando em sua direção e deslizando a mão em torno do seu braço. O toque pousou ali com leveza e segurança. Será que ele estava se forçando a fazer aquilo? Kiem não conseguia dizer. A pele de Kiem sob o paletó parecia mais quente do que deveria.

— Vossa alteza — disse o mordomo mais uma vez.

— É melhor irmos — sugeriu Jainan, a voz baixa o bastante para que apenas Kiem o ouvisse. Ele estava olhando diretamente para a frente.

Kiem se forçou a desviar o olhar de Jainan.

— Sim, certo — disse ele. — Olha só pra gente, pontuais desde o começo. Opa, olá, Hren.

O assessor de imprensa acenou para ele.

— Já memorizou seu roteiro de imprensa?

— Estava pensando em mandar um improviso — respondeu Kiem com empolgação, só pra assustar o Hren. Mas o assessor apenas lhe deu uma olhada feia, e, por algum motivo, o toque de Jainan em seu braço estremeceu. — Quer dizer, sim — disse Kiem. — Já sei até de trás pra frente.

Ele parou de tentar puxar assunto.

A caminhada até o solário foi envolta em um silêncio quase fúnebre. Normalmente, Kiem tentaria brincar com os convidados, mas seria grosseiro conversar com qualquer pessoa que não fosse Jainan. No entanto, sempre que pensava em algo para dizer a ele, lembrava que Jainan estava sendo levado para um casamento forçado com a única pessoa no palácio que parecia insensível o bastante para chamar seu último parceiro de psicopata, então Kiem fechou a boca. Em silêncio, formulou várias frases, mas nenhuma delas parecia capaz de consertar as coisas. No topo da escadaria de mármore, momentos antes da última curva, ele desistiu e murmurou:

— Desculpa.

— Pelo quê? — perguntou Jainan.

A porta se abriu, e os flashes fotográficos não deram chance de Kiem responder.

Ele apertou os olhos em direção aos primeiros antes de levantar a mão livre de forma automática.

— Olá, bom dia... — A pressão em seu braço aumentou quase imperceptivelmente. Jainan havia parado. Surpreso, Kiem tentou parar também, mas Jainan voltou a caminhar, e Kiem se perguntou se não tinha imaginado aquilo.

A onda inicial de fotos diminuiu. Quando Kiem moveu o braço de leve, Jainan removeu a mão de imediato e se afastou com um pequeno passo. Pelo jeito, ainda era um esforço ficar próximo de Kiem. O príncipe tentou não demonstrar que havia percebido.

— Vossa alteza! Qual é a sensação de estar casado?

Jornalistas. Kiem relaxou. Eles pareciam ser a coisa menos difícil com que tinha de lidar no momento. Ele sorriu e deu alguns apertos de mão.

— Bom dia. Não estou casado. Ainda. E aí, Hani? Alguma dica? Você se casou no ano passado, não foi? Sua parceira me flagrou caindo no córrego alguns dias atrás.

— Sim, e por causa disso ela não conseguiu credenciais pra estar aqui hoje, não foi? — A mulher bem arrumada com implantes de olhos prateados inclinou a cabeça. — Há quanto tempo conhece o conde Jainan?

Kiem abriu as mãos mostrando inocência.

— Não sou eu quem credencia a imprensa. E nós já tínhamos nos encontrado algumas vezes... Agora estamos, hm, nos conhecendo melhor.

— Como ele se sente em relação ao seu estilo de vida?

— Ei, vocês não deveriam ser a parte *simpática* dos veículos de imprensa? — protestou Kiem. — Mas isso é coisa do passado. Agora sou responsável. — Ele estava quase começando a se divertir quando deu uma olhada para Jainan.

O conde estava com a postura rígida; havia um repórter parado na frente dele a menos de um passo de distância. Jainan balançou a cabeça e disse alguma coisa. Porém, ele não fez menção de se mover, então Kiem estava prestes a voltar para as perguntas quando ouviu o repórter dizer:

— ... príncipe Taam...

Certo, aquilo já era demais.

— Opa, Dak, quem te deixou entrar aqui? — disse Kiem, se posicionando na frente de Jainan. — Não foi você que fez aquela matéria dizendo que o irmão da Imperadora precisava de cirurgia plástica?

— O quê? — perguntou Dak, virando-se num piscar de olhos. Ele era um jornalista corpulento de meia-idade que trabalhava em um dos maiores portais de notícias. — Essa é uma acusação grave, vossa alteza. Eu não tive nada a ver com aquela matéria.

— Sim, bem, o texto tinha bem o seu estilo — disse Kiem, sem nenhuma certeza. — Então você está numa situação delicada aqui. Tenha o mínimo de respeito pelo falecido. Falar sobre Taam está fora de cogitação, assim como esta conversa. Jainan, acho que já podemos dar início à cerimônia?

Jainan lhe lançou um olhar tão vazio quanto o que lançara para o repórter.

— É claro — disse ele. — Com sua licença.

Jainan fez uma reverência educada para Dak antes de passar por ele. Kiem se posicionou do lado onde estavam os repórteres e recusou as demais perguntas com um aceno amigável, caminhando até a mesa antiga que fora preparada para a assinatura.

O solário oeste era um salão grande e hexagonal, preenchido pela luz pálida das janelas que formavam o teto abobadado. As vigas de metal escovado que estruturavam a cúpula tinham um brilho amarelo amanteigado e fosco, o que fazia dali um dos lugares mais alegres do palácio. Kiem encarou aquilo como um bom presságio.

A cerimônia teve poucos convidados. A pessoas se agrupavam de forma esparsa; não havia muitos familiares de Kiem, levando em conta a pressa do evento, mas ele avistou alguns de seus primos e acenou. Muitos dos convidados eram dignitários menores de Iskat, vestindo túnicas de gola alta em cores vivas. Um grupo usando túnicas e vestes formais de Thea trazia as joias bordadas no tecido, e não nos cintos, como ditava o estilo de Iskat. Havia menos theanos do que Kiem esperava; uma quantidade até menor que a de oficiais militares em uniformes formais, que conversavam em seus grupos sem sequer olhar para os outros convidados. Eles devem ter aparecido em respeito a Jainan, já que ele e Taam circulavam no meio militar. Kiem sentiu uma culpa momentânea por não reconhecer nenhum deles. Bel, sentada ao lado de um camareiro, estava vestindo uma túnica formal impecável e fazendo cara de paisagem; Kiem trocou um olhar com ela e se sentiu um pouquinho melhor em relação àquela coisa toda.

O mordomo-chefe estava mais do que preparado.

— Ah, muito bem! Vossa alteza, por aqui, por favor. Conde Jainan, deste lado...

— Está tudo bem? — Kiem sussurrou para Jainan antes de se separarem. — Você parecia não estar gostando daquela conversa. E eu... hm... Podemos conversar com a imprensa depois, se você quiser.

— Não — respondeu Jainan. — Obrigado.

Um assistente surgiu e o guiou até uma pilha de documentos feito um rebocador.

Relutante, Kiem se virou para a própria pilha. Havia uma caneta de pena de ganso ao lado de um pote de tinta vermelha. Kiem olhou com certa apreensão. Escrever à mão já era ruim o bastante na melhor das hipóteses, e acrescentar tinta à equação não ajudava em nada.

Um pequeno grupo de pessoas abriu passagem para a juíza, que vestia um manto roxo, e o embaixador theano ao lado dela. O embaixador fez uma reverência para Jainan, que lançou a ele um olhar assustado antes de voltar aos documentos, sem responder nada.

Kiem apertou os olhos para o embaixador vestindo uma túnica theana estampada, um homem alto e ossudo que ele não se lembrava de ter conhecido antes. Havia algo de errado ali? Kiem tentou abrir um sorriso amigável. O embaixador levou um momento para ajustar o bracelete de madeira no pulso antes de responder com uma reverência curta, a expressão fria.

— Vossa alteza.

— Que bom vê-lo aqui, vossa excelência — disse Kiem, olhando para Jainan de soslaio. Jainan parecia não ter muitos amigos. Pensando bem, não *havia* muitos theanos ali. Kiem tinha certeza de que quando a princesa Helvi se casara com a parceira de Eisafan, pelo menos metade do salão era de eisafanos, embora, é claro, aquele fosse um planeta muito mais populoso e muito mais importante em termos de relacionamento. O ministro iskateano de Eisafan estivera na primeira fileira daquela cerimônia. — Você viu nosso ministro de Thea? — perguntou Kiem sem pensar.

— Ah! — exclamou o embaixador. Sua expressão não era exatamente um sorriso. — Está um pouco atrasado, vossa alteza. O ministro de Thea se aposentou no ano passado. O lado de vocês ainda não conseguiu chegar a um acordo pra nomear o substituto.

— Excelentíssima, podemos dar início? — disse o mordomo-chefe para a juíza.

Kiem queria perguntar quem estava lidando com os assuntos theanos se Iskat ainda não havia nomeado ninguém, mas antes que pudesse dizer qualquer coisa, o embaixador assentiu de forma alegre e impessoal, dando um passo atrás para se juntar aos demais espectadores. Jainan ainda olhava atentamente para o contrato diante de si, como se quisesse acabar logo com tudo aquilo. A juíza fez um gesto delicado sobre a pulseira que usava.

O som de um gongo atravessou o salão. Todos os pensamentos sobre a política de Thea sumiram do cérebro de Kiem quando a juíza começou a declamar a lenga-lenga padrão de casamentos. Kiem engoliu em seco.

Ele nunca fora o foco de uma cerimônia antes. O som do gongo representava coisas como a chegada de alguém importante, o início de um casamento ou de uma reunião oficial. Kiem já havia fracassado em tantos testes, e sua reputação com a Imperadora era tão ruim — sem contar o escândalo da casa noturna —, que as pessoas sequer consideravam lhe dar algum cargo importante. Sempre tinha achado melhor assim, mas ali estava ele, e não eram apenas suas preocupações que estavam em jogo. Ele ouviu a voz da Imperadora na cabeça: *não tenho estômago pra mais uma guerra.*

Metade dos veículos de imprensa estava com as câmeras erguidas. Kiem tentou parecer solene, mas sentiu que aquilo parecia mais uma careta do que qualquer outra coisa, então se ateve à expressão normal. Arriscou olhar para Jainan e ver como ele estava lidando com a situação. O rosto de Jainan continuava agradavelmente neutro. Kiem se perguntou como ele conseguia.

Apesar do telhado de vidro do solário, nenhuma luz solar conseguiu atravessar o cinza fechado das nuvens. A voz da juíza era um estrondo sonoro. *Tradições que seguem desde a fundação do Império, aliança valiosa com Thea* e daí por diante, até chegar ao fim e encerrar com algumas bênçãos ecumênicas que não ofenderiam a seita de ninguém. Com solenidade, ela entrelaçou as mãos sobre a mesa à sua frente e declarou:

— Vossa alteza, vossa graça, podem concordar com os termos e selar o contrato.

Kiem pegou a pena e se inclinou para mergulhá-la no pote de tinta, oferecendo um sorriso breve para Jainan, que não estava olhando para ele. Em vez disso, o conde estendeu o braço em direção à tinta — rápido e nervoso demais —, esbarrou na mão de Kiem e derrubou o pote.

Uma poça vermelha se espalhou pela mesa, encharcando os dois documentos.

— Merda! — exclamou Kiem, bloqueando o pequeno riacho com a mão em um gesto prestativo que, na verdade, não ajudava em nada. O pote rolou, espalhando um arco de tinta vermelha sobre a madeira e o papel. Jainan se jogou em direção ao objeto, que caiu no chão acarpetado com um leve baque.

Aquilo quebrou a paralisia momentânea dos espectadores.

— Cuidado! — disse o mordomo, sabendo ainda menos que Kiem como ajudar. Dois mordomos juniores apareceram para reduzir o dano de forma prática, com lenços e toalhas de papel. Kiem levantou a mão com uma quantidade moderada de tinta vermelha espalhada pela manga da túnica. A juíza, irritada, acenou para que os veículos de imprensa parassem com a onda frenética e repentina de fotografias, e Kiem precisou morder a própria bochecha para segurar o riso. Ele olhou em volta à procura de Jainan.

O conde havia se ajoelhado para pegar o pote de tinta. Ainda estava agachado no chão, o pote em uma das mãos enquanto esfregava seu lenço incansavelmente sobre o carpete. Ele ergueu o olhar até Kiem.

— D-desculpe — disse ele. — Eu não... não sei o que aconteceu.

Kiem se agachou, engolindo o riso e ficando sério.

— Não se preocupe, eles limpam depois. Vem cá, me dá o pote. Está sujando sua mão toda. — Ele quase precisou arrancar o objeto da mão de Jainan. — Você está bem? Caiu muita tinta aí?

Ele se levantou, estendendo a mão para Jainan.

— Estou bem — disse Jainan, aceitando a ajuda. — Sinto muito pela confusão.

Seu toque era quente, ele tinha calos nos dedos, e Kiem se distraiu por um momento. Mas quando Jainan ficou de pé, tentou puxar a mão da forma mais rápida e educada possível. Kiem o soltou de imediato. Um mordomo ofereceu um lenço para limpar as mãos de Jainan.

Kiem deu um salto quando Bel tocou seu ombro. Ela entregou-lhe um lenço.

— Não diga nada — murmurou Kiem.

— Só tente não sujar o rosto; a imprensa vai achar que você quebrou o nariz de novo — sussurrou Bel. Ela acenou para dois mordomos que, num passe de mágica, apareceram com uma toalha de mesa para esconder as manchas. Um terceiro chegou com uma nova leva de contratos, que Bel ajeitou; em seguida, ela deu um passo atrás com um olhar sério para Kiem que dizia *Chega de desastres por hoje*.

— Vamos continuar a cerimônia — disse a juíza.

— Certo — respondeu Kiem. Ele tentou ignorar a sensação que a mão de Jainan deixara na dele, como o toque de um fantasma. Antes que qualquer outro acidente pudesse acontecer, ele pegou a pena e assinou seu nome deixando apenas uma mancha mínima no papel. Ao seu lado, Jainan molhou a pena no pote de tinta que restara, com muito cuidado. Suas mãos tremiam. Devia ser a adrenalina; o acidente nem fora *tão* vergonhoso assim.

Uma salva de palmas educadas. Jainan devolveu a pena e enrijeceu a postura, virando-se para Kiem.

Ai, merda. Kiem conseguira esquecer que teria de beijá-lo, quisesse Jainan ou não. *Certo*, ele disse a si mesmo, dando um passo cauteloso para longe da mesa. *É só manter a coisa impessoal.* Jainan deu um passo à frente, e o olhar de Kiem se ateve à elegância involuntária daquele movimento, aos olhos escuros e à curva natural da boca.

Não, pensou Kiem. Só porque Jainan fazia seu tipo, aquilo não significava que Kiem seria incapaz de manter a compostura diante das câmeras.

Jainan deu mais um passo, diminuindo a distância entre os dois, e sua mão se aproximou para repousar sobre o peito de Kiem. O desejo borbulhou pela pele do príncipe como uma corrente. Sua respiração parou sob o toque, e antes que ele pudesse pensar, suas mãos se esticaram para segurar a cintura de Jainan... Mas *o que ele estava fazendo?* Jainan estava de luto. Kiem conseguiu impedir o impulso instintivo de puxar o corpo dele para mais perto. Em resposta, Jainan permanecia imóvel, olhando para ele a apenas alguns centímetros de distância, como se estivesse se perguntando o que havia dado errado. Depois de um momento, Jainan percebeu que Kiem não tomaria a iniciativa; ele inclinou a cabeça para o lado e se aproximou para cumprir seu dever. Sabendo que não tinha mais como fugir, Kiem se esticou para a frente e deu o beijo mais dolorosamente esquisito que já dera em uma pessoa pela qual se sentia muito atraído. Os dois tentaram se afastar depois do primeiro contato, mas perceberam que aquilo seria um erro, então o nariz de Jainan esbarrou no de Kiem e eles retomaram o beijo. Apesar de tudo, mesmo a pressão leve dos lábios de Jainan fez com que o coração de Kiem batesse descompassado dentro do peito.

Jainan deu um passo atrás. Kiem abaixou as mãos como se tivesse se queimado. Ele conseguiu atrair o olhar de Jainan e fez uma careta de desculpas. Jainan parecia apenas neutro.

— Cavalheiros! Para a frente, por gentileza — disse o mordomo.

Um pouco atrasado, Kiem estendeu a mão para Jainan, e os dois se viraram para os repórteres. Hren fez um gesto indicando que Kiem tinha entrevistas agendadas para mais tarde.

— Vossa alteza? Conde Jainan? — gritou uma repórter. — Como é a sensação de estarem casados?

— Maravilhosa — respondeu Jainan. Kiem sentiu um tremor atravessando a mão de Jainan.

A pergunta havia sido direcionada para Kiem. Ele arrancou um sorriso sabe-se lá de onde. Não queria nem saber como estava seu rosto.

— É ótimo! — disse ele. — Me sinto ótimo.

4

O baú vazio flutuava no meio dos aposentos de Taam, mas Jainan não começou a empacotar suas coisas de imediato assim que retornou. Em vez disso, afundou numa cadeira e segurou a cabeça com muita, muita força, como se fosse capaz de espremer seu crânio para um formato melhor e, com isso, aliviar a pressão.

Nas poucas palavras trocadas com o príncipe Kiem após a cerimônia arruinada — a cerimônia que Jainan arruinara —, o conde tentou encontrar uma oportunidade para se desculpar, mas não conseguiu botar as palavras para fora. Estúpido. Inútil. Tudo o que conseguiu fazer foi recusar a proposta do príncipe Kiem, que havia se oferecido para ajudá-lo a fazer as malas, e se retirar como um covarde para os aposentos de Taam. Fazendo com que o príncipe Kiem o achasse ingrato além de inadequado. Ele também recusou os pedidos de entrevista pós--cerimônia, e já era tarde demais quando se deu conta de que o príncipe Kiem, que parecia ter aceitado todos, teria que dar as entrevistas sozinho.

Jainan sentiu mais uma pontada de dor na cabeça. Sempre havia algumas negociações quanto aos termos dos tratados dos vassalos antes que o acordo da Resolução sacramentasse tudo pelos vinte anos seguintes. Thea não era uma força política significativa e não tinha poder para negociar termos mais favoráveis. Era o menor dos sete planetas do Império; agarrava-se ao status de província aliada e à independência que isso representava. Jainan precisava do príncipe Kiem ao seu lado. E hoje tinha sido um terrível começo.

A péssima primeira impressão deixada por Jainan não era exatamente uma surpresa. O príncipe Kiem era confiante, carismático e atraente como Taam fora. Assim como acontecera com Taam — ou com qualquer membro da realeza de Iskat —, esperava-se que a vida pública e pessoal de Kiem seguisse sem grandes problemas. Era evidente que ele estava dando seu melhor para esconder a decepção em relação ao casamento naquela manhã. Pelo menos ele era menos ingênuo do que Jainan.

Basta. Jainan ficou de pé. Aquilo já era autopiedade. Ele tinha apenas um dever agora — manter as aparências do novo casamento —, e mesmo se não conquistasse o afeto de ninguém, poderia ao menos ser uma pessoa agradável. Não causaria mais um inconveniente demorando para fazer as malas.

Ele se movia de forma mecânica pelos cômodos já familiares, recolhendo seus pertences e guardando-os no baú. Sempre havia sido organizado e se esforçara para continuar assim. Entretanto, ficou surpreso com quão pouco espaço seus objetos requeriam. Os aparelhos eletrônicos, itens de higiene e sapatos ocupavam apenas uma fração do baú. Separar as roupas levou mais tempo, enquanto ele tirava peça por peça do armário, tentando não tocar nos uniformes de Taam que ainda estavam pendurados ali. Ele deveria ter enviado um memorando para alguém a respeito daquilo. Não sabia onde estava com a cabeça nos últimos dias.

Tinha feito uma pesquisa superficial sobre o príncipe Kiem quando lhe passaram seu nome. Os resultados pareciam desanimadores: príncipe Kiem em festas, príncipe Kiem engatando um namoro atrás do outro, e uma notícia indicando que ele parecia embriagado enquanto se balançava em uma estátua na praça principal de Arlusk. Jainan estava certo de que não havia nada que pudesse fazer para agradar uma pessoa como ele. A única faísca de esperança fora encontrada escondida em um longo perfil num portal de fofocas: *Príncipe Kiem diz ser uma pessoa tranquila,* descrevia o texto. *Gosta de aproveitar a vida. Pergunte sobre sua carreira e ele dirá que não se alistou no exército porque parecia trabalhoso demais. Você certamente nunca o encontrará dando conselhos para a Imperadora.*

Jainan não leu mais nada além disso. Se Kiem gostava de coisas descomplicadas, ao menos isso Jainan poderia oferecer.

As unidades de armazenamento dos quartos ficavam escondidas com astúcia, seguindo o estilo de Iskat, entalhadas graciosamente nas pilastras brancas e nas paredes, as alças invisíveis até serem tocadas no local correto. Jainan abriu todas elas, conferindo se não esquecera nada em meio aos pertences de Taam. Não tocou em nada. Mas no fundo da unidade mais baixa, bem no canto, que só abria pela metade por causa da escrivaninha de Taam, ele encontrou uma caixa com inscrições theanas.

Suas mãos ficaram mais lentas enquanto ele deslizava a tampa. Não via aquilo havia anos. Uma faca cerimonial theana que em certo momento ele acreditara que usaria em seu casamento. Uma bandeira do clã dada por sua tia. Um compilado de poemas, presente de Ressid, que insistira em dizer que nenhum deles estaria disponível no Império. Jainan nunca fora um leitor ávido de poesia, mas jamais conseguira convencer Ressid disso. Ele interrompeu a lembrança rapidamente, antes que ela o deixasse sentimental sem necessidade.

Aquelas coisas não tinham mais lugar em sua vida. Talvez fosse enfim a hora de se livrar delas. Mas mesmo enquanto pensava nisso, viu-se pegando a caixa e guardando-a no fundo do baú. Encontraria um novo cantinho para ela, quem sabe. Provavelmente a perderia de novo; para sua tristeza, parecia estar ficando cada vez mais desorganizado ao longo dos últimos anos. Taam teria achado engraçado.

Ao dar as costas para o baú, sua pulseira soltou um apito que indicava mais um erro. Fazia semanas que ela vinha apitando de forma errática. Jainan tentou limpar a notificação, mas quando o fez, viu que ela indicava uma atualização de arquivo na conta de Taam. O antigo parceiro costumava fazer backup de algumas de suas contas nos dispositivos de Jainan. Ele havia esquecido.

Sentiu outra pontada de dor na cabeça diante de mais essa responsabilidade inesperada. Tentou se convencer de que não era nada importante. Os investigadores que estavam trabalhando no acidente de mosqueiro já tinham recolhido os dados dos dispositivos de Taam. Jainan seria perdoado por ter ignorado este.

Entretanto, ele nunca ignorava algo que precisava ser feito. Jainan fechou os olhos por um breve momento, respirou fundo, ativou a pequena tela em sua pulseira e ligou para a Segurança Interna.

A chamada não chegou ao agente responsável pelo caso, é claro. Tinham parado de respondê-lo havia tempos, quando as investigações esfriaram. A pessoa que apareceu na tela era do baixo escalão no departamento de Inteligência Humana.

Elu reconheceu Jainan de imediato, suavizando a expressão e resignando-se a perder tempo, o que deixou Jainan irritado. Sabia que elu não o levava muito a sério.

— Sim, vossa graça?

— Gostaria de informar que encontrei mais um dos arquivos de Taam — disse Jainan. Ele percebia o próprio tom ainda mais rígido e formal que de costume. — Acredito que seja um backup. Está protegido por frase-passe.

As várias mensagens e contas de armazenamento de Taam eram um emaranhado de camadas de criptografia, exigidas para os oficiais militares. Jainan sabia que a Segurança Interna havia conseguido a maioria das senhas e frases-passe relevantes com os superiores de Taam, mas parecia que ninguém o conhecia bem o bastante para ter uma visão completa de sua vida. Essa pessoa deveria ter sido Jainan.

— A investigação não está ativa no momento, senhor — disse a pessoa.

— Sei disso.

Elu fez uma pausa.

— Por favor, nos envie uma cópia e em seguida delete o arquivo. Vamos enviar alguém para confirmar a exclusão.

— Estou mudando de aposentos.

— Sim — respondeu elu. Não era como se ninguém soubesse para onde Jainan estava indo. — Agradeço a informação.

Jainan observou a tela desligar. Sentia-se exausto; talvez fosse o alívio. Ele enviou uma cópia para a Segurança Interna, mas descobriu que o arquivo não poderia ser deletado sem a frase-passe. Deixou pra lá. De qualquer forma, ele não conseguiria ler, e a investigação já estava inativa.

Ele não deveria nem estar pensando naquilo. Tinha um novo parceiro, uma nova função que exigia toda a sua atenção. Não poderia se deixar distrair pelos rastros das lembranças de Taam. Ele e Taam tinham passado cinco anos juntos — cinco anos que terminaram de repente, brutalmente, como uma bola de demolição atingindo uma parede — e pronto. O casamento acabara.

Uma sinalização de luz branca brilhou na parede. Jainan se virou e abriu a porta na fração de segundo antes que a campainha soasse.

Uma funcionária muito bem-vestida esperava do lado de fora. Jainan fez um esforço para repassar as regras sociais de Iskat: a pulseira dela possuía um brasão entalhado, portanto ela deveria trabalhar para o palácio, e os brincos eram obviamente de sílex, então ela podia ser lida como do gênero feminino. Iskateanos consideravam suas apresentações de gênero muito simples — acessórios de madeira para homens e sílex para mulheres —, mas às vezes era impossível encontrar uma conta ou uma pedra se estivessem em lugares discretos, e algumas pessoas não usavam nenhum dos dois. A funcionária não vestia a túnica de uniforme. Devia ser assistente de alguém.

— Conde Jainan? — A assistente fez uma reverência. — Me chamo Bel Siara, secretária particular do príncipe Kiem. Sua alteza me enviou para auxiliá-lo.

Jainan retribuiu a reverência por instinto. Ela lhe parecia familiar — devia tê-la visto pelo palácio em algum momento, mas Jainan não era bom em se lembrar de pessoas, e pior ainda em se conectar com elas. A transição poderia ser mais fácil se ele conhecesse alguém fora do círculo principal de amizades de Taam, mas sair dos aposentos de Taam era como se mudar para uma nova cidade cheia de estranhos.

— É uma grande honra conhecê-la — disse ele. De tanto uso, a frase formal saiu com facilidade, mas ele teve que pensar no que dizer em seguida. Precisou controlar a respiração. Bel Siara poderia causar muitos problemas caso decidisse não gostar dele. — Já fiz as malas. Estou pronto pra ir.

Ele se virou antes que ela pudesse responder e trancou o baú com uma chave.

Com a tampa fechada, o baú ganhou vida própria, flutuando em direção à porta enquanto ele tocava a alça.

— Permita-me — disse Bel, movendo-se para puxar a alça. Jainan deu um passo atrás e permitiu a gentileza.

O príncipe Kiem morava em uma parte completamente diferente do palácio. Os aposentos de Taam ficavam na ala da Imperadora, o coração mais bem protegido do palácio, embora, é claro, ele ficasse a muitos andares de distância da Imperadora. Nisso, o príncipe Kiem parecia ter perdido; o Residencial do Pátio era um prédio comprido e vazio, feito em pedra branca, que abrigava familiares menos ilustres e oficiais do alto escalão. Como todas as grandes construções do palácio, as residências eram conectadas por um labirinto de corredores curvos cobertos de vidro. Os iskateanos eram obcecados por tetos de vidro e janelas que mostravam o céu, o que sempre deixara Jainan perplexo, já que na maior parte do ano não havia nada no céu além de um cobertor de nuvens. Em Iskat, se parasse de nevar por uma tarde as pessoas já diziam que era *um belo dia de outono*.

Jainan aproveitou a caminhada para repassar seu pedido de desculpas semielaborado a respeito da cerimônia. Mas nem teve a chance de usá-lo: quando chegaram, os aposentos do príncipe Kiem estavam vazios.

A suíte era uma versão menor da de Taam, construída no mesmo modelo. Jainan já estivera ali antes, em sua breve e aterrorizante visita antes do casamento, mas ainda assim parou na porta de entrada, mais uma vez desorientado pela diferença que a mobília provocava no ambiente. A luz brilhante tocava a mesa de café, com xícaras que não combinavam entre si, e o tapete colorido e de aparência barata, escolhido por alguém que tinha mais boa vontade do que talento para decoração de interiores. A sala de estar parecia mais arrumada que da outra vez. Iskateanos gostavam de ambientes brancos e imaculados, ele sabia, mas Jainan sentiu que antes havia mais cores, só porque havia mais coisas jogadas pela sala.

Bel acenou para que ele entrasse.

— Ele deu uma saída. Mas fique à vontade. Posso preparar uma bebida, a não ser que queira orientar como as malas devem ser desfeitas.

— Posso fazer isso sozinho — anunciou Jainan. Ela devia estar ocupada com as próprias tarefas.

Bel lançou um olhar rápido e calculado em sua direção, como se tentasse analisá-lo, mas sem muito sucesso.

— É claro — disse ela depois de um momento. — Permita-me mostrar os aposentos.

O quarto também estava impecável. Um barulho repentino contra a janela fez com que Jainan virasse a cabeça, flagrando a sombra de uma ave de rapina, um borrão de penas e garras balançando. Jainan aprendera a ficar atento aos pássaros de Iskat. Até mesmo aqueles que os iskateanos chamavam de *pardais* podiam atacar uma pessoa; qualquer espécie um pouco maior deveria ser exterminada.

— Ah, sim. Deixe as janelas fechadas ou as pombas vão entrar — explicou Bel. — E não alimente os pássaros, essa foi a origem de todo o problema. Aqui. — Ela abriu um armário já separado para ele. Além de duas colunas de gavetas.

— Não preciso de tanto espaço assim — comentou Jainan.

— Podemos arrumar mais se... perdão?

Em silêncio, Jainan abriu a tampa do baú. Só estava cheio até a metade. Bel observou o conteúdo.

— Entendi — disse ela. Jainan tentou não enxergar qualquer tom de desaprovação ali. — Mas agora já esvaziamos todo esse espaço, então é melhor você ocupá-lo. Caso contrário, sua alteza vai encher de tralhas.

Jainan sentiu sua coluna inteira travar.

— Eu não... não preciso — disse ele. — Não quero discutir com sua alteza.

Bel lançou um olhar estranho em direção a ele. Jainan não conseguia encará-la, então se concentrou em tirar os pertences do baú.

— Se precisar de qualquer coisa, pode me chamar — disse Bel, por fim. — Estarei no escritório. O príncipe Kiem mandou avisar que você não deve hesitar em pedir nada.

— Obrigado — disse Jainan.

— Só para esclarecer, pode pedir pra *mim* — explicou Bel. — Kiem não sabe usar o sistema de requisições e sempre acaba ligando para umas vinte pessoas até que alguém finalmente atende o pedido só pra ele sossegar.

— Obrigado — repetiu Jainan. Como tinha a desculpa de se virar para o armário, não precisou esconder a expressão quando ela saiu.

Se o príncipe Kiem dissera aquilo, Jainan imaginava o motivo. Culpa pelo casamento apressado e pelo luto de Jainan. Aquilo explicava algumas das coisas que Kiem dissera na cerimônia também. A culpa que sentia por Jainan fazia Kiem oferecer favores. E se Jainan se aproveitasse daquilo, a relação desandaria muito antes do imaginado. Jainan sabia muito bem como a culpa podia se transformar em ressentimento. A única coisa que lhe restava era tentar fazer Kiem feliz, e Jainan, mais do que ninguém, era incapaz disso.

Suas roupas ocuparam metade do espaço no armário. A caixa de Thea ficou no fundo de uma gaveta. Ele esvaziou o baú lentamente, e depois de vazio, fechou-o até que fosse apenas um bloco fino flutuando na altura do peito. Ele puxou o bloco pelo ar e vacilou. Normalmente, teria entregado o objeto para a assistente de Taam, mas não queria atrapalhar Bel.

Sentiu um desejo repentino e esmagador de voltar para um território familiar. Ao menos conhecia as *regras* de lá. Mais uma pontada de dor de cabeça.

Bel espiou pela porta aberta.

— Mensagem do príncipe Kiem — anunciou ela. — Ao que tudo indica, ele fez planos pro jantar. Consegue chegar ao Salão dos Pássaros em vinte minutos? É na torre sul, ao lado da ala da Imperadora. Posso mostrar o caminho.

Jainan hesitou. A animação e eficiência de Bel eram intimidadoras, e ele não gostaria de tomar mais do tempo dela.

— Sei onde fica — disse ele. Não era um salão de jantar. Recordava-se de um passeio pelo palácio assim que chegara, e o lugar era formal e vazio, usado às vezes para algumas recepções. O palácio tinha mais salas de recepções do que motivos para usá-las.

— Sugiro vestimenta formal — disse Bel. — Precisa de mais alguma coisa? Não? Vou tirar a noite de folga, então. Mas vou ficar de plantão... aqui, vou enviar meu contato pra sua lista. — Ela rodopiou o dedo e a imagem de uma engrenagem apareceu sob sua mão.

— Não, eu... eu preciso recalibrar a minha. — Jainan tocou sua pulseira, que ainda não funcionava direito desde que a conta de Taam fora desativada. Agora ela teria que ser conectada à conta do príncipe Kiem. Mas Bel estava prestes a encerrar o dia de trabalho e ele não queria prendê-la ali. — Vou pedir ao príncipe Kiem amanhã. — Aquilo não diminuiu em nada a tensão fria em sua nuca.

Quando chegou à cobertura da torre sul, ele não conseguia lembrar exatamente qual das portas ornamentadas em ouro devia abrir, mas aquilo não importava: um atendente fez uma reverência e o guiou até a entrada correta.

A porta se abriu para um salão de recepção enorme, com uma vista panorâmica da cidade de Arlusk e das montanhas nevadas ao fundo. A branquidão suave das paredes era contrastada pelas tapeçarias circulares que ilustravam vários pássaros de Iskat, tanto predadores quanto alienígenas. O resto da mobília fora planejado com cuidado para combinar com aquelas relíquias: as cadeiras e os aparadores eram feitos de madeira polida, levemente folheados a ouro. Ao lado da janela, havia uma mesa posta para dois.

De lá, o príncipe Kiem se levantou tão rápido que quase derrubou a cadeira. Jainan se enrijeceu.

— Ah... nossa, caramba. Perdão... — De alguma forma, Kiem enroscou o pé debaixo da cadeira antes que ela chegasse ao chão e, sem jeito, a levantou novamente. Ele se virou para Jainan, oferecendo uma reverência. — Desculpa por isso. Você gostaria de, hm, se sentar?

Jainan continuava paralisado. A mesa estava coberta com uma toalha de linho branco como neve e cintilava com doze tipos de talheres. Pequenos pratos tinham sido organizados de forma geométrica, cada um contendo uma porção delicada de comida. Um candelabro ocupava espaço no centro da mesa. Deveria ser *romântico*.

Jainan não era capaz de encarar aquilo.

— Eu, hm, quer dizer... talvez você não... — Kiem ergueu as mãos, desamparado. — Não queria te pegar de surpresa. Se não estiver se sentindo bem, sem problemas. Pode pedir comida nos nossos aposentos. E eu posso ir pra outro lugar. Ou qualquer coisa assim.

Independentemente do que fosse decidido com relação ao jantar, os dois teriam que dormir na mesma cama naquela noite. Jainan se forçou a não dar um passo atrás. Fugir não ajudaria em nada. Era apenas mais um jantar formal; ele já sobrevivera a centenas deles.

— Não, está tudo bem — disse ele.

Deu três passos adiante e se sentou, ainda rígido, lembrando-se de acrescentar:

— É adorável. Eu me sinto honrado.

Kiem soltou um suspiro de alívio exagerado. Uma *piada*, pensou Jainan em um torpor enquanto Kiem se sentava.

— Desculpe pela falta de um grande banquete de casamento. Luto oficial e tudo mais. Porém, consegui uma garrafa de champanhe gireshiano da adega pra gente. — Kiem segurou a garrafa que estava ao lado do candelabro e balançou-a com animação. Seu bracelete, um pingente quadrado de madeira trançado em uma corda, tilintou alto demais contra a taça vazia de Jainan. — Trinta anos, e mais três numa nave até aqui. Posso... ah, peraí. — Ele afastou a garrafa, censurando-se. — Você não bebe, não é?

Giresh não fazia parte do sistema. Sistemas fora do Império só podiam ser acessados por um elo, e o elo mais próximo de Iskat estava a um ano de distância, o que tornava a troca com o universo expandido bem lenta. Tudo que vinha de fora do sistema era um luxo; Kiem estava oferecendo algo que devia ter custado uma boa parcela de sua mesada. Jainan estendeu a taça em direção à garrafa.

— Por favor.

— Hm, certo — murmurou Kiem. Ele também encheu a própria taça e a ergueu. — A Thea.

Jainan piscou. Sentiu um aperto no peito. Mas era apenas uma demonstração de boas maneiras. Tirando a reputação que tinha na imprensa, o príncipe Kiem era um diplomata numa família de diplomatas. Jainan levantou sua taça.

— Ao Império.

O sabor do álcool queimou o fundo da garganta.

As refeições de Iskat seguiam uma ordem rigorosa. Sempre começavam com o prato salgado: uma junção de pequenos pedaços de peixe e carne de sabor intenso acompanhados por vegetais em conserva. Depois vinha o chá fumegante para limpar as papilas gustativas, servido em uma pequena xícara de cerâmica — nenhum iskateano bebia chá fora das refeições, e eles desconfiavam de quem sugerisse —, e então o prato doce, de peixe ou frutos do mar com molho adocicado e acompanhados de bolo crocante. A maior parte da refeição vinha no prato suave, onde por fim arroz e pão eram servidos. Kiem fez sons de prazer diante da mesa. Jainan não estava com fome.

O último prato da refeição salgada surgiu na altura do cotovelo, servido por um garçom que segurava duas crostas prateadas de peixe salpicadas com algas. Em modo automático, Jainan inclinou a cabeça e pegou os talheres corretos. Segurou-os com força enquanto se preparava para falar.

— As nevascas começaram mais cedo este ano — disse Kiem do outro lado da mesa.

Ao mesmo tempo, Jainan disse:

— Peço permissão para me desculpar.

Os dois caíram em um silêncio desconfortável. Jainan baixou o olhar para a comida, os ombros tensos pelo esforço de manter a postura firme.

— Pelo quê? — perguntou Kiem, por fim.

Jainan fez uma pausa.

— Pela cerimônia.

Kiem colocou a mão sobre o rosto e suspirou.

— Caramba, eu também peço desculpas. Foi horrível, não foi? Vamos combinar de nunca mais falar sobre isso.

O alívio tomou conta do estômago de Jainan como ácido.

— Sim.

— Eles poderiam ter esperado uma *semana* — disse Kiem, burlando de imediato seu próprio acordo. — Uma semana não mataria ninguém. Um milhão de funcionários públicos neste palácio e nenhum deles consegue segurar um tratado por uma semana?

Jainan observou sua refeição e, cuidadosamente, separou a alga do peixe com a ponta da faca. Um leve aroma cítrico subiu do prato.

— Hm.

— Mas então, um metro de neve só este mês. Isso é *muita coisa*, né? Estamos na época do ano em que minha mãe começa a amaldiçoar o clima e se manda pro litoral espacial.

Jainan piscou. Mas antes que tivesse tempo para responder, Kiem embarcou em um fluxo de consciência que aparentemente envolvia tudo o que ele já tinha pensado na vida a respeito do clima no começo do inverno. Jainan lutou para se recompor e responder. Quando Kiem terminou de falar sobre o clima, mal fez uma pausa antes de mudar o assunto para comida ("Parece que avelãs estão voltando com tudo. Você já provou avelãs?"), seguindo para a violência em Sefala ("Bel é de Sefala, sabia? Ela recebe notícias de lá através de alguém da Guarda Sefalana") e o engarrafamento orbital causado pela nave da Resolução ("Vai levar pelo menos uma semana até tudo voltar ao normal. Eu fiz uma aposta com um dos controladores da estação").

O fluxo de conversa foi deixando Jainan mais tranquilo. Por sorte, entrou no piloto automático, emitindo opiniões tão neutras que poderiam ter sido escritas por uma assessoria de imprensa. Kiem era bom em fingir interesse: conseguia se prender a cada palavra vazia. Jainan sabia que era apenas uma tática de diplomacia, mas isso deixava a conversa mais fácil. Kiem ocupava mais espaço do que Taam; gesticulava o tempo todo para argumentar, quase esbarrando o cotovelo na manteiga. Jainan tentou não olhar para o corpo dele, sua pele escura e a curva suave do antebraço. Parecia errado se permitir a distração.

O prato doce chegou, com uma sopa saborosa coberta de mel e uma pilha de docinhos sofisticados ao lado. Em seguida, mais chá escaldante. Através da janela, o céu ganhara um tom de azul profundo e sombrio, e os olhos de Jainan sempre retornavam para a imensidão escura no alto e para o modo como as luzes do palácio cintilavam e refletiam em alguns flocos de neve errantes. Ano após ano, o coração do Império parecia impaciente para afastar sua órbita da estrela de Iskat; o inverno sempre chegava com rapidez nessa parte do planeta.

Por mais que tentasse acompanhar, Jainan estava perdendo o fio da meada na conversa com Kiem. Fora um longo dia. Nas calmarias entre uma crise e outra, o cansaço se espalhava por ele como um soro paralisante, provocando dores na coluna e deixando sua mente desatenta. O tilintar dos talheres e o reflexo do candelabro na janela eram familiares demais; aquele poderia ser qualquer um entre as centenas de banquetes que frequentara com Taam desde sua chegada a Iskat. Kiem era um estranho do outro lado da mesa. Suas feições não lembravam as de Taam, mas naquele momento os dois pareciam mais semelhantes do que deveriam.

Não era apenas a aparência física. O salão ficou embaçado e, de repente, era Taam quem estava sentado no lugar de Kiem, lindo e charmoso, conversando com uma pessoa importante à sua direita. A mordida de pão macio na boca de Jainan se transformou em cinzas; ele não conseguia engolir. Taam riu de uma piada e se virou para ele. Nesse momento, seu sorriso se desfez, arrancado de seu rosto bruscamente.

Vamos pra casa, pensou Jainan. O humor de Taam só tendia a piorar se eles continuassem ali. Como se pudesse escutar seus pensamentos, Taam se inclinou para a frente e esticou a mão. Jainan manteve a mão firme sobre a mesa.

— Jainan? — Um tapinha repentino sobre sua mão o fez saltar. Era Kiem, se curvando sobre a mesa com uma expressão ansiosa. — Você está bem?

— Sim — disse Jainan, afastando a mão. O luto funcionava de formas esquisitas. Ele deveria começar do zero com Kiem; não podia deixar que ele soubesse o motivo da sua distração. — Estou bem. Só cansado.

Kiem recolheu a mão imediatamente.

— Sim, foi um longo dia. Podemos pular o resto do jantar...

— Não — disse Jainan, desesperado. Ele expulsou Taam por completo da mente. Não podia arruinar o jantar também. — Não há problema algum. Está tudo bem.

Kiem parou por um momento.

— Certo — disse ele, gesticulando para que o garçom levasse as xícaras de chá. — Então, hm. Esse pequeno brasão na rua roupa... é um tipo de brasão familiar theano, certo?

— Isto aqui? — perguntou Jainan, surpreso pela mudança de assunto. Ele tocou o emblema costurado na gola da túnica.

— Heráldica e tal... é meio que... ahn... um hobby meu — explicou Kiem. — O que a borda significa? — Ele pareceu confundir a hesitação de Jainan com relutância. — Ou é algo particular?

Jainan estava tão fora de si que quase disse *Sim, é por isso que meu clã coloca o brasão em tudo.* Mas apesar de Kiem ser capaz de elaborar um comentário engraçado a cada duas frases enquanto falava, conforme havia provado na última hora, Jainan não era socialmente preparado para fazer piadas sem ofender ninguém.

— Não é particular — disse ele. — É o emblema dos Feria. A borda muda de acordo com sua posição no clã.

Kiem inclinou a cabeça, radiante de interesse. Jainan até poderia suspeitar que ele estivesse flertando, mas o vira no casamento, e Kiem agia daquela forma com todo mundo, dos jornalistas à juíza. Jainan analisou com cuidado a linguagem corporal de Kiem, procurando sinais de tédio — se Jainan soubesse que heráldica era um dos seus hobbies, teria puxado o assunto antes.

Em determinado momento, Jainan olhou para os restos do prato suave e se deu conta de que estivera falando pela maior parte do tempo durante os últimos dez minutos.

Kiem acompanhou seu olhar.

— Opa. Parece que acabou a comida. — Ele apoiou um cotovelo sobre a mesa e ergueu os olhos de volta para os de Jainan. — Café? Podemos tomar um café em algum outro lugar. Ou você pode voltar pros meus aposentos, hm, quer dizer, nossos aposentos. — Jainan tinha a sensação de que a fala de Kiem não saíra como o planejado. — Tecnicamente você poderia me convidar. Quer dizer, ou podemos voltar e não tomar café! — Ele balançou as mãos na frente do rosto. — Ou eu posso ir pra outro lugar e você volta pra casa... ou você pode... hm...

Uma faísca de divertimento se acendeu dentro de Jainan.

— Gostaria de retornar aos meus aposentos para um café, príncipe Kiem? — perguntou ele, a voz grave.

A frase saiu antes que ele pudesse pensar direito. Ele parou, quase desejando retirar o que tinha dito, mas Kiem abriu um sorriso surpreso e satisfeito. Jainan ainda não vira *aquele* sorriso. Ele baixou o olhar de volta à mesa, mas uma pessoa cuja personalidade era intensa como um canhão estava apontando aquele raio laser quase cegante em sua direção. E ele não era *imune*.

— Eu não seria capaz de pensar em nada melhor — disse Kiem, abandonando as últimas garfadas no prato. — Vamos nessa?

A euforia do breve acordo entre os dois não durou muito tempo. Foi se esgotando no caminho de volta aos aposentos de Kiem, mesmo com o príncipe mantendo seu ritmo intenso de conversa, o que atenuava a apreensão de Jainan para um nível um pouco mais baixo. Até Kiem parecia menos intenso, perdendo sua linha de raciocínio enquanto abria a porta, o que provavelmente era melhor, já que Jainan não escutara uma palavra sequer de tudo que ele havia dito nos cinco minutos anteriores.

O problema era a esperança. Contrariando todas as expectativas, parte de Jainan imaginava se ele poderia ser bom o bastante para Kiem naquela noite, se os dois poderiam estabelecer a base de um casamento feliz e estável que fosse capaz de sustentar o tratado. Não era como se houvesse uma razão lógica para a esperança. Pelas suas buscas sombrias nos portais de fofoca, Jainan sabia que Kiem já tivera pelo menos meia dúzia de relacionamentos. Mais mulheres que homens, e todas as pessoas eram lindas, confiantes e pareciam combinar perfeitamente com Kiem, mesmo nos flagras casuais dos paparazzi. Pessoas escolhidas por Kiem, e não impostas a ele. Jainan não tinha como competir.

Ele soltou o braço de Kiem assim que entraram em casa. Todos os seus movimentos pareciam desengonçados. Ele se sentou na beirada de um sofá para evitar ficar perambulando e se deu conta de que aquilo deixava a situação muito mais desconfortável — o que era aquilo? Uma noite de núpcias ou uma visita educada? Ele não sabia o que fazer com as mãos.

As imagens e os vídeos que acompanhavam as matérias nos portais de fofoca não capturavam Kiem por completo: pessoalmente, sua vivacidade era cativante, como se tivesse uma fração a mais de energia do que o corpo era capaz de conter. Ele desligou a tela na parede, deixou as luzes mais fortes e então mais fracas, abriu um sorriso distraído para Jainan e acabou ziguezagueando até a mesa do café.

— Beleza! O que você vai querer? A Bel alterou nossa máquina de comida, então dá pra misturar qualquer sabor...

— Só café — disse Jainan abruptamente. Sua língua parecia inchada dentro da boca. Não tinha sido sua intenção interrompê-lo.

Ele engoliu em seco durante o silêncio que seguiu e escutou o som mecânico da água quente sendo servida. Kiem surgiu com uma xícara de café em cada mão. Elas não combinavam, como se tivessem sido herdadas de pessoas diferentes; uma era pesada e de um marrom escuro, a outra era parte da provisão militar de uma divisão que Jainan não reconhecia. Ele olhou para cima, tentando ler a expressão de Kiem, e então se arrependeu. Aquele sorriso fácil não estava mais ali.

Kiem colocou a xícara maior na frente de Jainan.

— Certo — disse ele. — Acho que algumas coisas precisam ser ditas.

Jainan não tocou no café. Apenas encarou a mesa onde ele estava apoiado.

— Pois não?

— Existe um limite até onde precisamos ir nesse negócio de noite de núpcias — começou Kiem. Ele se sentou ao lado de Jainan. — Quer dizer, não podemos ter quartos separados. A assessoria de imprensa já vetou isso, acham que a informação vai vazar pros portais de notícias. Mas aqui é o nosso espaço privado.

— Você não quer dormir comigo — disse Jainan. Seus lábios pareciam dormentes.

Kiem fez um movimento brusco com o braço, derramando o café sobre a mesa.

— Não! Não foi isso que eu... caramba. — Ele apoiou a xícara com cuidado, esbarrando o cotovelo no de Jainan. — Não é que eu não *queira*. Mas é que... este com certeza não é o melhor dos cenários, e eu não consigo imaginar que você... hm... Não precisamos fazer nada, é isso que eu quero dizer. Posso dormir no sofá.

A compreensão atingiu Jainan como um soco no estômago. Ele se comunicara tão mal que Kiem agora achava que estava sendo rejeitado, presumindo que Jainan não estava sequer disposto a tentar fazer o casamento funcionar. Jainan já tinha começado arruinando tudo com seu jeito frio, rígido e contido.

Ele se virou, repousou a mão sobre a nuca de Kiem e, tentando se lembrar de como fazer aquilo do jeito certo, o beijou.

Após um momento paralisante, Kiem retribuiu. O coração de Jainan pulsava tão forte que o deixou tonto: ele não sabia dizer se por alívio ou pelo beijo. *Concentre-se.* Ele não podia ser horrível naquilo. Estava tão focado que quase perdeu o som de prazer que Kiem soltou quando os dois se afastaram, e Jainan parou, em choque, ao se dar conta do som.

Por sorte, isso não pareceu importar. Kiem respirou fundo e inclinou a cabeça, beijando o pescoço de Jainan. Foi bom — claro que foi, Kiem sabia o que estava fazendo —, e por um momento peculiar, a tensão constante na cabeça de Jainan desapareceu. Foi substituída por uma sensação estranha de vulnerabilidade, como a luz entrando por uma janela. Será que era a bebida falando? Jainan não se importava. Abriu os primeiros botões da camisa de Kiem, tremendo de alívio. Estava funcionando.

As mãos de Kiem se fecharam sobre as dele. Jainan parou.

— Está tudo bem? — perguntou Kiem. Jainan levantou os olhos até o rosto dele. O cenho de Kiem estava franzido.

O tremor. Jainan respirou fundo, se acalmando. Ele era capaz. Já havia funcionado outras vezes.

— Sim? — Ele deixou seu tom mais suave, persuasivo. — A gente precisa parar?

Kiem sorriu, embora aquele fosse apenas um eco do sorriso de mais cedo. Ele tentou beijar Jainan novamente, mas o conde já estava de pé, puxando Kiem do sofá e em direção ao quarto. Kiem estava suscetível, o que deixava tudo ao mesmo tempo mais fácil e mais difícil do que Jainan esperava, mas num piscar de olhos os dois já estavam na cama. Jainan tirou a camisa de Kiem, que balançou os braços em obediência para se livrar da roupa enquanto alcançava os fechos na túnica de Jainan.

Os dedos de Kiem estavam quentes. Aquela era a sensação mais desconcertante de todas. Jainan se viu apoiado sobre os cotovelos enquanto deitava de costas na cama. Ele não tinha tempo para racionalizar aquele sentimento estranho e repentino que não tinha nada a ver com o casamento ou o tratado, e tudo a ver com o toque de Kiem sobre seu peito. As batidas de seu coração começaram a acelerar. Ele se impulsionou para cima com os cotovelos. Precisava manter o foco, tinha que se controlar, Kiem perceberia se ele não se concentrasse...

Kiem se afastou. O ar que estivera quente demais ao redor de Jainan, de repente, esfriou. Jainan abriu os olhos, uma pontada de pânico surgindo, e então viu a expressão confusa de Kiem. O pânico se cristalizou em desespero, que corria através dele como mercúrio, ainda mais desagradável por saber que poderia ter sido evitado. Jainan falhara.

Ele deveria ter se sentado imediatamente e se aproximado. Deveria ter fingido surpresa por Kiem querer parar. Em vez disso, permaneceu deitado enquanto uma onda de apatia tomava conta dele. E naquele momento, viu a expressão de Kiem endurecer.

— Desculpa — disse Kiem. Sua voz estava baixa. Aparentemente, Jainan não era o único capaz de mudar o tom para esconder seus sentimentos. — Vou embora.

Jainan abriu a boca para dizer *Não!*, mas a fechou em seguida. Não podia controlar com quem Kiem desejava dormir. Havia acreditado que poderia apressar as coisas entre os dois e esconder toda aquela frieza que o tornava tão decepcionante, mas estava errado. *O problema não é o tipo dele. O problema é você.* Não poderia forçar Kiem a se sentir atraído por ele.

— Eu vou — foi o que Jainan disse.

— *Não* — rebateu Kiem, em um tom quase agressivo. Jainan ficou imóvel, mas Kiem não estava olhando para ele. Já se pusera de pé, abrindo gavetas aleatórias até encontrar um tipo de manta... um lençol. — Deixa pra lá. Vamos dar um jeito. Eu não... fique à vontade. Sinto muito.

A porta se abriu, e enquanto Jainan ainda tentava se levantar, com os argumentos na ponta da língua, Kiem já havia saído.

A porta deslizou e se fechou antes que Jainan pudesse alcançá-la. Ele ficou congelado na frente dela, as mãos fora do alcance do sensor de movimento, a superfície branca e vazia a alguns centímetros do seu rosto. Ele poderia sair. A porta não estava trancada.

Mas o que diria? Não tinha como consertar aquilo.

Ele se virou. Kiem deixara suas intenções muito claras: Jainan tinha o quarto inteiro pra si, e Kiem se arranjaria. Ele olhou para a cama. Sentiu tudo se recolher dentro de si. Considerou por um momento dormir na poltrona ou no chão, mas descartou a ideia por ser ridícula. Ele não era uma pessoa de atitudes dramáticas. Era prático, discreto e um parceiro fiel. Não precisava que ninguém gostasse dele.

Deitou-se na cama e encarou o teto branco. O sono viria. Sempre vinha.

5

— Vou ter que instalar um localizador em você — Bel informou a Kiem quando ele entrou pela porta na manhã seguinte. — Chequei todos os lugares onde você geralmente toma café e nada! Procurei até na cantina do zelador. O que custa responder suas *mensagens*?

— Desculpa — disse Kiem, engolindo a última mordida do café da manhã. A luz matinal atravessava a janela, iluminando o lençol dobrado no recosto do sofá com mais clareza do que ele gostaria. A porta do quarto ainda estava fechada. Ele presumiu que Jainan estivesse dormindo. — Saí pra dar uma caminhada.

Bel o olhou desacreditada.

— Sozinho?

— Sim — respondeu Kiem.

Ela sustentou o olhar incrédulo, e ele completou:

— Conheci uma guarda da segurança quando estava andando pelo Jardim das Cinzas. Tivemos um papo legal. Ela me contou sobre minhocas que dão em árvores ou alguma coisa do tipo.

— Bem, que alívio! — comentou Bel. — Eu estava começando a achar que você estava passando mal. — Ela moveu os dedos e enviou o calendário dele para a tela na parede. — Vocês têm um compromisso com o Auditor hoje à tarde. A Resolução chama esse encontro de *integração*, mas acredito que seja só uma confirmação oficial de que vocês dois são os representantes de Thea.

— Ótimo, ótimo — disse Kiem. Ele acreditava que não poderia ser pior que a noite anterior. — Estou pronto pra ser integrado. Estou tão maduro e responsável que vou fazer os monges mais velhos chorarem. O que mais?

— Você ainda tem um evento universitário agendado para a manhã de hoje. Está planejando ir mesmo assim, ou a Imperadora te passou um novo cronograma agora que está casado?

Kiem nem pensara naquilo.

— Ela não disse nada sobre isso. — Ele olhou para o resto do calendário, que mostrava a lista habitual de eventos e festas beneficentes. — Precisamos aparecer nas cerimônias da Resolução, e no Dia da Unificação, claro, mas ela não me passou mais nenhuma obrigação oficial. Hren disse que ela quer manter o casamento discreto. Só envolver a imprensa quando necessário.

Bel soltou um *ha-ha* silencioso. Sua opinião sobre Hren Halesar não era lá grande coisa.

— Espero que a assessoria de imprensa esteja gostando da cobertura de hoje, então. Quer ver os relatórios? Eu até ri — acrescentou ela, o que nunca era um bom sinal.

— Vamos ver o estrago — Kiem se jogou no sofá. Seria sofrível comparado com a cobertura brilhante do primeiro casamento de Jainan. — Merda, o cronograma de Jainan. Eu deveria ter pedido a ele... — Ele se calou, encarando a porta do quarto fechada.

— Ele já acordou — disse Bel. — Saiu pra se exercitar no jardim.

— Sério? — Kiem atravessou a sala até a janela grande e olhou para os jardins do pátio, onde árvores esguias nasciam entre as trilhas, sob as sombras das torres do palácio. O sol emitia um brilho branco por trás da névoa congelante.

Jainan era uma mancha rodopiando no espaço entre as árvores. Usava um galho para executar movimentos de artes marciais que lembravam uma dança, tão rápidos que o galho parecia um borrão enquanto ele o girava e estocava. A camiseta deixava os braços à mostra, mesmo no frio da manhã. Seus pés esmagavam a grama congelada. Kiem ficou vidrado.

— Bastão marcial — disse Bel. — É uma coisa de Thea. Depois eu mando uma cartilha explicando tudo.

Kiem se forçou a sair de perto da janela, esfregando a mão na testa. Não tinha o direito de ficar observando, não depois de ter ferrado com tudo de maneira tão espetacular na noite anterior.

— Certo. Tranquilo. Obrigado. — Ele deveria ao menos saber o que era, já que Jainan era tão bom naquilo.

— Dor de cabeça? — perguntou Bel, com o olhar neutro de secretária particular.

— Mais ou menos — respondeu Kiem. Ele reparou na espiada que ela deu em direção ao lençol dobrado e soltou um gemido. — Ah, tá bom, *beleza*. Talvez eu precise de mais um travesseiro pro sofá. Não vaze isso pros portais de notícias.

Bel hesitou de um jeito que não era do seu feitio.

— Posso arranjar mais uma cama.

— Não vale a pena correr esse risco — disse Kiem.

— Uma cama retrátil, então? — tentou Bel.

— O sofá está ótimo.

— O sofá *não está* ótimo. Ninguém vai nem ver a cama retrátil.

Kiem percebeu que estava com o corpo encostado na parede. Tamborilou os dedos pela superfície. Não estava acostumado a ficar na defensiva.

— Então tá bom, tudo certo. Tanto faz.

— Kiem — disse Bel, sem cerimônias. — Você está bem?

Kiem abriu a boca, mas fechou-a em seguida. Como ele poderia *explicar* aquilo? Como dizer *Meu parceiro acha que tem a obrigação de dormir comigo, mesmo não estando nem um pouco a fim*? Kiem nunca tinha ido para a cama com alguém que não estivesse cem por cento empolgado com a ideia, e descobriu que não gostava nada daquilo. Não conseguia lembrar o que fizera para dar a impressão errada para Jainan. Até achou que Jainan estava flertando! Achou errado. Mas não poderia discutir o assunto fora do quarto, nem mesmo com Bel.

— Estou. Não é de *mim* que você deveria sentir pena. — Ele deu de ombros com sua melhor indiferença. — Poderia ter sido bem pior. Pelo menos eu aprendi um monte de coisas sobre heráldica. Pode me perguntar o que quiser sobre brasões de clãs. Mas agora vamos aos relatórios.

Ele se esticou sobre a mesa até a pasta vermelha de imprensa, uma coleção de matérias em texto com capas discretas em branco. Os arquivos eram atualizados diariamente, mas ele costumava acessá-los uma vez por semana, só para conferir se não tinha nenhuma tragédia. Enquanto se sentava para abrir a pasta, um leque de imagens se reorganizou acima dos seus respectivos artigos. A maioria mostrava o beijo pós-casamento ou a foto oficial — o sorriso doce e digno de Jainan, enquanto Kiem parecia um idiota, o que não era nenhuma novidade —; no entanto, alguns dos portais haviam escolhido imagens dos dois assinando o contrato. A mão de Kiem ainda manchada de vermelho.

Kiem leu as manchetes que acompanhavam as imagens com um interesse mórbido. *Contido, porém romântico: príncipe Kiem se casa com conde theano em cerimônia discreta.* A Resolução e a renovação do tratado tinham sido jogadas discretamente para o segundo parágrafo. Mais uma: *O casamento real do príncipe K — a combinação perfeita!* Nesta, colocaram as declarações do seu roteiro de imprensa, do qual ele não se desviara durante as entrevistas que se seguiram ao evento. No geral, Kiem não se chateava tanto com a cobertura da imprensa, a não ser que fosse algo capaz de exilá-lo, mas ele conseguia imaginar o que Jainan pensaria quando visse aquelas matérias. A maioria também havia citado Taam, num tom de "durante seu luto trágico, Jainan encontra o amor novamente" que deixava Kiem enojado. Teria sido melhor se tivessem focado nas políticas galácticas.

— Vira a página — orientou Bel.

— Acho que não quero — Kiem virou mesmo assim, para onde a assessoria de imprensa geralmente colocava as matérias negativas. Duas imagens apareceram, onde todos tentavam resgatar os documentos de uma poça de tinta e Kiem parecia prestes a cair na risada. Por sorte, Jainan não aparecia nas fotos. Então uma terceira imagem apareceu.

O beijo em si parecia normal. Não tinha muito como um beijo sair mal na foto. Mas um dos portais de notícias conseguira capturar o momento exato em que Kiem se aproximara de Jainan, segundos antes de beijá-lo, e era fácil ler o pânico na expressão do príncipe. *Forçado pelos galácticos?*, berrava a manchete. *Príncipe playboy amarrado a um theano após a morte do parceiro anterior.*

Kiem fechou a pasta com força e apoiou a cabeça sobre as mãos. Poderia apostar que aquilo tinha sido coisa do Dak. Eles provavelmente já tinham riscado da lista quem quer que tivesse vendido aquela foto, mas *agora* não adiantava de nada.

— Não mostre isso pro Jainan — disse ele. — Você acha que ele lê as notícias? Merda, é claro que lê.

— Quanto contexto você quer? — perguntou Bel, segurando mais uma pasta.

Kiem olhou para ela. Era vermelha como as outras da assessoria, mas tinha um número de série diferente na capa.

— Onde você conseguiu isso?

Ele abriu a pasta, cheia de manchetes e notícias em miniatura dos portais, tão reduzidas que ele precisou tocar em uma matéria individual para ampliá-la. A matéria escolhida por ele acabou sendo algo incompreensível sobre tarifas comerciais. Ele não conhecia o portal de origem.

— Assessoria de imprensa. É uma cópia da pasta de Relações Theanas — explicou Bel. — Fontes theanas. Pensei que você gostaria de se atualizar, mas posso devolver se não quiser.

Kiem assentiu devagar. O bloco de texto fazia seu cérebro doer, mas em geral valia a pena dar ouvidos a Bel.

— Acho bom termos isso pro Jainan, de qualquer forma.

— Sobre Jainan, tem mais uma coisa — disse Bel. Ela se virou para a mesa e pegou um cartucho de diagnóstico em forma de bolha perolada, preso numa pulseira que não era a dela. Projetou o diagnóstico na parede. A tela piscou apontando um erro e exigindo uma frase-passe. — Parece que Jainan e o príncipe Taam tinham uma conta compartilhada. A do príncipe foi desativada, então o sistema fica tentando apagar a conta do Jainan.

— Peraí, peraí, peraí — disse Kiem, levantando as mãos. — Contas *pessoais* compartilhadas? Talvez Jainan e Taam só dividissem uma conta oficial.

— Jainan falou que não tinha uma oficial — respondeu Bel. — Essa é a única conta a que a pulseira dele tem acesso. — Ela deslizou os dedos e o aviso de erro desapareceu. — A conta dele era secundária. Se ele me der a frase-passe, posso conectar com a sua, mas aí você teria acesso às mensagens dele.

Kiem pressionou as juntas dos dedos contra a testa. Era como se a cada passo desse de cara com a sombra do casamento de Jainan e Taam. E parecia pouco provável que ele e Jainan um dia viessem a ser próximos o bastante para ler as mensagens um do outro. Aquilo sequer soava romântico para Kiem, o que devia ser mais uma prova de como os dois não combinavam em nada.

— Não somos tão íntimos assim — disse ele. Estremeceu ao se lembrar da noite anterior. — Não mesmo. E se nós...

As portas do jardim se abriram. Kiem e Bel se viraram ao mesmo tempo enquanto Jainan esperava na entrada. Ele estava levemente corado por causa dos exercícios, mas a respiração não estava ofegante. Segurava algo que Kiem percebera ser o bastão, retraído para facilitar o transporte.

— Me desculpem — disse ele. — Eu estava lá fora.

Kiem encarou o bastão de bronze reluzente — o bastão marcial — reduzido a um tamanho pouco maior que a mão de Jainan. O objeto mantinha os olhos de Kiem longe do rosto e do cabelo bagunçado de Jainan, que o distraíam com lembranças da noite anterior.

— Hm, bom dia — anunciou Kiem. — Que bela manhã para... coisas de artes marciais. Né?

Uma breve pausa.

— Pois é — respondeu Jainan. Ele parecia desconfiado, o que era compreensível, porque as palavras de Kiem não faziam o menor sentido. — Queria falar comigo? Acordei tarde e não te achei em lugar nenhum.

— Não, não, de forma alguma, quer dizer, sim, quer dizer... pulseira! Certo! — Kiem se virou para a tela, tentando afastar as memórias da noite anterior. A tela ainda mostrava o pedido da frase-passe. — Bel disse que sua pulseira...

Jainan já estava olhando para a tela.

— Ah! — exclamou ele. — Sinto muito. — Ele caminhou até a mesa e pegou a bolha de diagnóstico. O gel perolado obedeceu ao toque quando ele o pressionou com o dedo, ativando o sensor de digitais da pulseira. — Não sabia que precisava de mais um passe. — Ele sussurrou a frase-passe.

O erro na tela sumiu e a parede se encheu de mensagens. Kiem piscou, sem saber ao certo o que estava vendo, e ao se dar conta de que eram as conversas de Jainan, desviou o olhar.

Jainan o observava.

— Era só isso?

Kiem pigarreou.

— A assessoria de imprensa enviou as matérias sobre o casamento. — Ele se virou para as pastas na mesa de centro. — Quer dar uma olhada? A coisa não está muito boa.

Jainan colocou o bastão marcial no aparador, alinhado cautelosamente com a quina. Quando se virou, parecia um tom mais pálido, porém sua expressão era a mesma. Talvez Kiem tivesse imaginado a reação.

— Sim, eu gostaria de ver.

Kiem entregou as pastas a ele. Não foi muito cuidadoso; seus dedos quase esbarraram no braço de Jainan, que por pouco não derrubou a pasta tentando evitar o toque. Kiem deu um passo brusco para trás, pensando em como estivera equivocado na noite anterior ao acreditar que Jainan poderia querer, de fato, contato físico. Mas não havia mais nada que ele pudesse fazer sobre o assunto, então virou-se de costas, para dar certa privacidade a Jainan, e cutucou o cartucho de diagnóstico. Parecia que a frase-passe de Jainan conectara as contas dos dois automaticamente. Com certeza haveria um jeito de reverter aquilo.

— Essas são as entrevistas que você deu depois da cerimônia — comentou Jainan, sem tirar os olhos das matérias. Ele passou para a pasta seguinte. — Peço perdão por não ter ficado.

— Você precisava fazer as malas — disse Kiem. — Não precisa se desculpar. Enfim, algumas matérias acabaram saindo bem desagradáveis, desculpa por isso, fiz o meu melhor. Saiu alguma coisa sobre nós na pasta de Thea?

— Foram muitas notícias — comentou Jainan, analisando a pilha alta de textos. Não era possível que ele tivesse arrumado tempo para ler tudo aquilo. — A maioria é bem neutra, o tom padrão dos nossos, quer dizer, dos veículos de Thea. — Ele fez uma pausa, olhou para Kiem e continuou. — Sinto informar que os portais mais alternativos são bem mais voláteis. Muitos deles não tratam Iskat com tanto respeito. Quatro me chamaram de traidor do planeta.

— Como assim? — perguntou Kiem, quase deixando o cartucho de diagnóstico cair. — Isso é ridículo. Chega a ser *ofensivo*. — Jainan deu de ombros, seu olhar ainda passeando pela pasta. Kiem perambulou pela sala antes de se virar novamente. — Podemos riscá-los da lista? Bel?

— Eles nunca estiveram na lista, pra começo de conversa — explicou Bel. — São mídias theanas. É a mesma coisa que querer bloquear os portais de fofoca de Sefala.

— Mas eles não podem simplesmente *inventar*... — começou Kiem, interrompendo o argumento ao perceber que Jainan estava tentando dizer alguma coisa. Jainan fechou a boca. — Pode falar.

Jainan levou um tempo para reformular sua frase.

— Há uma boa quantidade de detalhes aqui.

Ele voltara para as entrevistas pós-cerimônia de Kiem. O príncipe franziu o cenho, esquecendo a própria indignação e tentando se lembrar do que havia falado na coletiva.

— É mesmo? — Ele achou que tinha sido bem impessoal, mas já estava acostumado com a imprensa. — Qual parte?

— Essa... — Jainan fez uma pausa, com o dedo passando por cima de vários artigos como se não quisesse tocar neles. — Deixa pra lá, não é importante. — Ele voltou a olhar para Kiem. — Vou tomar um banho.

— Certo — disse Kiem. — Nós... A Bel vai consertar sua pulseira. Temos uma reunião com o Auditor hoje à tarde, e eu preciso ir a uma recepção na universidade antes. Como você se sente em relação a visitas universitárias?

— Fico pronto em dez minutos — afirmou Jainan.

Aquela era uma notícia encorajadora, e distraiu Kiem de todo o fiasco com a imprensa. Ao menos havia *algo* para os dois fazerem juntos, algo que não envolvia jantares românticos e entediantes a ponto de deixar Jainan com sono.

— Pode se arrumar no seu tempo. A visita só começa às onze. Precisa de alguma coisa?

— Não — disse Jainan. Seu tom poderia ter soado abrupto, mas ele tinha o hábito peculiar de sempre deixar uma pausa após cada frase, como se tudo pudesse ser negociado. Ele esperou um momento, depois desapareceu para dentro do banheiro. Bel tirou as mensagens da parede e levou a pulseira de Jainan para o escritório, deixando Kiem sozinho com as pastas de imprensa.

— Dos problemas, o menor — disse Kiem para a pilha acusatória de matérias. A pasta de Thea mostrava a imagem de uma mulher, alguém da política theana, que se parecia muito com Lady Ressid. — Algumas matérias, uma noite ruim, e daí? Não adianta me olhar assim. Eu vou dar um jeito em tudo.

Ele fechou a pasta e encarou a parede.

Arlusk não era a maior cidade do planeta — havia alguns centros industriais em outros continentes e um vasto território para coleta de dados que se espalhava em direção ao sul, coberto de gelo —, mas era a mais antiga. A Universidade Imperial, a principal instituição de ensino público de Iskat, ficava na parte da cidade construída durante a primeira onda de empolgação, quando a colônia havia começado a prosperar. As grandes fachadas de granito e os prédios modulares já gastos eram tão familiares para Kiem quanto sua própria sala de estar.

Entretanto, aquela era uma visita oficial, então ele e Jainan se sentaram no banco traseiro de um dos jatos oficiais do palácio, que se arrastava lentamente colina abaixo. Bel havia reservado um chofer do palácio e lhes dera uma pasta de instruções, já que a pulseira de Jainan ainda não estava funcionando, além de uma ordem formal para que Kiem não prometesse nenhuma doação, em hipótese alguma.

A pasta de instruções brilhava suavemente sobre o colo de Jainan, que estava sentado de frente para Kiem. Jainan parecia imerso nos detalhes mundanos da Universidade Imperial, então, com muito esforço, Kiem havia conseguido ficar em silêncio durante os últimos cinco minutos. Os assentos sempre pareciam mais espaçosos do que o necessário, mas naquele momento Kiem estava muito consciente da posição dos próprios pés, e já os havia movimentado várias vezes para evitar encostar nos de Jainan.

A pulseira de Kiem apitou.

— Ah, certo — disse ele, esquecendo sua tentativa de ficar quieto. Jainan levantou os olhos, e como Kiem já tinha chamado sua atenção, o príncipe decidiu ler a mensagem de uma vez. — Bel está avisando que alguns fotógrafos estarão lá. Acho que ainda existe um certo interesse por causa do casamento.

— Isso é um problema? — perguntou Jainan.

— Na verdade, não — respondeu Kiem. — Eles provavelmente só querem algumas imagens nossas e da chanceler. Ou da chanceler comigo, se você não quiser aparecer. Você já deve ter feito tudo isso com Taam.

— Taam não frequentava muitos eventos beneficentes — comentou Jainan. Ele fez uma pausa para escolher as palavras, o que parecia ser um hábito. — A posição dele demandava muito tempo.

— Sim, é claro — disse Kiem. — Ele era um... um coronel, certo? Não sobra muito tempo pra caridade.

Comparado com Kiem, Taam fizera algo mais útil na vida ao se alistar no exército como oficial. Kiem acreditava que o primo não chegara a comandar uma nave, mas havia alcançado uma posição bastante alta no escalão. Kiem tinha uma vaga lembrança de que a unidade de Taam estivera envolvida em operações de mineração.

Jainan não respondeu a pergunta. Estava olhando pela janela enquanto eles atravessavam o portão longo e espiralado da Universidade Imperial, de um cinza que precisava ser retocado e que contrastava com a neve daquela manhã.

— Já estive aqui antes — disse ele. — Em uma aula aberta ao público, alguns anos atrás.

— Nossa, e você entendeu alguma coisa? — perguntou Kiem. — Eu estudei aqui. Mas abandonei o curso antes mesmo das primeiras provas. — O clímax de sua infame carreira universitária não surpreendera ninguém, nem mesmo sua mãe ou a Imperadora, mas ter que se explicar para os portais de notícias tinha sido bastante desconfortável. — No fim das contas, ser da realeza não adianta muito se você não for inteligente.

— Tenho certeza de que você é — Jainan disse, antes de se interromper. — Deve ser... bem.

Kiem percebeu que parecia estar implorando por elogios e tentou consertar a situação.

— Não, é sério, burro feito uma porta. Pode perguntar pra qualquer um dos meus antigos professores. Mas até que eu me dava bem com todos eles, por isso no ano passado me chamaram pra ser um dos patronos. Para isso, não é preciso ser um bom aluno.

Jainan apontou para a biografia de um dos ex-professores de Kiem.

— Desculpe — disse Jainan. — Acho que não vou conseguir me lembrar de tudo isso. Tem alguma coisa que você quer que eu diga para alguém em específico?

— Você não precisa *decorar* as instruções — informou Kiem, um pouco surpreso. — Seria loucura tentar se lembrar de tudo isso. É só pro caso de você querer pesquisar alguma coisa. Imagino que você queira conversar com os professores sobre o seu doutorado, não? Desculpa, não sou bom em ciências; você vai ter que refrescar minha memória sobre o tema da sua pesquisa.

— Nada importante — disse Jainan quando o jato parou e pousou. Ele fechou a pasta.

— Ah — murmurou Kiem. — Beleza. — Discretamente, ele conferiu as próprias instruções na pulseira.

A recepção acontecia no vasto salão central, com paredes descascadas e um eco que amplificava a conversa das centenas de doadores e funcionários presentes ali. As cadeiras baratas eram as mesmas nas quais Kiem lembrava ter se sentado durante as aulas. O motivo do evento era a exposição temporária das obras de arte feitas pelos formandos, e Kiem soltou alguns sons vagos de admiração enquanto o guia estudantil os levava até a chanceler da Universidade Imperial.

— Ah! Vossa alteza! Que bom recebê-lo aqui! — ecoou a chanceler. Aquela figura escultural vestida de tweed e pérolas, com tranças bem-feitas, interrompeu sua conversa para reverenciá-los. Uma fivela de sílex cintilava em seu cinto. — E este deve ser o conde Jainan. Sua presença é uma honra, vossa graça. Peço perdão pelos jornalistas. Sabe como é, tivemos que permitir a entrada deles.

Ela acenou para uma garota baixinha e roliça vestindo tecidos esvoaçantes, e Kiem a reconheceu como parceira de Hani Sereson, que ele vira pela última vez atrás das lentes que o flagraram caindo no córrego central. Ela abriu um sorriso brilhante e começou a fotografá-los de imediato. Jainan, pela visão periférica de Kiem, pareceu se mexer sutilmente ao fundo. Kiem deu um passo à frente para escondê-lo e acenou para a câmera.

— Aliás, meus parabéns! — continuou a chanceler, se virando para Jainan.

— Permita-me cumprimentá-lo. — As sobrancelhas de Jainan se ergueram levemente enquanto ela esmagava sua mão com um aperto forte. Kiem sorriu para ele e também aceitou o cumprimento quebra-ossos. — É sempre um prazer receber o apoio do palácio. Um prazer!

— Não, não, o prazer é todo meu — disse Kiem, recolhendo a mão um tanto combalida. — Especialmente sabendo que muitos professores devem estar comentando sobre o retorno do filho pródigo. A propósito, você já conhecia o Jainan? — A fotógrafa terminou sua última sequência de fotos e foi embora. — Ele já assistiu a uma das suas aulas uma vez. Tem doutorado em engenharia do espaço-remoto, sobre extração de uma coisa que não sei pronunciar direito dos asteroides. Agora eu posso aparecer nesse tipo de evento às custas dele.

Jainan parecia envergonhado.

— Foi muito tempo atrás — disse ele. — E não foi nenhuma pesquisa revolucionária.

— Ah, fala sério, ainda assim é um *doutorado* — rebateu Kiem, o que só deixou Jainan ainda mais paralisado.

— Não pode ter sido há tanto tempo assim — disse a chanceler. — *Muito tempo atrás* é uma expressão a ser usada por nós, velhas decrépitas. — Ela puxou o braço de uma professora que estava de passagem, vestida com uma beca preta oficial. — Não é mesmo, professora Audel?

— Como? — disse a professora Audel, virando-se para eles. Seu cabelo longo e grisalho descia pelas costas, com grampos que afastavam as mechas do rosto. — Velha decrépita? Eu ou você?

— Acho que a chanceler está querendo dizer que alguns de nós somos jovens e irresponsáveis — disse Kiem, estendendo a mão novamente. — Prazer em conhecê-la, professora. Qual é a sua área de pesquisa?

— A professora Audel é uma das nossas engenheiras mais prestigiadas e experientes — disse a chanceler. — Audel, o conde Jainan é um engenheiro acadêmico de Thea. Vocês três devem ter muito a conversar. — Ela deu um tapinha nos ombros de Jainan e da professora e apertou a mão de Kiem mais uma vez, pulverizando os ossos que ainda estavam intactos do aperto anterior. — Com sua licença, alteza. Preciso voltar pra boa e velha socialização. Estou empolgada pra conversarmos mais tarde. Tenho certeza de que vai querer saber mais sobre nossos programas comunitários, como sempre.

Kiem fora incumbido por duas instituições de caridade diferentes de fazer exatamente aquilo, e deu de ombros com bom-humor.

— Você me conhece como ninguém, chanceler.

— Mas então, extração de regolito, hein? — a professora Audel estava perguntando. — Interessante, *muito* interessante. No momento, temos quatro pessoas nas plataformas de regolito e blindagem solar. Os interesses sempre acabam se cruzando com os do exército, que geralmente detém noventa e nove por cento do orçamento disponível. E, é claro, essa questão é muito relevante para Thea.

— Sim — respondeu Jainan. — Acredito que metade da capacidade militar iskateana de mineração está alocada no nosso setor. Infelizmente não prestei tanta atenção a isso nos últimos anos.

— É verdade — continuou a professora Audel. — Embora a política esteja *em polvorosa*, não é? Com o acordo de divisão da receita e a questão dos detritos nos planetas vizinhos. Agora, o problema de equipamento nos asteroides maiores é a gota d'água em lugares como a bacia de Alethena...

— Acredito que o verdadeiro problema não seja esse — disse Jainan. Aquilo era novidade, ele estava de fato a interromper. A primeira interrupção que Kiem o vira fazer. O príncipe prestou atenção. — Acho que já foi provado que o estabilizador de semeadura acabou fracassando ali por causa das oscilações da radiação ambiental.

— Bem, isso é... hm... Jainan. — A professora Audel o analisou com um olhar aguçado e o rosto franzido. — Por acaso você não é o J. Erenlith que publicou aquela tese sobre regolitos, é?

— Eu... — disse Jainan, e então parou, envergonhado. Kiem segurou seu sorriso de "eu avisei". — Eu... aquilo foi muito tempo atrás.

— Excelente! — exclamou a professora Audel. — Eu suspeitei de que aquele fosse um pseudônimo da nobreza. Isso explica por que nunca consegui encontrar o autor. Nós devíamos marcar uma consultoria com você.

Por algum motivo, Jainan olhou para Kiem ao seu lado.

— Não sei se posso me comprometer com isso.

— Você mudou de área? — perguntou a professora. — Tenho certeza de que ainda consegue dar uma consultoria.

— Isso... depende — respondeu Jainan. Ele olhou para Kiem mais uma vez. — Eu teria tempo pra isso?

— Tempo? — disse Kiem, confuso. Até onde sabia, a agenda de Jainan não estava lotada, do contrário as pessoas já estariam na cola de Bel. Por outro lado, se Jainan não quisesse fazer, a desculpa da falta de tempo seria uma boa, mas por que perguntar para Kiem? — Bem, depende do que você estiver planejando fazer. A escolha é sua, claro.

Ele não conseguiu deixar de acrescentar:

— Se quer saber, acho que é uma ótima ideia.

Jainan inclinou a cabeça.

— Eu ficaria feliz em oferecer a consultoria, professora — disse ele. — Embora não possa prometer que vou me lembrar de qualquer coisa útil.

— Cálculo não se esquece — disse ela. — E ter uma mente fresca no projeto será muito valioso. Agora, sobre a radiação solar. Você considerou o impacto direto do ajuste interno do sistema...

O significado de uma a cada três frases da conversa escapava a Kiem, mas ele ficou absorto enquanto Jainan, em um tom baixo e fluente, aceitava todos os desafios da professora e dava respostas que Kiem sequer era capaz de compreender. Era como assistir à transformação de um músico ao pegar um violino. Minutos depois, porém, Kiem percebeu nos olhares de Jainan e em suas tentativas de desviar o assunto que o conde estava preocupado com a possibilidade de ele estar entediado. Como seria totalmente inapropriado dizer *Não, eu poderia te observar fazendo isso o dia inteiro*, ele murmurou qualquer coisa sobre deixá-los a sós e foi atrás da chanceler para perturbá-la com perguntas sobre os programas comunitários.

Isso o levou a uma dezena de conversas com outras pessoas. Kiem gostava daqueles eventos; teve que aceitar diversas felicitações pelo casamento, mas de certa forma não era algo tão desconfortável quanto parecia.

— Vi que Audel encurralou seu parceiro — comentou um professor adjunto quando os dois estavam de frente para uma obra de arte feita com cabideiros. — Será que ele não está esperando um resgate?

— Ele está bem — disse Kiem. Até cogitou mencionar a tese de Jainan, mas desistiu por não ter certeza de como pronunciar algumas das palavras do título.

— Audel deve estar toda boba — disse o adjunto com um ar de sabichão. Kiem supôs que ele fosse da área de engenharia também. — Fazia tempo que ela queria conhecer alguém que tivesse trabalhado na Martim-Pescador.

— Martim-Pescador? — perguntou Kiem descaradamente.

— A operação de mineração — explicou o adjunto. Ele deu as costas para os cabideiros e inclinou a cabeça. — Não conhece? O príncipe Taam coordenava a Operação Martim-Pescador. O projeto de mineração theano. Você *deve* lembrar. Saiu em todos os noticiários quando a sonda de extração explodiu. Duas pessoas morreram.

Kiem não se lembrava. Não costumava prestar atenção em notícias que não o envolvessem.

— Não acho que Jainan esteja trabalhando nisso. Ele não é militar. — Certamente, se Jainan fosse parte de uma operação como aquela, teria reuniões marcadas no calendário, prazos, esse tipo de coisa. Kiem não tinha a menor ideia do que um emprego de verdade exigia. — Duas pessoas *morreram*?

— Mineração no espaço-remoto não é brincadeira, vossa alteza — disse o adjunto. — É por isso que fica sob o comando dos militares.

Quando Kiem foi procurar Jainan novamente, a professora Audel havia envolvido alguns dos seus alunos na discussão. O que quer que tivesse levado vida aos olhos sombrios de Jainan voltara a se intensificar, e quando ele ergueu a mão para desenvolver um argumento, Kiem teve que se segurar para não ficar encarando *de novo*. Ele reduziu o passo, com medo de interrompê-lo. Mas no momento em que Jainan o viu, retirou-se educadamente da conversa e foi se juntar a Kiem.

— Desculpe. Acabei ficando preso na conversa.

— Eu também — disse Kiem. — Muitas felicitações pra transmitir a você. Considere todas repassadas. Alguém mencionou a Operação Martim-Pescador.

— A operação de Taam — respondeu Jainan de imediato. Ele franziu o cenho, confuso. — Eles querem conversar comigo a respeito disso? Tem outra pessoa no comando agora.

Kiem não queria falar mal de Taam na frente do parceiro desolado.

— Foi só um comentário — disse ele às pressas. — Um elogio!

— Eu não estava envolvido nisso, na verdade — disse Jainan, seu tom quase arrependido. — Havia um óbvio conflito de interesses para um theano. Desculpe, estou nos prendendo aqui. Você queria ir embora?

— Bem, a não ser que a professora Audel pretenda te adotar — disse Kiem. — Ela parecia bem inclinada a isso.

Jainan fez uma pausa.

— Isso pode te causar algum tipo de problema?

— Pra mim? — exclamou Kiem. — Ah, você quer dizer com os contatos de caridade e tal? Não, não, é ótimo pra mim. Quando mais ajudarmos a chanceler, mais eu consigo influenciá-la a alocar uma parcela maior do orçamento no trabalho comunitário. E *isso sim* tira uns três executivos da educação do meu pé.

— Fico feliz — disse Jainan, e pela primeira vez desde que Kiem o conhecera, ele parecia mesmo empolgado.

Kiem sorriu.

— Sucesso total! — anunciou ele. — Vamos almoçar. Nós dois precisamos de um descanso. Pronto pro Auditor? — Ele não se dera conta de que tinha estendido o braço para Jainan até o conde aceitá-lo. Já era tarde demais, mas Jainan parecia relaxado de um jeito que Kiem nunca vira antes.

— É claro — respondeu Jainan. Enquanto eles saíam do salão em direção ao pátio, uma neve suave começou a cair.

6

O escritório temporário do Auditor, nas profundezas do palácio, já tinha sido um salão de festas inocente antes de a delegação galáctica o transformar em uma caverna para os assuntos da Resolução. As paredes agora estavam cobertas de telas, embora elas não se comportassem da maneira como Kiem estava acostumado a ver; se desenrolavam feito tapeçarias e tinham uma solidez incomum para telas iluminadas. Elas mostravam listas de dados e figuras, aparentemente sem ligação entre si, e o funcionário júnior que se movia de uma parede a outra manipulava as projeções sem fazer nenhum gesto evidente para elas.

Algumas das imagens Kiem já esperava, como a teia proeminente com os rostos e nomes dos representantes do tratado. A Imperadora estava no topo. Conectados a ela por um emaranhado de linhas estavam alguns rostos que Kiem não conhecia, mas suas vestimentas davam a entender que eram os representantes vassalos. Ao lado de cada um, havia um príncipe iskateano. A palavra CONFIRMADO brilhava numa luz pálida embaixo de cada rosto. Havia dois espaços em branco; ele e Jainan deviam ser os últimos a completar o organograma.

As telas não eram as únicas coisas esquisitas. Partes da sala eram repartidas com divisórias semelhantes a cortinas. Algumas eram cinza-chumbo, escondendo o que quer que estivesse por trás, mas outras eram transparentes: dois funcionários estavam num canto atrás de uma delas, obviamente conversando, mas nenhum som atravessava a divisória.

Outra cortina cinza balançou e se abriu ao meio como água quando o Auditor a atravessou. Kiem respirou fundo. Nunca se acostumaria com a aparência do Auditor, como se uma nuvem de gás luminoso tivesse engolido metade de seu rosto. Ele não sabia para onde olhar.

— Conde Jainan — disse o Auditor. Surpreendentemente, a voz dele soava como a de um humano normal. — Príncipe Kiem. Por favor, sentem-se, e vamos detalhar o processo.

— Já me parece horrível — disse Kiem, trocando um olhar com Jainan, que não sorriu, e se arrependendo da piada. Eles seguiram o Auditor pela cortina. Havia uma mesa em cujo centro estava um sensor em gel ativado pelo movimento das mãos, e algumas cadeiras que, felizmente, eram desprovidas das esquisitices da Resolução.

A cota de esquisitice da Resolução ficava por conta do Auditor, que convocou uma pessoa júnior da equipe até a mesa sem fazer nenhum sinal aparente e se sentou de frente para Kiem e Jainan, encarando os dois. Kiem presumiu que ele estivesse encarando. Era difícil dizer.

— Minha função é quatro-sete-cinco — começou o Auditor, no que parecia ser uma apresentação educada. — Meus comitês são os de Renovação, vice-presidente; Setores Pouco Populados, membro; Não Proliferação de Artefatos, membro. Possuo 0,0052 ações com direito a voto, privilégio atualmente suspenso em função dos meus deveres. — Ele gesticulou para a pessoa ao seu lado. — Meus colegas nesta missão desempenham funções não especificadas.

A pessoa da equipe sentada ao lado do Auditor era mais normal: jovem e oficial, carregava uma lista de perguntas e vestia uma roupa cheia de detalhes na gola, que provavelmente tinham algum significado para os galácticos.

— Vou fazer algumas perguntas pessoais — disse elu, sem oferecer um nome. — Peço desculpas desde já por qualquer possível ofensa.

— Não consigo imaginar que tipo de ofensa você causaria — disse Kiem, perplexo. — Hm. Jainan?

— Não tenho nada a esconder — respondeu Jainan, olhando diretamente para a ausência de rosto nauseante do Auditor.

No fim das contas, nenhum dos dois tinha o que esconder. Enquanto elu passava pelos itens da lista, Kiem e Jainan responderam seus nomes completos, títulos oficiais, datas e locais de nascimento, bem como suas posições exatas nas hierarquias governamentais de seus respectivos planetas. Ao ser questionado sobre Taam, Jainan deu os detalhes em uma voz meticulosa e sem emoção. A lista de perguntas focava no direito dos dois de falarem em nome de seus planetas: Kiem descreveu seu encontro com a Imperadora, e Jainan entregou uma cópia de um documento enviado pelo presidente theano. Ambos fizeram cadastros biométricos — o scanner de digitais era estranho e agarrou a palma de Kiem de um jeito que não o deixou muito confortável. O Auditor os observou sem se mover, mas a luz rodopiante presa em seu rosto se movia toda vez que um dos dois falava.

— E o parentesco genético de vocês? — questionou a pessoa da equipe.

— Isso pode levar um tempo — disse Kiem, animado. — Princese Alkie e Sarvi Tegnar foram meus principais doadores; há um mínimo legal de herança da realeza. Mas tive dez doadores, e você vai ter que conferir o meu registro de genomas se quiser saber quem deu o quê. Minha mãe até conseguiu alguns pares com o general Fenrik — disse ele, voltando-se para Jainan. — *Esses*, obviamente, não funcionaram. Acho que até hoje ele ainda tem vergonha disso.

A pessoa colocou as informações na tela.

— E vossa graça...?

O Auditor tomou a fala, com a cabeça apontada em direção a Jainan.

— Creio que Thea considera a discussão de herança genética um certo tabu cultural. Os dados devem estar disponíveis para download.

— Ah! — exclamou ele, depois de uma pausa. Seus olhos-tela tremeluziram. — Você pode nos passar a versão censurada.

Enfim, Kiem olhou para Jainan, que pela primeira vez mostrava algum tipo de emoção durante a conversa: estava visivelmente envergonhado. Kiem começou a se dar conta do quão pouco sabia de etiqueta theana.

— Não — disse Jainan, depois de pigarrear. — Meus pais são puramente dos Feria. Você pode conseguir meu registro genético completo, mas terá que solicitar ao meu clã.

A pessoa assentiu e acrescentou algo à lista. Elu gesticulou para o Auditor, que se inclinou para a frente.

— Você já esteve envolvido no estudo de fragmentos?

— O quê? — exclamou Kiem. Ele se lembrou do fragmento brilhante na mesa da Imperadora. — Nunca. Não sou arqueólogo.

Jainan balançou a cabeça.

— Minha área é engenharia do espaço-remoto. Acredito que Thea já tenha passado uma lista de todos os fragmentos descobertos desde a última renovação.

Kiem estava começando a entender a linguagem corporal do Auditor. Pelo menos, já conseguia perceber quando aquela atenção cósmica desagradável estava voltada para ele e não para Jainan.

— Iskat encontrou uma quantidade relativamente grande desta vez — disse o Auditor. — Alguns fragmentos inexplicavelmente não tinham sido registrados nos contatos recentes com a Resolução, mas, por sorte, apareceram nos últimos anos. Incluindo um fragmento bastante grande, que parece ter sido usado para construir uma máquina terapêutica.

— É mesmo? — perguntou Kiem.

— A lista se refere a ele como combustível de um "campo Tau".

— Isso não é pra terapia — respondeu Kiem de modo direto. Essa era uma parte sombria da história de Iskat no século anterior, atualmente usada em filmes de guerra de baixo orçamento. — É... sei lá, um tipo de campo para interrogatórios? Achei que já tivesse sido desativado. Não sabia que havia um fragmento lá.

Os lábios do Auditor se fecharam no que Kiem percebeu ser um sorriso, como se Kiem tivesse desviado de uma pergunta difícil. A pessoa da equipe dele anotou alguma coisa.

— Taam... O príncipe Taam era seu primo? — perguntou o Auditor, com uma leve ênfase, quase imperceptível, na palavra *primo*.

— Sim. Por parte da Imperadora. Minha avó.

— E você foi colocado nessa corrente de responsabilidade a partir do seu casamento — afirmou o Auditor. — Que aconteceu...?

— Ontem — disse Kiem. Ao responder, a palavra soou vazia de uma forma desconfortável. Ele percebeu que estava batendo a ponta dos pés no chão e parou de imediato. Aquela situação não devia estar sendo confortável para Jainan também.

A pessoa da equipe olhou para o Auditor depois de um sinal que Kiem não percebera.

— Agradeço a colaboração — disse ele, formalmente. — Isso conclui a entrevista. — Já? Kiem sentia que deveria dar mais detalhes, mas eles já estavam sendo dispensados. — Podem aguardar do lado de fora da divisória privada?

Antes do fim da frase, Jainan já estava de pé. Kiem não o culpava. A *divisória privada* se abriu para dar passagem novamente — Kiem não conseguira evitar fechar os olhos ao atravessá-la —, e os dois ficaram na sala principal, com um mar de imagens se movendo nas paredes ao redor.

— Foi divertido — disse Kiem. — Sinto muito pela parte da genética. Você acha que eles vão nos dar algum tipo de nota?

— Não sei — respondeu Jainan. Ele observou as paredes com um olhar tenso. Kiem não entendia bulhufas do que elas mostravam. O Auditor parecia um acumulador compulsivo de informações: uma seção tinha trechos de artigos sobre história moderna; outra, estimativas populacionais; uma delas mostrava alguns parágrafos das leis da Fundação. Havia uma sobre oscilações eletromagnéticas no Cinturão Exterior — a atenção de Jainan se deteve sobre essa — e outra que parecia trazer informações sobre ilusionistas e hipnotizadores. Não havia um padrão.

Kiem foi surpreendido por um movimento cintilante.

— Olha, somos nós! — disse ele. — Finalmente.

A teia de representantes do tratado se moveu na parede, abrindo espaço para as imagens de Kiem e Jainan, que preencheram as duas últimas lacunas.

O marcador abaixo de cada um deles dizia NÃO CONFIRMADO.

— Parece que não gostaram da gente — comentou Kiem. Era para ter sido uma piada; devia ser só um atraso na papelada. Mas Jainan não pareceu levar na brincadeira. Ele ficou rígido de uma forma que, para Kiem, lembrava alguém à beira de um precipício.

A divisória privada se dissolveu novamente quando o Auditor a atravessou, seguido pela pessoa de sua equipe.

— Obrigado pelo tempo de vocês — disse elu serenamente. — Estão liberados.

— Por gentileza — pediu Jainan. — O que nosso status significa?

— Sua Imperadora irá... — começou elu.

— Espera — interrompeu Kiem. O Auditor, a uma distância fria da pessoa de sua própria equipe como se ele fosse de outra espécie, estava começando a irritá-lo. Kiem assentiu com educação para a pessoa da equipe, passando por ele e se colocando na frente do Auditor. — Acho que o senhor nos deve uma explicação. A renovação do tratado é daqui a três semanas. Quando tempo vai levar pra nossa integração ser confirmada?

Kiem estava a uma proximidade perturbadora da luz rodopiante que cobria o rosto do Auditor. Os olhos de Kiem avisavam com urgência que encarar aquele feixe seria ruim para ele, então ele tentou olhar para o bordado na camisa do Auditor, para a orelha dele e, por fim, para a parede ao fundo. O Auditor manteve o foco em Kiem.

— Um dos propósitos da auditoria é garantir que todas as partes estejam autorizadas a falar em nome de seus devidos planetas — explicou o Auditor, a voz calma e racional como se estivesse lendo um manual de instruções. — A Resolução não pode confirmar que Iskat e Thea estão entrando no tratado por vontade própria, uma vez que o representante designado de Iskat foi assassinado no mês passado.

O silêncio atingiu os ouvidos de Kiem como uma pressão repentina.

— *Assassinado?* — disse ele. — Não. Peraí. Não é... Não foi isso que aconteceu. — Ele olhou para Jainan, que tinha uma expressão calma e estranha nos olhos, como se o mundo inteiro tivesse acabado de desabar e não houvesse nada que ele pudesse fazer a respeito.

— Os dados coletados sugerem outra coisa — afirmou o Auditor, com a precisão e a apatia de quem fala sobre o clima. A cobertura em seu rosto havia começado a fazer um movimento constante; Kiem tinha a sensação de que o brilho mudaria de cor, isto é, se ele fosse capaz de reconhecer qualquer cor emitida por aquela luz. — As fontes de notícias de Thea mostram descontentamento em várias áreas. As comunicações oficiais foram interrompidas. Quando o representante theano pede informações sobre a investigação da morte de seu parceiro, com quem tinha uma união política, e seu pedido é negado... — Ele deu de ombros, num movimento estranhamente humano. — A esta altura, não posso integrar nenhum de vocês dois.

— Como assim, pedido negado? — perguntou Kiem. Ele não estava entendendo nada.

— Não — disse Jainan, como se tivesse compreendido.

O Auditor deu as costas. Sua cobertura de luz parou de se mover, como se ele tivesse perdido o interesse na conversa, e a pessoa de sua equipe deu um passo delicado em direção a ele, para impedir que Kiem seguisse o Auditor para trás da divisória privada.

— O processo de integração não está aberto para discussão — disse elu. Seu tom parecia perfeitamente razoável. Kiem teria se sentido menos desnorteado se elu tivesse gritado.

— Deve existir algum tipo de recurso — argumentou Jainan, com um controle desesperado na voz. — Ou um processo de... de substituição. Nós precisamos do tratado.

Ele não estava errado. Kiem começou a se dar conta da seriedade de tudo aquilo. A Resolução tratava cada vírgula de seus acordos interplanetários como uma lei da natureza. Se Iskat e Thea não pudessem oferecer representantes satisfatórios, não haveria tratado. E se não houvesse tratado, os termos de paz de Iskat com o resto do universo teriam o peso legal de um guardanapo rabiscado. Com certeza se tratava de algum mal-entendido. Todos *queriam* o tratado.

— O Auditor ainda está processando o contexto político — disse a pessoa da equipe dele. Demonstrando seu primeiro sinal de personalidade, elu olhou para Kiem e continuou: — Ao que tudo indica, seu parceiro não foi totalmente honesto com você.

— Jainan? — disse Kiem, perplexo. Jainan apenas balançou a cabeça. Kiem interpretou o movimento como um *depois a gente conversa*. — Olha — disse ele para a pessoa. — Você tem que fazer alguma coisa. A Imperadora não vai gostar nada disso.

— O Auditor vai discutir a situação com sua Imperadora — disse elu, educadamente. — Claro que você tem todo o direito de fazer o mesmo.

Sob circunstâncias menos graves, Kiem compraria até ingresso para ver o embate entre a Imperadora e o Auditor.

— Beleza! — disse ele. — Beleza. Vocês falam com a Imperadora. Nós vamos perguntar ao palácio sobre o acidente de Taam. E então podemos preencher seu formulário Trinta e Quatro B, ou seja lá o que for, pra resolver tudo isso.

— Agradecemos a cooperação — disse elu.

Os dados caóticos nas paredes se moveram de um lado para o outro. O indicador NÃO CONFIRMADO nas fotos de Jainan e Kiem permaneceu o mesmo.

A porta se fechou assim que eles saíram. Oficiais passavam pelo corredor, mas uma curva para a direita os levou a uma escadaria silenciosa, onde uma janela arqueada dava vista para a cúpula do santuário real e para o grande saguão de entrada que ficava atrás.

Jainan parou assim que os dois ficaram a sós e se virou de imediato para Kiem. Estava com rugas de tensão ao redor dos olhos. A cúpula do santuário emoldurava-lhe a cabeça e os ombros, fazendo sua estatura parecer menor.

— Eu não omiti nada importante.

— Do que estamos falando? — Kiem perguntou num lamento. — Jainan, eu não tenho a menor ideia do que o Auditor quis dizer. Se Taam tivesse sido assassinado, com certeza alguém já teria nos avisado. E o que foi aquela história sobre a investigação?

Jainan passou a mão pelo rosto, o primeiro sinal visível de seu autocontrole se desfazendo.

— Não foi nada. Nada de importante. Pedi os dados do acidente pra Segurança Interna. A nave do Taam era um veículo militar, mas sei que o exército passa o histórico de voos para a Segurança. Eles me disseram que só os investigadores precisavam dessa informação. E eles têm razão. Isso é irrelevante. Não tem como o Taam ter sido assassinado.

Kiem se recostou no corrimão ao lado dele e franziu o cenho, tentando compreender tudo aquilo.

— A Segurança Interna disse que você não tinha o direito de ser informado sobre a investigação?

— Foi um acidente — disse Jainan, como se tentasse convencer a si mesmo. — Isso é algum mal-entendido. O Auditor vai confirmar a nossa integração.

— A Segurança Interna se recusou a informar os *dados do acidente*? — perguntou Kiem. — O acidente que matou seu parceiro? Você é engenheiro, não é? Poderia ter ajudado na interpretação dos dados.

Houve uma pausa que Kiem não conseguia ler de forma alguma. Então Jainan tocou sua pulseira recém-consertada e soltou abruptamente:

— Eu não estou inventando!

— Eu não disse que... — começou Kiem, enquanto Jainan, com uma intensidade repentina, ativou uma tela de luz à sua frente e começou a vasculhar as próprias mensagens.

A escadaria não contava com uma tela de exibição, então Jainan se virou para a parede, que era ornada com o brasão em aço escovado da Colina Duradoura, e projetou suas mensagens na superfície. Kiem queria que ele parasse de fazer aquilo. Sabia que Thea tinha noções diferentes de privacidade, mas parecia errado ver *todas* as correspondências de Jainan. Ele tentou disfarçar e desviar o olhar até que Jainan encontrasse a mensagem específica que queria lhe mostrar.

— Aqui — disse Jainan. Kiem olhou para a parede. Jainan exibia uma conversa com diversos oficiais: Segurança Interna, funcionários civis do palácio, alguns burocratas militares. — Não queria te perturbar com isso — afirmou Jainan, a voz soando como se seu autocontrole já estivesse desgastado. — Só que você precisa saber do que ele estava falando. Não sei como o Auditor conseguiu esses dados. Pensei que fossem particulares.

Kiem analisou as mensagens, mais indignado a cada momento. Jainan tinha razão, ele pedira informações que lhe foram negadas.

— Isso é ridículo! — disse Kiem. — Você poderia ter ajudado; mesmo que essa coisa de assassinato seja uma palhaçada, as informações poderiam ao menos ter ajudado a *encerrar* o assunto. — Ele vasculhou o bolso em busca do seu selo, que, por um milagre, não havia perdido. O pedaço de ouro com o brasão de Iskat gravado zumbiu quando ele ativou uma pequena tela na pulseira e pressionou o selo contra ela. O objeto projetou uma marca na tela, formando uma versão em miniatura do brasão real. Kiem escreveu um texto sobre o selo — uma nota breve para que a Segurança Interna encontrasse os dados e os entregasse a Jainan — e enviou a ordem para que Jainan a acrescentasse na troca de mensagens. — Pronto. Veja se isso ajuda.

— Ah! — exclamou Jainan. Ele parecia assustado, como se Kiem tivesse violado alguma regra. Kiem era conhecido por não dar muita atenção à legislação do palácio, mas ele tinha quase certeza de que pedir informações para a Segurança Interna não era contra a lei.

— O Auditor só pode estar errado sobre Taam — disse Kiem, guardando o selo de volta no bolso. — Alguém teria nos contado.

— Eu só queria saber — disse Jainan. As rugas em volta dos olhos não tinham desaparecido. Ele olhou pela janela em direção à cúpula brilhante do santuário que abrigara todos os velórios de Taam, balançou a cabeça delicadamente e tirou suas mensagens da parede cheio de pragmatismo. — Acho melhor a gente voltar.

— Sim. Vamos informar a Bel — disse Kiem, forçando-se a agir. Ele se posicionou ao lado de Jainan enquanto os dois desciam as escadas. — Ela deve saber o que fazer. Pra ser sincero, isso não faz sentido algum. Um galáctico que veio do outro lado do universo quer determinar se podemos ou não falar em nome dos nossos próprios planetas. — Ao pé da escada, uma porta dava para o lado de fora. Kiem a abriu com um gesto e deixou Jainan passar na frente. — Capaz de a Bel achar isso tudo engraçado. Talvez até o Taam achasse engraçado.

Jainan deu uma olhada estranha para ele enquanto os dois atravessavam a porta em direção ao dia frio e ensolarado.

— Não — disse ele. — Taam não teria achado a menor graça.

7

Uma semana se passou. Jainan se sentia suspenso, como um fragmento flutuando entre dois campos de força. A ideia de que a morte de Taam pudesse ter sido um assassinato era ridícula, absurda, mas as palavras do Auditor martelavam sua cabeça, obrigando-o a expulsar esses pensamentos dezenas de vezes por dia. Não havia nada que ele pudesse fazer. Nenhum iskateano era obrigado a lhe contar o que quer que fosse. A Segurança Interna ignorara a provocação de Kiem; até os antigos colegas de Taam estavam quietos. Ninguém tinha o dever de interagir com Jainan, exceto Kiem.

Kiem era — tanto em público quanto no privado — amigável, simpático e bem-humorado. Mas isso não tinha nada a ver com Jainan: Kiem era amigável e bem-humorado com todo mundo com quem Jainan já o vira interagindo. Kiem era o tipo de pessoa popular, e isso ficava claro em todos os lugares que ele frequentava. Ele entrava em um local lotado e, na mesma hora, três pessoas o cumprimentavam como se fossem velhos amigos. Jainan tinha dificuldade de se lembrar dos nomes das pessoas; Kiem lembrava até o nome dos filhos. Toda vez que Jainan imaginava o que Kiem devia pensar a seu respeito — o nervosismo, o jeito rígido de falar, a incapacidade constrangedora de dizer a coisa certa no momento certo —, sentia uma parte de si que desejava se afundar em autopiedade. Ele não deixava isso acontecer.

Sua primeira reunião com a professora Audel aconteceu na Universidade Imperial, em um dia limpo e muito gelado que amanhecera sem neve. Até pegar um jato para a universidade pareceu mais intimidador sem Kiem ao seu lado. Não apenas porque Kiem sabia aonde ir, mas porque sua confiança despretensiosa atraía a atenção das pessoas. Sozinho, Jainan precisava ignorar a sensação de que todos o estavam encarando. Não conseguia se lembrar da última vez que tivera um motivo para sair do palácio desacompanhado.

Jainan se perdeu duas vezes nos prédios confusos da universidade, alguns deles sem aquecedores e com temperaturas congelantes. O escritório da professora Audel, quando ele o encontrou, ficava em um corredor abafado feito uma sauna. Adjacente a ele, havia uma seção em melhores condições; Jainan passou pela porta de três laboratórios e espiou com curiosidade, mas depois desviou o olhar, arrependido. A sala da professora tinha uma plaqueta de identificação e uma campainha. Ele apresentou sua impressão digital.

A porta se abriu. A pessoa lá dentro não era a professora Audel, mas um dos seus alunos.

Jainan foi recebido como se tivesse acabado de chegar ali montado num meteoro.

— Caramba, você veio.

Jainan reconheceu o sotaque — *theano* — e lutou contra o instinto de se afastar.

— A professora Audel está?

— Professora! — gritou o aluno; não, *aluna*. O jeito como ela havia amarrado o lenço do clã no pescoço definitivamente indicava o gênero feminino. Jainan passara tanto tempo em Iskat que estava procurando pelos sinais errados. Uma memória indesejada de suas primeiras semanas no planeta veio à tona: *Como você não entende o que é uma mulher, Jainan? Elas não existem em Thea?* Na época, Jainan riu. Agora, ele piscava enquanto a estudante gritava. — Você tinha razão, ele veio!

— Sim, querida — disse a professora Audel, surgindo dos fundos da sala. — Você poderia, por gentileza, preparar um café? Conde Jainan... Devo chamá-lo de conde?

— Não — disse Jainan. Felizmente, a aluna theana havia parado de encará-lo e foi catar um samovar maltratado debaixo de uma pilha de equipamentos antigos de laboratório. Para o desconforto de Jainan, a estampa no lenço dela era dos Feria. — Só Jainan, por favor.

— Jainan, então. Por que não se senta? — A professora Audel começou a vasculhar as tralhas atrás de sua mesa. — Eu jurava que estava aqui... onde foi parar?

Jainan observou a sala. Havia duas cadeiras à vista. Uma atrás da mesa da professora e outra ocupada por um aquário de vidro. A água dentro dele era tão escura que devia conter algum fotoagente, o que provavelmente contribuía para o leve cheiro químico da sala. Uma nadadeira surgiu na superfície e desapareceu em seguida.

— Ah, essa é a nossa peixinha-dourada — explicou a professora Audel. — Pode tirá-la daí.

— São trezentos litros d'água, e o assistente gravitacional quebrou — explicou a aluna. Ela chutou o que parecia ser uma chaleira antiga de porcelana, linda, porém rachada, que tilintou de leve. — Sente-se aqui, conde Jainan. — Seus olhos encontraram os de Jainan, e ela empurrou uma caixa em direção a ele. Havia uma certa provocação ali que Jainan não estava entendendo. — Desculpe se não é do estilo a que você está acostumado.

Àquela altura, Taam já a teria intimidado com suas boas maneiras. Kiem já teria descoberto o nome dela e o que exatamente a estava chateando. Jainan só conseguiu desviar o olhar.

— Está tudo bem — respondeu ele, sentando-se na beirada da caixa.

— Não estou achando o ábaco — comentou a professora Audel, surgindo com seus grampos tortos no cabelo. — Mas encontrei sua tese na rede. Ah, minha nossa. Já estou pulando direto pro trabalho. Uma das minhas piores manias. Gairad, e o café?

— Chegando! — avisou a aluna, servindo o líquido do samovar. Ela entregou duas xícaras de café muito forte para a professora e para Jainan, e após puxar um pufe, pegou uma terceira xícara para si. Havia uma familiaridade perturbadora nas feições dela.

Uma ilustração do setor de Iskat estava pendurada na parede atrás da mesa da professora. Excepcionalmente, o desenho mostrava Thea em primeiro plano, com o característico anel brilhante e os oceanos azul-cobalto. O artista havia delineado as rotas espaciais em dourado. Thea nunca fora um planeta fácil de alcançar: os campos de asteroides eram extensos e de difícil navegação, mas existiam caminhos até Rtul e o volume majestoso de Eisafan, além de uma rota pouco usada para Kaan. No entanto, isso não era nada comparado com a teia cintilante de rotas comerciais que davam a volta em Iskat e espiralavam em direção ao único elo galáctico restante no setor. As linhas densas se juntavam em um rio dourado que fluía através dos caminhos limpos para Thea: na imagem, parecia possível sair de Thea num barco a remo e chegar à costa de Iskat.

— Pois bem, querido — começou a professora Audel. — Fiquei sabendo que você acabou de se casar. Como estão as coisas?

Jainan engasgou.

— Estamos muito felizes — disse ele. — Obrigado.

— Bem, gosto não se discute, né? — disse a professora. — Eu tentei duas vezes, e a segunda não foi melhor que a primeira. Mas não quero estragar seu otimismo.

— É o segundo casamento dele, professora — disse Gairad, com o tom sofrido de uma pessoa de dezoito anos que é mais inteligente que todos ao seu redor. — Eu tinha comentado. Ele é o nosso representante no tratado.

— Sinto muito, não estou por dentro da nossa política — justificou a professora para Jainan. — Ter Gairad por perto me ajuda muito. Só se fala em política ultimamente. Talvez vocês dois tenham até conhecidos em comum.

Gairad estava olhando para ele. Jainan podia perceber. Ele já estava tenso antes mesmo que ela abrisse a boca para dizer:

— Conhecidos em comum? Professora, nós somos *parentes*.

Um calafrio atravessou o corpo de Jainan.

— Somos? — perguntou ele, tentando soar o mais neutro possível.

— A prima da minha tia é irmã de juramento de Lady Ressid — explicou Gairad. Agora a acusação na voz dela não estava mais disfarçada. — Entrei na Universidade de Bita quatro anos depois que você saiu. Lady Ressid foi à minha festa de despedida em Thea quando transferi meus estudos pra cá.

E aquilo significava que — embora a conexão fosse distante — Jainan tinha pendências do clã em relação a ela. Mais um nome na lista de pessoas que ele decepcionara.

— Eu... — começou ele, e então parou. Não tinha como explicar o motivo pelo qual não entrara em contato. Tivera problemas com a habilitação de segurança; suas obrigações atuais em Iskat e seus laços antigos com Thea haviam se provado difíceis de equilibrar. Ele não gostava de pensar naquilo. Eram os sacrifícios necessários na vida de um diplomata.

— Ah-rá! — exclamou a professora Audel, que estava revirando a gaveta da escrivaninha e claramente não prestara atenção. — Aqui está o nosso modelo. Já deu de conversa fiada? Por mim, já. Jainan, dê uma olhada nisso.

Jainan deu as costas para Gairad com um alívio que pareceu uma lufada de ar fresco. A professora Audel colocou o ábaco cúbico sobre a mesa, cada lado do tamanho de seu polegar. O objeto acendeu uma luz suave e começou a projetar seus programas internos: modelos e linhas brilhavam em três dimensões. Jainan reconheceu os traços com uma pontada de surpresa. Já não lembrava mais todos os detalhes de sua própria área de pesquisa.

— Quanto você tem acompanhado das pesquisas desde que terminou sua tese? — perguntou a professora. — Nada? Nossa. Então você não deve estar sabendo da Operação Martim-Pescador e de como as coisas estão andando. Ou desandando, por assim dizer.

— Ele deve saber — afirmou Gairad. — Ele era casado com o homem que comandava a operação. O príncipe Taam, professora, eu *já tinha comentado*.

— Ah, é você! — disse a professora. Ela o analisou por um segundo a mais do que seria considerado confortável. — Bem que eu estranhei o fato de terem arrumado um novo representante tão rápido. Então, você já conhece a Martim-Pescador.

Jainan balançou a cabeça, sentindo a garganta fechar de repente.

— O príncipe Taam não falava sobre o trabalho — disse ele. — Eu não estava acompanhando. — Seu campo de pesquisa tinha sido um dos motivos pelos quais ele desbancara outros pretendentes ao casamento, mas aquilo acabara não dando em nada. Taam não lidava bem com interferências, principalmente no começo, antes de Jainan perceber que suas explicações acadêmicas soavam condescendentes. — Eu só tinha uma vaga noção de que as coisas não estavam andando tão bem quanto esperado.

— Uma série de problemas — contou a professora. — Alguns enigmáticos até demais. Falhas nos equipamentos, falta de planejamento, problemas com a mão de obra, desaparecimento de materiais, sem contar dois acidentes com erupções solares, embora nesse caso não tenha havido culpados. Sabe-se lá como os militares organizam suas operações; é um milagre que eles tenham conseguido conquistar *algum lugar.*

Os dois theanos na sala estremeceram. Jainan viu Gairad franzir o cenho e, de imediato, se arrependeu por ter demonstrado qualquer reação; ele deveria se portar como um diplomata, afinal. Mudou o foco e olhou para a projeção colorida. Lá no fundo, sentia uma leve pontada de deslealdade a Taam quando ouvia críticas à operação dele.

— Mineração no espaço-remoto sempre envolve alguns desastres.

— Ah, não estou criticando ninguém — disse a professora Audel na cara dura. — Eu mesma já trabalhei por um tempo com engenharia militar; não é um mar de rosas. Mas esse caso foi de uma incompetência espetacular.

— E você desenvolveu... um novo método de extração? — perguntou Jainan, puxando a conversa para um caminho mais seguro. — Para a mineração de vestígios?

— Exatamente — disse a professora Audel. — Veja bem, tirando as falhas de planejamento, nós, meus alunos e eu, acreditamos que o custo da extração no setor de Thea pode ser reduzido pela metade. Tentamos entrar em contato com os militares, mas você sabe como eles são. A única forma de fazê-los escutar é batendo na cabeça deles com alguma coisa. Então precisamos de um especialista em regolitos, e aí você apareceu e... Ah! — Ela se levantou da mesa num pulo. — Lembrei onde o ábaco da sua tese pode estar.

Ela desapareceu para a sala dos fundos. Jainan abriu a boca, prestes a dizer que não tinha qualquer tipo de experiência, mas ela saiu antes que ele pudesse se pronunciar. De repente, sentiu com clareza o olhar de Gairad.

— Então — Gairad puxou assunto. — Você vai dar o fora daqui assim como deu o fora de todas as outras coisas?

Jainan apoiou as mãos com cuidado sobre os joelhos e não disse nada.

— Só estou perguntando — continuou Gairad. — Porque eu provavelmente deveria avisar à professora Audel. Eu disse a ela que você abandonou tudo desde que se mudou pra cá, mas está vendo como ela é. Ela não escuta nada que não envolva equações de pressurização ou répteis.

Só então Jainan percebeu como o nó em seu estômago havia diminuído nos últimos dias, porque naquele momento a náusea estava voltando com tudo. *Controle de danos.* Kiem confiara nele e não ficaria nada feliz se Jainan estragasse tudo na primeira oportunidade.

— Como você ficou sabendo de tudo isso?

— É de conhecimento geral entre os estrangeiros — explicou Gairad. — Coisa que você saberia se não tratasse todos os theanos como pessoas *radioativas.*

Jainan engoliu em seco.

— Não é bem assim.

— Não? Como é, então? Você é bom demais pra gente desde que se tornou um iskateano? — Gairad cruzou os braços. — Pensei que você só não tivesse tempo pra criar laços de clã com uma mera estudante, mas *todo mundo* diz que você se afastou. Até a Lady Ressid. Ela está brava com você há uns três anos, aliás.

Jainan lutou contra a vontade de fugir.

— Sinto muito — disse ele. — Tive muitas considerações diplomáticas.

— O embaixador também não acreditou que você viria se encontrar com a professora Audel — comentou Gairad. — Ele vai ficar em choque.

— Sinto muito — repetiu Jainan.

Por um milagre, aquilo pareceu baixar a poeira entre os dois.

— Você deveria dizer isso pra Lady Ressid.

Jainan apenas balançou a cabeça. Sentiu as mãos prestes a tremerem; agarrou a borda da caixa para impedi-las.

— Eu só não entendo por que esse apego todo com os iskateanos — disse Gairad. — Tecnicamente, eles são nossos inimigos. Eram nossos inimigos.

— Já se passaram décadas desde a unificação — disse Jainan. Ele conhecia bem o roteiro. Já tivera aquela conversa antes, principalmente com amigos de Taam que pareciam não entender a diferença entre *unificar* e *assimilar* e por que aquilo era importante para Thea. — Foi pacífica.

— Mas talvez não devesse ter sido — rebateu Gairad. Ela tinha pegado a xícara novamente e estava fingindo mexer o café, mas Jainan sentia os olhares dela de vez em quando. — Talvez nós devêssemos ter enfrentado Iskat.

Jainan se viu num beco sem saída. Acreditava ser de conhecimento geral que a unificação tinha ocorrido quando a Resolução dera a Iskat o poder sobre o elo, o portal para o resto do espaço civilizado. Nenhum tiro havia sido disparado, mas as tarifas de Iskat para naves estrangeiras eram proibitivas. Iskat era um parceiro comercial generoso com seus vassalos, a maior parte da realeza não passava de enfeite e a Imperadora era fiscalizada pelos parlamentares, por isso os clãs concordaram que a unificação seria o melhor caminho. Mas nada era perfeito.

— E isso melhoraria as coisas de alguma forma? — perguntou ele.

— Sim, se nós tivéssemos o controle do elo.

— Que absurdo — disse Jainan com rispidez. O setor já ostentara dois elos no passado, mas o mais próximo entrara em combustão interna no último século, como era comum acontecer, restando apenas aquele inconvenientemente distante, depois do Cinturão Exterior, e o resultado dos conflitos pelo controle do último elo foi o que formou o Império, para começo de conversa. Thea havia se mantido fora do conflito. O planeta não tinha capacidade militar; os theanos tinham chegado mais tarde ao setor, e seu foco maior era na agricultura. Jainan conseguia imaginar com clareza o resultado de uma revolta de Thea contra o resto do Império. Eles teriam sido exterminados de seu próprio planeta. — De onde você tirou esse discurso?

— Não é um *discurso* — respondeu Gairad, ofendida. — Tenho amigos em Bita. Temos direito à nossa opinião. Você sabia que o embaixador tentou me forçar a comparecer ao Dia da Unificação? Ele tentou dizer que era uma das *condições da minha bolsa de estudos*. Ha-ha.

Jainan tinha alguns familiares mais novos, e o radicalismo nas universidades era comum entre uns e outros, mas ele nunca tinha escutado nenhum deles falar daquela forma. Aquilo lhe despertou uma sensação confusa de desconforto. O Dia da Unificação estava a quase um mês de distância.

— O Dia da Unificação é necessário. A Resolução não vai lidar com nosso planeta separadamente agora que assinamos o tratado com Iskat. Precisamos manter a boa vontade.

— Boa vontade — zombou Gairad. — Iskat mantém um campo Tau pra interrogar estrangeiros.

— Não é verdade — respondeu Jainan. Ele percebeu que não estava conseguindo convencê-la; sua frustração o surpreendeu. *Você mora em Iskat,* ele queria dizer. *Está vendo que nem todos são monstros.* — O campo Tau nunca foi usado em theanos. E será entregue para a Resolução com os fragmentos restantes. Filmes de guerra não são documentários. — Era aquele tipo de mal-entendido que seu casamento deveria resolver. E ele não tinha feito nada para ajudar, tinha?

— Por que não foi entregue antes, então? — questionou Gairad. — Eles renovam o tratado a cada vinte anos. Os iskateanos mantêm o campo Tau há muito mais tempo que isso. Você tem uma respostinha esperta pra isso também?

— Quando Jainan não disse nada, perturbado ao se dar conta de que não sabia, ela abriu um sorriso. — Enfim. Ainda assim, você abandonou o nosso planeta. — Ela se levantou e caminhou até o samovar para pegar mais café. — E agora você vai me arrumar problemas por causa disso.

Jainan soltou um suspiro que era quase uma risada.

— Não tenho o poder pra fazer uma coisa dessas.

Longos segundos de silêncio se passaram. Os dois conseguiam ouvir o barulho da professora Audel na sala dos fundos. Gairad pareceu se lembrar de que estava pegando café, pressionou o botão errado e soltou um palavrão quando um jato de água quente atingiu sua mão. Por fim, ela disse:

— Por que você olha por cima dos ombros quando ri?

Jainan levou um momento para encontrar qualquer tipo de resposta para aquela pergunta.

— Eu não faço isso — disse ele. Ou será que fazia?

— Duas vezes — apontou Gairad. Ela secou a mão com a ponta de uma cortina. — Aff. Pelo menos posso dizer ao embaixador que eu vi você.

— Não... — começou Jainan, alarmado, mas naquele momento a professora Audel voltou, segurando um ábaco cúbico.

— Achei! — anunciou ela. — Não jogar nada fora tem suas vantagens, né? Vamos dar uma olhada. — Ela fechou o primeiro ábaco e colocou o novo ao lado dele. — Agora, Jainan, por que você não explica o básico disso aqui pra Gairad? E depois nós podemos falar sobre o trabalho de consultoria que você fará nesse projeto.

Jainan soltou os dedos do aperto mortal na beirada da caixa. Aquilo, pelo menos, era algo que ele sabia fazer. Sentiu-se mais grato do que acreditava ser possível.

— É claro — disse ele. — Fico feliz em ajudar.

Quando Jainan retornou, Kiem estava em casa, para variar, franzindo o cenho diante de um tablet com a expressão que sempre fazia quando o obrigavam a qualquer leitura extensa. Era o meio da manhã de um dia claro e frio, e o céu pálido do amanhecer havia escurecido para um tom azul de porcelana. Em Thea, os pássaros estariam cantando do lado de fora da janela, mas ali em Iskat o que se escutava eram as ocasionais batidas dos predadores esqueléticos, que Kiem e Bel chamavam de *pombos*, atacando o vidro. Eles soltavam um barulho alto com os bicos toda vez que se sentiam ameaçados. Jainan já estava começando a se acostumar.

Kiem ergueu o olhar esperançoso quando a porta se abriu.

— Jainan! — exclamou ele, se animando e deixando o tablet de lado. — Você estava na universidade? Como foi?

Jainan achava aquilo muito atraente em Kiem: ele sempre ficava feliz em ter companhia, de quem quer que fosse. Jainan precisava lembrar a si mesmo que não era ele, em específico, que deixava Kiem feliz; o príncipe continuava evitando encostar em Jainan sempre que os dois estavam próximos. Kiem só preferia companhia em vez de solidão.

— Foi tudo... bem — respondeu Jainan. Sim, no geral. — É. Tudo bem.

— Você gostou? Vai participar do projeto?

— A professora Audel pediu a minha ajuda. Sim. — Jainan sabia que aquilo ajudaria Kiem a alavancar seu poder na universidade, então era esperado que ele ficasse satisfeito, e ele ficou; Kiem era quase transparente quando ficava feliz com alguma coisa.

— Se precisar de qualquer coisa é só me falar, tá bem? — Kiem pegou o tablet novamente, embora tivesse jogado o objeto tão longe que precisou se esticar de maneira um pouco imprópria sobre o sofá. — Aliás! Queria te contar. Estou pesquisando sobre Thea.

Aquilo provocava uma tranquilidade estranha, o jeito como Kiem preenchia os silêncios desconfortáveis simplesmente falando. Jainan se permitiu ser tomado pela calma ao se sentar, expulsando por um momento as dúvidas constantes sobre Taam e Thea.

— Hm.

Kiem balançou a mão.

— Tá legal, eu pedi pra Bel pesquisar sobre Thea e me passar as partes importantes. Mas olha só, eu estava lendo sobre os clãs. O sistema de vocês é bem complicado, sabia?

— Sim, e o sistema da família imperial é muito objetivo — provocou Jainan.

Kiem abriu aquele sorriso novamente.

— Beleza! Beleza. Nada de complicado *aqui*. Ouvi dizer que uma Imperadora inclusive morreu por um golpe fatal da *Enciclopédia completa da família imperial*. — O canto da boca de Jainan se contorceu num quase riso. Kiem voltou ao assunto anterior. — Olha só, eu li nesse troço aqui que é tradição ter uma bandeira do clã pendurada na parede de casa. As pessoas fazem mesmo isso?

— A maioria sim — explicou Jainan. Ele não sabia ao certo onde aquilo ia dar. — Mas não é obrigatório.

— Eu estava pensando em colocar... ali? — Kiem apontou para a parede vazia em frente à escrivaninha. — Eu ia pedir pro seu embaixador conseguir uma, mas queria confirmar com você antes. A estampa dos Feria é essa aqui, não é?

Ele virou o tablet para Jainan. O verde com entalhes dourados e moldura branca enchia a tela. Sem nem pensar, Jainan se esticou e pegou o tablet das mãos de Kiem. A bandeira na imagem era uma réplica oficial de um fornecedor de Thea, não se achava para comprar ali. Provavelmente, eles nem exportavam para Iskat: dentre todos os sistemas vassalos do Império, Thea era o menos integrado e com a menor comunidade de imigrantes; além do mais, a maioria das pessoas trazia as próprias bandeiras do clã na bagagem.

— É a bandeira errada, não é? — perguntou Kiem, quebrando o silêncio que Jainan nem percebera ter se estabelecido. — *Argh*. Desculpa.

— Não, não é... — Ele percebeu que devia algum tipo de reação a Kiem, mas era difícil focar em qualquer coisa além do desamparo profundo e desconcertante que sentia, como se um pilar de fundação tivesse rachado e estivesse perigando cair.

— Você não precisa comprar. Eu tenho uma. — Ele se levantou e foi até o quarto. Kiem o seguiu.

— Tem? — Ele hesitou no vão de entrada. Kiem sempre parava ali quando Jainan entrava no quarto para pegar alguma coisa. E toda vez, Jainan se lembrava de que não importava o quão organizada e impessoal mantivesse a cama, ele expulsara Kiem do próprio quarto.

Desta vez, porém, Jainan estava tão focado em tirar a caixa da gaveta que só olhou por cima do ombro e disse com empolgação:

— *Entra*. Não precisa ficar parado aí.

No momento em que falou isso, desejou não ter falado. Seria algo apropriado para dizer a outros alunos no seu laboratório em Thea, não no palácio onde ele era um diplomata. Mas Kiem não se ofendeu, apenas abriu um sorriso tímido.

— Foi mal.

Enquanto Kiem entrava, parando a dois passos cuidadosos de distância, Jainan levantou a tampa da caixa e retirou dela um tecido dobrado. Seus dedos estavam estranhamente desajeitados; precisou de duas tentativas até conseguir segurar com firmeza. Ergueu o pano, que se desdobrou numa cachoeira de seda verde engomada.

Olhando agora para a bandeira, percebeu que ela ocuparia quase a parede inteira. Seu impulso de pegar o objeto se transformou em vergonha. Ele precisava dizer o óbvio.

— É grande demais.

— É *incrível* — disse Kiem.

A vergonha se esvaiu lentamente, como se ela precisasse de um tempo para entender que não era mais necessária ali.

— Ah.

— Mas ela não é valiosa? Deveria estar emoldurada. Parece uma antiguidade.

— Ela não pode ser emoldurada — disse Jainan. — Mas... tem certeza? Vai ser uma mudança radical na decoração dos seus aposentos.

Ele tinha dito algo errado. Kiem o encarava.

— São seus aposentos também.

— Sei disso — respondeu Jainan. — Mas talvez isso seja exagero.

— Jainan, não tem quase nada seu aqui.

Agora Kiem estava chateado, e Jainan mal se dera conta de como aquilo tinha acontecido. Ele fechou os olhos por um breve momento e começou a dobrar a bandeira.

— Não foi minha intenção... Me desculpe.

— *Pelo quê?* — indagou Kiem. Jainan não sabia responder.

Em meio ao silêncio, Bel apareceu na porta, salvando-o de ter que inventar uma desculpa.

— Vossa alteza — disse ela. — Como se não bastasse você ser péssimo em conferir suas mensagens, está contaminando o conde Jainan com essa mania horrível.

Jainan deu um pulo e ativou sua pulseira, mas Kiem só acenou com displicência.

— Era importante?

— Depende — respondeu Bel. — É sobre o delicado equilíbrio político entre os planetas de vocês dois, mas podem continuar discutindo a decoração das paredes se preferirem.

Jainan ficou tenso, mas aquilo só pareceu esvaziar toda a preocupação de Kiem como um balão, e ele riu.

— Você não tem mesmo senso estético. Manda ver, Bel.

— A coronel Lunver e seu subordinado, o major Saffer, querem uma reunião — anunciou Bel. — Tenho corrido atrás dos dados do acidente conforme você me pediu. A coronel disse que tem as informações, mas antes quer falar sobre o seu problema com o Auditor. Foi ela que entrou no lugar de Taam.

— Ela tem os registros de voo do acidente de Taam? — perguntou Kiem.

— Parece que sim — disse Bel. — Mas ela quer falar pessoalmente.

— Bem, já era hora! — exclamou Kiem. — Meu único plano alternativo era chegar na sala da Imperadora e fazer um escândalo.

— Isso até poderia funcionar — comentou Bel. — Ou render uma estadia na cadeia. Vou avisar que você está a caminho.

— Os funcionários dela teriam atirado em mim — ponderou Kiem. Ele sorriu para Jainan, que, por um momento, quase se deixou levar pelo otimismo de Kiem. Aquilo fazia com que tudo que acontecera, o Auditor, o acidente de Taam, parecesse ter solução, como se Kiem acreditasse que o mundo seguiria um caminho mais simples usando sua força de vontade. Jainan sabia que era uma ideia absurda. Mas, ainda assim, ali estava Kiem.

— Vamos descobrir o que a coronel Lunver tem para nos mostrar.

8

O palácio se espalhava como um recife de coral no fundo do oceano, e dele brotavam asas e estruturas que abrigavam oficiais, conselheiros, soldados e membros da realeza, o bastante para encher uma cidade pequena. Uma das divisões era o QG Central Um, uma construção militar robusta onde a Operação Martim-Pescador estava estabelecida. Ficava no lado oposto ao dos aposentos de Kiem no palácio, mas ele sabia como chegar lá. Fazia aquele caminho da ala residencial até o escritório da general Tegnar toda vez que ela voltava para o planeta, já que ela praticamente morava no escritório — embora já houvessem se passado muitos anos desde aquela época.

— Então quer dizer que a coronel Lunver assumiu a Operação Martim-Pescador no lugar do Taam, hein? — comentou Kiem enquanto os dois atravessavam os jardins que conectavam os prédios do palácio. — Vocês são amigos?

Jainan hesitou. Kiem já estava se acostumando com isso. Ele não abria a boca sem antes pensar e considerar bastante.

— A gente se conhece. Ela já tinha trabalhado com Taam antes. Não acho que ela me considere um amigo. — Ele passou a mão enluvada pelo muro comprido enquanto os dois caminhavam, limpando a neve de um canteiro cheio de caules secos. — Com o major Saffer já é outra história. Ele e Taam eram amigos próximos. Ele ia jantar na nossa casa com frequência.

Kiem vislumbrou o emaranhado de caules no canteiro e se esqueceu da conversa. Pulou na frente para segurar o pulso de Jainan.

— Cuidado!

Um pássaro pequeno emergiu do matagal com um piado furioso, deu impulso para o céu e por pouco não arrancou um pedaço da orelha de Kiem com as asas afiadas. Jainan saltou para trás, para longe da investida de Kiem, e olhou para o alto, incrédulo.

— Esses fazem ninhos no chão — disse Kiem, se desculpando. — Não gostam de ser perturbados.

— Nunca vou me acostumar com a vida selvagem daqui — afirmou Jainan.

— Eles não atacam por maldade — explicou Kiem. Ele cutucou com cuidado o ninho que o animal deixara para trás. — Acho que usam as trepadeiras pra alinhar os ninhos. Não tem muito verde por aí nesta época do ano.

— Ah! — suspirou Jainan, soando levemente surpreso. Kiem o viu examinando as trepadeiras atrás do canteiro e notou algumas flores pálidas, quase transparentes, desabrochando por trás das folhas escuras que haviam sobrevivido ao inverno. — Eu não tinha notado as flores. — Ele olhou para o céu, como se o pássaro fosse voltar, mas o bicho provavelmente já tinha encontrado outro lugar para se abrigar pelo resto do dia. — Seria até charmoso se aquela criatura não tivesse acabado de tentar te matar.

Kiem tirou um galho que ficara preso em seu cotovelo enquanto os dois saíam dos jardins e entravam no pátio principal do QG Central Um.

— O pássaro só estava... sabe como é. Empolgado. Qual entrada devemos pegar pra central da Martim-Pescador?

A Operação ficava numa parte diferente da que abrigava o antigo escritório de sua mãe, e Kiem não conhecia o labirinto de corredores de alabastro muito bem. Em silêncio, Jainan indicou o caminho para o escritório à direita, porém até ele pareceu perdido nas curvas finais.

— Esqueci — desculpou-se Jainan. — Eu não vinha muito aqui.

O menos graduado dos dois oficiais os recebeu na porta. O major Aren Saffer era um militar empolgado, de cabelos cor de areia, a pele pálida e cheia de sardas e uma das mãos sempre enfiada no bolso do uniforme. Um pingente discreto de madeira em uma corrente ao redor do pescoço indicava seu gênero. Kiem gostou dele de cara. Esperava que Aren fosse um velho careta e condecorado como muitos dos amigos militares de sua mãe, mas ele era bem mais novo do que a maioria, e parecia genuinamente feliz em ver Jainan.

— Ah, sem cerimônias, por favor — disse Aren quando Kiem o cumprimentou. O escritório era uma sala de pé-direito alto, com piso de madeira polido e um emblema de um pássaro prateado na parede do fundo. Tirando isso, mal parecia o quartel-general de uma grande operação: apenas uns cinco soldados ocupavam as fileiras de mesas vazias. — Ainda estamos nos recuperando. Perder Taam foi um baque e tanto, para ser sincero. Tirou nosso rumo. Mas ele ia querer que nós seguíssemos em frente... não é, Jainan?

Jainan não respondeu. Ainda não entrara completamente na sala. Tinha parado para observar a foto na parede adjacente à porta: um memorial, cercado de flores cinza, mostrando Taam com sua vestimenta militar. Taam tinha o tipo certo de maxilar para aquele tipo de foto. Parecia ter saído de um documentário de guerra.

Aren inclinou a cabeça para o lado, com um sorriso confuso. O movimento chamou a atenção de Jainan, e sua atenção se voltou às pressas para os dois.

— É claro — disse Jainan. — Fico feliz em ver o memorial de vocês.

— Esquece o memorial, estou feliz em ver *você* — anunciou Aren. Ele estava sorrindo, um sorriso fácil e constante, mas de repente ficou sério e olhou com cuidado para Jainan. — Deve estar sendo difícil; achei que você tinha desaparecido da face do planeta. Você devia ter entrado em contato antes.

Mesmo com o pouco que conhecia de Jainan, Kiem suspeitou de que aquela não fosse a melhor abordagem. Jainan se fechou visivelmente e disse:

— Obrigado por se preocupar.

— Sua chefe está por aí? — perguntou Kiem com animação. — Entendo que esse seja um assunto supersecreto, os arquivos do acidente e tal. Minha assistente disse que vocês queriam me entregar pessoalmente.

Aquilo funcionou para tranquilizar o momento desconfortável. Aren os levou até um escritório onde uma oficial com uma insígnia de coronel esperava com as mãos para trás. Kiem nunca a vira antes: parecia beirar os quarenta anos, tinha um ar ponderado e o cabelo inusitadamente liso preso para trás em uma trança pesada.

Sua atenção estava voltada para as telas que cobriam uma das paredes do escritório. Uma linha de texto dizia OPERAÇÃO MARTIM-PESCADOR — BASE HVAREN. As imagens mostravam um movimentado escritório remoto, com o mesmo emblema prateado de pássaro nas paredes. Pela vista das janelas, devia ser em algum lugar nas montanhas; parecia uma base planetária grande demais para uma operação espacial, mas Kiem supunha que os militares precisassem arrumar coisas para se manter ocupados.

Ela se virou assim que eles entraram.

— Vossa alteza — disse ela. Com um aceno de mão, as telas na parede desligaram. — Obrigada por virem. Por favor, sentem-se. Você também, Saffer.

Kiem se sentou com cautela em uma das cadeiras desconfortáveis. O escritório era sóbrio e gelado; ele deveria ter levado um casaco. Ao seu lado, Jainan virou a cabeça para manter os dois oficiais em seu campo de visão.

— Você queria nos ver, coronel? — começou Kiem, animado.

A coronel Lunver apoiou as mãos sobre os joelhos numa posição formal.

— Fiquei sabendo que a Resolução absolutamente se recusou a confirmar a integração de vocês.

Kiem sentiu a alfinetada como se tivesse aberto uma porta e encontrado um poço de espinhos.

— Hm — murmurou ele. — Eu não diria que eles *absolutamente se recusaram*. É mais uma questão de atraso.

— Um atraso — repetiu a coronel Lunver com evidente incredulidade. Kiem não sabia ao certo por que ela tinha permissão para interrogá-lo; ele esperaria uma pergunta daquelas da embaixada de Thea. Mas então lembrou que a Martim--Pescador operava em espaço theano. Jainan claramente achava que ela tinha o direito de opinar.

— Seremos integrados em breve — disse Jainan, num tom baixo e intenso. — Nós dois temos a hierarquia correta de autoridade. Não há motivo legal pra nos recusarem.

Ao lado dele, Aren baixou a cabeça e soltou um barulho pelos dentes.

— Presumindo que a Resolução pense como os humanos — disse ele, com um olhar arrependido para sua oficial superior. — Não sei se esse é o caso. Vai saber o que eles estão procurando de verdade...

Jainan assentiu e cruzou as mãos sobre o colo. Kiem sentiu uma pontada de medo. Ele vinha lidando com aquilo como se fosse um empecilho temporário. Mas era Jainan quem tinha experiência diplomática; se até ele concordava que os dois poderiam ser rejeitados, o problema talvez fosse real.

— Da nossa parte, também estamos trabalhando com o Auditor — explicou Lunver. — Sei que não preciso explicar assuntos militares pro filho da general Tegnar...

— Precisa, sim — disse Kiem, justificando-se. — Não falo com ela há meses.

— ... mas nós nos preocupamos tanto quanto a embaixada de Jainan em manter o tratado theano estável — continuou Lunver. — Tanto quanto o finado coronel Taam, na verdade. Não somos os únicos de olho no Auditor: a Segurança Interna e a assessoria da Imperadora também estão nessa. Mas ainda não conseguimos muita coisa. Levando isso em conta, tenho uma sugestão pra você.

— Manda ver — disse Kiem. Àquela altura, ele aceitaria qualquer conselho.

— Renuncie — disse Lunver com entusiasmo.

— Como assim?

— Renuncie — repetiu Lunver. Havia uma janela estreita no canto do escritório; a luz que entrava por ali refletia no broche de sílex preso na gola da coronel. — O Auditor pelo visto não gostou de como a cerimônia de vocês foi apressada. Podemos convencê-lo a aceitar Jainan: ele é theano e foi apresentado dentro do prazo. O problema parece ser você.

— Ah — disse Kiem. Ele sentiu um buraco se abrindo em seu estômago, o que era ridículo, porque aquilo tudo sequer tinha sido ideia dele.

Ele disse a primeira coisa que lhe veio à cabeça:

— Para ser sincero, nem sei por que me indicaram. O Auditor disse que o problema era Taam.

— O problema é a substituição de Taam. A papelada deve ter sido feita às pressas — explicou Lunver. Ela parecia um pouco ofendida, como se a política intergaláctica fosse só mais um obstáculo no caminho da sua operação. — É pouco provável que a investigação sobre a morte do príncipe Taam encontre algo novo. Nem mesmo a Segurança Interna consegue apresentar evidências se não houver nenhuma. Entretanto, se você renunciasse à sua posição, o casamento fosse anulado e Jainan se casasse novamente, poderíamos garantir que o Auditor ficasse satisfeito com nosso próximo representante.

Kiem tentou organizar seus pensamentos.

— Eu posso renunciar se isso for ajudar — disse ele. — Se é isso que a Imperadora quer...

— Vocês têm alguma alternativa? — interrompeu Jainan. Kiem parou de falar. Jainan estava sentado com a postura rígida, encarando Lunver. — Quem iria substituí-lo?

— Perdão, vossa alteza — disse Lunver para Kiem. — Mas deve ser alguém menos ligado a Taam. O representante não *precisa* ser um príncipe. Alguém da alta nobreza, um general, talvez. Com a cooperação dos theanos, é claro — acrescentou, assentindo para Jainan.

— Ainda não entendi como isso resolveria o problema — disse Jainan.

Kiem, que estava de boca aberta prestes a dizer que por ele tudo bem, parou e repensou. Era assim que costumava estragar tudo: seguia o fluxo do que as outras pessoas queriam e nunca raciocinava direito.

— Estou na mesma que Jainan — disse ele. — Não sei se isso vai dar um jeito na situação. O Auditor *disse* que o problema era Taam. Falando nisso, e os registros do acidente?

Ele olhou em volta com esperança, como se aquele fosse um encontro amigável, e não uma reunião com uma militar do alto escalão pedindo sua renúncia.

— Tomamos nota da sua recusa — disse a coronel Lunver. Ela suspirou. — Vossa alteza, não quero ter que levar isso para a Imperadora.

— Ela vai ficar muito feliz. Aposto que sente saudades de receber comunicados a meu respeito — rebateu Kiem. Ele mudou para um tom mais dissimulado. — E os registros do acidente? Achei que fosse esse o motivo desta reunião.

Lunver olhou para Jainan como se esperasse mais da parte dele, então sorriu e esfregou a mão no rosto.

— Saffer.

— Vou levá-los até lá — disse Aren, se levantando num pulo. — Por aqui.

Enquanto os dois o seguiam em direção à saída, Aren franziu o cenho para uma minitela flutuando sobre seu pulso.

— Tenho todos os registros pessoais da unidade — disse ele à parte para Kiem. — Então a coronel me pediu pra rastreá-los, mas não sirvo pra ser oficial sênior. Muito serviço besta de gestão. — Ele se inclinou sobre uma mesa vazia, deslizando o dedo por algumas opções, e então acionou um comando. — O material tem que passar pela Segurança Interna. Aqui. — Ele finalizou o gesto com um floreio e sorriu para Jainan. Mesmo falando baixo, as vozes ecoavam pela sala antiga. Jainan ficou de olho nos soldados que podiam ouvi-los. — É um suvenir bem macabro, mas vocês devem recebê-lo dentro de uma semana mais ou menos.

Kiem se segurou para não dizer que, no fim das contas, os oficiais não precisavam da sua presença para transferir os arquivos, o que só o deixava ainda mais indisposto a lidar com Lunver. Os olhos de Jainan se voltaram para o rosto de Aren.

— Uma semana.

A boca de Aren se contorceu numa lástima.

— Sinto muito, mas isso é coisa da Segurança Interna — explicou o major. — Eles bloqueiam todos os materiais da investigação, então precisamos falar com o alto comando pra conseguir a liberação.

— Mas vocês já têm os registros do acidente — disse Kiem. — Sem essa. Jainan está há semanas tentando conseguir isso. Eu já dei o selo real. Não quero ter que usar a cartada da realeza aqui... Quebra esse galho pra gente.

— Eu... — Aren ficou olhando de um para o outro, mas Kiem sentiu que já tinha dado sua palavra final, e tinha razão. Aren deu de ombros, lançou um olhar levemente culpado em direção à porta do escritório da coronel Lunver e fez mais um gesto. A pulseira de Jainan vibrou. — Certo, então. Jainan recebeu uma cópia. — Ele baixou a voz de maneira quase cômica, como se estivessem conspirando. — Por favor, não mostre isso pra nenhum dos seus conterrâneos.

A ruga de tensão não tinha sumido do rosto de Jainan.

— Eu nunca faria isso.

— E por que ele não poderia mostrar? — questionou Kiem.

Por um breve momento, Jainan e Aren olharam para Kiem como se uma segunda cabeça tivesse brotado de seu pescoço.

— Ai, ai... — disse Aren. Ele trocou olhares com Jainan. — Como eu posso dizer? A Martim-Pescador não é uma operação *muito* popular em Thea.

— Aham — concordou Jainan.

— Nível de popularidade abaixo de zero, eu diria. Olha só. — Aren sinalizou outro comando e a tela se abriu verticalmente sobre a mesa. Depois de pesquisar por um momento, ele selecionou um artigo de um jornal independente com a manchete *Iskat: mineração ou pilhagem?*. E outro que tinha o logotipo de uma universidade: *Drones ativistas sabotam a refinaria*. Um terceiro dizia apenas *Com licença, posso pegar estes minérios?* acima de uma foto sorridente de Taam.

Jainan ficou um tom mais pálido.

— Eu não tinha visto esses.

— Idiotas — disse Aren com empolgação. — A maioria são estudantes e esquisitões bitolados. Mas respondendo sua pergunta, príncipe Kiem, é por isso que a Martim-Pescador é uma operação de extremo sigilo. O escritório de comunicação me colocou na função de combater todo tipo de mídia negativa, mas as tentativas de mídia positiva não pegaram. Ei! *Taí* uma boa ideia. — Num rodopio, ele se jogou na cadeira e encarou Kiem com um olhar especulativo. — Temos uma vaga sobrando em comunicação estratégica. Mudar a impressão dos portais theanos sobre a Martim-Pescador. Você seria ótimo nisso.

— Hm — disse Kiem vagamente.

— Ah, sem essa! — respondeu Aren com uma meia risada. — Não finja que não sabe do que estou falando.

— Porque eu fico muito bem de uniforme? — chutou Kiem.

— Você se veste bem, claro — disse Aren com um sorriso. — Mas estou falando sobre como você foi a maior vergonha da família real alguns anos atrás e hoje em dia é convidado pra eventos beneficentes de gala, dá entrevistas pra revistas de comportamento e foi escolhido para um casamento diplomático. — Ele cruzou os braços e se reclinou na cadeira. — Metade do planeta parece ter comprado essa história de que você "virou a página". Estou falando sério: é só passar no teste físico, e eu consigo um cargo de major pra você na Martim-Pescador. Precisamos de alguém pra lidar com a imprensa.

— Eu não... o que... — Kiem se perdeu no que ia dizer. Sentia-se um pouco ofendido, embora nada daquilo fosse mentira: ele e Bel *tinham* conseguido plantar certas informações positivas nos portais. — Não faço isso de propósito. — Ele observou Jainan, que havia entrelaçado os dedos sobre o colo e estava olhando para baixo. — Não faço o tipo militar.

— Céus! Eu e a minha boca — disse Aren. — Acredite, não quis te deixar desconfortável. Sinto muito. — Ele se reclinou na cadeira, esticando as pernas para a frente e olhando para baixo, totalmente recomposto. — Entendo os motivos pelos quais você pediu os registros, Jainan, mas espero que você esteja errado. Sei que você não vai se importar que eu diga isso.

Aren tinha um bom argumento. Jainan não havia externado nenhuma de suas suspeitas, mas se a batida não tivesse sido causada por uma falha, o Auditor estaria certo: a morte de Taam não teria sido um acidente. E se a Segurança Interna não tivesse descoberto isso, seria por incompetência ou por acobertamento do caso. Kiem se sentiu nauseado com a possibilidade. Eles não tinham nenhuma prova. Ainda.

— Você vai ficar encrencado por ter burlado as liberações, Aren?

Aren sacudiu a mão.

— Sou do tipo "melhor pedir desculpas do que pedir permissão". Mas falando sério agora, não envie isso pra embaixada theana. O novo embaixador parece ser um cara legal, mas toda vez que mostramos alguma coisa pra ele, o assunto pipoca naqueles portais independentes que mostrei a vocês.

— Não vou mostrar — disse Jainan. — É claro.

— Então manda ver — anunciou Aren. — Pode pesquisar à vontade. Espero que não encontre nada, mas — ele entortou a cabeça para o lado, com uma simpatia irônica — eu entendo. Deixando a política de lado, ninguém pode te culpar por estar sensibilizado a respeito disso.

Kiem não via Jainan como alguém muito sentimental, mas Jainan também não reagiu à afirmação, tirando o movimento em seu pomo de Adão quando ele engoliu em seco.

— Você foi... muito prestativo — disse Jainan. Ele olhou para Kiem, que interpretou aquilo como um sinal de que ele não queria mais falar sobre Taam.

— Vamos te deixar em paz com suas coisas militares importantes — anunciou Kiem, ficando de pé. — Ninguém merece esses civis pegando no seu pé o tempo todo, né?

Ele se inclinou sobre a mesa e deu um soquinho na mão de Aren.

Aren sorriu.

— Acredite, os funcionários públicos são duas vezes piores. E, falando sério, eu estava preocupado com Jainan. Se precisarem de qualquer coisa, é só pedir. — Ele estendeu a mão para Jainan, que respondeu ao cumprimento com cautela. — Sempre foi assim, é só pedir.

Kiem se segurou até que os dois chegassem ao lado de fora, sob a sombra da ala da Imperadora.

— E aí? — disse ele. — Deu tudo... certo?

Jainan fez uma pausa.

— Taam admirava muito a coronel Lunver — disse ele do nada. — Ele não tinha paciência para gente tola. Acho que seria uma boa ideia se você se aproximasse dela e da unidade de Taam.

— Certo — disse Kiem, reunindo coragem. — Vamos nos associar aos militares. Sou ótimo nisso. O que acha de convidá-los para um jantar? Eu faço uma panqueca sem igual. Mas só sei fazer panquecas. Acho que precisamos nos aproximar de todos os envolvidos na investigação.

Jainan abriu um meio sorriso, que sumiu tão rápido quanto apareceu. Kiem ainda não conseguia entendê-lo. Às vezes ele parecia uma música tocando fora do alcance dos ouvidos, ou um passo numa escadaria às escuras.

— Sim — afirmou Jainan. — Precisamos mesmo.

9

Conforme o inverno se intensificava, a Resolução e o Império caminhavam em direção ao Dia da Unificação, com os passos firmes e pesados de dois autômatos convergindo um em direção ao outro. Jainan listou todas as cerimônias que precediam a assinatura do tratado e ia riscando as datas conforme elas passavam. A maioria se dava a portas fechadas, com a Imperadora e sua equipe de assistentes cada vez mais atormentados, mas um evento não poderia acontecer sem os vassalos: a entrega formal do que a Resolução chamava de *material proscrito*. Os fragmentos. Jainan não prestara muita atenção neles, mas a cerimônia deveria ser riscada da sua lista. A presença de Kiem e Jainan como representantes theanos era obrigatória: eles entregariam tudo que havia sido encontrado em Thea desde o último tratado.

Jainan passara os quatro dias anteriores à cerimônia obcecado com os registros do acidente de Taam. Em geral, suas horas no palácio se arrastavam, mas agora ele sentia o tempo escorregando por suas mãos como uma corrente de água. Por sorte, Kiem parecia ser convidado para todos os jantares e eventos beneficentes em Arlusk, então não era difícil para Jainan manter suas preocupações separadas do parceiro. As coisas sempre se tornavam um pouco desconfortáveis quando Jainan ficava obcecado daquela forma; Taam costumava brincar que Jainan deveria se mudar para um monastério, onde poderia ficar recluso em seu próprio mundo por anos a fio.

Jainan sabia que, de certa forma, aquilo era uma maneira de projetar seus receios em outra coisa. Seu trabalho era comparecer às cerimônias e representar Thea, e não perder tempo com registros forenses de uma investigação que já estava sob responsabilidade da Segurança Interna. Mas a recusa do Auditor em confirmar sua integração com Kiem o deixara balançado — tudo vai acabar se resolvendo, ele dizia a si mesmo, ninguém poderia desejar genuinamente a quebra do tratado —, e ele precisava focar em outra coisa.

Jainan não encontrara nada nos registros do acidente. Todas as linhas do arquivo confirmavam a conclusão da Segurança Interna: uma falha natural de um compressor que causou um vazamento catastrófico de combustível na câmara térmica adjacente. Qualquer tentativa artificial de provocar aquela falha teria ficado evidente. Jainan não era um especialista nesse tipo de equipamento, mas sabia o básico; a baixa manutenção dos compressores era um motivo comum de falhas. Os registros eram claros como água.

Quando a cerimônia dos fragmentos chegou, ele deveria ter se sentido aliviado por deixar de lado os registros do acidente. Em vez disso, Jainan encarou o espelho enquanto se vestia e se sentiu como um fantasma flutuando ao lado do próprio corpo. Ele tinha que parecer respeitável. Ele e Kiem precisavam agir como um casal feliz. A embaixada theana tentara convidá-lo para uma recepção após o evento; Jainan sabia que Bel recusaria pela incompatibilidade com o status de Kiem. Era esperado que os príncipes imperiais colocassem o palácio em primeiro lugar.

Kiem estava atrasado — ele geralmente estava; parecia incapaz de olhar as horas — e apareceu com um turbilhão de desculpas. Jainan sorriu de forma mecânica, a sensação fantasmagórica flutuando ao seu redor como uma redoma, e o acompanhou até o evento.

A cerimônia dos fragmentos acontecia no maior salão do palácio, a Câmara da Colina Duradoura. A Colina Duradoura era o brasão de Iskat, uma curva austera e fácil de ser identificada, mas Jainan não conhecia a história dela. No dia anterior, ele tinha perguntado casualmente para Kiem sobre a colina que dera origem ao nome.

— Eu... não sei — dissera Kiem, como se tivesse acabado de ser dar conta daquilo. — Deve ficar em um dos planetas de origem dos primeiros terraformadores, mas já estamos aqui há quatrocentos anos. Seja onde for, a colina já deve ter entrado em erosão a esta altura.

A silhueta do horizonte iskateano havia muito abandonado estava gravada em duas paredes do salão. Centenas de contas iluminadas pendiam do teto, como o coração profundo das galáxias, derramando uma luz suave sobre os infinitos adornos dourados que ornamentavam os oficiais militares e os membros da realeza ali presentes. O salão fora organizado em volta de um grande tablado cerimonial em uma das pontas, onde se encontrava uma série de estandes, vitrines e cofres desproporcionalmente pesados. Fragmentos.

Havia fragmentos em vários tamanhos, desde uma pedra semelhante a uma obsidiana da largura de uma moeda, até um pedaço opaco de metal do tamanho de um filhote de cachorro, com rochas sedimentares que pareciam se derramar umas sobre as outras se você observasse de perto. Jainan já havia visto fragmentos antes, é claro. Sua universidade guardava um pequeno fragmento no departamento de xenotecnologia, mas ele estivera concentrado demais na própria pesquisa para se interessar por algo sem nenhuma utilidade prática e que envolvia tanta interferência da Resolução.

Ele não estava preparado para a sensação causada por dezenas de fragmentos agrupados; era como entrar em um jardim fechado infestado por abelhas.

O Auditor estava de pé na lateral do tablado, em alguma deliberação discreta com os assistentes da Imperadora. Sua equipe se movia entre os fragmentos, que Jainan notou estarem agrupados por planeta: os recipientes com os fragmentos de Thea traziam a insígnia do clã que estivesse envolvido nas escavações.

A organização do resto do salão era mais informal. Estavam em Iskat, então obviamente havia comida: o prato salgado já fora servido, mas permanecia intocado. Dezenas de convidados perambulavam ao redor das mesas. Jainan avistou alguns dos outros representantes do tratado. Kiem vestia seu uniforme da família imperial, que não era muito militar, mas extravagante o bastante para que ele se destacasse, enquanto Bel usava um casaco esvoaçante com detalhes dourados, junto com sua autoconfiança. Jainan se camuflava no ambiente com o cinza e o azul de suas vestes cerimoniais theanas. Não era o vestuário correto, mas a túnica verde e dourada do clã era agressivamente theana e teria chamado muita atenção.

— Como está se saindo? — murmurou Kiem enquanto os dois entravam, lado a lado. — Com os registros do acidente, quero dizer.

Jainan se assustou. Não tinha pensado que aquilo poderia estar perturbando Kiem. Mas é claro que o príncipe esperava um resultado depois de toda a confusão causada por Jainan a respeito dos registros, e é claro que Jainan não tinha nada para apresentar. Ele não queria admitir que fizera Kiem perder tempo. Jainan não sabia se era pelo sentimento persistente de que havia cometido algum erro durante a análise ou só pela recusa em admitir a derrota.

— Eu gostaria de analisar tudo uma última vez.

— Claro — respondeu Kiem. Ele olhou para trás (Jainan entendia o impulso, os fragmentos pareciam uma presença zumbindo sobre os seus ombros para onde quer que você se virasse) e se balançou com um calafrio. — Eu até me ofereceria pra ajudar, mas, sabe como é, quando eu somo dois mais dois, o resultado dá peixe frito.

— Isca frita — disse Bel, distraída. Jainan seguiu o olhar dela até a mesa imaculada de comida: frutos do mar brancos com toques de cor dos vegetais organizados cuidadosamente numa torre de bandejas cintilantes. A alta culinária de Iskat tinha um ar quase científico. — Salmão! Aquilo é bacalhau de Eisafan?

— Deixa um pouco pra gente — pediu Kiem.

— Melhor correr. — Ela deu um sorriso torto para os dois. — Ah, e não esqueçam que precisam ir embora cedo. A recepção da embaixada theana é logo depois da cerimônia.

A recepção theana. Jainan engoliu, sentindo a garganta secar de imediato.

— Achei que não iríamos.

— Ah! — exclamou Kiem. Ele parou abruptamente, com uma expressão de culpa repentina. — Ai. Merda. Eu presumi que nós iríamos. Pelo jeito como escreveram o convite, dava a entender que você já estava sabendo. Vou avisar que tivemos uma mudança de planos.

— Você já aceitou — disse Jainan, num tom vago. — Ah. Não foi isso que eu quis dizer... Eu vou. Naturalmente. — Ele estava nervoso; no geral, teria se expressado com mais delicadeza.

Um gongo soou para sinalizar o início da cerimônia. Jainan expulsou todos os pensamentos da cabeça para lidar com eles depois. O embaixador Suleri os encontrou na entrada do salão; cumprimentou Jainan com vivacidade e educação e entregou-lhe um molho de chaves. A embaixada já havia preparado tudo. Jainan só precisava levar as chaves até o Auditor.

A parte formal da cerimônia terminou rapidamente. O Auditor tratou todos os representantes da mesmíssima forma, desde o grupo de vinte pessoas de Eisafan até Jainan e Kiem, desacompanhados, e não mostrou nem uma pontada de reconhecimento. A presença dos fragmentos era muito pior de perto; todos os representantes encaravam o nada e desviavam o olhar como se tivessem acabado de encontrar um conhecido. A equipe do Auditor pegou as chaves, abriu as caixas e passou um scanner manual pelo conteúdo de cada uma.

— E agora? — sussurrou Kiem. — O que eles fazem com isso? Esses fragmentos me dão arrepios.

— Estava explicado nas instruções — disse Jainan, percebendo seu erro quando Kiem assumiu a expressão envergonhada de quem não tinha lido as instruções. — Ah! Os testes levam vários dias. Quando terminam, eles colocam tudo num armazém resfriado dentro da nave da Resolução. Aparentemente, a Resolução usa um planeta de gelo para guardar tudo. É uma estratégia de neutralização a longo prazo.

Kiem parecia em dúvida, mas naquele momento Bel sussurrou alguma coisa e cutucou o cotovelo dele.

— Olha lá — disse ela. — Um convidado bem importante.

— Quem? — perguntou Kiem. Ele analisou a parte mais distante do salão, onde havia um grande grupo de magnatas do comércio e seus convidados. Bel indicou um homem corpulento com vestimentas espaciais de um estilo que não era nem de Iskat nem de Thea.

— Aquele é o Evn Afkeli. — Bel se virou, dando as costas para os fundos do salão. — Ele comanda uma das maiores gangues de corsários: a Estrela Azul. É ele quem some com os comerciantes pelos quais as companhias não pagam resgate.

Corsários. Jainan precisou pensar por um momento antes de compreender do que Bel estava falando: gangues de crime organizado que saltavam entre os cinturões de asteroides e pelos mundos remotos, sequestrando naves em rotas menos utilizadas e colocando suas garras nos negócios planetários. Ele se lembrou de ter lido que eles haviam descoberto um porto desprotegido em Sefala, onde o Império lutava para impor alguma ordem.

— Alguém convidou um pirata sefalão pro almoço? — disse Kiem num sussurro não mais alto que o de Bel. — De quem foi essa ideia?

— Evn Afkeli é um homem de negócios legítimo — explicou Bel. — A Guarda não tem como provar nada contra ele.

— Que oportuno — comentou Kiem. Ele estava começando a sorrir. — Acho que vou até lá dar um oizinho.

— Não — exclamou Jainan. Ele não percebera como aquilo soava ríspido até receber um olhar de soslaio de Kiem. Jainan estava tenso: o zumbido dos fragmentos atrás dele parecia estar tentando se materializar em uma espécie de presença. — Perdão — disse ele, se esforçando para esconder o nervosismo. Kiem poderia fazer o que quisesse. — Claro. Quer que eu vá junto? — Ele mal conseguia colocar em palavras a onda de repulsa que o atingia.

— Quer saber? — comentou Kiem. — Mudei de ideia.

O rosto do corsário tinha feições sérias e profundas que mal se moviam enquanto ele conversava com um oficial militar. A falta de expressão causou um arrepio desagradável nas costas de Jainan.

— Como você sabe o nome dele?

Bel balançou a cabeça.

— Ela está sendo modesta — interveio Kiem. — Ela costumava trabalhar pra Guarda Sefalana.

— Não estou sendo modesta — rebateu Bel. — Só estou lembrando a você que corsários são do mal, caso tenha se esquecido dos desenhos animados iskateanos sobre eles.

— Modesta e também cheia de dicas úteis — brincou Kiem. — Olha, as pessoas já estão se sentando. Gostaria de me acompanhar neste jantar, vossa graça? — Ele fez uma reverência zombeteira e estendeu o braço.

Jainan abriu um sorriso mecânico e aceitou. Bel escapuliu para a mesa de bebidas enquanto Jainan acompanhava Kiem até o outro lado do salão, oposto ao dos sefalanos, preparando-se mentalmente para a longa e desconfortável refeição que o aguardava.

Ele não havia pensado em como seria a sensação de estar acompanhado por outro parceiro. Kiem pareceu se recuperar muito rápido da aura esquisita dos fragmentos que deixava todos os convidados olhando apreensivos para o vazio, e prontamente fez amizade com a pessoa sentada ao seu lado. Ele apresentou Jainan ao sargento Vignar, que comandava a logística do QG Central Um. Dez minutos depois, Vignar e Kiem pareciam amigos de infância conversando sobre corridas de carros antigos. Jainan se concentrou na comida, trocou algumas palavras com a pessoa que representava Kaan no tratado, sentada à sua frente, e monitorou Kiem com um dos ouvidos. No começo, ele dividira sua atenção, mas lá pela altura do prato doce, percebeu que não seria necessário se intrometer, nem manter duas conversas ao mesmo tempo, nem lidar com o mau humor de Kiem. Ele conseguia sentir o próprio estado mental melhorando no decorrer da refeição.

A pessoa que representava Kaan, alta, elegante e com um ar de quem se divertia às custas dos outros, cutucava os restos do prato doce enquanto observava Jainan.

— É bom ver você nesses eventos outra vez — disse elu.

— Obrigado — respondeu Jainan com cautela, como se sua presença ali não fosse compulsória. Elu chegara ao palácio depois de Jainan, de modo que não tinham se encontrado pelas redondezas com tanta frequência. Kaan achava conceitos de gênero uma piada, mas a pessoa que representava o planeta havia se comprometido com os costumes de Iskat o bastante para usar uma conta de vidro trançada no cabelo, perto da orelha. Jainan estava tão desligado que não conseguia nem se lembrar do nome delu.

— Eu estava começando a achar — continuou elu — que nossos anfitriões tinham decidido simplesmente abandonar o seu tratado.

Jainan segurou o garfo com força. Sua primeira reação de pânico foi ver se Kiem tinha escutado aquilo, mas ele ainda parecia mergulhado na conversa sobre carros. Jainan se esforçou para manter o tom de voz.

— Perdão?

— Estão comentando que Thea tem sido exigente com relação aos seus recursos. — Elu espetou delicadamente o último pedaço de fruta do prato doce. — Naturalmente, nos termos iskateanos, isso significa que os seus negociantes disseram *talvez* quando Iskat esperava por um *sim*. Afinal, vocês só conseguiram o status de província aliada porque eram amigáveis. Já provou o maracujá? Está muito bom! — acrescentou. — Com as estufas daqui, raramente conseguem acertar em cheio.

O povo de Kaan adorava alfinetar os outros. Era assim que eles faziam política; Jainan sabia disso, mas, ainda assim, sentia uma pontada de inquietação. O salão ao redor estava lotado de iskateanos.

— Thea compartilha seus recursos com generosidade — disse Jainan. — Somos uma província aliada há décadas. Já renovamos o tratado da Resolução diversas vezes. Nada mudou.

— Exceto as facções em Iskat — elu rebateu suavemente. — Estamos falando de um império comercial, um sistema parlamentar, uma ditadura, uma oligarquia militar? Você não consegue responder, consegue? Porque Iskat joga tudo isso na nossa cara em momentos diferentes. Me pergunto quanto controle a Imperadora tem de verdade sobre tudo isso que está acontecendo. É claro, a pequena revolta de Thea a respeito dos recursos de mineração ajuda a tirar um pouco o foco de Kaan, onde somos *de fato* exigentes. Ainda bem.

Jainan poderia dar uma resposta petulante ou política; descartou ambas. Em vez disso, encarou os olhos da pessoa representante, que não faziam parte de sua expressão afável, e disse:

— Por que você está falando do meu tratado?

— Ah! — exclamou elu, alisando casualmente a manga da túnica. — Vocês são nosso grupo teste, por assim dizer. Quanto precisarão irritar Iskat antes de acabarem sendo declarados território especial?

Tratados mudavam, para melhor ou pior, mas mesmo em meio às disputas que surgiam até a renovação, nenhuma província aliada ou satélite no Império jamais fora rebaixada ao status de território especial. Jainan sentia o coração acelerar. Era o tipo de coisa absurda e provocativa que os políticos de Kaan jogavam na roda só para ver o circo pegar fogo. Ele cerrou o punho por baixo da mesa e não disse mais nada.

Diante do silêncio de Jainan, a entidade representante deu a ele um sorriso charmoso, porém impessoal. Como se estivessem discutindo sobre o clima.

— As conversas da minha embaixada com os correspondentes de Iskat desta vez foram... improdutivas.

— Você mencionou isso pra embaixada de Thea? — perguntou Jainan, o tom de voz baixo. Ele não conseguia diminuir a velocidade das batidas do coração. — Você tem alguma evidência?

— Evidência? Isso é *política* — rebateu elu. — Se quer mesmo saber, eu conversei com a sua embaixada. Parece que eles já te excluíram de tudo, não é? E, sinceramente, isso não passa de fofoca. — Elu se levantou em um borrão brilhante de túnicas formais. — Falando nisso, vou dar uma circulada. Adorei nossa conversa.

— O que aconteceu? — sussurrou Kiem no ouvido dele.

Os pensamentos de Jainan o atingiram como um balde de água fria. Ele deveria ser um representante de boa vontade. Não deveria se meter em política e, especialmente, não deveria envolver seu parceiro naquilo tudo. Aquela conversa deveria ter ficado sob a responsabilidade da embaixada e de seus correspondentes iskateanos. Ele ficou sem ar.

— Nada importante.

— Thea é uma província aliada — disse Kiem. Ele franzia o cenho, como se aquilo o lembrasse de outra coisa. — O Império não pode simplesmente mudar isso.

Jainan não conseguia pensar direito. Seu coração não desacelerava de jeito nenhum. Parecia que alguém estava sussurrando nos ouvidos dele.

— Eu não seria capaz de opinar.

— Eu também não. — Kiem deu a ele uma versão sem graça do seu sorriso usual. — Nunca fui muito bom em política. Ah... opa! Vaile! — acrescentou ele quando alguém tocou seus ombros. — Não te vejo há meses. Pensei que tinham enviado você pra Rtul. Como vão as coisas?

— Tudo tranquilo! Mas, Kiem, *três* sabores de bolo?

Com uma vestimenta ornamentada, a princesa Vaile assentiu para Jainan. Ele quase não a vira chegando. Havia uma presença atrás do ombro dela. Por um momento, era Taam que estava ali, muito mais real do que no jantar da noite de casamento. Jainan parou de respirar.

Era uma alucinação causada pelos fragmentos. Não era real. Jainan esfregou a mão sobre os olhos rapidamente, e a imagem desapareceu.

Vaile e Kiem estavam conversando. Jainan se levantou.

— Preciso ir, tenho que falar com... com licença. — Ele fez uma reverência para ela, mantendo um leve controle sobre sua respiração afobada, e se retirou às cegas pelo salão, multidão adentro.

Já havia pessoas o bastante de pé e circulando para que ele não chamasse atenção. Jainan não viu ninguém que reconhecesse. Estava tenso demais até mesmo para fingir ser sociável; os rostos vívidos o assombravam enquanto atravessava a multidão, e ele se pegou empurrando uma porta de vidro em direção ao jardim do lado de fora.

A lufada de ar gelado em sua pele foi um alívio, e o zumbido dos fragmentos começou a diminuir. De onde ele estava, as cercas-vivas geométricas do palácio se erguiam monocromáticas, totalmente cobertas de neve. Jainan escolheu uma direção aleatória e mergulhou nas trilhas estreitas, andando rápido e forçando as batidas do coração a se acalmarem. Tinha sido uma alucinação. A tecnologia da Resolução sempre fora associada a fenômenos mentais desagradáveis.

Ele precisava focar em outra coisa. Minutos depois, se viu sentado em um banco de pedra, sentindo o aroma ácido das flores de inverno que desabrochavam em Iskat enquanto abria os dados do mosqueiro de Taam para analisá-los novamente. O barulho da festa fora abafado pela distância. Ele sabia que voltar para os registros do acidente de Taam era uma obsessão sem sentido, mas era a única coisa sobre a qual tinha total controle.

Eventos e visualizações passaram por suas mãos como um rio de cores. Ele forçou-se a se concentrar. Conseguia imaginar o mosqueiro balançando no ar, falhando em responder aos comandos cada vez mais desesperados de Taam, caindo de nariz para baixo em uma espiral fatal. O compressor já mandava alertas de manutenção havia meses. Estava tudo registrado.

A pedra gelada do banco pressionava as pernas de Jainan. Os dados do acidente perfeito de Taam.

Como um conjunto de engrenagens se encaixando, um tique-taque começou a soar na mente de Jainan. Ele gesticulou uma sequência de comandos sobre a pulseira. Mais telas apareceram, flutuando no ar gelado, puxando dados de diversas bibliotecas de pesquisa às quais Jainan já fora associado. Ele procurou as chaves de acesso de sua antiga universidade, primeiro com calma, depois cada vez mais impaciente. Quando as encontrou, as telas mostraram listas e listas de materiais.

Ele encontrou o que procurava em um manual do segundo ano de graduação, na seção *análises de falhas*. Um exemplo perfeito de mau funcionamento gradual de compressores.

Jainan colocou o manual e os dados de Taam lado a lado. Não havia uma correlação entre os dois. As especificações dos componentes eram diferentes. As marcações de tempo nos eventos do compressor também pareciam distintas, mas, ao examiná-las, viu que elas se equilibravam numa mesma proporção, como se alguém tivesse apenas as adiantado, mantendo o intervalo apropriado. Ele sentiu arrepios.

Era de se esperar que uma falha no compressor acontecesse da mesma forma toda vez. Matematicamente, era possível que as semelhanças fossem uma coincidência.

Ele encarou as marcações de tempo e tentou afastar o sentimento persistente de que estava enlouquecendo.

— Jainan? Conde Jainan?

Jainan levantou a cabeça num estalo. Tinha perdido a noção do tempo. Através das árvores, conseguia ver que o salão tinha se esvaziado, restando apenas os funcionários da limpeza. A figura se apressando pelo caminho na direção oposta, embrulhada num sobretudo para combater o frio de Iskat, era da equipe da embaixada de Thea.

Jainan olhou para trás automaticamente, cerrando os punhos para desligar as telas. Mas embora houvesse trilhas abertas atrás de si, ele estava socialmente encurralado. Seria imperdoável e grosseiro ignorá-la. Em vez disso, Jainan ficou de pé e fez uma reverência engessada.

— Boa tarde.

— Boa tarde, vossa graça — Jainan conhecia a funcionária de vista: Lady Fadith, dos Nasi. O clã era um aliado próximo dos Feria. — Está indo pra recepção? Acabei de sair de uma reunião que extrapolou o horário, mas acho que não perderemos nada além dos primeiros dez minutos. Aceita uma carona?

Uma onda gelada de pavor desceu pelas costas de Jainan. Ele se deu conta de que havia silenciado os alertas da pulseira como se fosse um estudante universitário sem responsabilidades. Havia uma enxurrada de mensagens de Kiem e Bel. Ele estivera ali fora por — Deus do céu! — trinta minutos, e os dois tinham que ter saído para a recepção vinte minutos antes. Kiem já devia estar lá.

— Vocês receberam nossas confirmações de presença? — ele perguntou sem motivo, apenas protelando.

Fadith levou na esportiva.

— O príncipe Kiem confirmou em nome de ambos, vossa graça. Houve alguma mudança de planos?

Ele havia efetivamente fugido e se escondido antes de um compromisso público. Sua ausência causaria uma vergonha considerável para Kiem, tudo porque Jainan não conseguia se controlar ou ficar de olho na hora. Aquilo testaria os limites da paciência até mesmo de Kiem. O cenário não lhe parecia agradável.

O atraso também seria constrangedor, mas talvez pudesse ser aliviado. Ele se recompôs. Kiem já devia ter partido no jato oficial, então aquilo seria mais rápido do que pedir um veículo reserva para Bel.

— Não — respondeu ele. — Nossos planos não mudaram, mas o príncipe Kiem vai direto pra lá de um outro compromisso. — As palavras seguintes foram difíceis de dizer. Ele tinha sido um adolescente orgulhoso, e o desgosto de aceitar ajuda sempre fora uma das suas características mais difíceis de superar. — Eu adoraria a carona.

Ele vislumbrou uma certa surpresa no olhar de Fadith, mas o pior já estava feito, e qualquer traço de vergonha parecia distante agora.

— É claro. Meu jato está no portão principal. Vossa graça... precisa de um casaco?

O casaco. Seria esquisito chegar lá sem casaco, mas eles já estavam atrasados.

— Não.

Fadith fez uma pausa, então deu de ombros e sorriu.

— Já se tornou um verdadeiro iskateano, vossa graça. Mesmo agasalhada, eu estou congelando. — Ela afundou as mãos nos bolsos do sobretudo e caminhou em direção à entrada do palácio. Jainan respondeu à conversa fiada com as palavras certas, de forma mecânica e trêmula.

Só quando já estavam no jato, a cidade se espalhando pela colina abaixo deles, Fadith disse:

— Então, eu estava numa reunião com os iskateanos sobre a operação de mineração...

Num movimento brusco, Jainan levantou a mão. Fadith se calou. Jainan teve dificuldade para decidir o que dizer em seguida, depois de ter sido grosseiro, mas conseguiu dar um jeito.

— Por favor — disse ele. — Não posso falar sobre política.

— Isso mal chega a ser política, vossa graça — respondeu Fadith, com um tom cauteloso. — E é do seu interesse.

— *Não é* — rebateu Jainan. Seguido de uma pausa longa e tensa. — Não é do meu interesse.

— Peço desculpas — disse Fadith. Ela parecia mais distante a cada frase, como se todas as respostas de Jainan fossem erradas. — Não tive a intenção de ofender.

Os dois passaram o resto da viagem num silêncio desconfortável. Jainan enviou um pedido de desculpas para Bel. Fadith fez um comentário ou outro sobre o clima, mas Jainan estava ocupado demais com seu enjoo crescente para oferecer qualquer coisa além de respostas curtas. Uma recepção theana. Dezenas de theanos, incluindo aqueles com os quais ele falhara nas suas obrigações do clã. E Kiem, que não apenas ficaria de olho em suas atitudes, mas estaria envergonhado e irritado acima de tudo. Aquilo tornava o dilema de Jainan com os registros do acidente quase sem importância.

Quando chegaram à recepção, o vento aumentara para um nível que os iskateanos chamavam de *agulhada*: uma corrente gelada e implacável que atravessava as roupas. O calor da embaixada foi um choque. O outro foi o quão *theana* pareceu a entrada da embaixada depois de tanto tempo em Iskat, com o chão de ladrilhos e as paredes cobertas por bandeiras coloridas. Uma passagem quadrada levava a uma sala lotada onde Jainan viu as cores de diversos outros clãs.

— Jainan! Oi! — Kiem surgiu do meio da multidão no momento seguinte, como se estivesse esperando por Jainan. Atrás dele estava a pessoa com a qual ele estava conversando, que parecia ter sido pega de surpresa. A testa de Kiem estava franzida, e ele parecia concentrado de um jeito que Jainan nunca vira. O conde ignorou seus instintos inúteis que lhe diziam para se mexer e, em vez disso, ficou parado.

Kiem se esticou para pegar seu braço, mas, parecendo pensar melhor, se virou em direção à chapelaria, já vazia.

— Hm, podemos ter um momento a sós?

A sós. É claro. Jainan se virou entorpecido para segui-lo e, enquanto o fazia, os registros do manual sumiam no fundo de sua mente.

Kiem os levou para trás de uma arara de casacos e lançou um olhar atormentado para os fundos da chapelaria, checando se estava mesmo vazia.

— Não consegui te achar depois do almoço. Bel recebeu sua mensagem. Você não precisava ter vindo, sabe. Como está se sentindo? Você não parecia muito bem e, de repente, sumiu.

A discussão ia começar. Não fazia sentido enrolar e aumentar o risco de serem ouvidos por alguém, então Jainan pulou direto para o fim.

— Entendo que envergonhei nós dois — disse ele. Se pudesse ao menos soar arrependido, teria ajudado, mas sua voz se mantinha monótona e frustrante. — Fui terrivelmente grosseiro. Peço perdão.

Kiem fez uma careta.

— Ui, acho que eu merecia essa, mas... peraí. — Ele desfez a careta e olhou para Jainan mais de perto. — Isso é sério? Você está falando sério. — Ele parecia quase perdido. — Você está mesmo falando sério — repetiu ele.

Jainan percebeu que havia apoiado um dedo sobre a têmpora. Ele abaixou a mão.

— Não sei o que você espera que eu diga.

— Não quero que você diga nada! — afirmou Kiem. Ele estava espremido contra uma fileira absurda de casacos de pele. Chegava a ser ridículo, como se os dois estivessem discutindo dentro de um armário. Taam nunca demostrara aquele nível de emoção fora dos aposentos particulares. — Eu disse algo de errado no almoço, antes de você sair? Se foi qualquer coisa que eu disse sobre Thea, e se eu puder consertar...

— Por favor, seja claro — pediu Jainan, deixando sua frustração mais evidente do que pretendia. — Eu não... Não consigo. Não consigo ler sua mente. Por favor, explique o que você quer de mim.

Um momento de silêncio.

— Quê? — disse Kiem.

Kiem tinha centenas de expressões. Quando focava em alguém — do jeito que focava em Jainan naquele momento —, as pequenas linhas ao redor de seus olhos mudavam a todo momento, processando dezenas de informações a partir do que ele supunha ou sabia a respeito da outra pessoa, como uma série de algoritmos sendo executados, só que de alguma forma a operação era comandada pelo mais puro instinto. Era óbvio que ele não tinha dificuldade alguma para compreender a maioria das pessoas. Era igualmente óbvio que ele não conseguia chegar a nenhuma resposta apropriada para Jainan.

Aquilo deixava Jainan ainda mais desconectado da realidade. Ele hesitou em mencionar suas conclusões amadoras sobre o acidente. Era completamente possível que ele tivesse imaginado tudo que havia lido na última hora.

— Conde Jainan? Vossa alteza? — A luz encheu o ambiente quando uma pessoa empurrou a fileira de casacos para o lado. — Algum problema?

Era o embaixador Suleri, resplandecendo em sua túnica formal do clã e sua corrente de ouro. Um assessor empurrou a arara mais pra longe, e Kiem deu meia-volta, parecendo culpado.

— Hm, vossa excelência, não. Nenhum problema, só estávamos, hm.

Mas o embaixador sequer olhava para ele. Estava encarando Jainan. E embora Kiem não tivesse motivos para se sentir culpado, Jainan tinha um emaranhado de pendências com o clã que tentou não transparecer.

— Boa tarde, embaixador. Peço desculpas pelo meu atraso para a recepção.

— O príncipe Kiem nos avisou que você não estava se sentindo bem — disse o embaixador. Sua voz era neutra, mas o olhar que lançou para Kiem tinha algo a mais. — Não estávamos contando com a sua presença.

Jainan respirou fundo, encurralado entre a justificativa inventada por Kiem e suas próprias ações imprudentes.

— Eu não estava bem — disse ele. — Mas me senti... melhor. Inesperadamente.

— Que conveniente — disse o embaixador. — Fico feliz de saber.

Jainan não estava olhando para Kiem, mas sua pele formigava ao imaginar a reação dele. Tentou algo aleatório que pudesse tirar os dois daquela situação.

— Podemos beber alguma coisa?

O embaixador não interrompeu o contato visual.

— É claro — disse ele. — No salão principal. Será uma honra apresentar vocês dois. Por aqui, príncipe Kiem.

— Beleza! — disse Kiem. — Beleza. É uma honra estar aqui.

Em algum momento Jainan teria que encarar outros theanos, era inevitável. Ele ajustou suas feições em uma expressão neutra e alcançou Kiem.

— Primeiro você.

10

O estômago de Jainan se revirou quando eles atravessaram a passagem quadrada e entraram no salão principal da recepção. Duas fontes produziam uma leve neblina para quebrar o ar seco do inverno de Iskat. As paredes exibiam uma grande variedade de bandeiras de clã, todas tão familiares para Jainan quanto equações básicas de velocidade, e o ambiente estava cheio de imigrantes theanos. A maioria usava vestimentas de Thea com os emblemas de seus clãs; muitos estavam com roupas formais. O traje cerimonial cinza e azul de Jainan era, tecnicamente, inadequado para a ocasião. Ele estava deslocado.

Os pequenos grupos próximos à porta pararam para encará-los quando o embaixador anunciou pessoalmente seus títulos.

— Me oferece o seu braço — sussurrou Jainan para Kiem.

Era esperado que eles fossem um casal. Kiem se assustou e então, em obediência, estendeu o braço. Jainan aceitou, inclinou-se e deu um beijo delicado na bochecha do parceiro. Ele já estava preparado para a mudança inapropriada dos seus batimentos cardíacos causada pela proximidade entre os dois — uma reação física, não tinha como evitar —, mas não esperava de fato sentir o tremor quando Kiem se encolheu. Mesmo assim, o príncipe era bem-educado demais para dar um passo atrás, e Jainan se afastou rápido o bastante para que ninguém percebesse a reação.

— Aquele garoto ali não para de olhar pra gente — sussurrou Kiem.

— Garota — corrigiu Jainan. — Ela é... do mesmo clã que eu. Gairad. — Ele *não deveria* ter comparecido. Sua cabeça doía tanto que usar a desculpa de estar passando mal não teria sido uma mentira. — É melhor evitarmos falar com ela.

Ele estava esperando ter que oferecer uma explicação. Mas tudo que Kiem disse foi:

— Deixa comigo.

Em seguida, dirigiu-os até uma conversa com um grupo misto de theanos e iskateanos do outro lado do salão.

As coisas não correram nada bem. Cada theano que encontravam queria saber por onde Jainan andava, o que estava fazendo e por que tinham perdido o contato. Com o silêncio de Jainan, Kiem desviava da maioria das perguntas, mas dez minutos daquilo aparentemente deixaram Kiem no limite, a ponto de ele começar a enfatizar o fato de Jainan estar de luto. As coisas corriam muito mal. Jainan sabia que era tudo sua culpa, e ele começou a planejar desesperadamente uma maneira de irem embora e de liberar Kiem para fazer qualquer coisa melhor. Ele poderia alegar uma dor de cabeça e encontrar um cantinho silencioso para conferir os registros do acidente outra vez.

Ele foi buscar bebidas para os dois, deixando Kiem numa conversa intensa sobre a Resolução com um funcionário jovem. Quando voltou, ficou horrorizado ao perceber que o homem havia mudado de assunto, dando uma descrição histórica exata de tudo que a população theana pensava sobre cada um dos ministros de Iskat em Thea. Kiem adotara uma das suas expressões de bom ouvinte.

Jainan agradeceu ao funcionário e o cortou da conversa com sutileza.

— Gostei dele — comentou Kiem enquanto Jainan os guiava para longe. — Tem um talento pra metáforas.

— Hm — murmurou Jainan, entregando-lhe a bebida antes que eles se juntassem ao grupo seguinte de pessoas.

Nem mesmo a energia de Kiem poderia durar para sempre. Em algum momento durante a segunda hora, ele sussurrou para Jainan entre uma conversa e outra:

— Eles não gostam mesmo de mim, né?

Jainan gelou.

— Não é você — disse ele. Os dois pararam a certa distância do falatório seguinte. Sobre eles, uma estátua de arenito estendia os braços e derrubava água em uma pedra quadrada ao lado da mão de Jainan.

— Bem, você os conhece melhor do que eu — disse Kiem, em dúvida. — Mas tenho a sensação de que é mesmo comigo.

Antes que Jainan pudesse responder, Lady Fadith os interrompeu.

— Vossa alteza — disse ela. — Pode trocar uma palavrinha com o embaixador? Junto com o conde Jainan?

Kiem encarou os olhos de Jainan.

— Eu vou — anunciou Jainan.

— O embaixador solicitou a presença do príncipe Kiem também — afirmou Fadith. — Será muito breve.

Não havia uma forma educada de recusar, mas a nuca de Jainan já estava arrepiada. Ele quase desejou que aquilo fosse sobre sua conversa com a pessoa representante de Kaan, mas estava claro que, para a embaixada, aquilo não tivera importância alguma. A conversa seria sobre as obrigações sociais theanas. Ele não queria arrastar Kiem.

— É claro, eu já queria mesmo conversar com ele — disse Kiem, seguindo Fadith até uma área reservada da embaixada, um escritório amplo e bem equipado que, obviamente, pertencia ao novo embaixador.

Tinha que ser amplo. Já havia muitas pessoas lá dentro, isso sem contar a presença alta e esquelética do embaixador atrás da mesa. Jainan sentia dificuldade para respirar. Ele conhecia todos ali: um grupo de diplomatas seniores importantes e três ou quatro pessoas vestindo as cores do seu próprio clã. Gairad estava no canto. Se Jainan estivesse prestes a ser repreendido pela negligência em cumprir suas obrigações sociais, parecia injusto que fosse em público daquele jeito.

Quase não havia assento para todos. Eles resolveram a situação puxando uma cadeira raquítica de plástico, que obviamente vinha da cantina. Fadith levou Jainan até o espaço livre na ponta do sofá, e antes que o conde pudesse intervir, o embaixador indicou a cadeira de plástico para Kiem.

Jainan se encolheu ao imaginar como Taam teria reagido, mas Kiem se sentou sem pensar duas vezes.

— Que bom ver todos vocês aqui — disse Kiem. — Infelizmente, não sei muitos nomes... Vossa excelência, é claro... Lady Fadith... e aquela no canto suponho que seja Gairad. — Ele olhou em volta, como se esperasse mais apresentações. Gairad levantou o pescoço ao ouvir seu nome, olhando com desconfiança para Kiem, que abriu um dos seus sorrisos cativantes para ela.

Aquilo não ajudou muito a aliviar a tensão na sala. Lady Fadith, ainda de pé, não fez nenhuma apresentação. Apoiou a mão sobre a mesa ao seu lado e disse:

— Sinto muito por ter que trazê-lo até aqui, mas você já sabe qual é o assunto que vamos levantar.

— Hm — disse Kiem. — Na verdade, não faço ideia.

O embaixador Suleri os observou com sarcasmo.

— Eu sei — anunciou Jainan com a garganta seca.

— Hmmm — murmurou Suleri. — Vossa alteza e vossa graça entendem, presumo eu, que embora Thea seja um planeta pequeno, nossa relação como província aliada requer cuidados delicados e uma atenção significativa dos dois lados. Também já devem saber que — olhava de Jainan para Kiem, e de volta para Jainan —, do nosso ponto de vista, os acordos não têm sido ideais há um bom tempo.

Kiem franziu o cenho. Aquela conversa devia estar parecendo muito estranha para ele, pensou Jainan.

— Você quer dizer que estão enfrentando resistência? — perguntou ele. — Olha, eu não sei o que esperam de mim, mas, pra ser sincero, não estou muito envolvido na política.

Lady Fadith inclinou a cabeça para Kiem em uma meia reverência. Ela esfregava o indicador no dedão ao lado do corpo, onde provavelmente achava que ninguém iria reparar em seu tique nervoso. E tinha razão *mesmo* para estar nervosa, pensou Jainan. Ela e o embaixador estavam beirando a grosseria com o príncipe imperial.

— É difícil mesmo — disse Fadith — quando não temos comunicação alguma com o nosso representante no tratado.

Jainan pensou em tentar explicar, ficou enjoado e olhou para o chão.

— Hm — disse Kiem. — Se ele não quer falar com vocês, sinto muito. — Havia um tom peculiar em sua voz. Quando Jainan ergueu a cabeça, Kiem estava sentado com a postura rígida, quase eriçada. Ele parecia ridículo naquela cadeira de plástico da cantina. — Mas ele deve ter um bom motivo.

— Será que tem? — indagou Suleri. — Vossa alteza?

— Que foi?

Os Esvereni nunca tiveram escrúpulos para apontar o que viam de errado em outros clãs, mas Jainan não conseguia imaginar por que Suleri faria a imprudência de provocar Kiem. O último embaixador havia sido um *diplomata*.

— É arriscado supor — continuou Suleri —, mas pode-se dizer que seria bem conveniente pra vocês que Thea não tivesse representante algum no palácio.

— Peraí — disse Kiem. — Do que você está falando? Que eu impedi Jainan de falar com vocês? Isso é absurdo! Como eu faria isso? Nós só nos conhecemos há uma semana!

O embaixador simplesmente ergueu os ombros. A sala inteira estava olhando para Kiem.

— Só sei que a minha equipe me falou que o conde Jainan tinha cortado contato com todos desta sala pelos últimos...

— Não. — Jainan se forçou a destravar o maxilar, que parecia estar grudado no lugar. Se ele não se explicasse agora, aquilo estragaria toda a relação bilateral, quando na verdade não passava de um problema pessoal. — Isso não tem nada a ver com o príncipe Kiem. Sua equipe *sabe* disso. É a questão da habilitação de segurança.

— Ah! — exclamou o embaixador Suleri. Ele não parecia muito convencido, embora sua equipe já devesse ter lhe contado aquilo. — Sim.

— Que problema com a habilitação de segurança? — questionou Kiem.

— A minha foi revogada um tempo atrás — explicou Jainan. Seu tom de voz estava firme, só um pouco rouco. Ele ia conseguir passar por aquilo.

— *O quê?* Como assim?

Uma diplomata se inclinou para a frente: a adida de cultura. Ela era amiga de Ressid.

— E por causa da sua habilitação de segurança você não podia falar com a gente sobre nada? — perguntou ela. — Nem sobre o clima? Você chegou a conversar com Lady Ressid por um tempo depois que essa questão foi levantada.

Jainan fechou os olhos por um instante. Não havia uma forma fácil de dizer aquilo.

— Fui encorajado a não falar. — Aquilo era verdade, mas não era a história completa. Ele se cansara dos interrogatórios sobre o que havia dito ou deixado de dizer; se cansara das brigas; escolhera o caminho mais fácil.

Kiem saltou da cadeira.

— *Encorajado a não falar?* Por quem?

— Vossa alteza, por favor, sente-se — pediu Lady Fadith.

Jainan nem se deu ao trabalho de levantar a cabeça; ele reconhecia a tensão inquieta de Kiem.

— Pela segurança — disse Jainan. — Pela Segurança Interna. Era uma questão de rotina. — Ele respirou fundo e se impediu de falar mais qualquer coisa.

— Então — interveio o embaixador Suleri, antes que Kiem pudesse se manifestar. — Acredito que seja uma questão fácil de ser resolvida?

— Não — anunciou Jainan.

— Sim! — exclamou Kiem ao mesmo tempo, e então olhou para Jainan e continuou: — Depende. Talvez não seja *fácil* de ser resolvida, mas... como assim? Eles te impediram de falar com a sua *família*?

Jainan pressionou o dedo contra a têmpora novamente. Dessa vez, manteve o dedo ali.

— Príncipe Kiem — começou ele. Não sabia o que dizer em seguida, mas aquela lavação de roupa suja em público, *humilhante* e em público, era mais do que Jainan poderia suportar.

Ouvir seu nome pareceu surtir algum efeito. Kiem estendeu as duas mãos para a frente e disse:

— Sinto muito. Vamos conversar sobre isso depois. — Ele se virou para o embaixador. — Obrigado por levantar a questão. Sério, de verdade. Vamos analisar mais a fundo. — O tom peculiar em sua voz ainda estava ali.

— Por favor — apelou Suleri, com a voz cínica. — Estou ansioso para estreitar nossa colaboração.

— Jainan, gostaria de uma conversa em particular...? — sussurrou Lady Fadith. Seu olhar sobre ele era desconfortável.

— Não — disse Jainan pela terceira vez, ainda mais desesperado. — Ainda não estou me sentindo muito bem. Com sua licença. — Ele se levantou. — Obrigado pelo convite.

— Sim, muito obrigado! — disse Kiem, cumprimentando o embaixador calorosamente. — Espero que nos encontremos mais vezes!

Jainan não achou que seria possível os dois estarem fora do escritório e da recepção em menos de cinco minutos. De alguma forma, Kiem conseguiu; entre tapinhas nos ombros, apertos de mão e comentários sobre o próximo evento, eles conseguiram sair antes que a cabeça de Jainan tivesse tempo de doer ainda mais. Jainan os guiou pela escada dos fundos até o saguão. Kiem estava quieto de um jeito incomum até chegarem à porta de entrada. Jainan respirou fundo, mas foi interrompido por Gairad, que veio correndo pelo saguão e quase deu de cara com ele.

— Conde Jainan! — disse ela. — Meu Deus, pensei que você já tivesse ido, e eu teria que caminhar até o palácio. Aqui. — Ela lhe entregou uma moeda de dados seguros, um círculo prateado do tamanho de um polegar. — A professora Audel me pediu pra te entregar isso. Tem os arquivos que os militares nos passaram sobre a Operação Martim-Pescador. Ela pediu pra você analisar tudo e ver se consegue descobrir quais métodos de extração eles estão usando. Estou trabalhando numa planta da refinaria.

Jainan olhou para baixo, encarando a moeda de dados. Sua mente estava tão afastada do projeto de Audel que ele precisou de um momento para processar o que Gairad tinha dito.

— Obrigado — disse ele, por fim, guardando a moeda no bolso.

Gairad não se moveu.

— Queria te dizer — anunciou ela — que eu não sabia sobre a coisa da habilitação de segurança.

— Não — respondeu Jainan. Ele tentou pensar em outra coisa para dizer, mas não conseguiu.

— Então, me desculpe — disse ela.

Jainan piscou.

— Quê?

Gairad se afastou desconfortavelmente.

— Não vou repetir — disse ela. Ao dar meia-volta, olhou por cima do ombro e completou. — Vou avisar Lady Ressid.

— *Espera!* — exclamou Jainan por impulso, mas ela já havia se perdido multidão adentro.

— O embaixador vai contar para a Lady Ressid de qualquer forma — comentou Kiem atrás dele. — E ao menos uma dúzia de outras pessoas também vão contar até o fim do dia, pelo que eu entendi. Os assistentes não conseguiram achar seu casaco.

Jainan se virou, distraído.

— Eu vim sem casaco.

— Por que você viria... certo, quer saber? Deixa pra lá. — Quando um assistente abriu a porta, Jainan sentiu o calor envolvendo seus ombros e percebeu que era o casaco de Kiem. Ele ainda estava falando enquanto colocava a peça ao redor de Jainan. — Avisei à Bel que ia voltar andando. Achei que seria bom espairecer um pouco. Você se importa? A alternativa é ligar pra ela e esperar, mas deve levar uns dez minutos.

Jainan imaginou ficar ali, onde o embaixador poderia puxá-lo para uma conversa a qualquer momento.

— Não — respondeu ele. — Vamos andando. — Ele começou a tirar o casaco.

— Não. Sim. Eu estava achando que... peraí, o que você está fazendo? Por favor, fique com o casaco.

— É seu casaco.

— E fui eu que não planejei um veículo com antecedência. Olha, eu não sinto frio. E estou de paletó. — Jainan quase olhou para ele, mas parou antes que fizesse contato visual e não discutiu mais.

Do lado de fora da embaixada, o vento os atingiu com uma enxurrada de flocos de neve. O prédio ficava às margens da parte antiga da cidade; era uma caminhada curta até o palácio ladeira acima, pelas ruas cobertas de gelo e de camadas de neve. Kiem começou num ritmo vívido e determinado, diferente do seu jeito comum de andar. Jainan apertou o passo para ficar ao lado dele. Estava feliz pelo casaco, mesmo desejando que Kiem não tivesse feito o gesto: suas costas já estavam travadas pela tensão, o frio só pioraria tudo.

Kiem não disse nada por longos minutos. Uma parte de Jainan queria comentar sobre os registros do acidente de Taam, mas aquele parecia o momento errado, com Kiem já irritado e Jainan questionando a própria memória. Não lhe saía da cabeça a imagem de Kiem sentado naquela cadeira ridícula enquanto o embaixador e a equipe sênior da embaixada de Thea se revezavam para repreendê-lo por algo totalmente fora do seu controle. Jainan nem conseguia imaginar o que Taam teria feito naquela situação; sentia arrepios só de pensar.

Ele olhou para Kiem, andando ao seu lado contra o frio, as mãos enfiadas no fundo dos bolsos. Franzindo o cenho de leve. Depois de um tempo, Jainan não conseguiu mais esperar.

— O que você vai fazer? — perguntou ele. Direto demais. Muito mais do que jamais fora com Taam.

Kiem, que estava no meio de um passo quando Jainan falou, parou de repente e virou a cabeça.

— Ahn? O que eu vou fazer? — disse ele. Ainda havia algo estranho em sua voz, e por não saber o que era, a estranheza deixava Jainan totalmente alerta.

— Vou me reunir com a Segurança Interna e gritar com eles até resolver essa situação. Desculpa, pensei que estivesse óbvio. Você vai querer ir junto?

Jainan precisou de mais alguns passos para começar a processar tudo aquilo, mas, ao conseguir, forçou as palavras a saírem, porque elas precisavam ser ditas.

— Creio que a habilitação de segurança seja uma questão que não pode ser resolvida.

Kiem pareceu não notar que Jainan tinha acabado de contradizê-lo.

— Deve haver algum jeito — disse ele. — Que tipo de informação você de fato passou para Thea? Não pode ter sido tão ruim assim, não acredito... quer dizer, você não me parece ser descuidado. E Thea é um planeta *aliado*.

Jainan buscou uma resposta.

— Nada — disse ele, por fim. A resposta pareceu tão vazia e insubstancial como ele previa; talvez devesse ter inventado alguma coisa. Apertou o casaco em torno de si com os dedos rígidos. — Eu... eu acredito que devo ter falado alguma coisa, mas não tenho ideia do que pode ser. Às vezes eu discutia política com Ressid, mas só conversávamos sobre o que já havia aparecido nos portais de notícias, e nunca mencionei o trabalho de Taam. Eu nem sabia o bastante pra falar sobre o assunto. — A superfície artificialmente seca do caminho deu lugar à ponte que levava da cidade ao palácio, cercada por quebra-ventos de vidro dos dois lados. O tráfego da cidade não era permitido sobre o palácio; túneis de luz se arqueavam para baixo no céu de Arlusk, lotados com a agitação dos jatos, e mergulhavam num desfiladeiro abaixo da ponte. — Sei que soa improvável.

— Isso pode facilitar as coisas — disse Kiem. O vento serpenteava em torno do vidro e provocava arrepios em seu pulso, onde a manga da camisa encontrava as luvas. — Não se sinta obrigado a vir se não quiser.

Jainan perdera uma etapa do raciocínio de Kiem. Ele simplesmente esperava que a Segurança Interna resolvesse toda aquela bagunça.

Porém, se esse fosse o caso, Jainan tinha uma informação necessária para que Kiem não chegasse lá despreparado.

— Kiem — chamou Jainan. — Sobre os arquivos.

Kiem o olhou surpreso.

— Quais arquivos?

— Os registros do acidente de mosqueiro com o Taam — respondeu Jainan. De repente eles estavam na ponte, onde a barreira os protegia do vento carregado de neve, e sua voz parecia alta demais na quietude. — Eu... eu encontrei um exemplo similar num manual. — Ele engoliu em seco. — Na verdade, idêntico.

— Ah, era só o que faltava — disse Kiem. — Ótimo. Simplesmente perfeito. Do que estamos falando? Registros falsos? Ou quem quer que tenha coletado os dados cometeu um erro... Isso foi trabalho da Segurança Interna ou da equipe da coronel Lunver? Que inferno! Espero *mesmo* que tenha sido um erro.

— Pode ter sido — continuou Jainan. — Posso ter analisado errado. — A cada palavra, a possibilidade de que ele tivesse inventado tudo aquilo parecia mais concreta. Desejou ter ficado de boca fechada. — Desculpe. Não quero causar nenhuma confusão.

— *Causar confusão?* — Kiem parou no meio do caminho. Jainan quase não percebeu, mas conseguiu parar antes que os dois se esbarrassem. Kiem se virou para ele, e seu rosto tinha uma expressão próxima o bastante da raiva para deixar Jainan paralisado.

— Certo, deixa eu ver se entendi — disse Kiem. — O palácio revogou sua habilitação de segurança e você nem sabe o motivo. Além disso, seu parceiro morreu, ou talvez tenha sido *assassinado*, e a Segurança Interna não consegue sequer passar os registros corretos sobre o acidente. E você não pode nem reclamar com a sua família porque o palácio diz que você precisa da habilitação de segurança... Jainan, isso é terrível. Causar confusão? Você deve nos odiar!

Por algum motivo, aquilo doeu, como tirar a casquinha de uma ferida.

— Não — respondeu Jainan. — Não odeio.

— Eu não entendo — disse Kiem, mudando para um tom de voz confuso. — Por que você não disse a ninguém que eles revogaram a sua habilitação? Por que não contou pra mim, pro Taam, pra *qualquer pessoa*? Ou você contou?

— Não havia nada que pudesse ser feito — disse Jainan de uma vez, porque aquilo doía ainda mais, e ele queria acabar com tudo logo. — Concordei em me casar com Taam e morar aqui. Isso significa que eu concordei com os procedimentos do palácio. Não vou questionar a Segurança Interna.

— Não faz sentido. — Os dois pararam pouco antes de chegarem à elevação central da ponte. Atrás de Kiem, o palácio se estendia em toda a sua glória cristalina, as torres se fundindo com as nuvens de neve acinzentadas. — Você foi excluído do contato com todo mundo. Só porque o palácio disse que era uma questão de *segurança* não significa que está certo!

Jainan sentiu uma pontada do que, para sua surpresa, parecia raiva.

— É exatamente isso que significa! — Suas mãos se cerraram dentro dos bolsos do casaco. Por um momento ele quase se sentiu quente, embora fosse um calor ardido e desagradável. — Estou aqui pra manter o tratado. Sou um diplomata.

— E o que isso tem a ver?

Aquilo já beirava o escárnio.

— Eu sei cumprir meus deveres em nome do meu povo — rebateu Jainan num tom afiado. — Nunca me esquivei disso.

Kiem parecia estranho. Ele precisou de um tempo para elaborar suas palavras, enquanto Jainan esperava com um gosto de metal na boca.

— Não foi isso que eu quis dizer — respondeu Kiem. — Me desculpe. Eu jamais insinuaria que... Sei que você cumpre seus deveres. — Ele fez uma pausa. — Obviamente. — Dando um passo à frente, ele diminuiu a distância entre os dois. Jainan sentiu uma irritação estranha atravessando seu corpo. — Mas o cumprimento dos seus deveres não precisa te deixar infeliz desse jeito, precisa? — questionou Kiem. Se Jainan já não tivesse passado por aquilo antes, poderia até achar que Kiem o estava defendendo. Ele parou a meio passo de distância e levantou a mão num gesto vazio. — Ora essa. Não precisa ser uma coisa... sem sentido. Não desse jeito.

As certezas absolutas de Jainan começaram a se desfazer. Ele podia ter uma teimosia implacável quando o assunto era importante — o que o tornava uma péssima escolha para ser um representante de boa vontade. Só que aquilo não era raiva. Ele não sabia o que era, mas ao encarar o sentimento de frente, suas convicções estavam desmoronando.

— É assim que as coisas são — disse ele, por fim. — Você sabe muito bem.

— Não sei, *não* — respondeu Kiem. Ele fechou a boca deliberadamente, como se desafiasse Jainan a completar a frase.

Jainan ficou em silêncio. Kiem o encarou, ainda esperando por uma resposta, e esfregou os braços para espantar o frio. Jainan se deu conta de que os dois estavam parados no mesmo lugar havia um bom tempo. A tensão nos braços e ombros de Kiem estava se transformando em calafrios.

— Beleza — disse Kiem. — Acho que estamos falando sobre coisas diferentes aqui e... o que você está fazendo?

Jainan tirara o casaco e o estendia para Kiem.

— Você está com frio — disse ele antes que pudesse se conter. Direto demais, aquilo poderia ferir o orgulho de um iskateano. — Por minha culpa. — Não melhorou muito.

Kiem olhou para ele e para o casaco estendido entre os dois. Não se moveu para pegá-lo. Seus olhos voltaram para o rosto de Jainan, aquele vinco estranho e quase raivoso em sua testa novamente.

— É a droga da mesma coisa!

— Perdão? — disse Jainan.

— Agora a culpa é sua se eu não consigo sobreviver sem um casaco? — exclamou Kiem. — Será que só eu estou notando alguma coisa estranha nisso tudo? Por que você não me falou sobre o seu problema com a habilitação antes? Por que eu não entendo nada do que está acontecendo?

As mãos de Jainan apertaram o tecido felpudo. Ele havia puxado o casaco para perto do peito sem se dar conta; se forçou a abaixar os braços casualmente.

Kiem colocou as mãos nos bolsos outra vez: uma figura sólida e infeliz contra a paisagem.

— Entendo essa coisa que você disse sobre os seus deveres — disse ele. — Sério, de verdade. Eu sou um merda nisso e não sou exatamente o orgulho da família, mas entendo. Nascemos nesse meio e temos que fazer por merecer. Mas você age como se *precisasse* ser infeliz.

O frio o devorava como ácido. *Você está errado*, Jainan quis dizer, mas não podia falar daquele jeito com o príncipe imperial.

— Peço perdão, vossa alteza — respondeu num tom distante. Ele viu Kiem recuar ao som do título real e se odiou por ter usado a formalidade como uma arma, mas o fez mesmo assim. — Eu gostaria de não falar sobre isso. É um pedido formal. — Aquela era uma medida dissimulada. Ele era uma pessoa dissimulada.

Kiem recuou, a postura curvada e triste se afastando como uma mola frouxa.

— Sinto muito — disse ele. — Que droga, sinto muito mesmo, não quis me intrometer. Não tenho esse direito. Me perdoe.

Ele tinha todo o direito. Mas Jainan permaneceu ali por uma breve eternidade com a resposta na ponta da língua, grato por aquele gesto de misericórdia mesmo sabendo que não deveria tirar proveito dele.

Seus olhos vislumbraram um movimento: duas figuras envolvidas em casacos de pele subindo pelo outro lado da ponte. Todos os seus sensores de perigo se acenderam, como alguém colocando um dedo numa ferida exposta: ele e Kiem estavam se encarando, tensos como dois gatos ariscos. Parecia que estavam tendo uma discussão em público.

— Jainan? — chamou Kiem.

O resto da raiva de Jainan foi dissipado pelo medo distante.

— Pessoas. — Ele não precisava dizer mais nada.

Kiem lançou um olhar perplexo para ele e, ao se virar, percebeu. Jainan já havia fechado o espaço entre eles, passando a mão em torno do cotovelo de Kiem. O casaco desajeitado e pesado debaixo do outro braço. Ele não podia falar, no caso de alguém estar escutando, mas tentou comunicar através da leveza em seu toque a consciência de que havia passado dos limites. Manteve o olhar sem expressão enquanto passavam pelos outros pedestres.

Kiem deu uma espiada na dupla.

— E aí? — perguntou ele num sussurro. — Acha que mandamos bem nessa performance artística?

Jainan levou uma fração de segundo para perceber que ele estava brincando. Algo terrivelmente parecido com uma risada se formou dentro dele, apesar da situação, apesar de tudo. Ele apertou a mão ao redor do braço de Kiem. Foi um erro, porque, aparentemente, isso o encorajou a continuar.

— Droga! — exclamou Kiem. — Não devíamos ter parado, podíamos até ter cobrado ingresso dos dois.

Eles foram reconhecidos. Uma das figuras ergueu a mão, fazendo um desvio para cruzar com Kiem e Jainan.

— Kiem! — A outra pessoa veio atrás. — Achei que você estivesse na embaixada.

— Vaile! — disse Kiem, com uma empolgação que só poderia ser forçada. — Saímos um pouco mais cedo. Estávamos dando uma caminhada. Olhando a cidade. Esse tipo de coisa. Quem é o seu amigo?

A princesa Vaile fez uma reverência aos dois e apresentou o homem ao seu lado como um colega de Rtul, mas Jainan estava tão concentrado em pensar numa explicação que não fosse *discussão em público* que não pegou o nome dele. Kiem fazia as honras de qualquer forma, já que aparentemente nada era capaz de desconcertá-lo a ponto de não conseguir jogar conversa fora.

— ... mas vocês parecem estar congelando! — disse Vaile depois de alguma outra coisa que ele não escutou. Ela lançou um olhar confuso para as roupas leves dos dois e para o casaco debaixo do braço de Jainan.

Jainan ficou tenso, mas Kiem já estava respondendo.

— Foi um... desafio — disse ele, seguido de uma pausa. Kiem continuou a preencher o silêncio. — Veja bem, nós não tivemos uma lua de mel, então precisamos compensar a empolgação de alguma forma. — Jainan ficou em choque. — Sabe como é, desafios, apostas, esportes radicais... vamos saltar de paraquedas amanhã.

Jainan lutou contra a vontade inapropriada de rir. Aquilo só podia ser o que chamavam de histeria. Ele apertou o braço de Kiem silenciosamente.

— Paraquedas — disse Vaile num tom de quem não acreditava no que acabara de ouvir.

Jainan interrompeu antes que Kiem pudesse comprometê-los ainda mais.

— Ainda estamos decidindo — disse ele com firmeza. — Paraquedismo está muito fora de moda em Thea no momento.

Ele deveria ter reprimido aquele impulso.

— Ah, é? — questionou Vaile.

Isso pareceu despertar interesse no colega rtuliano, que se aproximou.

— Não sabia que esportes radicais seguiam algum tipo de moda. Fascinante! Então, o que *está* na moda em Thea agora?

Jainan não era capaz de sentir o estresse ou o nervosismo de Kiem como sentia com Taam, e achava que o motivo era o pouco tempo de casamento. Mas naquele momento, de repente, percebeu a alegria enorme e cheia de expectativa que Kiem radiava ao seu lado. E foi por isso que ele disse o que disse.

— Luta livre com touros.

— Luta livre com... touros? — O homem franziu o cenho. Kiem foi tomado por um acesso repentino de tosse, mas Jainan manteve a expressão mais neutra do mundo. — Isso me parece... Vossa alteza, está tudo bem?

— Ah, sim — respondeu Kiem. — Só um resfriado. Muitos desafios. Se nos dão licença, temos muito a planejar. — Ele deu um tapinha no ombro de Vaile, cumprimentou o colega dela com vigor e se retirou rapidamente, com Jainan ainda agarrado ao seu braço. Em um consenso não dito, eles apertaram o passo até o fim da ponte.

Aproximaram-se do pátio principal na entrada do palácio, onde havia um grupo de pessoas, e diminuíram o ritmo ao saírem do campo de visão da ponte. O batimento acelerado de Jainan também diminuiu, junto com o leve momento de calor, e os dois lembraram ao mesmo tempo que estavam no meio de uma espécie de discussão.

Dessa vez, não pararam de andar. O zumbido do tráfego diminuiu atrás deles assim que as barreiras sonoras que protegiam o palácio surgiram.

— Então — disse Kiem. — Vou passar pela entrada lateral. Se me lembro bem, fica mais perto dos prédios dos funcionários e da Segurança Interna. Você vem junto?

Jainan hesitou. Pensou em retornar aos aposentos e esperar em obediência enquanto seu futuro era decidido por ele. Pensou também nos registros do acidente. Respirou fundo.

— Sim — respondeu ele. — Eu gostaria de ir junto.

11

— Você está *onde*? — disse Bel no implante auditivo de Kiem.

— Em frente ao escritório da Segurança Interna, tentando entrar — respondeu Kiem. Ele chutou o pé da mesa onde estava sentado, percebeu o olhar involuntário de Jainan e parou. Eles estavam nas profundezas do prédio de funcionários do palácio, numa confusão de funcionários administrativos e escrivaninhas. Do outro lado do corredor, o guarda com o qual tinham acabado de conversar não parava de lançar olhares desconfortáveis. — Eles não querem me deixar entrar sem hora marcada. O quão rápido você consegue agendar uma reunião? Preciso falar com a pessoa no controle de tudo.

— No controle da Segurança Interna? Vai demorar, as informações de contato não são publicadas nem internamente.

— Beleza, só me dá o nome e eu vou tentar blefar.

— Quando eu digo *informações de contato*, isso inclui o nome — respondeu Bel. — Pesquisar isso provavelmente coloca vários olhos em você. Vou dar uma investigada.

— Obrigado. Me liga se conseguir — disse Kiem, encerrando a chamada. Jainan tinha se empoleirado na beirada de uma cadeira e observava Kiem com um olhar vazio e alerta. Kiem deu a ele o que acreditou ser um sorriso tranquilizador — embora nada indicasse que tivesse funcionado — e fez mais uma ligação.

— Alô, hm, Roal. Sim, é o Kiem. Quanto tempo! Olha, pergunta rápida: quando mudou de emprego, você foi pra Segurança Interna? Ótimo, bem que eu pensei. — Ele olhou ao redor. O barulho do escritório provavelmente abafaria sua voz, mas ele diminuiu o tom mesmo assim. — Preciso de um favor. O nome da chefia e o pin de contato.

Jainan certamente conseguia ouvir a conversa. Ele franzia o cenho de leve. Enquanto Kiem finalizava a ligação, ele disse:

— Isso vai colocar seu colega em encrenca?

— Não — respondeu Kiem. — Porque eu não vou dizer quem me passou o contato.

Jainan o encarou minuciosamente por um tempo, e Kiem começou a se perguntar se tinha feito algo de errado, mas tudo que ouviu de Jainan foi:

— Como você conhece tanta gente?

— Do jeito... normal — respondeu Kiem. — Todo mundo é assim, não?

— Não — disse Jainan. Ele se juntou a Kiem e eles voltaram até a recepção da Segurança Interna.

Kiem deu ao recepcionista seu melhor sorriso. O segurança ficou de pé atrás dele.

— Desculpe, minha assistente acabou de enviar os detalhes. Agente chefe Rakal, por gentileza, e aqui está o pin pro escritório. — Ele fez um gesto que enviava uma pequena imagem da sua pulseira até o balcão. — Sei que não estamos na lista, mas pode avisar que estou esperando aqui?

— Vossa alteza... — disse o recepcionista, depois de trocar olhares inquietos com o segurança.

— Só... tente ligar, por favor — rebateu Kiem. — Diga que eu estava sendo desagradável. Diga que vou recorrer à general Tegnar se agente Rakal não falar comigo, e vou trazer a general pra reunião. — Ele não gostava de usar o nome dela para qualquer coisa, mas se lembrou de como Jainan se conformara em ter suas comunicações cortadas, e aquilo já era o bastante para ignorar uma preocupação tão boba. — Sei que isso não é problema seu. Basta me colocar em contato com agente Rakal e não será mais.

— Eu vou... Vou contatar o escritório — disse o recepcionista depois de trocar mais um olhar com o guarda. Kiem assentiu em agradecimento e deu alguns passos para trás, juntando-se a Jainan.

— General Tegnar? — sussurrou Jainan. — É a sua mãe?

— A própria — respondeu Kiem. Jainan o olhou de soslaio, e estava na cara que ele tentava combinar a imagem de uma general de sucesso com a realidade que via em Kiem. — Vamos tentar *mesmo* não envolvê-la, ela está fora do planeta de qualquer forma. Acho que nem conhecia o Taam. Vai levar pelo menos um mês pra descobrir que eu usei o nome dela aqui. — O recepcionista ergueu um comunicador. Kiem correu até lá e o pegou. — Oi! — disse ele. — Príncipe Kiem aqui, gostaria de te ver. Só por alguns minutos. Espero que tenha alguns minutos, porque, caso contrário, vou acampar aqui até ser atendido.

A voz do outro lado era profissional e neutra, mas aquilo pareceu dar certo. Depois de um momento muito curto, uma agente júnior que parecia nervosa surgiu para levá-los para dentro.

Não foi tão empolgante quanto Kiem imaginara. Os escritórios da Segurança Interna eram como as áreas administrativas do lado de fora, só que mais acinzentados e antigos. A pulseira de Kiem vibrou contra a pele e se apagou. Ele virou a cabeça para ver como Jainan estava, mas não precisava se preocupar: apesar da agitação durante a caminhada de volta, o rosto de Jainan agora estava livre de qualquer expressão, e ele era um exemplo de graça e compostura.

Então Kiem vislumbrou uma agente dobrando um corredor à frente deles e parou de supetão.

— Vossa alteza? — disse a agente júnior que os acompanhava.

— Eu conheço ela — explicou Kiem. — A gente se conheceu no jardim em frente aos nossos aposentos na semana passada. Pensei que ela fosse uma guarda de segurança.

— Não posso fazer comentários sobre os funcionários, vossa alteza — disse a agente num tom de desculpas. — Me sigam, por gentileza.

Enquanto Kiem ainda pensava em como perguntaria à Segurança Interna se estava sendo espionado, ela os levou até uma porta no fim do corredor, escaneou a própria retina e seus movimentos de mãos e indicou-lhes a direção do escritório de Rakal.

A sala era agressivamente básica, surrada como o resto do quartel. O único ponto de cor era um retrato da Imperadora emoldurado em ouro acima da pessoa que os esperava atrás da mesa. Rakal se levantou assim que os dois entraram.

— Vossa alteza.

Agente chefe Rakal — ao que tudo indicava — mal batia nos ombros de Kiem. O corpo era levemente musculoso e arrumado no uniforme preto da Segurança Interna, com o cabelo meio trançado e preso para trás com um grampo. O pescoço e os pulsos estavam livres de qualquer ornamento que indicasse gênero.

Elu não saiu de trás da mesa, o que provavelmente já passava uma mensagem; Kiem ignorou o ato e se inclinou sobre a mesa para oferecer um aperto de mãos.

— Kiem — disse ele. — Você já sabe. Prazer em te conhecer. Esse é o conde Jainan, você já deve conhecê-lo. — *Sua equipe com certeza conhece*, ele quase disse, mas conseguiu se segurar. Ele precisava ter Rakal ao seu lado para resolver a situação.

— Vossa alteza — disse Rakal, diretamente. — Vossa graça. Tive a impressão de que se tratava de uma emergência. O que é tão importante para trazê-los aqui com um aviso prévio de dois minutos?

— Ah, sim, desculpa. Obrigado por nos receber — exclamou Kiem, num tom apaziguador que não apaziguou Rakal. — São algumas questões, na verdade. Podemos nos sentar? — Ele gesticulou em direção às duas cadeiras de visita agrupadas a esmo ao redor da mesa baixa. Aquele era um movimento automático: as coisas sempre fluíam melhor se todos se sentissem mais casuais.

Rakal o encarou com um olhar impassível.

— Se quiser. — Elu não se moveu.

Kiem ficou sem resposta.

— Certo.

Rakal esperou, as mãos apoiadas sobre a mesa, sobrancelhas erguidas em meio ao breve silêncio.

Kiem só encontrava aquele tipo de pessoa ocasionalmente, e era de uma coincidência absurda que Rakal fosse uma delas. Algumas, conforme Kiem descobrira, simplesmente *não gostavam* dele. A maioria das pessoas que ele encontrava pela primeira vez era amigável, ou então era cautelosa no início, mas acabava gostando dele depois de sentir que o conhecia. Vez ou outra, entretanto, ele encontrava alguém que olhava diretamente em seus olhos com nada além de puro desprezo. Era isso que estava sentindo com Rakal. Em geral, Kiem conseguia identificar esse tipo de pessoa e evitá-la. Mas fugir daquela conversa não era uma opção.

Jainan continuava parado como uma estátua ao seu lado. Kiem respirou fundo e disse:

— Pra começar, você poderia ter nos avisado que o Auditor acha que a morte de Taam foi um assassinato.

— Quem disse isso? — perguntou Rakal com calma.

— O próprio Auditor, na verdade — explicou Kiem. — Mais ou menos ao mesmo tempo em que se recusou a confirmar nossa integração no tratado. Não foi?

— Essa questão já está sendo resolvida — anunciou Rakal. — Nossa equipe já está analisando os fatos, e a Imperadora já foi informada. Não há necessidade alguma de que vocês sejam informados sobre o progresso da investigação.

Kiem fez uma pausa. Ele nunca tivera permissão para sequer se aproximar da Segurança Interna antes, que dirá a autoridade para exigir detalhes a respeito de um caso.

— Ótimo — disse ele. — Tudo certo. Deixarei isso de lado, mas com uma condição: quero que sua equipe conserte a habilitação de segurança do Jainan. Aconteceu algum tipo de erro.

— Que tipo de erro? — perguntou Rakal.

Kiem sentiu uma pontada repentina de dúvida. Se aquele tivesse sido um erro cometido por alguém do núcleo da Segurança Interna, poderia ter sido resolvido em dez minutos com uma mensagem rápida.

— Sua equipe revogou a habilitação dele *meses* atrás. Quanto tempo mesmo, Jainan?

— Dois anos — Jainan disse baixinho.

— Viu só? Dois an... quê?

Rakal mediu Jainan com o olhar.

— Naturalmente, estou ciente.

Kiem também olhou para Jainan, tentando processar aqueles *dois anos*. Jainan permanecia um passo atrás, como quem se recusa a ter qualquer influência nas decisões tomadas. Kiem sentiu uma pontada enjoativa de alguma coisa — culpa, raiva — e sequer tentou escondê-la. Inclinou-se para a frente, apoiando as mãos sobre a mesa.

— Conserte isso — disse ele, ouvindo uma tensão inesperada na própria voz. — Ele não pode falar com a própria família. *Conserte.*

— Príncipe Kiem — disse Rakal mantendo o tom. — Permita-me esclarecer uma coisa: não me deixarei levar por esse melodrama envolvendo questões de segurança. — Elu impediu o protesto incrédulo de Kiem ao levantar a mão. — Estou ciente de que o conde Jainan possuiu uma marcação de nível dois em suas comunicações. Isso significa que ele foi considerado um risco potencial para o vazamento de informações sigilosas. Como você também deve saber, uma marcação de nível dois não o impede de contatar quem quer que seja fora do palácio. Só significa que solicitamos um aviso prévio pra que possamos monitorar a conversa.

— Isso não é verdade — rebateu Kiem. — Ele não tem tido contato algum.

Jainan se moveu ao lado dele, mas não teve tempo de falar nada antes que Rakal erguesse as sobrancelhas e dissesse:

— É mesmo? Então alguém está mentindo pra você.

— Não estou mentindo — disse Jainan, a voz baixa e sem vida. — Fui desencorajado a entrar em contato... Desculpe se passei a impressão errada. — Os olhos de Jainan piscavam entre Rakal e Kiem, parando por fim sobre a mesa. — Eu aceito as medidas de segurança que o palácio considera aplicáveis. Peço perdão pelo transtorno.

Gritar não ajudaria em nada. Kiem se forçou a respirar fundo e manteve a voz sob controle.

— Não é você quem precisa se desculpar — disse ele. — Agente Rakal. Seu maldito sistema de monitoramento não está funcionando, já que sua equipe obviamente só forçou Jainan a cortar contato. O que, com certeza, facilita muito as coisas pra vocês. Jainan está infeliz. A embaixada theana está infeliz. *Eu* estou *revoltado*, e poucas coisas me tiram do sério. Quero que você remova a restrição da conta de Jainan.

Se Rakal já não gostava dele antes, agora a hostilidade pairando acima da mesa entre eles era quase palpável.

— Vossa alteza — disse Rakal. — Não pode alterar uma decisão só porque ela o desagrada. Eu respondo à Imperadora, e não a qualquer um da realeza que queira descontar seus problemas nos outros.

Kiem reconheceu o sentimento impotente de ser empurrado para um terreno onde sabia que não poderia vencer. Ele trocou de tática.

— Se vocês se dessem ao trabalho de *conversar* com Jainan, talvez tivessem percebido que estão perseguindo a pessoa errada — disse ele. — Mas vocês conversaram? Não! Apenas o excluíram porque ele é imigrante. Sequer escutaram o que ele tinha a dizer sobre os registros do acidente.

— Quais registros? — questionou Rakal num tom afiado.

— Conseguimos os dados de vocês sobre o acidade de Taam — disse Kiem. — Acreditamos que a transcrição do registro veio de um manual de instruções. Sendo assim, ou vocês têm os registros errados ou...

Rakal se virou diretamente para Jainan, ciente de que Kiem não seria capaz de entender um registro de engenharia nem se fosse explicado com palavras curtas e acompanhado de uma animação colorida para crianças.

— Quem forneceu os registros? — perguntou elu. — Isso deveria estar sob um selo de confidencialidade.

Houve uma pausa terrível antes que Jainan respondesse com delicadeza.

— Não acredito que isso seja relevante.

— Recebemos de alguém muito mais útil que *você* — disse Kiem. — Onde estão os registros verdadeiros?

— Não sei do que você está falando. — Rakal acionou algo pela pulseira. — Isso é uma violação de segurança grave. Conde Jainan, preciso que você delete o material obtido e libere nosso acesso para revistarmos sua conta.

— O quê? — exclamou Kiem em choque. — Ele não tem que fazer isso. Como pode ser culpa do Jainan o fato de ter algum erro nas evidências de vocês?

— Se for necessária a minha permissão — começou Jainan, então parou.

— Você copiou os arquivos pra minha conta também, e *eu* não dou permissão — disse Kiem. — O que te dá o direito de vasculhar nossa vida pessoal?

Mesmo no auge da indignação, o olhar de Rakal calou Kiem, porque em suas trilhas já havia se deparado com a fauna mais mortal de Iskat, e Rakal se assemelhava demais a uma criatura com muitos dentes.

— *Porque*, vossa alteza — disse Rakal, como se aquilo fosse algo extremamente óbvio que Kiem não conseguisse entender —, seu parceiro é uma pessoa chave na investigação.

Kiem parou.

Pelo canto do olho, viu um movimento leve: Jainan segurava a borda da mesa, como se estivesse com dificuldade de se manter em pé. Porém, quando Kiem começou a se virar, ele ajustou a postura, parecendo trêmulo e fraco. Rakal observava Kiem de perto.

— Isso não faz sentido — disse Kiem, incrédulo. Não fazia o menor sentido.

— É a coisa mais ridícula que já ouvi este ano, e levando em conta minha última reunião com a Imperadora, o nível já estava bem alto. O que você acha que ele fez? Assassinou Taam?

Jainan balançou a cabeça com urgência ao seu lado.

Mais um silêncio, muito mais horrível dessa vez.

— Você está pedindo pra ser envolvido no caso, príncipe Kiem? — perguntou Rakal.

— Eu *estou* envolvido — rebateu Kiem. — Ele é meu parceiro! Me diga o que vocês estão investigando!

Rakal parecia medir as palavras antes de falar. A voz saiu fria, como se Kiem fosse um repórter hostil.

— A morte do príncipe Taam foi suspeita — disse elu. — Temos diversas linhas de investigação. Registramos tentativas de invasão ao sistema da Operação Martim-Pescador mesmo após a morte do príncipe Taam. Operação essa que, nem preciso lembrar, não é muito popular em Thea.

— Essa é a sua evidência? — disse Kiem desacreditado.

— Claro que não. — Rakal estava impaciente. — Esse é o contexto. Não vou discutir as evidências do caso com ninguém além da Imperadora.

— Não fui eu — disse Jainan, engolindo em seco. — Sei que dizer isso não terá muita utilidade, mas eu não fiz nada. Sua equipe me disse que não seria necessário me interrogar.

— Ele é um *diplomata* — disse Kiem. — Ele não tem motivo, vocês não têm provas, e ele é um *embaixador de boa vontade*. Vocês estão agindo como se ele tivesse chegado aqui numa nave de assalto! Ele acabou de perder o parceiro, e agora vocês o arrastam para uma investigação? Como você acha que isso vai afetar nosso relacionamento com Thea?

— É por isso que eu acredito ser melhor lidarmos com isso informalmente — disse Rakal. — Você e o conde Jainan podem nos dar acesso às suas contas por vontade própria, ou teremos que apelar para uma Ordem Judicial Imperial. Das duas formas, isso pode ser feito sem causar mais tensões com a Resolução.

— Vou levar o assunto à Imperadora — disse Kiem, mas sentia a negociação escorregando pelos dedos.

— Pois leve — disse Rakal, e naquelas palavras Kiem ouviu a verdade que os dois já sabiam: ele não tinha a menor influência com a Imperadora. A Segurança Interna era o braço direito imperial.

Será que ele teria poder político para ir mais além? Sentiu algo semelhante a desespero só de pensar. Ficaria óbvio que ele não tinha a menor ideia do que estava fazendo. Rakal apenas soltaria uma risada, e com razão.

Então, de repente, Kiem percebeu que estivera seguindo na direção errada. Encarou Rakal bem nos olhos.

— Você precisa admitir — disse ele —, nosso histórico com Jainan não parece nada bom. Ele abandonou a família e a vida em Thea para vir pra cá, e então revogamos sua habilitação e o isolamos. Nós o tratamos como um inimigo. Nós o afastamos da família. As pessoas vão se solidarizar, não acha?

— Não dá pra ter certeza — respondeu Rakal sem expressão alguma. — Mas eu diria que a maioria das pessoas no palácio entende os tratados de segurança.

Kiem se inclinou para a frente.

— Tenho alguns amigos que podem enxergar tudo isso de um jeito diferente — anunciou ele. — Jornalistas. E você sabe como os jornalistas são, sempre obcecados pelo ponto de vista humano. Como eu disse, isso poderia vazar. E não seria nada bom.

Ao seu lado, ele escutou a respiração suave de Jainan. Kiem não se virou; não podia quebrar o contato visual.

— Você não ousaria — disse Rakal.

— Ah, não estou sugerindo jogar a merda toda no ventilador — explicou Kiem. — Sua *investigação* de meia-tigela arruinaria tudo, caso vazasse. Mas tratar mal o representante theano? Proibir que ele fale com seus familiares? Isso sim é algo que podemos contar para a imprensa.

— Você nunca *provocaria* um escândalo envolvendo metade da família real — disse Rakal. Elu parecia ter um gosto azedo na boca. — A Imperadora poderia...

— Me exilar pro monastério de novo? — provocou Kiem. — Já rolou, três anos atrás. Virei um meditador de primeira. Não me importo de aparecer nos portais de notícias.

Os dois continuaram se encarando.

— Negar nosso acesso às evidências não vai parar as investigações da Segurança Interna — disse Rakal por fim.

— Eu não quero que parem — afirmou Kiem. — Quero que vocês descubram o que aconteceu; só estou pedindo pra não arruinarem nossas vidas. E vocês podem aproveitar e devolver a habilitação de segurança de Jainan enquanto isso — acrescentou ele. Jainan o encarava com descrença. — Quero que você me diga que ele pode ligar para quem bem entender, por favor.

Rakal o encarou ainda mais fundo, sem se preocupar em esconder o puro desgosto.

— Vou remover a restrição.

— E se alguém o assediar, a mesa do Hren Halesar vai ficar coberta de matérias nos portais com seu nome em todas elas — ameaçou Kiem. — Permita-me explicar de forma diplomática: você tem feito um trabalho de merda no tratamento adequado ao *representante formal de Thea no palácio*, e eu não confio em você.

— Isso já ficou claro — disse Rakal. — Mais alguma questão que queira levantar?

— Não — respondeu Kiem. — Obrigado por restaurar a habilitação, a propósito. Fico grato de verdade. Jainan, quer acrescentar alguma coisa?

Ele olhou propriamente para Jainan. Não sabia que reação esperar, mas Jainan nunca reagia em público, e sua cara de paisagem permanecia intacta.

— Não, obrigado.

Kiem estendeu o braço, que Jainan aceitou, e fez uma reverência formal para Rakal. Finalizou:

— Obrigado pelo seu tempo.

Os dois saíram.

A raiva estava passando, ainda mais com o toque de Jainan cada vez mais firme em seu braço. Kiem conseguiu se ater em perguntar:

— Pronto pra voltarmos?

— Sim — respondeu Jainan.

Kiem reconheceu aquele tom: era o caso em que *sim* representava apenas dez por cento de tudo que Jainan tinha a dizer. Kiem não sabia o que fazer a respeito daquilo. Quando chegaram a um corredor totalmente vazio, Jainan olhou por cima dos ombros, para os dois lados, e disse:

— Posso perguntar uma coisa?

Kiem não sabia se teria a resposta.

— Vá em frente.

— Eu vou, é claro, te apoiar em qualquer coisa — disse Jainan. As palavras tinham um ar meticuloso, como se ele as organizasse com cuidado em uma bandeja. — Estou ao seu dispor. Porém, e eu não quero parecer estar julgando suas decisões, se houver algum jeito de evitar um escândalo público nos portais antes da renovação do tratado, eu... — Ele parou, e pela primeira vez Kiem percebeu o esforço que ele usava para manter a voz firme. — Eu preferiria fazer qualquer outra coisa — terminou ele, perdendo o tom calmo. — Qualquer coisa. Por favor.

O pé de Kiem bateu em uma pedra desnivelada, fazendo-o tropeçar.

— Jainan, eu estava blefando — disse ele, assustado. — Achei que você soubesse. O que você achou que eu faria? Que eu te jogaria pra imprensa? Você é meu parceiro!

Jainan parecia aliviado, o que fez Kiem tentar lembrar freneticamente o que *mais* teria feito de errado para provocar aquela reação. Mas, é claro, pensou em Jainan: solene e digno, todas as ações públicas corretas, carregando seus deveres como um escudo — é *claro* que um escândalo público seria seu maior pesadelo.

— Vai ficar tudo entre nós — afirmou Kiem. — Eu prometo.

Jainan assentiu. Sua expressão não mudou, e Kiem se perguntou se ele ao menos acreditava no que tinha escutado. Se estivesse no lugar de Jainan, ele não confiaria em ninguém do palácio. Pensando com mais calma, Kiem percebia que a Segurança Interna sequer dera uma desculpa para os registros falsos do acidente. Apenas tentaram ameaçar Jainan para que ele deletasse os arquivos, e não havia nada que nenhum dos dois pudesse fazer a respeito disso.

Kiem tentou colocar as ideias em ordem.

— Podemos falar com a equipe do Aren sobre os registros do acidente — disse ele. — Alguém pode ter trocado os dados antes de nos passar. Vou entrar em contato com ele.

— Sim — respondeu Jainan. Eles já estavam quase chegando aos aposentos. — Então — continuou, ainda inseguro. — Agora eu só preciso aprovar meus contatos com você?

— Quê? — exclamou Kiem. O que ele havia perdido agora? — Por que você precisaria da minha opinião sobre as suas ligações?

— Porque... pensei que esse fosse o nosso acordo? — A entonação de Jainan transformou a frase numa pergunta.

— Não! Como assim? Não! Eu não vou vigiar suas conversas!

— Parece uma decisão sábia — disse Bel, saindo do escritório. — Está tudo bem? Depois da sua ligação eu estava esperando ter que pagar fiança pra tirar vocês das celas da Segurança.

— Está tudo certo — explicou Kiem. — Quer dizer, *não está*. A Segurança Interna desconfia da gente, e a morte de Taam talvez não tenha sido um acidente. Mas ainda não fomos presos. Estou atrasado para alguma coisa?

— Vou precisar saber dos detalhes — pediu Bel. — E você não vai se atrasar se for trocar de roupa agora. O baile beneficente da Assistência de Terraformação, lembra?

— Beleza, beleza — confirmou Kiem. — Vou me vestir. Jainan, você vai precisar do quarto?

— Vou ligar pra Ressid — anunciou Jainan. Aquilo soava como um teste.

— *Por favor* — disse Kiem. — O escritório é todo seu se quiser usar a cadeira de videochamadas. Ou pode ficar no quarto, se preferir. Ou aqui. Eu nem preciso me trocar, posso sair agora. Estou indo.

— Não — disse Jainan, impedindo sua afobação. — Obrigado. — Antes que Kiem percebesse o que estava acontecendo, Jainan deu um passo à frente e o beijou na bochecha. Um beijo leve e rápido.

Jainan se virou em direção ao escritório, o que foi bom, porque assim não viu Kiem levando a mão até a bochecha feito um idiota antes que pudesse evitar.

Kiem se virou também.

— Bel, não o interrompa a não ser que o palácio esteja pegando fogo.

— Anotado! — disse Bel. Seus olhos seguiram Jainan com curiosidade.

Jainan se esquecera de fechar a porta. Enquanto Kiem se movia para fazer isso, viu a tela lá dentro acendendo com uma conexão. Um rosto tremeluzente surgiu: a nobre theana que brigara com Kiem na manhã do casamento. Sua expressão estava mais delicada, e parecia mais chocada do que qualquer outra coisa.

— Nem acreditei quando vi quem estava ligando — disse ela. — Jainan, por que você entrou em contato *agora*? Está tudo bem?

— Sim, está — respondeu Jainan. O que Kiem escutou na voz dele o fez fechar a porta ainda mais rápido: ouvir aquele tom puro e vulnerável parecia uma violação da privacidade de Jainan muito maior do que qualquer coisa que a Segurança Interna já havia feito. — Sim — repetiu Jainan, engolindo em seco enquanto a porta começava a deslizar até fechar, escondendo-o lá dentro. — Eu estava com saudade.

12

Kiem levou todos os dez dias da semana seguinte para conseguir marcar um horário com Vaile. Enquanto isso, enviou uma série de mensagens cada vez mais exasperadas para a Segurança Interna e para o QG militar de Sinais, que eram os responsáveis pela transmissão de dados de mosqueiros como o que Taam havia pilotado. Era como enviar mensagens para um buraco negro.

Jainan trabalhou no seu projeto para a Universidade Imperial e acompanhou Kiem nos eventos com o mesmo distanciamento de antes. Não fez nenhum comentário sobre aquela primeira conversa com a irmã, e Kiem preferia atear fogo ao próprio cabelo a perguntar. Jainan não parecia culpá-lo pela falta de respostas quanto aos registros do acidente. Vez ou outra Kiem pegava Jainan o observando com uma carranca leve, como se Kiem fosse uma engrenagem imprevisível em uma máquina que funcionava de forma ordenada.

Algumas coisas incentivavam Jainan a sair de seu casulo. A professora Audel ou um dos alunos pareciam ligar para ele todos os dias com debates empolgados sobre o projeto de mineração no espaço-remoto. E no dia em que Vaile retornou da órbita, Kiem encontrou Jainan nos jardins com aquela estudante theana, Gairad, que também era parte do clã Feria. Kiem vinha tentando entender a etiqueta dos clãs em conversas com Jainan e com os poucos theanos que pareciam amigáveis na embaixada, além de ler os memorandos que Bel enviava aqui e ali, mas compreender todo o sistema de relações entre clãs exigia um certo esforço.

A cena parecia algum tipo de aula: Gairad segurava um bastão marcial sobre a cabeça enquanto Jainan, parado à sua frente, corrigia a pegada dela. O bastão marcial dele estava apoiado em uma árvore um pouco distante.

— ... eu não *consigo*! — Kiem a escutou dizendo.

— Você vai conseguir. Tenta de novo. — Jainan pegou seu próprio bastão e o cruzou na frente do peito. — Dez!

Parecia ser um código. Gairad girou sobre a neve derretida, levou as mãos ao bastão e o balançou na direção do abdômen de Jainan. Ela obviamente tinha conhecimentos técnicos, mas o golpe foi lento, e Jainan o bloqueou com facilidade.

— Melhorou. Quanto mais embaixo você segurar, mais impulso você tem. — Ele finalmente avistou Kiem na porta e parou de imediato.

Kiem acenou e se aproximou, visto que já havia interrompido de qualquer forma.

— Parece divertido! Posso participar? — disse ele, meio brincando.

— Ah! — Jainan pareceu surpreso, mas se recuperou no mesmo instante. — É claro. Por favor. — Ele entregou o bastão marcial de bronze para Kiem, que pegou o objeto com cautela. Era bem mais pesado do que ele imaginara, mas não podia ser de metal comum, já que não estava gelado. — Hm, quase lá. — Jainan colocou as mãos sobre as de Kiem, pela primeira vez sem timidez, e ajustou sua pegada. — É melhor segurar aqui.

Seu toque era quente. Kiem tentou não pensar naquilo enquanto posicionava as mãos ao redor do bastão.

— Não queria atrapalhar a aula de vocês — disse ele. — Só me mostre um movimento.

— Jainan, as formações em par — disse Gairad. Excepcionalmente, ela não parecia irritada com o fato de Kiem ser um príncipe. — Podemos tentar a formação cinco?

— Sim. Kiem, me permite? — Jainan pegou uma barra branca do chão, que se desdobrou numa forma parecida com o bastão marcial que Gairad estava usando, mais simples e menos resistente que o dele próprio. — O bastão tradicional possui vinte movimentos básicos, e os de um a seis são usados para lutas com um aliado. Como estamos em três, vai ser bom praticar a formação cinco da Gairad.

— Eu nunca tive ninguém pra treinar comigo — disse Gairad na defensiva. Kiem fez uns giros experimentais ao lado dela, se atrapalhou e perdeu a pegada. O bastão caiu no chão fazendo barulho ao redor dos calcanhares de Gairad. A estudante o pegou e devolveu para Kiem com um ar martirizado. — Pelo menos sou melhor do que você. Já é uma motivação.

Kiem sorriu para ela.

— Minha formação cinco é perfeita. Lendária, eu diria. Divina.

Jainan contraiu o canto da boca.

— É claro — disse ele. — Mas Gairad precisa treinar.

Aquilo era um sorriso? Kiem não tinha certeza.

Depois de aprender a ajustar sua pegada, o básico do bastão marcial ficou bem fácil de entender. Na formação cinco, Gairad fazia um tipo de giro agachada, atingindo seu oponente imaginário nos joelhos, enquanto a parte de Kiem era mais simples: ele ficava ao lado dela com o que Jainan chamava de ataque desarmador, que significava golpear com seu bastão na altura do pulso. Eles tentaram algumas vezes, lutando contra o ar. Jainan pareceu por fim satisfeito e preparou seu bastão.

— Certo. Kiem, pode me acertar, por favor. — Ele parou na frente dos dois, em posição de bloqueio.

— Hm — murmurou Kiem. Gairad assentiu e agachou, mas Kiem não se moveu. — Você quer que eu... te ataque?

Uma pausa. Jainan lançou um olhar confuso para Kiem.

— Estou bloqueando.

— Mas e se eu errar? — perguntou Kiem. Rodopiar com um bastão pesado até que estava sendo divertido, mas ele lembrou que nunca fora muito bom em artes marciais.

Jainan abaixou a guarda.

— Entendi. Gairad, por que você não me acerta então? Kiem, fica só no movimento anterior.

— Beleza — confirmou Kiem. Por educação, Jainan não mencionou que Kiem nunca conseguiria furar seu bloqueio, mas ainda assim Kiem se sentiu aliviado. Quando Jainan gritou "Cinco!", Kiem deu meio giro. Gairad avançou, e seu bastão atingiu o de Jainan com um estalo violento.

— De novo — comandou Jainan.

Eles fizeram mais algumas vezes, até Kiem acidentalmente entrar na frente de Gairad enquanto ela fazia o giro. Ela tropeçou sobre o tornozelo dele, soltou um *"Puta merda!"* e caiu de frente no chão. Kiem também tropeçou, se apoiou com as mãos e sentiu o impacto até os ombros.

Jainan se prontificou de imediato e ofereceu uma mão para Kiem; ele aceitou a ajuda e estava prestes a fazer uma piada quando notou a expressão tensa de Jainan.

— Desculpe — disse ele. — Você se machucou?

— Eu estou com alguns hematomas — anunciou Gairad. Ela rolou para o lado e limpou a neve dos joelhos. — *Lendário*, príncipe Kiem.

— Gairad, peça desculpas — disse Jainan enquanto Kiem se levantava.

Gairad franziu o cenho a abriu a boca, mas Kiem a interrompeu.

— Foi culpa minha — disse ele. — Toda minha. Acho melhor usar minhas habilidades lendárias pra outra coisa. Talvez luta livre com touros. — Ele pegou seu bastão caído e o devolveu para Jainan com um sorriso arrependido. — Tenho um compromisso. Vamos fazer isso de novo qualquer dia desses.

Aquilo pareceu relaxar um pouco a tensão no rosto de Jainan.

— É claro, como preferir.

Kiem os deixou. Ainda conseguia avistá-los pela janela enquanto fechava a porta. Obviamente, a aula funcionava muito melhor sem ele. Gairad não era ruim, mas Jainan tinha mais tempo de prática, e Kiem percebia isso toda vez que eles se enfrentavam; independente da força que ela colocasse nos ataques, era detida pela defesa dele. O rosto de Jainan se mantinha concentrado, como quando ele falava sobre engenharia, como se não houvesse *nada* difícil demais para ser resolvido. Kiem desviou o olhar, lembrando a si mesmo de que tinha um compromisso.

A luz do sol estava brilhante e delicada. Revelava tufos tristes de grama sob a neve derretida, que durariam ao menos um dia até serem cobertos por mais neve. Kiem olhou para cima através do teto de vidro dos corredores enquanto deixava o Pátio Residencial. As árvores gotejavam lama.

Ele encontrou Vaile na ala da Imperadora, onde ela parecia totalmente à vontade em sua elegante suíte de visitas. A vista da janela mostrava apenas os jardins nevados e os prédios mais bonitos do palácio. Ela conseguira uma das valiosas suítes do quarto andar, logo abaixo dos aposentos da própria Imperadora; Kiem nunca entendera como Vaile conseguia aquele tipo de coisa.

— Sempre que preciso falar com você, você está em Rtul — disse Kiem. Ele se jogou em uma das poltronas, as pernas sobre o apoio de braço, e observou Vaile servindo duas xícaras de café de um bule ornado. O xarope que ela acrescentou tinha aroma de flores. Como sempre, ela se vestia de forma bem pensada: seus braceletes eram decorados com pedras azuis de Eisafan e combinavam com a faixa dourada cravejada de sílex amarrada nas tranças do cabelo. Vaile até poderia parecer não ter nada melhor para fazer do que bater papo, mas Kiem sabia que aquilo não passava de uma ilusão. O calendário dela dizia *Kiem*, e seu assistente oferecera apenas dez minutos.

— Estava em Kaan desta vez, querido — respondeu Vaile. — Por que você acha que estou misturando conhaque no meu café? Você nem tem precisado tanto assim de mim. Faz séculos desde a última vez que foi preso. — Ela ignorou o protesto de Kiem sobre como, *tecnicamente*, ele nunca fora preso. — Você está lidando com tudo isso muito melhor do que eu esperava.

— Qual parte? — perguntou ele. — A parte em que a Segurança Interna está investigando meu parceiro? Ou a parte onde ele casualmente me revelou que nós cortamos o contato dele com a família por *dois anos*?

Vaile franziu o cenho com delicadeza.

— Não tenho acompanhado os assuntos de Thea nem por alto, mas isso parece estranho mesmo. Na verdade, eu estava falando da parte em que a Imperadora te obrigou a se casar com alguém três semanas antes da renovação da Resolução e a Segurança Interna não te contou que ele estava sob investigação. Me pergunto se contaram pra Imperadora. Eles não são famosos pela comunicação franca e aberta.

— Isso tudo foi a maior bagunça, e um erro terrível — afirmou Kiem. — Jainan só precisa de espaço. O que eu quero que *você* faça é explicar pra Imperadora que a equipe de Rakal precisa largar do nosso pé e arrumar outro jeito de se resolver com o Auditor.

Vaile soltou uma risada musical, depois apoiou a xícara na mesa e disse:

— Ah. Você está falando sério.

— Você faz parte do Comitê Consultivo — disse Kiem. Ele sabia muito pouco sobre o que o Comitê Consultivo de fato fazia. Estava começando a perceber que sabia muito pouco sobre como toda a engrenagem do Império funcionava. Aquilo nunca tinha sido problema seu até aquele momento.

— A Segurança Interna não responde ao Comitê Consultivo — respondeu Vaile. — Eles são como os militares; direto no topo. — Ela balançou a cabeça em arrependimento. — Kiem, sei que você não costuma prestar atenção, mas sabe o que está acontecendo agora?

Kiem acreditava ter uma boa noção de tudo — *estamos prestes a assinar um tratado galáctico e um dos nossos representantes foi assassinado* —, mas, vindo de Vaile, aquela era uma pergunta muito mais profunda.

— Provavelmente não tanto quanto eu precisaria saber, né?

Vaile o analisou de repente, a cabeça inclinada, mas foi tão rápido que Kiem talvez tenha imaginado.

— Você sabe sobre a renovação do tratado da Resolução. Mas sabe que, nos bastidores, *todos* os tratados dos vassalos estão sendo freneticamente renegociados neste exato momento? Tem times de diplomatas discutindo cada vírgula enquanto todos sorriem e tomam um cafezinho.

— Pensei que a gente só replicava os tratados já existentes — disse Kiem, de certa forma espantado. — Esse negócio é só uma cerimônia.

— A cerimônia de renovação é o que *sela* o tratado — explicou Vaile. — A Resolução quer ver o setor congelado no âmbar. É compreensível, claro; eles têm que tomar conta de milhares de mundos. Então nós fazemos as condições a cada renovação, e todos ficam presos a elas pelos próximos vinte anos, sob a ameaça de romperem com a Resolução. É *claro* que os vassalos estão brigando por condições melhores. Eles sempre brigam. Só que todo esse entusiasmo em Thea é muito recente, e os malditos portais de notícias estão de olho em tudo, o que dificulta muito qualquer negociação séria.

Kiem percebeu que não parava de balançar a perna, mas o movimento parecia errado naquele apartamento delicadamente arrumado de Vaile, então ele se forçou a parar. Vaile era uma política por completo; aquilo era óbvio desde os seus catorze anos de idade. Kiem já aceitara que ela sabia mais do que ele, porém, por mais que tentasse fazer as peças do quebra-cabeça se encaixarem, algumas ainda estavam faltando. Ele sentia as engrenagens enferrujadas do próprio cérebro tentando se mover.

— Então eles estão renegociando — disse ele. — Mas... nós não temos um ministro de Thea, temos? O embaixador theano me disse.

— Pobrezinho — rebateu Vaile. — Já não batia bem da cabeça mesmo antes de se aposentar. Eu o conheci no ano passado.

— Então quem está fazendo as negociações? — perguntou Kiem. — Como Thea pode conseguir novas condições se não tem ninguém nesse cargo?

Vaile hesitou.

— Sinceramente, não sei — disse ela. Havia uma certa camada de educação em suas palavras. Vaile sempre fora capaz de ligar e desligar seus diferentes modos de ser como um interruptor. Kiem costumava saber como chegar à sua versão sem filtros, mas pareceu ter perdido a manha depois que os dois cresceram. — Não tenho prestado muita atenção em Thea. Acredito que isso esteja nas mãos da Imperadora.

Aquela resposta não resolvia nada.

— Então você não consegue ajudar — disse Kiem, com a confiança se esvaindo ainda mais. Estava contando com ela mais do que imaginara. — Bem, você pode... sei lá, indicar algum advogado pro Jainan? — Ele já tinha alguns nomes de advogados em sua pulseira; Bel havia enviado uma lista dez minutos depois que ele lhe contara o que estava acontecendo.

Vaile pegou a xícara de café, deslizando o dedo pela curva.

— Existem muitas firmas legais que trabalham para o palácio. Mas pensando bem, talvez seja melhor um distanciamento da coisa toda. Vocês dois já chegaram a considerar umas férias? Os pantanais do norte são uma boa pedida nesta época do ano, se não quiserem sair do planeta.

— Vaile — disse Kiem, provocando. — Sem essa, você não acha mesmo que os pântanos são uma *boa pedida*.

— Eles têm uma beleza peculiar.

— *Vaile.*

Ela fez um barulho suave de frustração e soltou a xícara num tinido.

— Tudo bem, Kiem. Se você quer meu conselho de verdade, meu *queridíssimo* primo, não chegue perto de nenhum advogado.

— Por que não?

— Kiem — disse Vaile, cuja franqueza mostrava que Kiem estava perto de uma reação verdadeira. — O tratado está no fio da navalha. Quem quer que esteja arquitetando as jogadas, e eu sinceramente não sei quem é, mas suspeito que seja todo mundo, sabe que essas negociações são arriscadas e não poderão ser refeitas por mais vinte anos. Nós *vamos, sim*, assinar o tratado, ou a Resolução vai dar pra trás e, antes do fim do ano, teremos um império real tipo a Alta Corrente invadindo nossos elos. Ninguém está disposto a correr esse risco. Mas no momento, no *exato momento*, em que você envolver um advogado sem consultar a Imperadora, estará se colocando como oposição. Ela tem o sistema jurídico, a polícia, as agências secretas e boa parte do Parlamento na palma da mão. E qual base política você tem?

De modo automático, Kiem bebeu um gole do café floral. Era xaropento e tinha gosto de plantas mortas.

— Exatamente — confirmou Vaile. — O único conselho que posso dar é este: fica firme e não faz muita bagunça. Tudo vai se resolver. Se quiser fazer alguma coisa, peça ao conde Jainan pra anotar tudo o que ele lembra. Talvez ele precise disso pra se defender. — Um alarme discreto soou na pulseira dela. — Droga. Tenho que ir pro Comitê.

— Aff. Beleza, beleza. Entendi seu ponto. — Na verdade, Kiem se sentia perfurado por um objeto cortante, mas ele meio que tinha pedido a alfinetada. — Sem drama.

— Não sei se você consegue sobreviver sem fazer drama — disse Vaile. — Mas tome cuidado, Kiem. O buraco é muito mais embaixo.

— Não se preocupe, não vou arrumar confusão — afirmou Kiem. Ele se levantou quando o assistente de Vaile apareceu na porta para encerrar a conversa. — Só quero algumas respostas e, até agora, ninguém foi capaz de me dar.

13

Faltavam quinze dias para o Dia da Unificação, e Jainan voltara a dormir mal.

Ele sabia muito bem que só atrapalhava e, embora Kiem fosse educado demais para externar o pensamento, a noção de que não podia fazer nada a respeito disso era dolorosa. A Segurança Interna continuaria a investigá-lo, independente do que acontecesse. Até Jainan ser inocentado, o Auditor provavelmente não confirmaria a integração de nenhum dos dois. O conde chegou a imaginar que a Imperadora já tivesse discutido a possibilidade de substituí-lo, de substituir Kiem, de apresentar um novo casal — mas não adiantaria. O príncipe Taam morrera, Thea estava infeliz, e enquanto Iskat não apresentasse respostas, o Auditor não integraria ninguém.

Jainan ainda precisava concluir o projeto da universidade, e parte dele se agarrava à esperança vaidosa e delirante de que apresentar um jeito simples de consertar os problemas mecânicos da Operação Martim-Pescador poderia acalmar a tensão entre Iskat e Thea. Além do mais, Kiem indicara que, no aspecto pessoal, aquilo era uma boa moeda de troca social para ele: Jainan poderia no mínimo ser útil. No dia seguinte ao treino desastroso de bastão marcial, quando Kiem e Bel saíram, Jainan levou sua pesquisa para a sala de estar. Ele já havia passado tempo demais analisando os números. Era hora de investigar os arquivos da Martim-Pescador.

A moeda de dados que Gairad lhe entregara na embaixada continha uma quantidade absurda de material bruto. A professora Audel pedira os arquivos não classificados da Operação, coisa que a Universidade Imperial geralmente tinha permissão para acessar, e os militares os enterraram numa montanha de informações, em sua maioria, inúteis. Jainan sabia que aquilo era a política do Império. Os militares não gostavam de ser questionados.

De certa forma, Jainan sabia que vinha adiando aquele trabalho porque era mais complicado. Espalhou os montes de informações pela mesa, tentando compreender o material. A professora Audel queria que ele vasculhasse os registros para encontrar o que pudesse sobre os meios de extração que o exército já estava usando, porque ela não conseguiria apresentar um novo método sem aquela informação. Gairad acreditava que seria capaz de reconstruí-los se encontrasse uma planta da refinaria espacial da Martim-Pescador; o papel de Jainan era pesquisar outros ângulos. Seria um trabalho meticuloso e cansativo, mas nada que ele já não tivesse feito antes.

O outro motivo pelo qual ele vinha procrastinando era por se tratar da operação de Taam.

Os arquivos mencionavam Taam o tempo todo. Ele aparecia em qualquer documento importante, geralmente na lista de pessoas autorizadas. Toda vez que lia o nome dele, Jainan sentia um leve tremor, como se alguém estivesse passando a mão pela sua nuca.

Estava no meio de um cálculo particularmente complicado quando a porta se abriu.

— Um *momento* — disse ele, exasperado.

A porta se fechou. Ele levou apenas uma fração de segundo para perceber que havia gritado com alguém. Sentiu o coração acelerar enquanto tirava as informações da parede mecanicamente e se virava. Não era Kiem, mas a situação não era muito melhor: Bel o observava com um olhar confuso.

— Desculpe o incômodo — disse ela.

— Pensei que você estivesse naquela festa da escola com Kiem — respondeu Jainan. Bel carregava um algodão-doce e um balão colorido. Jainan levou um momento para registrar aquilo.

Bel amarrou a fita do balão numa cadeira e, delicadamente, colocou o algodão--doce sobre o aparador.

— Ele ganhou a rifa — explicou ela. — Fique feliz por ele ter conseguido doar as vinte caixas de peixe defumado para outra pessoa.

A mente de Jainan ainda estava metade nos cálculos e metade em pânico por ter gritado com a assistente do seu parceiro. Ele não conseguia lembrar como manter uma conversa normal. Engoliu em seco.

— Foi boa a festa?

— Devo alertar que deixei Kiem procurando um bolo de amêndoas que te agradasse num quiosque comandando por crianças de treze anos. Theanos comem bolo de amêndoas?

— Sim — respondeu Jainan. Ele recolheu as coisas da mesa e gesticulou um comando para limpar o filtro que pusera nas janelas, se livrando às pressas de todos os vestígios de que ele ocupara a sala de estar. — Quem não come?

Bel deu de ombros.

— Eu nasci no espaço. Preparo caseiro me dá arrepios. Só de imaginar todas as mãos encostando na comida. Você está bem?

A cabeça de Jainan ainda estava presa demais às equações para conseguir assimilar a pergunta.

— Sim — disse ele. — Eu só estava trabalhando no... projeto da professora Audel.

— Tenho algumas papeladas pra resolver — anunciou Bel. — Vou te deixar em paz.

Apenas depois que ela desapareceu para dentro do escritório, Jainan percebeu como ela não protestara contra seu uso da sala de estar, mesmo ao ser recebida com um grito. Kiem provavelmente não se importaria se Jainan estivesse usando o espaço para o projeto da Universidade Imperial. A bandeira do clã de Jainan já ocupava metade da parede ali. Ele foi tomado por uma sensação diferente de *espaço*, e queria esticar os braços para contemplar a liberdade da sala vazia. Espalhou os arquivos novamente.

Depois de mais uma pesquisa minuciosa, ele ajustou a postura e suspirou. O exército colocara tarjas de censura em todos os documentos úteis. Não havia informação o bastante para compor o plano geral.

Desanimado, ele colocou todos os documentos financeiros sobre a mesa e analisou cada um deles: muitos dos fornecedores listavam as cifras dos equipamentos na rede, ou então ele conseguia no mínimo fazer uma estimativa. Ao menos ali tinha mais com o que trabalhar.

Dez minutos depois, Jainan ergueu a cabeça e franziu o cenho para a parede à sua frente.

O que estava lendo não fazia o menor sentido. Ele não era contador, mas mesmo sendo bom com números e acostumado a observar detalhes de perto, não conseguia fazer as contas baterem. Muito do dinheiro que entrava não era contabilizado nas saídas, mesmo nas estimativas mais generosas.

Muitos desastres tinham acontecido, é claro. Jainan passou os olhos pelos relatórios de incidentes. Ele vira Taam voltar para casa de mau humor depois de um dia ruim mais de uma vez. Jainan tentava não perturbá-lo naqueles dias, mas às vezes Taam soltava algumas pistas, e certa vez Jainan vira uma matéria num portal sobre um equipamento que havia explodido e atrasado todo o trabalho em meses. Mas nem mesmo os desastres faziam a conta fechar.

Taam tinha aprovado cada um dos documentos.

Jainan colocou alguns arquivos sobre a mesa e os folheou. Geralmente, o trabalho era uma distração, um jeito agradável de se perder em alguma coisa durante as horas solitárias. Mas o que ele sentia no momento era uma mistura de desconforto com algo mais, uma curiosidade incômoda. Ele se pegou olhando por cima dos ombros — Gairad estava certa, aquilo se tornara um tique nervoso — e se obrigou a voltar a atenção para a mesa. Kiem havia saído. Bel estava no escritório. Jainan estava sozinho. Poderia ler o que bem entendesse.

Pôs-se a rastrear todas as linhas de crédito que pudesse. O espaço entre seus cotovelos estava cheio de anotações e trechos copiados de artigos. Havia um apelo peculiar e visceral em trabalhar daquela forma, com o coração na boca e o gosto de bile no fundo da garganta. Ele tentou encontrar abordagens diferentes, alocações de dinheiro específicas. A maioria não dava em nada em meio à pilha de documentos.

Não havia necessariamente dinheiro faltando. A informação poderia ser secreta. Os militares não tinham a obrigação de compartilhar todos os segredos com engenheiros acadêmicos cheios de ideias brilhantes. Mas se estivesse faltando, alguém deveria ter notado.

Taam comandara a Operação Martim-Pescador. *Taam* deveria ter notado.

Jainan se afastou da mesa e caminhou pela sala. Havia uma palavra para o que ele estava fazendo naquele momento: *traição*. Não deveria ter concordado em analisar aqueles documentos. O trabalho interno militar não era da sua conta, mesmo se o responsável pela operação não fosse seu parceiro. Além do mais, o exército era enorme e, provavelmente, comandado a rédeas curtas. Quais eram as chances de ele perceber algo em uma pilha de arquivos incompletos que não tivesse sido notado antes? Era mais provável que ele tivesse deixado alguma coisa passar.

Jainan olhou para a faixa estreita e prateada ao redor do pulso. Ela emitia uma luz suave enquanto ele trabalhava. Bel salvara a maioria dos dados na conta dele, então a cópia de segurança da conta de Taam ainda estava ali na pulseira, guardada discretamente em uma pasta secundária.

Taam nunca compartilhara sua frase-passe. Mas Jainan havia morado com ele por cinco anos, e — acreditando que isso era uma traição maior do que todo o resto — Taam nunca fora um homem muito criativo. Jainan tinha uma vaga ideia de qual poderia ser a frase-passe. Fez uma tentativa.

Um fluxo de textos sem sentido cobriu a parede. Jainan reconheceu o formato; não era uma cópia de segurança. Era um canal de mensagens. Ele encarou o texto truncado, se sentindo ao mesmo tempo um criminoso e enojado de decepção. O texto estava coberto por uma camada de criptografia, é claro. Taam não deixaria dados importantes como aqueles à mostra. As únicas informações minimamente legíveis eram os endereços dos destinatários, mas não estavam formatados como de costume, indicando qual planeta ou organização deveria receber a mensagem. Eram linhas de caracteres anônimos, que Jainan só conseguia imaginar serem um tipo de transmissão militar em código.

— Não que eu esteja me metendo no seu trabalho — a voz de Bel se arrastou da porta do escritório. — Mas pode me explicar por que você está usando códigos

corsários de Sefala? — Ela cruzou os braços e mostrou os dentes num sorriso.
— Vossa graça?

Jainan já havia baixado demais a guarda para esconder seu choque.

— Códigos *corsários*?

Bel franziu o cenho.

— Então isso não é seu. — Ela deu um passo à frente e olhou os documentos nas paredes antes que Jainan pudesse recolhê-los. — São as mensagens de Taam? — Ela puxou uma das projeções com a ponta dos dedos. — Me pergunto por que ele estava conversando com os corsários. Isso é contrabando. Você por acaso não notou o desaparecimento de nenhum objeto de valor dele, notou?

Uma quantidade significativa de equipamentos da Martim-Pescador havia desaparecido. Jainan se sentou abruptamente.

— Preciso enviar isso para as autoridades — disse ele. — Agora. Pra ontem. Eu... — Ele apoiou a cabeça sobre as mãos. — Você vai mandar isso direto pro Kiem, não vai? — Os arquivos nas paredes pareciam o encurralar. Um escândalo daquela magnitude para a família imperial, quinze dias antes da assinatura do tratado com a Resolução, seria o maior estrago que ele poderia causar. Arruinaria tanto a reputação de Taam quanto a vida de Kiem, e afetaria as chances de uma renovação do tratado. Kiem iria culpá-lo.

— Não sou informante dele — disse Bel. — E também não sou sua inimiga, então pode parar de agir como se estivesse com uma faca no pescoço. Você vai mesmo enviar isso tudo pra Segurança Interna?

Jainan levantou a cabeça e engoliu a bile.

— Isso é... — Ele não podia dizer *desvio de fundos*. Aquilo seria um crime. Conseguia sentir Taam ao seu lado na sala, incrédulo e impaciente. — Isso precisa de atenção superior.

— Muito virtuoso da sua parte — comentou Bel. — Escuta, sei como o sistema legal funciona. Pense um pouco. E se você tiver mesmo que enviar, mantenha uma cópia guardada.

— Uma cópia — repetiu Jainan. Ele olhou para a própria pulseira. Todas as engrenagens em sua mente giravam ferozmente. Uma cópia forense. Era a coisa lógica a se fazer, embora ele mal fosse capaz de focar em qualquer coisa além de *Taam* e *desvio* e *Kiem*. Não conseguia impedir sua mente de cair numa espiral de pânico. — Você não vai contar ao Kiem por enquanto?

— Não é do meu feitio espalhar os segredos dos outros — respondeu Bel. — Vou terminar minha papelada. — Ela deu a ele uma saudação irônica e fechou a porta do escritório.

Jainan passou um tempo tentando se lembrar de como tirar uma cópia forense enquanto sua mente pulsava numa batida de pânico, então se sentou congelado por uns bons trinta segundos antes de fazer o gesto final que enviaria tudo para a Segurança Interna. Eles já tinham o arquivo criptografado — Jainan mesmo o enviara havia uma eternidade — mas a bio chave era a frase-passe de Taam na voz de um dos dois. Jainan duvidava de que Taam mantivesse uma chave reserva. A Segurança Interna ainda não tinha visto o conteúdo.

Todas as atividades suspeitas vinham dos dispositivos de Jainan. Taam não arriscara sua própria conta: usara seu acesso remoto à pulseira de Jainan. Se a Segurança Interna já estava de olho em Jainan antes, aquilo seria a gota d'água, dando a eles ainda mais embasamento para o interrogarem. Kiem descobriria. Os portais de notícias viriam com tudo.

Ele se levantou. Abriu as mensagens de Taam. Abriu os arquivos da Martim--Pescador. Espalhou mais e mais documentos e arquivos pelas paredes até que a sala se tornasse uma bagunça frenética de projeções e números. Nada fazia sentido. É claro que a Segurança Interna estava investigando Jainan: ele tinha as habilidades necessárias para sabotar o mosqueiro de Taam e, aparentemente, um motivo para esconder alguma coisa. As mensagens tinham saído do dispositivo dele. Parecia que era Jainan quem estava desviando fundos do projeto do parceiro.

Ele encarou a série de mensagens criptografadas de Taam. Por que ele teria entrado em contato com corsários sefalanos? Taam tinha tantos motivos para aquilo quanto Jainan. Teria Jainan sofrido um surto psicótico e cometido um crime, ou ajudado Taam a cometer? Sua cabeça certamente não andava muito bem; ele se sentia incapaz de *pensar* havia... anos, talvez. Desde que fora morar em Iskat. *Você é sempre tão paranoico.*

Estaria ele enlouquecendo? Teria feito *mesmo* alguma coisa contra Taam?

A audição cansada de Jainan captou a porta da sala de estar se abrindo. Ele nem pensou antes de desligar todas as projeções, fechar as anotações e tirar a moeda de dados do aparelho. Enquanto a porta do escritório se abria, ele se virou com a moeda escondida no bolso e se recompôs da melhor maneira possível. Só então se lembrou de controlar a respiração.

Apenas quando viu Kiem, percebeu que estava esperando por Taam.

— Como estão as coisas? Desculpa a demora, eu... — Kiem se calou, percebendo a sala vazia e Jainan parado na sua frente. — Hm. Você já estava terminando, ou eu interrompi?

Jainan sabia muito bem como se safar quando precisava.

— Já estava terminando — disse ele. Será que Kiem conseguia ler em seu rosto tudo que ele acabara de descobrir? — Como foi a... — Ele parou. Esquecera o que Kiem tinha ido fazer.

— Festa — completou Kiem. — A festa da Escola Primária de Jakstad. Foi boa, obrigado. Vim perguntar se você quer viajar comigo para a filial da escola em

Braska no dia cinco. Estão preparando uma cerimônia de formatura. Eu já estou confirmado, mas posso te levar junto. Não é nada muito empolgante, eu sei, mas pensei que poderíamos subir a serra, é um voo bem legal... Estou falando muito de novo, né?

— Sim — disse Jainan, sem escutar muito bem a pergunta. — Obrigado.

Kiem olhou para a mesa com apreensão, e Jainan se encolheu como se tivesse deixado os documentos projetados sobre ela. Aquilo só fez o olhar de Kiem voltar para ele num estalo.

— Você está bem?

Era uma abordagem bem mais delicada, mais hesitante que a de Bel — e mais perigosa. Os dedos de Jainan se fecharam convulsivamente ao redor da moeda de dados no bolso, sua mente girando enquanto ele buscava uma resposta.

— Tudo bem.

— Certo — disse Kiem, ainda devagar. Seus olhos não desgrudaram do rosto de Jainan.

Os pensamentos de Jainan rodopiavam freneticamente. Kiem poderia concluir que ele estava envolvido em tudo. Era a única resposta lógica. Jainan não conseguia confiar nas próprias lembranças. Não sabia até que ponto deveria cumprir suas obrigações, e aquela era a coisa mais aterrorizante de todas.

— Sei que você não gosta de pedir ajuda — disse Kiem com cautela. — Mas não esqueça que eu também tenho minhas obrigações com você. Pense nisso como... uma linha de crédito que você ainda não usou. Só estou dizendo que se tiver qualquer coisa que eu possa fazer...

— Pare — disse Jainan abruptamente, incapaz de suportar tudo aquilo. Era o lembrete oportuno de que o último contrato que ele assinara o vinculava a *Kiem*, não a Taam, e esconder a informação do parceiro também seria uma traição. — Sente-se.

Suas boas maneiras o abandonaram, como acontecia às vezes quando ele estava agitado demais. Como de costume, Kiem pareceu não notar. Sentou-se na cadeira ao lado do sofá e olhou cheio de expectativa para Jainan, as mãos apoiadas sobre os joelhos. Jainan percebeu-se buscando sinais de tensão em Kiem e forçou-se a virar para a mesa. Não era da sua conta como Kiem receberia as informações.

— Posso estar errado — disse ele, abrindo os documentos novamente. — Mas preciso te contar uma coisa.

Levou um tempo. Jainan estava menos hábil que de costume para explicar com clareza. Usou detalhes demais; esqueceu que Kiem não era um matemático; perdeu a linha de raciocínio e precisou recomeçar duas vezes ou mais. Sua voz soava ríspida aos seus próprios ouvidos e por vezes falhava em algumas palavras sem aviso prévio.

Kiem não entendia e continuava sem entender... até que seu cenho franzido foi substituído por uma compreensão horrorizada. Jainan continuou obstinado, apresentando cada evidência que encontrara, até não ter mais o que explicar.

Os dois permaneceram em silêncio. Jainan não tentou acrescentar mais nada.

— Bem, que merda — disse Kiem por fim. — Taam estava cometendo um crime.

Jainan afundou os dedos nos joelhos.

— Posso estar errado sobre as finanças. A única atividade criminal está na minha conta.

— Você disse que Taam tinha acesso à sua conta — afirmou Kiem.

Jainan não conseguia olhar para ele. Ficou de pé e caminhou pela sala, examinando a projeção criptografada.

— Por que Taam se daria ao trabalho de mandar mensagens através de mim? Eu achei que a conta era apenas uma cópia de segurança. — Sua voz falhou no meio da frase. — É claro que a Segurança Interna está me investigando. A explicação mais simples seria *me* culpar. — Ele se virou outra vez, tocando compulsivamente em cada projeção. — Estou enlouquecendo. Você deveria alertar as autoridades.

Kiem levantou a mão enquanto Jainan passava pela cadeira.

— Jainan.

Jainan congelou, mas tudo o que Kiem fez foi abrir os dedos no ar, na altura do seu peito. O conde respirou fundo.

— Você tem que considerar as explicações lógicas.

— Você não está enlouquecendo — disse Kiem.

— Como você *sabe*?

— Eu estou morando com você, teria percebido — explicou Kiem. — Acho que você só está muito estressado. E, como disse, tem dinheiro faltando na Operação Martim-Pescador, coisa em que você nem estava envolvido. — Ele franziu o cenho. — E a Segurança Interna não disse que alguém tentou invadir a Operação *recentemente*? Você não fez isso. Nem Taam.

Jainan se sentou e pressionou as mãos uma contra a outra até conseguir sentir a pulsação do sangue. O alívio que sentira era falso: Kiem ainda não tinha parado para pensar direito. Kiem não era desonesto. Embora não soubesse o que isso dizia sobre seu caráter, Jainan conseguia enxergar o futuro claramente.

— Kiem — disse ele. — Por favor, pense com calma nas consequências de Taam ser acusado de desvio de fundos. Considere o prejuízo que isso pode te causar.

— Prejuízo. — Era mais uma pergunta do que uma afirmação.

O estômago de Jainan se embolava em um nó mais uma vez. Ele teria que soletrar tudo para Kiem.

— A repercussão do escândalo vai atingir toda a família real, especialmente agora, tão perto do tratado. Eu estarei implicado diretamente nas ações de Taam, e você vai ser arrastado pro meio disso tudo por estar associado a mim. Vão perguntar o que você pretende fazer a respeito do seu casamento e do tratado. Os repórteres vão te confrontar por semanas. O Auditor vai tomar isso como evidência de instabilidade. Só temos quinze dias pra convencer a Resolução a confirmar a nossa integração e nos permitir assinar o tratado.

— Certo, óbvio que não vamos contar pro Auditor agora. — Kiem estendeu os braços num movimento distraído e mexeu em alguns dos arquivos sobre a mesa aleatoriamente. Jainan entrelaçou as mãos no colo e segurou a vontade de reorganizá-los. — Mas você não fez nada. Nós só precisamos garantir que a Segurança Interna prove a sua inocência e descubra quem foi o culpado. Ainda que tenha sido o Taam... sinto muito, não quero falar mal de quem já se foi... alguém deve ter ajudado. Ele não poderia fazer tudo isso sozinho.

O argumento seguinte de Jainan morreu na ponta da língua. *Nós*. A palavra saíra tão casualmente, como se ele não estivesse se posicionando como aliado de um peso morto político, um imigrante sob investigação. Kiem cruzou a perna sobre o joelho, zapeando sem rumo entre as projeções sobre a mesa. Jainan o observou, se sentindo vazio de um jeito estranho.

— E a equipe da Lunver? — disse Kiem de repente.

Jainan foi pego de surpresa.

— O que tem?

O que nascia no rosto de Kiem era, inacreditavelmente, o início de um sorriso. Era impossível deixá-lo deprimido por muito tempo.

— Eles têm todos os dados da Martim-Pescador, não têm? Devem saber alguma coisa sobre a tentativa de invasão. E seu amigo Aren parecia sensato, ao contrário da coronel Lunver.

Um frisson tomou conta de Jainan, como água descendo por uma pirâmide de taças.

— Aren está instalado na base principal da Martim-Pescador agora — disse ele. — A estação remota. A Base Hvaren.

— O mosqueiro de Taam era propriedade militar, não era? — perguntou Kiem, pensativo. — Talvez eles tenham os registros verdadeiros do acidente. O antigo parceiro de Taam e o filho da general Tegnar. Acho que conseguimos agendar uma visita.

O ar parecia diferente. Jainan reconheceu a sensação dos seus tempos de pesquisador: parecia o momento antes da ativação do disjuntor em um experimento de combustão. Os olhos de Kiem pairavam sobre ele.

— Isso não estaria fora de questão.

— Então é isso que vamos fazer — disse Kiem. — Vamos dar à Segurança Interna algo de verdade pra investigarem.

14

Ao terminarem de preparar tudo, Kiem já estava se coçando para sair do palácio. Nunca fora muito bom em ficar sentado esperando pelo pior, e de "pior" a Segurança Interna entendia como ninguém. Era bom ele e Jainan tomarem uma atitude antes que fosse tarde.

A ansiedade para seguir com o plano era tanta que suas malas já estavam feitas e dentro do mosqueiro dez minutos antes do horário combinado com Jainan. Ele se recostou na lateral do mosqueiro nos confins sombrios do hangar de pouso, cercado por fileiras reluzentes de jatos, e passou um tempo conferindo os resultados das corridas de carro. Não era fácil se concentrar.

Caramba, Taam, pensou Kiem, não pela primeira vez no dia. Jainan estava mesmo acabado, dentro dos limites em que se permitia ficar acabado. Metade das vezes ele não escutava quando alguém o chamava, e na outra metade ele pulava de susto. Kiem ainda não acreditava que Taam tivesse sido imprudente o bastante para desviar dinheiro ou se envolver com corsários — príncipes imperiais tinham um salário generoso —, mas envolver a conta de Jainan era imperdoável. No entanto, Kiem não podia dizer aquilo em voz alta, porque Jainan não lhe daria ouvidos. A única vez em que mencionara como a atitude tinha sido a de um completo covarde, Jainan quase gritara em resposta, então Kiem decidira guardar seus sentimentos para si mesmo. Algo já estava acontecendo na Operação Martim-Pescador antes da morte precoce de Taam. E talvez eles pudessem encontrar algumas respostas na Base Hvaren.

— Pronto pras férias? — Bel apareceu no elevador no fim da passarela, carregando um tipo de caixa.

Kiem fechou a lista de classificação das corridas.

— Estou levando protetor solar e tudo — disse ele. — O que tem aí? Já conseguimos os códigos de segurança da base?

— O major Saffer me enviou ontem à noite. Não esqueça que você precisa ir para a formatura na Escola Primária de Braska logo em seguida. Isto aqui é o troféu que você vai entregar pra criança vencedora da melhor pintura a dedo, ou seja lá o que as crianças de Iskat fazem. — Ela entregou a caixa para ele. — Acabou de chegar do fornecedor, e eu disse que você poderia levar, já que está de viagem mesmo. Não vai perder.

— Beleza — disse Kiem. Ele pegou a caixa e abriu na hora por curiosidade. A coisa dentro dela era dourada, mas não parecia bem um troféu. — Hm, isso é uma espátula.

— É tradição — explicou Bel. — Zona rural. Já pegou tudo de que precisa? Me avise se quiser que eu envie alguma coisa. Você tem meu contato.

— Bel, é óbvio que eu tenho seu contato — disse Kiem. Ele guardou a caixa no bagageiro da nave. — Você é minha assistente. Nós trocamos dezenas de mensagens por dia durante o último ano.

— Certo — continuou Bel. — Só checando. Pegou tudo de que precisa?

Kiem olhou para ela mais de perto e não disse *Você já perguntou isso*. Era uma pergunta automática, embora Bel nunca se distraísse daquele jeito. Ela já havia trocado o peso do corpo entre um pé e outro algumas vezes.

— Aconteceu alguma coisa?

Bel olhou para as passarelas à volta deles e fez uma careta.

— Mais ou menos — disse ela, lançando mais um olhar em direção ao elevador. — Acabei de descobrir que a minha avó está doente.

— Ai, merda, desculpa! — exclamou Kiem. Até onde ele sabia, toda a família de Bel morava em Sefala, o que significava uma jornada de dez dias para chegar ao planeta, sem contar o tempo que ela ficaria lá. — Você vai querer tirar uma licença, certo?

— Então, eu ia pedir... — começou Bel, mas parou ao ouvir o que ele tinha dito. Entretanto, aquilo não facilitava muito as coisas; ela contorceu a boca. — Ainda não — disse ela. — Mas talvez eu precise de uma licença urgente mais pra frente. Só estou avisando, se for o caso.

— Tire a licença agora — disse Kiem. — Você devia ir pra casa. Não espere.

— Pare de dificultar as coisas — rebateu Bel rispidamente. — Você precisa de alguém pra fazer esse trabalho.

Kiem ergueu a mão num pedido de desculpas, mas não recuou.

— Sim, mas posso arrumar uma pessoa temporária em *algum lugar*. Ninguém será tão bom quanto você, mas isso é meio que importante!

Bel cutucou os fios bordados da manga da camisa com a unha, coisa que Kiem só a vira fazer às três da manhã no meio de uma emergência de imprensa.

— Ela não está em risco imediato — explicou Bel. — Pode ser que não aconteça nada por meses.

— Então fique lá por meses.

— Eu aviso quando for preciso — disse ela, virando-se em direção ao elevador que se abria para Jainan. Ao dar um passo atrás, algo na posição dos seus ombros demonstrava um certo alívio pelo fim daquela conversa.

Os olhos de Jainan foram direto para ela enquanto se aproximava — ele era observador o bastante para perceber quando algo estava minimamente errado —, e sua mão segurou a mala com um pouco mais de força.

— Me atrasei — disse ele. — Perdão.

— Não, você chegou cedo — respondeu Kiem, alegre, pegando a mala de Jainan. Teria que perguntar mais tarde a Bel se podia contar para Jainan, mas ela gostava de manter a vida pessoal intensamente reservada, e ele não soltaria um pio sem perguntar antes. — Vamos logo, para a Bel dar um suspiro de alívio e conseguir trabalhar sem ser interrompida.

— Não finja que Jainan me atrapalha tanto quanto você — disse ela num tom seco. — Jainan, sinta-se à vontade para abandoná-lo no meio das montanhas se ele te encher a paciência.

Jainan não sorriu, apenas perdeu a cor. *Caramba*, Taam.

— Ei! — protestou Kiem. — Estou te pagando pra armar contra mim? Jainan, tudo bem se eu pilotar?

Jainan assentiu silenciosamente, ocupando o assento do passageiro.

Bel acenou da passarela como se eles estivessem indo embora de uma plataforma de embarque espacial.

— Divirtam-se com a criançada de Braska — disse ela. — Posso mandar uns instrumentos de tortura para vocês usarem com os oficiais militares. Nos vemos em três dias!

— É melhor me enviar uma armadura pra usar com as crianças! — gritou Kiem, enquanto Jainan estremecia com a piada sobre tortura. — Até!

Kiem colocou o mosqueiro em modo automático para sair do hangar e ativou a ignição.

A cúpula da nave os fechara em uma piscina de silêncio. Jainan olhava para a frente enquanto o motor os tirava delicadamente da vaga de pouso. O céu se abria no alto, de um azul pálido e gelado: um bom dia para voar. Kiem suspirou e se recostou no assento, apoiando as mãos na malha de filamentos que controlava o mosqueiro.

— Certo — disse ele. — Quer saber? Vamos em rota livre por terra nesta primeira parte. Podemos pegar os túneis quando estivermos mais perto da costa.

— Os túneis? — perguntou Jainan.

Kiem já escutara aquele tom antes. Ele não sabia se Jainan estava tenso por causa do tratado ou por causa daquela maldita coisa com o Taam, mas não tinha esperanças de obter respostas em qualquer um dos casos.

— As rotas comerciais — disse ele. — Você sabe. Já deve ter passado por lá toda vez que ultrapassou as fronteiras de Arlusk. — Jainan parecia atônito. Devia ser algo cultural. — Túneis de luz para transporte em alta velocidade. Tipo as redes da cidade, só que maiores.

— Ah! — exclamou Jainan. — Temos algo parecido em Thea.

— Vamos passar pelas montanhas nesse comecinho, então — disse Kiem, esperançoso. — Aprendi a voar nessa região. É tranquila. Uns penhascos dramáticos, neve, esse tipo de coisa.

— Neve — repetiu Jainan, se inclinando para observar o horizonte invernal enquanto eles ganhavam altura. — Por essa eu não esperava.

Kiem levou um momento para entender a piada, e então sorriu de alívio. Ele atravessou um véu de luz que os tiraria da rede de tráfego da cidade.

— É bom sair um pouco, né?

— Hm — murmurou Jainan. Sua voz perdera a cor novamente. Ele observava a cidade abaixo que abria espaço para o contraforte a oeste, coberto de neve. O auge do inverno estava chegando. O pico da cordilheira aparecia à distância. — Nunca vim para esse lado antes. Taam gostava de viajar para o outro lado de Arlusk pra esquiar.

— É uma boa ideia — disse Kiem. — Devíamos ter trazido os esquis. Caramba. Será que dá tempo de voltar?

— Eu gostava mais de voar que de esquiar — comentou Jainan. Seus olhos começaram a brilhar de curiosidade conforme eles se aproximavam das primeiras montanhas de verdade. — Pode sobrevoar um pouco mais baixo?

Kiem sorriu.

— Deixa comigo — disse ele. — Me avise se quiser que eu desvie de alguma coisa. — Ele trocou os controles para uma configuração mais sensível e mergulhou.

O mosqueiro deslizou pelos penhascos até a primeira ravina. O lugar ainda ficava perto o bastante da cidade para ser deserto, e havia algumas cabanas próximas, mas quando eles saíram do primeiro vale em direção ao seguinte, Kiem recebeu a reação que estava esperando. Jainan soltou um suspiro audível.

O chão desapareceu abaixo deles em um desfiladeiro profundo. Um rio se arrastava nas profundezas, entre pinheiros escuros ainda intocados pela neve, e as montanhas se erguiam dramaticamente do outro lado.

— É lindo — suspirou Jainan.

— Que bom que você gostou — disse Kiem. — Eu que fiz, é claro. Demorei uma eternidade para colocar todas as árvores no lugar certo.

— Percebi — respondeu Jainan. — Pena que não conseguiu deixar o rio mais retinho.

— Ele é curvo de propósito — protestou Kiem. — Fica mais artístico.

— É verdade — concordou Jainan. Um sorriso ameaçava levantar o canto de sua boca. Ele se esticou para a frente de modo a ter uma vista melhor da correnteza abaixo. Kiem desceu a nave até que pudessem quase ver a espuma branca e os pedaços de gelo que se debatiam na corrente, vindos do alto das montanhas. — Tem uma coisa irresponsável que os adolescentes fazem em Thea — comentou Jainan, aparentemente sem nenhuma relação com o assunto anterior.

— O quê? — perguntou Kiem.

— Eles levam o mosqueiro o mais perto possível da água e o viram de lado para tentar molhar as asas.

— Que ideia terrível — disse Kiem. Ele analisou a água com cautela. — Não vamos fazer isso de jeito nenhum.

— Não mesmo — concordou Jainan, com o mesmíssimo tom. De soslaio, Kiem o viu apertando o cinto de segurança.

— Por quanto tempo a asa tem que ficar na água? — perguntou Kiem, para fins de pesquisa.

— Eu conseguia por quatro segundos consecutivos — respondeu Jainan. — Algumas pessoas chegavam a cinco.

— Beleza — disse Kiem. Ele tirou uma das mãos do painel para conferir o próprio cinto. — Não tento virar um negócio desses há anos.

— Não se preocupe — tranquilizou Jainan. — Você só precisa fazer metade de um giro total e manter a nave equilibrada.

— Ah bom, se é assim, sem problemas — disse Kiem. — Não tem como dar errado.

— Se as árvores ficarem de cabeça pra baixo, significa que você girou demais.

Kiem estendeu a mão para desligar os estabilizadores.

— Você sabe que a Bel vai nos matar se nós batermos essa coisa aqui longe dela, né? — disse ele, e então sua mão congelou ao pensar no assunto. Ele olhou para Jainan, lembrando-se da última vez que o parceiro dele pilotara um mosqueiro. — Hm. Melhor não.

Jainan balançou a cabeça.

— Isso é relativamente seguro — disse ele. — Não dá para desligar o sistema de segurança da maioria dos mosqueiros. É preciso quebrá-lo. Mas se você acha que a Bel iria reclamar...

— Não, quer dizer, ela nos mataria por não ter sido convidada. Bel tem multas por excesso de velocidade em todos os subdistritos da cidade. — Kiem desligou o último estabilizador automático e firmou seu toque na malha de direção, sentindo os filamentos ao redor das mãos. — Segurando firme? — Ele deu a Jainan um momento para que se segurasse em alguma coisa, e então mergulhou.

O rio veio correndo em direção a eles. Kiem deixara os filamentos na configuração mais sensível e conseguia sentir cada lufada de ar contra a fuselagem do mosqueiro através do formigamento nas mãos. Agarrou o volante, sentiu uma onda de adrenalina que não sentia havia um tempo o atravessar e virou para o lado, contra o rio. Eles rasgaram o ar em direção à floresta que se aproximava.

— Árvore! — alertou Jainan.

— Já vi! — No último segundo, Kiem os jogou para baixo, seguindo o curso do rio. A virada brusca deixou o mosqueiro na diagonal, e Kiem acertou a inclinação manual com os pés no mesmo instante. Eles giraram descontroladamente. O cinto de Kiem se afundou contra a lateral do corpo enquanto o mundo rodava à sua frente. Ele puxava a nave freneticamente para o outro lado enquanto sentia o solavanco e tentava, ao mesmo tempo, orientar o mosqueiro para baixo.

A asa lateral atingiu a água num choque que ecoou pelos filamentos em seu braço. Kiem vibrou, mas só conseguiu aguentar por um momento. A pressão da água sobre a asa machucava suas mãos através da malha — o mosqueiro estava chegando no limite e fazia questão de deixá-lo ciente.

Eles atravessaram um redemoinho, desviaram de um pedaço de gelo e voaram para cima em um arco nauseante enquanto Kiem lutava para recuperar o controle. Ele conseguiu levá-los para cima bem a tempo de escaparem da floresta.

O mosqueiro passou de raspão pelas copas das árvores e subiu lentamente, enquanto Kiem jogava a cabeça para trás, percebendo que estava rindo.

Jainan soltou o painel à sua frente e flexionou os dedos. Sua tentativa de manter uma expressão pensativa não escondia o sorriso.

— Um segundo e meio.

— Agora eu peguei o jeito — disse Kiem. — Na próxima eu consigo uns três segundos, no mínimo.

Ele meio que esperava ouvir que não haveria uma próxima vez. Mas Jainan claramente era tão louco por voar quanto Bel, porque tudo que ele disse foi:

— Acho que o próximo vale deve ter outro rio pra gente tentar.

— Quando eu me tornei o piloto mais prudente da nossa casa? — perguntou Kiem. — Como isso aconteceu?

— Não sei do que você está falando — respondeu Jainan. — Sou muito prudente.

— Você só finge ser prudente — rebateu Kiem.

— Nunca fingi — disse Jainan. — Talvez seja melhor acelerar um pouco mais da próxima vez.

— Quer tentar?

Jainan hesitou.

— Talvez.

— Talvez?

Jainan parecia indeciso, como se estivesse fazendo algo proibido.

— Sim.

No vale seguinte, Kiem trocou os controles do mosqueiro para o assento de Jainan. Apesar de falhar na primeira tentativa, ele conseguiu bater quatro segundos na seguinte, marca que Kiem falharia completamente em bater nas diversas rodadas subsequentes. Uma ravina próxima os levou a um sistema de cânions cheio de túneis reluzentes, onde perceberam ao mesmo tempo que tinham passado todo o caminho até os túneis de luz fazendo voos acrobáticos e trocaram um olhar mútuo de vergonha. No momento em que seus olhares se encontraram, Kiem soltou uma gargalhada roncada, e Jainan voltou à sua cara de paisagem.

Kiem os guiou para dentro dos túneis. Uma luz difusa os envolveu, pálida como cascas de ovo, e o mosqueiro assumiu o controle quando o túnel os encaixou no tráfego. Jatos blocados de frete viajavam ao redor deles. Kiem tirou as mãos da malha de controle e caiu para trás no assento.

O caminho pelos túneis era entediante, e não havia muito a se fazer, então os dois começaram a jogar conversa fora. Ao menos Jainan jogava conversa fora, enquanto Kiem, totalmente ciente da raridade daquele momento, escutava com um sentimento em seu peito como se tivesse apanhado uma bola feita de cristal, e tentava desesperadamente fazer com que suas respostas soassem casuais. Conversaram sobre a cultura de Iskat e a de Thea e sobre suas infâncias. De alguma forma, chegaram ao tema música theana, e Jainan até tentou encontrar algumas canções no sistema do mosqueiro antes de descobrir que o sinal ali era impraticável.

— Ah, sim — disse Kiem, xingando mentalmente o sinal por ter interrompido o rumo da conversa. Eles estavam num setor da rota acima do solo, sobrevoando um desfiladeiro seco. — Desculpe por isso, tem uma grande zona morta sobre as montanhas, e nós estamos quase nela. Os depósitos de tacime ficam na superfície.

Jainan ergueu as sobrancelhas, olhando para o chão abaixo deles.

— Tacime? — disse ele. — Ah. Esqueci que Iskat tem tacime por toda parte. Ainda assim, achei que vocês já tinham se livrado de tudo.

— Se limpássemos tudo por causa de cada túnel, já teríamos arruinado as montanhas — disse Kiem, se desculpando. — Então a gente meio que aceita a zona morta.

Depois de processado, tacime era um ótimo combustível para naves espaciais, mas na forma natural, sua propriedade principal era bloquear a comunicação. Provavelmente servia para outras coisas; Kiem não era um cientista.

— Não tem problema — comentou Jainan. Ele apelou para a música já armazenada. A batida animada de uma canção popular antiga ressoou pelas caixas de som embutidas. Assim que escutou as primeiras notas, Kiem tirou uma mão da malha de direção e tampou o ouvido, resmungando.

Jainan olhou para ele confuso.

— Desculpe — disse ele, abaixando o som.

— Não, é só que essa música me leva ao passado — explicou Kiem. — E não de um jeito bom. Devo ter baixado essa música na época da faculdade.

— Ela traz... lembranças ruins? — perguntou Jainan.

— Não exatamente — disse Kiem. — É só que... sabe como é. — Ele balançou a mão. — Eu me metia em muita confusão naquela época. E essa música tocava em todo lugar. Devia estar tocando nos alto-falantes quando fui exilado.

— O que fez você... — começou Jainan, se calando em seguida.

— ... ser exilado? — disse Kiem, completando a pergunta. — Hm, teve um... hm. — Ele bateu com os pés no chão. Aquilo era surpreendentemente difícil. — A gente meio que provocou um incêndio durante uma noitada.

— Como?

— Foi um acidente. Com fogos de artifício. Ninguém saiu gravemente ferido. — Kiem fez uma pausa. — Estávamos bêbados.

Jainan não disse mais nada.

— Não me orgulho disso — continuou Kiem, mais para preencher o silêncio. — Não faço mais esse tipo de coisa.

Jainan ficou em silêncio por mais um tempo até dizer, abruptamente:

— Pois é, não consigo te imaginar fazendo isso hoje em dia.

— Não — disse Kiem, muito aliviado.

— Mas faz sentido... — Jainan deixou a frase no ar. Kiem estremeceu por dentro, sabendo que Jainan devia ter lido um pouco sobre seu histórico nos portais de notícias. — O que fez você mudar?

Kiem tinha um vasto repertório de piadas para abafar aquele tipo de pergunta. Desviar do assunto era sempre mais fácil porque ele *não* mudara — simplesmente tinha sido um adolescente irresponsável com privilégio demais e noção de menos que irritava todo mundo, e no momento era um adulto irresponsável tentando não fazer o mesmo. Aquilo não justificava nada. Mas não era a isso que Jainan se referia.

Ele encarou o cânion coberto de neve à sua frente e respondeu.

— Comecei a me rebelar muito cedo. Sabe meu outre responsável, princese Alkie? Elu morreu quando eu tinha catorze anos. Distúrbios neurológicos. Minha mãe não reagiu bem, muito menos eu, e de certa forma era pior ainda quando tentávamos conversar a respeito. Ou sobre qualquer coisa, na verdade.

— Sinto muito — disse Jainan.

Kiem abriu um meio sorriso pela força do hábito.

— Está tudo bem. — O olhar de Jainan sobre ele era profundo e carinhoso. O sorriso de Kiem pareceu falso em comparação; ele o desfez. — Levei alguns anos para entender que eu só queria chamar atenção. Sabe como é, dói muito quando você percebe que está fazendo a mesma coisa que milhares de outros adolescentes já fizeram, especialmente quando essa percepção só vem depois dos vinte anos. Larguei a faculdade depois disso, fiquei longe dos bares, e então contratei a Bel.

— Hm — murmurou Jainan. Ele não parecia estar julgando nem sentindo pena. E também não rebateu com uma série de questionamentos. Kiem costumava se atrapalhar quando tinha que falar sobre sua família, mas ali ele se sentia estranhamente firme e seguro.

— O que aconteceu com a Bel? — perguntou Jainan.

Kiem se sentiu aliviado com a mudança de assunto.

— Ela chegou mais ou menos um ano atrás, por um dos programas com os quais eu trabalho — explicou ele. — Sabe, pessoas brilhantes que não têm as qualificações necessárias por algum motivo. Eu estava começado a ser convidado aqui e ali para festas beneficentes e coisas do tipo, mas quando Bel apareceu, ela notou que essa era uma área em que eu poderia ser útil de verdade, e lotou minha agenda de eventos. No fim das contas, ela tinha razão. — Eles estavam passando de raspão pela beirada do túnel, perto o bastante para enxergarem o desnível da parede de pedra ao lado. — Na teoria, o trabalho seria apenas um estágio enquanto ela não encontrasse uma vaga permanente.

Jainan franziu o cenho.

— Eu não sabia disso.

— Bom, ela ainda não pediu pra sair, e eu não vou falar nada se ela também não falar. — Kiem tamborilou um dos pés no piso do mosqueiro. — Olha, aquilo ali já é a saída?

Era. Kiem acionou o indicador de rota para que ele os tirasse dos túneis. Eles dispararam em direção ao céu e, enquanto a aceleração se reduzia gradualmente até chegarem a uma velocidade de cruzeiro, os dois ficaram em silêncio.

Uma paisagem de tundra estéril e hostil se estendia abaixo. A cordilheira assomava atrás deles como presas cuspindo a paisagem de baixo para cima; Kiem nunca estivera naquela área antes e não estava arrependido.

— Que exagero, né?

— Olha lá — indicou Jainan. — É ali? — Ele apontou para um conjunto de prédios do tamanho de brinquedos a alguns quilômetros de distância; no mesmo instante, uma sirene estridente começou a tocar dentro do mosqueiro.

— Ha-ha, o bom e velho cumprimento militar — disse Kiem. — Costumava ser o despertador da minha mãe. — Ele respondeu digitando o código de segurança em um painel.

Dez minutos depois eles estavam planando sobre os confins deprimentes de uma base militar padrão de Iskat, montada com galpões cinza deixados ali por jatos, fileiras de geradores e um campo de treinamento livre de gelo. Kiem estacionou o mosqueiro e acenou para os guardas que vinham ao seu encontro. Eles foram deixados nas mãos de uma soldado jovem que parecia ter uns dezesseis anos, tinha um sotaque forte da planície e claramente nunca fizera nada tão empolgante na vida quanto receber dois visitantes civis.

A Base Hvaren estava agitada. Cada uma das mesas era ocupada por um soldado. Jainan analisou as paredes, com telas mostrando imagens diferentes que provavelmente tinham algo a ver com engenharia, enquanto Kiem escutava a soldado recitar de um fôlego só os procedimentos de segurança da base.

— Hm, estamos aqui para uma reunião com o major Saffer — disse Kiem, quando a soldado parou para respirar. — Ele está por aí?

— Agendado para as mil e cem horas, senhor! — respondeu a soldado. — Vou levá-los em uma visita pela base para que não fiquem entediados!

— Nossa! — disse Kiem. — Mal posso esperar.

Ele não havia considerado o efeito de oferecer a um engenheiro uma visita em uma operação de engenharia.

— Eu adoraria — disse Jainan, com um brilho no olhar que Kiem reconhecia. — Podemos conversar com a unidade responsável pelos modelos de propulsores nas telas?

A soldado pareceu levemente pega de surpresa e, depois, empolgada em dobro. É pra já! Kiem seguiu Jainan até o setor de engenharia. Por sorte, Jainan conseguia manter aquela conversa de olhos fechados, e ao menos os dois conseguiam ficar longe da unidade do outro lado, que tinha a aparência intimidadora de pessoas querendo falar sobre comércio e exportação.

Enquanto Jainan se aprofundava nos detalhes sobre as operações de mineração — ele não mencionara o projeto da Universidade Imperial, o que provavelmente era uma boa escolha —, Kiem começou a contar as pessoas no ambiente. Apenas algumas dezenas, mas ele viu insígnias de três divisas distintas, de modo que ou o exército havia começado a separar as divisas ou a Martim-Pescador tinha cerca de trezentas pessoas, e a maioria delas não estava naquela base nem no palácio. O emblema da Martim-Pescador, um distintivo prateado que visto de longe parecia um pássaro no meio de um ataque, era mostrado de forma mais proeminente do que qualquer insígnia de outras divisas. Havia mais uma foto em memória de Taam nos fundos da sala, emoldurada com flores cinza.

Jainan se virou de uma das telas para um ábaco holográfico flutuando sobre uma das mesas. Um engenheiro tinha saído para buscar a pessoa responsável por ele.

— Você está se divertindo — comentou Kiem num sussurro.

Jainan olhou para ele de soslaio, assustado.

— Não, eu só... — Ele parou.

— Senhores! — disse a soldado muito prestativa, a voz soando quase como um alarme. — O major Saffer está de volta à base. Por favor, me acompanhem!

Era um anúncio desnecessário. Logo atrás dela, Aren já estava tirando o casaco pesado. Ele passou pela soldado e estendeu a mão.

— Jainan! E príncipe Kiem. Que bom ver vocês. Estava esperando chegar um pouco mais cedo, mas me atrasei, peço perdão por isso. Vocês têm algumas perguntas sobre Taam e a Martim-Pescador, certo?

Hora de trabalhar. Jainan estava paralisado; Kiem automaticamente apertou a mão de Aren.

— Que bom te ver, Aren. Podemos conversar num lugar mais reservado?

15

— *Desvio de fundos?* — disse Aren, pego de surpresa. — Impossível!

Eles estavam num pátio de cascalho coberto de neve e varrido pelo vento, do lado de fora do monólito cinzento da base. Aren aceitara a sugestão de Kiem para que conversassem em um lugar mais silencioso, e os convidou a verem o hangar, uma estrutura enorme, grande o bastante para receber uma nave espacial de pequeno porte.

Kiem apertou o casaco contra o corpo para se proteger do vento cortante.

— Pois é. Eu sei — disse ele. — Mas já vi as evidências. Podemos te mostrar.

Aren não pediu a prova de imediato. Ele tirou o quepe e coçou a cabeça, bagunçando os cachos pálidos.

— Eu teria percebido... quer dizer, Taam lidava com o orçamento, eu só ficava com recursos humanos e logística, mas não acredito que possa ter deixado isso passar.

— Podemos falar disso lá dentro — sussurrou Jainan. — Não é o tipo de coisa que qualquer soldado deva escutar.

— Não — disse Aren. — Porra, não mesmo. Vamos entrar.

Ele inseriu sua biometria na porta do hangar e os levou para dentro, esfregando a testa a todo segundo como se tivesse sido fisicamente atingido. Eles adentraram uma caverna escura.

Apesar da situação, Jainan soltou um suspiro baixo e delicado. Um modelo em escala reluzia acima deles, suspenso a vários metros do chão e cercado por uma passarela de observação. Aos olhos de Kiem, parecia uma estação espacial, mas ele leu MODELO DE REFINARIA 002 escrito na fuselagem, ao lado de mais um emblema da Martim-Pescador. Havia outros modelos, alguns em unidades a vácuo individuais: motores e combinações peculiares de canos e líquidos. Jainan não conseguia parar de olhar.

— Nossos modelos de design — explicou Aren, distraído. — Eu ia fazer uma visita guiada com vocês, mas isso acabou de perder a importância. — Ele parou aos pés de uma escada que levava às passarelas e se recostou nas grades. Seu rosto estava pálido e determinado. — Certo. Sou todo ouvidos.

Aquele não era o melhor lugar para expor a pilha meticulosa de evidências de Jainan, então Kiem foi direto ao ponto: o equipamento. Os desfalques financeiros. As mensagens criptografias que Bel identificara como linguagem de contrabando usada por corsários sefalanos.

— Mas por quê? — questionou Aren, estupefato. Ele estava focado em Jainan. — Quer dizer, não me leve a mal. Não estou dizendo que você está mentindo. Mas por que Taam se arriscaria dessa forma?

Jainan apoiou a mão na grade ao lado dele e suas juntas agarraram a barra com força.

— Não sei — disse ele. — Eu posso... posso estar errado.

O silêncio de Aren abriu uma lacuna, e Kiem se pegou pensando no que aconteceria se eles *estivessem* errados. Todo aquele caos não ajudaria o Auditor a decidir que Iskat e Thea estavam entrando no tratado voluntariamente. E, mesmo se estivessem certos, não estavam nem perto de uma resposta; tendo desviado fundos ou não, Taam estava morto. Se não tivesse sido um acidente, alguém o matara.

Aren balançou a cabeça.

— Sabe... — disse ele. — Por mais que eu não goste da ideia, isso explicaria uma coisa. A Segurança Interna está no meu pé há umas duas semanas. Tive que entregar metade dos meus arquivos operacionais. Pensei que estivessem preocupados com a nossa equipe de manutenção dos mosqueiros. Também sofri vários cortes no meu orçamento de compras, e sem justificativa. É só que... — Ele levantou o olhar para o modelo que brilhava acima deles nas sombras, como se as respostas estivessem ali, e quando falou parecia perdido. — É só que... *Taam?* Eu o conhecia. — Ele ajustou a postura, se afastou da grade e olhou para Jainan novamente. — Você quer ver os nossos registros.

Jainan engoliu em seco visivelmente.

— Sei que como civis nós não temos o direito de acesso.

— Eu libero o acesso — afirmou Aren. — A Segurança Interna já vasculhou tudo de qualquer forma, então por que não dar uma olhada também? Vou preparar uma sala para vocês na base e liberar as permissões.

Jainan encarava Aren como se aquilo fosse profundamente inesperado. Não era o jeito como ele reagia a Kiem, como se o príncipe fosse um quebra-cabeça, mas a reação de alguém que colocou as mãos em um rio congelado e descobriu que ele estava quente.

— Você não precisa fazer isso.

— Eu sei — disse Aren, acenando casualmente. — Me agradeça depois. Eu também quero saber o que aconteceu.

* * *

Era uma sala de reuniões minúscula com uma mesa bamba de plástico, mas Jainan pareceu achá-la adequada. Toda a sua atenção estava focada em baixar uma quantidade enorme de dados da Martim-Pescador e empilhar tudo em categorias abstratas e visualizações gráficas sobre a mesa. Kiem tentou ajudar para não ficar só ali parado, observando o jeito como a pesquisa deixava Jainan concentrado e afiado como uma faca.

Acabou que Kiem não tinha muita utilidade. Jainan parecia saber o que estava fazendo, e mergulhou nos arquivos de Taam de imediato, comparando os relatórios de equipamentos e as notas fiscais de compras. Kiem encarou uma lista de números sob um codinome até que eles ficassem desfocados, e então se levantou inquieto e começou a perambular.

Jainan finalmente olhou para ele.

— Você vai ficar fazendo isso... sem parar?

— Desculpe — disse Kiem. Ele abriu a porta, que levava à sala principal de planejamento, e caminhou para ver se encontrava café.

Encontrou café — e alguns suprimentos militares que decidiu pegar sem pudor — na cozinha. Também encontrou uma cabo que lhe explicou os codinomes nas listas de números, aparentemente nomes de registro para os modelos de mosqueiros, e a levou até a sala de reunião para que ela explicasse tudo a Jainan. Depois de um momento de susto e desconfiança, Jainan começou a fazer perguntas sobre o abastecimento de combustível e os cronogramas de manutenção.

Kiem voltou a perambular pelas mesas agitadas. A vantagem de estar entre soldados era que ninguém fazia perguntas desconfortáveis como: *Por que vocês estão olhando nossos registros?* Kiem e Jainan tinham chegado com o major Aren e recebido acesso privilegiado a todos os sistemas; aquilo significava que, para os soldados, eles eram algum tipo de inspetores. Kiem foi passando por várias mesas e mandando alguns soldados para Jainan quando eles pareciam saber qualquer coisa sobre mosqueiros ou finanças. Também conseguiu algumas dicas sobre apostas em corridas de carro com um cabo.

As janelas matizadas da base se apagavam conforme o céu montanhoso escurecia. Dezenas de soldados entravam e saíam da sala à medida que o turno da manhã dava lugar ao turno da noite. Jainan não se mostrava inclinado a largar sua pilha de dados.

Eventualmente, Kiem encontrou duas refeições prontas e duas latas de qualquer coisa doce que levou para ele.

— Como estão as coisas? — perguntou Kiem. — Está escurecendo. Já estão trocando de turno.

— Sério? — disse Jainan vagamente. — Não percebi.

Kiem colocou a refeição ao lado do cotovelo de Jainan.

— Encontrou alguma coisa?

Jainan focou sua atenção nele.

— Muitas confirmações — disse ele, soando cansado, porém neutro, como se Taam fosse apenas um nome, e não seu ex-parceiro. — Estou enviando tudo para Aren e para a coronel Lunver conforme vou encontrando. Espero que você não se importe.

— Não, você está certo — disse Kiem. — A esta altura, tentar esconder qualquer coisa seria muito suspeito. Descobriu alguma novidade? Tipo o que Taam estava, hm, fazendo com o dinheiro? Ou quem pode ter sido... — Ele hesitou. O assassino pegava mal. — Você sabe. Quem pode ter se chateado com ele? Ou qualquer coisa sobre os corsários com quem ele estava negociando?

— Seria ótimo descobrir isso — disse Jainan sem emoção alguma. — Infelizmente, não consigo descriptografar as mensagens sem as chaves, e não consegui encontrá-las em lugar nenhum no sistema da Martim-Pescador. Embora tenha achado umas atividades estranhas no sistema. A Segurança Interna talvez seja capaz de descobrir mais coisas.

— Agente Rakal vai pirar — comentou Kiem. — Quais atividades estranhas?

— Ainda não tenho certeza. — Jainan franziu o cenho para algo à sua frente.

— Não sei de onde vêm essas pessoas que você fica mandando pra cá...

— Elas estão bem ali — apontou Kiem. — Trabalhando a uns dez metros de distância.

— ... mas será que você consegue achar alguém da engenharia de redes?

— Provavelmente — respondeu Kiem. — A equipe de sistemas fica logo ali no canto.

— Um engenheiro de redes? Pra quê? — perguntou Aren do corredor. Ele se inclinou porta adentro, parecendo empolgado. — Mal voltei e descobri que você lotou minha caixa de mensagens e tirou metade da minha equipe dos seus respectivos postos de trabalho, Jainan. Nunca te vi fazendo isso quando Taam estava no comando.

Jainan ficou tenso.

— Não se preocupe — disse Kiem antes que Jainan pudesse se desculpar. — Já devolvemos todo mundo.

— Ah, se é assim, tudo bem — disse Aren, meio rindo. Kiem nunca conseguia compreender o motivo da empolgação na voz dele. — Desculpe por ter largado vocês aqui. Estava informando a coronel Lunver. Ela virá para a base amanhã. Pra quê você precisa de um engenheiro de redes?

Jainan perdera completamente o foco. Parecia mais normal — acanhado e desconfiado — ao dizer:

— Seu sistema foi acessado de algum lugar fora da rede militar. Alguém estava tentando invadir. Creio que isso tem acontecido com frequência desde a morte de Taam.

— Agente Rakal mencionou isso durante nossa reunião — completou Kiem. Aren inclinou a cabeça, confuso. — Invasão de rede. Você não ficou sabendo?

— Ah, mas nós enfrentamos esse tipo de ataque o tempo todo — disse Aren. — Geralmente são contraventores ou idealistas que compram códigos das gangues de Sefala. Eles não conseguem invadir.

Jainan olhou para a mesa.

— Não mesmo? — disse ele num sussurro. — Entendi.

— Bom, não custa nada checar — disse Kiem para Aren. — Obviamente, Taam estava fazendo alguma coisa pelas suas costas. Pode ter alguma relação. Você não tem uma equipe de sistemas?

A expressão de Aren se abriu. Kiem percebeu o alívio que era trabalhar com Aren depois de tentar qualquer progresso com Rakal. Aren ao menos queria colaborar e tinha mais interesse em descobrir o que estava acontecendo do que em sustentar uma postura impenetrável.

— Melhor que isso — disse Aren. — Tenho uma equipe de sistemas no turno da noite. Vou mandá-los analisar tudo agora mesmo. Mas vim com uma mensagem do palácio. Kiem, me disseram que você tem um evento de RP em Braska. Se precisar voltar, Jainan pode ficar o tempo que for preciso. Temos alojamentos sobrando.

— Não, eu não preciso... — começou Kiem.

— Sim — interrompeu Jainan, soando tenso. — Você devia ir. Se não agora, de manhã. Não quero atrapalhar seu cronograma. A escola está te esperando, e eu já te envolvi demais nisso tudo.

Aren observava os dois com curiosidade. Kiem, percebendo de repente que eles estavam em público, calou a boca. Não poderia julgar o que era apropriado, mas sabia ler uma situação, e não era como se ele estivesse ajudando muito na investigação dos arquivos.

— Certo — disse ele. — Leve o tempo que precisar. Volto pra cá depois... ou posso te encontrar direto no palácio. O que for melhor. Vou partir pela manhã.

— Combinado então — disse Aren. Ele acenou para os dois enquanto se virava. — Vou alertar a equipe de sistemas. Jainan, me envie seus achados sobre as tentativas de invasão, por favor?

Jainan voltou para os relatórios no momento em que Aren saiu. Kiem cochilou em uma cadeira, mas despregou os olhos e foi descobrir onde eles passariam a noite.

Tudo o que a base oferecia para visitantes eram quartos minúsculos com camas dobráveis do tamanho de caixões, então Kiem pegou um para si e outro para Jainan. Eles estavam a horas de distância do jornalista mais próximo: Hren Halesar não ficaria sabendo. Num determinado momento, ele precisou arrastar Jainan para longe do trabalho para que ele pudesse dormir um pouco. Tentou fazer o mesmo, mas o colchonete era duro e fino, e ele caiu num sono leve e desconfortável enquanto visões turvas de soldados e funcionários da Segurança Interna passavam pela sua mente.

No dia seguinte, Aren os chamou em seu escritório antes que Kiem estivesse propriamente acordado.

O comportamento de Aren havia mudado. Antes, ele transmitia uma energia empolgada, como se ainda estivesse processando a possibilidade de seu comandante anterior ter sido assassinado. Agora estava sóbrio, com o rosto pálido e olheiras profundas causadas pela falta de sono.

— Tive uma *péssima* noite — disse Aren ao recebê-los. — A coronel Lunver está a caminho, e não está nada feliz. Aparentemente eu não deveria ter liberado nosso sistema para vocês, mas quer saber? Foda-se. Preciso de respostas. — Ele abriu uma tela flutuante sobre a mesa. — Agora, as notícias ruins de verdade.

Kiem não sabia o que esperar, mas com certeza não era uma foto pitoresca dos portões da Universidade Imperial.

— Por favor, me diz que isso não é algum tipo de piada militar — disse Kiem. Jainan parecia tão perplexo quanto ele.

Aren abriu um sorriso torto e sem humor.

— Rastreamos a invasão da rede — explicou ele. — Tivemos que ir bem fundo nas grades de comunicação, mas encontramos os ips. Vieram da rede da Universidade Imperial.

— Ninguém da universidade machucaria o Taam — disse Kiem. — Ele não estudou lá. Frequentou a academia militar. Ninguém sequer o *conhecia* na universidade.

— Queria que isso fosse verdade! — exclamou Aren. — Isso facilitaria demais a minha vida. Mas existe uma conexão.

Ele fez um gesto rápido e angular em direção à tela, e outra coisa apareceu: a foto de uma pessoa. Kiem piscou.

— Não é possível — disse Jainan de imediato.

— Essa não é a professora Audel? — disse Kiem ao mesmo tempo.

Era Audel. Kiem só a vira pessoalmente uma vez, mas lembrava do rosto dela: a professora de engenharia com cabelo branco e embaraçado que ficara de olho em Jainan durante a festa na universidade e o convidara para participar de um projeto.

— Vamos com calma, Aren — sugeriu Kiem. — Você está procurando um estudante com tempo de sobra, não uma *professora* da Universidade Imperial.

Aren soltou uma risada curta e grossa.

— É mesmo? — Ele fez um segundo gesto, e outra foto apareceu: Audel, alguns anos mais nova. Ela vestia o uniforme azul com as insígnias de prata de uma capitã militar.

— Ela foi recrutada como especialista técnica — contou Aren. — Nós trazemos pessoas de várias áreas. Ela intercalou o trabalho acadêmico com a mineração comercial durante anos. Encontrei o currículo dela, mas sua carreira militar para por aí. Porque ela fez uma reclamação sobre o príncipe Taam, recém-saído da academia militar, e ele levou a questão para o general Fenrik. Ela foi exonerada por incompetência.

— *O quê?* — exclamou Kiem, lançando um olhar para Jainan. — Você não sabia nada disso, né?

— Isso é absurdo — disse Jainan, começando a mostrar algumas rachaduras em sua compostura. — Ela mencionou certa experiência militar, mas não me lembro de... Ela nem sabia quem eu era quando me conheceu. Não é possível que estivesse guardando rancor do Taam. Não faz sentido.

Aren se jogou na cadeira e suspirou.

— Veja pelo meu lado — disse ele. — O Auditor quer respostas objetivas. A Segurança Interna não encontrou nenhum culpado. Parece que essa professora tentou invadir ilegalmente a rede da Martim-Pescador, e *além disso* parece que ela não gostava muito de Taam. É a única pessoa contra a qual nós temos evidências de verdade. E ao menos não é uma theana.

Kiem já não estava feliz desde que eles haviam entrado no escritório de Aren, mas a ideia de ser cúmplice daquilo fez seu corpo estremecer.

— Não estamos só procurando um bode expiatório para entregar ao Auditor — disse ele. — Queremos saber o que aconteceu de verdade.

Jainan olhou para o chão.

— Não acredito que ela estivesse envolvida — disse ele. — Não tenho como provar. Só acho que não foi ela.

Aren olhou para os dois, em dúvida, e depois para a tela.

— Deixa eu dar mais uma olhada nos registros da rede de vocês — pediu Jainan. — Por favor.

Havia um tom defensivo em sua voz, como se esperasse ter o pedido negado, mas Aren fez um gesto expansivo e disse:

— Manda ver. Ainda temos algumas horas até a Lunver chegar. Melhor aproveitar.

Jainan estava quieto quando os dois deixaram o pequeno escritório de Aren. Kiem se segurou para não dizer três coisas diferentes, todas inapropriadas, e acabou indo com:

— Tenho que ir para o evento na escola. — Ele abriu a porta do quarto improvisado. — Só vou pegar minha mala. Vejo você no palácio.

Jainan piscou, como se tivesse esquecido que Kiem teria que ir para Braska.

— Ah — disse ele, então olhou para sua pulseira piscando e ficou paralisado.

— Quem é? — perguntou Kiem, mas Jainan já estava atendendo, como se o holograma da chamada estivesse prestes a atacá-lo.

O rosto que flutuava à sua frente era familiar. Kiem acabara de vê-lo sobre a mesa de Aren. Uma mulher mais velha e de ar acadêmico, com grampos prendendo o cabelo grisalho. É claro. Kiem via Jainan conversando com Audel e os alunos dela quase todo dia.

— Jainan — exclamou Audel com uma alegria aparente. — Eu estava tentando falar com você.

Jainan engoliu em seco e abriu a boca, mas nada saiu. Ele assentiu.

— Bom te ver, professora — respondeu Kiem, se aproximando para que a pulseira de Jainan o capturasse também. — Estamos nas montanhas. — *Alguma coisa urgente?,* ele estava prestes a dizer, mas mudou a pergunta de supetão. — Posso te fazer uma pergunta bem rápida? — disse ele, com um ar leve. — Você conheceu o príncipe Taam?

Audel franziu o cenho.

— *In*felizmente — disse ela. — Por quê? Jainan poderia ter te respondido isso.

— Parece que você não contou pra ele — rebateu Kiem.

— Ah — murmurou Audel vagamente. — Pensei que tivesse contado. Mas é claro... Quem você acha que o projeto contratou para lidar com os dados? Foi tudo meio estranho, é claro, levando em conta o meu emprego anterior. Até hoje acho que aquele homem não conseguiria ficar bêbado nem numa destilaria... Me *perdoe* — disse ela, parando abruptamente. — Perdão, Jainan, esqueci que você estava aí.

— Você foi exonerada do exército — disse Jainan, a voz grave. — Por quê?

— Bem — começou Audel, ainda parecendo desconfortável. — Tecnicamente, por causa do príncipe Taam, sabe como é. Ele questionou alguns dos meus relatórios. Porque não pegavam muito bem para a unidade dele. Mas, na verdade, o príncipe Taam não foi a razão principal. Na segunda semana eu já sabia que não era adequada para o trabalho. Uma péssima decisão da minha parte, mas são os militares que têm *todo* o financiamento. Tentei me demitir várias vezes. A última foi um mês antes de tudo acontecer.

— Você... você estava tentando abandonar o exército de qualquer maneira? — questionou Jainan. — Não foi por causa do Taam?

— Não! Pra ser sincera, foi um alívio quando me botaram pra fora — explicou Audel. — Eu estava mais do que pronta pra sair. O exército não incentiva a liberdade intelectual; creio que isso não vai te surpreender, mas fui seduzida pela ideia de não ter que fazer inscrições em editais de financiamento.

— Ah! — disse Kiem, com uma onda de alívio. Ele não queria arrumar confusão para nenhum dos amigos de Jainan.

— Professora Audel, por acaso você teria uma... cópia do seu pedido de demissão? De *antes* da reclamação do Taam?

Audel pensou, infelizmente sem parecer dar muita importância.

— Sim, acredito que sim. Em algum lugar — respondeu ela. — Pra que você precisa disso?

— Seria de grande ajuda — disse Kiem. — Questões com a Resolução. Não pergunte. Só vai te confundir ainda mais, e acho que é confidencial. Mas se puder enviar pra gente agora, seria ótimo.

Jainan parecia um pouco menos nauseado quando Kiem encerrou a ligação. Ele se sentou em uma das banquetas no quarto e levou um dedo até a têmpora, fazendo pequenos movimentos circulares.

— Não gosto nada disso — disse ele num tom vazio.

Aquilo, conforme Kiem estava começando a reconhecer, era o equivalente a uma pessoa menos controlada se jogando no chão com as mãos na cabeça.

— Não — disse ele. — Também não sou um grande fã da situação. Pelo menos isso faz com que a Segurança Interna pare de te perseguir, eu acho. Ou vai fazer, quando Aren enviar as evidências. *Você* não tentou invadir os sistemas.

— Com certeza isso não vai detê-los — disse Jainan numa voz cansada. — Eles vão querer conduzir as duas linhas de investigação. E nós não estamos cooperando muito. Vão descobrir que eu não contei sobre a conta secreta de mensagens do Taam. Vão descobrir que nós viemos até aqui.

— Então o que você quer fazer? — perguntou Kiem. — Ligar para a Segurança Interna e bater um papo amigável sobre tudo que sabemos?

Jainan não respondeu. Sua pulseira piscou com uma mensagem, e a de Kiem também, ao mesmo tempo. Kiem olhou apenas por tempo suficiente para ver que era a carta de Audel, e então voltou seu olhar para Jainan.

— Você quer fazer isso, não quer? — disse Kiem com calma. — Acha mesmo que devemos fazer isso. — Ele se jogou no colchonete, apoiando os pés na outra banqueta. — Beleza, seremos bons cidadãos então. Vou dar uma ligada para Rakal.

Jainan ergueu a cabeça no susto.

— Vai mesmo?

— Agora isso soou como um desafio — disse Kiem. Ele nem acreditava que chegara a um ponto de sua vida em que a Segurança Interna estava na lista de contatos frequentes, mas ali estava ele. — Agente *Rakal* — disse ele animado assim que o rosto tremeluziu na tela. Rakal, uma coleção já familiar de ângulos afiados e hostilidade, o encarou com uma frieza inexpressiva por detrás da mesa.

— Como vai? Como vão os negócios secretos? Temos algumas coisas interessantes pra te contar.

Minutos depois — Kiem chamara Jainan para que ele explicasse as questões mais específicas das finanças de Taam, coisa que Jainan fizera com a voz estilhaçada de quando estava sob pressão —, Rakal se soltou o suficiente para assentir uma única vez. Era muito mais fácil explicar aquelas coisas para alguém amigável como Aren, mas Kiem aceitaria qualquer forma de agradecimento que pudesse receber.

— Vocês fizeram a coisa certa em nos passar essas informações — disse Rakal num tom seco. — Já sabíamos boa parte disso tudo. Eu gostaria de interrogar os dois.

A Segurança Interna gostava de fazer as coisas pessoalmente. Kiem presumia que era por ser mais difícil intimidar alguém em uma ligação.

— Perfeito — respondeu Kiem. — Bem, estamos no meio de uma viagem agora. Tenho uma visita a uma escola agendada hoje à tarde, e Jainan estará...

— Cancelem os compromissos — disse Rakal. — Voltem para o palácio.

Kiem olhou para Jainan ao seu lado, fora do alcance da chamada. A cabeça dele estava curvada, os punhos cerrados sobre a mesa.

— Você terá que esperar alguns dias. Estamos ocupados.

— Príncipe Kiem — disse Rakal sem mudar a expressão em um milímetro que fosse. — Detesto fazer isso, mas esta é uma ordem da Voz Imperial.

Jainan perdeu o fôlego.

— O quê?

Kiem tirou os pés da banqueta à sua frente e se sentou. Não aceitaria blefes de Rakal.

— Prove.

Rakal pegou um pedaço de metal de dentro de uma caixa sobre a mesa e tocou o objeto em sua pulseira. Um borrão dourado que parecia cera surgiu no meio da tela de Kiem, expandindo-se como líquido. A pulseira de Kiem começou a vibrar. O ouro alcançou a borda e, num efeito hipnótico, pareceu pingar sobre o banco abaixo da tela. O líquido coagulou, formando um padrão intrincado.

Por fim, o brasão imperial surgiu na tela como uma aranha. Uma versão menor se arrastara até a pulseira de Kiem. Ele suspirou.

— O que é isso? — murmurou Jainan.

— A Imperadora — explicou Kiem. — Ela deu o selo para que ele pudesse dizer coisas em seu nome. Me pergunto quando ela começou a se interessar por tudo isso. Enfim, não temos mais escolha agora.

O rosto de Rakal reapareceu enquanto o emblema sumia.

— Acredito que isso esclareça as coisas — disse elu. — Vou enviar os detalhes do interrogatório para sua assistente. Apresentem-se assim que retornarem ao palácio.

As telas se desligaram. Jainan soltou um longo suspiro e abriu o punho, um dedo de cada vez, flexionando-os para ver se ainda funcionavam.

— Sinto muito.

— Estava na cara que eles iam fazer isso de qualquer forma — disse Kiem, embora tivesse a sensação desconfortável de que as coisas estavam saindo do controle. Ele e Jainan teriam que enfrentar aquele problema quando chegasse a hora. — Vamos avisar à base que estamos de partida.

A reação de Aren foi tranquila quando os dois o encontraram no escritório principal.

— Quem não deve não teme, né? — disse ele. — Ao menos deixe o Jainan ficar para conversar com a equipe de sistemas.

— Preciso ir — disse Jainan. Ele estava falando num ritmo estranho e agitado, o que significava que sua mente estava em outro lugar. — Nós dois temos que ir.

— Não dá pra desobedecer a Voz Imperial, sabe como é — explicou Kiem. Ele tentou manter a casualidade, porque a alternativa era admitir sua frustração crescente com as ordens do palácio, uma atitude que sua mãe chamava de *birra*. — Obrigado pela ajuda. Se o Auditor perguntar, diga que estamos tentando obter respostas.

Nos primeiros cinco minutos depois que saíram da base, Kiem e Jainan permaneceram em silêncio total dentro do mosqueiro. As construções ficavam cada vez menores na tundra abaixo deles. Kiem mordia a língua o tempo todo, ciente de que ficar irritado com a Segurança Interna não ajudaria em nada e de que Jainan provavelmente precisava de espaço para se preparar para o interrogatório. Ele tirou uma das mãos da malha de controle para registrar o novo plano de voo.

— Quanto tempo de viagem? — perguntou Jainan abruptamente.

— Chegaremos lá no meio da tarde — disse Kiem. — Quer dizer, se pegarmos a rota mais rápida.

O perfil de Jainan estava muito afiado contra a luz pálida refletida pela neve. Ele olhava para a frente, sem expressão.

— Precisamos pegar a rota mais rápida?

Então era assim que Jainan ficava quando estava bravo. Kiem, pego de surpresa, soltou um barulho pensativo. No mínimo, demorar a voltar deixaria claro para a Segurança Interna que Kiem e Jainan não eram seus subordinados. Eles poderiam seguir a lei ao pé da letra e, ainda assim, mandar um recado.

— As rotas comerciais são bem entediantes, na verdade. Não quer ver mais um pouco das montanhas? É mais demorado, mas tenho certeza de que Rakal tem tempo de sobra em seu cronograma.

— Ver umas montanhas não seria nada mal — respondeu Jainan.

Kiem ajustou a malha de controle para fornecer mais sensibilidade, seu mau humor desaparecendo, e guiou o mosqueiro para o leste. Uma cordilheira de montanhas se enfileirava entre eles e Arlusk, puras, limpas e muito distantes da maldita Segurança Interna com seu maldito interrogatório.

— Rota alterada! — exclamou Kiem. — Eles que esperem.

A atmosfera dentro do mosqueiro mudou. Os ombros de Jainan relaxaram. Kiem se inclinou para a frente, orgulhoso daquela pequena rebeldia, e analisou as montanhas à frente. Seria bom lembrar à Segurança Interna que eles não podiam ser convocados num estalar de dedos.

O voo se tornou um passeio longo e sem rumo pelas montanhas, mergulhando nos vales e investigando qualquer lugar que parecesse interessante. Jainan nunca pilotara pelas montanhas, então Kiem lhe entregou o controle e mostrou a ele como usar correntes de ar e padrões de vento para desviar dos penhascos. Eles encontraram uma cachoeira congelada; Kiem estava no controle e os aproximou tanto que teria sido possível abrir a cúpula para tocá-la.

— Vou descer um pouquinho — anunciou Kiem. — Esta coisa não foi feita pra ficar flutuando no mesmo lugar.

Eles deslizaram para além do penhasco no ritmo mais lento possível. Jainan se recostou no assento e disse:

— Tem mais uma coisa que eu queria te falar.

— À vontade — respondeu Kiem distraído enquanto mexia no mapa do painel, que ele provavelmente deveria parar de ignorar.

— O projeto da professora Audel — disse Jainan. — Como você se sentiria se eu o abandonasse?

Kiem parou de olhar para o mapa e também parou de olhar para onde estava indo.

— Abandonar *o projeto*? — perguntou ele. A malha de controle vibrou num alerta, e ele precisou empinar o mosqueiro para desviar de uma rocha saliente. — Mas... a essa altura você não é meio que vital? — Ele os levou para cima, deslizando a uma altura levemente mais segura. — Se for por causa desse rolo com a professora Audel, ela basicamente já provou que não está envolvida. Não dá pra você trabalhar na engenharia e ficar longe das questões políticas e militares?

Ele havia dito a coisa errada. Jainan curvou os ombros.

— Eu apenas piorei a situação ao trabalhar nesse projeto — disse Jainan. Seu modo de falar ficara formal novamente, o que era um péssimo sinal. — Foi um erro da minha parte ter aceitado, para começo de conversa. A Segurança Interna vai achar que foi um movimento suspeito. Eu não deveria ter me envolvido em algo tão político.

— Pensei que você gostasse — disse Kiem. — Antes da coisa toda do desvio de dinheiro, quer dizer. — Sua mente voltou para as vezes em que vira Jainan trabalhando em seus diagramas, sempre relaxado, engajado, disposto a explicar partes do projeto mesmo quando não era solicitado. Kiem sabia que não era bom em ler a linguagem de Jainan, mas com certeza não podia estar tão errado assim.

— Tenho algumas alternativas — anunciou Jainan. — Se você estiver disposto a considerá-las.

Kiem não entendia o que ele tinha a ver com aquilo.

— Vá em frente!

— Sei que você precisa manter sua influência na Universidade Imperial — começou Jainan. — Posso ser útil para você de outras formas. O departamento de engenharia também está conduzindo testes de vácuo que podem contar com a minha consultoria, o que lhe renderia um capital social com acadêmicos do alto escalão. Posso tentar descobrir se o departamento de matemática tem algum projeto relevante no momento. Sei que não é exatamente o que você esperava, mas... por favor.

Kiem havia desligado a configuração de maior sensibilidade do mosqueiro havia um tempo, então quando a surpresa o fez agarrar a direção com mais força eles não se desviaram da rota. Se ele não tivesse mudado os ajustes, teria provocado um acidente.

Ele se deu conta disso no instante seguinte e voltou a relaxar a pegada, mas era difícil. Tinha a sensação de que alguém pegara uma cena que ele estava observando e o forçara a vê-la por outro ângulo.

— O que *eu* esperava? — disse ele. — Esse projeto é seu! — Ele não obrigara Jainan a aceitar, certo? Tentou freneticamente se lembrar da recepção onde Jainan aceitara o convite. Será que ele tinha dito alguma coisa?

— Sim — respondeu Jainan, incerto. — Mas os objetivos são seus.

Mais uma vez, Kiem sentiu aquele solavanco, como se tudo estivesse mudando de lugar ao seu redor. Tirou as duas mãos da malha e ativou o piloto automático, mais desengonçado do que pretendia.

— Não são — rebateu ele, tentando manter seu tom de voz. — Quer dizer, tenho meus interesses na universidade, sim, mas isso não *te* afeta. Eu não queria que você ajudasse a professora Audel por minha causa, e você não precisa... compensar nada, ou seja lá o que esteja tentando sugerir.

Jainan recuou.

— Não sei o que você quer de mim — disse ele, numa voz fraca e vazia que fez Kiem perceber como havia aumentado o próprio tom. — Sinto muito.

— Eu... quê? Eu não quero nada — disse Kiem, mantendo a voz baixa com certo esforço. — Essa é a questão.

O mosqueiro emitiu um alerta ao chegar perto de uma inclinação íngreme que o piloto automático não conseguiria contornar sozinho. Kiem assumiu o controle novamente.

— Você está irritado.

— Não estou — respondeu Kiem, concentrado na direção. Era verdade: ou pelo menos não *com* Jainan. Não sabia ao certo com quem estava irritado.

Jainan ficou calado, mas seu silêncio dizia muito.

— Não estou — repetiu Kiem. — Estou... chateado. — Aquilo parecia melhor. — Estou chateado por você ter achado que eu... que eu te usaria dessa forma.

— Não é tão absurdo assim — rebateu Jainan. — Eu represento o parceiro menor no tratado. Até o momento não te causei nada além de problemas. Faz sentido que você espere alguma ajuda.

— Não, não faz! — disse Kiem. — As coisas não funcionam assim! Somos casados, e mesmo que seja um casamento político, isso não significa que um de nós está no controle.

— Eu... é claro que não — gaguejou Jainan. — Não.

Kiem passou a mão pelo cabelo.

— Acha mesmo que eu espero que você faça o meu trabalho por mim? — disse ele. — De onde você tirou isso, afinal? Taam?

— Não — respondeu Jainan, a voz repentinamente ríspida.

Kiem ergueu a mão para se desculpar.

— Não foi isso que eu quis dizer — disse ele. — Desculpa. Fui insensível. — Kiem tentou não se deixar magoar pelo fato de que ele não podia presumir aquilo a respeito de Taam, mas pelo visto Jainan podia presumir sobre ele. Jainan e Taam eram próximos; Kiem era apenas um parceiro arranjado num casamento às pressas. Era diferente. Compreensível.

Jainan lançou um olhar cauteloso para ele.

— Ainda assim, gostaria da sua permissão para abandonar o projeto.

— *Você não precisa da minha maldita perm...* — Kiem começou a dizer, mas foi interrompido por um estrondo abafado que balançou todo o mosqueiro.

Os dois se afastaram.

— O que foi isso? — disse Jainan.

— Não faço ideia. — Um apito disparou: um alarme que Kiem não reconhecia. Ele pegou o controle com uma das mãos e ligou a ignição com a outra. — Não está... merda! Não está respondendo. — Os filamentos estavam mortos e inertes em volta da sua mão. E os dois sentiram ao mesmo tempo: a curva lenta do mosqueiro enquanto ele perdia o impulso e começava a apontar diretamente para baixo.

— Inferno! — berrou Kiem para os controles reservas, tentando conseguir algum tipo de resposta.

— Aquele terreno coberto de neve — apontou Jainan, se inclinando para a frente. — Você consegue pousar...

— Estamos muito no alto — disse Kiem num tom sombrio, enquanto a sensação nauseante de uma queda incontrolável o atingia. — Vou mirar ali, e talvez o freio de pouso ainda esteja...

Ele não conseguiu chegar ao fim da frase. Outro golpe devastador jogou sua cabeça para a frente. O chão nevado espiralava à sua frente, mas ele não estava mirando, não conseguia mexer os braços. Sequer sentiu a batida.

16

A dor até que tinha utilidade, pensou Jainan. Colocava as coisas em perspectiva. Havia certa pureza na maneira como ela atravessava as tangentes emocionais, fazendo você lembrar que poderia ser pior.

Ele sentia muita dor. Precisou se esforçar para ignorar, mas eventualmente percebeu algo pegajoso pressionando seu ombro. Encarou o pequeno trecho de neve à sua frente — que inexplicavelmente estava de lado — e o céu gélido e azul à distância. Levou um tempo para se dar conta de que a umidade contra seu ombro também era neve.

Ao perceber isso, tudo veio à tona. O mosqueiro se tornara um emaranhado de destroços ao seu redor. Ele ainda estava afivelado ao assento caído entre uma pilha cristalina de cacos de vidro, e o cinto de segurança criava uma linha de dor em seu peito. Respirou fundo o ar gelado e tentou se soltar do cinto; tremia tanto que não conseguia apertar o botão. O ombro ardia de dor.

Numa segunda tentativa, conseguiu se soltar e rolou alguns centímetros sobre a neve. Lá se foi seu último fôlego. Ele apoiou a testa na neve e lembrou seus pulmões de como expandir.

O frio não facilitava nada, mas o ajudou ao tornar o desconforto das roupas ensopadas tão insuportável que ele teve que se levantar. Já estava começando a tremer. Virou-se e procurou por Kiem.

Ele não estava ali.

Jainan encarou os destroços da cúpula do mosqueiro e o assento vazio por três longos segundos antes de olhar mais além e encontrar uma forma sombria caída no final de um rastro escavado na neve. De repente, respirar ficou muito difícil. Sua cabeça ainda devia estar tonta, porque pareceu não ter passado tempo algum entre avistar Kiem e se ajoelhar ao lado dele, tremendo tanto que precisou parar sua mão a um centímetro do rosto do parceiro. Os olhos dele estavam fechados. Tocá-lo não ajudaria. O que ajudaria? Jainan era tão inútil.

Como se tivesse sentido o calor da mão de Jainan, Kiem se mexeu. Abriu os olhos e levantou a cabeça, se apoiando sobre os cotovelos.

— Ai.

Tomado de alívio, Jainan se agachou tão rápido que acabou caindo sentado na neve, aparando o corpo com as mãos.

— Kiem.

— *Argh*. Estou aqui — chamou Kiem. — Eu acho que estou, pelo menos. Ai. — Ele se sentou, apesar do protesto involuntário de Jainan, que estava pensando em costelas quebradas e lesões internas. Mas o movimento não pareceu causar mais dor em Kiem. Ele esfregou a cabeça, olhou em volta e disse:

— O qu... Ai, merda. — Ele se jogou para a frente, arrancando mais um protesto que Jainan não pretendia fazer, e agarrou o braço dele. — Você se machucou?

— Não — respondeu Jainan, e Kiem o soltou. Jainan olhou para Kiem de perto. Levou a mão até um arranhão vermelho na têmpora dele, mas não o tocou. — Você foi jogado pra fora da cúpula.

Kiem começou a dizer alguma coisa, mas gaguejou. Seus olhos focaram na mão de Jainan, que percebeu ter acabado de afastar uma mecha de cabelo da testa de Kiem como se tivesse o direito de fazer aquilo. Ele recolheu a mão.

Kiem pigarreou.

— Sim — disse ele. — Pois é, isso não estava nos planos. Foi só um arranhão. Nada que uma pastilha energética não resolva. — Ele se levantou, e o pavor tomou conta de seu rosto quando ele olhou para o mosqueiro. — Me diz que isso não aconteceu por causa das gracinhas que fizemos no rio.

Jainan também ficou de pé, descobrindo que seus membros estavam inesperadamente desengonçados. Era difícil manter o equilíbrio.

— Não — respondeu ele. Naves planetárias não eram sua especialidade, mas ele sabia o básico. — Nada ligado aos estabilizadores causaria isso.

Os dois olharam em silêncio para os destroços do mosqueiro. Boa parte da fuselagem ainda estava intacta, mas a frente fora completamente destruída pelas rochas abaixo da neve. Alguns dos amassados talvez fizessem parte da estrutura, mas os dois tinham sobrevivido por pura sorte.

— Foi por pouco — disse Kiem. — Estávamos voando muito baixo.

Ele tinha razão. Se estivessem numa altura de voo normal, ou nos túneis, não haveria a menor chance de escaparem.

— Sim — concordou Jainan. Ele não queria pensar nas consequências. O vento gelado parecia perfurar seus ossos.

— Foi um... acidente? — perguntou Kiem. Ele parecia torcer para que sim, mas sem muitas esperanças.

Jainan virou a cabeça para encarar Kiem. É claro, Kiem não era um engenheiro, e não saberia como interpretar o som e a localização da explosão.

— Foi uma falha no compressor.

— Não foi isso que derrubou o...

— ... mosqueiro do Taam? — completou Jainan, sem emoção. — Sim.

Kiem estremeceu.

— Estou começando a odiar mosqueiros. — Ele se inclinou para a frente e bateu em um dos painéis amassados, que caiu na hora. — Está na cara que tem alguém irritado com a gente. Uma pena não sabermos quem.

Jainan balançou a cabeça em silêncio. Se alguém tivesse programado a explosão, ela poderia ter sido acionada por qualquer um na Base Hvaren ou no palácio. As garagens do palácio tinham sistemas de segurança, mas só contra o público, não contra os próprios moradores. Jainan tentou afastar o pensamento de que aquilo era culpa sua. Tinha sido ele quem decidira mexer naquele vespeiro ao acessar os arquivos particulares de Taam.

Kiem abriu um sorriso torto.

— De qualquer forma, acho que não podemos fazer muita coisa daqui — disse ele. Arrancou um painel retorcido e puxou dali a caixa de primeiros socorros, uma mancha vermelha e brilhante contra a neve. Soltando um som de *ah-rá!*, ele pegou uma cartela de pastilhas energéticas e colocou três sobre a língua. Ofereceu-as para Kiem. — Melhor não pegar três de uma vez.

As pastilhas dariam a ele uma liberação lenta de energia artificial e reduziriam a dor no ombro. Jainan pegou a cartela e destacou apenas uma. Não faria muito efeito, mas ele tinha cautela com qualquer coisa que interferisse em suas percepções, fora a ressaca desagradável de energia. A pastilha se dissolveu num gosto amargo sobre a língua.

Kiem caminhou até o mosqueiro e apoiou a mão na parte intacta do casco curvado, olhando para o interior. Balançou a cabeça, lançou um olhar pesaroso para Jainan e então olhou para a frente.

— Bem...

Jainan parou ao lado dele e acompanhou seu olhar. Sentiu o coração pesado.

Era uma vista espetacular, por assim dizer. O caminho de neve onde eles tinham caído dava em uma encosta. A borda ficava a uns dez metros do local do acidente, e abaixo se estendia uma vastidão de rochas escuras salientes com neve no topo — e além, um panorama de picos e vales cobertos de pinheiros. A Base Hvaren estava a pelo menos cem quilômetros para trás, e a distância até Arlusk era o dobro. Aquilo era a mais pura natureza intocada.

Nem tudo estava perdido. Jainan esfregou o antebraço compulsivamente, juntando pequenas faíscas de calor. Bel e a Segurança Interna os aguardavam.

Mesmo tendo mudado a rota de voo, seria bem fácil adivinhar onde eles estavam, e o acidente era visível do alto. Poderiam se abrigar no mosqueiro.

Kiem ainda não tinha dito nada. Jainan arriscou um olhar para ele.

O príncipe encarava a vastidão selvagem com uma carranca pensativa. Ele percebeu o olhar de Jainan e se balançou.

— Bem — disse ele novamente. — Pelo menos teremos tempo para apreciar a vista.

— Hm — murmurou Jainan, segurando seu outro braço.

— Puta merda, você está congelando — disse Kiem ao se virar para ele. Fez menção de levantar os braços como se fosse colocá-los sobre os ombros de Jainan, mas pareceu repensar. — Pensando bem, *eu* estou congelando. Estou parado aqui feito um idiota, desculpe. Temos algumas roupas no mosqueiro. Vamos nos aquecer, depois pensamos no que fazer.

Roupas no mosqueiro. É claro! Os casacos pesados estavam na bagagem, o que já era um começo. Como Jainan se esquecera daquilo? Devia estar com uma concussão leve. Jainan retornou mecanicamente para o mosqueiro, sentindo os membros se soltando à medida que as pastilhas liberavam energia para o sangue, e observou Kiem abrir a porta num solavanco. Taam estaria furioso num momento daqueles. Kiem... não estava. Ainda.

— Ei! Jainan! — Kiem balançou um amontoado peludo sobre a cabeça. — Achei seu casaco!

O *ainda* ecoava em sua mente. Jainan deixou o pensamento de lado e se aproximou, estendendo as mãos.

Kiem jogou o casaco para ele. Jainan notou a careta que ele fez na sequência, porque aparentemente nem três pastilhas energéticas conseguiam aliviar toda a dor muscular. Por algum motivo, Kiem havia puxado toda a bagagem para fora do mosqueiro, colocado tudo no chão, e escalado a cabine pela escotilha amassada, tão fundo que seus pés flutuavam no ar.

— Estou quase — disse ele, a voz levemente abafada. — Só mais um pouquinho e... pronto. — Depois de um barulho de metal, Kiem saiu da escotilha segurando um pedaço da fuselagem.

Jainan se aproximou para espiar, sem fôlego por causa do frio.

— Por que tem um compartimento secreto no seu mosqueiro? — perguntou ele. O espaço estava cheio de pacotes em tecido fluorescente.

— Oi? — Kiem lhe lançou um olhar confuso. — Isso é só o... peraí. Esqueci que você não cresceu aqui. — Ele se esticou novamente e puxou um pacote laranja quadrado. — Não teve as aulas de sobrevivência no primário cinco. Acho que as escolas de Thea não têm essa matéria, certo? Todas as aeronaves são obrigadas por lei a ter esse compartimento. — Ele puxou uma aba no canto da embalagem e o tecido laranja se desdobrou, formando uma jaqueta acolchoada e impermeável. Ele jogou a peça sobre a pilha de bagagem e mergulhou na escotilha para pegar os outros pacotes. — Tenda — anunciou ele ao jogar mais uma embalagem, maior desta vez. — Comida, que provavelmente tem gosto de lixo industrial, mas é isso ou agulhas de pinheiro. Olha só, mochila! Mas só tem uma. — Ele tirou meio corpo da escotilha e olhou em volta. — Desculpa, isso vai levar um tempinho. Pega a jaqueta mais quente. Hm... mas é melhor você se trocar antes.

— Trocar de roupa? — perguntou Jainan. Apesar da brisa leve, a temperatura estava congelante, transformando o frio em uma arma letal. — Mas... — Ele fechou a boca. Iskateanos daquela região eram experientes com o clima do inverno. Kiem não devia ser questionado.

— Suas camadas de baixo estão encharcadas pela neve derretida — explicou Kiem. — É por isso que você está tremendo. Nós temos roupas secas, é melhor usarmos.

— Ah, sim — Jainan olhou para o próprio casaco e percebeu que suas roupas úmidas deixavam o frio implacável ainda pior. Ele respirou fundo, tirou o casaco e se forçou a tirar a camisa.

Kiem virou de costas, se abaixando para inspecionar a pilha de equipamentos. Jainan se perguntou se aquilo era educação ou apenas falta de interesse em olhar para o seu corpo.

Jainan resolveu tudo rápido, apesar do tremor e dos dedos desengonçados. Ele precisou sobrepor duas camadas de tecido fino; havia feito as malas para passeios externos breves, e não para a noite de inverno que estava a caminho. Alguns metros à frente, o desinteresse educado de Kiem se tornara uma agitação de movimentos enquanto ele conferia se tecidos não estavam furados e testava alças aqui e ali. Jainan terminou de se vestir e se afastou para não atrapalhá-lo.

A brisa deixava as bochechas de Jainan dormentes. Ele encontrara suas luvas na bagagem; elas deixavam as mãos grandes demais para os bolsos, então ele as apoiou debaixo do braço e se agachou para examinar os restos do motor.

Muitos minutos depois, a cabeça de Kiem surgiu de dentro do casco.

— Acho que vamos ficar bem — disse ele. — Essas coisas não eram revisadas há algum tempo, mas parece que está tudo funcionando. Ainda estamos na zona morta, então acredito que enviar um sinal de emergência será inútil. O mapa do painel não está funcionando, está?

Jainan se virou dos destroços e abriu a mão para mostrar o hemisfério brilhante do mapa do mosqueiro sobre a palma aberta.

— Eu estava vendo isso agora mesmo — disse ele. — Ainda tem um pouco de bateria, mas nada de sinal. Não sei onde estamos.

— Numa área selvagem não mapeada — disse Kiem, com uma animação disparatada. — O que é meio ilegal também, já que não é permitido pousar em reservas naturais. Alguns alpinistas matariam para estar no nosso lugar. — Ele inspecionou o mapa em miniatura na mão de Jainan e tentou sinalizar um comando, mas os sensores não respondiam. Ele cutucou o mapa. — Eu não sabia que eles desconectavam do painel.

— Usei força bruta — disse Jainan, apontando para os pedaços de destroços que usara como ferramentas improvisadas. — Roubei o calor do motor e derreti os conectores. Só não dá mais para projetar o mapa.

— Bom trabalho — disse Kiem, e examinou a tela minúscula de cristal. — Certo, acho que eu tenho um plano. — Ele apontou para uma linha que cruzava o mapa e Jainan precisou se aproximar para enxergar. — Essa só pode ser a linha de trem. Ela corta de leste a oeste, então se estivermos nessa área geral, onde acredito que estejamos, e seguirmos para o sul, dá pra chegar no trem em dois ou três dias. Eles limpam o tacime ao redor dos trilhos pros passageiros terem sinal. Nossas pulseiras devem responder no momento em que entrarmos na área de cobertura. Daí é só pedir ajuda.

Dois ou três dias. Faltavam dez para o Dia da Unificação. As cerimônias aconteceriam na Estação Carissi, um habitat espacial na órbita de Thea, e, partindo de Iskat, seriam necessárias setenta e duas horas de viagem até lá. Eles ainda tinham chance de chegar a tempo. Jainan não queria pensar nas consequências se nenhum dos representantes do tratado comparecesse às cerimônias.

— Sim — disse ele. Kiem o observou. Depois de um momento, Jainan completou. — Mais alguma coisa?

— Hm — Kiem pigarreou. — É só que... Eu não entendi se isso foi um "Sim, me parece uma boa ideia" ou "Sim, acredito que podemos ignorar os furos gritantes desse plano".

Apesar do casaco e do sobretudo, Jainan se sentiu vulnerável de repente.

— Perdão?

Kiem parecia estar se divertindo muito com os botões da manga do casaco.

— Você fala *sim* desse jeito com bastante frequência — disse ele, sem olhar para Jainan. — Eu... Hm. Acho que não estou percebendo algumas indiretas.

Em pânico, o primeiro pensamento de Jainan foi *ele acha que eu estou mentindo*, mas ele reprimiu a ideia. Sabia que Kiem dissera o que pensava. Mas o que ele pensava já era ruim o bastante.

— Desculpa — completou Kiem. — Sou meio lento pra algumas coisas.

Jainan não conseguiu dizer nada que contradissesse aquilo, embora não fosse verdade: se estavam ali, era por causa da astúcia de Kiem.

— Eu acho... — De repente ficou muito difícil continuar. Jainan respirou fundo. — Temos mesmo que seguir viagem?

Parte de Jainan ainda esperava que Kiem gritasse com ele. Mas o príncipe apenas coçou a nuca.

— Normalmente eu diria não, mas estamos sem sinal numa zona morta. E se isso não foi um acidente... bem, estamos dando bobeira aqui.

Jainan sabia que Kiem encararia aquele desafio com calma. Ele *já sabia*, e ainda assim seu subconsciente irritante não o deixava acreditar. Qual era o problema dele? Por um breve momento, sentiu-se capaz de enxergar aquela parte sua sem apego emocional, como um animal encolhido atrás de um vidro. Ele odiava aquilo.

Kiem olhava para ele com expectativa. Jainan percebeu que ele esperava uma opinião. A *sua* opinião.

— Então, vamos em frente — disse ele. Soar decidido foi mais fácil do que ele esperava. — Não faz sentido esperar a comida acabar. Quanto antes sairmos, melhor.

— Beleza! — disse Kiem, colocando a mochila sobre os ombros antes que Jainan tivesse a chance de questionar quem iria carregar. — De qualquer forma, não podemos morrer. Temos a coletiva de imprensa que dá início ao circo todo do Dia da Unificação. Se nós congelarmos aqui, a Imperadora vai pegar nossos corpos em forma de dois picolés gigantes e colocar no palanque. — Jainan engasgou. Kiem estava impiedosamente animado. — Vamos descer até o vale. Eu vou na frente. Deve ser mais fácil seguir minha trilha se ela estiver funda.

Kiem se sentou na borda da elevação onde eles tinham caído com o mosqueiro e olhou para baixo, para a progressão irregular de pedregulhos e encostas que formavam uma espécie de trilha natural.

— Não parece tão difícil. — Ele deslizou para baixo até a elevação seguinte, aterrissou numa camada de neve que lhe batia nos joelhos e fez uma careta. — Retiro o que disse. — Ele foi abrindo caminho a pontapés.

Jainan o seguiu. Kiem caminhava na frente pelas colinas cobertas, chutando montes de neve e abrindo a passagem para Jainan, que deslizava por cada elevação.

— Sabe uma coisa que está faltando nesses benditos kits de sobrevivência? — gritou ele. — Botas de neve. Você está bem?

— Sim — respondeu Jainan. — Você está facilitando bastante pra mim.

Kiem abriu um sorriso por cima do ombro.

— Eu sempre quis pilotar um limpa-neve quando era criança — disse ele. — Cuidado, o caminho fica um pouco mais íngreme aqui.

A brisa havia parado completamente. Quando Jainan fez uma pausa e olhou para trás, o céu se tornara um enorme domo azul limpo e imaculado, como uma grande colina que ia muito além dos picos irregulares. A respiração de Jainan ficou entalada na garganta. Ele sempre soubera que Iskat era um planeta lindo: havia um motivo para que a primeira nave colonizadora tivesse estabelecido a capital ali e protegido a área com parques nacionais, mas aquela era a primeira vez que ele realmente compreendia por quê.

As inclinações das elevações seguintes eram mais agudas e difíceis. Eles pararam de conversar. Kiem tinha as manhas de alpinista para buscar as melhores descidas; contornava os montes e encontrava rochas planas inesperadas onde não parecia haver nenhuma, de forma que Jainan conseguiu parar de pensar e pôde se concentrar apenas em onde colocaria os pés. O jeito desengonçado de Kiem em ambientes internos se tornou algo muito mais gracioso ali; seus surtos de energia o ajudavam a chutar a neve no caminho e encontrar apoios escondidos por baixo dela. Jainan se pegou observando-o muito mais do que era necessário.

Kiem olhou para trás e conferiu enquanto Jainan deslizava até um trecho de terra ao lado do caminho rochoso. Jainan sentiu uma gratidão intensa e repentina pela existência de Kiem: por seus modos descontraídos, por sua habilidade de lidar com tudo de forma tranquila e por ele achar que a opinião de Jainan importava.

Aquilo não era novidade, entretanto: Jainan sabia que Kiem era charmoso até demais. Enquanto ele se virava para retomar a caminhada, Jainan percebeu, para o seu desespero, que aquilo o afetava bem mais do que havia imaginado. Kiem não conseguia desligar seu charme, é claro, porque ele já o usara em Jainan acidentalmente diversas vezes. Jainan estava se apegando a alguém que só queria um casamento de aparências. Kiem havia deixado aquilo bem claro na primeira vez em que se viram.

Jainan cerrou os dentes e deslizou até a parada seguinte. Ele precisava ficar de olho no próprio comportamento, ou poderia acabar sendo carente e constrangendo os dois. Tinha que controlar melhor suas emoções. Eles já estavam na corda bamba com o tratado. Não havia margem para erros.

Mais à frente, Kiem parou e olhou para baixo. Jainan deixou os pensamentos agitados de lado e apertou o passo, deslizando e escorregando até alcançá-lo. Parou ao lado de Kiem, levemente sem fôlego no frio, e olhou para a queda abrupta à frente.

— Nossa.

— Essa vai ser um pouquinho mais complicada — avisou Kiem.

Eles já estavam andando havia um bom tempo, mas ainda faltavam uns cinquenta metros até o fundo do vale, onde a neve estava irregular por entre os pinheiros e outras árvores estranhas de Iskat. Olhando com calma, provavelmente havia um jeito de descer. Mas o caminho envolvia escaladas.

— Vamos conseguir — afirmou Kiem. Ele pegou a mochila e, antes que Jainan percebesse o que ele estava fazendo, jogou-a ladeira abaixo. A mochila caiu, rolou sobre a superfície rochosa pelo que pareceu uma eternidade perturbadora e chegou ao chão, lá embaixo, onde quicou.

— Agora nós *temos* que conseguir — disse Jainan. A mochila rolou até parar.

— Espero que você tenha embrulhado bem os itens frágeis lá dentro.

— Protegidos feito um bebê — garantiu Kiem. Ele se movia com uma energia tensa que Jainan suspeitava vir das pastilhas energéticas. — Pronto? — Kiem tirou as luvas grossas e guardou-as no bolso, ficando apenas com as luvas mais finas que estavam por baixo.

Jainan fez o mesmo.

Num acordo tácito, Kiem foi primeiro, para que Jainan pudesse ver qual caminho seguir. Ele se esticou feito uma aranha sobre a rocha, meio atrapalhado com as botas, mas ainda mantendo o equilíbrio. Jainan rastejou até a borda para observar, mas Kiem estava indo tão bem que Jainan começou a relaxar. Então Kiem alcançou a parte mais próxima da base — uma que parecia idêntica às outras no olhar inexperiente de Jainan — e ficou parado por vários minutos agonizantes.

— Acima da sua cabeça, à direita — gritou Jainan, quando não conseguia mais ficar quieto. Kiem olhou para cima, viu a saliência na rocha e se esticou para segurá-la. Foi o bastante para chegar até o apoio de pé seguinte. Então ele se esticou até a próxima, não exatamente uma saliência, mais um sulco vertical, e seu pé escorregou.

Jainan se agarrou às pedras convulsivamente enquanto Kiem deslizava pela distância restante. A base do muro não dava numa área limpa, e sim numa encosta mais rasa com entulhos de rocha e pedregulhos caídos, e Kiem se chocou contra eles com força. Bateu em uma pedra e caiu em outra, segurando-se com as mãos. Depois de um momento, entretanto, ficou de pé e levantou os polegares. Jainan se apoiou nos calcanhares, quase sem forças, e levantou a mão em resposta.

— Nada mal! — gritou Kiem. — Vem pelo lado esquerdo e não se preocupa com a última parte.

Ele tinha razão, preocupação não ajudava em nada. Ao menos Jainan era bom em fazer o que precisava ser feito. Ele deixou o corpo cair pela borda cuidadosamente e tateou até encontrar o primeiro apoio para o pé.

Não era fácil. Jainan nunca escalara de verdade e não estava acostumado a testar os apoios de pé para ver se aguentariam seu peso. As costas e os ombros se contraíram, avisando que ele estava começando a ficar sem energia. O ar gelado tinha um gosto metálico na boca enquanto ele levantava um pé e deslizava a bota pela rocha, procurando outro apoio que não conseguia enxergar. Ele nunca se sentira tão grato por não ter abandonado os treinos de bastão marcial. E mesmo assim seus braços tremiam quando ele chegou na parte que derrubara Kiem.

Ele olhou para baixo. Se Kiem não conseguira, Jainan duvidava de que seria capaz. O chão abaixo não oferecia nenhum lugar bom para cair; Kiem tivera sorte de não torcer o calcanhar. De qualquer forma, Kiem estava em pé no meio do caminho. Jainan segurou com força a saliência da rocha sob a luva e tentou não pensar demais.

— Pula! — gritou Kiem. Ele estava com os braços estendidos. — É só se soltar!

— Eu... — disse Jainan. As palavras se perderam entre as rachaduras na pedra à sua frente. — Quê?

— Eu te seguro! — A voz de Kiem estava ficando rouca de tanto gritar. — Vai dar certo!

Não ia dar certo. Jainan forçou os dedos a largarem o apoio mesmo assim. Ele se soltou.

Assim como acontecera com Kiem, não foi apenas uma queda, mas algo mais parecido com um escorregão, e ele se arranhou contra a rocha ao ganhar velocidade. Só teve tempo para um breve momento de pânico antes de aterrissar em cima de Kiem, que cambaleou, mas envolveu Jainan nos braços e apoiou os pés sobre o pedregulho. Jainan teve a presença de espírito de travar o cotovelo nas costas de Kiem, mantendo o equilíbrio sobre o ombro dele e evitando que os dois caíssem.

Não havia um lugar imediato onde Jainan pudesse pisar. Um homem adulto carregar outro não era algo fácil; Kiem deu alguns passos vacilantes pelas pedras enquanto Jainan ficou firme, tentando não se mover. Afundou o rosto no ombro de Kiem. O cabelo dele pressionado contra a sua testa, o cheiro e a sensação distraíam Jainan de uma forma inapropriada. Kiem o abraçava com força — para manter o equilíbrio, o *equilíbrio* —, e Jainan sentia a pressão do corpo dele mesmo através de todas as camadas de roupa.

Kiem parou em um terreno plano, no fim do trecho coberto por pedregulhos. Jainan levou um momento para reagir, e então percebeu que Kiem estava tentando colocá-lo no chão enquanto ele continuava segurando firme. Rolou para fora dos ombros de Kiem e meio que saltou, caindo em pé. Kiem deu um passo para trás rapidamente.

Jainan recuperou o fôlego. Kiem parecia mais balançando pela escalada do que Jainan imaginara, e sua mão tremia enquanto ele abaixava o braço. Seriam os efeitos das pastilhas que Kiem tomara, ou os pensamentos de Jainan estariam transparecendo?

Kiem esfregou o pescoço onde a mão de Jainan estivera apoiada. Jainan juntou suas defesas e enterrou aquele episódio num lugar onde não afetaria nenhum dos dois.

— Acho que escalada não é um esporte que eu vou querer praticar no futuro — disse Jainan num tom leve. — Está escurecendo. Quanto mais vamos caminhar hoje?

— Certo — disse Kiem, balançando a cabeça e voltando para a logística. As montanhas tinham um crepúsculo arrastado, mesmo para os padrões das noites longas de Iskat, mas o azul profundo do céu estava se tornando escuridão, e as nuvens se adensavam nos picos mais distantes. — Melhor acamparmos. Mas não aqui. A neve ainda está bem profunda. — Ao se virar para observar o vale sombrio, seus olhos passaram por Jainan, sem jeito. — Acho que conseguimos chegar naquela elevação em meia hora. — Ele colocou a mochila nos ombros novamente. Jainan o acompanhou, mas não tão de perto.

Os pedregulhos na base da montanha deram lugar a rochas e terra em um caminho visível sob a camada fina de neve. Aquela parte do pequeno vale era mais protegida do que os pontos mais altos, embora a neve se acumulasse em deslizamentos sufocantes do outro lado. Os dois não conversaram.

A neve ainda estava funda o bastante para que as pegadas ficassem marcadas. O hálito de Jainan se cristalizava à sua frente, formando nuvens brancas no ar parado, que flutuavam por um tempo antes de se dissiparem. Ele se viu num bom ritmo de caminhada, até que se aqueceu o bastante para desabotoar o casaco e andar com ele aberto. Vez ou outra, uma lufada de vento resfriava seu rosto.

A quietude lembrava um santuário. A política do palácio perdia importância: até mesmo a Segurança Interna e a Resolução pareciam inofensivas ali. Tirando o som das pegadas e a respiração pesada, o silêncio absoluto reinava. O frio contra o rosto de Jainan era limpo e purificador; ele se sentia solto, mas de um jeito estranho, como se enxergasse a própria forma minúscula e insignificante se movimentando no espaço gigantesco ao seu redor. Algo naquele lugar silencioso fazia seus ossos formigarem, tomando-os pouco a pouco como uma coceira, como grama brotando. A sensação se tornou dolorida e, por algum motivo, a dor parecia uma perda.

Tem alguma coisa errada com você, ele disse para si mesmo, porque não havia perda nenhuma, e ele já estava começando a soar insano. Mas a voz em sua cabeça era como um eco de outro alguém.

— Aqui? — disse Kiem, arrancando Jainan do devaneio. Jainan se virou, demorando a reagir, e percebeu que Kiem havia parado alguns passos atrás para inspecionar um trecho de terra coberto pela elevação do penhasco.

Jainan acenou em concordância.

— Me dê a tenda.

Kiem tirou a mochila e jogou um pacote pesado e nodoso com uma alça no topo. Quando Jainan puxou a corda, o pacote explodiu em um amontoado de tubos plásticos que se expandiram como espinhos, e uma cachoeira de tecido cobriu a estrutura até que ele estivesse segurando uma cápsula firme. Era pequena demais para duas pessoas. Jainan decidiu não pensar naquilo.

— Temos algum tipo de aquecedor?

— Sim, mas só três cilindros — respondeu Kiem. — Acho melhor guardarmos por enquanto. Tem comida, se você quiser. — Enquanto Jainan terminava de fixar a tenda e dava a volta para observá-la de frente, viu que Kiem colocara várias embalagens laminadas na neve, ao lado dos sacos de dormir. — Só pratos de primeira: você pode escolher entre gosma marrom, outra gosma marrom ou gosma cinzenta. A embalagem da cinza diz que é de morango, mas tenho minhas dúvidas.

Jainan pegou um pedaço do suplemento marrom. Parecia mais um bolo duro do que uma gosma, e esfarelava feito biscoito; um quadrado se desfez na palma da mão. Ele provou um pedaço, mas desistiu; pegou um pedaço do cinzento seguindo a hipótese de que não dava para ser pior. Não era. Não muito. Ele se sentou ao lado de Kiem em frente à tenda, as roupas farfalhando com o movimento. O vale que eles tinham acabado de atravessar se estendia adiante.

Kiem encarou a neve avermelhada onde a luz do pôr do sol atravessava os espaços entre os penhascos, comendo sem pensar um quadrado após o outro daqueles suplementos horríveis.

— Jainan — disse ele. — O que aconteceria se os dois representantes do tratado morressem num acidente pouco antes do Dia da Unificação? A Resolução indicaria outros?

— Não sei — respondeu Jainan. Encarando a situação de forma pragmática, como um contratempo diplomático em vez de um desastre para o setor, ele até conseguia entender a lógica. — Em circunstâncias normais, talvez. Mas levando em conta que o Auditor já suspeita de que Taam tenha sido assassinado, me parece provável que ele veria isso como mais um sinal de que Iskat e Thea não têm estabilidade suficiente para assinar o tratado da Resolução.

— Então esse seria um bom jeito de arruinar tudo — disse Kiem, num tom sombrio. — Melhor até do que matar o Taam.

Jainan balançou a cabeça. Seu estômago se contorcia só de considerar a ideia, mas ele não tinha como ignorar o raciocínio de Kiem.

Kiem partiu mais um quadrado do suplemento com os dentes.

— Você viu alguém perto do nosso mosqueiro lá na base?

— Não.

— Acho que ficamos lá dentro a maior parte do tempo. E Deus sabe que eu nunca fico de olho no meu mosqueiro quando estou em casa.

Jainan olhou para a tenda e percebeu pela primeira vez que Kiem escolhera um local onde eles não ficavam muito visíveis do céu. A inclinação oferecia alguma cobertura.

— Nesse caso, teria sido muito mais fácil realizar a sabotagem no palácio — disse Jainan. — Mais pessoas entrando e saindo das garagens lá. Mas poderia ter sido qualquer um dos dois lugares.

— Ou pode ter sido só um acidente.

— Sim. — Jainan não se deu ao trabalho de elaborar.

Pensativo, Kiem limpou algumas migalhas da perna.

— Espero que a Segurança Interna faça um trabalho melhor nessa investigação do que na última.

Ele partiu mais um quadrado e se recostou na mochila, o movimento revelando uma coisa que escapava pela abertura no topo. O objeto estava embrulhado no suéter extra de Kiem. A parte à mostra brilhava.

Jainan se aproximou e desembrulhou o que parecia ser uma espátula. Se não era feita de ouro, era folheada de uma forma bem convincente. Ele arqueou as sobrancelhas para Kiem.

— Jardinagem?

— Ah! — exclamou Kiem. Ele parecia levemente culpado. — Hm. Esse é o prêmio para a escola. Achei que seria melhor não perder.

Jainan sentiu o peso do objeto nas mãos. Tinha um volume sólido que provavelmente contribuíra para o peso da mochila.

— Então você decidiu... carregar essa coisa por quilômetros de tundra selvagem?

— Bem. Ela pertence à escola.

— A escola podia comprar outra.

— Mas essa tem o nome de todo mundo gravado, está vendo? — Kiem pegou a espátula e a virou. — Talvez seja importante para alguém.

— Um prêmio escolar.

— Só porque não é importante não quer dizer que não seja importante *para alguém* — afirmou Kiem.

Ele deve ter interpretado o olhar de Jainan como dúvida, porque ele parecia levemente aborrecido ao dizer:

— Deixa que eu carrego.

— Hm, não — disse Jainan. Ele pegou a espátula de volta, tornou a embrulhá--la no suéter e devolveu-a cuidadosamente à mochila. — Acho que é uma boa ideia. — Salvar o prêmio jamais teria lhe ocorrido. Enquanto a Kiem, obviamente, jamais teria ocorrido deixá-lo para trás.

Kiem se sentou, mais relaxado, e ergueu a cabeça para olhar o céu. Sua respiração fazia fumaça no ar congelante. Era absurdo que Jainan se sentisse contente, quando seu ombro ainda doía e eles estavam no meio do nada, cercados de neve em um terreno traiçoeiro, tentando alcançar uma linha de trem para voltar à civilização. Mais absurdo ainda quando Jainan pensava nos destroços do mosqueiro deixados para trás e em todas as pessoas no palácio ou na base que poderiam tê-lo sabotado. Mas ele se sentiu contente mesmo assim.

Jainan se moveu para cruzar as pernas, e seu joelho tocou o de Kiem. Só foi perceber o que tinha feito quando Kiem se mexeu e recolheu as pernas, deixando um espaço entre os dois.

O contentamento diminuiu. Jainan se esforçou para segurar aquela sensação, mas percebeu que seria em vão e deixou para lá. Soltou um suspiro, deixando a agulhada de humilhação escapar junto.

— Foi um dia longo — disse ele, porque parecia o jeito menos constrangedor de se desculpar.

— Muito longo. Até demais — concordou Kiem, embora ainda estivesse se segurando de um jeito desconfortável para evitar tocar em Jainan. Ele ficou de pé aos tropeços. — Quer saber? Acho que vou me deitar.

— Sim — disse Jainan, levantando-se também. — Você quer...

Kiem já tinha pegado um dos sacos de dormir.

— Não tem espaço o suficiente ali dentro — disse ele. — Vou dormir aqui fora.

— Quê? — disse Jainan, sem expressão.

— Essas coisas são projetadas para uso ao ar livre, fora que nem está ventando — explicou ele, desdobrando o saco de dormir. — Condições ideais.

— Ah — murmurou Jainan, se sentindo pesado. Era uma solução sensata; os dois dormindo naquela tenda minúscula seria extremamente constrangedor. — Não, eu já fiquei com o quarto em casa. Fique com a tenda.

— Isso não é problema seu — disse Kiem, fazendo questão de não olhar para Jainan. — Você não vai dormir aqui fora por causa de uma coisa que *em nenhum universo concebível* é problema seu.

Não valia a pena discutir.

— O.k. Tudo bem.

— Tudo bem — repetiu Kiem. O alívio era inconfundível; Kiem sempre deixava suas emoções à mostra. — Vou só buscar um pouco de água. Acho que tem um rio logo ali.

Jainan se virou e engatinhou para dentro da tenda. Agora conseguia identificar aquela tristeza estranha. Vinha do mesmo lugar que a alegria: a vida tinha lhe sorrido, inesperadamente, mas não era justo tentar estender as coisas. Se tivesse qualquer consideração por Kiem, qualquer traço de gratidão, teria que achar uma saída para ele; dar um jeito para que Kiem pudesse viver a própria vida sem estar acorrentado a uma pessoa pela qual não se sentia atraído. Aquilo não podia continuar.

17

Kiem já estava acordado e analisando a situação quando o céu da manhã começou a clarear.

Ainda não conseguia aceitar que alguém queria ele ou Jainan mortos. Podia repassar os fatos quantas vezes fosse — alguém trocara os registros do acidente de Taam, alguém pretendia colocar o tratado em risco —, mas apesar de manter os ouvidos atentos, procurando o som de um drone ou de um mosqueiro vindo atrás deles, simplesmente não conseguia *acreditar*. Ninguém nunca guardara rancor dele. Kiem não tinha inimigos.

Eles estavam se saindo bem, dadas as circunstâncias. Não era culpa de Kiem se Taam estivera afundado até o pescoço em transações suspeitas, ou se o Auditor ainda não havia confirmado a integração dos dois. Não era culpa dele que o mosqueiro havia batido e que alguém o odiasse a ponto de sabotá-lo. Talvez, se não tivesse trocado o plano de voo, eles não estivessem ali fazendo uma trilha para encontrar ajuda, mas até que a caminhada estava indo bem. Sem dúvida, o único problema pelo qual ele poderia ser culpado era Jainan.

Não era justo colocar dessa forma. O problema não era Jainan em si, mas Kiem. Se o príncipe tivesse conseguido ser menos esquisito na noite anterior, talvez eles continuassem sendo quase amigos, ou seja lá o que fosse que os dois vinham sendo ultimamente.

Sem pensar direito, Kiem pegou um punhado de neve ao seu lado e formou uma bola entre as luvas. Precisava dar um jeito na própria vida. Ele e Jainan haviam alcançado uma estabilidade frágil, e se Kiem continuasse daquele jeito, acabaria arruinando tudo para os dois.

— Esse é o prelúdio de uma guerra de bolas de neve? — disse uma voz atrás dele. — Devo avisar: diferente dos seus oponentes em festas de escola, eu não tenho cinco anos.

Kiem sorriu e jogou a bola de uma mão para a outra, saindo da própria introspeção.

— Melhor ainda — disse ele. — Você já enfrentou pessoas de vinte e cinco? São terríveis! — Ele jogou a bola de neve para o alto, mas ela se desmanchou quando ele tentou pegá-la. — Droga.

— Estruturalmente instável — comentou Jainan. — A culpa é dos empreiteiros. — O canto da boca dele estava curvado em um sorriso, mas havia certa tensão ali. Kiem torceu para ser melhor do que ele em esconder o que estava sentindo. — Quais são os planos para hoje?

— Certo. — Kiem se levantou e começou a dobrar o saco de dormir. — Se o terreno não estiver muito ruim, acho que alcançamos a linha do trem hoje ou amanhã. Podemos partir agora e tomar café da manhã mais tarde, se você já estiver descansado.

— Não pretendo dormir mais — disse Jainan. Ele parecia tão abatido quanto Kiem às quatro da manhã. — Vamos nessa. — Ele se virou para guardar a tenda.

A sombra da montanha mantinha a neve ao redor deles escura, mesmo com o céu acima já de um cinza claro. Nos penhascos distantes, a luz do amanhecer reluzia nos destroços do mosqueiro, já pequeno por causa da distância. Kiem olhou para a nave com pesar.

Não adiantava chorar sobre o leite derramado, e estava frio demais para continuar ali. Ele e Jainan consultaram o mapa, que não fazia ideia de onde eles estavam, mas era útil o bastante para lhes apontar a direção sul. Eles escolheram o caminho que parecia mais amigável e partiram.

Num acordo não dito, tomaram café da manhã enquanto caminhavam. Kiem já havia feito trilhas no inverno antes, mas seria mentira dizer que estava *feliz* naquela caminhada de sobrevivência não planejada no meio do nada, sem saber se alguém estava atrás deles. Haviam dado sorte: tinham equipamentos e, tecnicamente, o resto da jornada seria apenas uma questão de andar pra frente, mas, ainda assim, quanto mais se afastassem do local do acidente, melhor. Jainan parecia pensar da mesma forma.

Quando a luz atravessou o topo das montanhas, no meio da manhã, os dois relaxaram por um breve instante. Kiem tentava não se preocupar demais, e também evitava falar qualquer coisa que aumentasse o nível de estresse. Ele e Jainan trocaram comentários e piadas sem graça que não renderam muita conversa.

À tarde, os músculos das pernas de Kiem reclamavam da caminhada, embora fosse difícil saber a diferença entre a fadiga muscular e os hematomas causados pelo acidente. Ele hesitou quando os dois chegaram ao topo de mais uma colina.

— Troca?

O peso em suas costas foi aliviado quando Jainan pegou a mochila. Eles estavam revezando o dia inteiro. Kiem deixou as alças escorregarem sem reclamar.

— Desculpe — disse Jainan. — Eu deveria ter notado antes. Onde dói?

Kiem fez uma careta.

— Nada de mais — respondeu ele. — Só uma pontada no quadril. Dá pra aguentar.

— Senta — disse Jainan abruptamente.

Àquela altura, Kiem já estava familiarizado com o jeito de Jainan demonstrar preocupação, e até ficou emocionado, mas aquilo parecia uma péssima ideia.

— Vai ser ainda mais difícil levantar depois — argumentou ele. — Vamos só parar um pouquinho? Uma vista e tanto, né? — Ele gesticulou para a paisagem à frente, onde a colina que eles vinham subindo cautelosamente despencava em uma série de vales e mais picos nevados. — Quer dizer, tirando todas as outras montanhas iguais que já vimos.

— Já bati minha cota anual de cenários montanhosos bonitos — respondeu Jainan. — Talvez até minha cota da vida inteira. — Ainda assim, ele se juntou a Kiem no promontório, um passo atrás da beirada.

Durante um longo silêncio, os dois contemplaram a vista e sentiram o alívio de não estarem andando, com rajadas de vento ocasionais ao redor. Kiem alongou os ombros.

— Kiem — disse Jainan.

— Sim?

— Eu estava pensando... se o tratado der certo. Se tivermos mais vinte anos até o próximo. Eu estava pensando em monastérios.

— O que tem eles? — perguntou Kiem, surpreso com a mudança repentina de assunto. — Já está na hora de me mandar para um retiro de novo? Eu nem fiz nada muito grave recentemente.

— Não! — exclamou Jainan. — Não. Não é isso... é bem comum as pessoas irem para retiros longos de meditação, contemplação, esse tipo de coisa, não é?

— Bom, depende da sua crença — disse Kiem desconfiado. — Quer dizer, a coisa da meditação é bem generalizada, mas algumas seitas têm opiniões muito fortes sobre deuses. A sua tem? Hm. Desculpa. Isso foi uma pergunta bem pessoal.

— Não. Sem problemas — respondeu Jainan. — Meu grupo de fé é bem generalista. — Ele ergueu a cabeça, olhando para a frente. Mais uma rajada de vento; Kiem precisou forçar a vista para enxergar Jainan através dos olhos repentinamente molhados. — Quando a investigação terminar, posso dar um espaço para nós dois indo para um retiro. Posso fazer isso regularmente. Não vou ficar no seu caminho.

Kiem precisou de alguns momentos para entender o que ele estava falando.

— Certo — foi o que ele conseguiu dizer, ainda sem saber como formar uma frase coerente. Ele já devia esperar. Jainan queria um espaço livre de sua presença. Era completamente compreensível. — Certo.

Jainan ainda o observava de soslaio, daquele jeito que sempre fazia. Kiem levou a mão ao rosto, sem saber o que estava fazendo, e transformou o gesto sem sentido numa tentativa de aquecer as bochechas. Ele costumava ser bom em ler as pessoas, caramba! Não deveria ser pego de surpresa por coisas assim.

— Pode ser que não dê certo — disse Jainan. — Foi só... só uma ideia. Podemos conversar melhor depois. — Ele parecia ter algo mais a dizer, mas de repente semicerrou os olhos. Ele virou a cabeça e olhou para trás.

Kiem demorou mais para reagir, ainda preso ao pensamento de Jainan indo embora, mas escutou o som na segunda vez. Não vinha da montanha para onde Jainan estava olhando, mas de uma fileira de árvores dispersas ao lado.

— Ali! — disse Jainan, virando a cabeça para uma terceira direção. — O que...

Os dois viram ao mesmo tempo a forma preta se formando na sombra das árvores. Tinha a cabeça baixa em um gesto que ninguém nunca gostaria de ver um urso fazendo, o momento de impulso antes do ataque. A mente de Kiem se movia devagar, seu corpo parecia o de uma lesma.

— Urso! — Ele se ouviu gritando, em seguida correu até Jainan em desespero, o agarrou e se jogou junto com ele do promontório.

Os dois caíram alguns metros abaixo da encosta, em uma camada grossa de neve, e rolaram. A neve se espalhava enquanto eles giravam, agarrando-se um ao outro. Neve. Céu. Neve. Céu. Pedra. Kiem ouviu o próprio grito. Em uma rotação frenética e dolorosa, ele avistou a silhueta preta saltando pelo ar em direção a eles — o urso não havia calculado direito o ataque. Kiem tentou gritar de novo, mas a batida em uma das pedras arrancou todo o ar dos seus pulmões. Na visão seguinte, enxergou o urso pulando na neve e fugindo de volta para as árvores.

Jainan se levantou no instante em que eles pararam de rolar, a poucos passos de um conjunto de árvores.

— O que foi *isso*? — exclamou ele, lutando para respirar. — Ele se movia feito um lagarto.

— Urso — disse Kiem, buscando à sua volta por qualquer coisa que pudesse ser usada como arma. — Vamos nos afastar devagar. Ele sentiu o nosso cheiro, vai voltar a qualquer momento.

— Aquilo não era um urso!

— Tenho quase certeza de que não era outra coisa! — disse Kiem. — Rápido, precisamos de uma pedra, ou um...

— Aqui. — Jainan pegou a ponta do que parecia ser um galho de árvore caído e entregou para Kiem.

— Quê?... certo. — disse Kiem. Ele examinou o galho, mantendo os olhos atentos nas árvores onde o urso desaparecera. — Acho que podemos usar pedaços de madeira. Se formos ameaçadores o bastante, ele vai nos deixar em paz... Jainan?

— Vem aqui — chamou Jainan a alguns metros de distância. Ele pegara outro galho e estava arrancando as folhas e os gravetos metodicamente.

Kiem deu meia-volta ao ouvir mais um som, mas era apenas a neve preenchendo a vala que eles tinham criado durante a queda.

— Beleza. Acho que é melhor a gente se afastar das árvores. — A nuca doía, e ele distendera algum músculo na perna. O urso provavelmente estava se escondendo no bosque, mas eles não o haviam machucado, então o animal ainda os veria como presas fáceis. — Vamos para a área aberta. Aqui embaixo. — Ele apontou para uma inclinação, onde um espaço aberto se estendia abaixo, ladeado por uma floresta de pinheiros. Um rio congelado atravessava um dos lados.

Jainan se afastou das árvores, calculando o peso do galho em suas mãos.

— Aquele gelo vai aguentar o nosso peso?

— Não precisamos cruzar o rio — disse Kiem. — Só seguir a margem pro bicho não aparecer atrás da gente. Vamos nessa. — Ele acenou para que Jainan fosse na frente e o seguiu, olhando por cima do ombro a cada dois passos. — Se você o encontrar, grite e tente parecer intimidador. Ele não é tão perigoso quando fica assustado.

— Não é tão perigoso — repetiu Jainan. Ele fincava a ponta do galho no chão conforme andava, enquanto Kiem mantinha o seu (ainda com folhagens) ao lado do corpo, na esperança de parecer ameaçador. — Mas ele nos atacou mesmo assim. Essas coisas matam gente?

— Às vezes — disse Kiem. — De vez em quando.

— Então, sim — concluiu Jainan. Ele movia o galho a esmo. — Você poderia ter mencionado isso antes.

— Eu não achei que a gente fosse encontrar um! — rebateu Kiem. — Eles são bem raros aqui no norte. Não existem ursos nas montanhas de Thea? — Ele parou e olhou para trás, analisando uma mancha ao lado de um arbusto que chamara sua atenção. Ao confirmar que era apenas uma sombra, retomou a caminhada.

Jainan esperou para que ele o alcançasse.

— Onde eu cresci, os ursos são tímidos e reclusos, a não ser que tenham filhotes — explicou ele. — Além do mais, eles são *peludos* e têm *quatro patas*. Aquela coisa era um réptil gigante.

— Que tipo de urso tem pelo? — Kiem pensou ter ouvido alguma coisa e se virou para analisar as árvores novamente.

— Kiem — disse Jainan bruscamente.

Kiem se virou. Jainan apontou para o lado, bem longe do lugar para onde Kiem estava olhando. Uma silhueta preta estava parada perto das árvores, próxima ao chão, com o focinho escamoso apontado na direção deles.

— Merda — disse Kiem. — Vamos, hm, nos afastar lentamente. — Em apenas alguns passos ele estava entre Jainan e o urso. Kiem segurou o galho à sua frente. As folhas balançavam nos gravetos; ele tinha a péssima impressão de que o urso não acharia aquilo intimidador. — Se ele chegar mais perto, se prepare para gritar.

— Não temos muito espaço — disse Jainan atrás dele, a voz tensa. — Se dermos mais alguns passos para trás, vamos chegar no rio. O gelo parece fino.

— Então... vamos andar para o lado — sugeriu Kiem, tentando manter os olhos no urso, que levantava e abaixava uma das patas traseiras como se estivesse testando o terreno. — Vamos recuar heroicamente... pela lateral.

— Sim — confirmou Jainan. — É melhor nos separarmos. — Sua voz soou mais longe do que deveria, e Kiem percebeu que ele estava se movendo numa tangente, aumentando a distância entre os dois num trajeto diagonal que o afastava do rio.

— Espera! Não vai pra mais perto do urso!

— Podemos confundir o bicho se estivermos em lugares diferentes! — Jainan gritou de volta.

— Espera! Jainan! — Kiem moveu a cabeça e, naquele momento, o urso atacou.

Kiem tropeçou, perdendo o equilíbrio enquanto forçava o corpo a correr. Quase em câmera lenta, viu Jainan parando, se virando para o urso e colocando o galho à sua frente. Kiem seguiu em frente, como se estivesse andando sobre melado. Só então virou a cabeça e viu o urso desviando.

O ataque não era em direção a Jainan. Era em direção a *ele*.

Kiem não teve tempo de gritar. O urso o alcançara: um impacto impiedoso de escamas e dentes, uma explosão de hálito repugnante. Kiem brandiu o galho desesperadamente entre os dois, e o impacto o jogou para trás. Tentou firmar os pés, mas já estava caindo.

Ele bateu no chão. Ouviu um estrondo chocante que, por um momento terrível, pensou vir dos próprios ossos, mas não sentia dor alguma. Então percebeu o *gelo* no mesmo instante em que a água gelada o atingiu como uma arma.

Ele engasgou e se jogou para a margem do rio, largando o galho. O frio era visceral, quase fazendo seus batimentos cardíacos pararem, e por um momento ele se esqueceu...

... do urso. Que já deveria estar em cima dele. Mas Kiem não sentia nenhuma dor avassaladora ainda. O bicho estava a vários metros de distância, *perto de Jainan*, se movimentando como um borrão. Kiem escutou um grunhido furioso enquanto seu cérebro se conectava com os ouvidos. Jainan deu um passo atrás, se afastando das garras afiadas, girou para dar impulso e levantou seu bastão marcial improvisado para mais um golpe.

O urso se encolheu. Levou uma das patas até o focinho enquanto tentava ficar de pé com as outras cinco. O bicho e Jainan se encaravam desconfiados.

Kiem tentou se firmar na água apoiando os pés nas rochas abaixo, ofegante por causa do frio. O urso se moveu, mas Jainan foi mais rápido: ele avançou e, num movimento cirúrgico, quebrou o galho em um dos olhos do urso.

Um guincho animalesco de dor encheu o espaço entre as árvores. O urso tropeçou para trás nas seis patas, desviando a cabeça da mira de Jainan. O conde estava em posição de defesa, esperando que o animal voltasse a atacar, mas o urso deslizou para longe pela neve.

Kiem se apoiou na margem. O queixo tremia, e ele ainda não conseguia respirar direito, mas ainda assim tirou uma perna encharcada de dentro da água. E então sentiu mãos sob seus braços, que o arrastaram até colocá-lo deitado sobre a neve da margem.

— Desculpa, me desculpa. — Jainan caiu de joelhos ao seu lado. — Kiem, eu sinto muito, pensei que ele viria na minha direção se eu me movimentasse.

O tom de voz de Jainan motivava Kiem a continuar se movendo. Ele se sentou, trêmulo, e resistiu à vontade de se encolher.

— V-você *queria* que ele te atacasse?

— Não — disse Jainan. — Sim. Não sei. Pensei que eu poderia distraí-lo. Não queria que ele chegasse perto de você. Me desculpa. Me desculpa. Pega as minhas luvas.

Kiem tentou cruzar os braços sobre o peito, mas isso não ajudava em nada.

— Jainan — disse ele. — Isso f-foi incrível. Você enfrentou um urso. Merda, que frio! Eu n-não quero suas luvas — completou ele, enquanto Jainan tirava as luvas encharcadas de Kiem e as substituía pelas suas.

— Hm. — Jainan aparentemente gastara todas as suas palavras. Ele segurou os pulsos de Kiem para colocá-lo de pé. Kiem seguiu os comandos, todo atrapalhado, gelado e molhado demais para pensar. Não estava esperando um abraço.

Ficou surpreso demais para se mexer. Jainan o envolveu com os braços, sem pensar no fato de que o casaco molhado de Kiem provavelmente também molharia suas roupas. Kiem estava gelado demais para sentir qualquer coisa. Não sentiu nenhum calor considerável, exceto pelo rosto, onde a presença de Jainan criara um escudo contra a brisa. Kiem apenas fechou os olhos e mergulhou na sensação de ter Jainan tão perto.

Durou apenas alguns segundos. Jainan o soltou e disse:

— Precisamos armar a tenda. Pelo menos guardamos os cilindros aquecedores.

— C-certo — disse Kiem. Ele lutou contra a vontade de cruzar os braços sobre o corpo de novo e se forçou a pensar. — Certo. Beleza. Mas aqui não. Vamos um pouco mais pra frente.

— O urso vai voltar? — perguntou Jainan. Ele pegou a mochila que Kiem nem se lembrava de ter deixado cair durante a luta, e ficou parado ao seu lado.

Estava obviamente esperando que Kiem se recompusesse e começasse a caminhar, independentemente de quanto seu corpo doesse. Jainan tinha acabado de enfrentar um urso! Kiem só estava com frio.

— Acho que não — disse Kiem, finalmente usando o que lhe restava de força e colocando um pé na frente do outro. — Você o assustou. Esses animais só atacam presas que não r-revidam. — Ele fechou a boca para fazer o queixo parar de tremer.

Jainan mergulhou em um silêncio tenso. Kiem também parou de falar. Fingiu que era mais fácil continuar andando e ignorou a sensação de que sua energia estava indo embora a cada passo, como se as roupas ensopadas e congeladas sugassem suas forças.

— Aqui — indicou Jainan. Kiem parou, arrancando a si mesmo de um estado que beirava a fuga mental. Ele olhou em volta. Estavam a certa distância das árvores, debaixo de uma saliência no topo de uma encosta rasa.

— Me parece bom — disse Kiem. Ele estendeu as mãos pedindo a mochila. — Eu vou só...

— Pode deixar — disse Jainan, já começando a armar o modesto acampamento. Kiem pegou os sacos de dormir para desdobrar, porém seus dedos estavam dormentes e desajeitados, mesmo depois de tirar as luvas emprestadas. Ele se atrapalhou todo com o cordão porque as mãos tremiam violentamente, impossíveis de controlar.

O pacote escorregou da sua mão pela décima vez.

— Droga!

— Tudo bem aí? — perguntou Jainan.

— Sim. B-bem. Não repara na minha confusão. — disse Kiem. Ele finalmente conseguiu puxar o cordão na décima primeira tentativa e firmou a postura com certo alívio.

Quando olhou por cima do ombro, viu que Jainan já havia montado e firmado a tenda — duas vezes mais rápido que na noite anterior — e organizado a maioria das coisas lá dentro. Ele deu a volta e entregou uma pastilha energética para Kiem, já desembrulhada. Levando em conta que Jainan não crescera em um clima como aquele, era extremamente eficiente em aprontar as coisas, enquanto Kiem perambulava de um lado para o outro como se estivesse com defeito.

Jainan viu a expressão de Kiem.

— Está rindo do quê?

— Só estava pe-pensando — respondeu Kiem. — Por sorte *um* de nós reage ao perigo sendo competente de verdade, em vez de c-cair no rio mais próximo.

Jainan ficou sem expressão.

— Sinto muito se passei essa impressão, mas...

— Quê? — interrompeu Kiem. — Jainan, você d-derrotou um *urso*. — Ele tentou colocar as mãos nos bolsos; um dos dedos quase dormentes ficou preso no tecido, e Kiem segurou um grunhido de dor.

Uma mistura complexa de emoções tomou conta do rosto de Jainan, sendo logo substituída por preocupação.

— É melhor você entrar.

Pela força do hábito, Kiem disse:

— É melhor comermos aqui fora, tem mais espaço e...

— *Lá dentro* — disse Jainan, com um tom de voz desafiador que Kiem nunca escutara dele antes. Kiem abriu um meio sorriso entre um calafrio e outro e obedeceu.

Não estava muito mais quente dentro da tenda, mas o jeito como Jainan tinha forrado o chão com os dois sacos de dormir deixava o lugar muito convidativo. De repente, Kiem já não conseguia combater o cansaço. Desistiu de lutar contra a aba da porta e desabou de cara no tecido acolchoado. Estava úmido com neve derretida. Ele não se importou.

Por trás dele, Jainan tentava educadamente mover os pés de Kiem para conseguir fechar a porta da tenda. Kiem resmungou, qualquer movimento parecia exigir um esforço monstruoso, mas reconheceu que estava sendo um estorvo. Ele conseguiu rolar para o lado, se sentar e dar um puxão sem jeito na bota que calçava. As mãos ainda não funcionavam; o calçado escorregou da sua pegada. A fricção machucava. Foi quando a angústia exaustiva da qual ele estava tentando manter distância se transformou em pânico.

— Deixa comigo.

Kiem abriu os olhos com uma careta de frustração para dizer *O quê?*, mas Jainan já estava agachado aos seus pés, desamarrando os cadarços. A mão dele envolveu o tornozelo de Kiem e o segurou, enquanto a outra mão puxava a bota. Todos os movimentos eram gentis.

Não precisa fazer isso estava na ponta da língua de Kiem, mas ele não conseguia dizer. Estaria com sérios problemas se Jainan não tivesse topado aquela viagem para começo de conversa. Mal conseguia fazer seus malditos dedos funcionarem, e se não se aquecesse em breve, corria grande risco de sofrer queimaduras de frio e hipotermia.

— Estou *muito* feliz de ter você aqui — disse ele, com fervor.

Jainan parou por um momento enquanto deixava as botas no canto. Kiem sentiu medo de tê-lo ofendido, mas o olhar de Jainan sobre ele era carinhoso e, de alguma forma, contente.

— Hm — disse ele. — Você não vai conseguir se esquentar se continuar deitado em cima dos cobertores.

Kiem captou a mensagem. Ele conseguiu tirar as calças molhadas e as demais camadas sozinho — doía, mas ele não ia obrigar Jainan a fazer aquilo. Além do mais, a dor era provavelmente um bom sinal; ao menos suas mãos não estavam dormentes por completo. As pernas pesavam como chumbo. Ele se arrastou para dentro do saco de dormir e fechou o zíper usando o máximo de força de vontade.

Foi o último esforço de que era capaz. Deitado de barriga para baixo, Kiem deixou o rosto repousar sobre o chão acolchoado. O tecido seco do saco de dormir era macio e quente contra sua pele nua, e ele quase se sentiu bem. Seus membros estavam pesados demais para se mexerem. Ele fechou os olhos.

Depois de um tempo, Jainan começou a se mover. Kiem escutou o farfalhar do tecido impermeável e das roupas, seguido por um estalo e um zumbido leve que ele reconheceu. Jainan havia ativado um dos cilindros aquecedores. Kiem ainda não tinha energia para se mover, mas sentiu o rosto esquentar momentos depois, antes que o calor conseguisse atravessar as camadas de isolamento do saco de dormir. Ele manteve os olhos fechados e se permitiu apenas existir. Uma hora ou outra, iria se aquecer.

— Kiem! — disse Jainan bruscamente.

Kiem levou um tempo para perceber que aquela não era a primeira vez que Jainan chamava seu nome. Ele não gostou de ser arrancado da sua névoa de exaustão.

— Uhhmf?

— Eu perguntei se você consegue comer alguma coisa.

Kiem soltou um gemido em negação.

— Depois.

De acordo com o barulho, Jainan estava se inclinando sobre ele, movendo-se em algum lugar próximo ao pé do saco de dormir.

— Isto aqui não está... — disse ele. — Como eu aumento a temperatura? Do aquecedor.

— Não — murmurou Kiem, ainda de olhos fechados. — Vai acabar mais rápido.

— Não importa! — Sua voz tinha o mesmo tom afiado que ele usara para mandar Kiem entrar na tenda.

Kiem abriu os olhos.

— Tudo bem — disse ele, porque aparentemente não conseguiria dormir em paz enquanto Jainan não estivesse satisfeito. — Estou me aquecendo. O urso já foi. Não precisa se preocupar.

— Preciso sim — rebateu Jainan. — Você não disse nada durante a última meia hora.

— Pego no flagra — resmungou Kiem com o rosto enterrado no pedaço acolchoado que usava como travesseiro. Ele sentia o chão através do tecido. Estava cansado demais para resolver aquilo; melhor deixar para depois.

Mais movimento, enquanto Kiem fechava os olhos novamente.

— Com licença — disse Jainan, e Kiem percebeu que o saco de dormir se mexia. O zíper lateral se abriu, e ele sentiu o calor glorioso de alguém ao seu lado. Kiem se virou sem nem pensar e aproximou o próprio corpo do calor. Ele tinha a sensação horrível e incômoda de que não deveria ceder ao conforto daquele momento. Decidiu ignorar.

— Certo — sussurrou Jainan, de um lugar que parecia muito distante, embora a voz estivesse ao lado do ouvido de Kiem. — Por favor, fique bem.

Kiem tentou dizer a ele que estava tudo bem. Mais do que isso, tudo estava, por algum motivo, perfeito. Mas estava perto demais de pegar no sono. E então se permitiu dormir.

18

Quando Jainan acordou, estava aquecido. O luar levemente acinzentado atravessava a cobertura da tenda. Uma série de dores e desconfortos tentava se mostrar presente, mas por algum motivo ele se sentia em paz.

E então, ao perceber que estava enroscado em Kiem, o braço nu sobre as costas dele, Jainan paralisou.

Enquanto o cérebro de Jainan acelerava em direção ao pânico, Kiem abriu os olhos. Sua vista estava desfocada e sonolenta. Jainan respirou fundo; foi o bastante para Kiem perceber que os dois estavam se tocando e se encolher o máximo possível dentro do saco de dormir.

As pernas ainda se tocavam. Jainan estava muito atento ao fato de que ele só vestia camiseta e cueca, e Kiem menos ainda que isso. Tentou não deixar a vergonha afetar sua voz.

— Melhor?

Kiem pigarreou.

— Hm, sim. — Ele soava mais coerente do que antes. Jainan tentou não pensar na agonia de conforto e vergonha que sentira na noite anterior. — Sim, sim. Muito melhor. Viu só? Nem estou tremendo mais. — Ele mexeu a mão como se fosse demonstrar, mas o movimento quase colocou os dois em contato de novo, então ele ficou parado numa pose nada natural. — Hm. Obrigado.

Jainan percebeu de repente que os fechos estavam do seu lado. Ele era um idiota. Não perdeu mais tempo e abriu o zíper do saco de dormir, rolando para fora e voltando para o seu canto estreito da tenda. Sentia a pele pulsar de vergonha, mesmo naquela distância. Cruzou as pernas, tentando se recompor, e se concentrou em abrir uma embalagem de suplemento.

Kiem se sentou lentamente e esfregou os ombros. Havia uma marca vermelha ali, provavelmente onde o braço de Jainan estivera.

— Desculpe por ter tomado essa liberdade — disse Jainan, concentrando toda a sua força de vontade na embalagem. Ele a dobrou num quadrado peque-no e perfeito. — Achei que você estava sob risco de hipotermia. Posso ter me enganado.

— Hm... Não. Sério, não precisa pedir desculpas — respondeu Kiem, falando um pouquinho mais rápido do que o normal. — Eu também estava achando isso. Você fez tudo certo. Na verdade, acho que a minha professora do primário cinco teria ficado muito orgulhosa da gente. Embora ela nunca tenha ensinado uma matéria sobre luta com ursos, é claro.

Obviamente, Kiem sabia como abafar o caso. Ele era muito bom em lidar com situações constrangedoras.

— Não — disse Jainan, sem tirar os olhos das próprias mãos. Ele dobrou a embalagem mais uma vez, formando um quadrado perfeito novamente.

Kiem pegou o outro pacote de suplemento.

— Vou dar uma olhadinha por aí — anunciou ele. — Planejar a próxima rota. Volto já. — Kiem vestiu as calças e o casaco, que pareciam quase secos por causa do aquecedor, e saiu da tenda.

Jainan ergueu a cabeça enquanto ele saía. *Desculpa*, ele quis repetir, mas sua língua estava enrolada e lenta. Apesar de ter sido prudente compartilhar seu calor corporal, era errado ter achado a situação prazerosa. Ele havia se aproveitado da incapacidade de Kiem. Não era à toa que o príncipe precisava de um tempo sozinho do lado de fora.

O cilindro aquecedor havia se esgotado enquanto eles dormiam. Jainan se ocupou trocando a cápsula e separando o lixo da mochila. As pastilhas energéticas não estavam ali; deviam estar no bolso de Kiem.

Era uma pena, só isso. Os dois já viviam juntos em casa e tinham sido for-çados a viver ainda mais juntos ali. Se Kiem tivesse um pouco do espaço de que precisava, eles poderiam voltar ao equilíbrio quase confortável que tinham de-senvolvido. Jainan ativou sua pulseira automaticamente para pesquisar mais a respeito dos monastérios, mas ela estava sem sinal, claro. Era melhor deixar para lá. Ele poderia pedir ajuda a Bel quando voltassem.

Jainan ergueu os olhos do cilindro aquecedor quando Kiem retornou. Estava funcionando: a tenda tinha ficado tão quente que Kiem tirou o casaco ao entrar.

— Pensei em usarmos outro cilindro — explicou Jainan. — Não sei quando você pretende seguir viagem, mas presumi que esperaríamos pelo menos até o dia clarear um pouco. Até lá, é melhor nos mantermos aquecidos. E acho que podemos usar isso aqui para aquecer água?

— Boa ideia — disse Kiem. — Tem pó de café em algum lugar. Você encon-trou junto com a comida? — Ele parecia mais enérgico. Devia ter tomado pelo menos mais uma pastilha.

— Sim — respondeu Jainan. Ele jogou um pouco de pó dentro do copo, que Kiem levou para fora e encheu de neve. Jainan prestou mais atenção do que o necessário na neve derretendo, mas quando a garrafa já estava acoplada ao aquecedor, ele não tinha mais motivos para desviar o olhar de Kiem. Pegou-se inspecionando as mãos cruzadas sobre o colo.

O silêncio constrangedor se arrastou por longos minutos, até que Jainan ouviu Kiem respirar fundo.

— Então, hm — disse Kiem, como se tivesse chegado a algum tipo de conclusão enquanto estivera do lado de fora. — Podemos conversar por um momento sobre... coisas?

— Coisas — repetiu Jainan, sem expressão.

— Fiquei pensando naquilo que você disse sobre o monastério. Acho que eu sei o que te fez puxar esse assunto. — As costas de Jainan se travaram em tensão; seria *aquele tipo* de conversa então. Kiem continuou. — É sobre ter sua liberdade, não é? Eu entendo. Sei que você não escolheu este casamento. Mas, sabe, a longo prazo isso não precisa ser tão parecido com um casamento. Quer dizer, nós... nós somos amigos, certo? Mais ou menos? — Ele parou.

Mais ou menos amigos ecoava na cabeça de Jainan. Era um alívio ouvir a confirmação, e era mais do que ele deveria esperar. Não era para doer. Jainan não sabia por que doera.

Kiem continuava esperando. Jainan percebeu que tinha que dar uma resposta e assentiu lentamente.

— Certo! Beleza — disse Kiem. — Então nós podemos só continuar desse jeito, não podemos? O fato de sermos casados não te impede de fazer o que você quiser. Se tiver alguém que você... ou se um de nós conhecer alguém por fora, não tem problema, certo? Nós conseguimos manter o sigilo. Assim podemos garantir que o casamento não atrapalhe as nossas vidas.

Alguém por fora? Jainan percebeu que estava encarando Kiem, buscando em vão por um tipo de resposta, e se forçou a olhar para baixo.

— Entendi. — Não era da conta dele se Kiem queria sair com outra pessoa. Ele devia receber propostas o tempo inteiro. Ao menos estava sendo honesto.

— Certo — disse Kiem, seguido de mais um silêncio desconfortável. Em seguida pegou o pacote aberto de suplemento e o embrulhou para guardar.

Outra pessoa. Era como uma farpa invisível: Jainan não queria forçar a barra, mas, ao mesmo tempo, não conseguia deixar pra lá.

— Sei que é uma pergunta indelicada — ele se pegou dizendo. — Mas posso saber quem é?

A embalagem nas mãos de Kiem se rasgou.

— Quê? *Eu?* — disse ele. — Não, peraí, não *existe* ninguém. Eu não estava te contando que estou saindo com alguém!

— Por que não? — indagou Jainan. Era mais fácil soar calmo e racional se ele não olhasse para o rosto de Kiem. — Seu casamento não é satisfatório. Eu não me importo.

— Não seria justo com a outra pessoa — disse Kiem. Ele parecia chocado, o que não fazia o menor sentido. — Não seria justo com *você*.

— Entendi — murmurou Jainan. Ele não entendia. Kiem parecia estar contradizendo o próprio argumento. Jainan sentiu como se estivesse tentando resolver um problema matemático, mas se importava demais com a questão para conseguir solucioná-la. — Então você gostaria de sair com outras pessoas no futuro.

— Eu só achei que... achei que *você*... — Kiem abriu a mão num gesto de frustração. — Olha, é melhor do que se isolar num monastério.

Algo irracional atravessou o peito de Jainan como um condutor de energia. Ele olhou para o café e tentou esconder o sentimento. Já estava começando a ferver, mas ele parecia incapaz de mover as mãos para fazer qualquer coisa a respeito disso. A luz alaranjada iluminava o rosto de Kiem, destacando seus olhos expressivos e a preocupação por trás deles. Jainan o havia magoado de alguma forma. Ele não sabia como consertar.

— Desculpa — disse Kiem.

Ele estava se desculpando para que Jainan se sentisse melhor, mesmo sem ter culpa alguma. O peito de Jainan doía. As intenções de Kiem eram boas; se ao menos Jainan não fosse tão inadequado. Se ao menos Jainan pudesse ser bom o bastante para qualquer um. Ele fechou os olhos. Era sua regra primordial não fazer mais perguntas em situações como aquela: perguntar só destruiria ainda mais o que lhe restava de dignidade e irritaria seu parceiro. Mas Kiem dissera tudo o que pensava, e Jainan precisava tentar.

— Existe alguma coisa que eu possa fazer — disse ele, a voz rasa e vazia. — para me tornar menos repulsivo para você?

— Repulsivo — repetiu Kiem, e então parou.

Jainan tentou não prestar atenção na sensação de paralisia dentro de si. A pausa se arrastou por uma eternidade.

Então, Kiem disse:

— *Como assim?*

Eles nunca deveriam ter entrado naquela conversa. Jainan desejou ser capaz de apagar aqueles últimos cinco minutos da existência ou se transportar para alguma realidade alternativa onde nunca tivesse feito a pergunta mais inadequada possível. Ele se virou para tirar a água do aquecedor.

— Não importa — disse Jainan.

— Mas o que... Como que... *Jainan*. — Kiem se inclinou para a frente, engatinhando no espaço minúsculo. Jainan parou enquanto rosqueava uma tampa no copo d'água. Ele raramente via Kiem gaguejar. — Como assim, *repulsivo?* Você não pode estar falando de si mesmo. Não estamos falando sobre... — Ele fez um gesto que compreendia Jainan da cabeça aos pés, mas pareceu perceber o que estava fazendo e recolheu a mão.

Jainan apoiou o copo no chão e tamborilou sobre o cilindro aquecedor, que chiava baixinho. Ele não conseguia manter contato visual com Kiem.

— Sei que você está tentando poupar meus sentimentos e sou grato por isso. Mas não precisa fingir.

Kiem não respondeu. Jainan lidara com tudo aquilo tão mal que nem mesmo *Kiem* sabia o que dizer. Ele ficou apenas olhando para Jainan, como se ele o tivesse acertado na cabeça. Jainan abriu a boca, pronto para retirar o que dissera, mas parou. Era melhor deixar as cartas na mesa.

Kiem gemeu e afundou o rosto nas mãos.

— Jainan — disse ele entre os dedos. Ele abaixou as mãos até que seus olhos escuros e aflitos encontrassem os de Jainan. — Você é *lindo*.

O mundo virou de cabeça para baixo.

— Quê? — disse Jainan.

— Chega a me distrair às vezes — disse Kiem. E rapidamente completou. — Não que isso seja problema seu. Não mesmo, desculpa, eu vou superar um dia.

— Não entendo — comentou Jainan. — Se você acha mesmo que eu sou... — Ele parou, e sua boca se movia, mas nenhum som saía dela. Tentou de novo. — Se você acha mesmo... isso, então por que... — Mais uma frase que ele não sabia como terminar. — Então, por quê?

— Você estava de luto! — disse Kiem. — *Está* de luto, quer dizer.

Os pensamentos de Jainan eram transparentes e escorregadios, e toda vez que ele tentava processá-los, eles fugiam. Ele vinha tentando compreender Kiem por todo aquele tempo: o que ele queria, do que gostava ou desgostava, o que o enfurecia. Jainan sentiu como se estivesse fazendo as perguntas erradas a si mesmo o tempo todo. Kiem o desejava. Ele estava de luto, era verdade; tinha sido *aquilo* que impedira Kiem? Ao levantar o rosto, os olhos de Kiem ainda estavam fixos nos seus, e Jainan sentiu uma pontada atravessando suas costas; não era medo, mas algo desconhecido ou esquecido. Ele conhecia o medo. Aquilo era algo completamente diferente.

— Eu não parei de viver — disse Jainan, uma explicação que de alguma forma soou como um desafio. Kiem já tivera sua chance e declinara. — Você foi embora. Na noite do nosso casamento.

Kiem não tirara os olhos dos de Jainan, que via o movimento leve da respiração no peito dele.

— Pensei que você estava apenas cumprindo uma obrigação — explicou Kiem. Ele fechara os punhos sobre os joelhos. — Você estava tremendo. Teve que se forçar a me tocar. Posso ser lento, mas sei reconhecer quando alguém não está interessado.

Ah. Por aquilo Jainan não esperava. O que quer que estivesse acontecendo entre eles, era como pedrinhas ganhando velocidade no início de uma avalanche; uma voz na mente de Jainan o mandou *parar*, dizendo que ele estava interpretando errado as intenções de Kiem. Ele a silenciou deliberadamente. Sequer escutou a própria voz quando disse:

— Estou interessado agora.

Ele viu o pomo de adão de Kiem subir e descer enquanto ele engolia. A visão enviou uma onda de calor pelo abdômen de Jainan.

— Então... — disse Kiem. Ele parou. Pela primeira vez parecia não saber a coisa certa a dizer.

— Então — repetiu Jainan. As sombras na tenda balançaram. Jainan agarrou a própria coragem com as duas mãos e mergulhou. — Vem aqui.

Improvável e inacreditavelmente, Kiem se moveu. Ele já estava se aproximando antes que a voz de Jainan morresse, como se suas palavras fossem poderosas o bastante para fazer aquilo acontecer. Jainan se ajoelhou no espaço apertado entre os dois para encontrá-lo. A boca de Kiem sobre a sua era quente e firme. Jainan não se lembrava de já ter se sentido daquele jeito. Mal reconhecia o sentimento dentro de si, aquela fome por outro corpo pressionado contra o seu. As mãos de Kiem se arrastaram sobre suas costas, mas com leveza, como se ele ainda estivesse incerto de que elas seriam bem-vindas. Jainan experimentou se aproximar, pressionando seu corpo contra o dele, e as mãos de Kiem o apertaram convulsivamente.

Jainan sentiu a própria respiração acelerar, o sangue começando a pulsar. Puxou Kiem pela camisa, e depois de um momento Kiem percebeu o que ele estava fazendo e interrompeu o beijo só pelo instante necessário para arrancá-la. Jainan sentiu uma pontada de vitória, que ele intensificou ao colocar os braços em volta de Kiem, sentindo sua forma sólida e gloriosa, o calor da sua pele, e então o puxou para baixo. Os dois caíram num emaranhado sobre os sacos de dormir, quase sem forro algum entre eles e o chão. Jainan não se lembrava de conscientemente *querer* ser tocado — passara tanto tempo evitando aquilo —, por isso não entendia como o peso do corpo de Kiem sobre o seu poderia parecer água depois de uma seca. Ele puxou Kiem para mais perto.

— Jainan... — Kiem se apoiou com as mãos ao lado da cabeça do parceiro, sem ficar totalmente em cima dele. Isso esfriou um pouco as expectativas de Jainan.

De alguma forma, ele entendera algo errado de novo. Kiem queria parar. Jainan fechou os olhos como se pudesse mudar a realidade ao ignorá-la.

Sentiu o tecido de sua camisa se mover pouco antes de sentir o calor da mão de Kiem sobre sua cintura descoberta. Ele levou um tempo para perceber que a vibração não vinha dele. Kiem estava tremendo.

Jainan abriu os olhos enquanto algo deslizava pelo seu corpo como metal fundido: choque e tentação, seu próprio desejo destruindo as últimas barreiras restantes. O rosto de Kiem estava muito próximo do seu, os olhos profundos.

— Você me quer mesmo — disse Jainan sem pensar.

— Porra, sim! *Por favor*, Jainan. Estou *enlouquecendo*. — Kiem parou subitamente, engolindo a saliva, seu toque como uma corrente de calor sobre a pele de Jainan. — Não contra a sua vontade — disse ele. — E nem por obrigação. Nunca por obrigação.

Jainan passara tanto tempo sem saber o que fazer. Tantos dias sem compreender Kiem, *desperdiçando tempo*, que ficou surpreso ao perceber que não tinha mais nenhuma dúvida. Ele cobriu a mão de Kiem com a sua.

— Sim — disse ele, ouvindo a rispidez e a tensão em sua voz. — Kiem. Estou falando sério.

Era só disso que Kiem precisava. Ele beijou Jainan, tirando a camisa dele, e Jainan perdeu toda a habilidade de formar palavras sob o toque de Kiem. Calafrios de prazer atravessavam seus músculos; o toque de Kiem era leve, quase curioso, e o corpo de Jainan respondia sem precisar pensar. Kiem falava em fragmentos inaudíveis, *posso?* e *você é lindo* e *Jainan, Jainan*, o nome sussurrado contra seu pescoço de novo e de novo como uma oração.

O cabelo de Jainan ainda estava amarrado, fora do caminho. Ele ainda não havia pensado em soltá-lo, mas as mãos de Kiem pareciam passear por ali com frequência, acariciando-o, alisando as tranças curtas em sua nuca. Num impulso, Jainan soltou a corda que prendia os fios. Não teve tempo de se arrepender: Kiem prendeu a respiração e arregalou os olhos, como se aquilo fosse uma revelação. Ao beijar Jainan novamente, suas mãos se afundaram nos cabelos soltos.

Jainan havia se esquecido. Era *daquele jeito* que ele deveria se sentir.

Só então percebeu que não havia feito quase nada por Kiem nos últimos minutos. Teve que se esforçar para encontrar a voz.

— Kiem — disse ele. — Permita-me. — Kiem levantou o rosto do peito de Jainan, parecendo não compreender. — Não quero ser egoísta.

— Quê? — exclamou Kiem. Ele se apoiou sobre as mãos. — Como assim *egoísta*? Isso é... você é... estou balbuciando, não estou? Por favor, me faz parar de falar. — Jainan ficou surpreso, e a sensação se tornou algo similar a uma risada, o que era absurdo; aquele não era o tipo de coisa para se fazer com leveza. Mas ele se sentiu tão leve e solto que poderia flutuar. — Jainan, por favor, o que você quiser — disse Kiem. — Me diz do que você gosta.

A pergunta o pegou de surpresa.

— Como?

Kiem pegou a mão de Jainan e entrelaçou seus dedos com os dele.

— Vamos fazer o que você quiser. Do que você gosta?

Jainan se segurou antes de dizer *Não sei*. Não se lembrava de ter sido consultado antes. Mas ele sentia a expectativa de Kiem e uma pontada de surpresa pela falta de resposta. Algo sombrio e defensivo se levantou dentro de Jainan; seria mais fácil desconversar se falasse de seu último parceiro. Poderia perguntar se Kiem gostaria de ser comparado. Ele não sabia como sair daquela situação.

Mas ele não queria isso. Kiem que pensasse que ele era estranho. Que fizesse perguntas constrangedoras no dia seguinte, se quisesse. Talvez Jainan até descobrisse que Kiem não estava levando aquilo tão a sério quanto parecia demonstrar, que não era sua intenção olhar para Jainan como se ele fosse a única fonte de beleza no mundo. Mas naquela noite, Jainan comandava o olhar e o toque de Kiem, e todo o resto era irrelevante. Naquela noite, nada poderia dar errado.

Kiem ainda o observava, um toque de incerteza em seus olhos. Jainan estendeu a mão e tocou a bochecha dele, o que pareceu fazê-lo parar de respirar.

— Nós podemos... descobrir juntos.

Não demorou muito para que o céu clareasse sobre eles. Os dois estavam quietos e felizes, deitados lado a lado debaixo do saco de dormir. Jainan sentia a exaustão do dia anterior em seu corpo, mas o cilindro aquecedor enchia a tenda de calor, e nada poderia afetar sua profunda felicidade. A cabeça de Kiem estava apoiada nos ombros de Jainan. Ele pressionava o próprio corpo contra o braço de Jainan — ou talvez Jainan estivesse pressionando seu corpo contra ele, porque não queria que houvesse espaço entre os dois.

— Uhmm — murmurou Kiem, com a boca colada nos ombros de Jainan. — Sabe, esse seu cotovelo. Perfeito.

Jainan moveu a cabeça e fez um som curioso antes de perceber que Kiem ainda estava meio sonolento, ou talvez falando enquanto dormia. Mas Kiem acordou de imediato e pareceu entender aquilo como um pedido de explicação.

— Quer dizer, provavelmente os dois cotovelos são. Não consigo ver o outro daqui. É tudo perfeito.

Jainan levou um longo momento de susto para absorver aquilo — o que era absurdo, porque Kiem dissera um milhão de coisas parecidas ao longo da noite.

Jainan não se dera conta de que ele poderia continuar fazendo aquilo quando amanhecesse. E ele sabia que Kiem dizia tudo que pensava.

— Sério — disse Jainan em voz alta, sem conter os pensamentos. — Acho que você verbaliza *tudo*.

— Desculpa — disse Kiem, levantando a cabeça. — Parei! Parei. Prometo.

Jainan se virou para que os dois ficassem aninhados um no outro, sua cabeça no espaço entre o pescoço e o ombro de Kiem. Uma felicidade inevitável o cobria como uma aura de calor.

— Não — disse ele. — Eu gosto quando você fala.

Kiem abriu aquele sorriso ridículo e injusto de tão lindo.

— Aliás, eu te agradeci? Sabe, por ter salvado a minha vida. Provavelmente duas vezes. Acho que já agradeci.

Jainan queria guardar aquele sorriso na memória para sempre. Ele buscou uma resposta.

— Eu não salvei a sua vida.

— Salvou. Você lutou contra um urso.

— Aquilo foi pura sorte.

— Beleza, pode fazer pouco caso — respondeu Kiem. — Vou vender essa história pra um roteirista e aí veremos.

A felicidade inevitável estava ficando cada vez pior. Jainan forçou uma expressão séria.

— Isso mal daria um filme.

— Eu vou estrelar, caindo no rio. Só com a minha camisa de baixo. Vai ser um sucesso de bilheteria.

Jainan sentiu o rosto se abrindo num sorriso.

— Vou assistir só por sua causa.

Kiem deixou a cabeça tombar, como se o sorriso de Jainan fosse tudo de que ele precisava para sentir satisfação suprema. O tecido da tenda estava luminoso por causa do sol do lado de fora.

— O dia está passando — anunciou Kiem com preguiça. — É melhor a gente... sair e fazer alguma coisa.

— *Alguma coisa* — disse Jainan. — Você quer dizer: buscar resgate, visto que estamos perdidos, e comparecer à assinatura do tratado. — Ele se impulsionou para sentar. Kiem soltou um barulho de protesto quando Jainan se moveu.

— Bom, sei lá — comentou Kiem. — Quer dizer, estar perdido não é nada mau, né? Olha só pra gente.

— Então de repente era melhor a gente ficar aqui mesmo — respondeu Jainan. — Só você, eu, quilômetros de neve, o urso...

— Ursos geralmente guardam pétalas de rosa para jogar nos casais que fazem trilha. É uma curiosidade romântica que poucos conhecem.

Jainan não conseguiu segurar a risada.

— Ainda assim — disse ele, depois de se controlar. — Eu gostaria muito de comer alguma coisa que não tenha gosto de madeira compensada e talvez avisar à minha irmã que eu não morri. — Ele se esticou para pegar as roupas.

Kiem gemeu e rolou para o lado.

— Tem razão. *Argh.* Por que é tão difícil se mexer? — Ele passou a camiseta pela cabeça e ficou com o braço preso no buraco da gola. — A civilização é supe-restimada — disse ele com a voz abafada. Ele balançou os braços até conseguir se desembaraçar e fazer a cabeça sair pelo buraco certo. — Podemos recomeçar a vida aqui.

— Vai ser bem difícil descobrir os resultados das corridas de carro daqui — argumentou Jainan. O cabelo de Kiem estava bagunçado, e os dedos de Jainan coçavam para arrumar. Ele não se permitiu; os dois não estavam mais na cama.

— Eu poderia viver sem isso. — Kiem recolheu o cilindro aquecedor e, re-lutando, desativou-o.

— Vou buscar água — disse Jainan. Ele calçou as botas e vestiu o casaco. Ao sair da tenda, se viu em uma paisagem gloriosa em que a luz do sol refletida na neve quase o cegava. Respirou fundo o ar gelado e fresco, levantando a mão para cobrir os olhos, e apertou a vista na direção para onde os dois estavam caminhando.

— Ah! — disse ele, surpreso. — Kiem!

— Que foi? — Kiem já estava sentado na entrada da tenda, totalmente vestido e calçando as botas. Ele olhou para onde Jainan apontava.

O sol da manhã dissipara a neblina. Visível na fenda entre dois vales, pouco depois de uma pedreira, colunas se erguiam entre as montanhas como árvores metálicas. Um fio prateado de cabos magnetizados brilhava entre os postes. Eles haviam encontrado a linha do trem.

19

A nave de resgate desceu no tranquilo cenário montanhoso como uma invasão, os motores enchendo o vale com um zumbido agudo muito alto. A fuselagem laranja poderia ser vista a quilômetros de distância, mesmo se a nave não estivesse varrendo as redondezas com seu farol de luz branca.

Jainan observou o veículo com sentimentos mistos. Suas emoções estavam à flor da pele em todos os aspectos, vibrando de entusiasmo e tensão como um fio retesado — ele mal conseguia lidar com a presença de Kiem ao seu lado, que dirá com outras pessoas. Não queria enfrentar o resto do mundo. Parte dele queria permanecer ali com Kiem na solidão da neve e das montanhas, onde teria espaço para entender todos aqueles sentimentos borbulhantes. Não estava *pronto* para ser resgatado.

— Argh — murmurou Kiem ao lado dele. — Acha que vamos precisar levantar?

Jainan se virou. Os dois tinham ficado sentados em uma rocha durante a última hora, descansando enquanto esperavam. Passados os primeiros vinte minutos, Kiem caíra num silêncio incomum, mas Jainan presumira que ele estava cansado da caminhada. No momento, porém, ao ver Kiem abaixando a cabeça sobre os joelhos, Jainan percebeu que ele sofria de muito mais do que apenas dores musculares.

— Você está com esgotamento de energia.

— Talvez — respondeu Kiem entre os joelhos.

— Quantas pastilhas você tomou?

— Cinco? Hm. Seis. — Ele parecia ter que se esforçar para conseguir falar. — Talvez seja melhor tomar mais uma. Só pra conseguir ser resgatado.

— Não — disse Jainan. — De jeito nenhum. — Seus sentimentos mistos desapareceram abruptamente, substituídos pelo alívio por Kiem não ter tido um esgotamento total antes. Ele levantou a mão e acenou em desespero para o veículo de resgate que se aproximava.

A nave não precisou limpar a área de pouso. O zumbido era ensurdecedor durante a reta final do procedimento de descida; Jainan tampou os ouvidos com as mãos, mas não serviu de muita coisa. Então, o zumbido mudou, enquanto a embarcação parava subitamente no meio do ar, a uns dois metros da neve. Uma porta se abriu, liberando uma rampa. No topo, duas figuras pareciam estar discutindo, uma com o mesmo uniforme usado por todos na Base Hvaren, e a outra... era Bel.

Jainan apoiou o braço de Kiem em volta de seus ombros e o ajudou a se levantar. Bel pulou na rampa enquanto ela ainda se desdobrava, e quando o soldado estendeu uma mão em advertência, ela já estava correndo rampa abaixo e pulando para o chão.

— Dois dias! Seus idiotas! — disse ela, abraçando os dois.

Jainan congelou. Ela estava feliz em vê-lo também? Kiem pareceu não ter notado a reação de Jainan; ele simplesmente abriu um sorriso fraco para Bel e disse:

— Não queria te preocupar.

Bel já tinha percebido que havia algo estranho na resposta de Jainan; ela se afastou. Jainan não conseguiu desviar o olhar rápido o bastante. Já era tarde demais quando ele percebeu que tinha feito algo anormal. Não conseguia nem aceitar uma demonstração de amizade.

Mas Bel não disse nada e, em vez disso, se voltou para Kiem.

— Se não quer me preocupar, tente não bater o seu mosqueiro! — disse ela.

— Você pilota igual a um velhinho! Como conseguiu bater a porr... a porcaria do mosqueiro?

— Foi uma batida leve — disse Kiem. Bel passou o ombro sob o outro braço do príncipe, aliviando o peso para Jainan, e os três subiram a rampa. — Uma batidinha. Uma minibatidinha. Posso me sentar agora?

O soldado os alcançou, levando uma maca flutuante. Jainan e Bel ajudaram Kiem a se sentar. Bel seguiu a maca enquanto apresentava para Kiem alguns fatos sobre abuso de estimulantes, o que Jainan suspeitou ser a forma dela de aliviar seus sentimentos.

— Ele está consciente? — A forma aprumada surgindo na abertura da nave era ninguém menos que a coronel Lunver. — Tragam ele para dentro.

Era de se esperar. Claro que a Base Hvaren tinha enviado naves de resgate atrás deles, e claro que a oficial sênior se juntaria à busca de um membro da família real. O que surpreendeu Jainan foi o arrepio desconfortável que atravessou suas costas. Ele sempre soubera que deveria se sentir grato por qualquer ajuda oferecida pelos colegas oficiais de Taam, mas não sabia que ver uma dessas colegas o arrancaria tão rápido de sua tranquilidade recém-conquistada. Ele se lembrou da conversa que tivera com Kiem. *Você viu alguém se aproximar do nosso mosqueiro na base?*

— O que aconteceu? — perguntou Lunver.

A coronel Lunver não queria que eles vissem os arquivos da Martim-Pescador. Com uma teimosia incomum, Jainan a encarou com um olhar vazio.

— Não sei. Nós batemos.

— Entendi — respondeu Lunver. Ela não o desafiou. Claro que não o faria: os colegas de Taam nunca esperaram que Jainan pudesse ter qualquer utilidade.

— Fiquem com os médicos. — Ela se voltou para a cabine, provavelmente para reportar que os dois haviam sido encontrados.

A segunda médica era uma civil, o que deixou Jainan mais relaxado. O palácio claramente enviara sua própria equipe — incluindo Bel — para ajudar na força-tarefa de busca e resgate, o que significava que aquilo não era uma operação exclusiva de Lunver. A médica entregou um sachê de hidratação para Jainan e fez algumas perguntas. As respostas de Jainan pareceram deixá-la satisfeita.

— Vamos decolar em instantes — disse ela para Jainan. — E você pode estar se sentindo razoavelmente bem, mas eu recomendo que se deite...

— Eu estou bem, já disse! Veja como o Jainan está!

— ... coisa que aparentemente sua alteza não quer fazer — completou a médica enquanto eles entravam em um pequeno compartimento da nave. — Príncipe Kiem, por favor. Deite-se.

— Não até você ver como o...

— Estou aqui. — Jainan foi até o beliche, seguido por Bel, e pressionou os dedos contra os ombros de Kiem. — Deite-se. Você está sendo teimoso.

Enquanto as palavras saíam de sua boca, ele se deu conta de que estava tocando Kiem — com facilidade, naturalidade —, e Kiem parou de falar e se deitou. Àquela altura, o rosto de Kiem estava pálido de exaustão, motivo pelo qual ele soltou apenas um murmúrio em confirmação e nada mais. Mas ele segurou a mão de Jainan, que a apertou instintivamente antes de largá-la.

Num impulso, Jainan repousou a mão sobre a cabeça de Kiem. O cabelo estava macio ao toque. A respiração de Kiem parou por um segundo, mas depois ele relaxou o corpo todo de uma só vez, como um animal se espreguiçando antes de dormir. Até os traços de tensão em sua testa se suavizaram.

O sentimento estranho que se instalara em volta de Jainan como um escudo de combate desde aquela manhã ainda estava ali, e ele percebeu que não temia mais a desaprovação de ninguém. Sentou-se ao lado da cama de Kiem, em uma das cadeiras dos médicos, e passou o cinto de segurança pelos ombros.

O médico militar encarou os dois e aparentemente decidiu que não valia a pena brigar.

— Repouso e nutrientes — disse ele. — Não deixe o príncipe Kiem se levantar. Bel Siara, a coronel Lunver já tem as coordenadas que você quer reportar ao palácio. — Ele segurou a porta da cabine aberta, e Bel acenou para os dois antes de seguir o médico.

Jainan permaneceu sentado ao lado de Kiem na cabine repentinamente silenciosa e manteve a mão sobre a cabeça dele, fazendo-lhe um cafuné enquanto a nave levantava voo. O chão sob seus pés vibrava com a luta dos motores gravitacionais contra o vento. Ele conseguia escutar a voz "profissional" de Bel respondendo à coronel Lunver através das paredes da cabine. Jainan sentiu uma estranha paz.

O que significavam os acontecimentos daquela manhã? Teriam tido *importância* para Kiem? Jainan lembrou que Taam parecera ter gostado de algumas vezes em que dormiram juntos, embora nunca tivesse sido daquele jeito entre eles. Tentou não pensar muito na situação em que ele e Kiem se encontravam — parecia algo delicado, algo que poderia desmoronar sob uma análise minuciosa demais. Ele deveria apenas se sentir grato por Kiem ter aproveitado o momento, sem se preocupar se iria acontecer de novo ou elaborar perguntas sem sentido sobre o futuro.

Depois de um tempo, o som da porta se abrindo arrancou Jainan de seus devaneios.

— Ah, que bom, ele está descansando — disse Bel. — Já enviei o relatório. A Imperadora pode respirar tranquila agora. Não que eu ache que ela estava preocupada, mas um príncipe morto pode ser acidente. Dois príncipes mortos em três meses, sem querer ofender, começa a parecer premeditado.

— Sim — respondeu Jainan.

— Humpf — Kiem se mexeu, abrindo os olhos e se esforçando para se sentar na cama. — Eu estou *um pouco* ofendido. Alguém tentou matar a gente!

Ouvir Kiem dizendo aquilo de forma tão direta deixou Jainan muito mais gelado do que em qualquer momento durante a trilha. Entretanto, a afirmação não perturbou Bel, que abriu o tipo de sorriso preocupante para seus interlocutores.

— Sua última reunião com o conselho escolar não foi muito boa? — disse ela. — Ou de repente você irritou algum vereador?

— Jainan encontrou mais evidências de que Taam estava desviando dinheiro. — A voz de Kiem saiu rouca, mas dessa vez ele parecia sério. — Você disse que ele estava usando códigos sefalanos. Sabemos que existe um mercado clandestino em Sefala. Então alguém tentou invadir a rede da Martim-Pescador, e continua tentando, mesmo depois da morte de Taam. É possível que Taam tenha tentado passar a perna nos corsários e eles tenham ido atrás dele?

— Tudo é *possível* — disse Bel. — Posso garantir que algumas das gangues de corsários matariam para pôr as mãos em excedentes militares iskateanos. Mas equipamentos de mineração? Não consigo imaginar que eles matariam alguém por causa disso. Eles contrabandeiam armas. E por que viriam atrás de você?

— Porque nós começamos a investigação? — respondeu Kiem. — Qual é, Bel! Podem ter sido os corsários.

Bel lançou para ele um olhar que era indecifrável para Jainan, como se ela fosse íntima o bastante de Kiem para enxergar algo que ele não conseguia.

— Por que você quer tanto que tenham sido os corsários?

Kiem passou a mão pelos cabelos na nuca.

— Porque assim não teria nada a ver com Thea — disse ele. — Nesse caso, o Auditor aceitaria que Thea está entrando no tratado voluntariamente. E assim, ele confirmaria a nossa integração. Só precisamos dizer ao Auditor que Taam era um criminoso inexperiente e acabou passando a perna na pessoa errada. — Ele pareceu se dar conta do que havia dito e lançou um olhar meio culpado para Jainan. — Desculpa.

Eles teriam a integração confirmada e poderiam assinar o tratado. Jainan deveria se sentir aliviado, mas em vez disso um vão se abriu em seu peito. Ele não conseguia encontrar nada para dizer em defesa do ex-parceiro. Taam, que se importava tanto com o exército. Jainan não pensava que ele seria capaz de prejudicar a instituição daquela forma, mas de certa forma, estava cada vez mais claro que ele não conhecia Taam tão bem assim. Taam estivera conversando com corsários.

— Precisamos de provas — disse Jainan. — E do apoio da Segurança Interna. Eles que devem entregar as evidências ao Auditor. Eu... nós estamos envolvidos demais. Não temos credibilidade.

O ganido dos motores da nave mudou para um zumbido quando eles pararam de subir e começaram a planar.

Bel fez uma careta e olhou para uma das escotilhas na parede oposta.

— Posso ver o que consigo descobrir nas comunicações externas da Martim-Pescador. Ver se alguém mais vai tentar contato com aqueles códigos.

— Bel, *não* — disse Kiem, aparentemente percebendo algo no tom dela que passara batido para Jainan. — Você não está mais na Guarda Sefalana. Não pode simplesmente espionar as mensagens dos outros.

Bel pulou para fora da cama e caminhou até a escotilha.

— Isso não está certo — disse ela. — Não sei se foram os corsários ou não, mas já passou dos limites. Sei que você gosta de acreditar que no fundo todo mundo é legal, mas as pessoas *não são*, e uma hora ou outra esse tipo de atitude vai se voltar contra você. E eu não tenho um trabalho se não tiver você.

— Sem essa, você pode escolher o emprego que quiser — disse Kiem, tentando aliviar o clima. Bel cruzou os braços e se recostou na parede. — Mas não sei se devemos contar com a ajuda da Segurança Interna — acrescentou Kiem. — Ainda estou decidindo se perdoei todos eles por causa daquela história com a habilitação de segurança.

— Por favor, não eleve as coisas a outra proporção — rebateu Jainan. — Eles têm que fazer o trabalho deles para que o sistema funcione. Fui declarado um risco em potencial. Não é possível que eu tenha sido o primeiro.

— Uma declaração que só te ferrou! — disse Kiem. — Eles te trataram como um inimigo do Estado!

— Isso não é prob... — Jainan interrompeu o que estava dizendo. O olhar que Kiem lhe lançava era de alguém traído; ele sabia muito bem como aquela frase terminaria. Jainan respirou fundo. Sua mente era um trem percorrendo uma linha fantasma; aquilo tinha que parar. Desde o dia do casamento, Kiem vinha tratando os problemas de Jainan como se fossem dele.

A tentativa de entender como deveria ser devidamente tratado fazia a cabeça de Jainan doer.

— Certo — disse ele. — Mas se não cooperarmos com eles, será desacato. Podemos ser presos. Eles têm a autoridade da Imperadora.

Kiem se jogou contra a parede onde a cama estava apoiada, como se sua energia tivesse excedido os limites.

— Você é um representante do tratado. Eles não deviam nem ter poder sobre você.

— Mas eles têm — disse Jainan com firmeza. — O Império vem em primeiro lugar. Meu planeta natal não pode fazer nada por mim sem colocar o tratado da Resolução em risco. Não sou uma peça atuante no jogo, sou apenas um *estorvo*.

Houve um silêncio repentino, como se Jainan tivesse jogado uma nova carta sobre a mesa. O olhar fixo de Kiem era desconcertante. Ele fez uma pausa considerável antes de dizer:

— Isso não está certo.

— Você sabe que é assim — respondeu Jainan, numa voz seca o bastante para encerrar a conversa. — Precisamos cooperar.

A porta da cabine se abriu.

— Que bom ouvir isso — disse a coronel Lunver. Jainan ajustou a postura, desconfiado, mas aparentemente ela só ouvira a última coisa que ele dissera. — Vossa alteza. Agora que está acordado, pode me dizer o que aconteceu?

Kiem trocou olhares com Jainan. Geralmente ele era cooperativo com todo mundo, mas desta vez Jainan identificou um traço de teimosia no canto de sua boca.

— Eu estava pilotando e houve uma explosão — explicou Kiem. — Não sei o que você quer de mim, coronel. Acredite ou não, isso não acontece comigo com muita frequência.

— Não é hora para piadas, vossa alteza — disse a coronel Lunver.

— Com certeza — respondeu Kiem. — Aren te contou o que Jainan encontrou?

— Perdão? — disse a coronel Lunver.

— Os registros da sua operação estão abarrotados de provas de que Taam estava desviando dinheiro da Martim-Pescador — disse Kiem. — E alguém está tentando invadir seus sistemas também, embora eu deva admitir que isso provavelmente não é culpa do Taam. A propósito, por que você *não queria* que nós visitássemos a Base Hvaren, coronel? Isso não me cheira nada bem.

O tom era tão amigável que a acusação pessoal contra a coronel Lunver poderia quase passar despercebida. Jainan ignorou a pontada repentina de pânico. Não havia nada que ela pudesse fazer em uma nave com testemunhas civis.

Lunver franziu o cenho, como se seu gatinho de estimação tivesse começado a choramingar alegações absurdas.

— Pretende me explicar o que está dizendo, vossa alteza?

— Estou dizendo que é um pouco estranho que *Jainan* tenha sido a primeira pessoa a descobrir os buracos na sua contabilidade — respondeu Kiem. — Sei que você foi realocada para a operação após a morte de Taam, mas já faz dois meses. É estranho que você não tenha encontrado nada.

Qualquer que fosse a fonte de energia que ele havia encontrado, estava claramente se esgotando; suas palavras saíam arrastadas de cansaço.

— Isso é um absurdo — disse Lunver, curta e grossa. — Você está com esgotamento de energia, é incapaz de fazer esse tipo de alegação. Se eu fosse você, pararia antes que alguém escutasse, a não ser que prefira que o general Fenrik alerte sua mãe sobre esse comportamento irresponsável.

Era uma tentativa desengonçada de calar Kiem. Jainan, observando a conversa, percebia algo muito familiar na maneira como Lunver se defendia sob pressão. Ela estava preocupada com a própria reputação, mas não era só isso. Também se preocupava com a reputação da operação sob seu comando.

— Coronel — disse Jainan abruptamente. — Você tem um dever para com a sua unidade.

Lunver olhou para ele surpresa, cerrando os olhos.

— Você não é responsável por nada que Taam tenha feito — continuou Jainan. — Mas é responsável por consertar a situação. *Alguém* está tentando hackear sua operação. — Alguém também tentara matar os dois, mas Jainan não confiava o bastante em Lunver para falar sobre isso. — Se Taam não agia sozinho, alguém deve estar dando continuidade ao que ele estava fazendo. Intimidar Kiem dessa forma não vai ajudar.

Ele esperou uma reação de fúria. Nunca havia falado com Lunver daquela forma. Mas, em vez disso, depois de uma bufada nervosa e afiada, ela fechou a boca. Sua expressão de repente ficou distante e introspectiva.

Ela não parecia surpresa com as alegações. Claro que Aren teria lhe contado o que Kiem e Jainan fizeram durante a visita à Base Hvaren. Mas o fato de que Taam poderia ter um cúmplice, aquilo sim lhe parecera inesperado.

— Preciso ligar para a minha base — disse ela num tom seco. — Garantam que sua alteza receba todos os cuidados. — Ela se levantou. — E posso afirmar que, se esse caso de desvio não for resolvido, não será por negligência da minha unidade em investigar.

— Fico feliz em ouvir isso — respondeu Jainan. Ele mordeu a língua para não soltar um *Nos mantenha informados*, mas a expressão de Kiem disse aquilo por ele. Kiem era uma péssima influência. — Agradeço sua preocupação com essa questão.

Bel deu um sorriso tenso para Jainan e saiu para a cabine de comando atrás da coronel Lunver. Jainan não tinha nem a energia nem o impulso para pedir que ela não bisbilhotasse.

Jainan flexionou os ombros, tentando aliviar a tensão no pescoço e nas costas. Se distraiu observando Kiem, que devia estar exausto; suas pálpebras fechadas tremiam enquanto sua respiração se acalmava e ele caía no sono.

— Acha que ela vai mesmo descobrir o que está acontecendo? — murmurou Kiem.

— Não estou apostando muito nisso — disse Jainan delicadamente, porque Kiem estava lutando para se manter acordado. — Descanse um pouco.

Nem era necessário pedir. Kiem já perdera a batalha contra o cansaço, caindo no sono enquanto as linhas em seu rosto se suavizavam. Jainan não o tocou, pois poderia perturbá-lo; Kiem precisava de toda a energia possível para o interrogatório que os aguardava. Feixes de luz iluminavam o chão através das pequenas janelas laterais da nave. Jainan tirou os olhos de Kiem para observar o horizonte branco que passava abaixo do céu azul-claro, sentiu o tremor da nave passando pelo seu corpo e tentou ficar feliz por estarem voltando para o palácio em segurança. O voo seguiu.

20

Eles foram convocados pela Segurança Interna assim que pisaram em Arlusk. Kiem se recusou a entrar na zona morta de comunicação do quartel, então Rakal ordenou que esvaziassem a recepção, e eles se acomodaram desconfortavelmente nas cadeiras para visitantes. Kiem estava jogado contra o recosto duro, lento e um pouco tonto, os dedos repousados sobre sua pulseira como um lembrete para Rakal de que ele estava gravando toda a conversa.

— Vocês acham que alguém causou o acidente para impedir que continuassem investigando — disse Rakal.

— Não estou acusando ninguém — respondeu Jainan. Sua voz estava rouca. Ele passara a última hora explicando em detalhes exaustivos sua pesquisa sobre a Martim-Pescador. Rakal não mostrava nenhum sinal de cansaço; o interrogatório corria como uma cinta sobre uma engrenagem: as mesmas perguntas de novo e de novo até que Jainan começasse a duvidar dos próprios fatos. — Nós não fomos discretos com a nossa investigação.

— Vocês não deveriam sequer ter começado a investigar — rebateu Rakal, cuja impaciência indicava já ser tarde demais para aquilo.

— Vocês já sabiam da tentativa de invasão — afirmou Kiem. Contrariando as recomendações de Jainan, ele tomara meia pastilha energética após o pouso da nave, então ao menos conseguia se manter coerente. — Tiveram dias para ligar os pontos com as informações de Jainan. Pare de fingir que não tem suas próprias teorias. Sua pesquisa já foi muito além da nossa, não foi?

Rakal suspirou tocando o osso do nariz, um gesto tão incomum que Jainan começou a acreditar que estava alucinando.

— Vossa alteza — disse Rakal abruptamente. — Solicito que pare de gravar para que possamos ter uma conversa genuína. Vou pedir apenas uma vez.

Kiem e Jainan se entreolharam. Jainan assentiu.

— Certo — disse Kiem, relutante. — Porém, já obedecemos seu comando pela Voz Imperial, então, se você fizer qualquer ameaça, nós vamos embora.

Rakal observou Kiem desativando a pulseira antes de começar a falar.

— Estamos enfrentando problemas com o Auditor desde que vocês partiram.

Jainan sentiu a presença do Auditor se impor no fundo de sua mente, onde estivera à espreita como um alerta de tempestade.

— Que tipo de problemas?

— Alguma coisa aborreceu o Auditor e sua equipe — explicou Rakal. — Todos voltaram para a nave com os fragmentos e saíram mais cedo para a Estação Carissi. Não estão se comunicando nem com os representantes autorizados. A Imperadora acredita que a cerimônia do tratado ainda vai acontecer; a Resolução tem alguns protocolos misteriosos que ainda não entendemos totalmente.

Kiem afundou um pouquinho mais na cadeira.

— Então estamos ainda mais longe do tratado — disse ele.

— Não — respondeu Rakal num tom seco. — Sei que a integração de vocês não foi confirmada. Sei que foi por causa do assassinato de Taam. Esse crime precisa ser e *será* resolvido. Quando prendermos a pessoa responsável, o Auditor verá que Iskat e Thea estão em acordo, visto que a pessoa suspeita não é theana, e então ele confirmará os representantes do tratado.

Jainan não entendeu aquela implicação de imediato, mas Kiem sim, porque ele se sentou num pulo.

— Jainan está limpo?

— Conde Jainan. — Rakal abriu um sorriso fino. — Sim, vossa graça não é mais nosso principal suspeito. Mas ainda pode ajudar.

Jainan não gostou do jeito como Rakal disse *ajudar*. Apoiou as mãos sobre os joelhos, controlando cuidadosamente qualquer sinal de desconforto.

— Estou à disposição.

— Você ainda tem uma relação profissional com a professora Feynam Audel, certo?

Jainan não sabia o primeiro nome dela.

— Sim — respondeu, sentindo um alívio amargo na língua. — Você quer que eu abandone o projeto.

— Não. — Rakal se inclinou para a frente. — Quero que você consiga provas de que Audel assassinou o príncipe Taam.

— Peraí, como assim? — exclamou Kiem. — Vocês estão suspeitando da *professora Audel*? Mas nós já provamos que não foi ela.

A sala ficou embaçada ao redor de Jainan. Ele interrompeu os protestos de Kiem.

— Nós já dissemos que ela tem provas que a eximem de um motivo. Por favor, explique.

— Feynam Audel estava por trás das tentativas de invasão à rede — disse Rakal. — Passamos os últimos dois dias rastreando todos os comunicadores envolvidos, e isso é incontestável. Ela usou não apenas a própria conta, mas a de vários alunos, até mesmo a de um estudante que faleceu dois anos atrás.

Jainan sentiu um formigamento desconfortável sob a pele. A Segurança Interna não tinha motivos para mentir na cara dura.

— Se isso for verdade, ela tecnicamente cometeu um crime — disse ele. — Mas vocês só podem provar que ela estava tentando entrar nos sistemas da Martim-Pescador. Não há evidências de que ela tenha assassinado o Taam.

— Tirando a motivação evidente contra Taam e a Operação — apontou Rakal, levantando a mão para impedir mais um protesto de Kiem. — Sim, eu vi a carta de demissão que vocês nos enviaram. Foi forjada. Os militares não têm nenhum registro de recebimento desse comunicado.

A boca de Jainan estava seca.

— Entendi.

— A situação está bagunçada. — Rakal disse *bagunçada* com um ar de quem pega um pedaço de vegetal podre. — A Imperadora incumbiu a Segurança Interna de achar uma resposta antes do Dia da Unificação; a evidência deve ser explícita. Sabemos que Audel está viajando para a Estação Carissi para assistir à assinatura do tratado. A refinaria da Martim-Pescador fica no mesmo conglomerado habitacional que a estação. Acreditamos que ela vá tentar mais uma vez acessar ilegalmente as redes da Martim-Pescador de lá.

— E o que isso tem a ver com Jainan? — questionou Kiem.

— Queremos que você dê a ela uma credencial de acesso à refinaria — explicou Rakal. Seus modos eram abrasivos, mas, diferente de vários militares, elu falava diretamente com Jainan, e não através de Kiem, com um olhar que parecia perfurar a mente do conde. — Ela vai tentar usar a credencial. O dispositivo é uma isca, configurado para recolher evidências de tudo que ela fizer na refinaria. Assim que tivermos provas da sabotagem, poderemos usá-las para dar um fim nisso. Além do mais, isso limpará sua ficha.

— Você não pode forçar Jainan a fazer isso — disse Kiem. Ele voltara ao tom combativo do início. Jainan até se sentiria grato, mas tanto Rakal quanto Kiem soavam abafados em seus ouvidos. A grandeza das políticas galácticas pareciam pressioná-lo como um poço gravitacional, como se a distância incomensurável e a terrível estranheza dos outros sistemas da Resolução se agrupassem em baixa órbita ao redor deles. O Império não era apenas Iskat; era Thea também, e cinco outros planetas com centenas de milhões de cidadãos, todos se afastando do resto do universo como a inclinação axial do inverno.

— Eu faço — disse Jainan. Ele se sentia pálido e desgastado, como um pedaço velho de tecido. Não havia escolha. Nunca houvera.

— Podemos chamar de justiça se você está criando uma armadilha para ela? — Kiem se dirigia a Rakal. — Pensei que justiça fosse a questão principal disso tudo.

— Justiça não significa nada sem uma estrutura que a imponha — afirmou Rakal. — A Segurança Interna é uma agência de inteligência, não um órgão policial; prezamos pela *estabilidade.*

Jainan se pegou concordando contra a própria vontade. Ele não disse nada.

— Estão fazendo um ótimo trabalho então, né? — zombou Kiem. — Essa explicação não me convence. Não tenho uma melhor, mas não caio nessa. Não venha me dizer que a *professora Audel* sabotou nosso mosqueiro.

Rakal hesitou.

— Isso tem nos dado uma grande dor de cabeça — admitiu elu. — Seria um grande risco para ela. Mas essa falha mecânica é *sim* bem comum, e pelo que entendi vocês estavam usando comandos atípicos no mosqueiro. Pode ter sido um acidente.

— Ah, me sinto muito mais seguro agora — disse Kiem.

— Vou ordenar proteção direta para o seu mosqueiro...

— Eu não entro num troço daqueles de novo até que isso tudo seja resolvido — interrompeu Kiem. — Minha assistente disse que vai reservar uma embarcação aleatória para nossa viagem até a Estação Carissi amanhã, então a não ser que alguém queira explodir a plataforma de embarque espacial inteira, não teremos problemas quanto a isso. Mas essa armadilha contra Audel não me agrada. Pensei que a Segurança Interna ao menos se preocupasse com a lei.

— O Estado é a lei, vossa alteza — disse Rakal. — Eu sirvo à Imperadora.

A expressão de Kiem, tão clara como se ele tivesse passado um bilhete para Jainan, dizia que aquilo não o tranquilizava tanto quanto Rakal imaginava. Jainan engoliu uma onda de histeria causada pela insinuação perigosa que beirava um crime de lesa-majestade.

— Compreendemos, agente Rakal — disse Jainan. — Somos todos leais ao Império.

Rakal ativou a própria pulseira com animação, um sinal de que o interrogatório estava chegando ao fim.

— Um representante da assessoria de imprensa está aguardando para falar com vocês — anunciou Rakal. *Assessoria de imprensa* também soou como um pedaço de lixo radioativo segurado com uma pinça. — Um portal local de Braska soltou um artigo sobre a ausência do príncipe Kiem na festa de formatura da escola. Qualquer que seja a história que vocês inventem para eles, não podem mencionar nada sobre a investigação. Vou precisar invocar a Voz Imperial?

— Não — respondeu Kiem. Ele deu impulso para se levantar, mas acabou se jogando para a frente, a cabeça curvada sobre os joelhos. — Eu faço. Deixa que eu lido com eles.

Jainan percebera havia muito tempo que raiva não era um sentimento adequado para diplomatas, por isso a suprimiu, mas levou um momento para reconhecer a sensação fria e rígida causada pela visão de Kiem recebendo mais ordens.

— Espero que esta conversa tenha fornecido tudo de que vocês precisam, agente Rakal — disse ele. — Kiem está enfrentando uma ressaca de energia; estamos liberados? Você sabe onde nos encontrar.

— É, podemos dizer que sim. — Rakal abriu um sorriso rígido e impossível de ler. — Caso contrário, tenho certeza de que ficarei sabendo pelos portais de notícias.

Jainan ficou de pé e precisou se segurar para não estender a mão e ajudar Kiem. Ele teria ficado constrangido; o próprio Jainan preferiria dar uma entrevista completa a um portal de notícias do que aceitar apoio físico na frente de Rakal. Além do mais, Kiem estava bem, ainda que se movesse mais lentamente do que o normal.

Bel os encontrou na porta do escritório da Segurança Interna, que dava em um corredor largo com uma escada em espiral; a escada conduzia à entrada da área onde ficava a equipe do palácio. Ela lançou um olhar para Kiem, que demonstrava algo entre impaciência e preocupação.

— Tem um médico do palácio esperando o Kiem lá embaixo — disse ela para Jainan, como se ele pudesse fazer qualquer coisa a respeito da situação. — Garanta que ele seja examinado. A assessoria de imprensa também está aguardando, mas vou tentar dispensá-los.

— Estou bem — disse Kiem. — Só quero tomar um banho. — Quando viraram a curva da escada e viram quem estava aguardando lá embaixo, ele gemeu e se jogou contra o ombro de Jainan. — Nem pensar, esquece o que eu disse, estou definitivamente doente demais pra falar.

Jainan ofereceu o braço sem pensar. Das duas pessoas que os aguardavam, uma era um enfermeiro do palácio. A outra era alguém com quem Jainan só tivera encontros breves e desagradáveis, e a cujas perguntas ele não estava nada ansioso para responder.

— Só você mesmo — disse o chefe de imprensa. Hren Halesar estava de braços cruzados, parado no caminho de Kiem. — Só você pra foder com uma visita escolar. Vocês se envolveram mesmo em um acidente?

Kiem tropeçou nos últimos degraus da escada e, apoiado no braço de Jainan, parou.

— Argh — gemeu ele. — Sim, nós batemos. Eu caí num rio. Jainan lutou contra um urso. Alguns anjos passaram voando. Invasão alienígena. Posso fazer meu exame e ir pra cama?

— Anjos o cacete. Você conversou com algum jornalista?

— Sim, tinha um escondido no armário na nave de resgate — disse Kiem. Ele ainda estava apoiado em Jainan, que acreditava não se tratar apenas de encenação. — Eu atraio jornalistas por onde passo. São os meus feromônios.

Jainan engasgou.

— Eles estão de olho em você. Alguns jornais independentes pegaram o artigo local sobre a sua ausência em Braska. Não responda a eles. Os espiões me disseram que eles precisam que isso desapareça porque a porra da Resolução está em jogo. — Sua expressão deixava muito claro que o desagrado entre a assessoria de imprensa e a Segurança Interna era mútuo. — Então vou precisar de uma declaração e de um vídeo curto.

— Pode ser — respondeu Kiem. Ele estava claramente tentando soar enérgico, mas sem muito sucesso. — Vou preparar isso amanhã. Deixa comigo.

— Vou precisar de alguns detalhes para o...

— Hren Halesar — disse Jainan, interrompendo-o com seu nome formal. — Sua alteza está cansado da viagem, e precisamos viajar amanhã por questões imperiais. Poderia, por gentileza, nos deixar tomar um banho e repousar?

Hren se virou para ele no susto, mas seus olhos estavam semicerrados.

— Vou precisar de mais do que...

— Ah, merda, Hren, pensando bem — disse Kiem, interrompendo-o pela segunda vez —, você é justamente a pessoa de que eu preciso agora. — Ele puxou um objeto volumoso do bolso da jaqueta e pressionou-o contra Hren.

Hren encarou a espátula dourada nas mãos.

— Que porra é essa?

— Uma espátula — respondeu Kiem.

— É de enorme importância — completou Jainan, a voz grave.

— Entregue isso para a Escola Primária de Braska com um sincero pedido de desculpas, pode ser? — disse Kiem. — Uma grande oportunidade para imprensa positiva. Escreva uma carta cheia de floreios. Ah, e não esqueça de avisar que eu não morri. Diga que eu ligo pra eles...

— Liga pra eles quando não estiver mais com essa cara de morto — acrescentou Jainan.

— Ligo pra eles quando não estiver mais com essa cara de morto. Cuide bem dessa espátula. Você é o cara. Sabia que podia contar contigo.

— Com licença — disse Jainan para o enfermeiro. — Vossa alteza está em péssimas condições e precisa ser levado para a clínica.

— Não brinca — disse o enfermeiro, que passara os últimos dois minutos tentando colocar um medidor de pressão no pulso de Kiem. — Por aqui, vossa alteza.

— E piolho. Acho que estou com piolho — disse Kiem com pesar, se aproximando o bastante de Hren para que ele desse um passo assustado para trás. — Melhor não entrar no elevador comigo. Licença. — Ele desapareceu rumo ao elevador com o enfermeiro.

Jainan trocou um olhar com Bel e seguiu Kiem. Bel puxou Hren para o canto, provavelmente dando a ele informações suficientes para mantê-lo longe de Kiem até o dia seguinte.

— Piolho? — sussurrou Jainan enquanto seguia Kiem para dentro do elevador.

— Um efeito colateral da hipotermia muito conhecido — disse Kiem.

— É claro — respondeu Jainan. — Assim como falar bobagem, creio eu. Vou pegar roupas limpas pra você e te encontro na clínica.

Não lhe pareceu um retorno triunfal. O cansaço de Jainan beirava a exaustão, e a leveza momentânea se transformou em uma sensação insistente de injustiça que o seguia por toda parte. Ele sentia vergonha de ser visto nos corredores usando aquelas roupas bagunçadas que vestira depois do acidente. Forçou-se a ignorar qualquer pensamento que não estivesse relacionado à sua tarefa imediata, mas essa atitude acabou lhe pregando uma peça: já estava na metade do caminho até os aposentos de Taam antes de notar que tinha ido para a ala errada do palácio.

Ele deu meia-volta, frustrado, e apertou o passo até os aposentos de Kiem — *seus* aposentos. Estava quase chegando quando percebeu os passos que o seguiam.

— Vossa graça!

Jainan se virou. A pessoa que o seguia era uma mulher de cabelos curtos, muito bem vestida, com um estiloso implante ocular prateado. Jainan se encolheu automaticamente antes de reconhecê-la.

A mulher exibia um sorriso animado e direto.

— Perdão por tê-lo seguido, eu não tinha certeza se era mesmo você. — Ela se aproximou estendendo a mão. — Hani Sereson, sou...

— Jornalista, eu sei — completou Jainan. Ele não aceitou a mão estendida por ela. Não estava no clima para falsas gentilezas, e não havia ninguém por perto que pudesse obrigá-lo a isso. — Reconheci você da cerimônia de casamento.

— Sim. Trabalho para o *Diário da Informação* — disse Hani. Recuperando-se delicadamente da rejeição, ela abaixou a mão e analisou as vestimentas desalinhadas de Jainan. — Viagem de última hora para esquiar, vossa graça? Isso tem alguma coisa a ver com o desaparecimento repentino do Auditor?

— Não... — respondeu Jainan, e então se deu conta de que estava caindo em uma armadilha. Se ele desse uma mínima abertura, seu nome e o de Kiem estariam em todas as notícias do dia seguinte, e nem mesmo Hren Halesar seria capaz de controlar o estrago. — Por que você está aqui? — disse ele. — Você tem um passe de visitante?

Hani fez uma reverência leve e irônica.

— Sim, vossa graça — disse ela. — Caso não saiba, eu e o príncipe Kiem nos encontramos todo mês para um drinque. Só que ele não apareceu hoje. O público se preocupa, e com razão, quando um dos nossos representantes da Resolução desaparece. A vida dele costuma ser tão pública.

— O príncipe Kiem não está disponível no momento — disse Jainan. — Está se preparando para o Dia da Unificação.

— Não está doente, está? — questionou Hani. Jainan balançou a cabeça. — Todos estão de olho nos representantes do tratado e na Resolução, sabe como é. Vou cobrir tudo da Estação Carissi, então se você tiver qualquer declaração que queira me passar...?

— Não — respondeu Jainan. — Por favor, se retire.

— Certo, certo. — Hani levantou a palma da mão. — Vou manter esta conversa entre nós. — Jainan não gostava do brilho prateado nos olhos dela. Tornava mais difícil ler sua expressão enquanto ela o encarava. — Mas saiba que não sou sua inimiga.

É sim, disse Jainan na privacidade de sua mente, mas, em vez disso, abriu um sorriso.

— Eu valorizo muito minha privacidade. — Sua pulseira vibrou, mas ele a ignorou. — Precisa que alguém te mostre a saída?

— Já estou indo! — declarou Hani, mas Jainan não se importou. Fechou a porta atrás de si e de repente estava a salvo no oásis tranquilo que eram os aposentos de Kiem, finalmente a sós.

Ele esperava se sentir aliviado. Sempre tratava seu tempo sozinho no palácio como uma preciosidade. Mas, para sua surpresa, caminhou impacientemente até o quarto e vasculhou as gavetas para encontrar as roupas de Kiem, sem parar nem mesmo para sentar. Ainda havia muito a ser feito.

Uma batida intermitente na janela anunciava a chegada das pombas, que obviamente perceberam a movimentação e esperavam receber comida. Jainan sabia que era Kiem quem as alimentava; ele o flagrara fazendo aquilo diversas vezes. Jainan não tinha tempo para pombas no momento, mas o som familiar o tranquilizou.

Sua pulseira soou. Ele tocou na superfície para fazer o som parar e olhou as mensagens que recebera enquanto estava sem sinal. Havia bem mais do que ele esperava: poderia ignorar a maioria dos comunicados da universidade, mas a leva de mensagens de Gairad lhe causou uma pontada aguda de culpa. Ela continuava a informá-lo sobre o projeto, tentando entender como a Martim-Pescador organizava a refinaria.

Ele se sentou e tentou elaborar uma resposta. Gairad não tinha ideia do que a professora Audel estava fazendo. Poderia ser perigoso para ela continuar no projeto. Mesmo assim, ele dera sua palavra para a Segurança Interna, em defesa do Império — e em defesa de Thea.

Ele rolou até a última mensagem de Gairad: *Encontrei umas plantas que você precisa ver. Te encontro em Carissi.*

A obstinação de Jainan vacilou, e ele cedeu. Respondeu com *Nos vemos lá.* E então tirou a pulseira e jogou-a no fundo de uma gaveta, para que ficasse ali pelo resto da noite.

— Ei — disse Kiem da porta do quarto.

Jainan rodopiou.

— Pensei que você estava na clínica. — *Eu já estava a caminho*, ele quis dizer, mas Kiem estava usando seu melhor olhar de cãozinho abandonado.

— Usei meu charme pra escapar de lá — respondeu Kiem. — Fui muito sem-vergonha. Só queria fugir daquela muvuca. Me perdoa? — Seu tom era meio sério, meio brincalhão, e a parte séria causou uma sensação estranha no peito de Jainan.

— Agora você está tentando usar seu charme em mim — disse Jainan enquanto Kiem atravessava o quarto.

— Está dando certo? — perguntou Kiem, e antes que Jainan pudesse responder, ele o beijou.

Foi um beijo delicado e experimental, como se, agora que os dois estavam de volta ao palácio, tivessem que reaprender tudo. Jainan segurou Kiem pelos ombros e deixou o beijo mais intenso. Houve um longo momento de silêncio profundo, então Jainan respirou fundo e disse:

— Está dando certo. Você está tentando me enrolar só pra tomar banho primeiro?

— Nossa, está dando *tão certo* assim? — exclamou Kiem. Havia uma risada sem motivo em sua voz. — Prometo que vou ser rápido. — Jainan abriu caminho para ele. Kiem tropeçou no passo seguinte, mas se recuperou rapidamente e sorriu para Jainan. — Acho que escalei montanhas demais.

Enquanto Kiem estava no banho, Jainan se ocupou em se despir. No calor do palácio, as camadas de roupa pareciam imundas e desconfortáveis. Ele pendurou tudo no armário de limpeza e se virou em direção ao banheiro, pensando se entrava ou não para recolher as roupas de Kiem. A porta estava fechada, mas a luz indicava que não estava trancada. Poderia ser invasão de privacidade.

O dilema foi resolvido com um estrondo abrupto do lado de dentro. Jainan abriu a porta sem pensar duas vezes.

— Kiem?

— Foi de propósito — disse Kiem, caído no chão. Ele conseguira tirar as calças, mas estava sentado no canto; se é que dava para chamar "meio caído contra a parede" de *sentado*. Bastou um olhar para que Jainan percebesse que Kiem vinha escondendo o nível de sua exaustão.

Jainan o pegou pelo pulso — Kiem não resistiu — e tentou levantá-lo.

— Kiem — disse ele. — Você não está em condições de se lavar. Vá para a cama.

— Vou tomar banho — disse Kiem para as toalhas. — Estou entrando no chuveiro.

— Você não precisa... — Jainan parou. Não era como se ele não entendesse aquela sensação. Considerou se poderia ou não tomar aquela liberdade e decidiu que provavelmente sim. — Muito bem. Se é assim. — Ele levantou Kiem até que estivesse totalmente de pé e o soltou. Kiem se apoiou no suporte de toalhas. Jainan tirou o restante das próprias roupas. Ligou o chuveiro e os sensores se acenderam. — Pelo menos assim não vamos precisar discutir sobre quem vai primeiro.

— Ótimo! Ótimo. — Kiem entendeu o que eles estavam prestes a fazer e arrancou a camisa, quase perdendo o equilíbrio de novo. Jainan o observou. — Estou mais cansado do que imaginei — disse Kiem como se pedisse desculpas. Ele entrou no chuveiro aos tropeços, se mantendo firme com uma das mãos no braço de Jainan. O modo como seus olhos rastreavam o peito nu de Jainan era gratificante, mesmo que nenhum dos dois estivesse no clima para fazer muita coisa.

Os sensores apitaram, confusos ao registrarem duas pessoas. Chuveiros eram altamente personalizáveis, e apesar de Jainan não estar usando aquele por tempo suficiente para entender seu funcionamento, conseguiu ajustar uma das duchas para o modo manual. Kiem suspirou ao ser atingido pela água, como se todo o ar estivesse se esvaindo de seus pulmões. Ele deitou a cabeça no vão entre o ombro e o pescoço de Jainan e ficou ali enquanto a água escorria pelas suas costas, apoiando o peso contra Jainan.

— Kiem — disse Jainan. — Sério mesmo? — No fundo, era uma boa sensação, mesmo levando em conta a fadiga que sentia, e embora a posição fosse completamente inconveniente, ele não conseguiu mover a cabeça de Kiem.

— Humpf — murmurou Kiem. — Você tem tanto cabelo. — Ele levantou a mão e passou pelos fios já molhados de Jainan. Ou melhor, tentou e parou, porque, àquela altura, o cabelo de Jainan estava muito embaraçado. Kiem soltou mais um barulho e balançou a cabeça enquanto a água molhava seu rosto.

Jainan precisou controlar a risada quando se deu conta de que Kiem poderia literalmente se afogar em seu cabelo. O cansaço devia ser grande para que ele achasse aquilo engraçado. Segurou a mão de Kiem, soltando-a dos fios embaraçados, e sentiu uma gratidão inexplicável.

— Tente não cair por dois minutos e eu prometo que você pode dormir depois.

Kiem soltou um barulho que parecia indicar cooperação.

Dadas as circunstâncias, Jainan fez um trabalho razoável em enxaguar os dois, e conseguiu secar Kiem depois do banho. Secar o próprio cabelo era um caso perdido, mesmo com o aquecedor, mas ele estava cansado demais para se preocupar com isso. A essa altura, Kiem estava totalmente apoiado nele para permanecer de pé.

Quando saíram do banheiro, Jainan estava cansado, estranhamente feliz, e se surpreendeu quando Kiem se afastou.

— O que foi? — perguntou Jainan.

— Preciso ir para a cama — disse Kiem.

Jainan parou no lugar. A cama dobrável. Os olhos de Kiem foram direto para os de Jainan ao dizer aquilo, e embora Jainan achasse que jamais seria capaz de ler Kiem, naquele momento foi capaz de fazer uma suposição confiante.

— Kiem — disse ele, a voz firme. — Você é meu parceiro. Venha para a cama.

O alívio tomou conta do rosto de Kiem como a luz da manhã.

— É sério? Sério mesmo?

— Óbvio — respondeu Jainan. — Além do mais, você vai cair no sono antes mesmo de conseguir se virar de lado. — Ele o guiou até a cama e Kiem desabou, puxando Jainan consigo.

Jainan se permitiu cair. Uma exaustão profunda o atravessou enquanto ele se acomodava ao lado de Kiem. Eles precisariam viajar no dia seguinte. Sua integração ainda não tinha sido confirmada pela Resolução, e o setor inteiro estava por um fio. Ele estava tão cansado. Virou o rosto em direção ao calor da pele de Kiem e adormeceu.

21

Na vastidão silenciosa do espaço-remoto, Thea pairava como o ressoar de uma nota musical pura e única. O movimento de seus oceanos ultramarítimos brilhava sob o anel delicado de silicato e gelo, girando imperceptivelmente atrás da janela de observação da Estação Carissi. Kiem já tinha visto alguns planetas do Império do espaço — Eisafan, Rtul — mas estava pronto para dar a Thea o prêmio de melhor primeira impressão, com uma menção honrosa na categoria Planeta Que Ele Consideraria Pedir Em Namoro.

— Você está cantarolando — disse Jainan ao lado dele.

— Estou? — Kiem se apoiava no corrimão do observatório. Devia ter adquirido aquele hábito em algum momento. Não lembrava onde; ele não tinha ritmo algum, mas a vontade de cantar era irresistível. — Estou de bom humor. — Ele se inclinou um pouco demais e teve que se afastar. A gravidade na Estação Carissi era de oito décimos, o que tornava cada movimento uma aventura.

Eles passaram três dias presos na viagem — Bel escolhera um transportador econômico que sequer tinha comunicadores em tempo real —, e ele deveria estar preocupado com o tratado, mas quando estava com Jainan, mal sentia o tempo passar. Claro que ter dormido pelas primeiras vinte e quatro horas devia ter ajudado.

Jainan não sorriu, mas a expressão tensa entre seus olhos relaxou. Ele apoiou as mãos no corrimão, mantendo-se firme na gravidade mais leve, e levantou o olhar da tela em seu pulso para o janelão com cinco andares de altura à sua frente. O Salão de Observação da estação era cercado por janelas similares. Jainan não estava boquiaberto como Kiem, pois já contemplara aquela vista antes, mas toda vez que ele erguia os olhos, ficava meio melancólico, meio saudosista. Sua irmã Ressid chegaria com a delegação planetária de Thea dali a quatro dias. Kiem tinha a impressão de que Jainan estava nervoso.

Parabenizando-se pela própria sensibilidade — que tal *não forçar* Jainan a falar quando estava na cara que ele não queria? —, Kiem o deixou conferindo suas mensagens e caminhou até a janela seguinte, onde um conjunto blocado de habitações industriais se erguia por trás da estação principal. Uma daquelas devia ser a refinaria da Operação Martim-Pescador que Aren mencionara, movida por minerais de asteroides recolhidos nos pontos mais distantes do setor. Kiem estremeceu com a lembrança e se perguntou se a professora Audel já teria chegado à estação. Ele ainda tinha esperanças de que as coisas pudessem se resolver sozinhas — talvez a batida de Taam tivesse sido *mesmo* um acidente —, mas até ele achava cada vez mais difícil se prender àquela ideia.

Para sua surpresa, o resto do Salão de Observação estava vazio. Kiem mantinha os olhos bem abertos em busca do Auditor. Agente Rakal obviamente acreditava que ainda achariam um suspeito satisfatório para a Resolução, mas Kiem estava começando a perceber que não teriam tempo. Se ao menos eles contassem ao Auditor tudo o que sabiam, ficaria óbvio que *Jainan* não matara Taam. Talvez aquilo fosse o bastante para que a integração dos dois fosse confirmada.

As celebrações da Unificação começariam mais tarde no salão, depois da assinatura da Resolução, mas a maioria dos contingentes oficiais ainda não havia chegado e, no momento, as pessoas circulavam devagar por ali. Não havia muitos theanos entre eles. Jainan mencionara durante a viagem que os módulos habitacionais da Estação Carissi ainda eram considerados uma vaidade iskateana e, apesar de estarem posicionados na órbita de Thea, os theanos em si costumavam usar apenas as docas no Módulo de Tráfego, onde os viajantes pegavam transportes de conexão para chegar ao planeta e sair dele. Kiem ainda tinha muito a aprender sobre as sutilezas de Thea.

Jainan ergueu o olhar de sua pulseira.

— Suas matérias saíram nos portais de notícias enquanto estávamos no transportador — disse ele. — Aquelas sobre o acidente.

— Ah, é? — respondeu Kiem. Ele se inclinou para visualizar uma nébula distante. — Alguma mensagem nervosinha do Hren?

— Não — disse Jainan. Algo parecia chateá-lo. — Não sabia que o plano era culpar suas próprias habilidades de pilotagem. Isso te coloca como incompetente.

— Bem, é a narrativa que eles conhecem. Fácil de emplacar.

Jainan não respondeu. Estava franzindo o cenho para a tela.

— Não cheguei a mencionar você, né? — disse Kiem, preocupado de repente. Ele tentara dar a impressão de que estava sozinho no mosqueiro.

— Não mencionou — respondeu Jainan. — É só que... por que você fala de *si mesmo* desse jeito?

Aquilo deixou Kiem balançado. Jainan parecia esperar uma resposta concreta.

— Hm. Me pareceu a melhor saída.

— Ah — murmurou Jainan. Ele examinou Kiem por um momento, depois moveu o olhar para uma figura desengonçada atravessando o Salão de Observação a passos largos.

Kiem teve aproximadamente dois segundos para se perguntar o que Gairad estava fazendo na Estação Carissi antes de lembrar que ela era theana, e aquela era, em tese, sua órbita natal.

— Ainda está vivo? — disse Gairad para Jainan, como forma de cumprimento.

— As evidências indicam que sim — respondeu Jainan num tom seco. Ele parecia feliz em vê-la, mas do seu jeitinho quieto. — A professora Audel já está na estação?

— Beleza, vamos ignorar que você sofreu um acidente de mosqueiro e me deixou preocupada por dois dias — rebateu Gairad. — Não, ela deve chegar hoje. Por quê?

Jainan não olhou para Kiem.

— Preciso falar com ela. Você está aqui para trabalhar no projeto da Martim-Pescador?

— Não — respondeu Gairad, subitamente aborrecida. — Minha bolsa de estudos diz que preciso comparecer às cerimônias de boa vontade dos iskateanos. Eu *deveria* estar num protesto agora — completou ela, como se Jainan fosse entender —, mas não posso me dar ao luxo de perder a bolsa.

Kiem viu a pequena mudança na postura indicando que a atenção de Jainan havia se movido completamente para Gairad, excluindo todo o resto.

— Qual protesto?

A pulseira de Gairad vibrou, e ela abriu e fechou uma tela pessoal, fazendo uma careta.

— Está rolando um protesto grande sobre o Dia da Unificação lá em Bita. Todos os meus amigos estão pegando no meu pé por eu ter ficado aqui com os iskateanos.

— Gairad — disse Jainan, controlado o bastante para que as palavras soassem como um alerta. — Você não pode manter contato com os radicais.

— Eles não são radicais — respondeu Gairad, como se já tivessem tido aquela conversa antes. — São meus amigos da faculdade.

— *Ainda por cima* no Dia da Unificação — continuou Jainan. — Por favor. Deixe isso pra lá. Você tem que focar no seu projeto agora.

A pontada de súplica na voz dele aparentemente fez Gairad pensar.

— Aff — bufou ela, por fim. — Parece que sim. Pelo menos com você e a professora aqui, vamos poder avançar um pouco na Martim-Pescador. Você teve tempo de olhar minha análise sobre a matéria da refinaria? — Gairad abriu uma tela bem ali, entre ela e Jainan, que mostrava uma seção transversal de um habitat espacial. Depois de um momento, Kiem reconheceu a refinaria cujo modelo eles tinham visto na Base Hvaren. — Aqui. Tem alguma coisa estranha com essa distribuição de matéria que eu não consigo descobrir o que é. Podemos ver isso juntos hoje à noite?

De repente, ouviu-se um estrondo. Kiem se virou e viu que uma das divisórias enormes estava em movimento, se dobrando para revelar outra parte do salão. Provavelmente precisariam do espaço inteiro para as cerimônias. A nova parte do salão já estava arrumada com diversos pedestais na altura da cintura, todos cobertos por bolhas de campo de força. Cada bolha guardava um fragmento galáctico. Kiem reconheceu uma pessoa da Resolução ajustando um dos pedestais.

Jainan reagiu ao barulho apenas com uma rápida olhada por cima do ombro.

— Amanhã — disse ele para Gairad. — Tenho um jantar esta noite.

— Banquete do Comitê Consultivo — disse Kiem, tentando ajudar. — Mas estamos livres amanhã de manhã. — Se ele seguisse a agenda que Bel organizara meticulosamente por cores, seria mais fácil ignorar que só tinham quatro dias para resolver a questão da integração, do contrário, nada naquele circo todo teria importância. Ele tocou o cotovelo de Jainan. — Tem alguém da equipe da Resolução ali. Podemos tentar conversar.

Jainan entendeu sua intenção de imediato. Se o Auditor não estava falando com ninguém, a equipe poderia ser um meio de chegar a ele.

— Sim. Gairad, te vejo amanhã.

Gairad insistiu em segui-los para apontar mais alguns aspectos de sua análise, que Jainan escutou solenemente antes de se afastar, mas Kiem já estava focado na equipe da Resolução. A divisória se retraiu para dentro da parede, revelando mais uma dúzia de fragmentos, cada um em seu próprio pedestal.

O Auditor em si também foi revelado, chegando por uma porta lateral. A princesa Vaile, que segurava a saia com uma das mãos e corria para alcançá-lo, disse:

— Auditor, se pudesse ao menos *explicar...*

Kiem parou ao lado dela e se intrometeu na conversa.

— E aí, Vaile? Explicar o quê?

O Auditor não estava respondendo de qualquer forma. Vaile deu a Kiem um olhar ofendido.

— Ah, Kiem. É claro, você estava no transportador. Já conferiu seu status de integração recentemente?

Kiem trocou um olhar com Jainan e abriu suas correspondências com a equipe do Auditor. Uma miniatura da teia de fotos apareceu numa tela pequena sobre seu pulso, com os rostos dos representantes do tratado acima dos respectivos status.

Ele e Jainan não apareciam mais com o status de NÃO CONFIRMADO. O indicador fora substituído por outro, brilhando em vermelho. REVOGADO.

A voz de Jainan estava distante e frágil, e ele chegou a tempo de ver a tela no pulso de Kiem.

— Isso... Não entendo. Isso não pode estar certo. Não com *todos* eles.

Em seu momento de choque, Kiem não olhara para os outros. Mas então viu que o vermelho cobria toda a teia: cada um dos representantes sefalanos também tinha sido marcado como REVOGADO, assim como todas as metades iskateanas dos casais restantes.

— Sim — disse Vaile num tom sombrio. — Esse é o problema. Auditor — disse ela, aumentando o tom de voz —, entendo que o senhor deve respeitar os protocolos da Resolução, mas a Imperadora precisa saber seus motivos para que possa responder. *Se puder* parar por um momento e me dizer...

— Aqui — disse o Auditor, parando em frente a um dos pedestais com fragmentos, ladeado por dois funcionários juniores. Kiem não notara antes, mas a névoa de luz que cobria o olho do Auditor tomava uma forma diferente quando ele estava perto dos fragmentos: um novo elemento se arrastava pelas bordas do campo rodopiante. Parecia uma cor, mas o cérebro de Kiem a interpretava não como uma luz visível, mas como um gosto amargo no fundo da boca. O Auditor se virou para Vaile. Não dava para saber se ele estava olhando, mas por algum motivo Kiem tinha certeza de que ele identificara sua presença e a de Jainan. — Princesa Vaile, dê um passo à frente.

Vaile soltou a saia, deixando o tecido cair no chão, e se moveu até o pedestal. Era o maior fragmento de todos, tão grande que Kiem não conseguiria colocar seus braços ao redor dele, e parecia formado por centenas de fragmentos de metal fundidos um no outro. Kiem reconheceu o formigamento desagradável descendo pelas costas do mesmo jeito que ocorrera na cerimônia em Iskat, junto com a sensação horrível de que havia alguém atrás dele. O pedestal estava cercado por uma bolha de luz.

Vaile encarou o fragmento como se ele tivesse pessoalmente tentado sabotar sua reputação com a Imperadora.

— Reconheço esse aqui — disse ela. — Foi cedido pelo general Fenrik. Do campo Tau, certo?

O Auditor repousou a mão sobre o fragmento, atravessando o campo de força como se ele nem existisse. O fragmento reagiu de imediato, luzes pontiagudas correram em ondas pela superfície e se acumularam em volta da mão dele. Seu invólucro facial ficou completamente preto e ele permaneceu ali por um longo momento, com a luz correndo em volta dos dedos.

— Auditor? — chamou Vaile, com o que Kiem acreditou ser uma compostura louvável.

O rosto do Auditor se voltou para ela, retornando ao estado normal.

— Este é o maior achado que tivemos em muito tempo vindo de um sistema pequeno como o seu — disse ele. — Vi os projetos que você enviou para uma *máquina terapêutica*, uma ideia terrivelmente sem sentido, mas mesmo que a máquina estivesse em constante funcionamento, mal chegaria a sugar a energia do fragmento. Eu não deveria ser capaz de tocar em uma amostra como esta, mesmo com tecnologia assistiva, e permanecer consciente.

— Mas você conseguiu — disse Jainan, com calma. — E aí?

— Isso é falso — respondeu o Auditor.

— Não é possível — disse Vaile. — Esteve sob alta proteção o tempo todo.

O Auditor acenou para seus funcionários juniores. Um deles pegou uma ferramenta que parecia ser uma lâmina redonda com um cabo e girava vagarosamente. Parecia lenta demais para fazer qualquer coisa, mas o aro emitia um brilho violeta. Quando o funcionário abaixou a ferramenta para tocar o fragmento, ele se *partiu* como madeira sob um machado. As duas metades se separaram, caíram do pedestal e congelaram no meio do ar quando atingiram o campo de força.

Um fragmento pequeno e denso tinia sobre o pedestal. Do tamanho do polegar de Kiem.

— Este é o único fragmento legítimo — disse o Auditor com frieza. — Uma lasca escondida dentro de uma falsificação bem feita, o suficiente para simular alguns dos seus efeitos. Descobrimos mais catorze fragmentos falsos entre os materiais que nos foram entregues.

— Por que alguém falsificaria um fragmento? — perguntou Kiem.

Vaile beliscou a ponte do nariz.

— Presumo que seja para remover os verdadeiros sem que a Resolução perceba — disse ela. — Mas não consigo pensar em ninguém que pegaria *múltiplos* fragmentos.

— Alguns dos menores foram talhados e usados para falsificar o efeito nos fragmentos maiores — explicou o Auditor. — Minha equipe já testou todos eles. A Imperadora quer conversar comigo, princesa Vaile? Diga a ela que ou eu recebo a localização atual dos fragmentos, ou não haverá tratado.

Vaile parou feito uma estátua, sua expressão de repente opaca.

— Calma aí — disse Kiem. — Não tem como não haver tratado. Sei que você está preocupado com Taam e Thea, mas temos uma solução. E vamos te dar a resposta.

O Auditor já não estava mais prestando atenção em nenhum deles. Tinha se voltado para o fragmento minúsculo e agora o segurava, enquanto a casca em seu rosto ficava preta. Era como observar alguém em um ritual religioso.

— Perdão? — disse Vaile.

— O Auditor já apresentou os termos — disse um dos membros juniores da equipe, gesticulando educadamente para que eles se afastassem. — Por favor, informe à Imperadora, princesa Vaile. Ele voltará a falar com vocês assim que tiverem uma atualização.

— Espere *um momento* — disse Kiem em desespero, mas não parecia haver mais nada que pudesse ser feito. Eles não tinham como persuadir, subornar nem chantagear o Auditor; era como tentar convencer o clima a mudar.

Vaile moveu a cabeça para indicar que eles deveriam sair.

— Deixa que eu lido com isso — disse ela, soando idêntica à Imperadora. Ela encarou o grupo impenetrável de funcionários da Resolução, percebendo que qualquer argumento adicional seria inútil, e se retirou. Era possível que ela tivesse uma linha direta de contato com a Imperadora.

Kiem e Jainan deixaram que a equipe da Resolução os guiasse para longe do Auditor. Kiem estava em choque, como se o chão sob seus pés tivesse dado lugar a um vácuo infinito.

— Esses fragmentos precisam ser encontrados — disse Jainan, tenso. — Toda a investigação sobre Taam não faz sentido se a Resolução usar isso para invalidar o tratado.

— Certo — murmurou Kiem. Suas vozes pareciam ecoar altas demais no Salão de Observação. — A Imperadora vai virar essa estação de cabeça pra baixo.

— Ela devia começar procurando em todos os planetas de onde vieram as falsificações — disse Jainan. — Isso não foi um trabalho feito às pressas. Foi planejado por alguém.

Kiem esfregou a nuca.

— O que vamos fazer? — perguntou ele. — Estou ficando sem ideias, Jainan.

— Ainda não pensei em nada — respondeu Jainan, a voz cortada, soando mais frustrado do que em pânico. Chegava a dar um pouco de esperança para Kiem.

O apito repentino em sua pulseira o distraiu.

— Bel?

Jainan franziu o cenho.

— O turno dela não acabou? Pensei que ela já estivesse no bar.

Kiem conferiu a mensagem.

— Ela quer conversar — disse ele. — Marcou a mensagem como *urgente*. Vou ver o que aconteceu.

— Vou te deixar resolvendo isso — comentou Jainan vagarosamente. — Tem umas coisas que eu quero ver na análise da Gairad.

Enquanto saíam, houve um lampejo atrás deles. O Auditor se virou. Quando abriu a mão, o fragmento se revelou, estilhaçado. Sua expressão se assemelhava a nojo. Ele balançou a cabeça para a equipe e se afastou dos fragmentos, deixando o Salão de Observação e desaparecendo para dentro do escritório da Resolução que tinha sido montado na borda da estação. Kiem pressentiu que não o veriam saindo dali tão cedo.

* * *

Kiem deixou Jainan com seu projeto e caminhou até o Módulo de Tráfego, na localização que Bel compartilhara com ele. Não era do feitio dela mandar mensagens tão enigmáticas.

Bel estava de pé em frente a uma enorme divisória de luz que marcava a entrada para as docas de transporte quando Kiem saiu das cabines de compressão e correu até ela. Nada parecia bem. Ele olhou para a cápsula de vácuo que flutuava ao lado dela, o casaco de viagens, a expressão no rosto de Bel, e disse:

— Ai, merda. Sua família mandou notícias.

— Minha avó — disse Bel. — Preciso partir hoje. Agora, se possível. — Ela afastou as tranças do rosto e repetiu o gesto quando elas caíram de novo. — Não tenho tempo para arrumar um substituto. Sinto muito.

A investigação e os fragmentos de repente pareciam muito menos urgentes.

— Ei, deixa disso, está tudo bem! Você já está com a passagem? Quer que eu compre? Devo ligar para a sua família e avisar que você está a caminho? Posso...

— *Não!* — Bel respirou fundo. Os dois precisaram dar um passo atrás, abrindo passagem para outros viajantes que corriam para os portões de imigração. — Só preciso ir. Tem um transportador saindo hoje à noite para Eisafan, e eu acho que consigo uma passagem de última hora se acampar na frente da bilheteria. De lá, consigo chegar em Sefala.

O rosto dela estava ainda mais tenso do que quando Kiem chegara. As cores refletiam nos portões atrás deles: azul para viagens comerciais, vermelho para as imperiais. Kiem se sentiu lento e inútil. Ele estendeu a mão.

— Bem. Boa sorte.

Bel segurou a mão dele.

— Mande um abraço pro Jainan. — Seus dedos estavam gelados. Ela recolheu a mão logo em seguida, toda profissional. — Vocês vão precisar de informações para o resto dos compromissos enquanto estiverem aqui. Vou te passar os arquivos que organizei. Eles contêm o status atual de tudo que sabemos sobre Taam também.

— Não dou a mínima para os arquivos — disse Kiem. — Sua avó... certo, certo. — Aquele não era o momento adequado para argumentar sobre a importância relativa do cronograma. — Me mande os arquivos.

— Prometa que vai ler todos eles — advertiu Bel. A pulseira de Kiem apitou quando ela transferiu os dados.

— Prometo ler tudo — respondeu Kiem. — Vai ser minha prioridade máxima. — Ele queria se oferecer para fretar um jato para ela, ou qualquer coisa estúpida tipo comprar comida para a viagem, mas ela já tinha resolvido aquilo também. Não fazia sentido contar a ela o que ele acabara de descobrir sobre os fragmentos. O tratado seria assinado ou não, mas de qualquer forma levaria alguns anos para que os megapoderes se movessem, e não havia nada que nenhum dos dois pudesse fazer.

Ela abriu um sorriso artificial, fez uma espécie de saudação e foi em direção aos portões comerciais azuis. A cápsula de vácuo balançava atrás dela.

O otimismo de Kiem estava bastante abalado. Ele deu as costas antes que ela chegasse aos portões.

O portão imperial recebia levas constantes de viajantes ligados ao tratado. Além das centenas de convidados, havia tropas de assistentes e produtores estressados, assim como alguns militares.

Um deles era a coronel Lunver.

Ela parecia preocupada com os próprios problemas, mas avistou Kiem e diminuiu o passo de imediato.

— Vossa alteza — disse ela, assentindo brevemente. — Deixando a estação quatro dias antes do tratado? Aonde está indo?

Kiem geralmente gostava de cooperar, mas algo naquela pergunta o deixou arrepiado.

— Apenas me despedindo de uma amiga — disse ele. — E você, para onde vai, coronel? Como anda a investigação? — ele completou com uma leve alfinetada.

A pergunta surtiu um efeito elétrico em Lunver. Seu corpo inteiro se enrijeceu, e ela parou na frente de Kiem como se pudesse impedi-lo de ir a qualquer lugar.

— O que você sabe sobre a investigação?

— A sua investigação — disse Kiem. Ele não se deixaria intimidar. — Você estava tentando descobrir se alguém na sua unidade estava ajudando Taam no desvio de dinheiro. Você nos disse isso, lembra?

Por um momento, a coronel Lunver parecia mais furiosa do que qualquer pessoa que Kiem já vira antes.

— Isso é perturbador — disse ela. — Acusando o *príncipe Taam*, seu *primo...* — Ela pareceu se perder nas palavras, e mexeu a boca por uma fração de segundo até conseguir recuperar a voz. — De onde você tirou isso? — perguntou ela. — Por que está falando disso agora? Você pode até achar que está muito acima do bem e do mal para ser acusado de traição, mas garanto que não está.

— Peraí, como assim? — disse Kiem. Ele a encarou. — Você já sabe disso há dias. Nós conversamos sobre esse assunto na nave, quando sua unidade nos resgatou.

— Não conversamos sobre nada disso — rebateu Lunver. — Eu me lembro de cada momento daquele voo. Não sei o que você ganha ao inventar histórias irresponsáveis como essa.

Kiem estava acostumado com os militares ignorando verdades inconvenientes, mas aquela ali merecia um prêmio.

— Você pode fingir à vontade que as coisas não estão acontecendo — declarou ele. — Se não fizer a investigação, a Segurança Interna fará. Pode tentar excluir o Jainan e eu. Nós vamos dar um jeito de descobrir.

A fúria de Lunver se transformou em outra coisa, algo que Kiem podia jurar ser dúvida. Ela semicerrou os olhos.

— É bom que você não esteja espalhando sua teoria pela estação.

— *Ainda* não! — exclamou Kiem. — Tenha um bom dia, coronel Lunver. Mande notícias!

A onda de perturbação, com a qual ele não estava acostumado, o empurrou de volta ao quarto residencial que fora oferecido a eles nas adjacências da estação. Jainan não estava lá. Kiem não conseguia lembrar onde ele havia dito que iria.

Era cedo demais para se arrumar pro jantar, e ele não tinha mais nenhum compromisso agendado. Poderia fazer algumas ligações sociais, mas pela primeira vez Kiem não estava a fim de ouvir o Ministro do Comércio falando sobre seu último tratamento rejuvenescedor. Ele era perfeitamente *capaz* de funcionar sem Bel. Só não estava acostumado.

Sentado à escrivaninha apertada, ele abriu os arquivos de Bel a contragosto na parede à sua frente. Uma coleção de círculos brilhantes se desdobrou sobre a tela, cada um cheio de textos e dados. Ele abriu o mais proeminente, o que Bel claramente queria que fosse lido primeiro, e demorou a perceber o que era: ela pesquisara nos arquivos dos portais de notícia sobre a Operação Martim-Pescador. Kiem franziu o cenho. Não havia pedido para ela fazer aquilo.

Ele analisou os trechos dos portais em ordem cronológica. Taam e o Alto Comando claramente haviam conseguido manter boa parte da operação em segredo. Até as passagens dos portais theanos eram, em sua maioria, colunas de opinião sem nenhum detalhe, mas havia alguns trechos de jornais técnicos que talvez pudessem fazer algum sentido para Jainan.

Para sua decepção, o nome de Audel não era citado em lugar nenhum. Aquilo até fazia sentido para Kiem, já que ela fizera parte do exército por um período muito curto e não era uma oficial sênior, mas ele esperava encontrar pelo menos alguma coisa. Talvez algo que fizesse Jainan e ele se sentirem melhor sobre as instruções da Segurança Interna.

Havia um grande volume de conteúdo de dois anos antes, depois do acidente que o professor adjunto da universidade mencionara. Era difícil acobertar as duas mortes, embora a imprensa militar tivesse feito seu melhor. Kiem começou a olhar tudo mais rápido, mas parou quando chegou aos rostos das duas pessoas que tinham morrido na explosão.

Eram desconhecidos: um jovem soldado com uniforme militar e um civil theano de cabelo longo. O theano tinha olhos claros e um lenço do clã amarrado de um jeito que Kiem acreditava indicar o gênero masculino; ele sorria para algum tipo de foto de formatura. Kiem sentiu um aperto no peito. Não tinha a habilidade de imaginar desastres a partir de relatórios. Não esperava dar de cara com o rosto de uma pessoa de verdade.

Kiem vasculhou todas as lembranças de heráldica de clãs que aprendera com Jainan e identificou a estampa do lenço como uma representação de Deralli, um dos maiores clãs de Thea. Ele passou os olhos pelo texto anexado. As fotos das vítimas não foram publicadas na época; Bel as conseguira em algum arquivo. O jovem theano estava listado como um consultor civil, mas o texto não dizia nada sobre o que ele estava fazendo na sonda de mineração ou de onde os militares o haviam contratado. Bel conseguira encontrar alguns fatos usando o nome dele: sua família, a linhagem do clã, currículo acadêmico. Kiem se sentiu nauseado, mas continuou lendo. Parecia um dever.

Ao terminar, arrastou a cadeira para trás e encarou a quina do teto. Duas pessoas haviam morrido. Duas pessoas sem conexão alguma com Taam, com vidas pela frente e familiares enlutados deixados para trás. Alguém permitira que aqueles desastres acontecessem, isso se a coisa toda não tivesse sido arquitetada. Alguém invadira o sistema da Martim-Pescador; alguém desviara dinheiro da operação. *Alguém* assassinara Taam.

Seria ótimo se fosse tudo culpa da mesma pessoa. Kiem criou a imagem em sua cabeça: uma figura amargurada com desejo de sabotagem, antimilitar, anti-Iskat, espreitando pelas sombras. A imagem se desfez quando Kiem tentou encaixar a professora Audel ali, porque não conseguia acreditar que Jainan fosse capaz de errar tanto ao julgar o caráter dela. Talvez fosse outra pessoa. Talvez alguém que Kiem sequer conhecesse.

O pensamento chegou vagaroso, de alguma parte fria e distante da mente: a Segurança Interna devia querer desvendar aquela sabotagem também, ainda mais naquele momento, quatro dias antes do tratado. Seria tão *fácil* ter um inimigo.

Ele encarou o theano morto na tela. Não se tratava de fatos, e sim de pessoas. Pessoas poderiam ser muitas coisas, mas no geral não eram gênios do crime. Sempre queriam alguma coisa. Sempre tinham um motivo para agir.

Algo se desenrolou em sua cabeça.

Kiem voltou para o histórico do theano. Não havia muito ali: alguns artigos de pesquisa, filiações a alguns grupos políticos em sua antiga universidade. Kiem queria arrancar algumas respostas de Lunver e agente Rakal, mas já tinha tentado antes e não conseguira muita coisa. Talvez, naquele momento, o melhor fosse se afastar. Pela *primeira vez*, ele precisava pensar.

22

Jainan acabou indo parar na sala externa de controle da Estação Carissi. Ele não planejara. Vinha pensando muito na análise de matéria feita por Gairad e nos fragmentos, e foi quando se deu conta: ele era o representante theano no tratado. Casado com um príncipe imperial. Por que *não* ver se conseguiria entrar na sala de controle? O assistente que guardava a porta nem pensou duas vezes.

Agora Jainan estava em frente a diversas telas e janelas de visualização, observando o resto do conglomerado orbital enquanto cada habitat brilhante seguia a Estação Carissi em sua volta lenta e infinita ao redor do planeta abaixo. A refinaria era o último deles, uma massa majestosa de esferas seguindo os módulos menores. Ele já passara uma hora ali. O sinal de mudança de turno já havia tocado, mas ele o ignorou, e ninguém pareceu perceber que ele não deveria estar ali.

Era esteticamente cativante, claro, mas os textos nas telas eram mais valiosos. Gairad colocara os registros oficiais de matéria da Martim-Pescador em seu diagrama, com anotações e rabiscos pedindo que Jainan e Audel verificassem o trabalho, pois seus cálculos não faziam sentido.

Ela tinha razão. Jainan passara um bom tempo tentando decifrar as inconsistências do estudo: os instrumentos da Estação Carissi eram muito mais precisos do que qualquer coisa que viesse de fontes públicas, e as cifras oficiais da Martim-Pescador não batiam com o que eles lhe diziam. A Operação Martim-Pescador desenhara plantas que mostravam uma refinaria menor do que ela era na realidade.

Jainan espiou rapidamente para conferir se ninguém o estava vendo usar o equipamento da estação sem autorização — Kiem era uma péssima influência — e então mudou as janelas de visualização para que mostrassem a refinaria da operação em detalhes. A maior parte da matéria não explicada estava concentrada na parte inferior da refinaria, onde os diagramas não mostravam nada além do casco externo. Aquilo era um módulo de armazenamento.

Não havia motivo para deixar um módulo de armazenamento fora dos diagramas oficiais, a não ser para esconder o conteúdo dele. De repente, Jainan sentiu dificuldade para respirar.

Taam estava comprando e também vendendo. Era pra lá que o dinheiro ia.

Mas comprando o quê? Jainan encarou as janelas de visualização até os olhos começarem a lacrimejar. Não obteve resposta alguma. O que quer que ele estivesse comprando, devia ser algo significativo, pois distorcera bastante os relatórios de matéria. Onde ele conseguira todo o dinheiro? Com certeza não era apenas da venda de equipamentos excedentes de mineração.

Jainan sentiu um calafrio. O general Fenrik entregara o fragmento do que eles chamaram de *campo Tau*. Ele passara por mãos militares. Será que Taam estivera de posse do fragmento verdadeiro? Será que ele o vendera?

— Senhor? — um oficial da estação o chamou. — Posso saber o que está fazendo na tela... está tudo bem?

Jainan se moveu para longe da tela e se virou, ouvindo a pergunta como se fosse o zumbido de uma mosca.

— Não preciso mais das telas. — Ele começou a caminhar até a porta, sem olhar para o resto da sala de controle. As engrenagens de sua mente se moviam pouco a pouco, encaixando-se em novas posições. Não era apenas Taam quem tinha algo a esconder. A *Martim-Pescador* escondia também.

Ele tentou ligar para Kiem, mas a pulseira do príncipe não respondia. Não adiantava mandar mensagem; Jainan precisava falar com ele. A coisa toda estava ganhando proporções grandes demais para que eles continuassem quietos. Pensando bem, era grande demais até para a Segurança Interna.

Jainan juntou toda a coragem que tinha, ativou sua pulseira e fez uma solicitação de reunião breve e formal com o escritório privado da Imperadora para falar sobre discrepâncias na Operação Martim-Pescador.

Começou a suar frio logo em seguida. A audácia daquela atitude estava além de tudo que já havia feito. Mas nem a Segurança Interna nem os militares haviam solucionado o assassinato de Taam, tampouco o que Taam vinha fazendo na operação ou onde os fragmentos desaparecidos estavam, e o tempo estava acabando.

Ele tinha caminhado por metade da estação até se dar conta de onde estava. Seu subconsciente estava matutando sobre os problemas no modo automático, e ele percebeu que também estava guiando seus pés no mesmo momento em que chegou a uma conclusão indesejada como um pedaço de plutônio.

Ele olhou para a porta fechada do escritório do Auditor, na qual havia uma placa de acesso negado. O painel de controle brilhava em vermelho ao lado. Jainan se aproximou lentamente e apresentou sua digital e retina para solicitar a entrada.

— O Auditor não está recebendo ninguém — disse uma pessoa da Resolução, o rosto aparecendo em uma tela flutuante.

Jainan estava preparado para aquilo.

— Sou um representante do tratado — disse ele. Provavelmente ainda era, apesar do status REVOGADO. Não era como se eles já tivessem um substituto. — Trago informações sobre os fragmentos.

Ele esperava ter que argumentar. Mas em vez disso, o rosto por trás da tela recebeu alguma informação em seu aparelho ocular e disse:

— Entre.

A tela desapareceu e a porta se abriu. Jainan entrou.

Para sua surpresa, a sala era bem pequena, até mesmo para a estação. Assim como no escritório temporário da Resolução em Iskat, havia mais daquelas estranhas telas de tecido penduradas nas paredes, mas apenas uma mesa minúscula, e todo o resto da sala parecia ter sido organizado às pressas. A pessoa da equipe estava recostada em uma cadeira atrás da mesa, parecendo entediada e desconfortável.

— Pode entrar — disse elu para Jainan, apontando para a parede oposta. Uma das telas de tecido se afastou para lado como se estivesse sendo puxada por uma mão invisível.

Era uma cabine de descompressão. Jainan percebeu que deviam estar próximos do casco da estação. A Resolução não se instalara em Carissi; apenas acoplara sua nave ali.

A cabine se abriu lentamente. Por trás da porta, a impressão era de relativa escuridão; Carissi mantinha a maioria dos espaços públicos muito bem iluminados. Jainan eliminou qualquer expressão que houvesse em seu rosto e entrou.

A primeira coisa que notou foi que a nave da Resolução dispensava a gravidade da estação. Ou não — não exatamente. Jainan quase perdeu o equilíbrio ao dar o primeiro passo pela cabine, mas conseguiu apoiar o pé no chão preto e polido e se firmar. Cada movimento parecia ser apoiado, como se algo antecipasse aonde ele iria em seguida e o ajudasse a chegar lá. O ar ao seu redor parecia viscoso.

Passada a cabine, havia um corredor íngreme. Jainan usou a gravidade estranha para ajudá-lo a subir, cada investida muito mais longa do que seria na estação. As paredes ao seu redor se iluminavam gradualmente conforme ele subia, uma luz pálida e perolada. A inclinação parecia não ter fim. A cada metro, ele passava por uma porta arqueada e fechada. Não conseguia enxergar o fim do corredor.

Enquanto passava por mais uma porta, ela se abriu num estalo, caindo em direção ao chão. Jainan parou de imediato. Atrás da porta, estava o Auditor.

O cômodo estreito estava configurado de forma perturbadora e confusa — não completamente em gravidade zero, mas com mobílias flutuando em alturas diferentes, ou presas ao casco no meio das paredes. O Auditor estava sentado a uma mesa suspensa na altura dos ombros de Jainan, cercado por feixes de luz que não faziam sentido algum. Os rastros de luz se dissipavam gradualmente até sumirem enquanto o Auditor olhava para baixo, em direção a Jainan parado na entrada.

— Entre — disse o Auditor. Ele gesticulou para uma cadeira mais ou menos à sua altura.

Jainan considerou a questão e então testou a gravidade esquisita para ver se ela o levaria para cima. Não ajudou muito, mas um passo cuidadoso o levou até um tapete que flutuava na altura de sua cintura, e dali conseguiu com facilidade chegar até a cadeira.

A cadeira tinha o mesmo tom perolado das paredes do lado de fora. Quando Jainan se sentou, o assento mudou de forma embaixo dele, segurando-o gentilmente no lugar. Jainan experimentou levantar um joelho, e a cadeira o soltou. Então, ele se acomodou.

O Auditor sorriu, com os últimos feixes de luz se apagando ao seu redor.

— Você é uma pessoa que não se abala fácil, conde Jainan.

Jainan, que se sentia abalado durante a maior parte do tempo, decidiu não responder o comentário.

— Obrigado por me receber.

— Acredito que você tenha algo relevante a comunicar — disse o Auditor. — Senão, será uma perda de tempo para nós dois.

Seria melhor se Jainan pudesse ver os olhos dele.

— Iskat informou o senhor a respeito das descobertas relacionadas a Taam?

A falta de reação do Auditor apenas confirmou o pressentimento de que ele não estava sabendo de nada. As instituições de Iskat preferiam manter as coisas em segredo até que tivessem um resultado. O que não seria problema, a não ser que estivessem colocando em jogo a segurança de todos os planetas — que era exatamente o que Jainan estava fazendo naquele momento. Ele se forçou a respirar fundo e explicou tudo, surpreso com a firmeza da própria voz. A morte de Taam. O desvio de dinheiro. A pressão da Segurança Interna para encontrar um suspeito. A investigação de Aren e Lunver. A professora Audel, de cuja culpa Jainan nunca estivera convencido. O acidente de mosqueiro. Os estranhos registros de matéria na refinaria.

O Auditor recostou-se na cadeira, inescrutável por trás do invólucro alienígena sobre os olhos. Jainan não sabia dizer se ele estava escutando. Mas, olhando de perto, conseguia ver a estrutura com mais detalhes: o tapa-olhos estava apoiado em duas peças pretas envernizadas, presas discretamente às laterais da cabeça, enquanto o campo de força flutuava sobre o rosto. O efeito visual das cores inexistentes era inegável; os olhos de Jainan literalmente doíam ao examinar o conjunto.

— Você acha que os fragmentos estão na refinaria de minérios? — perguntou o Auditor.

— Eles seriam capazes de causar uma distorção de matéria? — disse Jainan.

— Não — respondeu o Auditor, pensativo. — Nada perceptível aos sensores básicos daqui.

Jainan se forçou a dizer:

— Acho que eles foram vendidos. Devem estar no mercado clandestino de Sefala. — Se estivessem, levariam bem mais do que quatro dias para serem encontrados. — Talvez até já tenham sido enviados através do elo.

— Possível, porém improvável — disse o Auditor. — Nenhuma nave atravessa um elo sem uma sentinela avançada para pilotá-la. Contrabandear um fragmento sem que a sentinela percebesse envolveria uma série de medidas complexas, e duvido que este fim de mundo aqui seja capaz de tal nível de sofisticação. Ah! — acrescentou ele com um tom seco, enquanto as cores mudavam em seu rosto. — Fui notificado de que devo reativar meu módulo de etiqueta. Aceite minhas desculpas.

— Não estou muito preocupado com pedidos de desculpas — disse Jainan, o pavor deixando-o mais direto. — O que isso significa para o tratado?

O Auditor cruzou os braços, calado. Com isso, Jainan percebeu de repente o silêncio mortal e absoluto que tomava conta da cabine. Em uma estação sempre havia o zumbido dos sistemas de apoio à vida ao fundo, mas aquele lugar era quieto como o espaço-remoto.

— A situação é interessante — disse o Auditor. — Ao não apresentar os fragmentos dentro do prazo, Iskat quebrou nossos termos de não proliferação.

Jainan sentia suas veias cheias de ácido. Ele não disse nada.

— O representante de Thea, por outro lado, está tentando colaborar conosco. — A voz do Auditor tinha um tom suave e monótono na quietude. — Se o Império de Iskat não é mais um signatário da Resolução... outros acordos podem ser feitos.

E foi assim que, num piscar de olhos, a forma cristalina do tratado que Jainan tinha em sua mente se estilhaçou em sete partes.

— O que isso quer dizer? Excluir Iskat? Elaborar um tratado separado?

— Teria que ser feito rápido — disse o Auditor. — É imprudente ficar de fora da Resolução por qualquer período.

Jainan ficou sem chão, parecia que alguém fizera um furo no casco da nave do Auditor e agora ele flutuava pelo vazio.

— Os fragmentos precisam ser encontrados. Ainda faltam quatro dias para o prazo final. E o senhor pode estendê-lo.

O Auditor considerou. Então, estendeu a mão para o canto da mesa e deu um pequeno empurrão; o móvel inteiro deslizou suavemente, se alinhando contra a parede. Não havia mais nada entre ele e Jainan. O Auditor levantou a mão e tocou uma das peças envernizadas ao lado da cabeça. A luz ao redor de seus olhos mudou de forma e desapareceu.

Por trás daquele invólucro — embora ainda existisse certa distorção —, suas feições ficaram visíveis. Sua face era magra e pálida, com as maçãs do rosto pontudas e os olhos castanhos surpreendentemente normais. Aquilo deveria ser tranquilizante, mas Jainan estava muito desconfortável.

— Você precisa elaborar os termos — disse o Auditor. Sua voz estava mais aguda, como se antes houvesse mais harmonia. — Não digo isso no exercício da minha função quatro-sete-cinco, nem de qualquer um dos meus cargos, mas como um cidadão humano. Eu não deveria fazer isso, você sabe. O quanto de política galáctica você conhece?

Com a pergunta, Jainan se sentiu como um pescador de vilarejo que nunca saíra de Thea. Ele conhecia alguns dos megapoderes, mas política galáctica sempre estivera distante demais para ser discutida em Thea, ao passo que Iskat sempre estivera logo ali ao lado.

— Não muito.

— Você deveria saber quem são suas ameaças — afirmou o Auditor. — Sei que a Imperadora de Iskat sabe. Os megapoderes estão em atrito há décadas; depois de toda a consolidação no século passado, restaram poucos setores pequenos como o seu *sem* a proteção do tratado da Resolução. Entende o que isso significa? Há poderes famintos, procurando lugares para onde possam se expandir, e eles não jogam limpo. Nenhum elo novo foi aberto nos últimos treze anos.

Jainan desejou que Kiem estivesse ali para fazer perguntas. Ele sabia como escolher as mais óbvias e que esclareciam as coisas. Por que Kiem desligara sua pulseira?

— Por que eles estão expandindo? — perguntou ele. — Pensei que a função da Resolução era manter as coisas em equilíbrio.

O Auditor riu — um som estranho e seco, como se não fosse emitido com muita frequência.

— Você tem noção de como o território comandado pela Alta Corrente é grande? — disse ele. — Aqui você tem sete planetas e uma população total de poucos bilhões. A Alta Corrente possui um terço do *universo* conhecido. Sem tecnologia assistiva, o cérebro humano não consegue compreender de fato nem a população nem a distância entre as fronteiras. A Resolução foi criada pelo equilíbrio dos megapoderes. Somos um grupo de base supervisionando uma trégua muito frágil. Você acha mesmo que a própria Resolução também não está sob a influência da Corrente?

— Ah — exclamou Jainan.

— A Corrente é antiga e lenta, e talvez não seja a sua maior ameaça. Não. No minuto em que vocês deixarem a proteção da Resolução, os poderes que vão preparar um exército e planejar um ataque são Kaschec e a União Enna, dois megapoderes militares que precisam de vitórias rápidas para sustentar seus governos demagógicos. Kaschec comanda territórios mais próximos do elo de vocês e tem acordos de passagem melhores, então eu apostaria na chegada deles primeiro. Talvez vocês tenham alguns meses. Provavelmente semanas.

Em vez de entrar em pânico, Jainan sentiu seu maquinário mental trabalhando, pesado e incansável, processando as novas informações e suas consequências. Imaginou Thea sozinha em um setor anexo a um megapoder galáctico. A Resolução prometia estabilidade. O quanto de independência Thea seria capaz de manter se o resto do setor estivesse em guerra?

— E se Thea de alguma formar conseguir estabelecer um tratado em quatro dias? — perguntou ele. — E os outros planetas? Sefala? Eisafan?

O Auditor fez um movimento fluido, quase como se estivesse dando de ombros. A cadeira se mexeu embaixo dele.

— Eles não se dispuseram a passar informações como você fez por Thea. Geralmente, não encorajamos cisões entre os signatários do tratado, mas encorajamos menos ainda usar os fragmentos e enganar o comitê.

Jainan se surpreendeu com o próprio destemor. Tudo parecia muito claro, mais do que parecera pelos últimos cinco anos, como se o começo de uma brisa batesse em sua cabeça e a neblina existente ali se dissolvesse. Ele mal precisou parar e considerar Kiem, Bel, Audel e seus alunos.

— Preciso que o setor inteiro seja parte do tratado — disse ele num sussurro. — Até mesmo Iskat. Eu tenho... conexões.

O Auditor o observou por um longo momento, com aqueles olhos desconcertantes e normais dotados de visões políticas alienígenas. Ele ergueu a mão e tocou a peça envernizada novamente; a luz rodopiou de volta para cobrir seu rosto.

— Então me traga os quinze fragmentos, Jainan nav Adessari dos Feria. — A boca do Auditor, voltando a ser a única parte visível de seu rosto, se curvou em algo que não era um sorriso. — Você tem quatro dias.

O alarme de troca de turno soou nos corredores estreitos do hotel enquanto Kiem batia na porta do quarto designado à professora Audel. Os convidados da Universidade Imperial tinham sido acomodados em quartos no Módulo de Tráfego; claramente, as vagas para visitantes haviam acabado nas áreas residenciais melhores.

Era a segunda porta que Kiem tentava. Estava trancada, mas a luz de ocupação brilhava suavemente. Kiem tentou o biossensor.

Uma voz no alto-falante disse:

— Ah, é você. O que você quer?

A porta se abriu revelando um conjunto pequeno de aposentos com uma área de estar minúscula, ocupada por uma mesa e uma cadeira. Muitas telas estavam abertas acima da mesa. A tela de frente para a porta, fundida na parede para dar a impressão de uma vista, estava configurada para mostrar uma praia que parecia levemente alienígena para Kiem.

Gairad estava sentada em um sofá fino abaixo da janela, observando desolada a praia alienígena. Não havia mais ninguém no quarto.

— Veio ver a professora? — perguntou ela, sem se dar ao trabalho de olhar para Kiem. — Ela saiu.

Kiem puxou uma cadeira e se sentou, encarando-a. O quarto era tão pequeno que ele ocupava a maioria do espaço disponível entre a mesa e a janela, bem no meio do caminho até a porta. Os olhos de Gairad finalmente se voltaram para ele.

— Não — disse Kiem amigavelmente. — Não estou procurando a professora.

— Jainan? — perguntou Gairad. Ela ajustou a postura largada, apoiando os pés no chão. — Ele foi até a sala de controle conferir os dados da minha pesquisa sobre a refinaria.

Kiem se recostou na cadeira, cruzando a perna.

— Você sabia que a professora Audel estava sob investigação?

— Não — disse Gairad. Kiem manteve os olhos no rosto dela e percebeu como a resposta saíra rápido. Em seguida, ela continuou. — Por quê? Qual motivo?

— A Segurança Interna está alegando que ela invadiu os sistemas da Martim--Pescador.

As mãos de Gairad se apertaram contra a beirada do sofá.

— Por que ela faria isso? A Martim-Pescador já nos passou os dados que solicitamos.

Kiem meio que deu de ombros.

— Passou mesmo? Isso é técnico demais para o meu entendimento, sério. — Ele se inclinou de leve para a frente. — A Segurança Interna acha que ela usou sua conta, aliás. Assim como as contas de outros estudantes. Uma pena. Jainan não queria que você fosse envolvida.

Em defesa de Gairad, ela mantinha a mesma expressão de hostilidade que mostrara a Kiem quando se conheceram pela primeira vez. Ela não estava entregando nada, e Kiem não tinha certeza alguma. Ainda.

— Ela não usou minha conta — afirmou Gairad. — Ela não fez nada.

— Não — concordou Kiem. — Ela não usou sua conta. Você não confiaria num iskateano qualquer nem para te passar um saleiro; não consigo imaginar que você entregaria suas senhas para uma professora. Acima de tudo, você é inteligente e tem conhecimento técnico suficiente para se igualar ao Jainan; teria notado se a professora Audel estivesse usando sua conta em segredo.

Com isso, não restou um traço sequer de desleixo na postura de Gairad.

— O que você está querendo dizer?

— Você invadiu o sistema da Martim-Pescador — disse Kiem descaradamente. Gairad soltou uma gargalhada curta e incrédula. Kiem esperou que ela terminasse antes de continuar. — O que você estava buscando?

— Que palhaçada! — disse Gairad, aprumando os ombros como se estivesse se preparando para uma luta. — Não sei de onde você tirou essa ideia. Estou aqui para terminar o meu curso e ganhar a minha licença de expedição. Já tive que ir até Iskat pra conseguir isso. Por que eu me arriscaria invadindo um sistema militar iskateano?

— Boa pergunta — respondeu Kiem. — Posso usar sua tela?

Gairad franziu o cenho, tentando entender a armadilha, mas depois de um momento acenou dando permissão. Kiem gesticulou para a própria pulseira e abriu a imagem do jovem theano morto no acidente.

— Não sei quem é — anunciou Gairad.

— Tenho certeza de que sabe — disse Kiem.

— Por que eu saberia? — rebateu Gairad na defensiva. — Esse lenço é dos Deralli. Quem quer que seja, não tem relação alguma com os Feria.

— Sim, eu sei — continuou Kiem. — Acho que é por isso que a Segurança Interna não ligou os pontos. Iskateanos lidam apenas com os principais clãs, porque são eles que ocupam posições políticas em Thea. Só sabemos o suficiente a respeito dos clãs para *acharmos* que compreendemos como Thea funciona. Mas nem todos acham que a estrutura social dos clãs é a coisa mais importante que existe, não é? Eu li o seu artigo.

— Você nunca lê nada — afirmou Gairad. Kiem sorriu para ela, o que não pareceu aliviar a tensão entre os dois. Muito pelo contrário. Gairad levou um momento para pensar, a primeira rachadura em sua defesa que Kiem notava. — Qual artigo?

— O que você escreveu para o *Sociedade Pan-Theana*, quando ainda estudava na Universidade de Bita — explicou Kiem. — Vocês tinham uma publicação fascinante. Adorei as charges da Imperadora, mandaram muito bem na carranca dela. Nosso amigo — ele apontou para a foto na tela — era um membro também. Pelos artigos que ele assinou, parece que se juntou ao grupo dois anos antes da sua entrada. Vocês devem ter se cruzado. Acho que até se conheceram.

— Então eu fiz faculdade com um cara que morreu — disse Gairad. — E daí? Isso não prova nada. Vai se foder.

— Só estou curioso — disse Kiem. — E o *motivo* da minha curiosidade é que a Segurança Interna quer juntar isso tudo numa coisa só. Eles estão dispostos a sacrificar tanto a professora Audel quanto Jainan se precisarem. — Teoricamente, aquilo era uma mentira. Porém, enquanto Kiem falava, pareceu tão próximo da verdade que ele sentiu um aperto no peito.

Gairad empalideceu.

— Eles não fariam isso.

— Jainan brigou pra te manter fora disso — disse Kiem. — Ele acha que tem uma obrigação de clã com você. Não sou theano, então peço que tenha paciência comigo. Você tem uma obrigação com ele?

Gairad ficou em silêncio. Ela desviou o olhar.

Kiem ouviu um barulho leve e trivial atrás de si: a porta se abrindo. O olhar de Gairad passou por cima do ombro dele. Kiem notou que ela não estava surpresa. Ela enviara um alerta sem que ele percebesse.

— Vossa alteza — disse a professora Audel. — Que honra inesperada encontrá-lo aqui.

Kiem se virou na cadeira. Começou a levantar por educação, mas a professora Audel gesticulou para que ele permanecesse sentado.

— Professora, infelizmente não trago boas notícias.

Ela não parecia escutá-lo. Ficou parada na entrada, desarrumada com suas roupas de viagem, mechas de cabelo soltas dos grampos e um semblante vago no olhar.

— Gairad, acho que vou precisar alterar os nutrientes da peixinha. Ela parece triste pra você? — Audel abriu uma tela que flutuou acima de seu pulso, mostrando a transmissão em tempo real de um aquário.

— Professora — disse Kiem novamente.

— Você deve estar procurando o Jainan, certo? Não sei onde ele está. Mas acho que vou precisar roubar Gairad rapidinho para...

— Nem precisa — disse Gairad. — Ele já sabe.

Nos dois segundos de silêncio que se seguiram, as conclusões de Kiem se rearranjaram numa guinada violenta.

— Ah! — suspirou a professora Audel. Ela já não parecia nem um pouco vaga. — O que, exatamente, ele sabe?

Parte do cérebro de Kiem notou que ele tinha Gairad de um lado e Audel do outro. Ele alongou as pernas ainda sentado e sorriu, porque não havia mais nada que pudesse fazer.

— A Segurança Interna não encerrou as investigações sobre você — disse ele. — Eu só estava batendo um papo com Gairad sobre isso. Informalmente.

Audel deu um passo à frente, fechando a tela sobre o pulso com empolgação. A porta se fechou atrás dela.

— Posso te convencer de que Gairad não estava envolvida?

— Na verdade, não — disse Kiem com um tom de desculpas. — Eu tinha acabado de me convencer de que *você* não estava envolvida, na verdade. Alguma de vocês duas matou o Taam?

— Não! — exclamou Gairad, com uma indignação que soou verdadeira aos ouvidos de Kiem. — O que você acha que nós somos? Assassinas? Estávamos tentando descobrir quem o matou!

— Gairad tem o péssimo hábito de ser dramática — disse a professora. — Mas ela tem razão. Infelizmente não podemos te ajudar no que diz respeito ao Taam. Porém, se você não se importa... — Ela apontou para a pulseira.

Kiem olhou para o dispositivo em seu pulso. Hesitou por um momento, mas Bel estava na plataforma de embarque espacial, indo para Sefala, e Jainan poderia usar o sistema de comunicação da estação se precisasse muito falar com Kiem. Ele desligou a pulseira.

— Eu não estava gravando.

— Ah, espero que não, mas *eu* estou admitindo um acesso criminoso a certas informações — disse Audel —, então me deixe com as minhas manias. Como você descobriu?

— A Segurança Interna já tem rastreado você há alguns dias — disse Kiem. — Desde que ligou pra nós na Base Hvaren. Eles nos chamaram pra ajudar.

— Pfff — bufou Audel. — Eles não cessaram a investigação, então? Isso dificulta bastante a próxima etapa.

— O que vocês estão buscando? — perguntou Kiem.

— A verdade — anunciou Gairad, reforçando o que Audel acabara de falar sobre sua personalidade.

A professora Audel não respondeu de imediato. Tocou a tela na parede, onde o jovem theano sorria em sua foto de formatura.

— Rossan era um dos meus orientandos de pesquisa. O primeiro depois que deixei o exército, inclusive. Quando voltei para a Universidade Imperial, decidi continuar pesquisando sobre regolitos porque achei que seria capaz de fazer um trabalho muito melhor que o dos militares. Rossan estava em uma das sondas de mineração como nosso primeiro observador civil alocado na Operação Martim-Pescador. Lutamos com unhas e dentes para colocá-lo lá. A morte dele foi uma catástrofe.

— Sinto muito — disse Kiem. A frase soou completamente inadequada.

— Mas foi também muito conveniente para os oficiais da Operação — continuou Audel. — Mas por que ir tão longe só pra impedir alguns pesquisadores acadêmicos? Não éramos uma ameaça pra eles. Foi aí que eu comecei a me perguntar o que mais a Martim-Pescador estava fazendo. Eu queria replicar os métodos deles e melhorá-los. E consegui, é claro. Afinal, eu sou uma engenheira. Mas também queria saber por que eles precisavam de tantos soldados não engenheiros numa operação de mineração.

— Taam estava usando a operação como uma fonte de ganho pessoal — disse Kiem. — Ele vendia equipamentos. Jainan encontrou o rastro do dinheiro.

— Espera, isso não faz sentido — disse Gairad, numa rápida troca de olhares com Audel. — Tem coisa *chegando* nas últimas semanas.

Kiem ergueu as mãos.

— Peraí. Vamos voltar. — Ele olhou para Audel. — Você comentou sobre a *próxima etapa*, professora. Isso tem alguma coisa a ver com o que agente Rakal disse? Que você planeja invadir o sistema da refinaria enquanto está aqui no habitat?

Gairad lançou um olhar desconfiado para a pulseira desligada dele.

— Tem certeza de que não está gravando?

— Meu querido, qualquer tentativa de invasão agora me parece uma batalha perdida — disse Audel. — Gairad e eu já suspeitávamos de que nossas contas estavam sendo monitoradas. Sim, eu tinha um plano de tentar me conectar de uma órbita local para ver o que conseguia encontrar. Trabalhei na planta de equipamentos da refinaria; conheço algumas entradas alternativas. Mas isso dependia de a Segurança Interna não rastrear nossas conexões.

Do mesmo jeito que a Segurança Interna havia feito com Jainan. O que Kiem disse em seguida lhe pareceu natural.

— Então use a minha conta.

— Quê? — exclamou Gairad.

— Eu não acredito que a *minha* esteja sendo rastreada — disse Kiem. — E quero saber o que está acontecendo.

Ele preferiu não pensar muito nas implicações daquela decisão. Tratando-se de acusações de traição, ele provavelmente era o mais resguardado. Seria humilhante para a Imperadora que um membro da própria família fosse preso. Não que isso fosse impedi-la, mas era algo que ele poderia enfrentar quando chegasse a hora.

— Bem, sendo assim — disse a professora Audel, com o mesmo brilho no olhar que ele via quando Jainan encontrava uma nova fonte de dados. — Se puder me conectar à sua pulseira, vossa alteza.

A atmosfera mudou imediatamente. Depois de um olhar desconfiado para ele, Gairad começou a abrir várias telas, ativando comandos que Kiem não reconhecia. Audel estava totalmente focada em sua nova tela. Kiem achou que seria complicado, mas assim que conectou sua pulseira aos sensores de acesso, Audel ativou uma moeda de dados e pronto. As telas mudavam de interface rápido demais para que Kiem acompanhasse. Gairad seguia checando os visores com a própria pulseira e, de vez em quando, dizia coisas como:

— Parece que eles desconectaram o Modelo 5.

Audel apenas observava.

— Como alguém *aprende* uma coisa dessas? — perguntou Kiem, esquecendo que aquele não era o momento ideal para ficar fascinado.

Audel piscou, saindo de seu transe.

— Isso? — disse ela. — É triste dizer, príncipe Kiem, mas não estamos fazendo nada de mais. A maioria são comandos administrativos da Martim-Pescador que eu levei comigo quando fui desonerada. Seria preciso um invasor de sistemas sefalano para fazer uma coisa dessas manualmente. Ah-rá! Entramos.

Kiem olhou para as telas enquanto elas começavam a ficar lotadas com as ramificações quadradas de um mapa de dados. Gairad entregou a Audel outra moeda, que devia conter outro comando. Os dados começaram a mudar, e Audel murmurou. Gairad franziu o cenho.

— Bem, não vamos conseguir o que queríamos — disse Audel, encarando a tela. — Eles trocaram as chaves.

— Mas *isso* é interessante, não é? — comentou Gairad, apontando para uma série de números que não significavam nada para Kiem. — Isso é um oficial comandante. Quem é?

— Acredito que seja o código do general Fenrik — respondeu Audel, com uma satisfação descarada. — Que descuidado. Ele deve ter um módulo de armazenamento local. Me pergunto o que ele não quer manter em seus sistemas pessoais.

Gairad começou a sorrir.

— Posso dar uma olhada?

Audel sinalizou para que ela continuasse.

Kiem finalmente entendeu o que elas estavam fazendo quando Gairad começou a abrir coisas. Eram... dossiês pessoais. Alguns continham vídeos. Eram todos sobre oficiais cujos nomes Kiem não reconhecia, com patentes de coronel para cima.

— Isso não está certo — disse Gairad. — Não tem nada a ver com a refinaria.

Não tinha mesmo. O conteúdo que ela abrira era sobre a condenação de um oficial por um pequeno furto e o caso que ele estava tendo com um subordinado. Kiem se sentiu sujo só de olhar.

— Por que o general Fenrik teria isso?

Gairad deu de ombros e partiu para o próximo. Kiem levou um momento para perceber que era o arquivo de Aren Saffer.

— Feche — disse ele, mas Gairad não fechou. Em vez disso, ela o expandiu para duas telas. Com um sentimento leve de enjoo, Kiem percebeu que Aren estava enrolado. Dívidas de apostas acumuladas por mais de dez anos.

— Isso é material para chantagem — disse Kiem.

A professora Audel assentiu, porém sem parecer chocada.

— Então deve haver um motivo para que Fenrik precise manter seus oficiais seniores na linha.

— Aqui um arquivo sobre o príncipe Taam — disse Gairad de repente.

— *Não* abra esse — disse Kiem, mas ela já havia aberto.

Não era um arquivo. Era um vídeo. A expressão de Gairad mudou quando ela o reproduziu.

De primeira, Kiem não conseguia entender o que estava vendo. Então seus olhos se ajustaram, e ele percebeu que era a vista de um corredor filmado no ângulo estático de uma câmera de segurança. Não era um local que ele reconhecia, mas tinha as paredes brancas e o chão polido da — não! Ele reconhecia *sim* aquele piso, devia ser em algum lugar do palácio. Parecia a ala da Imperadora.

Taam e Jainan estavam na entrada de seus aposentos. Muito próximos um do outro. Taam furioso, Jainan apático. Em algum lugar na mente de Kiem, ele perdeu o chão.

Material para chantagem.

— Eu... talvez seja melhor não — disse Gairad, incerta.

— Me dê o vídeo — disse Kiem. Ele estendeu a moeda de dados.

Gairad olhou para ele, e então olhou de novo, como se a expressão no rosto dele não desse margem para argumentação. Ela baixou o vídeo e saiu do programa às pressas.

— Vamos continuar procurando então — disse a professora Audel, analisando Kiem como se ele fosse um objeto de pesquisa. — Talvez você queira lidar com isso... lá fora.

Kiem não estava mais escutando. A operação parecia ter perdido a importância. Nada era mais importante do que o pequeno disco de metal gelado em sua mão.

A porta se fechou atrás dele. Kiem tinha ciência das pessoas que passavam por ele nos corredores, mas não via o rosto de ninguém. Percebeu que estava andando rápido demais, provavelmente chamando muita atenção, e atenção era a última coisa que ele queria naquele momento. Parou numa esquina onde dois corredores pouco usados se encontravam e tirou a moeda do bolso. O objeto estava quente por causa do seu toque; ele o estivera segurando com tanta força assim? Inseriu a moeda na pulseira.

A imagem da câmera de segurança seguiu por alguns segundos sem qualquer movimento. Kiem a olhava com a mesma atenção fixa com que observara as montanhas abaixo de seu mosqueiro em queda.

A tela se moveu, e duas figuras distantes surgiram. O estômago de Kiem se revirou ao reconhecer a silhueta esguia e firme de Jainan. Ao lado dele estava um homem da mesma altura, vestindo um uniforme com adornos dourados e com o cabelo raspado quase por completo — Taam.

Mesmo sem som, ficou claro que havia alguma coisa errada no momento em que os dois apareceram. Taam dizia alguma coisa com a expressão contorcida numa carranca, e o semblante de Jainan se mantinha completamente fechado. Kiem conferiu o indicador de tempo no canto — já era tarde da noite. Os dois estavam com vestimentas formais; deviam estar voltando de algum evento. Jainan não dizia nada enquanto Taam se aproximava dele, e pelos passos abruptos que dava ao longo do corredor, notava-se que o príncipe estava nervoso. Taam parecia ficar mais e mais irritado à medida que se aproximava da câmera, e finalmente algo que ele disse afetou Jainan, que virou a cabeça e respondeu com uma fala breve.

No segundo seguinte, Taam já estava agarrando e torcendo o braço de Jainan por trás das costas e empurrando-o contra a parede. Jainan disse mais alguma coisa. Taam deu um golpe no rosto dele.

Os dedos de Kiem se agarravam às laterais etéreas da projeção. Ele pausou o vídeo com um gesto violento e instintivo, mas depois não conseguiu se obrigar a mover a mão outra vez. A sensação era a de ter aberto uma ferida só pela metade.

No vídeo pausado, a expressão de Jainan era de puro choque. Ele não olhava para Taam, mas para além dele, para o corredor de onde os dois tinham vindo. Estava conferindo se alguém vira a cena.

O formigamento nas costas de Kiem não pararia se não assistisse até o final. Ele continuou o vídeo.

Taam disse algo a poucos centímetros do rosto de Jainan, que voltara sua atenção para ele: mantendo a cabeça erguida, ele falava entre os intervalos de Taam — pela leitura labial, e pelo contexto, Kiem captou as palavras *público* e *aqui não*. Jainan apontou com o queixo para a porta do outro lado.

Taam parou. Abriu a boca, mas percebeu que Jainan tinha razão. Ajustou a pegada no braço do conde — Kiem soltou um chiado involuntário — e o jogou em direção à porta. Jainan não pareceu oferecer resistência, apenas balançou o braço quando Taam o soltou, como se estivesse se livrando de algo desconfortável. A porta se abriu e ele entrou. Antes de segui-lo, Taam olhou em volta, e seus olhos se fixaram na câmera de segurança. Kiem sentiu o impulso de se afastar, como se tivesse sido visto. Mas ele continuou assistindo enquanto Taam cumprimentava, por sobre os ombros de Jainan, alguém que já estava no quarto antes deles. *Aquela ali. Deletar.* Kiem não conseguiu entender nada além daquilo.

Ele reconhecera o palácio. Deviam ser os aposentos dos dois.

O vídeo — a imagem da câmera de segurança que Taam mandara deletar — terminou, e a tela se apagou. Fim. A moeda de dados não tinha mais nenhum conteúdo.

Kiem não estava chocado. Essa era a pior parte. Ele sentia algo surreal, uma dor de cabeça, como se os músculos não estivessem mais sob seu controle, mas não estava chocado. Ele fez um gesto por engano, e o vídeo começou a passar de novo; ele agitou a mão na tela para pausá-lo, e depois para reproduzi-lo, e para pausá-lo de novo um segundo depois, quando não conseguia mais suportar. A tela sobre seu pulso desligou.

De repente, ele não conseguia mais ficar parado. Caminhou até uma janela e de volta para a parede do corredor. Era como se vários insetos estivessem se movendo sob sua pele, rastejando dentro do tórax e se amontoando no peito. Aquilo não fazia sentido. Ele ergueu a pulseira e acessou o contato de Bel, mas cancelou a ação violentamente. Não podia ligar para ninguém. Aquilo *não fazia sentido*.

Jainan amava Taam. Sim, ele deixara escapar vez ou outra que o casamento não era perfeito, mas nenhum casamento era, e as únicas vezes em que Jainan falara rispidamente com Kiem tinham sido quando ele soara desrespeitoso com relação à memória de Taam. Quem faria isso por alguém que agia *daquele jeito*? Jainan não revidara no vídeo. Ele era capaz de vencer um urso em alta velocidade usando um galho de árvore, mas não havia feito nada. Seu parceiro era um príncipe imperial.

Compulsivamente, Kiem reproduziu e pausou mais um trecho do vídeo. As duas figuras permaneciam imóveis no fim do corredor, sem dúvidas voltando para os seus aposentos. Jainan *amava* Taam.

Não, percebeu Kiem. Jainan nunca dissera aquilo.

Não era por causa do luto que Jainan parecia lúgubre e acabado quando Kiem o conhecera. Ele estava como naquele vídeo: acanhado e tenso, completamente focado em Taam. Assim como — *merda* — ele estivera completamente focado em Kiem nos primeiros dias do casamento. As pausas peculiares. As mensagens conectadas à conta de Taam. O fato de Jainan *nunca dizer não*.

Se Kiem o conhecesse naquela época como o conhecia agora, teria notado. Se tivesse a inteligência de uma porta, teria notado. Ele era o homem mais desatento, mais egoísta, mais inútil do...

Sua pulseira vibrou com um lembrete. Ele sacudiu o braço como se tivesse se queimado.

Um pequeno texto se projetou sobre seu pulso, lembrando-o de que ele e Jainan estavam quase atrasados para o jantar com o Comitê Consultivo. Ele encarou o aviso por um longo tempo. A sensação pungente sob sua pele o castigava quando ele ficava parado.

Ele colocou a mão no bolso e deu meia-volta. Precisava conversar com Jainan.

23

Jainan se arrumou para o jantar e saiu alguns minutos adiantado, esperando encontrar Kiem antes; o príncipe deveria ser avisado de imediato sobre a conversa que Jainan tivera com o Auditor e também sobre a refinaria. Através das portas abertas no salão de banquetes da estação, Jainan via algumas pessoas que já estavam comendo, embora não houvesse nenhum conhecido. Ele se encaminhou para uma das antessalas vazias e elegantemente decoradas para conferir as mensagens em sua pulseira enquanto esperava. Ainda não recebera nada do escritório da Imperadora.

Quando Kiem chegou, bastou um olhar para que tudo escorresse da mente de Jainan feito água.

— Kiem? — Jainan abaixou o pulso, fazendo a tela desaparecer. A cadeira onde ele estava sentado deslizou para trás quando ele se atrapalhou para ficar de pé, tropeçando na baixa gravidade. — Aconteceu alguma... o que houve?

Kiem não respondeu. Ele estava parado na entrada, para que a porta não se fechasse.

— Você está doente? — Jainan deu um passo à frente. As linhas nas feições de Kiem estavam tensas. — Eu vou... vou chamar alguém. — *Sente-se*, ele queria dizer, mas a expressão de Kiem o impediu.

Kiem tentou falar, mas pigarreou.

— Eu... Jainan. Precisamos conversar. Sobre... — Ele parou.

Jainan congelou enquanto sua mente se enchia de todas as coisas que ele deveria ter contado para Kiem mas não contara. Alguma transgressão pequena, alguém com quem ele conversara ou o jeito como envergonhara os dois. Não, não poderia ser isso. Ele se esforçou para lembrar que Kiem não ligava para aquelas coisas.

— Sobre o quê?

Kiem deu um passo e a porta se fechou atrás dele.

— Você e o Taam.

Jainan nunca escutara a voz de Kiem daquele jeito antes. Ainda poderia ser qualquer coisa, ele disse a si mesmo. O ar ao seu redor parecia pegajoso. A frequência com que sempre voltava para a mesma defesa de sempre era assustadora — *eu não quero falar sobre isso* —, mas ele começou a elaborá-la mesmo assim.

— Eu...

— Eu descobri como era o relacionamento de vocês.

Não. As palavras seguintes morreram na língua de Jainan. Sua boca se encheu de uma vergonha enjoativa, no fundo da garganta; ele se sentia grudado ao chão.

— Jainan?

— Não é verdade — ele botou para fora.

— *O que* não é verdade? — perguntou Kiem. Houve uma pausa, como se, no fluxo natural da conversa, ele esperasse que Jainan respondesse. — Jainan, eu vi! — Ele deve ter percebido a pontada de pânico em Jainan, porque franziu o cenho e continuou. — Vocês estavam... brigando. Era uma câmera de segurança. — Era óbvio que ele não queria dizer a próxima parte, mas Kiem nunca aprendera a segurar as palavras. — Ele te empurrou contra a parede.

Não é o que você está pensando. Só aconteceu algumas vezes. Aquilo soava tão patético que Jainan descartou a resposta. Ele balançou a cabeça, lutando contra uma onda de náusea.

— Jainan, por favor! — Kiem tinha erguido a voz, ou Jainan estava imaginando coisas? Ele não sabia dizer; seus ouvidos estavam zumbindo. — Acredito que tenha sido Taam quem revogou sua habilitação de segurança. Viu só? Você nem está surpreso. Você sabia que... ah, puta merda! O *Aren* sabia, não é? Os amigos de Taam sabiam como ele te tratava. Estava debaixo do meu nariz esse tempo todo. *Merda.*

Jainan permanecia parado como uma estátua, a mão apoiada no recosto da cadeira. Seus olhos seguiam Kiem freneticamente enquanto ele andava de uma parede à outra: ele estava embaçado, uma forma em movimento que Jainan não conseguia focar.

— Aren sabia — insistiu Kiem. — Por que ele foi tão amigável? Para... tirar sarro da gente ou qualquer coisa assim? Pra mexer com a nossa cabeça? Por que você não disse nada? Tive que descobrir isso em um vídeo que a Audel roubou da Martim-Pescador!

Jainan não tinha entendido a última frase, mas não importava. Ele estava cego com a imagem repentina de Audel e Kiem dissecando sua lista de humilhações secretas. Kiem desse jeito — estressado e enojado ao mesmo tempo. Era impossível amar uma pessoa depois de conhecer seus problemas sórdidos daquela forma. Ela se tornava apenas digna de pena. *Ele* era digno de pena.

Kiem continuava falando. Jainan não compreendia mais nada. Imaginou o ruído distorcido de um rio, enquanto ele, sozinho, se equilibrava em uma represa que rachava sob seus pés. Tudo que construíra estava se desfazendo. Tudo que tentara fazer para salvar o tratado era inútil por causa do seu fracasso pessoal. Ele acreditara ser digno, acreditara ser corajoso — na realidade, estava apenas negando o fato de que *nada* poderia salvar sua dignidade quando as pessoas descobrissem. Nada poderia torná-lo qualquer coisa além de uma história trágica.

— Jainan? — disse Kiem. Ele havia parado: estava apenas a um passo de distância. — Você parece... Jainan! — Seu nome soava como um chicote. Kiem se aproximou.

Jainan o afastou. O fracasso e o medo formavam uma tempestade em sua cabeça. Ele sequer se movia por vontade própria. A pressão o envolvia de forma insuportável, atravessando-o com fúria e pânico, e o que saiu de sua boca foi:

— *Como você ousa?*

A boca de Kiem formou o início de um *quê?*, mas ele não terminou.

— Eu te pedi pra não falar sobre isso! Você não tinha o direito! — Kiem recuou. Mas ele tinha parado de falar, finalmente, e Jainan não o desafiou a continuar. Jainan tremia. — Era o *meu* casamento, *meu* passado; você achou que tinha esse direito só porque somos casados agora? Como ousa?

— Eu não... eu nunca... — Jainan mal conseguia enxergá-lo através da neblina que embaçava tudo, mas a voz de Kiem estava agoniada. Por Deus, era tão mais fácil sentir raiva do que medo.

— Preciso ir — disse Jainan, soando fraco e hesitante. — Preciso ir e pegar o... Preciso ir.

Ele deu passos largos em direção à saída. Kiem se moveu junto com Jainan, esticando-se para segurá-lo pelo cotovelo.

— Jainan! Espera!

Jainan abriu a porta com força e saiu para o corredor, já lotado de convidados do jantar. As pessoas olhavam para eles e bloqueavam o caminho até a saída; Jainan precisou parar por um instante, encurralado. Ele virou a cabeça.

— Eu... eu entendo — disse Kiem. As linhas tensas ao redor dos olhos haviam voltado. — Sinto muito. Vou te deixar sozinho.

E então, ele saiu.

Aconteceu tão rápido que Jainan só percebeu que Kiem havia mesmo ido embora quando o burburinho das conversas retornou. As espiadas das pessoas se tornando olhares diretos. Kiem se espremera entre a multidão, não rumo ao quarto de hotel, mas ao centro da estação na direção oposta.

Jainan olhou para o chão, alisando a camisa enquanto refletia, e caminhou pela multidão sem olhar para ninguém. Quando se deu conta, estava de volta ao quarto. O cômodo quieto, branco e vazio, com a memória do que ele havia feito ecoando ali. Ele se jogou numa cadeira.

Para quem Kiem contaria? Com Taam sempre houvera a segurança de saber que os dois prefeririam rastejar sobre cacos de vidro a se humilharem em público. Kiem não ligava para a própria reputação. Ele contaria para a imprensa? Jainan não poderia impedi-lo. Não poderia voltar para Thea. Ele pressionou a mão contra o rosto e tentou não pensar no fato de que não existia uma *saída*.

Ele teria que conversar com Kiem depois para tentar salvar alguma coisa. Ainda precisavam encontrar uma forma de consertar o tratado — embora isso parecesse cada vez mais improvável a cada hora que se passava. Jainan sentiu o peso da atmosfera da estação sobre os ombros, como se o ar tivesse substância e massa e o empurrasse. Seu casamento acabara? Quais eram as chances de Kiem querer manter aquela farsa depois da cena que acabara de acontecer?

A campainha soou. Jainan levantou os olhos, cheio de adrenalina, até perceber que a porta teria se aberto automaticamente se fosse Kiem. Ele se encolheu de novo. Não receberia nenhuma companhia em nome do príncipe. Não daquele jeito.

A campainha soou de novo. O som foi interrompido bruscamente, com um apito violento, e a porta se abriu sozinha. Um braço atravessou a entrada e alguém colocou uma tranca manual no batente para mantê-la aberta.

Jainan ainda estava se levantando quando os visitantes entraram. Eram cinco pessoas: um cabo andou até o meio do quarto, e seus quatro soldados se afastaram, formando um semicírculo. As armas incapacitantes estavam sacadas. Nenhuma estava apontada, mas a atenção de todos estava focada em Jainan.

Jainan venceu os tropeços instintivos para se erguer e terminou de se levantar lentamente. Estava beirando a apatia.

— Ah. Boa noite.

— Conde Jainan — O cabo sequer moveu a cabeça. — Serei obrigado a contê-lo caso tente fazer qualquer movimento.

— A que devo sua visita?

— Você está preso pelo assassinato do príncipe Taam — disse ele. — E pela tentativa de homicídio do príncipe Kiem.

Jainan respirou devagar. De repente, tudo ficou simples demais: os movimentos mais sutis, o cano trêmulo do finalizador mais próximo, tudo tinha uma clareza objetiva, quase impossível de expressar em palavras. Um golpe direto na cabeça poderia ser fatal; em qualquer outra parte do corpo, seria o suficiente para derrubá-lo.

— Entendi — disse ele. — Se isso é legítimo, então não vai se importar se eu informar o meu parceiro.

Ele lançou a mão para baixo, em direção à pulseira, para ativar um comando de emergência. Antes que pudesse finalizar a sequência, o cano do finalizador resplandeceu com um brilho de força, atingindo o peito de Jainan; ele caiu para trás, sua consciência se rasgando como um lenço. Ele havia fracassado de tantas formas. A escuridão era quase um alívio.

A linha entre a consciência e o sono era muito tênue, e Jainan não sabia se havia cruzado esse limite quando abriu os olhos. A visão estava embaçada. Ele sentiu amarras em volta dos pulsos e um apoio sob as costas. Estava deitado.

O mais aterrorizante foi que a tontura não passou quando ele acordou. Qualquer movimento leve da cabeça o deixava esgotado e enjoado. Ele se forçou a olhar em volta.

A princípio, acreditou estar em uma das instalações industriais da sua época de estudante. O lugar parecia enorme, como um galpão, embora a maior parte dele estivesse escura. A gravidade ainda era fraca. A única fonte de iluminação vinha de um holofote que formava uma piscina de luz em volta da figura sentada sobre uma caixa ao seu lado, trabalhando numa tela sobre o pulso.

Aren.

— Mas já? Que inferno! — disse Aren. Ele desligou a tela com um gesto distraído. — Ainda estou esperando o suporte técnico. Você tem a estrutura de uma porra dum elefante, já te disseram isso?

Jainan ainda lutava contra o enjoo e não conseguiu responder de imediato. A cama onde estava deitado parecia ser hospitalar, com um cercado removível de cada lado e ganchos no pé para segurar os aparelhos. Ele não sabia dizer se era normal se sentir daquele jeito; nunca estivera do lado errado de uma arma incapacitante antes. Respirou fundo para combater a tontura e se concentrou.

— Nós nem suspeitávamos de você — disse ele. — Por que só está agindo agora?

Aren puxou as pernas e cruzou-as sobre a caixa, equilibrando-se bem na ponta.

— Bom, é o seguinte — disse ele. — Quando você envia um pedido de reunião para os assistentes da Imperadora e menciona a porra do *exército*, a primeira coisa que eles fazem é entrar em contato com o comando supremo para entender o que está acontecendo. E a primeira coisa que o comando supremo faz é *jogar uma porrada de pedras em mim* por não ter mantido um nível mínimo de sigilo operacional sobre a Martim-Pescador. Então, obrigado por isso! Foi o ponto alto do meu dia.

Jainan repetiu a expressão *sigilo operacional* na cabeça, e ela despertou uma reação dolorida. A Martim-Pescador — não apenas Taam, mas toda a operação dele — tinha algo a esconder, e o comando supremo sabia disso.

— O general Fenrik sabia o que Taam estava fazendo.

— *Sim*, muito bem, parabéns por ter finalmente entendido agora. Todos aqueles anos com Taam fritaram mesmo seu cérebro, né? Tudo bem, eu também sentia meu QI diminuindo quando me sentava para jantar com ele; um bronco que fazia jus à linhagem de broncos da realeza. — Aren se moveu novamente, balançando as pernas para fora da caixa. — Não me surpreende que Fenrik gostasse tanto dele. Farinha do mesmo saco.

Jainan tentou se sentar. Foi quando percebeu que as algemas e o cercado eram totalmente desnecessários; ele mal conseguia fazer os músculos reconhecerem seus comandos, que dirá obedecê-los. Havia uns espinhos com formatos estranhos ao redor da cama, que Jainan acreditou projetarem um tipo de campo de força, mas não pareciam estar ligados. Ele se deitou de novo, catalogando lentamente suas feridas.

— Quem o matou?

Aren ergueu a sobrancelha.

— Não foi você?

Jainan permaneceu em silêncio. Finalmente identificou a sensação de picada em seu braço como uma sonda intravenosa, que devia ter alguma coisa a ver com a tontura. Se conseguisse rolar até o chão, poderia arrancá-la, mas suas mãos estavam atadas; o plano teve uma vida bem curta.

Aren quebrou o silêncio com uma risada abrupta.

— Não. Nosso estimado general Fenrik *ainda* não sabe quem matou o Taam. Ele me deu autoridade para comandar uma investigação confidencial, não é irônico? Dei a ele alguns suspeitos perfeitos. Porém, parece que nem ele nem a Segurança Interna vão cair nessa história da Audel. Então vai ter que ser você.

Jainan sentiu um gosto metálico na boca.

— Por quê?

— Por que você? Bem, você conquistou o título de *pé no saco real*. — Não tinha sido aquilo que Jainan perguntara, mas ele não o interrompeu. Os pés de Aren batiam na caixa com uma energia irregular e abafada. — Eu nem percebi o quanto você tinha aproveitado daqueles arquivos que liberamos para a universidade. Taam censurou coisa pra cacete antes do envio, mas aparentemente não foi o bastante. Isso deixou a Segurança Interna com a pulga atrás da orelha, e eles são difíceis de dispensar, até mesmo para o general Fenrik. Então, quando eu consigo montar o plano perfeito pra você levar a culpa de *tudo*, você vai e entra na porra do mosqueiro e se acidenta junto com o príncipe Kiem. É como se você estivesse na minha cola. Não sei como você consegue ser esse resto miserável de atmosfera molhada e ainda assim ficar no meu caminho toda vez. Puta *merda*, é tão bom parar de fingir! — Aren acrescentou. — Sempre invejei isso no Taam, sabe? Ele podia dizer tudo que pensava na sua cara. Eu preciso morder a língua e sorrir porque não sou um maldito príncipe imperial, e as regras são diferentes pra mim.

Aren continuava batendo os pés contra a caixa onde estava sentado, confiante e certeiro, a gola do uniforme aberta para deixá-lo mais confortável. Havia algo carismático nele, pensou Jainan, distante; devia ter sido assim que ele chegara àquele posto. Jainan não percebera antes o quanto ele se segurava. Aren em seu modo normal seria páreo duro para Kiem.

Jainan tentou analisar tudo o que ele dissera. Soava como uma confissão de culpa, mas Jainan deu pela falta de uma coisa, uma parte fundamental da equação. Aren parecia absolutamente certo de que conseguiria culpar Jainan pela morte de Taam. Jainan fechou os olhos, tentando lidar com a dor de cabeça.

— O que você está escondendo na refinaria? — Ele jogou a cabeça para o lado num movimento brusco, tentando enxergar além da escuridão. — Acredito que seja aqui, não é? Nós estamos na refinaria.

— Ah-rá! — exclamou Aren. — Sua investigação chegou longe assim? Como descobriu? Eu peguei a sua especialista em comunicação sefalana bisbilhotando nossa área. Foi ela?

A onda de adrenalina foi tão intensa que Jainan quase conseguiu se sentar.

— Você fez alguma coisa com a Bel?

— Ela está bem — disse Aren, com um quase sorriso. — Só estou garantindo que ninguém interfira.

Jainan estava no limite do autocontrole.

— Interferir *no quê*?

Aren conferiu sua pulseira.

— Olha só, minha técnica chegou — disse ele. Algo apitou à distância, o som engolido pela escuridão. O eco fez Jainan recalcular mentalmente o tamanho do espaço. Aren gesticulou um comando, e uma porta se abriu com um tinido em uma parede distante. A luz começou a brilhar sobre a cabeça dele, com o zunido dos holofotes industriais.

— É melhor você ver com seus próprios olhos.

A luz branca inundou o espaço. Jainan apertou os olhos diante da dor repentina. O galpão poderia conter metade da Estação Carissi. Estava cheio, mesmo sendo tão vasto. De primeira, Jainan não reconheceu as formas — metal, cristal, hidráulicas —, mas quando compreendeu uma, as outras fizeram sentido como uma fileira terrível de peças de dominó, uma seguida da outra.

Jainan olhou em volta para o estoque da Martim-Pescador, esquecendo o enjoo. Seu corpo parecia um robô que ele não conseguia mais controlar. Foi quando ele se ouviu dizendo:

— Você quer começar uma guerra.

24

As salas de cerimônias ao lado do Salão de Observação eram áreas abandonadas, com carpete branco e produtos de limpeza sob a fraca iluminação noturna. Não estariam abertas ao público até os eventos da Unificação dali a quatro dias, motivo pelo qual Kiem estava ali. Ele não queria ver ninguém. Sentou-se numa pilha de tapetes enrolados, sentindo o cheiro de mofo no ar seco da estação, e ansiou pelas noites geladas e limpas do inverno de Iskat.

Kiem navegou pelo conteúdo de sua pulseira, os dedos desengonçados e lentos. Já estava sentado ali havia um tempo, e ainda não decidira o que fazer em seguida. Nem deveria estar ali. Deveria voltar aos módulos residenciais.

Não voltou. Ele lia compulsivamente uma lista curta de nomes projetada pela pulseira: Bel, Ressid, a irmã de Jainan, o embaixador theano. Bel estava na plataforma de embarque espacial e não respondia. Com as preocupações de Bel, não era justo entrar em contato com ela, mas Kiem tentara ligar mesmo assim porque estava desesperado. Ainda não havia tomado coragem para contatar os theanos. O que poderia dizer? *Nós falhamos com Jainan de todas as formas possíveis, mas não posso contar nada além disso?*

Ele abaixou a pulseira e a deixou esbarrar em sua perna enquanto a lista ainda rolava. A tela se apagou e desapareceu. A porta do Salão de Observação estava escancarada do lado oposto, aguardando as decorações da cerimônia, e a luz das estrelas tocava o chão.

A pulseira tocou de novo. Kiem espiou rapidamente para ver quem estava ligando — nem Bel nem Jainan — e não a ativou. Era a primeira vez na vida que ignorava tantas ligações em sequência.

— Tudo certo aí dentro, senhor?

Kiem ergueu a cabeça para um guarda que iluminava a escuridão com uma lanterna, caminhando cuidadosamente entre os materiais de decoração.

— Tudo... certo. Só estou pegando um ar.

— Na escuridão, senhor? — O guarda parecia ser um funcionário do palácio, levado até lá para as cerimônias. Ele apertou os olhos para enxergar o rosto de Kiem. — Ah! Vossa alteza. Perdão. Vou deixá-lo sozinho.

Uma risada subiu pela garganta de Kiem, parecia que estava engasgando. Ele deveria inventar uma desculpa. Não inventou.

— Sua pulseira, senhor — acrescentou o guarda, querendo ajudar, enquanto saía.

Não era como se Kiem não estivesse vendo a pulseira acesa, uma luz chocante contra o brilho suave da iluminação noturna. Ele olhou para baixo, pronto para ignorar a ligação de novo, mas desta vez era uma mensagem. De Bel.

Ele se virou, já esquecendo o guarda, e fez um gesto mais uma vez para ligar para ela. Sem resposta. Ele grunhiu e abriu a mensagem.

Não posso falar agora, dizia o texto, *mas você está ignorando a Imperadora ou qualquer coisa assim? O escritório dela já me ligou umas quatro vezes.*

— Aff, isso não é importante! Atenda suas chamadas! — disse Kiem para a tela. De repente, vislumbrou o rosto de Bel, como se ela tivesse escutado aquilo, e leu a mensagem novamente, se recompondo. A *Imperadora*?

Ao olhar com atenção para a lista de chamadas perdidas, metade delas vinha do escritório privado da Imperadora. Da última vez que aquelas pessoas haviam ligado, ele fora convocado até a recepção imperial para ser informado de que iria se casar. Não havia desculpa boa o bastante para ignorar a Imperadora.

Ele retornou a chamada. O rosto de uma pessoa da equipe apareceu na tela quase imediatamente. Era madrugada em Arlusk, mas o escritório ao fundo parecia curiosamente movimentado.

— Vossa alteza — disse elu, numa voz que parecia calma de propósito. — Estávamos tentando entrar em contato. A Imperadora gostaria de vê-lo. Por favor, vá até a sala de reuniões remotas na área monitorada da estação.

— Quê? Por quê? — disse Kiem. A pessoa inclinou a cabeça, ignorando as perguntas. Se aquela informação pudesse ser compartilhada, já teria sido. Kiem alterou a pergunta. — Quando?

— Ela já esperava tê-lo visto há um tempo — respondeu elu. Aquilo causou um pequeno eco de pânico na cabeça de Kiem. — Agora seria um bom momento.

Quatro minutos e meio depois, Kiem foi recebido no centro protegido da estação. Outro guarda abriu a porta altamente reforçada para uma pequena sala de comunicação. Kiem ergueu a mão para registrar sua biometria na porta seguinte, mais fina, que abriu antes mesmo que ele tocasse o painel. Por reflexo, ele puxou a mão de volta, tão tenso que tudo lhe parecia um choque.

O homem que atravessou a porta era alto e ossudo, com o cabelo branco num corte militar. O único sinal de suas patentes no uniforme eram os seis círculos de ouro do comando supremo na altura do peito. Kiem deu um passo para trás, abrindo passagem. Ele não sabia que Fenrik estava na estação; devia ser algo relacionado à Martim-Pescador. Sua mãe o criara para ser educado com os militares, então ele fez uma reverência um pouco atrasada.

— General.

O general Fenrik virou a cabeça rigidamente ao passar. Assim como a Imperadora, ele já cruzara a marca de um século havia algum tempo. Levou apenas uma fração de segundo para reconhecer Kiem, e a expressão em seu rosto sugeria que as lembranças que tinha dele não eram favoráveis.

— Minha nossa! Então isso tudo é por sua causa? — disse ele. — O menino da Tegnar. Tinha me esquecido.

— Hm — murmurou Kiem. — Ainda não estou completamente inteirado do que aconteceu.

O general Fenrik soltou uma risada.

— Pode entrar. — Ele se virou com as costas eretas numa postura militar. Enquanto ele se virava, Kiem avistou a insígnia imperial de madeira, lembrando-se de repente da mesma insígnia no uniforme de Aren. Taam tinha um círculo de amigos que eram jovens oficiais, parte da estrutura do exército. Eles *conheciam* Jainan. Por que nunca haviam reportado nada? Qual era o problema do exército comandado por aquele homem?

— General — chamou Kiem.

O general Fenrik parou e olhou para trás, impaciente e fechado.

— Pois não?

Kiem o encarou. Ele se deu conta de que não havia nada que pudesse dizer, a não ser que planejasse contar tudo para Fenrik.

— Nada — disse ele. — Deixa pra lá. — Diante de mais uma carranca no rosto de Fenrik, o príncipe se virou e apoiou a mão no painel de entrada para a checagem biométrica.

Seus olhos levaram um tempo para se acostumar com os hologramas que cobriam a sala de comunicação. A Imperadora aparentemente projetara seu escritório inteiro. Kiem nunca a vira naquele ambiente; sempre que os dois conversavam, era uma ocasião formal e impessoal na recepção, onde ele se sentava em uma cadeira dourada desconfortável para ser massacrado após alguma entrevista não autorizada. Mas aquela era uma sala diferente; a sala de trabalho da Imperadora. Era sóbria, nada de ouro, com paredes lisas que provavelmente escondiam um potente isolamento acústico lá em Iskat. Enquanto Kiem atravessava o ambiente, sua pulseira se apagou. Havia uma mesa holográfica sobreposta à mesa de verdade na estação, coberta por projeções quadradas e organizadas de arquivos. Os assentos próximos à mesa sequer eram cadeiras de vídeo, então a sala devia estar lotada de sensores. Três projeções apareciam atrás da mesa: a Imperadora, uma assistente e agente chefe Rakal.

— Finalmente, Kiem — disse a Imperadora, interrompendo algo que Rakal estava dizendo. Rakal parou de falar imediatamente. — Onde você estava? Sente-se.

Kiem fez uma reverência, murmurou um pedido de desculpas e puxou uma cadeira, torcendo para que fosse real. Não lhe parecia tão ruim assim: certa vez a Imperadora o deixara esperando três horas do lado de fora por causa de um atraso. Mas também não era reconfortante. Ele se sentou na beirada do assento, tenso, e olhou para as três pessoas em busca de pistas.

— Posso saber por que fui convocado, vossa majestade?

— Convoquei você há um bom tempo — respondeu a Imperadora, com o tom seco. — O general Fenrik me disse que o exército prendeu seu parceiro theano, suspeito de ter se livrado do Taam.

Kiem a olhou com uma expressão vazia. As palavras estavam alinhadas, mas a frase não fazia sentido.

— Não entendi.

— E pela tentativa de se livrar de você também, ao que tudo indica. — A Imperadora era sempre brusca; sua fala carregava certo tom de impaciência. — Você não percebeu?

— Vossa majestade — murmurou Rakal, no que soou como um protesto.

— *O quê?* Não! Não foi o que aconteceu! De onde diabos tiraram isso? — O choque atingia Kiem em ondas. — Você *prendeu* o Jainan?

— As forças armadas o prenderam — disse a Imperadora. — Quantas vezes vou precisar repetir? Recomponha-se — acrescentou ela num tom afiado, enquanto Kiem se levantava da cadeira.

Kiem se jogou de volta no assento, percebendo que não tinha a informação de que precisava.

— Para onde vocês levaram o Jainan?

Rakal tossiu discretamente. A mesa era quase alta demais para elu, que apoiava as mãos sobre o móvel para se inclinar para a frente.

— *Nós* não o levamos para lugar nenhum, vossa alteza — afirmou Rakal. — O exército não é a autoridade civil.

Todos os pensamentos de Kiem eram de protesto, mas aquilo o fez refletir por um segundo.

— Era por isso que o general Fenrik estava aqui? — perguntou ele. — Os militares o pegaram? — Ele apelou diretamente para a Imperadora. — A senhora ainda é a Imperadora. Pode ordenar que soltem o Jainan.

Foi Rakal quem respondeu mais uma vez.

— Você se lembra do comportamento do conde Jainan no momento que precedeu o acidente de mosqueiro? Creio que tenha sido apenas alguns dias atrás.

Kiem precisou de um tempo para formar as palavras em meio ao choque, à perplexidade e à fúria que sentia.

— Jainan estava *dentro do mosqueiro*!

Nem a Imperadora nem Rakal responderam. Kiem teve a sensação de que não estava contando nenhuma novidade. Houve um momento de silêncio, em que Rakal olhou para a Imperadora.

— Veja bem, senhora — murmurou Rakal. — Se o conde Jainan sentia tanta animosidade direcionada a ele, o príncipe Kiem deveria ter percebido alguma coisa.

— Bem colocado — disse a Imperadora —, mas inconclusivo. Preciso de algo para entregar à Resolução, fora essa situação lamentável com os fragmentos.

— Inconclusivo sobre o quê? — disse Kiem. — Nada disso é verdade! Jainan matou o Taam? Tentou *me* matar? Isso é... uma palhaçada!

— Kiem, se você se comportar como um adulto que foi convocado para receber informações, eu passarei as ditas informações — alertou a Imperadora, irritada. — Mas se for insistir em agir como uma criança birrenta, então pode se retirar.

Kiem abriu a boca para formar uma resposta, mas sabia que a Imperadora era perfeitamente capaz de expulsá-lo. Ser deixado de fora não ajudaria em nada. *Jainan* teria conseguido se controlar. Ele calou a boca e apoiou as mãos sobre os joelhos.

— Claro, senhora. Eu gostaria muito de saber o que está acontecendo.

A Imperadora assentiu brevemente para ele.

— Essa investigação já se estendeu por tempo demais. Já me apresentaram diversas teorias mal formuladas, desde "acidente" até "anarquia", passando por "elemento infiltrado na fabricação de mosqueiros". — Ela lançou um olhar de censura para Rakal, que se encolheu. — Enfim, a Segurança Interna *finalmente* afunilou para duas opções: uma acadêmica rancorosa, exonerada por desacato, até onde sei. Ou o seu parceiro Jainan. Segundo o general Fenrik, os investigadores militares provaram que foi o Jainan por conta das impressões biológicas deixadas no seu mosqueiro...

— Que podem ter sido plantadas — disse Kiem, num esforço absurdo para controlar o tom de voz. — Senhora.

— Eu analisei o material apresentado pela equipe de investigação da Martim- -Pescador — continuou a Imperadora. — E não é... difícil de acreditar.

— Onde ele está? — perguntou Kiem. — Se a Segurança Interna não o deteve, então para onde o general Fenrik o levou?

— Para uma área segura — disse a Imperadora bruscamente. — Não entendo por que você precisaria saber mais do que isso. Rakal está solicitando que eu transfira Jainan e o caso dele para a autoridade civil. O general Fenrik está convencido de que é uma situação para o tribunal militar, já que a vítima do assassinato era um oficial em serviço.

— Reitero minha opinião, senhora — disse Rakal. — Isso não é uma questão militar legítima.

— E a Segurança Interna faria um trabalho melhor? — questionou Kiem, exaltado. — *Vocês* nem sabiam que a revogação da habilitação de segurança tinha vindo do... — Ele mordeu a língua, percebendo de imediato que aquilo não ajudaria em nada.

— Príncipe Taam — completou Rakal de modo ponderado. — Sim, minha equipe descobriu a origem do pedido. Acredito que existiam muito mais desavenças entre o príncipe Taam e o conde Jainan do que nós imaginávamos.

Desavenças. Kiem teve um vislumbre esmagador de como o resto da história se voltaria contra Jainan caso vazasse.

— Jainan não seria capaz de matar ninguém — disse Kiem. Por algum motivo, afirmar com tanta ênfase assim não teve o efeito que ele desejava. — Ele é *inocente*. Poderia ao menos voltar pra casa, não poderia? — Sua mente foi tomada por uma lista de tarefas, como contratar advogados, encontrar evidências, talvez até encurralar alguns oficiais militares e interrogá-los para descobrir o que estava acontecendo.

Rakal apertou os lábios. Kiem viu sua troca de olhares com a Imperadora, e sabia que não ia gostar da resposta antes mesmo que Rakal dissesse:

— Não se ele permanecer com os militares. Sua majestade já decidiu que há certas vantagens em deixar que eles conduzam o interrogatório. Se for provado que o conde Jainan agiu sozinho, a Resolução talvez aceite um representante substituto no tratado. — A Imperadora parecia perdida em seus pensamentos e não se moveu para falar. — Eu me oponho a isso — completou Rakal.

— *Quais vantagens?* — questionou Kiem. — Os militares não podem interrogá-lo!

— Efetivamente — sussurrou Rakal —, eles podem sim.

— E a autoridade civil, legalmente, não pode — disse a Imperadora. Kiem respirou fundo, mas não tinha palavras. A Imperadora balançou a cabeça de leve, como se tentasse mascarar sua hesitação. — Não, Rakal, já tomei a decisão. Se Jainan for inocente, não conseguirão nada de útil no interrogatório, e vocês poderão partir para a acadêmica. Caso contrário, boa parte dessa confusão será esclarecida, e então poderemos trabalhar na busca dos fragmentos desaparecidos. — O canto de sua boca se curvou para baixo. — O que nos leva a outra confusão, é claro. Mas isso é política. — Ela assentiu para a assistente, que fez uma espécie de anotação em sua pulseira especial para a ocasião. — Darei dois dias a eles. Kiem, você irá cooperar com Rakal e com as autoridades militares quando for solicitado. Não falará sobre isso com ninguém: tudo está no nível supremo de sigilo. Entendido?

— Senhora — disse Kiem, sua voz por um fio.

— Você terá que comparecer às próximas cerimônias sozinho — declarou a Imperadora. — Estamos lidando com o pior cenário possível, mas não há o que fazer. Espero que se coloque à altura do desafio. Dispensado.

A reverência de Kiem foi totalmente estabanada perto da mesura cuidadosa de Rakal, mas a Imperadora já estava dando ordens à sua assistente e não reparou. Enquanto as duas saíam da sala, a projeção de Rakal desapareceu no batente da porta.

A pulseira de Kiem acendeu e voltou à vida quando ele passou pelos guardas em silêncio. Ele ergueu os dedos para ativar um comando, contando mentalmente os segundos que Rakal levaria para sair do escritório da Imperadora, onde seus assistentes trabalhavam, e descer pelo elevador da torre até o corredor principal. E então ele ligou.

Seus cálculos deram certo. Quando Rakal abriu a tela, o corredor ao fundo estava vazio. Elu parou, cruzou os braços e ergueu o queixo de forma agressiva.

— Diga o que tem a dizer, vossa alteza.

— O que eles podem fazer durante o interrogatório? — perguntou Kiem.

Os ombros de Rakal estavam tensos.

— Eles o prenderam sob a lei militar. Existem poucas limitações legais, embora eles saibam que, se não conseguirem nenhuma evidência e um representante theano aparecer com danos físicos, as consequências serão sérias. Mas mesmo assim.

— E você acha isso *normal*? — demandou Kiem. — Todo mundo acha? Jainan *vive* em nome do dever. Ele provavelmente nunca fez nada ilegal na vida!

— A Imperadora deu uma ordem direta — disse Rakal. — O processo legal civil deve ser seguido pelos civis, mas quem é a Segurança Interna diante da velha guarda? — A pontada de amargura na voz delu desconsertou Kiem por um momento. A Imperadora o chamara de *general* Fenrik, Kiem se lembrou, sendo que ela não se referia a quase ninguém pelo título oficial. O general Fenrik era da geração da Imperadora, da época em que os militares eram muito mais poderosos do que a infraestrutura civil. Rakal era jovem, provavelmente um pouco acima dos quarenta. — Pode ser que o conde Jainan não sofra muitos danos.

— *Pode ser*?

Rakal olhou em volta antes de responder.

— Existem certas drogas.

Kiem respirou fundo.

— Eu não vou deixar isso acontecer.

— E eu não vou enveredar por este caminho — rebateu Rakal. — Nós não tivemos esta conversa. No entanto — acrescentou elu —, se Jainan de alguma forma... conseguisse sair da custódia militar, acredito que as coisas seriam diferentes. — Rakal olhou diretamente para Kiem. — A situação do tratado está mudando a cada hora que passa. Acredito que se Jainan conseguir sair de lá, eu consigo manter o caso dele sob autoridade civil e impedir que ele volte para as mãos dos militares.

— Certo — disse Kiem. Ele respirou fundo e repetiu. — Certo.

Rakal assentiu de leve.

Kiem encerrou a chamada. Em seguida, ergueu a pulseira e abriu o contato do embaixador theano. Enquanto caminhava a passos largos de volta para o quarto, ele escreveu: *Jainan preso injustamente. Petição para a soltura* e acrescentou um resumo de tudo que a Imperadora dissera. Terminou de escrever no momento em que a porta do quarto se fechou atrás dele.

Então, e só então, ativou o código de alta urgência que só poderia ser usado em situações de vida ou morte e ligou para Bel.

Esperou por tanto tempo que começou a contar os segundos. Um minuto. Noventa segundos. Até que, em dado momento, a tela de espera se dissolveu formando o rosto de Bel. Ela parecia estar numa cápsula particular da plataforma de embarque espacial, distraída e preocupada.

— Kiem? — Ela olhou para ele e para o ambiente, certificando-se de que ele não estava em perigo imediato. — Estou prestes a embarcar no transportador, estão chamando os passageiros agora. Não posso falar.

— Jainan foi preso — disse Kiem. Ele ouvia a própria voz falhando. — Acham que ele matou Taam e depois tentou me matar. Preciso tirá-lo de lá antes que o interroguem. Preciso da sua ajuda.

Os olhos de Bel tremeram, mas só por um instante, e seu rosto logo começou a fazer os cálculos.

— Deixa eu adivinhar — disse ela. — Major Saffer.

— Desculpa — disse Kiem. — Você pode viajar hoje à noite. Só atrase a ida em umas doze horas, vou fazer uma nova reserva pra você e... Oi?

— Saffer está por trás disso de alguma forma — disse Bel. — E se você está preocupado com o interrogatório, ele deve estar com os militares, certo? Que inferno, porra!

— *Isso* — disse Kiem, que raramente escutava Bel xingar daquele jeito, mas ao menos alguém estava tendo a reação correta. Ele não sabia de onde ela tirara o nome de Aren, mas aquilo não era a coisa mais importante no momento. — Preciso de você. Por meio dia apenas. Algumas horas.

Ela parou por um instante. Kiem percebeu que estava agarrando a pulseira com a outra mão, um velho hábito de quando era criança e achava que precisava ficar segurando o pulso para que a imagem da outra pessoa não sumisse. As bordas do acessório se enterravam em seus dedos.

— Por favor.

— Kiem — disse ela, por fim. — Não há muito que eu possa fazer. Não vai adiantar de nada você me mandar falar com as pessoas. Precisam ouvir de você. Sinto muito mesmo.

— Eu não vou falar com as pessoas — anunciou Kiem. — Vou descobrir onde Jainan está e vou tirá-lo de lá. — Ele baixou o tom de voz, mesmo na privacidade do próprio quarto. — Vou te acobertar com relação aos trâmites legais, juro, mas preciso da sua ajuda. Sei que você consegue acessar os scanners de entrada. Você fez isso por mim quando perdi minha pulseira ano passado. A Imperadora só deu dois dias pra eles, então não podem ter descido pra Thea. Ele tem que estar em algum lugar da estação ou em algum módulo acoplado. Vou descobrir onde ele está e vou trazê-lo de volta.

Bel cobriu o rosto com a mão.

— Ah, *puta merda!*

Kiem sentia os argumentos desmoronando sob seus pés. Mas continuou tagarelando de qualquer forma, desesperado.

— Preciso fazer isso antes que machuquem ele. Tem coisas que você não sabe sobre o Taam e... por favor. Sei que você precisa ver a sua avó em breve...

— Chega — disse Bel. A voz saiu abafada por trás da mão. — Para, cala a boca, pelo amor de tudo que é mais sagrado, *cala a boca.* Não tem avó doente!

Kiem parou.

— Quê?

— Eu estava mentindo pra você! — disse Bel. Sua voz estava mais baixa e mais rápida, quase um sussurro. — Não sei onde diabos a minha avó está, ela estava com os Conchas Pretas da última vez que nos falamos. Deve estar bem. Só pare de... *ser gentil.*

Aquilo freou até mesmo o pânico de Kiem.

— Conchas Pretas? Aquele monastério?

— Ela é uma corsária! — disse Bel. — Vou ter que desenhar pra você? Os Conchas Pretas são uma gangue! Tipo o lugar de onde eu vim!

— Eu não... você... gangue?

— Um grupo de corsários!

— Certo — disse Kiem, engolindo a vontade de dizer *essa parte eu entendi.* Seu conhecimento limitado sobre os assuntos de Sefala não era a questão do momento. Ele tentou não soar como se estivesse falando com outra pessoa, com alguém que não fosse a Bel de sempre. — Por que você precisou mentir pra... — Não. Ele descobriu que não se importava. Bel ainda era a mesma pessoa que fora durante todo o tempo em que os dois se conheciam, e ela nunca o decepcionara. Devia ter seus motivos. — Quer saber? Se não quiser me contar, não preciso saber. Mas por favor, pode esperar só algumas horas? Eu faço uma reserva pra você no próximo transportador.

Bel o encarava.

— Você é tão idiota. Não quer saber por que estou indo?

— Eu fiz alguma coisa? — disse Kiem em desespero. — Posso compensar de alguma forma?

— *Não!* — Bel se aproximou da tela. Ela ainda estava sussurrando, aparentemente sem confiar na privacidade da cápsula. — Não entendeu a parte em que eu disse que minha avó rompeu com os Conchas Pretas? Sabe que esse tipo de coisa geralmente passa de geração pra geração? Eu nasci numa nave Vermelho Alfa! Fui uma das invasoras de sistemas deles por dez anos! Era meu trabalho invadir os sistemas de comunicação dos cargueiros pra desativá-los quando a nossa nave atacasse!

Aquilo exigia um tempo de reflexão. Tempo que Kiem não tinha.

— Eu vi seu currículo — disse ele. Aquilo não tinha sido citado.

— Eu inventei quase tudo ali! — respondeu Bel num sussurro tão visceral que era quase um apito. — Você não pode ser tão lento assim pra entender as coisas!

— Ah, certo, óbvio — respondeu Kiem. Cada minuto que ele não conseguia trazer Bel de volta era um minuto que Jainan continuava preso. — E daí? Pensei que você talvez tivesse um amigo ou outro que não operava cem por cento na legalidade. Você não faz mais esse tipo de coisa, faz? Eu te conheço.

Bel pareceu pega de surpresa pela primeira vez desde que Kiem a conhecera.

— *E daí?* Eu menti pra conseguir esse emprego. Menti para aquelas organizações que indicam as pessoas; grupos de caridade são fáceis de enganar. Eu era uma corsária, vou precisar soletrar? Eu usei você pra escapar daquela vida e me endireitar!

Kiem esfregou a mão sobre a testa.

— Olha, você consegue invadir a segurança de qualquer sistema do palácio que já tenha acessado — disse ele. — Ou vai até os becos de lojas clandestinas e resolve tudo que eu peço num passe de mágica. É *claro* que você aprendeu em algum lugar. Eu sempre soube que você tinha seus atalhos. E nada do que você fez é errado, então não entendo por que eu deveria me importar.

— Você vai se importar quando o Saffer mandar tudo pra imprensa.

— Você... peraí, você está sendo chantageada? — perguntou Kiem. — Pelo *Aren Saffer?* Foi por isso que teve que ir embora?

Bel fechou a boca. Assentiu de forma quase imperceptível.

Uma onda de alívio tomou conta de Kiem.

— Ah, certo, *beleza* então. — Tratando-se da imprensa, ele sabia como contra--atacar Aren. — Vou ligar para um jornalista. Vamos criar uma história pra te acobertar. Volta e me ajuda a soltar o Jainan.

Bel olhou para ele, então pareceu perceber algo, cobrindo os olhos com as mãos.

— Você precisa de ajuda — disse ela. — Não, eu sei que Jainan precisa de ajuda, mas você também, porque você claramente perdeu a cabeça. Mas eu vou voltar e a gente conversa sobre isso depois. Tá bem?

— Certo! Sim! — concordou Kiem. — Volta logo. Eu te espero no nosso quarto.

— E depois você vai me conseguir uma nova passagem de transportador, mesmo que a Segurança Interna esteja atrás de mim.

Por favor, não vá, Kiem quis dizer.

— Sem problema! — Ele ergueu o polegar para ela. — Uma passagem anônima e na primeira classe.

Ela assentiu e desligou a chamada.

Corsários. Kiem soltou um longo suspiro. Estava explicado por que ela não lhe contara a verdade. Ele não conseguia imaginar Bel como parte de uma equipe de assalto, mas a maioria das coisas que Kiem sabia sobre corsários vinha dos filmes de ficção, então quem era ele para dizer alguma coisa? E qual era a *importância* daquilo tudo? Desde que oferecera a vaga de assistente para Bel, ela estivera ao seu lado sempre que ele precisara. Ele poderia ao menos mantê-la longe de problemas quando tudo passasse, mesmo se isso significasse vê-la partir.

Um sinal de emergência soou do lado de fora da porta. Kiem a abriu.

Gairad, recostada na parede oposta, esfregou os olhos inchados e molhados com as costas das mãos e o encarou.

— Onde diabos você estava? Não te achei em lugar nenhum! Aqueles desgraçados levaram o Jainan!

Kiem não imaginara que teria como aliada uma adolescente aos prantos com broches anti-Iskat na jaqueta, mas naquele momento estava pronto para encará-la como uma enviada dos céus.

— Você os viu? Quem eram eles?

O semblante combativo de Gairad se suavizou, como se ela estivesse esperando que ele argumentasse.

— Eu estava chegando aqui pra falar com ele, e vi quando o arrastaram pra fora. Ele não estava consciente. Que porra é essa? Eles pareciam militares.

— Pra onde eles foram? — perguntou Kiem com urgência.

— Pro cais de transporte — respondeu Gairad. Ela deu uma fungada longa e feia de uma pessoa determinada a retomar o controle de si mesma. — Para uma cápsula de curto alcance e não registrada. Rastreei a primeira parte do voo pelo sistema público.

— Você é de uma genialidade impressionante! — exclamou Kiem com empolgação. — Entra. Quando a Bel chegar nós bolamos um plano melhor. — Ele entregou um lenço de bolso para ela e configurou a porta para liberar a entrada somente de Bel.

Quando ela chegou, Kiem e Gairad já haviam vasculhado todo o quarto na esperança de que Jainan tivesse deixado alguma mensagem, tido uma conversa tensa com o embaixador theano, e no momento analisavam obsessivamente as pistas do voo coletadas por Gairad.

— Voltei — disse Bel da porta, com a bagagem flutuando atrás de si. Ela soava desconfiada.

Kiem nem pensou duas vezes antes de saltar da cadeira para abraçá-la. Ela obviamente não estava esperando esse gesto, e o pensamento de que não deveria ter feito aquilo só ocorreu a Kiem depois do abraço, mas Bel já estava dando tapinhas carinhosos nas costas dele.

— Você é a única pessoa, tirando Jainan, capaz de me fazer bem agora — disse Kiem. — Isso não foi apropriado pro local de trabalho, foi? Desculpa. Tenho algumas ideias sobre as ameaças que você recebeu...

— Depois — disse Bel. Ela deixou a bagagem no chão, alisou a túnica e ajustou a postura, reunindo toda a sua confiança naquele movimento.

— Desculpa o atraso. Parei pra pegar umas coisas. O que sabemos sobre o Jainan?

Gairad ergueu os olhos também, e Kiem contou para as duas o que sabia. Começou pela reunião de emergência com Rakal e a Imperadora, completando com o que Rakal dissera a respeito do interrogatório, mas sua explicação saiu afobada e fora de ordem. Ele voltou para as tentativas de invasão da professora Audel e a pasta com material de chantagem que tinham encontrado sobre Aren e os demais oficiais. E então parou.

— Perdão, Gairad. Pode nos dar um minuto? — disse ele, puxando Bel no canto para contar a ela sobre o vídeo.

Conforme Bel escutava, sua expressão ficava mais vazia.

— Isso explica muita coisa. — Foi tudo o que ela disse.

— Você *sabia*?

— Não — disse Bel. — Senti que havia algo errado, mas acho que dá pra imaginar por que eu não ia sair por aí arrancando segredos dos outros. Todos nós temos alguma coisa a esconder. Mas acho que o Saffer sabia.

Saffer. Tudo sempre voltava para Aren Saffer, o melhor amigo de Taam.

— E ele estava te chantageando?

Bel espiou Gairad, que estava curvada sobre o plano de voo como se pudesse intimar o arquivo a lhe dar as coordenadas exatas de Jainan.

— Aquele merdinha estava envolvido o bastante com Evn Afkeli e a Estrela Azul para perceber que eu era uma corsária. Pensei que ele só estava com medo de que eu descobrisse sobre ele. Eu deveria ter percebido que ele tinha um motivo pra me fazer ir embora justo agora, mas não sabia que ele estava atrás do Jainan. — Ela encarou Kiem. — Ainda não dá pra saber, mas acho que ele pode ter julgado muito mal essa chantagem.

— Ele vai se arrepender de ter sequer tentado — disse Kiem. — Se eu pegar ele perto de Jainan, vou agarrar aquela gola brilhante dele e jogá-lo no colo da Imperadora pra ela acabar com ele. Ou no de Rakal. Não, ele acabaria com Rakal. Vem dar uma olhada nisso aqui.

Ele ampliou a tela com um gesto e colocou o plano de voo de Gairad ao lado de uma imagem do conglomerado. A gigantesca Estação Carissi nadava pelas plantas automatizadas e pelos habitats menores como uma baleia em meio a um cardume de peixes brilhantes. A refinaria da Martim-Pescador ficava na ponta do cardume.

Bel tocou a refinaria.

— Ele só pode estar aqui — disse ela. — É o único habitat militar, e sabemos que ele não está dentro da estação. Vocês têm uma planta atualizada? — perguntou ela, sem muita esperança.

— Sim — disse Gairad inesperadamente. Ela abriu um diagrama da refinaria lotado de anotações. — As indicações de matéria estão erradas, mas já resolvi isso. Deve haver um setor por aqui. — Uma das anotações brilhou em vermelho, mostrando um módulo de armazenamento acoplado ao fundo do cilindro central. — É protegido. Mas só pode estar ali, do contrário a rotação do habitat inteiro não funcionaria.

— Bom trabalho — disse Bel em aprovação. — Um módulo clandestino e protegido. É onde eu esconderia meus prisioneiros mais valiosos.

Escutar *prisioneiros mais valiosos* foi como sentir alguém arranhando sua coluna com uma unha afiada. Kiem arrumou a postura para não deixar transparecer.

— Se eu te levar lá, você consegue entrar?

— Depende — respondeu Bel. Ela tocou uma das antenas que cercavam a refinaria. — Consigo arrombar a maioria das portas, contanto que não sejam de um modelo novo. Mas haverá monitoramento e campos de alarme antes de chegarmos lá. Se o nosso transportador não tiver as chaves corretas, qualquer alarme vai direto para a sala de controle deles.

— Então precisamos de um transportador militar — disse Kiem lentamente.

— Sim. Você tem algum sobrando aí debaixo da cama?

— Vou ver o que consigo fazer — anunciou Kiem. Ele sentia uma vibração urgente sob a pele enquanto todas as possibilidades se desdobravam em sua mente. — Escutem, se qualquer pessoa perguntar no futuro: eu ordenei que vocês me ajudassem. Vocês não tiveram escolha.

Bel revirou os olhos.

— Vai dar um trabalho e tanto convencer alguém de que você é capaz de fazer ameaças. Mas é melhor a gente deixar a criança fora disso.

— Eu tenho *dezoito anos* — protestou Gairad. — Vou junto.

Bel abriu a boca, mas Kiem falou primeiro.

— Sim, tudo bem — disse ele. — Só não se machuque, ou vai acabar se tornando outro acidente diplomático. — Bel lançou um olhar exausto para ele, e Kiem ergueu as mãos para apaziguar. — Se fosse comigo, eu jamais me perdoaria por não ter ido... caso algo aconteça.

— *Tudo bem*, se não temos outra escolha — disse Bel. — Mas eu não vou entregar armas pra ela.

— O quê? — exclamou Kiem. — Armas?

Bel se agachou para abrir a cápsula a vácuo. Puxou roupas e aparelhos para o lado até alcançar o fundo e gesticular uma sequência de comandos. A lateral da cápsula se abriu com um clique, de uma forma que Kiem tinha quase certeza de que não era o padrão, embora ele reconhecesse aquela cápsula. Ele estava certo de que Bel a carregava quando chegara a Iskat. Dentro do compartimento falso havia dois volumes protegidos por camadas de tecido cinza. Bel desembrulhou um deles.

— Já viram uma dessas antes? É uma arma incapacitante.

A sensação elétrica no sangue de Kiem ficou mais forte. Aquilo era uma péssima ideia, mas ele não tinha mais nenhuma alternativa. Ele estendeu a mão e gesticulou para que Bel lhe passasse a arma.

— Sei muito bem o que é um finalizador.

— Aprendeu nos filmes?

— Minha mãe — Kiem pegou a arma jogada por Bel. — Quando eu tinha dezesseis anos, ela me mandou para um acampamento militar horrível por um mês. — O finalizador era curiosamente leve em suas mãos. Ele esquecera a sensação de segurar uma coisa daquelas.

Bel o encarou em dúvida.

— Então você sabe usar?

— Eles tiveram motivos pra me mandar de volta mais cedo — respondeu Kiem, alinhando o visor da arma.

— Não segure o gatilho assim! — alertou Bel. Gairad se inclinou para trás. — Meu deus, tudo bem. Estou repensando minha decisão de não armar a criança.

Kiem abaixou o finalizador.

— Não importa. Só vamos usar pra blefar, não é? Ninguém vai se machucar.

— Claro, isso vai funcionar direitinho — disse Bel. — Sim, vossa majestade, nós *roubamos* um transportador e invadimos uma base militar, mas ninguém se machucou, então não tem problema, né?

Kiem se forçou a dar de ombros e tentou sorrir.

— O que eu penso é o seguinte — disse ele, numa voz totalmente razoável que por algum motivo fez Bel e Gairad olharem para ele com desconfiança. — Se eles não quisessem ser invadidos, não deveriam ter prendido Jainan lá. Vamos fazê-los reconsiderar essa decisão.

25

— Eu não chamaria de guerra — disse Aren.

Havia um brilho terrível nele, sentado casualmente sob as luzes do galpão que projetavam uma auréola branca em volta de seu cabelo, no meio de um estoque de armas que poderiam destruir um pequeno continente. Jainan se esforçou para manter a voz sob controle.

— Como chamaria, então?

— Um reequilíbrio rápido de poder — respondeu Aren. — Um ataque tático, se preferir. Sem ofensa, mas Thea tem a capacidade militar de um aluno da pré-escola de ressaca. Não precisaremos tomar nem duas cidades antes que vocês implorem por paz. Thea estava pedindo isso, você sabe muito bem — acrescentou ele. — Se não tivessem feito toda aquela arruaça por causa dos recursos do seu sistema, talvez a Martim-Pescador ainda fosse apenas uma operação de mineração. — Ele gargalhou. — Não, retiro o que disse, ainda teríamos que lidar com a Resolução.

Os fragmentos. Havia uma cápsula grossa de chumbo ao lado de Aren, do tipo que Jainan já vira protegendo amostras radioativas.

— Você roubou os fragmentos desaparecidos?

— *Roubei?* — disse Aren. — Assim você me ofende. Tem ideia de quanto dinheiro Taam e Fenrik desviaram da Martim-Pescador pra garantir os fragmentos? Nós compramos os de Sefala dos corsários e tivemos que subornar alguns civis para conseguir os outros. Dá pra dizer que compramos todos eles de maneira justa. — Ele deu um tapinha na cápsula. Jainan não conseguia sentir nada, mas não sabia dizer se era porque o chumbo funcionava como um material de proteção; estava se sentindo tão destruído que não seria capaz de registrar nem mesmo se um elo de tamanho total se abrisse ao seu lado.

— Você não quer começar uma guerra só contra Thea — disse Jainan sem expressão. — Quer também uma guerra contra a Resolução. Você é louco.

— Diga isso ao general Fenrik — rebateu Aren com um sorriso. — É fácil entender o que ele quer. Primeiro lidamos com os vassalos, depois, quando Iskat não estiver mais distraída com eles, ganhamos independência da Resolução. Só temos um elo para defender, no fim das contas. Um ponto fraco natural. De que vale ter um exército se nunca o colocamos pra lutar?

— Os galácticos vão rir da cara de vocês — disse Jainan, com um pavor crescente de que nada do que dissesse faria sentido em meio àquela loucura. — Isso pode ajudar a conquistar Thea, mas nem todas as armas do setor serão páreo para um poder que tem um milhão de naves. Nós somos *brincadeira de criança* pra eles.

— Ah, esqueça as armas convencionais. Isso aqui — Aren fez um gesto expansivo apontando para todo o equipamento militar ao redor — vai ser obsoleto depois que lidarmos com os vassalos. Os fragmentos invadem as *mentes*. Só precisamos de uns meses para desenvolver armas a partir deles, e imagina só do que seremos capazes. Vamos poder proteger o elo por quanto tempo for preciso.

— Isso são ordens do general Fenrik? — perguntou Jainan. As drogas deixavam sua língua pesada e seca dentro da boca. — Anexar Thea e sabotar o tratado da Resolução?

— Fenrik é um valentão da velha guarda — disse Aren, reflexivo. — Mas ele tem razão, sabe? Por que devemos continuar nos contendo quando outros poderes conseguem se safar o tempo todo? A Resolução é formada por um bando de hipócritas. Eles ficam no pé dos setores mais fracos e deixam os outros fazerem o que quiserem. Outros planetas já conseguiram criar armas com os fragmentos, sabia? Um comandante de Orsha consegue controlar sua mente do outro lado de uma sala. Os membros da classe governante da Alta Corrente são quase *deuses*. A própria Resolução usa fragmentos para treinar seus sentinelas; de que outra forma eles conseguiriam pilotar naves através do elo? Eles só aplicam as regras para os fracos como nós.

Passos se aproximaram, mas Jainan não conseguia virar a cabeça o bastante para ver quem era. Ele engoliu em seco e tentou analisar as armas que conseguia enxergar. Conhecia muito pouco a respeito de armamento militar, mas reconheceu drones de combate e armas de energia quando os viu. Aquilo não era sobre ele, ou Kiem, nem mesmo sobre Taam. Ele não conseguia pensar num jeito de levar aquelas informações para quem quer que fosse. O desespero apertava seu peito como uma garra.

— Você acha que Iskat é um planeta tímido demais pra pegar o que quer.

— A Resolução nunca ajudou Thea — disse Aren. — Não entendo por que você defende tanto eles.

— Isso não significa que eu ficaria mais feliz se todo o poder ficasse com você e seus comandantes — respondeu Jainan com a voz rouca. — Isso é um crime de guerra.

— Ah, não me entenda mal, eu concordo — anunciou Aren. — Foi de uma hipocrisia ainda mais *gloriosa* quando eu comecei a tentar aumentar minha porcentagem lá no topo e o Taam descobriu e ameaçou me entregar pro Fenrik. Porque, aparentemente, tudo bem invadir Thea sem contar pra Imperadora, mas Deus me livre se alguém tentar algum *benefício pessoal.*

Então aquele tinha sido o motivo pelo qual Aren matara Taam, pensou Jainan. Ele se sentiu entorpecido. No meio do grande plano de Taam para arruinar Thea e começar um novo e glorioso capítulo, ele havia descoberto que Aren estava colocando as garras de fora e morrido por causa disso. Taam nunca soubera o valor da sutileza.

Aren desceu da caixa e ficou de pé, olhando para alguém que Jainan não conseguia ver.

— Você se atrasou.

— Perdão, senhor — disse uma voz grave. Uma mulher com uniforme da tropa apareceu no campo de visão de Jainan, calçando luvas antiestáticas cuidadosamente. — Vim assim que recebi a ordem.

Jainan pensara já ter ultrapassado a linha do medo, mas uma pontada se espalhou ao vê-la se aproximar. Aren não confessaria tudo a ele se esperasse que Jainan fosse continuar vivo para contar a história. Ele se forçou a manter os olhos em Aren.

— Qual é o motivo disso tudo? Não dá pra esperar que a Segurança Interna e o Fenrik decidam me culpar. Suas evidências são fracas demais, e a minha morte sob custódia vai parecer suspeita.

— Na verdade, eu não quero que você morra — disse Aren com animação. Ele alisou o uniforme de maneira enfadonha, como se estivesse finalizando a conversa. — Só preciso que alguém leve a culpa pela morte do Taam e pelo dinheiro que eu peguei emprestado. Então Fenrik pode continuar com o plano de anexar Thea, o tratado da Resolução vai desmoronar, e tudo estará de volta aos trilhos.

A soldado estava fazendo alguma coisa na máquina ao lado dele. Jainan sentiu algo gelado se espalhando pela sonda em seu braço e ficou ofegante ao perceber que se tratava de um sedativo. A mulher pegou alguma coisa e se virou; Jainan levou um segundo para reconhecer o capacete médico. Era mais complexo do que os que ele já vira nos hospitais.

Ele estava perto de perder as funções cognitivas quando percebeu — o novo sedativo fazia efeito muito rápido —, mas finalmente juntou as peças com os espinhos estranhos ao redor da cama.

— Esse é o campo Tau.

Estava explicado por que Aren achava que conseguiria culpar Jainan. Com um interrogador treinado, um campo Tau poderia fazer Jainan acreditar em qualquer coisa. Ele mesmo *confessaria* o crime.

— Alguém traz um troféu pro sujeito! — disse Aren explosivamente. — Ele finalmente entendeu! — Jainan tentou rolar para fora da cama enquanto a mulher se aproximava com o capacete, mas o novo sedativo, junto com o tiro de arma incapacitante que ele levara antes, era demais. O cercado atingiu seu ombro. *Pelo menos eles não pegaram o Kiem*, ele disse a si mesmo.

A última coisa que escutou foi Aren à distância, a voz cristalina, dizendo:

— Agora, se me dão licença. Vou beber champanhe com uns diplomatas desgraçados.

O barulho era como estar embaixo de um motor no momento em que a ignição era acionada. Jainan flutuava paralisado em um oceano de sons estridentes, convencido de que cada parte de sua consciência estava sendo arrancada, pedaço por pedaço. Ele tentou gritar. Não sabia dizer se tinha dado certo ou não, então tentou de novo. Sua garganta ardia quando ele parou. Ele fechou os olhos.

Quando os abriu novamente, estava de pé na frente do palácio.

O céu brilhava num azul límpido de verão. Claro que era verão, pensou ele com desconforto, por que não seria? Ele esfregou os ombros para se aquecer; um tique nervoso que desenvolvera durante o primeiro inverno em Iskat.

Um jato estacionava na entrada. A cabeça de Jainan fisgou pela décima vez. Dessa vez ele foi recompensado, porque quando o veículo parou na frente do palácio, a primeira figura que saiu de lá foi o assistente de Taam, segurando a porta e fazendo uma saudação enquanto Taam desembarcava.

Jainan colocou um sorriso no rosto enquanto Taam atravessava a entrada e, para seu alívio, descobriu que era genuíno. Eles haviam discutido antes da partida de Taam — Jainan parecia incapaz de não provocar uma briga —, mas Taam abriu seu meio sorriso característico e gesticulou para que ele se apressasse. Quando Jainan o alcançou, Taam passou o braço em volta dele e deu um tapinha em suas costas, e então o empurrou, segurando-o pelo braço.

— Tudo bem, não precisa ficar se jogando em cima de mim.

Jainan recolheu as mãos, sem saber o que fazer com elas. Por fim, abaixou-as ao lado do corpo.

— Que bom ver você. — No momento em que as palavras saíram de sua boca, elas soaram artificiais.

Taam cerrou os olhos, meio brincando.

— Ensaiou essa, não foi?

Jainan fechou a boca. Aquilo não merecia uma resposta. Mas Taam estava de bom humor, e Jainan queria mantê-lo daquele jeito o máximo de tempo possível.

— Como foi a viagem?

O assistente já estava carregando a mala de Taam. Jainan tentou ajudar pegando a bolsa de itens pessoais que estava no ombro de Taam.

— Não puxa — disse Taam, soltando a bolsa e empurrando-a para Jainan. — A viagem foi tranquila. Os malditos theanos descontrolados como sempre, mas demos nosso jeito. A escavação começa no mês que vem.

Houve um breve silêncio. Jainan apoiou a bolsa sobre os ombros e se virou para o palácio.

— E aí? — disse Taam atrás dele. — Só isso? Fico um mês longe e você não consegue nem fingir interesse?

Quando faço perguntas você manda eu não me meter, pensou Jainan, mas mordeu a língua. Ele se virou de volta para Taam.

— Perdão — disse ele no meio do silêncio contínuo. Taam não se movera, permanecendo na entrada enquanto o jato ia embora. — Desculpa. Quem você encontrou lá?

Taam o encarou de novo, incrédulo dessa vez, e fez um movimento brusco ao passar por Jainan.

— Deixa pra lá. Nelen!

— Senhor!

— Quais são os meus compromissos de amanhã?

O assistente de Taam foi lhe dando as atualizações à medida que consultava sua pulseira cuidadosamente, acompanhando o ritmo de Taam, enquanto os passos de Jainan ecoavam fora de sintonia no chão de mármore.

— Amanhã o senhor tem uma reunião com o general Fenrik às dez, treino físico às doze, e então fica livre até a recepção na embaixada theana às seis.

— Mais theanos desgraçados? — disse Taam. — Por que tenho mais theanos no meu calendário? Acabei de me livrar de um bando deles. — Era uma piada, porque ele estava bem-humorado, mas o humor parecia estar se desgastando rápido.

— Isso foi colocado no seu calendário pelo seu parceiro, senhor — disse o assistente, jogando um olhar inexpressivo para Jainan. Ele quase nunca o chamava pelo nome. Taam ficava imprevisivelmente irritado quando o título theano de Jainan era usado nos aposentos, mas também quando seus subordinados usavam o primeiro nome dele.

Jainan se ateve aos fatos.

— O embaixador solicitou nossa presença, Taam. — Ele poderia explicar mais, porém parecia esforço perdido quando ele sabia que não ajudaria em nada.

— Só pra ele ficar choramingando sobre os soldados imperiais zanzando pelo espaço theano? — Taam deixou a voz aguda e nasalada na última parte. Ele não soava nada como o embaixador. — Céus, me dê um pouco de paz. Eu não vou. Nem você.

— Mas... — protestou Jainan.

— Me dá um tempo, Jainan. — Taam virou abruptamente no corredor que levava aos aposentos deles. — Mais alguma coisa?

— O conde Jainan se ofereceu para ajudar na contabilidade da Martim-Pescador — anunciou o assistente. Havia um eco peculiar em sua voz enquanto ele falava. O ar tinha um cheiro metálico.

A cabeça de Jainan estalou, como duas engrenagens se encontrando. Ele quase não escutou quando Taam riu e disse:

— Então você finalmente cansou de ficar vagabundeando por aí, né?

— É? — disse Jainan num tom vazio. Ele lutou para se lembrar exatamente do que dissera ao assistente de Taam, porque sua mente de repente parecia escorregadia. Ele não poderia deixar os outros perceberem que estava com problemas.

Taam acenou uma mão impaciente.

— Bem, se você for encher minha paciência com isso, melhor eu te colocar pra trabalhar logo — disse ele. — Vou providenciar pra você uma permissão de acesso aos nossos arquivos financeiros.

Jainan parou no meio do caminho. Apoiou a mão na parede do corredor: parecia lisa e sólida, mas por algum motivo seu sistema nervoso estava mentindo. Tudo tinha um cheiro metálico.

— Isto não é real. — Ele engoliu em seco. — Taam está morto.

O rosto do assistente cintilou e, por trás dele, Jainan viu as feições da técnica de Aren no campo Tau, como duas projeções sobrepostas no mesmo espaço. Ele sentiu uma pontada repentina de dor na cabeça, e tudo à sua volta desapareceu.

— ... o ministro de Thea em Iskat decidiu que virá ao planeta para o Dia da Unificação, e, como sempre, isso causou o maior alvoroço, e agora ele não está gostando que a gente se encontre com os representantes de fora do sistema quando ele não está presente e... ah, você sabe, a bagunça de sempre que é a minha vida. — O sorriso de Ressid através da tela tinha um cansaço irônico. — Mas agora já falei demais. Me conta sobre a sua semana. Ou o seu... mês? Já faz um mês que a gente não se fala?

— Está tudo bem — disse Jainan. A cabeça doía e ele não se lembrava por quê. Estava começando a doer o tempo todo. — Desculpa, Ressid, você pode falar mais baixo? — Ele fechara a porta do quarto e abaixara o volume, mas Taam chegaria a qualquer momento.

— Dor de cabeça? — perguntou Ressid. Ela se forçou a adequar a voz de diplomata-alfa. — Ou é outra coisa? Você está mais calado a cada vez que a gente se fala.

— Não tenho andado muito bem — disse Jainan. — Fiquei gripado.

A pausa durou um segundo a mais do que deveria.

— Estou meio preocupada com você.

— Não fique — respondeu Jainan. Ele precisava acabar com aquilo, e rápido. — Estou muito melhor agora.

— Não é isso — disse Ressid. Ela se inclinou para mais perto da tela. Jainan franziu o cenho e olhou para o lado, tentando localizar a fonte do gosto metálico repentino no ar. — Parece que você tem muito dinheiro agora, e eu não sei de onde ele vem. Acho que isso está te subindo à cabeça.

Jainan virou a cabeça num estalo. O rosto de Ressid estava firme e concentrado, seus cotovelos apoiados sobre a mesa.

— Não, você não acha isso — disse Jainan, e a imagem da irmã cintilou e desapareceu.

Aguenta firme, pensou Jainan sem esperanças enquanto outra leva de luzes e emoções se erguia ao seu redor. Os pensamentos conscientes se afogavam como num oceano.

— E então? O que ela disse? — demandou Taam.

Eles estavam em seus aposentos. Pela janela, o céu do lado de fora estava escuro. Jainan piscou e se lembrou do que estava acontecendo: tinham acabado de voltar de um jantar celebrando o aniversário de Iskat ou alguma vitória ou qualquer outra coisa. Jainan estivera sentado ao lado da alta duquesa Tallie, que era chefe do Comitê Consultivo — um título vazio para um grupo com poderes enormes sobre as operações do Império.

Conforme Jainan recordava a conversa, os músculos de suas costas se encolhiam de vergonha.

— Eu mencionei.

— Sutilmente? — perguntou Taam.

— Sim.

— Você é péssimo com sutilezas — disse Taam. — O que ela falou?

Taam queria um lugar no comitê. De início, Jainan não entendia por que Taam queria que ele fizesse o pedido em seu nome, mas logo descobrira: a duquesa Tallie era uma mulher de opiniões fortes, e suas opiniões sobre Taam eram cruéis. Jainan odiava pedir favores, mesmo nas melhores circunstâncias. Ainda sentia a humilhação formigando em suas bochechas. Ela não ofendera Jainan em si, apenas lhe lançara um olhar de quem não conseguia acreditar na audácia daquele pedido.

— Acho que ela não gostou muito da ideia.

— Mas é claro que ela não ia gostar da ideia! — rebateu Taam, arrancando o paletó. — Aquela vaca estúpida não vai superar nunca a nossa última discussão. Você tinha que ter mudado a opinião dela.

Jainan havia dado fim à maioria de seus comportamentos autodestrutivos, mas não a todos, e agora sentia um deles emergindo de suas profundezas.

— Como você esperava que eu fizesse isso? — perguntou com delicadeza. — É de você que ela não gosta, Taam.

Houve um momento de silêncio, como se nenhum dos dois pudesse acreditar que ele dissera aquilo. Então Taam se moveu. Segurou Jainan pelo paletó, e ele teve que lutar para manter o equilíbrio conforme a gola apertava cada vez mais seu pescoço.

— Mentiroso desgraçado!

— Eu tentei — disse Jainan, sabendo que já era tarde demais para se desculpar. Ele precisava respirar com cuidado por conta da pressão na garganta. — Perdão. Eu não consigo... não sou sutil. Não sou bom nisso.

— Isso já está óbvio pra cacete! — exclamou Taam. Ele avançou até Jainan sentir suas pernas tocarem a mesa, a única coisa que o mantinha equilibrado. — Pra que você serve, então? Se não consegue nem convencer uma velha, pra que porra você serve? — Taam apertou a pegada.

A gola do paletó de Jainan de repente era sua inimiga, impedindo-o de respirar.

— Eu... — disse ele, lutando para soar coerente. — Eu... eu... eu vou falar com ela da próxima vez e...

— Você só quer acabar comigo, né? — questionou Taam. — Sempre de olho nas minhas malditas contas, bisbilhotando as minhas conversas. Acho que você está tentando sabotar a minha operação.

— Quê? — disse Jainan. Algo estava errado, mas ele não conseguia se lembrar o que era, não com aquela pressão em volta do pescoço.

— Confessa! — disse Taam. Ele balançou Jainan, não muito, mas o suficiente para enfatizar sua ordem. — Você é capaz de qualquer coisa pra acabar comigo! Você está desviando dinheiro da minha operação!

Jainan sentiu uma onda peculiar de raiva. *Você nunca precisou dele*, disse uma voz em sua cabeça. *Você o odeia. Você pode se livrar dele num piscar de olhos.*

Uma onda de repulsa o atingiu uma fração de segundo depois da raiva. Aquilo não estava certo; ele precisava sim de Taam — ele era o representante do tratado. Alguma coisa estava errada.

— Isso não é real — ele se pegou dizendo, mas assim que pronunciou as palavras, não conseguia lembrar por que as dissera. Ele jogou a mão na frente do rosto. — Não consigo... Taam, me desculpe, não consigo lembrar.

Taam deu um último empurrão e o soltou.

— Pra que porra você serve? — disse ele, mas era uma pergunta retórica. Já perdera o impulso raivoso, como geralmente acontecia. Ele deu alguns passos para trás e se virou como se estivesse sentindo as primeiras pontadas de vergonha. — Você está bem?

— Sim. — Jainan ajeitou o paletó e não esfregou a garganta. Não era real, mas o que *era*? O quarto, a fúria de Taam com a duquesa Tallie, o fracasso de Jainan no jantar: aquilo tudo era real. Qualquer outra coisa que ele tentasse lembrar lhe fugia completamente. Ele sentiu o corpo se adequando ao ambiente como uma roda sobre trilhos já percorridos antes. Era quase confortável.

Taam se jogou no sofá. Jainan reconheceu aquele clima de arrependimento a contragosto; seria mais fácil lidar com ele no dia seguinte.

— Só queria uma pessoa que aguentasse o tranco — disse Taam. Ele encarava o teto. Jainan vinha monitorando suas bebidas, e Taam nem bebera tanto assim, mas claramente tinha sido o suficiente para deixá-lo pensativo. Jainan sentiu uma pontada de pena, mas não deixou transparecer. — Só queria alguém de quem eu gostasse.

— Sinto muito — disse Jainan. Não havia nada mais que pudesse dizer. Ele se virou para fazer um café para Taam.

A xícara desapareceu antes que ele pudesse pegá-la. As paredes ficaram cinza e começaram a se dissolver, até que todo o quarto desapareceu ao redor dele. Jainan sentiu que havia se esquecido de um pensamento muito importante. Não conseguia mais lembrar o que era.

26

— O que você acha? — perguntou Kiem.

Bel esticou o pescoço para analisar as docas de transporte. As docas da Estação Carissi eram uma rede vertical com tubos de vidro enormes de larguras variadas, alguns grandes o bastante para comportar um cargueiro. Uma colmeia de elevadores e escadas subia e descia no espaço em frente aos tubos, com pessoas que embarcavam e desembarcavam das naves do Módulo de Tráfego.

Uma fileira de docas fora separada para os militares, atrás de uma tela translúcida de luz vermelha que escondia a parte esquerda da rede. Havia duas rotas de entrada mais óbvias, porém ambas passavam por portões de acesso controlados por soldados.

— A gente vai ter que passar pelos guardas — explicou Bel. — Posso invadir as proteções de qualquer transportador civil de pequeno porte, mas preciso chegar mais perto para acessá-lo.

— Certo — disse Kiem. Ele poderia apostar que aquele era um portão de controle como os que guardavam o escritório de sua mãe, o que significava que ele precisaria da frase-passe diária do exército. — Gairad, você foi temporariamente promovida a assistente. Tente parecer uma grande fã de Iskat. — Ele as guiou em direção ao portão de acesso mais próximo, concentrado em sua pulseira durante o caminho.

— O Exército Imperial é uma ótima instituição — comentou Gairad, nada convincente, seguindo Kiem e Bel. — Eu amo o Império!

A chamada na pulseira de Kiem levou um tempo para conectar.

— Alô! — disse ele com empolgação quando a ligação foi atendida. — Sargento Vignar! Quanto tempo! Assistiu à corrida ontem? — Gairad lançou um olhar incrédulo de soslaio enquanto eles subiam um lance de escadas. Bel estava ocupada vigiando os arredores. — Não, eu estava viajando, estou em espaço theano. Você vai achar graça; a general Tegnar finalmente me confiou uma responsabilidade.

Comunicação estratégica na Operação Martim-Pescador. Pois é, o major Saffer ainda não tinha preenchido a vaga desde que foi promovido... Já está quase certo, ainda mais com a general Tegnar pegando no pé dele, mas ainda preciso fazer a entrevista de avaliação. Só tem uma coisa, nossa, estou morrendo de vergonha, mas esqueci a frase-passe. Minha mãe vai ficar furiosa...

Ele caminhou até o portão de acesso enquanto escutava. Depois de alguns minutos, encerrou a conversa com um "Obrigado, sargento" alto o bastante para ser escutado pela soldado de plantão. Ele colocou as duas mãos sobre a mesa e abriu seu melhor sorriso para ela.

— Oi. Kiem Tegnar e assistentes. Frase-passe *Tetra Verde Um*. Temos um transportador agendado.

A eletricidade sob sua pele atingiu um pico quando a soldado ergueu o olhar. Tudo parecia estar por um fio. Ele estava ciente do peso do finalizador escondido na cintura, e sentia ainda mais a firmeza artificial de Bel ao seu lado.

A tensão se desfez quando a soldado acenou para que entrassem. Pela primeira vez em muitos anos, ele desejou que sua mãe estivesse por perto para poder agradecê-la. Era uma sensação estranha.

— Ei, palerma, presta atenção — murmurou Gairad. — Temos que acobertar aqui.

Kiem deu um pulo. Bel havia arrombado a cabine de compressão para o tubo de lançamento no final da fileira e se inclinava para dentro do transportador, acoplando uma espécie de ventosa na porta. Kiem já desistira de se surpreender com o que Bel carregava na mala. Ele inclinou o corpo para que ele e Gairad cobrissem completamente a visão.

Bel assoviou quando a porta se abriu.

— Pronto. Vamos.

Kiem e Gairad se espremeram pela cabine de ar até o pequeno transportador que ficava atrás, tropeçando na transição para a gravidade zero. O interior poderia acomodar seis pessoas, mas com bastante intimidade.

— Precisamos convencer alguém a nos liberar?

— Ninguém vai chegar enquanto o cargueiro estiver saindo — disse Bel, de olho no enorme cargueiro de suprimentos. — Só precisamos ir atrás dele. — Ela pareceu ter notado a palidez repentina de Gairad, porque sorriu e completou a frase. — Sem pânico, já fiz isso antes.

— Agora estou entendendo suas multas por excesso de velocidade — comentou Kiem. Ele afivelou os cintos contra a gravidade zero do ambiente. O interior não tinha janelas, então ele tamborilou os dedos nos joelhos e observou as paredes de vidro retrocederem por uma das telas de visualização minúsculas.

Ficar parado era uma agonia. Era como se houvesse uma pilha de carvão alojada em seu peito, e ele apenas se segurou contra o cinto de segurança enquanto o transportador acelerava, observando o borrão iluminado das docas dando lugar à escuridão espacial. As telas de visualização cintilaram e se ajustaram para mostrar os pontos brilhantes das estrelas. Kiem sabia que o voo lento era apenas uma ilusão — os outros habitats do conglomerado estavam a quilômetros de distância —, mas queria sacudir os controles para aumentar a velocidade. Jainan fora capturado horas antes. Devia estar entediado e cansado, Kiem disse a si mesmo. Devia estar sentado lá esperando o momento em que Kiem e Bel chegariam. Não conseguia sequer pensar em outras possibilidades.

Os cascos prateados dos outros habitats no conglomerado surgiram ao redor deles, em sua maioria indústrias automatizadas e estações de armazenamento grandes como asteroides. A refinaria da Martim-Pescador surgiu à vista com a lentidão desesperadora de um planeta se virando em direção ao sol.

— Ah-rá! — vibrou Gairad, inclinando-se para a frente. — Olha! Eu estava certa sobre o módulo secreto. Eles têm campos de detecção — acrescentou ela de modo abrupto. — Bel! Você está voando direto pra eles!

A boca de Bel formava uma linha reta, o que não era comum.

— Kiem, permissão para corromper os comunicadores.

— Quê?

— Não consigo bloquear completamente o sinal deles — disse Bel. — Não sem o equipamento apropriado. Mas posso corrompê-lo, e isso vai nos garantir um tempo até reiniciarem.

— Quanto tempo? — perguntou Kiem.

— Talvez vinte minutos. Nenhuma mensagem chega ou sai. Nem se o habitat estiver em chamas.

— Ainda assim, eles vão ter controles de segurança — comentou Gairad.

— Todos os controles têm um ponto cego — disse Bel.

Gairad abriu e fechou a boca, e então disse:

— Como você sabe *disso tudo*?

— Vai em frente — comandou Kiem, observando a refinaria preencher a tela.

Ele não conseguia enxergar onde os campos de detecção começavam, embora Gairad tenha ficado tensa segundos depois, observando ansiosamente uma antena que saía do casco da refinaria. O transportador escapou da lateral bem iluminada da refinaria, com as luzes das docas acesas, dando a volta pelo habitat até o módulo que Gairad apontara em seu plano. Tudo parecia a mesma coisa para Kiem, que não era nem engenheiro nem piloto. Ele só sabia que seria capaz de perfurar camadas e mais camadas de pedra em busca de Jainan.

A aproximação do casco levou mais três intermináveis minutos.

— Ali — apontou Gairad. Kiem tirou os olhos do relógio e reconheceu as rachaduras no casco à frente deles como um conjunto de docas apagadas e fechadas. Havia duas cápsulas de transporte de emergência, veículos desajeitados que só comportavam uma pessoa e com combustível o bastante para uma única volta, então deviam ser usados só de vez em quando.

Bel abrira uma tela separada para se comunicar com os sistemas da refinaria, digitando rápido e inserindo comandos de acoplamento. Não parecia estar indo bem.

— A doca principal quer uma chave que nós não temos.

— Emergência — sugeriu Kiem, soltando-se do cinto de segurança. — Eles devem ter um porto de emergência. Um daqueles pequenininhos.

— Eu sou uma invasora de sistemas, Kiem, não uma especialista em combate — respondeu Bel, numa voz que estava a um passo do grito. — Não posso proteger vocês dois se tentarem atravessar um ponto fraco à força.

— *Bel* — disse Kiem. Ela parou, com a mão flutuando no ar em frente à tela, e lançou o olhar mais hostil que ele já recebera dela. — Bel — repetiu ele. — Olha só. Se tivermos que lutar, vamos ser aniquilados de qualquer forma. Nossa única esperança é entrar na surdina.

Bel cerrou o punho, deletando os comandos de acoplamento e respirando fundo. Seu rosto relaxou, formando uma expressão mais familiar.

— Certo — disse ela. — Porto de emergência. Abriremos na surdina. É melhor vocês dois não se machucarem. Kiem, você faz a acoplagem.

Kiem levantou o polegar e flutuou até a alavanca de liberação na escotilha do transportador.

— Peraí — disse Gairad. — Ele já fez uma acoplagem de emergência alguma vez na *vida*?

— Já vi uns vídeos de instruções — respondeu Kiem, puxando a alavanca.

A lateral do transportador explodiu para dentro com um estrondo. Kiem, que não estava esperando aquilo, foi jogado para trás e bateu contra a parede oposta do casco enquanto a película de acoplagem emergencial preenchia um terço do transportador com uma massa pálida e gelatinosa. Ele girou com dificuldade até conseguir colocar os pés para baixo.

A porta apitou e se abriu do outro lado da película. Kiem estremeceu ao ver o vácuo por trás dela, mas o gel translúcido de acoplagem fez seu trabalho, selando a porta e mantendo a atmosfera do lado de dentro.

— Me ajude e esticar.

— Ai, meu deus — disse Gairad, se empurrando pelo transportador e pressionando as mãos no gel pálido.

Uma pontada destemida de alegria atravessou Kiem com a possibilidade de finalmente fazer alguma coisa. Ele chutou o gel para esticá-lo, forçando-o a se expandir a partir da porta, e atacou o resto com vigor. Gairad fez o mesmo, os dois pressionados um de costas para o outro na porta apertada, até que a película estava larga o bastante para se conectar com o casco da refinaria. Bel realizou mais alguns comandos de acoplagem.

— Quinze minutos — disse Kiem, pressionando a película no casco da refinaria. Ele tentou não pensar na vastidão do espaço do outro lado do gel translúcido. — Será que...

— Consegui! — disse Bel.

Gairad gritou e bateu a mão contra a película, terminando a selagem assim que a escotilha de emergência se abriu. O gel estava começando a se solidificar em uma concha de cera, formando um túnel estreito e cheio de ar entre o transportador e o casco da refinaria. Kiem o atravessou primeiro.

Ele caiu sobre um chão metálico. Ao se erguer, seus olhos precisaram ajustar o foco: o espaço era enorme, como se o módulo inteiro fosse uma concha oca. As únicas luzes eram indicadores que piscavam e brilhos fracos à distância, iluminando o ambiente escuro e atulhado ao redor, mas não o bastante para deixar o lugar visível. Parecia um galpão.

— Estávamos errados — disse Kiem. Era difícil lembrar de manter a voz baixa quando seu peito parecia estar rasgando. Ele tocou os pedaços de maquinário mais próximos com a ponta da bota, se segurando para não chutá-los. — Ele não pode estar aqui. Não é um bloco de detenção, é um galpão para algum tipo de equipamento de mineração.

Uma luz branca brilhou. Gairad atravessara o túnel, passando os pés primeiro e xingando enquanto pegava uma pequena lanterna no bolso. Ela iluminou os arredores como uma estrela em miniatura.

Bel ficou paralisada enquanto se levantava, encarando a pilha de acúmulos mais próxima.

— Kiem — disse ela. Sua voz parecia muito distante. — Por que estou olhando para uma pilha de ogivas nucleares?

Kiem parou antes de cutucar outro destroço com o pé.

Gairad já estava se movendo até uma estante próxima com a lanterna em punho.

— São drones militares. Acho que estamos no lugar errado — disse Gairad. Kiem mal conseguia escutar. Qualquer coisa poderia estar acontecendo com Jainan enquanto eles estavam no lugar errado. Mas se não fosse ali, *onde* então? Gairad continuava se movendo de um lado para o outro. — Por que eles guardariam a porra do arsenal militar aqui?

Kiem reorganizou seus pensamentos bagunçados em uma nova direção, e então foi diminuindo a velocidade até parar. Bel abriu um sorriso malicioso. Ela estava pensando a mesma coisa.

— Geralmente — disse Bel — você guarda suas armas no local mais próximo de onde pretende usá-las.

A pele de Kiem formigava, como se ele tivesse caído no vácuo no fim das contas.

— Eu saberia disso — disse ele. — A Imperadora saberia... ela não me casaria com Jainan só pra mudar de ideia e *invadir Thea*, isso é... — Ele olhou em volta para os equipamentos militares escondidos na refinaria da Martim-Pescador. — Não é... possível.

— Um golpe? — sugeriu Bel. — A Imperadora estaria ciente?

Gairad não estava olhando para nenhum dos dois. Ela se movia pelas pilhas, puxando os cobertores para ver o que havia embaixo deles. Olhou para o emblema prateado e abstrato impresso em uma das estantes.

— Príncipe Kiem — disse ela, num tom preocupado. — O que *é* um martim-pescador?

— Ah, eles já foram extintos — explicou Kiem, a boca em piloto automático enquanto passava os dedos na lateral de algo que reconhecia ser um tanque-drone. Era o último de uma fileira repleta deles. — A envergadura das asas chegava a dois metros. Venenosos. Os bioengenheiros não sabiam que o instinto predatório deles incluía humanos. — Ele ergueu os olhos e viu a expressão de Gairad. — Foi uma moda esquisita na época que Iskat foi terraformada.

— Que porra é essa? — disse Gairad. — Quem dá o nome de uma coisa dessas para a própria operação?

— Os militares? — sugeriu Kiem. Ele forçou a vista para a distância, tentando enxergar até onde ia a fileira de tanques-drone. — É a cara deles. Um nome bem machão.

Gairad se virou para encará-lo, e pela primeira vez Kiem sentiu que o olhar de desaprovação não era direcionado pessoalmente a ele.

— Iskat tem sérios problemas.

Kiem tirou a mão do tanque como se a superfície tivesse esquentado de repente.

— Pois é — disse ele. — Estou começando a achar que você tem razão.

Bel surgiu de um corredor sombrio entre as armas armazenadas.

— Disruptores de fluido modelo 46-5, vários mísseis ceifadores, lança-gás — listou ela. — E isso é só o começo. Os militares podem invadir uma província sem justificativa alguma? Em Sefala, pelo menos, as gangues já estão fazendo algum estrago.

A expressão de Gairad empalideceu.

— Ai, meu Deus. O protesto.

— Que protesto? — perguntou Bel abruptamente.

— Alguns protestos estão marcados para o Dia da Unificação — explicou Gairad. — Nosso corpo estudantil está se organizando com outros grupos ativistas. Manifestações pacíficas e passeatas, nada violento. Mas acho que... — ela engoliu em seco, seu rosto empalidecendo cada vez mais. — Acho que um infiltrado poderia começar alguma coisa, se quisesse. Nós não vetaríamos ninguém disposto a participar.

Kiem trocou olhares com Bel. Ele pensou em *comunicações estratégicas* e em Aren, que parecia conhecer muito sobre os portais de notícias alternativos de Thea. Ele se forçou a racionalizar a situação.

— Você precisa avisá-los — disse ele. — Cancele tudo. Diga que o Império está enviando sabotadores; *nisso* eles acreditariam, certo? Diga que você acha que a Martim-Pescador está alimentando a imprensa com notícias difamatórias sobre o protesto.

— Você não vai conseguir se comunicar daqui — alertou Bel. — Pegue o transportador e... não, deixe o transportador pra mim e pro Kiem. Pegue uma cápsula de emergência.

Gairad pressionou a mão contra o rosto, olhando do resto do galpão para a porta.

— Ainda não encontramos o Jainan.

— Nem sabemos se ele está aqui — disse Bel brutalmente, piorando ainda mais o aperto no peito de Kiem. — Eu não manteria um prisioneiro junto das armas. Ele pode estar num dos outros módulos.

Antes que Gairad pudesse responder, um som retiniu à distância. Vinha das profundezas do galpão, longe da porta, seguido pela interrupção repentina de um zumbido de fundo que Kiem acreditava ser parte do som ambiente do galpão. E então, para piorar: barulhos menores intermitentes demais para serem mecânicos. Alguém estava se movendo dentro do galpão.

Os três ficaram parados. Kiem quase parou de respirar. Alguém devia tê-los escutado; não estavam quietos o bastante para passarem despercebidos, e tinham uma lanterna acesa. Por reflexo, Gairad a apagou, mergulhando-os na escuridão.

Bel segurou seu finalizador e saltou em direção à origem do barulho, seus passos inaudíveis. Kiem a seguiu devagar, rezando para não fazer nenhum movimento inesperado.

Outro estrondo barulhento. O zumbido recomeçou, mais baixo dessa vez. Kiem escutava com mais atenção para tentar traçar um pouco melhor a origem do som. Eles deram a volta nos últimos tanques, Kiem e Gairad tentando abafar os próprios passos, e um vão entre as pilhas de estoque revelou um clarão.

Antes que Kiem pudesse ver muita coisa sob a luz, uma soldado solitária surgiu detrás de uma pilha de caixas com um capacete debaixo do braço. Ela estava tirando luvas isolantes das mãos.

— *Não atire ainda!* — gritou Bel, já correndo através do espaço. Só então Kiem lembrou que carregava um finalizador.

A soldado tropeçou para trás, deixando o capacete cair. Seus olhos estavam fora de foco, como se tivesse acabado de sair de uma simulação.

— Quem são...

Bel agarrou o braço da soldado. Gairad apareceu por trás de Kiem e se juntou à luta. Kiem se afastou; pegou-se erguendo a pulseira, mas era inútil, claro. A soldado golpeou o estômago de Bel com o cotovelo; Bel se contorceu, Gairad gritou, e alguns segundos brutais depois, a soldado estava imobilizada em um mata-leão entre as duas. Sangue escorria do nariz de Gairad, e seu pulso estava no ângulo errado.

— Desculpa — disse Kiem para a soldado. Ela vestia um tipo de uniforme técnico, mas parecia ter removido as insígnias de patente. — Só estamos de passagem por aqui. Por acaso você não viu o...

— Ah, puta merda — sussurrou Bel, olhando para o espaço atrás da técnica. Algo em seu tom acabou calando o príncipe. — Kiem. Aqui atrás.

Kiem deu a volta nas caixas para ver a área iluminada de onde a soldado viera. Ela tentou escapar de novo — ainda não havia gritado por ajuda —, mas ele não tinha tempo para pensar nisso, porque finalmente conseguia ver a área improvisada e o corpo deitado em uma cama de hospital, preso a um capacete igual ao que a soldado acabara de derrubar. Jainan.

Kiem não deveria ter demorado tanto para alcançá-lo. Era como se estivesse lutando contra o dobro de gravidade. Ele se inclinou sobre Jainan quando o alcançou e tocou o ombro dele para acordá-lo. Mas Jainan não estava dormindo. Através do visor do capacete médico, seus olhos estavam arregalados e fixos, o rosto exausto e congelado. Um fio saía por debaixo do capacete, conectando o crânio dele a uma antena de transmissão. Sob o toque de Kiem, seus ombros estavam rígidos como pedra, e os músculos tensos emitiam pequenas vibrações.

— Jainan. Acorda. — Kiem nunca sentira um medo como aquele, que atravessava seus ombros e costas feito uma corrente de paralisia. Ele soltou as fivelas que prendiam o capacete. — Estamos aqui. — Sua voz morreu na última palavra. Jainan não mostrava nenhum sinal de estar escutando. Kiem segurou o fio que saía da cabeça dele, mas racionalizou bem a tempo. Ele não era médico. Poderia causar alguma complicação. *Você já causou complicações o bastante*, pensou, e se virou para a técnica.

Bel a levou para mais perto, ainda presa pela garganta, seu finalizador pressionado sob o queixo dela para um tiro fatal.

— Vamos simplificar as coisas — disse Bel. — Tire ele dali ou eu atiro.

— Não posso — respondeu a técnica.

— E eu sou a Imperadora — zombou Bel. Ela ajustou o ângulo do finalizador. Gairad se apoiava numa caixa, parecendo enjoada. — Última chance.

A cabeça de Kiem ardia de raiva como se estivesse em chamas. Ele respirou fundo, deixou o ar preencher sua cabeça, usando-o como combustível.

— Espere, Bel — disse ele, dando as costas para Jainan. Kiem sorriu para a técnica. Bel ergueu as sobrancelhas. — Acho que essa é a máquina do campo Tau, não é? — questionou ele. Estava se segurando para não gritar. Em vez disso, forçou a voz num tom neutro e casual que parecia vir de uma pessoa totalmente diferente. — Todos nós pensávamos que o campo havia sido abandonado. Já que o fragmento com o qual ele foi construído teria sido entregue pra Resolução, sabe? Mas eu entendo, você é treinada pra isso, e algum sênior te mandou usar a máquina. Mas isso não é exatamente um quartel de detenção normal, e você retirou sua insígnia. Pode me chamar de burro, mas acho que você está fazendo alguma coisa extraoficial, não está? Para o meu amigo major Saffer, estou certo?

A técnica não respondeu. Bel estreitou os olhos enquanto observava Kiem.

A compostura de Kiem se arrebentava fio a fio como uma corda puída. Cada minuto que Jainan passava naquela máquina fazia diferença — Kiem não sabia quanto tempo alguém poderia ficar no campo Tau antes de sofrer danos cerebrais — e não fazia ideia de como tirá-lo dali sem convencer aquela técnica.

— Isso pode acabar muito mal pra você — disse ele, forçando um tom persuasivo. — Corte marcial. Execução. Os militares tinham permissão pra interrogar Jainan, não pra cometer um crime de guerra, então eles terão que inventar uma boa história sobre uma soldado júnior empolgada demais. Saffer vai te jogar para os leões sem pensar duas vezes.

Aquilo arrancou uma reação da soldado. Os olhos dela se abriram só um pouco, mas já era uma brecha. Kiem a analisou.

— Seu salário não paga uma coisa dessas — disse ele. Não podia deixar que ela notasse seu medo. — Quando as autoridades chegarem, você não vai querer que o Saffer te deixe com a faca na mão. — Ele balançou a cabeça. Bel entendeu o sinal e removeu o finalizador lentamente.

Depois de um longo momento, a técnica disse:

— O campo precisa terminar o ciclo. Não posso desligá-lo. Está programado pra oito horas.

Kiem não conseguiu nem ficar aliviado com a rendição dela. Não sentia nada além do pavor que flutuava ao redor de sua visão periférica como energia estática.

— Há quantas horas ele está ali?

— Quatro. — A voz da técnica continuava neutra.

Controle-se. Jainan conseguiria se controlar.

— Quatro horas. O que você está tentando fazer com ele?

— Alterar algumas memórias — respondeu a técnica, ainda hesitante. — Ele tem padrões de pensamento muito fortes. Ainda não tivemos muito avanço.

Aquilo poderia significar que Aren estava tentando fazer Jainan esquecer o que sabia sobre o desvio de dinheiro e os assassinatos — improvável, já que outras pessoas também sabiam — ou que estava tentando culpá-lo. Kiem parou de tentar decifrar.

— Como paramos a máquina?

Num momento repentino de animação, a técnica olhou para a aparelhagem.

— Quando conseguimos o que precisamos, às vezes entramos na simulação e fazemos a pessoa interromper o ciclo por conta própria. Nós a tiramos de lá antes da hora. Mas a pessoa tem que acreditar que é uma simulação. A maioria se apega demais às próprias memórias.

— Ela pode estar mentindo — alertou Gairad. Sua voz estava carregada de dor, e ela usava a manga da mão boa para tentar estancar o sangramento no nariz. Parecia à beira de um colapso.

Bel sacudiu a cabeça para Gairad, embora seus olhos continuassem em Kiem.

— Garota, você está mal. Vá se sentar. — Ela apontou o polegar discretamente em direção à escotilha de acoplagem. Gairad arregalou os olhos e se virou, desaparecendo na escuridão.

Kiem não conseguia se importar com mais ninguém. Forçou-se a analisar as palavras da técnica através da estática da própria fúria.

— Quer dizer que se nós o convencermos de que é tudo mentira, ele acorda?

— Ele vai rejeitar o padrão cerebral imposto pelo campo — explicou a técnica. — Posso tentar.

— E como podemos garantir que você não vai ficar presa lá dentro também? — perguntou Bel, cética.

— Eu consigo moldar tudo — disse a técnica, num tom quase condescendente. — As memórias não são minhas.

O olhar de Kiem caiu sobre a figura trêmula de olhos arregalados sobre a cama.

— Não — disse ele com rispidez.

A técnica semicerrou os olhos.

— Mas você disse que...

Kiem não precisou olhar para Bel para saber que ela compartilhava da mesma repulsa visceral à ideia de deixar a técnica mexer na cabeça de Jainan mais do que já havia mexido.

— Você vai me mandar pra lá.

Ele sabia que era uma péssima ideia. Invadir a privacidade de Jainan daquele jeito provavelmente seria o fim de qualquer coisa que existisse entre eles. Kiem nem sabia ao certo *o que* existia entre eles, mas havia algo que fazia Jainan sorrir quando Kiem chegava, algo a que Kiem vinha tentando ao máximo não se apegar, para não acabar estragando. Ele poderia estar estragando tudo naquele momento. Mas a outra opção era deixar alguém — uma desconhecida que já o machucara — entrar na mente de Jainan mais uma vez.

— Você vai me mandar pra lá — repetiu Kiem. — E vai fazer isso agora.

A técnica assentiu lentamente. Ela apontou para o capacete que havia rolado para longe durante a briga.

— Aquilo vai te levar pra dentro da simulação — disse ela.

— Ótimo — respondeu Kiem. Ele caminhou para pegar o capacete e sorriu para a técnica. Por algum motivo, o rosto dela ficou ainda mais rígido. — Bel...

— Deixa comigo — disse Bel. Ela apoiou o quadril em uma das caixas e apontou o finalizador para a técnica. — Vou ficar de olho. Mas se você demorar mais de dez minutos, eu arranco essa coisa da sua cabeça e atiro em alguém.

— Não faça isso — disse Kiem. — Não vou levar dez minutos.

Ele colocou o capacete.

27

Por um momento nauseante Kiem via duas imagens se sobrepondo. Ele piscou com força, reprimindo o peso no estômago. Os músculos doíam de um jeito estranho, como se não estivessem de fato sendo usados. Ele esticou a mão. Parecia normal.

Quando piscou de novo, o galpão da refinaria havia desaparecido. No lugar dele, havia um ambiente claro e arejado com arcos grandiosos de mármore que Kiem reconheceu: o salão para banquetes menores no fundo do palácio, durante uma espécie de jantar formal. Ele estava sentado a uma mesa comprida, com pessoas ao redor e, no começo, olhou desesperado de um lado para o outro porque aquilo parecia impossível. Então se deu conta de que os outros deviam ser alucinações, rindo e conversando como pessoas reais.

Observando com mais calma, ele percebeu as falhas nos arredores. Os arcos e as mesas eram até bem claros, mas os cantos do salão eram difusos e indistintos. Ao examinar diretamente os cantos, viu que na verdade eram uma neblina cinzenta e malformada, como se a projeção não chegasse tão longe, mas conforme ele continuava observando, os detalhes começavam a surgir: uma cadeira apareceu, um pedaço de parede, um aparador com acabamento em ébano. Aquilo fazia seu cérebro coçar. Perceber que algumas das pessoas mais distantes na mesa também estavam incompletas foi ainda mais perturbador: pelo canto do olho, elas pareciam usar uniformes vibrantes e vestimentas da corte, mas quando Kiem se virava para olhar diretamente, elas não passavam de borrões de cor com formas cinza e ovais no lugar dos rostos. As cores e feições flutuavam sobre elas enquanto ele observava, como se as pessoas estivessem sendo pintadas. Kiem franziu o cenho ao analisar os novos rostos — um colega da escola primária, sua tutora na universidade. Aquilo parecia um jantar militar. O campo Tau colocava pessoas que não deveriam estar ali.

Espera. Aquele não era o palácio criado a partir das memórias de Jainan? Jainan não conhecia aquelas pessoas; o campo Tau estava pegando lembranças da cabeça de Kiem também? A ideia lhe parecia aterrorizante. Ele levantou as mãos para tocar o capacete que havia colocado. Não conseguia senti-lo. Em vez disso, os dedos pareciam tocar seu cabelo.

O que era aquele evento, afinal? Quando olhou em volta, viu insígnias de Rtul, Kaan, Thea, todos os planetas do sistema interno. Entretanto, os oficiais, em sua maioria, eram de Iskat, então devia ser alguma coisa militar interna. Alguma data importante, talvez. Sua mãe já havia comparecido a jantares assim. Mas aquele em específico...

A cabeça de Kiem girou como se puxada por um ponto magnético, parando em Jainan e Taam sentados a uma das mesas compridas no salão.

Ele arrastou a cadeira para trás e se colocou de pé. Um dos convidados emitiu um som de protesto incompreensível, então Kiem disse um "com licença" educado e se espremeu entre as mesas até que estivesse próximo o bastante para escutar Jainan. Ergueu a mão para chamar a atenção dele. Jainan não estava olhando. Kiem reconheceu o jeito como ele se sentava, esguio e tenso. Também reconheceu os trejeitos de Taam, mas só porque sabia muito bem como as pessoas se comportavam quando estavam bêbadas e exageradas durante um jantar. Taam parecia sólido e confiante demais para ser uma alucinação, e não estava aproveitando a noite sozinho. Todos naquela ponta da mesa estavam bebendo bastante. Exceto Jainan.

Então Kiem avistou Aren, sentado a algumas cadeiras de distância de Taam, e congelou. Mas o olhar de Aren passou direto por ele, como se os dois fossem desconhecidos. Kiem se lembrou de que era ele quem estava usando o capacete. Aquele Aren era apenas uma memória, arrancado das lembranças que Jainan guardara daquele jantar.

De repente, a coluna de Jainan ficou rígida, e as pessoas estavam olhando para ele. Alguém devia ter feito um comentário. A pessoa ao lado dele se aproximou e lhe deu um tapinha no ombro. Jainan se encolheu.

Kiem não conseguiu evitar: ao se aproximar, pegou o oficial desrespeitoso pelo pulso.

— Você está bêbado — disse ele. — Tenha o mínimo de respeito! — O oficial o encarou com repulsa, os olhos levemente embaçados, e Kiem se lembrou de que aquilo não era real. Ele soltou a mão e se virou. — Jainan...?

Jainan era real. Kiem conhecia cada traço minúsculo, cada sombra no rosto dele enquanto Jainan o encarava em choque, rapidamente se mascarando com indiferença.

— Príncipe Kiem? — disse Jainan. — Eu não sabia que vossa alteza estaria neste jantar.

— Quem diabos está... Kiem? — exclamou Taam do outro lado de Jainan, que se reclinou para dar espaço a ele. — O que você está fazendo aqui? Não é um evento para civis!

Kiem abriu a boca para dizer *Jainan, você está em um campo Tau*. Então, algo estranho aconteceu. Enquanto ele formava as palavras, sentiu uma corrente invisível se formando ao seu redor, e o que saiu foi:

— Pois é, não sei por que recebi o convite.

— Também não sei — respondeu Taam. — Talvez sua mãe esteja torcendo pra que você aprenda alguma coisa com a gente. O que você quer?

Kiem sentia a cabeça confusa. Parecia ter esquecido o que diria a seguir. Ele olhou em volta em busca de inspiração e avistou a expressão paralisada de Jainan. Ah, sim.

— Só vim conferir se Jainan estava bem.

O rosto de Taam foi tomado por uma expressão de suspeita.

— O que você quer dizer com isso? Como você conhece o Jainan?

Kiem franziu o cenho.

— A gente já se viu... por aí.

— Não mesmo — rebateu Jainan, com a voz baixa e tensa. — Taam, eu mal o conheço.

— Verdade? — questionou Taam.

Kiem olhou para os dois. Havia algo errado.

— As pessoas estão encarando — disse Taam. — Vá se sentar, Kiem, estão trazendo o próximo prato.

Kiem abriu a boca, mas, novamente, aquela coisa estranha aconteceu, e as palavras que ele planejara não saíram.

— Certo — disse ele. — Perdão pelo incômodo. — Ele assentiu, para Taam, não para Jainan, e deu meia-volta.

Ele estava quase chegando ao assento quando sua mente escapou das amarras da corrente flutuante. Ele se deixara ser transformado em parte do cenário. Era assim que Jainan o via? Alguém que o abandonaria ao primeiro sinal de problema? Kiem se virou, horrorizado, e viu Jainan curvado sobre a comida enquanto Taam o ignorava descaradamente.

— Jainan! — gritou ele, jogando pela janela qualquer tentativa de sutileza. — Isso tudo é uma máquina em que eles te colocaram!

Jainan ergueu o olhar, a expressão perplexa. Taam se virou, furioso.

— Se chama campo Tau! — continuou Kiem. Ele tentou atravessar de novo o salão de banquetes, mas havia cadeiras no meio do caminho, e as pessoas estavam se levantando em choque. Ele estava causando uma cena. Uma baita de uma cena. — Aren te colocou aqui pra alterar suas memórias! Acho que ele está tentando te incriminar! E qual é a do Taam falando com você desse jeito? — Enquanto falava, ele viu a boca de Jainan sibilar a palavra *memórias*. E então as paredes desapareceram.

* * *

Kiem estava sentado atrás de uma mesa — uma daquelas curvadas em forma de ferradura, usadas para as reuniões mais tediosas — em uma sala banhada em luz branca. O céu por trás das janelas estava pálido. Ele devia estar ali para uma reunião. Apertou os olhos para os outros ao redor da mesa, todos com feições atenuadas, como se o espectro da luz solar tivesse mudado de leve quando Kiem não estava prestando atenção.

Devia ser algo relacionado às questões de Thea, porque Jainan estava sentado à sua frente, assim como alguns funcionários da embaixada theana. Taam também estava lá — claro, Taam era profundamente envolvido com Thea —, além de alguns outros oficiais de Iskat. Um homem mais velho parecia estar presidindo o encontro, mas sua cabeça estava abaixada contra o peito, e vez ou outra ele soltava um ronco suave.

— Vamos seguir para a proposta de um novo embaixador theano — disse uma oficial. — Alguma objeção? — Ela se virou para o homem idoso, percebeu que não conseguiria nenhuma resposta dele e olhou para Taam.

— A mulher que eles indicaram eu não aceito — disse Taam, com o cotovelo sobre a mesa e a testa apoiada na mão, como se a reunião já estivesse se estendendo demais. — Diga para arranjarem outra pessoa.

— Taam — sussurrou Jainan. — Já pedimos isso duas vezes.

Ouviu-se um farfalhar ao redor da mesa.

— Conde Jainan? — disse a oficial, como se aquilo fosse um acontecimento inesperado.

Taam a ignorou e falou diretamente com Jainan.

— E daí?

Jainan não parecia muito bem, mas respondeu:

— Os clãs estão ficando impacientes, Taam. Por favor, podemos apenas confirmar alguém?

Taam se inclinou sobre ele.

— Você quer essa mulher — disse ele — porque ela é amiga da sua família. Estou perdendo a paciência com esse negócio de Thea só indicar pessoas porque elas são a tia do irmão de alguém.

— Isso não é verdade — disse Jainan. — O clã dela é neutro em relação aos Feria, mas se você quiser um inimigo dos Feria, eles conseguem encontrar um. Precisamos urgentemente de alguém no comando da embaixada. Prometo que não estou armando com meu clã; eu não sou mais *theano*, Taam.

— Ah, puta merda! — exclamou Taam, com um ar de quem já tivera aquela conversa antes. — Seguindo. Próximo tópico.

Kiem mantivera a boca fechada, já que sua opinião não parecia bem-vinda, mas não deixaria aquilo passar.

— Ei! — disse ele. — Taam. Jainan tem razão, precisamos de alguém no cargo de... — ele hesitou. Novo embaixador de Thea? Mas Thea já não tinha um embaixador? — ... seja lá qual for o trabalho que vocês estão discutindo. Não ignore o que ele está falando.

Taam franziu o cenho para ele.

— Por que você está aqui?

Kiem não fazia ideia, mas não deixaria aquilo detê-lo.

— Pra te impedir de tomar decisões estúpidas, pelo visto.

— *Kiem* — disse Jainan.

— Não estou aqui pra ser insultado — respondeu Taam. — Quem te convidou?

— Eu sou o representante theano do tratado. — Aquilo soava errado, mas Kiem sabia que era verdade. — Por que eu *não* deveria estar aqui?

— Você *não é* o maldito representante — anunciou Taam, empurrando a cadeira para se colocar de pé. — Isso é uma piada? Vou levar essa situação para a general Tegnar se você não sair agora.

Kiem olhou para Jainan, que estava rígido, as mãos dobradas sobre a mesa à sua frente.

— Estou de boa aqui.

Taam apoiou o braço sobre a mesa e se inclinou para a frente com uma carranca.

— Reunião encerrada, então. Já terminamos. Vá embora, Kiem.

— Desculpe — disse Jainan.

Os oficiais já estavam juntando suas coisas, claramente acostumados com as mudanças repentinas das ordens de Taam. Até o idoso havia acordado.

— Espere — disse Kiem, mas os oficiais apenas o olharam enquanto saíam. — Espere. Você não pode simplesmente cancelar a reunião só porque *quer*. Jainan tinha um argumento, isso é ridículo! — Ele tentou correr para alcançar Taam na saída, mas quando deu um passo à frente, tudo ao seu redor balançou. Taam se virou, a sobrancelha erguida de incredulidade, mas ele já estava sumindo, e as paredes começavam a se dissolver. Jainan permanecia sentado na sala atrás dele, sozinho.

Eu fui atrás da pessoa errada, pensou Kiem, ao mesmo tempo em que tudo desaparecia mais uma vez.

Quando Kiem abriu os olhos novamente, escutou vozes antes que a escuridão ao seu redor se dissipasse o bastante para que ele pudesse enxergar.

— Não sei o que você quer. — Era a voz de Jainan, baixa e próxima a ele.

— Dá pra calar a boca? — Aquele era Taam.

Alguém respirou fundo, mas Kiem não conseguia ver quem. Os pelos de sua nuca se arrepiaram. O lugar parecia pequeno e quente, mas não de um jeito agradável. Ele começou a perceber que qualquer que fosse a simulação do campo, não ficaria muito mais clara do que já estava. A penumbra formava silhuetas semelhantes às de um quarto. Kiem sentiu uma culpa doentia surgindo. Invadir as memórias de Jainan já era errado, mas aquilo parecia uma parte que ele não deveria ver de maneira alguma.

— Inferno! — murmurou Taam com raiva. — Você vai ficar só deitado aí? Eu posso pagar pra conseguir coisa melhor. — Um silêncio, seguido de um farfalhar na escuridão. Taam emitiu um som de nojo e se moveu, deixando sua silhueta ajoelhada em cima de Jainan levemente visível para Kiem. — Foi por isso que Thea te mandou? Mandem qualquer um pra casar com o iskateano, mas vamos garantir que ele seja péssimo de cama! — Jainan disse algo quase inaudível. Taam o interrompeu. — Você não precisa falar.

Kiem só precisou de três passos para chegar até a cama. No momento seguinte, segurou com força os ombros de Taam e o puxou brutalmente para longe.

Taam grunhiu em choque. Ele caiu de costas, se apoiando com os braços sobre a cama, e Kiem o empurrou para fora. As luzes se ajustaram o suficiente para que ele conseguisse enxergar, revelando Jainan, congelado de surpresa, sentado com a mão próxima ao sensor de iluminação. Ele estava nu, e Kiem não queria olhar; sua mera presença naquele quarto já parecia uma violação profunda.

— Kiem? — disse Jainan.

— Que... que porra é essa? — Taam se apoiou no chão, engasgado de raiva. — Quem é você? O que diabos pensa que está fazendo? — Ele se levantou num solavanco e agarrou Kiem pela gola da camisa.

Kiem estava cansado de ser racional. Pegou o braço de Taam, prestes a empurrá-lo, mas percebeu de repente que aquilo colocaria Taam mais perto de Jainan. No momento de indecisão, esqueceu que Taam tinha treinamento militar. Taam o socou no estômago. Kiem cambaleou.

Ele tentou se recompor antes do segundo soco. Podia não ser treinado para combate como Taam, mas sabia que estava numa posição terrivelmente vulnerável, e um golpe no rosto poderia apagá-lo de vez. Mas o golpe não veio.

Quando olhou para cima, ele viu que Jainan segurava o pulso de Taam.

Taam estava muito surpreso, como se o lençol tivesse ganhado vida para enfrentá-lo. Ele tentou se soltar da pegada de Jainan. Seus músculos flexionaram, mas o efeito não foi perceptível.

— Me solta.

— Não — disse Jainan. — Kiem, é melhor você sair.

— Me solta — repetiu Taam, a voz grave e perigosa.

Parecia que a névoa ao redor de Kiem estava começando a se dissipar.

— Espera! Jainan! — alertou Kiem. — Isso é um campo Tau.

— Não sei do que você está falando — disse Jainan, de olhos fixos em Taam. — Por favor, saia.

— Jainan! — exclamou Kiem. — A máquina de interrogatório que Aren colocou em você pra alterar suas memórias, lembra? Eu e Bel viemos te resgatar.

Jainan olhou para ele em choque. Com um rugido, Taam se soltou para golpear o rosto dele, mas enquanto o fazia, já estava começando a ficar transparente. Assim como a cama, as paredes e o chão. Tudo se dissolveu até ficar preto. Kiem se preparou para a próxima lembrança.

Ela não veio. Em vez disso, ele encarava a escuridão ao seu redor, percebendo que na verdade ela tinha um tom de cinza. Seus pés estavam sobre o que parecia ser um chão sólido, mas sem nenhuma característica de chão. Ele não conseguia enxergar além de alguns metros à frente — ou talvez estivesse vendo muitos quilômetros, mas tudo era infinitamente cinza.

— Não — disse uma voz detrás dele. Kiem se virou um pouco tonto, porque era difícil manter o equilíbrio sem ter certeza de onde o chão estava. Jainan estava de pé com as mãos sobre o rosto, vestindo roupas casuais em tons claros. — Tem alguma coisa errada.

— Jainan! — A onda inicial de alívio desapareceu quando Jainan tirou as mãos do rosto. Seus olhos estavam fechados com força, a pele encharcada de suor.

— Meu nome é Jainan nav Adessari dos Feria — disse ele numa voz quase impossível de ouvir. Seus olhos permaneciam fechados. — Sou um diplomata representante do Império. Sou engenheiro. Eu. Eu. Eu tenho orgulho de representar meu planeta. Sempre tentei fazer a coisa certa para Thea e para o tratado. Não tenho motivos para me envergonhar. — O mantra tornara sua voz um fluxo sombrio e metálico, como um cabo de segurança lançando um astronauta no vácuo. — Posso ser fácil de manipular. Mas sou difícil de destruir.

Kiem sentiu como se tivesse levado um soco no estômago.

— Sim.

Jainan abriu os olhos e os fixou em Kiem. Era como ver as janelas de uma nave se abrindo: olhos pretos, brilhantes e impenetráveis.

— Você não é real.

Kiem não percebeu que dera um passo à frente até ver Jainan deliberadamente se afastando. Kiem congelou. Certo.

— Hm. Não. Eu sou real. Achei que a gente já tinha entendido essa parte.

— Não é — disse Jainan. — Você é a técnica. A interrogadora.

— Não sou — afirmou Kiem. — Jainan, me escuta, nós te localizamos e viemos até aqui. Imobilizamos a interrogadora. Bel está de olho nela.

— Faz quanto tempo que eu já estou aqui dentro? — disse Jainan. — Devo esperar que você fuja dos protocolos a qualquer momento?

Kiem o encarou enquanto esfregava a mão no cabelo, frustrado.

— Não, sou eu mesmo! Olha! — Ele estendeu as mãos para que Jainan o tocasse.

Jainan recusou com um gesto sutil.

— Tenho completa noção de como este lugar é capaz de simular sensações.

Kiem se encolheu, sentindo o pavor atravessando sua coluna ao associar a afirmação de Jainan com o cenário anterior. Ele abaixou as mãos, tentando desesperadamente pensar em argumentos melhores.

— Sério. Bel desistiu da viagem dela. Ela que basicamente organizou uma invasão pra chegarmos aqui. Ela disse que era uma corsária, mas não faz mais nada disso. Quer dizer, óbvio. Você já estava no campo Tau quando te encontramos. Provavelmente seremos presos quando voltarmos, mas tudo bem ser preso desde que eu tire você daqui. Isso é classificado como instrumento de tortura, sabia?

— Eu sei — disse Jainan. Sua expressão estava curiosamente calma. — Você não precisa inventar coisas sobre Bel pra dar mais realismo. Sei muito bem que Kiem não vem me buscar. Nem ele, nem ninguém. Por favor, não insulte a nós dois com essa tática.

Kiem respirou fundo.

— Eu posso provar. Me pergunte alguma coisa que só nós dois saberíamos.

— Tudo que vi até agora saiu das minhas próprias memórias — disse Jainan. — O campo claramente tem acesso a todas elas. Você pode acessar a resposta certa para qualquer pergunta minha.

— Então por que você *acha* que eu estou aqui? — perguntou Kiem. — Por que acha que eu estava nas suas últimas três memórias?

— Não sei — admitiu Jainan. — Pode ser pra ganhar a minha confiança e me fazer escorregar na próxima. Ou talvez você não seja a interrogadora; talvez ela esteja numa pausa. Você pode ser completamente produzido pela minha mente. — Sua boca se curvou em mais um não sorriso. — Isso seria deprimente. Prefiro não ser um alucinado triste, fantasiando que você tenha vindo me buscar.

Kiem sentiu um buraco se abrindo no peito.

— Isso não é uma fantasia! — afirmou ele. — Escuta o que você está dizendo. Por que eu não viria atrás de você?

— Hm — murmurou Jainan. — Agora voltei a achar que você é a interrogadora. Acho que você deveria deixar o campo te responder.

— Como? Por quê?

Jainan suspirou.

— Você pode ter recebido informações, mas deixaram de fora uma informação vital sobre o meu último encontro com o príncipe Kiem.

— Nós... discutimos — disse Kiem.

O sorriso de Jainan foi rápido e triste.

— Sim, acabei entregando isso, não foi?

— O que isso tem a ver com qualquer coisa? Eu não imaginava que estragaria tudo ao falar sobre aquele vídeo — disse Kiem lentamente. Ele notou que Jainan estava ligando os pontos, e desejou poder ver a imagem que ele criava. — Você acha mesmo que eu... te abandonaria por causa de uma discussão? Que falta de consideração.

— Não é você — anunciou Jainan, sua voz controlada começando a se despedaçar. — Sou eu. Sei que sou eu. Não vale a pena se arriscar pra me salvar, e eu queria que minha mente não produzisse essa ilusão onde você aparece mesmo assim.

— Jainan... — começou Kiem, mas Jainan deu as costas. Ele caminhou um pouco, desaparecendo pela infinitude cinzenta, mas pareceu perceber ao mesmo tempo que Kiem que não havia mais para onde ir. Sentou-se de pernas cruzadas, firme e controlado.

Kiem esfregou a mão no rosto, e então se sentou a alguns passos de distância dele. Jainan o ignorou.

— Não foi sua culpa — tentou Kiem. — Acho que foi minha. Quer dizer. Nem sei se foi uma discussão, na verdade.

— Você não vai arrancar nada de mim com essa conversa — disse Jainan, inexpressivo.

— Certo, como você preferir — respondeu Kiem, exausto. — Tá legal. Não sou real.

— Eu sei. — Houve uma pausa já esperada, como se Jainan esperasse que Kiem desaparecesse.

— Não — disse Kiem. — Voltar para as suas memórias não vai funcionar. Posso não ser lá tão inteligente, mas...

— Para com isso — pediu Jainan.

— O quê?

Jainan olhou para o ar cinza acima deles.

— Essa é a única coisa que o Kiem de verdade faz que me tira do sério — disse ele para o espaço vazio no alto. — Você não é burro. Para de dizer que é.

Kiem parou, abalado.

— Você já deveria saber que eu sou. Lembra quando você tentou explicar seu trabalho pra mim?

— Isso não é uma diferença de capacidade, é um conjunto de conhecimentos específicos — comentou Jainan. — Você é muito melhor em... em viver do que Taam era. Do que eu sou.

— Mentira. Você...

— Chega — interrompeu Jainan. Ele soltou um som que era metade risada, metade tosse. — Isso só me faz pensar em onde estou neste momento.

Houve um longo silêncio, enquanto Kiem tamborilava os dedos sobre o chão vazio e esponjoso e Jainan encarava o vazio. Depois de um tempo, Kiem disse:

— Aquilo foi... uma coisa que aconteceu com você? O negócio do Taam?

— Qual deles? — perguntou Jainan, pálido.

Quatro horas, lembrou Kiem.

— Os que eu vi.

— São minhas memórias. — Jainan não olhou para ele.

Todas as palavras em que Kiem pensou pareciam erradas.

— Sinto muito — disse ele. Soou patético e inadequado.

— Por quê?

— Como assim? — exclamou Kiem. — Porque... porque eu não te ajudei. Ninguém te ajudou! Alguém deveria ter percebido o que estava acontecendo e desfeito o casamento! Taam deveria ter sido... processado, desonrado, destituído da patente, a coisa toda. E não só ele. Todos que acobertaram o que ele fazia! — Ele percebeu que estava começando a extrapolar e se conteve. — Desculpa. Sei que você não quer falar sobre isso. Mas fico tão irritado que Taam tenha morrido antes de ter enfrentado as consequências. Nenhuma justiça foi feita pra você!

Jainan finalmente estava olhando para ele, a testa franzida e os lábios levemente abertos.

— Não sei como você sobreviveu — continuou Kiem. — Sempre tão... solitário daquele jeito, com toda aquela merda acontecendo. Eu não seria capaz de...

— Não! — interrompeu Jainan. — Não, você não entende. Era *eu*. — Ele se levantou, agitado, dando as costas para Kiem. — Aquilo não teria acontecido com mais ninguém. Taam tinha boas intenções. Ele tinha um senso de honra. Só teve o azar de acabar com alguém de quem ele não gostava.

— Que se danem as boas intenções do Taam! — disse Kiem. Ele se levantou também, dando a volta para encarar Jainan. — Não havia nada de bom no jeito como ele te tratava! Você quer mesmo me dizer que a culpa era sua?

Jainan não se moveu.

— Teria dado certo — disse ele. — Teria dado certo se eu fosse outra pessoa.

Kiem fez um gesto de corte com a mão.

— Não! — exclamou ele. — Conversinha. Palhaçada. Posso nunca mais estar certo sobre qualquer coisa na vida, mas estou certo quanto a isso. — Jainan continuou imóvel. Kiem se aproximou e tocou o ombro dele. — Se ele não conseguisse lidar com você, então não seria capaz de lidar com nada além de se enrolar nas próprias medalhas militares. Ninguém poderia querer mais do que você já é.

Por um momento, o mundo cinzento pareceu perder o equilíbrio. E então Jainan levou a mão até o pulso de Kiem, que deu um passo adiante, e Jainan se permitiu ser abraçado. Ele respirou com dificuldade e abaixou a cabeça, apoiando a testa no ombro de Kiem.

— Você é uma alucinação — disse ele, embora não parecesse mais tão certo daquilo. — Só está me dizendo o que eu gostaria de ouvir.

— Não sou — reafirmou Kiem. — Escuta, se eu tivesse te conhecido antes de você se casar, eu teria caído de cara no chão tentando chamar sua atenção. Você é bom demais pra mim. Bom demais pra maioria das pessoas, especialmente pro Taam. Venho tentando te dizer isso há semanas. Não sei como dizer de uma forma que faça você acreditar.

Jainan ficou em silêncio por um bom tempo. Ele era uma forma sólida e quente nos braços de Kiem, sua cabeça pesava no ombro do príncipe. Kiem não deveria estar feliz, mas estava.

— Não sei de onde veio isso — disse Jainan. — Você não pode ser uma das minhas alucinações. Eu não pensei nisso.

— Deve ser porque eu sou real? — comentou Kiem. — Achei que já tínhamos resolvido essa parte.

Jainan soltou uma risada meio abafada.

— Não está resolvido só porque você diz que está.

— Isso deveria ser a única coisa necessária pra... — começou Kiem.

Os olhos de Kiem se abriram no breu. Ele puxou uma lufada de ar longa e dolorosa, como se fosse sua primeira respiração em minutos. Havia alguma coisa em sua cabeça; ele a agarrou em desespero por um momento, depois percebeu que era o capacete do campo Tau e conseguiu conter o pânico por tempo suficiente para retirá-lo. Sua visão voltou com tudo.

Eles estavam de volta ao galpão. A técnica caída no chão. Nenhum sinal de Bel. Jainan se sentou na cama estreita a poucos metros de distância e tirou o capacete também. Com o movimento, o fio acoplado à sua cabeça foi junto; ele ergueu a mão e o arrancou. A ponta mostrava filamentos caídos, como plantas mortas.

Os olhos de Jainan se voltaram para a técnica.

— Desacordada?

— Não sei — respondeu Kiem. — Cadê a Bel? Ela deveria estar vigiando a gente. — Ele sentia um nó entre a garganta e o pulmão. Ajoelhou-se para checar o corpo.

— Kiem, preciso te contar o que está acontecendo — disse Jainan com uma pontada repentina de urgência. — Taam e o general Fenrik estavam organizando uma invasão ilegal de Thea. Usaram a Martim-Pescador como fachada pra comprar armas e roubar fragmentos. Eles querem romper com a Resolução e usar os fragmentos pra começar uma guerra. Aren viu dinheiro dando bobeira e desviou um pouco pra si mesmo, e por isso matou o Taam quando ele descobriu.

Kiem já sabia metade de tudo aquilo. A outra metade não o surpreendeu.

— E então o Aren decidiu te incriminar, certo? — disse ele num tom sombrio. Aren sabia o que estava acontecendo no casamento de Taam e Jainan. Aquilo o fizera pensar que Jainan seria um alvo fácil? — Que se foda o Aren. E que se *foda* o Taam.

— O que aconteceu comigo não importa agora — disse Jainan, a voz fraca porém determinada. Ele removeu o cercado da lateral da cama e botou as pernas para baixo. — As pessoas precisam ficar sabendo. Alguém precisa recuperar os fragmentos. Estamos todos em perigo.

— Vamos botar a boca no trombone assim que sairmos daqui — disse Kiem. — A luz do sol vai te curar. Você consegue andar? — Ele não conseguia sentir a respiração da técnica. Procurou desesperadamente a pulsação dela; não poderia deixar uma pessoa morrendo ali. No instante em que seu dedos tocaram o ponto de pulsação dela, mais alguém apareceu na área iluminada.

Os passos eram tão comuns, um som tão rotineiro que, de primeira, ele nem olhou para cima, preocupado em tentar achar um sinal de que não tinha um cadáver nas mãos. Foi o som de Jainan engasgando que o fez levantar a cabeça.

Uma voz que Kiem escutara recentemente disse:

— Então Aren não estava mentindo. Você está mesmo aqui.

A figura se apoiando com uma das mãos em uma estante de equipamentos não era a alucinação que Kiem tinha visto havia pouco. Taam estava quase irreconhecível. Usava vestimentas civis casuais, mas não preenchia mais as roupas; seu corpo estava abatido e esquelético. Os traços de cicatrizes de queimadura brilhavam em seu pescoço. A boca se curvou numa repetição repugnante de suas expressões anteriores quando seu olhar encontrou o de Kiem.

— Pode encarar à vontade, *primo*. Pensou que eu estivesse morto, né?

— Você está morto — Jainan o olhava transfixado; sua voz quase distorcida. — Não pode ser... nós saberíamos.

— Eu estava com problemas — disse Taam. — Mas não é como se você se importasse, certo? — Sua voz soava mais cansada do que qualquer coisa.

Kiem se postou entre os dois.

— Afaste-se.

As feições de Taam ficaram ainda mais feias.

— Me afastar do seu parceiro? Ah, não, peraí, do *meu* parceiro. Fiquei sabendo desse casamento de fachada. Não se meta entre Jainan e eu. — Ele tentou empurrar Kiem para o lado com os ombros, mas Kiem firmou os pés e não se moveu. — Não vou repetir, porra! — Taam sacou o finalizador da cintura.

O farfalhar das roupas foi o único aviso que os dois receberam. Jainan pegou uma barra do cercado da cama, deu a volta em Kiem e golpeou o braço de Taam.

— Porra! — Taam derrubou o finalizador e apertou o próprio ombro, xingando, enquanto seu pulso caía, sem forças.

Jainan olhou para Taam, tirando o foco dele de Kiem. O conde afastou o bastão improvisado.

— Não encoste nele.

Taam o encarou. Ele parecia incapaz de entender o que estava acontecendo.

— O que você está fazendo? Abaixe essa coisa... *merda!* — Ele havia tentado mover o pulso. O esforço de ignorar a dor estava estampado em seu rosto. — Jainan!

— Pra trás! — ordenou Jainan. Sua voz soava comedida, embora Jainan fosse capaz de soar comedido muito além do ponto em que pessoas normais já teriam perdido a linha. — Dois passos serão o bastante.

— Jainan — repetiu Taam. Não estava claro o que ele esperava que suas palavras causassem. Jainan não se moveu. Kiem cerrou o punho, mas permaneceu parado. — Jainan. Olhe pra você. Fazendo uma cena com essa coisa... ridícula.

— Possivelmente — disse Jainan. — Fique longe do Kiem, Taam. Não vou repetir. — Ele apertou a pegada ao redor do bastão.

Taam deu um passo para trás.

— Você precisa de mim — disse ele. A pontada de raiva não havia deixado sua voz, mas agora havia outra coisa ali: ele soava perdido. — Sou seu parceiro.

Jainan continuou surpreendentemente parado. Olhou para Taam como se ele fosse um estranho. Kiem percebeu que mal estava respirando. O ar tinha um cheiro metálico.

Depois de um longo momento, Jainan balançou a cabeça de leve, como se estivesse se soltando de uma teia de aranha.

— Não — disse ele. — Acho que isso já terminou há um bom tempo.

Ele jogou o bastão marcial improvisado no chão. O bastão retiniu, metal contra metal, com um som de alerta surpreendentemente alto, que fez até Taam se encolher. O alerta não morreu. Em vez disso, continuou pairando no ar e ecoando de uma forma sobrenatural, cada vez mais alto, até que Kiem teve que tampar os ouvidos.

A figura de Taam era um borrão à sua frente. Kiem olhou para a técnica deitada no chão mais uma vez; ela tinha o rosto de sua amiga do primário cinco. A sala balançou.

28

E Kiem abriu os olhos.

A primeira coisa que o atingiu foi a dor de cabeça. Junto com o cheiro distante do ar condicionado da estação; ele percebeu que embora as alucinações fossem quase perfeitas, elas não tinham cheiro algum. Ao remover o capacete, encontrou o galpão do mesmo jeito que o havia deixado.

— Seja bem-vindo de volta.

Quase do mesmo jeito. Aren Saffer estava sentado em uma pilha de caixas à sua frente. Ele segurava um finalizador militar, apontado diretamente para a cabeça de Kiem.

Kiem resmungou por dentro. Tinha quase certeza de que aquilo não era mais um cenário, mas *só dessa vez* desejou que fosse.

— Obrigado — disse ele para ganhar tempo. Jainan estava na cama, mas de olhos fechados, ainda caído e imóvel. A técnica estava inconsciente no chão. Pelo menos os dois continuavam respirando.

Bel, apoiada com desconforto numa estante do lado oposto, estava com as mãos atrás da cabeça. Seu finalizador jogado no chão, próximo aos pés de Aren. Ela lançou um olhar triste para Kiem.

— Sinto muito — disse ela. — Ele me pegou de surpresa enquanto eu estava tentando conter a técnica. Nunca fui uma especialista em combate.

— Agora — disse Aren, puxando assunto e mantendo o finalizador mirado em Kiem. — Não me importo de admitir que estou numa sinuca de bico aqui. Não! Não se mova! — acrescentou ele. — Ou eu vou atirar, porra!

— Você até poderia acobertar a morte de Jainan sob custódia — alertou Kiem. — Mas nem sonhando vai conseguir acobertar a minha.

— Não vou precisar — disse Aren. — Se não começar a colaborar, posso me livrar de você e deixar o campo Tau convencer Jainan de que foi ele quem te matou. Nem venha querer falar comigo sobre perdas irreparáveis. *Não se mova!*

— Ele girou o finalizador para trás e atirou um raio na frente de Bel, que havia se descolado da parede e estava no meio do caminho até a própria arma. Ele atirou rápido demais: só atingiu a mão esticada dela, mas já foi o bastante para que o choque se espalhasse por todo o corpo. Ela se engasgou e caiu de quatro enquanto lutava para manter a consciência. Kiem saltou em direção a ela por instinto, mas se afastou, erguendo as mãos, quando Aren apontou o finalizador para ele.

Aren se levantou, ainda mirando em Kiem, e chutou a arma sobressalente para baixo da pilha de equipamentos mais próxima.

— Por que todo mundo é tão idiota? — resmungou ele. — Vossa alteza imperial, me faça o favor de ficar longe dessa porra de máquina. Eu me esforcei muito pra não deixar nenhuma ponta solta, e você está arruinando o trabalho da minha técnica.

— Pra você fazer mais uma lavagem cerebral no Jainan? — disse Kiem. — Não, obrigado. Peraí, você já usou o campo Tau antes? Deve ter usado. Na verdade, *eu sei* que usou. Fez a coronel Lunver esquecer o que tínhamos contado pra ela, não foi? — Aquele devia ter sido um ajuste bem menor do que o que Aren estava tentando fazer com Jainan, mas Kiem sentiu calafrios só de pensar em como funcionara bem. — Por quê? Ela descobriu o que você estava fazendo?

— Escuta — anunciou Aren, visivelmente perdendo a paciência. — Já é madrugada. Daqui a umas seis horas vou ter que entrar no escritório do general Fenrik e provar que Jainan estava por trás do acidente do Taam, do contrário estou ferrado. Gostaria de manter o número de mortos da realeza o menor possível, mas não *preciso*, necessariamente. Se afaste e deixe minha técnica voltar.

Um som de tosse vindo da cama chamou a atenção de Kiem e Aren. Jainan abrira os olhos e levantara a cabeça com o que parecia ser um esforço doloroso.

— Deixe o Kiem ir embora.

Aren apontou o finalizador para Jainan, depois de volta para Kiem.

— Achei que isso causaria impacto — comentou ele, parecendo mais animado. — Levei um tempo pra entender o que estava rolando entre vocês, mas agora saquei. A viagem romântica pelas montanhas, esta missão de resgate patética... vocês estão *apegados*, não estão? — Kiem não costumava odiar com facilidade, mas estava começando naquele momento. — Isso só deixa a coisa toda ainda mais fácil. Você fica aqui até a invasão a Thea começar. E Jainan colabora com o campo Tau ou eu atiro em você.

As mãos de Jainan continuavam algemadas na frente do corpo, mas ele conseguira tirar o capacete e tentava com cuidado remover os fios da testa. Uma gota de sangue estava se formando ao redor dos fios. Seu rosto parecia o de um cadáver.

Aren era parte do plano de invasão a Thea. Cooperar não era uma opção. Sem que Aren percebesse, Kiem tentou trocar um olhar com Jainan e comunicar-

-lhe de alguma forma que estava tudo bem, ele sabia que Jainan deixaria os dois morrerem antes de ajudar Aren. Mas Jainan não olhou pra ele.

— Eu faço — disse Jainan com a voz rouca. — Eu te ajudo. Deixe o Kiem fora disso.

Kiem engasgou.

— Espera...

— Kiem — Jainan segurou o cercado da cama e se levantou o máximo que conseguia com os fios ainda presos à cabeça. — Preciso que você entenda.

Ele respirou fundo, como se estivesse com dificuldade de falar. Então virou a cabeça para encontrar os olhos de Kiem e gritou:

— *Cinco!*

Kiem sentiu a palavra se acomodar em seu cérebro. Jainan arrancou uma barra do cercado da cama e a jogou sem jeito aos pés de Kiem. Os pensamentos do príncipe corriam lentamente enquanto ele observava o bastão retinir no chão, e então ele entendeu. *Cinco.* A aula de bastão marcial com Gairad. Ele pegou a barra.

Aren começou a entender o que estava acontecendo, mas já era tarde demais. Jainan se jogou para fora da cama com tanta violência que os fios arrebentaram da cabeça e do braço. O peso de seu corpo caiu direto contra as pernas de Aren, no instante em que Kiem girou o bastão para atingir o pulso dele. Não foi um bom golpe, mas Aren não estava preparado. O finalizador deslizou pelo chão. Aren caiu com tudo e se lançou em direção à arma, indo de encontro a uma das caixas de metal. O corpo de Jainan caiu sobre ele.

Kiem abandonou a barra solta do cercado. Enfrentou o terror doentio que sentia e se agachou para pegar a arma derrubada. Aren estava no chão, entre Kiem e a cama. Kiem apontou o finalizador para o peito dele.

— Não se mova.

A essa altura, Aren já tinha conseguido se sentar. Jainan estava inconsciente, mas ainda era um peso morto sobre as pernas dele.

— Nossa, tem bastante sangue aqui — comentou Aren. Ele tocou a área escura na cabeça de Jainan.

Kiem chutou a mão de Aren para longe e se afastou de novo.

— Não faça isso — disse ele. Jainan estava de olhos fechados. Quanto sangue seria sangue demais? Kiem apontou o finalizador com muito cuidado, usando as duas mãos. Ele nunca atirara com uma arma daquelas contra outra pessoa. Não poderia correr o risco de atingir Jainan, mas Aren estava num ângulo desconfortável, de lado para ele. Atingir o braço de Aren seria o bastante para derrubá-lo? Havia funcionado com a...

Bel. O lugar onde ela havia caído estava vazio.

Aren percebeu o olhar.

— Onde a sua amiguinha corsária foi parar?

— Não sei.

Aren abriu um sorriso pesaroso.

— Isso é o que eu chamo de lealdade, hein?

Kiem ajustou a altura do finalizador. Não daria um tiro letal; só precisava deixá-lo inconsciente. Não havia motivo para seu coração bater tão forte. O dedo pressionou o gatilho.

— Cuidado — disse Aren. Ele puxou o corpo de Jainan para se proteger. Uma onda de terror atingiu Kiem, causando espasmos em seu braço. O raio finalizador passou por cima da cabeça de Aren.

Aren puxara Jainan até a altura dos ombros, segurando-o na frente do corpo. Os olhos de Jainan continuavam fechados, a cabeça caída sobre o peito. Kiem recuperou a mira, mas sua mão tremia. Aren sorriu para ele.

— Você não ia querer acertar alguém por acidente, né? — disse ele. — Um raio finalizador seria *bem ruim* pro Jainan agora.

— Solta ele — comandou Kiem.

— Ou você faz o quê? Atira em mim? — zombou Aren. — Não. Vamos conversar.

Kiem respirou fundo, lentamente. O finalizador parecia pesado em sua mão.

— Estou ouvindo.

— Se você ainda está tentando salvar o tratado de alguma forma, vai precisar da minha cooperação — explicou Aren. — Digamos que você vai precisar convencer o Auditor de que Thea *realmente* quer ser parte do Império de Iskat. Sei de algumas histórias sobre você e Jainan que arruinariam a reputação dos dois e acabariam com qualquer chance de o tratado existir. E os portais de Thea sempre amam histórias sobre os representantes.

— Você está blefando — afirmou Kiem.

— Quer arriscar, então? — provocou Aren. — Entendo por que o Jainan acha que você é uma versão melhorada do Taam, mas sejamos sinceros, assim que as coisas se ajustarem, o encanto vai passar. O que você tem a oferecer? Até o *Taam* foi capaz de impedir que Jainan fosse atacado pela imprensa.

Doía demais olhar para o rosto de Jainan. Kiem girava o finalizador sem parar, o tipo de brincadeira que deixava seus instrutores da adolescência desesperados.

— Certo — disse ele. — Tudo bem. Só... só se afaste do Jainan. Por favor.

— Fico feliz por estarmos na mesma página — comentou Aren, sorrindo. Ele abaixou o corpo de Jainan até o chão e soltou as próprias pernas, depois ficou de joelhos ao lado de Jainan.

— Melhor assim?

Kiem segurou o finalizador, levantou a mão e atirou no peito dele.

Aren não teve tempo de dizer mais nada. Engasgou, os olhos arregalados, e caiu em cima de Jainan.

Kiem soltou o finalizador. Precisou apertar as mãos juntas para conter o tremor. Caiu de joelhos ao lado de Jainan e empurrou Aren para longe dele. Jainan estava inconsciente, fosse por causa do campo Tau ou do sangramento na cabeça, mas era tudo que Kiem sabia. Deitou Jainan de lado para que ele pudesse respirar melhor. Quando tocou o cabelo dele, foi atravessado por uma onda de desespero.

Não tinha como dar um jeito naquilo. Doía mais do que qualquer coisa que já sentira na vida. Kiem não sabia em que momento Jainan passara de uma pessoa de quem ele queria arrancar um sorriso para alguém cuja perda seria pior que a morte, mas era verdade, e ele estava desesperado.

Um ganido soou à distância e parou. Kiem levou um momento para entender que era um alarme.

Quando os soldados chegaram, acompanhados pelos guardas da estação, Kiem estava agachado ao lado de Jainan observando o peito dele subir e descer. Aren e a técnica continuavam caídos ali perto. Kiem olhou para cima enquanto o grupo de guardas e soldados atravessava os corredores e os cercava, apontando finalizadores para ele e para as figuras inconscientes no chão.

— Vocês poderiam ter vindo mais rápido — disse ele.

Aquilo pareceu conter os dois soldados que miravam os finalizadores em Kiem. O que estava diante dele tinha insígnias de sargento.

— Mãos atrás da cabeça!

Kiem ergueu as mãos sem tirar os olhos do sargento.

— Este homem precisa de atendimento médico — disse ele. — É o conde Jainan dos Feria, o representante theano do tratado, e se você não levá-lo para o médico *agora*, terá que prestar contas à Imperadora pela crise diplomática que está prestes a estourar a qualquer momento.

— Quieto — disse o sargento, mas Kiem ouviu um tom de dúvida em sua voz. Os guardas da estação, os civis, pareciam no mínimo suspeitar dos soldados tanto quanto de Kiem. — Todos neste módulo estão detidos.

— Depois de você se ver comigo — disse Kiem num tom seco —, a Imperadora vai parecer uma professora do jardim de infância.

— Você não pode...

— A Segurança Interna já está avisando a Imperadora que vocês usaram um campo Tau num diplomata — disse uma voz familiar. — Há uma razão pela qual o uso do campo é considerado crime de guerra. — Logo atrás do grupo, atravessando a porta, um homem uniformizado como segurança da estação escoltava Bel. As mãos dela estavam algemadas na frente do corpo. — E nem adianta achar que vão conseguir acobertar isso. Liguei para agente chefe Rakal antes de encontrar vocês. Nem a Imperadora imaginava que vocês chegariam tão longe. — Ela ergueu a sobrancelha para Kiem. — Esta é a primeira e última vez que eu serei presa voluntariamente. Como está o Jainan?

— Mal — respondeu Kiem. — Mas esse sargento aqui vai conseguir atendimento médico pra ele. Não vai?

O sargento se agachou para checar a respiração de Jainan.

— Ele ainda está detido — disse ele. — Cabo, acione a unidade paramédica. Rápido!

O cabo saiu correndo.

— O outro homem é o major Saffer — explicou Kiem. — Ele tentou me matar. A mulher era cúmplice dele.

O sargento ficou de pé novamente e teve uma discussão curta, porém intensa, com um dos guardas da estação.

— Todos estão sob custódia até resolvermos a situação — anunciou o sargento. — Recolham os dois que estão no chão. O... diplomata receberá toda a assistência possível. Príncipe Kiem, você vai cooperar?

— Vou esperar os médicos chegarem — disse Kiem. — Pode me prender depois disso. — Ele segurou a mão de Jainan e não se moveu.

29

A mente de Jainan não conseguia focar o bastante para entender o que estava acontecendo. Ele sentia fios conectados ao corpo novamente, e às vezes havia luz, às vezes escuridão, e o terror era como um oceano sob seus pés. Tirando isso, ele sabia muito pouco.

Os rostos das pessoas se fundiam com outros rostos. Perguntaram-lhe sobre Aren, sobre Kiem, sobre si mesmo. Jainan se recusou a responder. A maioria das palavras era incompreensível, mas de vez em quando ele era quase ludibriado a dizer alguma coisa e precisava morder a língua para se conter. Num dado momento, ele mordeu com tanta força que sentiu gosto de sangue, houve uma comoção, várias pessoas se inclinaram sobre ele, e alguém pressionou algo contra sua boca, forçando-o a abri-la. Ele engoliu, de novo e de novo, e ficou enjoado com o gosto.

Às vezes ele sabia que era a pele da cabeça que doía, e todo o resto era imaginação, mas em outras se esquecia daquilo. Num determinado ponto, percebeu que havia gritado, e uma voz disse:

— Pelo menos ele está falando.

E outra disse:

— Eu não chamaria isso de falar.

Então houve um momento em que ele abriu os olhos e tudo que enxergou foi o teto branco de uma clínica médica. Uma tela na parede mostrava uma sequência de ondas batendo na margem de um rio.

Ele respirou com cautela. O ar tinha um cheiro leve de antisséptico e carregava a sensação seca e limpa que ele associava a nanolimpadores. A cabeça doía implacavelmente, mas não parecia haver nada acoplado a ela. Um tubo conectado a um conta-gotas alimentava o acesso do pulso. Ele não se sentia morto, mas como se a morte tivesse ocorrido um tempo antes e, contra todas as probabilidades, ele tivesse se recuperado.

Ele tentou se erguer e, para seu alívio, descobriu que o corpo respondia o suficiente para conseguir se sentar.

Um funcionário que ele não havia notado no canto da sala levantou a cabeça da leitura que estava fazendo, assustado.

— Acordou? — Ele deu impulso para se levantar do banco. — Vem cá, deixa eu arrumar a cama pra você. — Ele ajustou o recosto de modo que se levantasse junto com Jainan.

— Consigo sentar sozinho — disse Jainan.

— Claro que consegue — disse o plantonista animado. Jainan se recostou contra o colchão levantado e achou melhor não discutir.

— Estou na Estação Carissi? — perguntou ele. Seus olhos se moveram até a tela. As pequenas flores amarelas à margem do rio pareciam as que cresciam nas colinas de Bita. Alguém devia ter gravado aquele vídeo em Thea.

— Acho que você não teria gostado de ser colocado em uma nave de volta para Iskat no estado em que se encontrava, vossa graça — disse o plantonista. — Esta é uma das suítes médicas da estação. — Ele estava lendo algum tipo de diagnóstico na cabeceira da cama de Jainan. — Como está a dor? Sua visão está embaçada?

— Não sinto dores — explicou Jainan. — Alguém sabe que eu estou aqui?

— Visão embaçada? — repetiu o plantonista, esperando até que Jainan negasse com a cabeça, causando uma pontada de dor. — Bem, diria que poucas pessoas *não sabem* que você está aqui. Dois guardas da Segurança Interna estão na sala de espera, outro está protegendo a porta da suíte, as agências do palácio estão pegando no pé do meu superior, e a lista de visitantes é maior que o seu braço.

— Kiem? — perguntou Jainan. — Quer dizer, o príncipe Kiem.

— Não sei dizer — respondeu o plantonista. — Agora, será que você consegue beber um pouco d'água?

— Estou detido? — questionou Jainan. — Aconteceu alguma coisa com Thea?

— Detido...? Ninguém me disse nada sobre isso — afirmou o plantonista. Mas ele parecia reavaliar tanto Jainan quanto seus protocolos de segurança com um olhar de soslaio. Jainan também notou o momento em que ele decidiu que seus superiores teriam avisado se o paciente fosse um criminoso perigoso. O humor otimista do funcionário voltou. — Eu não me preocuparia se fosse você. Pelo menos todas as partes do seu cérebro estão funcionando bem. Uma baita sorte! Que tal beber água?

Ele não tinha sido detido, mas a Segurança Interna estava do lado de fora. Fenrik não devia ter conseguido iniciar a guerra; o plantonista certamente teria notícias sobre isso.

— Sim — respondeu Jainan, embora seu estômago parecesse uma mistura de náusea e calafrios. Ele precisava voltar a ser funcional. Enquanto o plantonista se levantava para pegar um copo plástico em uma bandeja, as memórias foram se acumulando na cabeça de Jainan, alimentando o senso de urgência que pulsava em seu corpo. — Eu gostaria de ver o Kiem, por gentileza.

O plantonista lhe entregou o copo d'água.

— Beba, por favor — encorajou ele.

Algo estalou dentro de Jainan. Seus dedos se curvaram ao redor do copo.

— Já estou cansado — disse ele, num tom que surpreendeu até a si mesmo — de ser tratado como um incompetente. Da última vez que vi o meu parceiro, ele estava lutando contra um homem com uma arma incapacitante. Por favor, me mostre a lista de visitantes para que eu possa me certificar de que ele está vivo.

O plantonista foi pego de surpresa.

— Por favor, se acalme, senhor — disse ele, numa voz intimidadora, porém já gesticulando para ligar a tela ao lado da cama. — Vou pegar a lista.

Kiem teria encontrado um jeito de suavizar o que Jainan acabara de dizer. Ele levou o copo plástico até a boca num movimento mecânico.

— Obrigado pela água — disse ele.

Aquilo pareceu amolecer o plantonista.

— Prontinho — disse ele quando os nomes surgiram. — Estamos em horário de visita, então se qualquer uma dessas pessoas ainda estiver por aqui, seus sinais vitais estão estáveis o bastante para receber alguma delas.

— Obrigado — disse Jainan, passando os olhos pela lista.

O nome de Kiem não estava nela. A ausência era como uma mão sufocando a garganta de Jainan. Ele deslizou até o fim da tela com um gesto desajeitado e leu tudo de novo, mas a não ser que Kiem tivesse usado um nome falso, ele não havia solicitado uma visita. Teriam sido as memórias sobre ele no campo Tau sequer reais? Um apito começou a soar ao lado da cama. Jainan percebeu que devia ser seu monitor de batimentos cardíacos.

— Vai com calma — disse o plantonista, conferindo o acesso do pulso. Jainan trocou de mão para voltar ao começo da lista.

Disse a si mesmo que aquilo não significava nada definitivo. A situação era complicada; Kiem poderia ter sido instruído a não visitá-lo. E com certeza todos na Estação Carissi ficariam sabendo se um membro da família real tivesse morrido, assim como saberiam se drones de combate estivessem invadindo uma cidade theana. Ele olhou para o plantonista, que franzia o cenho para uma das leituras.

Jainan precisava de mais informações. Respirou fundo e analisou a lista de novo. Precisava de alguém que pudesse ajudá-lo.

Quase todos os nomes eram de alguém que ele conhecia. Bel. Gairad. Professora Audel. Bel de novo — ela parecia ter ligado de hora em hora. O embaixador theano, o embaixador suplente e outros membros da embaixada. Jainan percebeu, com uma sensação de tontura, que poderia chamar qualquer uma daquelas pessoas que ela lhe contaria tudo que soubesse e o ajudaria a descobrir mais. Ele não compreendia como, de repente, tinha tantas opções.

Mas era óbvio com quem deveria falar primeiro. Ele ergueu a cabeça.

— Você poderia conferir se Bel Siara ainda está aguardando, por favor?

O plantonista o deixou sozinho. Depois de muito menos tempo do que ele imaginava, um rosto familiar apareceu na porta.

— Seja bem-vindo ao mundo dos conscientes — disse Bel.

A máscara neutra de Jainan caiu com o alívio. Nem mesmo Bel usaria aquele tom sarcástico se Kiem estivesse em perigo, mas ele perguntou só para garantir.

— Kiem está vivo? O general Fenrik fez alguma coisa?

— Ai, céus, é claro que o Kiem está vivo — anunciou Bel. Seu sotaque profissional de Iskat voltara, Jainan percebeu. Ela não soava daquele jeito da última vez que ele a vira. — Vivo e operante como se tivesse uma bomba-relógio debaixo dos pés. Nenhum golpe militar em Thea também, não desde que nós contamos à Imperadora o que o general Fenrik estava tramando. Ela não ficou nada feliz. Você está fora de risco? Acho que sim, já que está falando, mas até ontem os médicos estavam fazendo cara feia pra mim.

— Sim, estou bem — disse Jainan. — Você não se feriu? Você levou um... — Ele hesitou. Algumas de suas memórias ainda estavam turvas, mas ele conseguia juntar as peças. Não estava alucinando quando Aren atirou em Bel.

— Ele não acertou nada vital — disse Bel. — Aposto que a maioria dos oficiais do palácio nunca presenciou ação de verdade. Na manhã seguinte eu já estava bem.

Jainan olhou para onde sua pulseira costumava ficar, e então para o relógio na tela, e precisou controlar seu choque. Faltava um dia para a chegada de Ressid; as cerimônias do Dia da Unificação começariam no dia seguinte. Ele passara três dias inconsciente.

— Me disseram que não estou detido.

— Você não — confirmou Bel. — Mas o Kiem com certeza está.

Jainan cerrou o punho sobre o lençol.

— O *Kiem* está? Por que eles prenderiam o Kiem? — O tubo em seu pulso deu um puxão no curativo, e ele percebeu que havia se inclinado para a frente. — Eu fui o único acusado por eles! O Aren vai culpar o Kiem pelo quê? Sabotar o próprio mosqueiro? Foi *Aren* quem matou o Taam! Foi ele quem tentou matar a gente!

Bel ergueu a mão.

— O Saffer também está preso. Desculpa. Não estou explicando direito. Os últimos dias foram longos. Deixa eu começar do começo.

Bel tinha o olhar de quem estava operando à base de muito estresse e pouco descanso. Jainan sentiu uma pontada de culpa e procurou por uma cadeira ao redor. O banco onde o plantonista estava sentado era fixado na parede, então ele encolheu as pernas, abrindo espaço na cama.

— É melhor você se sentar.

Bel olhou para baixo e fez uma pausa. Jainan percebeu que não costumava deixar alguém que não fosse seu parceiro se aproximar daquele jeito e sentiu a garganta secando de vergonha, mas Bel só jogou a pasta que carregava na ponta da cama e se acomodou ao lado dela sem cerimônias.

— Se eu estiver incomodando, me avisa. Como você está de verdade, afinal?

— Bem — respondeu Jainan. Bel ergueu a sobrancelha, e ele cedeu. — Minha cabeça está doendo. Mas nada de mais.

— Sim, sim — disse Bel. — Você sabe que prisioneiros que passam tempo demais naquela coisa tendem a sofrer danos cerebrais permanentes?

— Obrigado por me tranquilizar — comentou Jainan. — Fico feliz por termos passado por tudo isso, ou eu jamais conheceria suas táticas delicadas pra falar com um acamado.

— Você precisa me ver quando o Kiem acha que está resfriado — disse Bel. Ela levantou uma perna, apoiando o sapato na cama, e passou o braço em volta do joelho enquanto organizava os pensamentos. — Então. Descobriram onde o Fenrik estava escondendo os fragmentos roubados, mas o tratado ainda está em risco, e o prazo final é hoje à noite. Mesmo depois de a Imperadora falar pro Auditor que Saffer matou Taam, o Auditor sustenta que Thea ainda não tem indicadores suficientes do consentimento da população. Ele *pode* estar se referindo aos portais de notícias.

— Os portais de notícias — repetiu Jainan, com certo pavor.

— O Saffer, e tomara que ele sufoque até a morte em uma nave de lixo, tinha ameaçado vazar uma história pra imprensa e foi isso mesmo que fez. Todos os portais de Thea estão soltando matérias sobre como você foi sequestrado. Alguns até citam a questão do campo Tau. O planeta inteiro está revoltado com o que aconteceu com você. Tecnicamente, foi um crime de guerra.

Jainan não tinha tempo para pensar naquilo. O prazo final da Resolução era aquela noite.

— O Auditor recuperou os fragmentos — disse ele, frustrado. — Qual é o problema agora? A embaixada theana está se recusando a assinar o tratado?

— Não. A essa altura, sua embaixada já disse que assinaria qualquer coisa — disse Bel abruptamente. — Mas o povo de Thea está furioso, e os portais querem ver sangue. Se o Auditor precisa de consentimento da população, Saffer conseguiu ferrar com tudo direitinho. Não dá pra mudar a opinião de um planeta inteiro em seis horas.

Jainan precisava de aliados. Precisava de *Kiem*.

— Por que o Kiem está preso?

— Ele invadiu uma instalação confidencial.

— Pra me buscar.

— Sim — disse Bel. — Bom. É aí que as coisas ficam mais bizarras. Todas as nossas comunicações estão sendo monitoradas, então não temos nos falado muito. Mas ele pediu pra te avisar que sente muito.

A língua de Jainan parecia seca. Kiem claramente não contara a ninguém sobre a história de Jainan e Taam.

— Mas você está livre, certo?

— Fui solta sob tolerância imperial — explicou Bel. — E só porque o Kiem confessou todos os crimes e enviou uma petição de clemência para a Imperadora livrando o resto de nós. A Imperadora agora conhece a versão real do meu currículo — completou ela. — Segundo Kiem, abre aspas, "não fez nem cócegas nela", fecha aspas.

— A versão real — disse Jainan. Ele tentou resgatar as lembranças embaralhadas de dentro do campo Tau. — Kiem comentou algo sobre... corsários.

— Corsária — disse Bel. — No singular. *Ex*-corsária. — Ela o observava atentamente.

Jainan sentiu uma suspeita antiga voltar à tona e tomar forma.

— Foi por isso que você reconheceu o líder da Estrela Azul. — Bel assentiu, muito de leve. — Por que você está fingindo ser uma assistente?

— Não estou fingindo — rebateu Bel. — Queria endireitar minha vida. Me ofereci pra esse trabalho, fui aceita, e a parte engraçada é que estar no meio dos poderes do Império dificulta bastante que meus antigos colegas venham atrás de mim pra comprar briga.

— Então é pela segurança?

— Não — respondeu Bel. — Um pouco, talvez. Mas não. Eu sou boa nesse trabalho. Gosto de ser respeitada sem precisar empunhar uma arma, e não quero ganhar a vida ferrando com mercadores e fretados. Não gosto de atirar nos outros. Eu *nasci* numa nave Vermelho Alfa, sabe? Não foi escolha minha — acrescentou ela, na defensiva. — Eu gosto daqui. Pelo menos tenho mais opções de carreira do que "capitã corsária".

— E todas as vezes que você resolveu nossos problemas técnicos...?

Bel ergueu as mãos.

— Não prejudiquei ninguém!

Jainan queria muito pressionar as juntas dos dedos contra os olhos, mas se segurou. Kiem aparentemente já sabia tudo aquilo. Além do mais, Bel salvara a vida deles, e não havia tempo para aquilo.

— Obrigado — disse ele, por fim. — Fiquei mesmo me perguntando como Kiem tinha conseguido invadir a refinaria. Faz muito mais sentido agora.

— Não seja preso de novo — disse Bel. Havia uma corrente de alívio peculiar em sua voz. Será que ela se importava mesmo com o que Jainan achava dela? — Não vou conseguir o perdão imperial duas vezes.

— Isso eu já entendi — respondeu Jainan. — Posso pelo menos me responsabilizar pela invasão? Essa bagunça toda... — foi *minha* culpa, pensou ele — ... não foi sua culpa. De nenhum de vocês.

— Kiem me avisou que você poderia dizer isso — comentou Bel de modo ponderado. — E eu gostaria que você soubesse que, se eu pudesse viajar no tempo para cinco anos atrás com uma arma de fogo e abrir um buraco de quinze centímetros no meio do corpo do Taam, eu também teria resolvido as coisas. *A culpa é do Taam.*

Jainan levou um momento para responder.

— Sei disso.

— Tirando a parte em que você foi torturado — acrescentou ela. — Isso foi culpa do Saffer. Aliás, o Fenrik ainda está solto. Acho que sair prendendo os partidários imperiais não pega muito bem. Ainda não se sabe o que a Imperadora vai fazer com ele. *Um certo alguém* está muito nervoso para que eu não faça nada ilegal agora, tipo invadir as mensagens particulares da Imperadora.

Aquilo arrancou Jainan do seu emaranhado de pensamentos sobre Taam e Aren.

— Você *certamente* não devia fazer uma coisa dessas — disse ele, vendo o brilho nos olhos dela e percebendo que havia mordido a isca. Ele sentiu o canto da boca se erguendo involuntariamente.

O indicador de visitas ao lado da porta piscava sem parar. Jainan estendeu o braço para o sensor da porta quando viu o rosto de Gairad na tela, e então hesitou, olhando para Bel.

— Você se importa se eu deixá-la entrar? Ela é do meu clã.

— É melhor deixar mesmo — disse Bel. — Ela está acampada na sala de espera. E ela também foi com a gente na missão de resgate, sabia?

— Como assim? — disse Jainan enquanto a porta se abria para receber Gairad.

De alguma forma, ela parecia ainda mais acabada. Um hematoma no rosto estava mais ou menos cicatrizado, e um molde inexplicável de gel segurava o braço dela no lugar. Gairad colocou uma das mãos sobre o batente da porta — a outra protegida pelo gel — e, como se estivesse ditando as palavras, disse:

— Você pode, por favor, parar de quase *morrer*?

— O que houve com seu braço? — perguntou Jainan, alarmado. — Por que você estava com a Bel e o Kiem?

Aquilo pareceu abaixar um pouco a crista de Gairad. Ela tocou o molde de gel numa mistura de vergonha e orgulho.

— Eu soquei uma soldado iskateana.

— Ela soca muito mal — disse Bel com uma satisfação sombria. — Fraturou o pulso. Mas já ensinei como se faz.

— Isso foi *muito irresponsável* — anunciou Jainan, sem saber ao certo com quem estava falando. Sua mente ainda estava tentando processar a quantidade de pessoas empenhadas em encontrá-lo. Tanto Kiem quanto Bel eram meros estranhos dois meses antes, é claro, mas ele não conseguia deixar de pensar que Ressid poderia ter algo a dizer sobre como Jainan colocara uma jovem do clã em perigo.

— Nós encontramos as armas — disse Gairad na defensiva. — Jainan, Iskat está tentando acobertar a coisa toda da invasão à Martim-Pescador. Até o embaixador acha que é melhor ficarmos quietos. Isso não está certo. E o que vai acontecer com o tratado da Resolução?

Jainan tentou não demonstrar o medo urgente que controlava sua mente.

— Vai dar tudo certo — disse ele. — O palácio vai divulgar uma declaração. Ninguém viu o sequestro. Pode ser tomado como um mal-entendido dos portais de notícias.

Gairad parou no meio do quarto, se balançando para a frente e para trás na ponta dos dedos e olhando para ele. Parecia haver mais alguma coisa.

— Alguém já te contou?

— Contou o quê?

— A Bel disse que é mentira — disse Gairad. Sua expressão ficara nebulosa. — Eu também não acredito, se você quer saber.

Jainan não sabia dizer se a pontada de náusea era um efeito colateral das alucinações ou não.

— Bel — disse ele. — Por favor, me fala o que está acontecendo.

— Respira fundo — aconselhou Bel. — Tem um boato nojento que está piorando ainda mais as coisas. Acredito que o Aren achou que o sequestro não era o bastante pra destruir a opinião pública.

— Qual boato?

— De que era o Kiem quem te violentava — disse Bel. Ela disse alguma coisa depois, mas Jainan não escutou. Ele precisou encará-la e fazer leitura labial até que seu cérebro começasse a entender o que acabara de escutar. — ... e depois daquela discussão no jantar a coisa ficou ainda mais feia, e alguns portais antirrealeza de Iskat ficaram sabendo...

Ele parou de ouvir novamente. Era como se tivessem arrancado sua pele e todas as partículas que flutuavam no universo pudessem atingir a carne exposta, destruindo tudo que ele sempre usara para proteger sua essência. Seus dedos ficaram dormentes; os músculos já não funcionavam mais.

— Jainan?

Ele percebeu que Bel o havia chamado mais de uma vez. Com certo esforço, controlou os pensamentos disparatados que tentavam dominar sua mente.

— Ah — disse ele.

— Não é possível! — disse Bel, dando uma cotovelada em alguma coisa ao lado da cama. O apito que enchia o ar parou. — Jainan? Não foi minha intenção te provocar uma recaída. Kiem negou tudo, é claro, mas ninguém sabe de nada sobre você e o Taam. É difícil explicar algumas das evidências sem... você sabe.

Sem contar a verdade sobre o relacionamento de Jainan e Taam, coisa que Kiem jamais faria. É claro.

— Não é uma recaída — disse Jainan. Curiosamente, sua cabeça parecia muito clara. — Bel, posso te pedir um favor?

— Te ajudar a escapar do hospital? — disse ela, meio brincando, mas não muito.

— Não exatamente — respondeu Jainan. — Gostaria do contato do escritório privado da Imperadora.

Bel ergueu as sobrancelhas.

— Vai falar direto com o topo? Não funcionou muito bem pro Kiem. Ela só vai te mandar varrer tudo pra debaixo do tapete.

— Entendo — disse Jainan. E ele entendia mesmo, essa era a questão. O assunto era delicado. — Não quero pedir que ela faça nada. Também gostaria que você contatasse uma visita pra mim.

Dez minutos e algumas ligações depois, Bel e Gairad haviam partido — Gairad para tranquilizar a professora Audel, e Bel para entrar em contato com Kiem. Jainan ficou esperando na cama, tenso em níveis insuportáveis, e deu um pulo quando a porta soou.

— Vossa graça?

— Hani Sereson — disse Jainan. Ele ajustou a postura da melhor forma que conseguiu, sentando-se na cama. — Imaginei que você estaria na lista autorizada de imprensa. Pode entrar.

A jornalista abriu um sorriso profissional e fez uma breve reverência.

— Devo confessar, nunca imaginei que encontraria você nessas condições. — Seus olhos passeavam pelo corpo de Jainan e pela sonda no pulso com um brilho prateado e faminto. — Ficamos sabendo que você estava doente. Todos estão se perguntando se estará bem o bastante para as cerimônias.

— Estou guardando minha energia. Perdão por não me levantar pra cumprimentar você — explicou Jainan. — E obrigado por vir tão rápido. — Ele abriu a mão para indicar a cadeira que Bel trouxera do corredor.

— Acredite, nenhum jornalista ignoraria uma mensagem como a que eu recebi. — Hani se sentou de pernas cruzadas. — Espero que esteja se recuperando bem do... bom, me parece que você passou por uma situação bastante difícil. — Ela passou a mão sobre um microfone sofisticado que desprendeu do colarinho e deixou flutuar no ar entre os dois. — Você se importa se eu gravar a conversa?

O sorriso de Jainan saiu de um lugar profundo e obscuro dentro dele.

— Claro que não — disse ele. — Na verdade, eu ficaria muito feliz se você gravasse.

30

— Entendo sua posição — disse Kiem na gravação. — Quero que você saiba que não é *verdade*, mas sei que é preciso mostrar serviço aos repórteres. Beleza. Você quer que eu renuncie ao cargo de patrono, e eu farei isso. — Ele engoliu em seco uma nova onda de frustração. — Se precisar que eu encontre um substituto, é só me avisar. Vocês precisam de alguém do palácio no conselho. — Ele fez uma pausa. — Mas vamos manter o contato.

Ele interrompeu a gravação para a última organização de caridade e se jogou para trás, afastando-se da mesa minúscula. O aço da cadeira afundou nos músculos dos ombros. Ele alongou os braços. O quarto era grande o suficiente para fazer aquilo, pelo menos, embora seus dedos esbarrassem na cabeceira do beliche.

Os arredores eram luxuosos comparados com o que poderiam ser. O centro protegido da estação contava com um quarto de contenção que a Segurança Interna usava para sabe-se lá que propósitos bizarros, e quando a disputa entre as polícias militar e civil foi resolvida, foi para lá que acabaram mandando Kiem. Mesmo sendo uma cela de contenção, não faltavam regalias: um banheiro pequeno, um aparelho de exercícios e até uma tela tremeluzente no canto, com centenas de mídias programadas.

Dependendo do ponto de vista, poderia nem ser uma cela. A porta não estava *trancada*, apenas vigiada por agentes com instruções para mantê-lo ali e sem o mínimo senso de humor. Kiem chegou a brincar com a ideia de usar sua lábia para tentar chegar ao quarto médico de Jainan, mas a abandonou relutantemente depois da primeira tentativa fracassada. Era uma péssima ideia deixar a Imperadora ainda mais furiosa do que já estava. Precisava pensar no que seria melhor para Bel e Jainan.

Ele sabia o que os portais de notícias estavam dizendo. Bel começara a enviar cópias para ele assim que descobriram que Aren, mesmo detido, havia dado um jeito de cumprir a ameaça de destruí-los. Kiem sentiu calafrios com as matérias sobre o sequestro, mas ao menos aquelas eram verdadeiras. Então a primeira acusação de que Kiem maltratava Jainan apareceu em um pequeno portal theano de fofocas: dali, a notícia se espalhou para mídias alternativas e canais antirrealeza em Thea e Iskat; o escândalo era um prato cheio. Não era difícil encontrar fotos em que Kiem parecia bêbado e suspeito. Um dos portais até decidira que a foto do casamento dos dois parecia triste o suficiente para ilustrar o artigo; foi quando Kiem decidiu abandonar a leitura e voltar para a cama. E depois pediu para Bel parar de enviar as notícias.

Sua última mensagem de renúncia — a terceira, para uma instituição de caridade educacional — flutuava em um pequeno círculo brilhante. Kiem tamborilou os dedos na beirada da mesa, fora da área do sensor, e enviou a gravação antes de ceder ao ímpeto de acrescentar qualquer coisa. As mensagens ficavam cada vez mais confusas à medida que as horas passavam. Ele deveria se ater à escrita, mas falar com um destinatário imaginário o ajudava a fugir do silêncio horrível de não ter *ninguém* com quem conversar. Kiem se encontrara apenas com agentes da Segurança Interna nos quatro dias anteriores, geralmente Rakal ou um dos subordinados. Se as coisas continuassem daquele jeito, ele iria enlouquecer.

Depois de enviar a mensagem, ele apoiou a cabeça sobre a mesa. O que queria mesmo era mandar uma mensagem para Jainan — uma bem honesta —, mas sabia que a equipe de Rakal estava revisando tudo que saía de sua conta enquanto ele estivesse ali, e Kiem não pretendia entregar mais nada relacionado a Jainan e Taam. Teria que esperar até que Jainan acordasse. Quando quer que isso acontecesse.

Ele se forçou a respirar lentamente. Só precisava de uma fração da calma de Jainan. Quando as coisas davam errado para o conde, ele não perambulava feito um inútil como Kiem. Ele só ficava... mais focado. Por um momento Kiem não sentiu nem preocupação, só saudade. Não ter Jainan ali o machucava muito.

Uma mensagem apareceu na lista deprimente e curta no canto da mesa. Kiem abandonou a tentativa de serenidade para ver o que era.

Vinha de Bel. Kiem não esperava muita coisa: as mensagens trocadas com Bel eram curtas e profissionais, para que nenhum dos dois contradissesse por acidente qualquer detalhe sobre Taam que Kiem tivesse adicionado à história original. Aquela era curta até para os padrões de Bel, e continha um anexo e uma única frase.

Jainan acordou. Se prepare antes de ler isso.

A onda de alegria em Kiem sumiu tão rápido quanto apareceu. Ele franziu o cenho e abriu o anexo.

Era um arquivo com compilados de imprensa; não dos portais independentes, mas dos maiores veículos de Iskat e Thea. No instante em que Kiem identificou as matérias como notícias verdadeiras, quase desligou tudo antes que elas pudessem se espalhar sobre a mesa. Mas acabou não sendo rápido o bastante. As páginas se abriram em leque, organizando-se diante dele. Kiem sentiu o estômago revirando.

O rosto de Jainan o encarava em cada página, em cada portal. A mesma foto: ele sentado na cama do hospital com um olhar direto, como se desafiasse a câmera. Ele não fizera esforço algum para esconder que seu pulso estava conectado a um soro. O mais chocante era o que ele vestia — Jainan, que raramente se deixava ser fotografado, e nunca com qualquer vestimenta que não fosse formal, aparecia na foto com um avental hospitalar.

Na primeira vez que Kiem tentou ler as manchetes, seu cérebro se revoltou, e ele não conseguia entender nada. Seus olhos continuavam voltando para o olhar rígido e penetrante de Jainan. A foto maior, que Bel colocara no meio, estava sob o familiar logo verde e preto do *Consultor*. O texto ao lado dizia REPRESENTANTE DO TRATADO "PÕE AS CARTAS NA MESA": PRÍNCIPE TAAM ACUSADO DE ABUSO.

Kiem parou de respirar.

O *Consultor* era um veículo comedido e respeitado. A manchete deles era a menos sensacionalista de todas. Os outros artigos começavam com "LIVRE DO INFERNO" e daí para baixo. De primeira, Kiem se perguntou quem teria vazado a informação — quem teria feito aquilo com Jainan —, mas então olhou atentamente o artigo do *Consultor*. Uma foto menor mostrava Jainan e Hani Sereson conversando no mesmo quarto de hospital. Jainan fizera aquilo por vontade própria.

Kiem deveria ser capaz de ler o artigo. Não entendia por que estava com tanto medo. Nada daquilo acontecera com *ele*.

Respirando fundo, ele se forçou a ler.

Jainan era muito claro com relação ao culpado. Expunha o caráter de Taam — e o de Aren — com precisão cirúrgica. Toda vez que o texto usava uma citação dele, era seca e sem emoção, mas os detalhes eram, por si sós, armas descaradas. O jeito como Taam monitorava as ligações. A ordem para revogar a habilitação de segurança de Jainan. Incidentes tanto públicos quanto particulares. Expostos preto no branco, com datas e locais, os fatos pareciam surreais, grotescos, e ainda assim as palavras do próprio Jainan os faziam soar quase ordinários, enquanto a estrutura cuidadosa do artigo de Hani dava às descrições dele um relevo cru.

Tanto Kiem quanto Iskat foram pintados melhor do que mereciam. Jainan fizera a caveira de Taam e Aren, separando-os do resto do Império e criando uma história que tanto a imprensa de Iskat quanto a de Thea poderiam engolir. Ele estava decidido a assinar o tratado e usara o próprio passado para fazê-lo. Kiem se dividia entre a náusea no estômago e uma admiração desesperadora.

Um artigo complementar mostrava uma série de mensagens enviadas por Taam, embora muito censuradas, já que o *Consultor* era prudente com relação ao palácio e à lei. Mas Hani fizera o trabalho direitinho: havia confirmações dos eventos frequentados por Jainan e Taam, laudos médicos e uma citação semidiplomática da embaixada theana.

Por que agora?, perguntara Hani, na última coluna de texto. *A expressão do conde Jainan fica mais intensa, como se ele já esperasse a pergunta. "Porque acabou, e agora a justiça pode ser feita", diz ele. "O príncipe Kiem foi um herói. A Imperadora se comprometeu a fazer uma investigação completa. Ela já analisou o tratado theano e prometeu concessões futuras para compensar o ocorrido. Iskat está tentando reparar o erro". Tanto a Imperadora quanto o príncipe Kiem, seu atual parceiro, estavam indisponíveis para comentários até o momento da publicação deste artigo.*

Kiem não conseguiu ler até o final. Deslizou a mão compulsivamente pela mesa. Os anexos de imprensa giraram e desapareceram, mas o impulso daquela energia incontrolável não diminuiu, apenas o colocou de pé sem motivo algum. Ele se inclinou sobre a mesa e teve que pressionar o corpo para fazer os braços pararem de tremer — ele não tinha certeza de qual emoção o dominava. Queria bater em alguma coisa. Queria consertar o universo para que os últimos cinco anos nunca tivessem acontecido. Queria encontrar Jainan e beijá-lo.

Não fez nada naquilo. Antes que pudesse se afundar ainda mais nos pensamentos, a porta emitiu um som costumeiro e se abriu para receber agente Rakal.

— Vossa alteza. — O passo de Rakal não diminuiu enquanto elu projetava sua pulseira na pequena tela da parede. — Sua majestade solicita uma audiência.

Qualquer semelhança com um pedido era meramente superficial. Kiem só teve alguns segundos para tentar alisar a camisa amarrotada antes que o rosto da Imperadora surgisse na parede.

Ele fez uma reverência. Rakal, inesperadamente, se ajoelhou.

— Ah, levante-se! — disse a Imperadora. Rakal se levantou com o maxilar cerrado em uma expressão que, conforme Kiem percebeu, parecia vergonha. — As devidas responsabilizações virão depois. Primeiro, dê um jeito nessa bagunça. Kiem!

Kiem saltou.

— Senhora? — De repente a saudação de Rakal não parecia mais um exagero. Rakal definitivamente cometera alguns erros, mas do ponto de vista da Imperadora, era Kiem quem estava no canto da sala escondendo um vaso quebrado e fazendo cara de inocente. Ele provavelmente já estava encabeçando a lista de Parente Menos Favorito.

— Você pediu a ele para fazer isso? — perguntou a Imperadora.

O primeiro instinto de Kiem era dizer *Fazer o quê?* Mas Jainan já lançara um holofote sobre a situação, então não havia mais motivos para acobertar.

— Não — disse Kiem. — Mas não achou legal ele ter esperado o Taam morrer antes de contar tudo? Aliás, a senhora vai *mesmo* dar mais concessões para Thea no tratado? Vai precisar escrever isso rápido.

— Seu bendito parceiro não me deu muitas opções — declarou a Imperadora. — Vamos arrumar uns agrados pra eles. Os portais de Thea estão me contatando atrás de declarações. Haverá uma coletiva de imprensa antes da assinatura do tratado hoje à noite. A maneira como você e Jainan se comportarem será crucial para a opinião planetária durante as próximas horas. Jainan tem familiares no contingente diplomático de Thea.

— Ai, merda, Ressid — disse Kiem, preocupado. — Desculpa. Perdão pelo palavreado. O Jainan vai...?

— Ele estará na coletiva de imprensa inaugural — anunciou a Imperadora. — E você também. — Ela ajustou os óculos antiquados com uma careta. — Assim como, obviamente, qualquer portal de Thea e de Iskat que consiga espremer seus jornalistas na estação. Decidi que você é a pessoa mais apropriada para entregar o pedido de desculpas oficial pelo tratamento dado a ele anteriormente.

— Pedido de... desculpas? — disse Kiem, pego de surpresa. A coisa devia estar ruim mesmo. Claro que Jainan merecia, mas era uma reviravolta tão grande que até chocava. — Sim? Quer dizer, seria uma honra, vossa majestade.

— *Não* improvise — disse a Imperadora. — Vou mandar Hren te informar. Escute o que ele e Rakal têm a dizer, e nem pense em sair do planejado. Você tem menos de uma hora pra se preparar; os theanos estão chegando agora nos transportadores. — Ela se aproximou da tela. — E, pelos céus, o que você está vestindo? Queime isso imediatamente. Vista algo adequado para a ocasião.

— Sim, senhora — respondeu Kiem, mal prestando atenção na última parte. — Posso ver o Jainan antes da coletiva de imprensa? Ainda não me deixaram vê-lo. Sei que ele está acordado. — Ele olhou para o lado, incluindo Rakal no pedido. Rakal parecia ainda mais envergonhade com a conversa sobre o pedido de desculpas oficial, embora já devesse saber daquilo.

— Você certamente poderá falar com Jainan depois — disse a Imperadora. — O rapaz já foi longe demais. Cabe a você lembrá-lo dos deveres dele.

— A mim? — rebateu Kiem. — Com todo o respeito, vossa majestade, parece que ele já disse o que precisava dizer. Não dá pra apagar as páginas do *Consultor*.

— A situação ainda está se desdobrando — comentou Rakal com a voz baixa e sem emoção. — Ele vazou imagens de uma câmera de segurança e fotos de vocês dois para quatro organizações depois da entrevista para o *Consultor*.

— E como nós sabemos disso? — perguntou a Imperadora. — Porque o engraçadinho aparentemente solicitou que cada um dos portais enviasse uma cópia das matérias para o meu escritório privado... Por que você está com esse sorrisinho no rosto?

Jainan não se limitou a atacar e criar uma confusão, como Kiem teria feito. Ele provocou um caos declarado e direcionado.

— Eu amo esse homem — disse Kiem. Não deveria ter dito. As declarações de Jainan tinham sido apenas políticas, ele sabia, mas Kiem não conseguia parar de sorrir.

— Claro que ama — respondeu a Imperadora. — Você nunca fez boas escolhas. Convença a imprensa, ou o Império cai.

Ela encerrou a conexão. Kiem deu um passo para trás, a mente rodopiando com esperança e dúvida, e deixou Rakal partir.

Tudo nos corredores que levavam ao Salão de Observação tinha sido limpo e polido. As paredes brancas brilhavam, uma passadeira impecável fora estendida no chão, e luminárias prateadas refletiam como espelhos. Quando Jainan chegou à passagem curvada para as antessalas, seu uniforme do clã verde intenso se destacou contra o fundo pálido. Os Feria usavam diversos tons de verde com detalhes dourados espalhados como videiras, e embora ele não soubesse se eram as estampas não iskateanas ou o fato de seu rosto estar estampado em todos os portais de notícia, Jainan sentia todos os olhares sobre si desde que saíra do quarto médico. Isso o fez erguer ainda mais a cabeça e dar passadas um pouco mais longas. Os outros que olhassem.

Ele sabia que Ressid já havia pousado, junto com o restante do contingente theano. Suas mensagens para a irmã tinham sido curtas; ele só pretendia falar sobre a entrevista com Hani pessoalmente, mas sabia que a irmã havia visto. Naquele momento, Ressid devia estar na coletiva de imprensa pré-tratado — e de acordo com Bel, era onde Kiem estaria também. Jainan suspeitava de que, no instante em que chegasse à coletiva, seria o centro das atenções, mas não tinha como evitar. Ele procurara a imprensa e o mundo não tinha acabado. Poderia lidar com aquilo.

Além do mais, já havia esperado muito tempo. Estava bem o bastante para andar e parecia apresentável; iria encontrar Kiem para assinar aquele tratado nem que precisasse atravessar metade da estação.

O corredor e a escadaria estavam quase vazios, embora ele ouvisse um murmúrio de vozes vindo do Salão de Observação. Duas mulheres com roupas glamurosas e equipamentos de imprensa haviam acabado de chegar ao topo da escada, ambas meio desajeitadas na baixa gravidade, e estavam sendo recebidas no salão por um atendente. Jainan estava atrasado; os médicos haviam levado mais tempo do que ele imaginara para fazer os exames finais.

Ele entrou discretamente pela lateral do salão. O ambiente fora organizado para a coletiva com um tablado semicircular na frente do grande aglomerado de janelas, a constelação formando uma imagem de fundo. A primeira pessoa que Jainan viu foi o Auditor, sentado ao fundo de braços cruzados, com três fileiras de assentos reservados para ele e sua equipe. A segunda foi Ressid, no tablado, no meio de uma resposta, seus trejeitos empáticos tão familiares que o desorientaram. Enquanto Jainan fechava a porta silenciosamente, observou os theanos e iskateanos sentados atrás dela. Só tinha olhos para Kiem.

O príncipe estava na ponta da fileira, sentado desconfortavelmente na beirada do assento, seus cotovelos apoiados nos joelhos e o pé balançando sem controle, como se não aguentasse mais ficar no espaço tão confinado da cadeira. Seu rosto estava marcado pela ansiedade, mas a figura dele era sólida e real e viva, e por um momento Jainan se tornou um observador invisível em uma bolha particular de afeto.

Levou apenas alguns segundos para que um dos repórteres presentes se virasse e notasse o recém-chegado. A presença de Jainan se espalhou pelo público como uma onda. Fotógrafos viraram as lentes. Na frente, Ressid ainda não o notara.

— ... permanecemos comprometidos com o tratado — disse ela. — As discussões ainda estão em andamento com o Auditor da Resolução... — Ela hesitou e parou de falar.

Jainan engoliu em seco, ignorando toda a imprensa, e retribuiu o olhar dela. Não era mais um homem inocente e recém-casado de vinte e dois anos. Não era um homem de vinte e seis tentando se esconder. Os dois teriam que conversar, mas, até lá, ele poderia ao menos olhar a irmã nos olhos.

Nem todos os repórteres da primeira fileira notaram o que tinha acontecido. Um deles aproveitou a pausa para fazer uma pergunta.

— E as declarações de hoje do conde Jainan? Algum comentário?

Ressid não era uma diplomata treinada à toa. Sua voz retomou o tom preciso enquanto ela voltava a atenção para a imprensa.

— Creio que esse seja um assunto de cunho pessoal. Todos vocês sabem que o conde Jainan é meu irmão. — Ao dizer *meu irmão*, ela olhou rapidamente na direção de Jainan, destemida e firme, e então seu olhar penetrante retornou ao repórter. — Depois da assinatura do tratado, exigimos que o conde Jainan volte a viver em Thea.

Jainan parou, em choque.

Um murmúrio se levantou ao seu redor. Nas fileiras atrás de Ressid, Kiem pareceu receber o golpe que mais temia. Seus ombros caíram.

— Próxima pergunta — disse Ressid. Jainan percebeu que ela estava tentando protegê-lo de toda a atenção.

— Não — interrompeu alguém com firmeza. — Pare. — Jainan percebeu que era ele mesmo quem estava falando.

Kiem levantou o olhar. Todo o salão estava atento, mas aquilo não era importante. Jainan viu o momento em que Kiem notou sua presença. Viu Kiem ajustando a postura como se alguém o tivesse puxado para cima, e viu como a expressão dele se iluminou de esperança.

Jainan nunca fora bom em se comunicar, mas não precisava ser, porque naquele momento sua certeza era como uma cascata que o fazia flutuar. Ao caminhar até a frente do salão, começou a atrair as lentes dos repórteres. Ignorou todas elas. Ignorou tudo exceto o jeito como Kiem se levantou, prendeu a perna no pé da cadeira, tropeçou e estendeu as mãos para ele.

Jainan as segurou. Não planejava segurá-las com tanta força assim.

— Kiem.

— *Jainan* — disse Kiem, como se o nome fosse o primeiro ar que ele inspirava em minutos. — Você... você quer... você vai....

— Do que você está falando?

— Terminar tudo entre a gente? — disse Kiem. Ele não parecia capaz de juntar mais do que algumas palavras. As pessoas começaram a gritar perguntas para Jainan, mas nenhum dos dois prestava atenção. — Eu não quis...

— Não estou indo a lugar algum — disse Jainan. — Isso deveria estar óbvio. Eu te amo.

— Você me *ama*? Você me ama. Quer dizer. Sim! — A expressão de Kiem estava incrédula e feliz. — Eu também! É claro que eu te amo! Eu te amo há séculos! Mas a Ressid...

A represa dentro de Jainan estourou.

— *Kiem* — disse ele, segurando-o pelo pulso. — Como as coisas chegaram a este ponto? — Kiem o seguiu, confuso e obediente, enquanto Jainan se encaminhava para a frente do tablado.

— Vossa graça! — gritou um repórter, por cima do falatório. — Pode dar uma declaração?

— Sim — disse Jainan. Ele pegou o microfone. A euforia o dominava como uma droga. — Certamente darei uma declaração.

Aquilo foi o bastante para silenciar o salão. Um repórter gritou outra pergunta do fundo, mas parou no meio quando Jainan tocou o botão flutuante.

— Talvez eu não tenha sido muito claro antes — começou o conde. — Não sou muito bom em falar sobre os meus sentimentos. Já disse em entrevistas passadas que Kiem era de grande ajuda. O que eu quis dizer foi: eu amo o Kiem, ele é verdadeiramente extraordinário, e não há ninguém mais com quem eu gostaria de ser casado. Espero que isso fique claro agora.

Uma onda atravessou o salão — metade surpresa, metade empolgação, mas o único som no qual Jainan estava focado era o barulho baixo e involuntário de Kiem ao seu lado, e o jeito como ele soltou o próprio punho da pegada de Jainan para poder segurá-lo pela mão. Jainan a segurou com força, flutuando como numa onda. Inclinou-se em direção ao microfone e abriu um sorriso radiante para a multidão de jornalistas.

— Perguntas?

Muitas pessoas gritaram umas sobre as outras. Jainan escolheu uma mulher na primeira fileira, que gritou:

— E o tratado? A Imperadora fará concessões?

— Sim, ela fará — respondeu Jainan. No fundo do salão, o Auditor ajustou a postura. Jainan se virou para Ressid, que tinha o mesmo olhar de quando o irmão explodira um simulador em seu primeiro teste de pilotagem. Jainan estava extasiado o bastante para quase rir, mas se conteve e voltou a atenção para Kiem.

— Vossa alteza tem alguma declaração?

— Sinceramente — começou Kiem, com os olhos apertados —, acho que o meu parceiro já disse tudo. — Ele estava falando com os repórteres, mas só olhava para Jainan, e suas palavras eram apenas a ponta do que ele estava realmente dizendo, como as cristas das ondas nos movimentos da maré. Jainan não riu, mas só porque uma risada seria uma mera fração do que ele sentia. Ele deu um passo à frente e beijou Kiem.

Dessa vez, foi fácil ignorar as câmeras. Jainan fechou os olhos e não se afastou nem com o tumulto que os cercava, encorajado pelos braços de Kiem, que o envolviam possessivamente. Os dois não pararam até um comissário da organização anunciar:

— Cidadãos honrados, creio que devemos suspender a coletiva por aqui.

O embaixador pigarreou educadamente atrás de Jainan e disse:

— Vossa graça?

Jainan se virou, retomando a expressão educada, o que foi difícil com todos aqueles fogos de artifício explodindo em seu cérebro.

— Sim, vossa excelência? — disse ele, percebendo no momento seguinte que Ressid atravessava o tablado em sua direção.

Ela parou a um braço de distância. Jainan analisou seu rosto, sem saber o que fazer. Ela não mudara nada. Era sempre possível notar quando Ressid estava à beira de fortes emoções, mas nunca que emoções eram essas.

A coletiva de imprensa estava terminando. Aparentemente, Kiem estava dando uma entrevista improvisada para alguns jornalistas na ponta do tablado, de modo que os dois tinham uma pequena bolha de silêncio, longe da atenção de todos.

— Ressid — disse Jainan, inseguro.

— Santo filho de *Deus* — respondeu Ressid, jogando seus braços ao redor do irmão de um jeito nada compatível com sua imagem de diplomata sênior. — Vou te matar! — completou ela, baixo o suficiente para não ser ouvida por mais ninguém. — Ou, possivelmente, me matar por ter sido tão lerda. *Alguém* vai acabar morrendo.

A última vez que ela o abraçara daquele jeito tinha sido quando ele se mudou para Iskat. E a última vez que ele a escutara ameaçando alguém de morte tinha sido na adolescência. De repente, Jainan não sentia mais medo, apenas felicidade e alívio, e uma vontade incontrolável de rir.

— Achei que tinham obrigado você a pegar leve nas ameaças de morte — disse ele. — E se um iskateano te ouvir? Como foi a viagem?

— *Um pouco tensa* — respondeu Ressid. — Chamar de "crise diplomática bombástica" não chega nem perto. A gente precisa conversar.

Só então Jainan percebeu que Ressid seria a encarregada de arrumar a bagunça causada por ele.

— Eu... sim. Desculpe.

— Precisamos falar com o Auditor também, estamos quase sem tempo e... como assim? Jainan, você nem ouse se desculpar. — Não era preciso muita coisa para que Ressid assumisse a condescendência extrema que só uma irmã mais velha era capaz de sustentar; Jainan provavelmente não deveria ficar tão feliz com aquilo. — Foi você quem conseguiu arrancar uma negociação decente dessa confusão toda. Não me venha bancar o tímido recatado. Vou precisar de você comigo.

— Ah! — exclamou Jainan. — Sim. — O aglomerado de repórteres e funcionários se dispersava lentamente ao redor da mesa de refrescos servida na lateral do salão, mas ainda havia um repórter cercando Ressid, na esperança de chegar até Jainan.

— Aliás, você chegou a conhecer o Kiem? — Ele poderia jurar que a atenção do príncipe estava totalmente focada na conversa com um jornalista, mas no minuto em que Jainan mencionou seu nome, ele deu um passo para trás. Sua mão esbarrou na de Jainan que, deliberadamente, a segurou.

Kiem fez uma reverência sem se soltar.

— Tive o prazer de conhecê-la por vídeo — disse ele. — Mas acho que agora já resolvi alguns tópicos dessa chamada que fizemos no dia do casamento.

Ressid o observou.

— Hm — murmurou ela. — Eu também. Precisamos colocar a conversa em dia. — Ela analisou a multidão ao redor deles. — Encontre uma sala para podermos conversar, Jainan. Eu seguro a imprensa. Perdão por te deixar esperando! — completou ela em voz alta para o repórter atrás ela, Dak, o jornalista do casamento, que aparentemente conseguira sair da lista de banidos da imprensa. — Seria um prazer dar uma declaração sobre o andamento do tratado.

Ela segurou Dak pelo braço e o afastou com firmeza, deixando Jainan e Kiem livres para escaparem dos outros. Na multidão atrás dela, Hren Halesar estava reunido com outro grupo de jornalistas e, ao avistar Jainan, levou dois dedos até a testa numa saudação irônica.

— Licença — disse Kiem, traçando um caminho ao redor de um repórter particularmente invasivo. — Sem mais perguntas, perdão, temos que nos trocar para o jantar. Pode me ligar amanhã. Tenha um ótimo dia!

Depois de mais alguns momentos de Kiem pedindo desculpas e esbarrando nos outros com cara de inocente, eles encontraram a saída mais próxima, por onde poderiam se retirar educadamente.

— Eu nunca mais vou ler um portal de notícias na minha vida — murmurou Jainan, seu cotovelo esbarrando no de Kiem.

— Está brincando? — respondeu Kiem. Ele sorria como se tivesse acabado de descobrir o rosto de Jainan e estivesse apaixonado, o que era injusto e excitante ao mesmo tempo. — Vou mandar gravar a primeira página de amanhã na parede do nosso quarto.

— Faz isso pra ver se eu não *anulo o tratado* — ameaçou Jainan. Kiem riu e se curvou para que ele atravessasse a porta.

31

Jainan estava visivelmente sóbrio e controlado novamente quando deixou Kiem — que fora tirar seus pertences da cela de contenção para levá-los de volta para a suíte de convidados — e caminhou até a sala de reuniões que os theanos haviam reservado. Era como se a gravidade tivesse diminuído; seus pés saltavam do chão conforme ele andava. Ele nem registrava mais as pessoas com quem cruzava nos corredores, até que uma delas bloqueou seu caminho.

— Vossa graça?

Agente chefe Rakal, usando um uniforme recém-passado. Elu abaixou a cabeça em uma reverência meticulosa e apropriada. Jainan parou com uma leve desconfiança. Mas reconheceu o medo como parte de um hábito antigo, ao qual não precisava se apegar. Ele assentiu.

— Agente Rakal. Infelizmente tenho um compromisso agora com a delegação theana.

— Gostaria de pedir um favor pessoal — disse Rakal. — Você poderia fazer sua assistente parar de ameaçar Aren Saffer enquanto ele está sob minha custódia?

Jainan teve alguma dificuldade para categorizar sua reação imediata ao ouvir Rakal dizer o nome de Aren. Um nome que sempre estivera conectado a Taam. Mesmo tudo que Aren fizera parecia algo vindo do mundo de Taam, ainda girando mesmo depois de sua morte. Jainan ficou quase surpreso ao perceber que tinha opiniões próprias sobre Aren, para além de Taam: algo semelhante a uma aversão fria, como se ele não fosse importante o bastante para continuar tomando o tempo de Jainan.

— *Bel* o ameaçou? — perguntou ele, por fim.

— Saffer tentou enviar uma mensagem aos corsários aliados dele — explicou Rakal secamente. Jainan notou que apesar da aparência arrumada e destemida, havia sombras de fadiga sob os olhos delu. — Nós bloqueamos a comunicação; não tenho ideia de como ela conseguiu interceptar uma cópia. Fica bem difícil ignorar o passado da sua assistente quando ela ameaça meus prisioneiros usando suas conexões com as gangues.

Jainan levou um momento para fazer seu rosto refletir um nível apropriado de seriedade.

— Entendo perfeitamente — afirmou ele. — Vou falar com ela.

Rakal não se moveu.

— Só mais uma coisa. Escrevi minha renúncia.

— Sério? — indagou Jainan.

— Ainda não a apresentei formalmente. Se quiser sugerir para a Imperadora uma pessoa substituta de sua preferência, faça isso nos próximos dois dias.

Jainan encarou Rakal.

— Por quê?

Havia uma batalha desconfortável em Rakal, por trás de sua tentativa de demonstrar um profissionalismo neutro.

— Minha agência falhou em lidar com essa situação de forma ideal. Em retrospecto, eu deveria ter prestado mais atenção ao... aspecto pessoal.

Jainan sentiu uma pontada distante de desconforto.

— O aspecto pessoal costuma ser irrelevante.

— Você se apresentou ao Império de boa vontade. A Segurança Interna poderia ter observado mais cedo e mais de perto as atividades do príncipe Taam. — Poderia soar como se tivesse sido apenas um equívoco, não fosse a clara dificuldade de Rakal em colocar as palavras para fora. Elu parecia determinade a falar mesmo assim. — Os assuntos foram tratados de maneira inadequada.

— Não acho que você deva renunciar — disse Jainan.

— Eu não gostaria de viver uma mentira.

— Acredito — respondeu Jainan lentamente — que seja possível gastar toda a sua energia fazendo a coisa certa e ainda assim deixar um ponto óbvio passar despercebido. Acho que isso não invalida o seu esforço. Faz sentido?

Rakal cerrou os olhos, como se aquilo fosse mais uma peça de um quebra-cabeças investigativo.

— Vou pensar nisso. — Rakal balançou a cabeça como se tentasse limpar os pensamentos e deu um passo para o lado. — Perdão por tomar seu tempo.

Jainan assentiu sutilmente e apertou o passo corredor abaixo. Estava atrasado.

— Jainan! — Gairad correu para alcançá-lo do lado de fora da sala de reuniões. Não vestia mais seu jaleco de trabalho, mas roupas semiformais com uma jaqueta verde característica dos Feria. — Me espera. Eu não conheço quase ninguém lá dentro.

Jainan analisou o rosto dela, buscando sinais de que ela o via de forma diferente agora que sabia tudo sobre Taam. Não encontrou nada. Ela parecia respeitá-lo como um membro habilidoso do clã e um ótimo aliado, do mesmo jeito que antes da cobertura da imprensa. Era uma sensação peculiar e renovadora.

Gairad interpretou sua análise da maneira errada, adotando uma expressão defensiva.

— Ressid me convidou porque eu entendo da Martim-Pescador, e eu dei a minha palavra de que não contaria nada pros meus amigos. Não vai me diminuir na frente dela, hein? — completou Gairad, repentinamente ansiosa, o que fez Jainan pensar em como Ressid intimidava os membros mais jovens do clã, e em como esse gene não havia respingado nem um pouco nele.

Foi Ressid quem abriu a porta. Havia quase uma dúzia de pessoas ao redor da mesa na sala atrás dela; metade era formada por diplomatas que haviam chegado no mesmo transportador, a outra, por funcionários da embaixada. O embaixador Suleri estava na cabeceira da mesa.

Quando Jainan entrou, Suleri se levantou. Era uma formalidade desnecessária; ele e o conde estavam basicamente no mesmo nível. Jainan nem teve tempo de ficar apreensivo antes que o embaixador inclinasse a cabeça, num gesto de um diplomata para outro.

— Obrigado aos dois por virem — disse o embaixador solenemente. — Por favor, sentem-se. Lady Ressid está substituindo a diretora de Relações Exteriores até que o transportador dela chegue.

Ressid esperou que Jainan e Gairad se sentassem.

— Cidadãos — disse ela. — A assinatura do tratado acontece em três horas. A elaboração dos termos precisa ser feita agora. O Auditor nos disse que vê a possibilidade de reconciliação. Prometi à imprensa theana mais uma matéria sobre o nosso tratado com Iskat, e Jainan — ela assentiu para ele — já nos garantiu o primeiro passo. Minha diretora quer seu acordo no nosso plano de ações.

O embaixador olhou para Jainan.

— Iskat quebrou nossa confiança de várias formas — disse ele. — Entretanto, encorajo o conselho a considerar as consequências de um conflito em larga escala.

— A Imperadora está disposta a nos oferecer uma pequena redução nas tarifas comerciais — disse o procurador da embaixada, indicando os documentos abertos sobre a mesa. Jainan percebeu que aquilo também era direcionado a ele. O grupo já havia passado as ideias entre si. Estavam todos ansiosos para garantir o apoio *dele*.

— Taam queria guerra — disse Jainan. — E eu não quero continuar o trabalho dele. Quais são as outras opções?

Ressid soltou um leve suspiro de satisfação, como se Jainan tivesse provado que ela estava certa. Ela varreu os documentos que brilhavam na mesa, tirando-os de vista.

— Cidadãos, acredito que a Imperadora *não* nos ofereceu uma pequena redução de tarifas — disse ela. Seu sorriso parecia o de um tubarão. — Creio que o que ela nos ofereceu, na verdade, foi uma página em branco para nossas exigências.

Ela se virou para Jainan como se pudesse sentir que ele a observava. Quando os dois trocaram olhares, Jainan sentiu a força de seu clã, de todos os clãs, como se seus pés não estivessem sobre o casco de metal de uma estação espacial, mas sobre a terra firme de Thea.

— Sim — completou Jainan. — E, se me permitem uma sugestão, acho que conheço a pessoa perfeita para entregar essas demandas.

A Imperadora estava sentada em uma cadeira cor de alabastro, combinando quase exatamente com o branco puro de sua túnica e saia formais. Atrás dela, preenchendo a parede da antessala, havia a curva dourada da Colina Duradoura.

Seus olhos estavam fixados na parede, em uma tela que mostrava o espaço adjacente ao Salão de Observação. Havia uma leve movimentação enquanto a equipe preparava o local para a assinatura do tratado, com dezenas de câmeras, tanto fixas quanto aéreas, e uma mesa coberta no tablado frontal. Sobre a mesa, uma fileira de penas para escrita, mas nenhum papel. O Auditor estava parado em frente à mesa, virando a cabeça levemente de um lado para o outro, como se ouvisse algo que ninguém mais conseguia escutar. Alguns dos representantes do tratado começaram a chegar, minúsculos na tela.

Kiem parou na entrada da antessala segurando uma caixa estreita e com entalhes em ouro. Vaile encerrou uma conversa discreta com um par de assistentes e logo correu até ele. Ela já havia passado da fase do estresse; no momento, soava apenas distante e mecânica.

— Kiem, o que você está fazendo aqui?

— Preciso falar com sua majestade — explicou ele, inclinando a cabeça para a figura imóvel da Imperadora. — Em que pé está o tratado?

— Não sabemos o que ela vai assinar — disse Vaile, brutalmente sincera. — As coisas mudam a cada cinco minutos. O *maldito* Auditor parece não se importar com o fato de que, se não assinarmos, estaremos em guerra em menos de um ano.

— Posso falar com ela? — disse Kiem. Vaile gesticulou um irônico "vai em frente".

Enquanto atravessava a sala, ele analisou o rosto vincado da Imperadora. Devia estar tão preocupada quanto Vaile, mas não transparecia; mesmo sob um nível de pressão que seria capaz de rachar o casco de uma nave, ela mantinha exatamente a mesma expressão que usava em reuniões do conselho ou aparições midiáticas. Kiem não conseguiu evitar a pontada de admiração.

A Imperadora desviou o olhar da tela enquanto ele se aproximava e ergueu de leve a sobrancelha.

— Então — disse ela. — Kiem. Já acabou todo aquele drama com Thea?

Kiem fez uma reverência vazia.

— Foi a senhora quem me deu o cargo de representante theano, vossa majestade.

— Exato — afirmou a Imperadora. — E você certamente tomou rumos inesperados. Entretanto, no momento estou lidando com problemas maiores.

— Com relação a isso — disse Kiem. — Talvez eu tenha a solução para um deles.

Ela lançou-lhe um olhar que carregava bem mais que uma pontada de descrença.

— *Você* — disse ela — tem uma solução?

— Bem, na verdade sou mais o mensageiro — explicou Kiem. Ele abriu a caixa entalhada, retirou alguns documentos de papel (papel de verdade, que amassava sob o toque) e entregou-os a ela. — Os theanos prepararam isso e estão dispostos a assinar. Os outros planetas vassalos já viram. Metade dos portais theanos tem matérias positivas prontas para serem publicadas. O Auditor disse que aceitará, se a senhora também aceitar.

Um silêncio mortal tomou conta da antessala enquanto a Imperadora lia os papéis. Até as assistentes pararam de murmurar.

Ela ergueu os olhos ao terminar a leitura e examinou Kiem, ainda em silêncio. Kiem raramente era o alvo da atenção única e exclusiva da Imperadora. Era um pouco como estar de frente para uma pedra brilhante e possivelmente radioativa.

— Isso — disse ela — anularia nosso tratado atual com a Resolução.

— Sim — respondeu Kiem. — E formaria um novo acordo entre sete partes.

— Você sabe o que isso faria? — perguntou a Imperadora.

— Dividiria o elo comercial igualmente — explicou Kiem. Ele foi contando cada item nas pontas dos dedos. — Daria a todos os vassalos uma embaixada galáctica. Exigiria um consenso entre as sete partes antes de qualquer mudança no próximo tratado com a Resolução. Me parece bem direto: acho que somos uma federação agora. A senhora chegou a ler o aditivo ao tratado theano?

— Sim — respondeu a Imperadora. — Estou disposta a dar a eles o controle da Operação Martim-Pescador. Retirada total dos nossos militares do espaço theano... Podemos falar sobre isso depois.

— Não podemos — rebateu Kiem. — A cerimônia do tratado começa em cinco minutos, e ou assinamos o pacote completo, ou não assinamos nada. Ah, mais uma coisa — completou ele.

— Que é...? — perguntou a Imperadora num tom que reduzia a temperatura do ar ao seu redor.

— A aposentadoria do general Fenrik — disse Kiem. — Nenhum cargo de conselho. Nenhuma participação política. Não dá pra passar pano e colocar alguns dos soldados que trabalharam pra ele na cadeia, porque nada disso vai funcionar se a senhora mantiver no poder alguém que tentou iniciar uma *guerra*. Ele precisa sair. Talvez a senhora encontre um monastério para onde enviá-lo.

As duas assistentes e Vaile começaram a falar ao mesmo tempo, mas se calaram quando a Imperadora levantou a pilha fina de papéis e jogou-a sobre a mesa ao seu lado.

— Você é bem ousado — disse ela.

O olhar radioativo estava de volta com força total. Kiem engoliu em seco e se segurou para não pedir desculpas. Em vez disso, respondeu:

— Não temos que escolher entre *guerra civil* ou *guerra*, senhora. Podemos mudar.

— Debilitando o poder do Império?

— Sou um servo leal ao Império. Senhora.

A boca da Imperadora se abriu. Kiem raramente a via sorrir, então de primeira não reconheceu o gesto. Era assustador.

— Fico feliz em ouvir isso — disse ela lentamente. — Pode se retirar, e diga ao Auditor que assinarei.

— Quê? — disse Kiem ao mesmo tempo em que uma das assistentes começava a protestar. — Quer dizer. Obrigado?

A Imperadora se levantou. Ignorou as duas interrupções e preferiu, em vez disso, acabar com Kiem usando apenas a força do olhar. Kiem se sentiu metaforicamente esfolado.

— Nem preciso dizer que não era bem isso que eu imaginava quando escolhi você para se casar com o theano.

A porta para o Salão de Observação se abriu. Um barulho ecoou de fora: o zumbido baixo e nervoso de uma pequena multidão.

— Só quero o melhor pra nós — disse Kiem. — Para Iskat.

— Quer mesmo? — questionou a Imperadora. Seu sorriso fino e desconcertante continuava ali. Ela o analisou como se ele fosse uma nova peça que havia surgido inesperadamente no meio de um longo jogo de tabuleiro. De repente, Kiem ficou ainda mais nervoso, por motivos que não tinham relação alguma com a negociação. — Acho que posso acreditar nisso.

Ela passou por ele e atravessou a porta. Vaile e as assistentes correram para segui-la.

A equipe terminara os preparativos no Salão de Observação. A presença de ninguém, exceto dos representantes do tratado e seus convidados, estava autorizada no ambiente, então o número de participantes era baixo; a entrada da multidão seria permitida nas celebrações pós-assinatura. A Colina Duradoura era exibida em luzes brancas nas paredes a cada vinte passos, intercalada com os símbolos e tapeçarias dos outros seis planetas. Kiem já conseguia nomear cerca de uma dúzia de bandeiras dos clãs de Thea.

A Resolução não tinha um símbolo. Em vez disso, os funcionários estavam de pé, distribuídos ao redor do vasto espaço. Cada um com um bastão de prata que projetava a ilusão de um campo branco sobre o piso. O campo batia na altura do calcanhar de Kiem, como se o chão tivesse sido tomado por uma fina camada de nuvens brilhantes.

Na frente do salão, o invólucro de luz sobre o rosto do Auditor ficara completamente prateado. Ele ergueu uma das mãos, e um gongo soou. Kiem correu até os membros da delegação theana, prestes a tomarem seus assentos. Seu olhar encontrou o de Jainan, e não foi preciso dizer nada, porque o conde analisou sua expressão e abriu um sorriso lento e tranquilo.

32

Kiem provavelmente era a pessoa mais presunçosa do coquetel que se seguiu ao jantar, mas decidiu que estava em paz com aquilo.

Quando ele e Jainan saíram do jantar e entraram no salão de recepção, o ambiente já estava lotado; os theanos eram pontos brilhantes de estampas dos clãs em meio aos iskateanos e suas vestes mais convencionais, junto com o apanhado de delegados de outros planetas. Com a assinatura do tratado assegurada, todos os diplomatas deveriam estar se preparando para retornar aos seus planetas, mas em vez disso, a maioria permaneceria ali por semanas para bater o martelo nas implicações do acordo de última hora feito por Thea. O domínio comercial de Iskat fora desfeito. O Império estava passando por transformações. Os planetas vassalos tinham as próprias estruturas de governo, lentas e desajeitadas, com pressões internas específicas, então ninguém parecia disposto a arruinar o clima de imediato, e ainda teriam os vinte anos seguintes para lidar com as questões necessárias antes do próximo tratado da Resolução. A Imperadora teria diversas discussões no futuro próximo. Às vezes Kiem achava que ela gostava de discutir por esporte, então aquilo ao menos a manteria entretida.

Mas no momento, aquela recepção era só uma desculpa para que todas as pessoas relevantes dos sete planetas se arrumassem, interagissem com seus companheiros e bebessem um bom champanhe. O barulho já estava bem alto.

Kiem se sentia leve e flutuante, e não era só por causa da bebida e do alívio por selar o tratado. Jainan estava ao seu lado, elegante no verde intenso de seu clã, e boa parte do brilho de Kiem vinha da certeza de que a pessoa mais desejada do ambiente estava com ele, e todos os outros provavelmente o invejavam. Sua vitória era magnânima. Mais que isso, na verdade, ele se sentia tão feliz que precisou conter o impulso de abraçar todos que encontrava.

— O brinde foi meio além da conta — murmurou Jainan. — Você não precisava ter feito.

— Eu posso propor um brinde se eu quiser — disse Kiem. — Brindar ao seu parceiro é de praxe. É o que se faz em qualquer jantar. Totalmente normal.

— Isso é a maior mentira — respondeu Jainan. — Você está tentando me convencer de uma inverdade descarada. — Sua mão pressionou o braço de Kiem. — E esse sorriso não vai te ajudar a se safar.

— Não estou sorrindo — disse Kiem, mas ao dizer isso, percebeu que estava, sim, e já devia estar havia um bom tempo. — Estou só me divertindo.

— Percebi — comentou Jainan. Havia uma nota de alguma coisa em sua voz, apropriada e controlada como sempre, exceto por um estranho... afeto? Kiem decidiu que era afeto e se sentiu aquecido por dentro. — Talvez você queira fugir daquela coronel ali na frente — acrescentou Jainan num tom neutro. — Ela conhecia o Taam. Provavelmente leu a entrevista.

— Ela não vai dizer nada — respondeu Kiem animado, empurrando Jainan sutilmente em outra direção. — Não depois de você ter massacrado aquele político que mencionou o assunto.

— Eu fui educado.

— Você congelou o cara até a morte — rebateu Kiem. — Até eu senti a temperatura caindo, e nem era pra mim que você estava olhando.

— Bem, foi *você* quem deu um jeito de empurrá-lo para um trabalho voluntário no Subcomitê do Estatuto Municipal.

— Estava na cara que ele não anda trabalhando o bastante, se tem tempo pra ficar lendo entrevistas nos portais. Alguém precisa... "estatutar" os municípios. E todo mundo diz que é o comitê onde ninguém quer trabalhar.

Jainan segurou uma risada, tentando escondê-la atrás de um pigarro.

— Você é impossível. Já está abusando do sistema.

— Abusando muito mal — concordou Kiem. Ele reconheceu Ressid do outro lado do salão, mas como havia dezenas de pessoas entre eles, a irmã de Jainan apenas acenou. Kiem e Jainan pararam para cumprimentar o embaixador theano e uma pequena roda de figuras públicas; a princesa Vaile também estava lá, sofisticada em um vestido feito de um tecido galáctico flutuante, de um cinza enevoado. Ela parecia debater alguma coisa com o embaixador.

— Vossa graça! — disse o embaixador, com mais simpatia do que Kiem jamais o vira demonstrar. — Boas notícias. Conseguimos a Martim-Pescador pra você.

— Perdão? — disse Jainan.

— A Imperadora generosamente transferiu todo o equipamento de mineração para Thea e ofereceu um time de especialistas — explicou Vaile. — A Martim--Pescador tinha alguns engenheiros de verdade que o Taam usava como fachada. Acho que você já conhece alguns deles.

— Comandar... a operação de mineração de regolitos? — disse Jainan. — Comandar a operação do *Taam*?

— É um trabalho temporário — respondeu Vaile. — Você pode começar fazendo um período de teste por seis meses.

— Eu não... eu....

O embaixador tossiu gentilmente.

— Seria uma grande vantagem ter alguém na sua posição sendo associado à operação publicamente.

Jainan olhou para Kiem, que quase disse alguma coisa antes de perceber que não precisava. Jainan já estava voltando sua atenção para o embaixador.

— Eu. Sim. Vou fazer o período de teste. — Kiem apertou o ombro de Jainan, o que era a única demonstração de orgulho que ele poderia dar em público. — Tenho algumas ideias. O intensificador catalítico que eu e Audel estávamos... — Jainan se perdeu nos pensamentos, e então focou em Vaile novamente. — Eu gostaria de contar com a professora Audel e os alunos dela na operação.

— Acredito que essa seja uma questão para Thea — disse Vaile de modo direto. — A Imperadora jamais imporia o jeito iskateano fazer as coisas.

— Excelente — respondeu o embaixador, enquanto Kiem tinha um acesso de tosse e Jainan parecia pensativo. — Conde Jainan, vou organizar uma reunião com o Departamento de Infraestrutura quando retornar para casa. Estou empolgado pra trabalhar ainda mais perto de você. Ah. A Imperadora.

Todos se viraram para uma mesura quando um atendente abriu as portas e uma onda de reverências se espalhou com a entrada da Imperadora. O Auditor estava ao lado dela. As pessoas que estavam na roda de conversa com eles assentiram e se afastaram, e todo o salão se reorganizou em torno da presença imperial.

— Não estou muito a fim de falar com ela, a não ser que você esteja — disse Kiem para Jainan num sussurro. — Ela provavelmente já superou a pior parte, mas acho que não somos suas pessoas favoritas no momento. Só acho.

— Creio que não — disse Jainan. — Também não tenho a menor vontade de falar com o Auditor. Aquela é a Bel?

Kiem seguiu a direção para onde ele estava olhando. Bel aparentava estar numa discussão intensa com uma das assistentes sobriamente vestidas da Imperadora. Ela ergueu os olhos, como se percebesse que estava sendo observada, e lançou para ele um olhar impossível de ler antes de voltar à conversa.

— Parece que não é da nossa conta — disse Jainan num tom seco.

— É o que parece — respondeu Kiem. Ele desconfiava do que poderia ser o assunto da discussão, especialmente por saber que a Imperadora empregava assistentes com habilidades de guarda-costas. Talvez as demonstrações dos conhecimentos de Bel sobre como invadir uma base militar para ajudar seu empregador não fossem um problema tão grande quanto Kiem imaginara. E, pensando bem, a Imperadora *garantira* perdão a Bel sem precisar de muita persuasão.

— Caramba — murmurou ele. — Acho que vamos perder nossa assistente.

— Para a *Imperadora*?

— Aposto dinheiro que ela está tentando — respondeu Kiem. Por mais que ele se sentisse alarmado com a possibilidade de perder Bel, provavelmente seria um bom passo para a carreira dela. Os ex-assistentes da Imperadora saíam de lá para comandar comitês, departamentos do palácio, redes de espionagem. Bel era inteligente demais para continuar como assistente por muito tempo.

Jainan foi saudado por outra pessoa do contingente theano, uma mulher vestindo uma jaqueta do mesmo verde que o uniforme dele. Enquanto conversavam, Vaile se afastou do embaixador e tocou o braço de Kiem discretamente.

— Que bom que consegui te roubar — disse ela. — Em eventos como este, o palácio em geral se encarrega da organização da parte theana, mas os coordenadores já têm trabalho demais. O Taam deveria ajudar, mas claro que ele era o *Taam*... e o ministro de Thea não estava muito a fim dessa tarefa quando renunciou.

Kiem já ficava desconfiado quando Vaile começava a dar voltas.

— Aonde você quer chegar?

Vaile rodopiou uma mão.

— A Imperadora está dando uma mexida no serviço diplomático. Ela quer que você assuma o cargo de relações especiais com Thea.

Kiem engoliu o que de repente parecia uma pedra na garganta.

— Errr... — Alguém havia enlouquecido. Ele hesitou em dizer que era a Imperadora, mas só podia ter sido ela ou Vaile, e Vaile parecia em total controle das próprias faculdades mentais. Kiem não conhecia muito bem os serviços diplomáticos, mas o cargo de relações especiais *definitivamente* envolvia mais responsabilidades que o de representante do tratado.

Por outro lado, aquilo parecia uma ordem, até onde Kiem entendera.

— O que acontece se eu não quiser?

Vaile abriu as mãos.

— Nada.

Kiem parou e olhou para a Imperadora. Ela cumprimentava muitas figuras importantes, mantendo umas cinco conversas ao mesmo tempo e deixando claro que via tudo o que acontecia ao seu redor. Seus olhos pretos e rígidos varreram a multidão e encontraram Kiem. Ela continuou como se não tivesse notado a presença dele.

Torná-lo um diplomata era uma péssima ideia. Kiem se pegou abrindo um sorriso.

— Claro — disse ele. — O que poderia acontecer de pior?

— Bem, isso me parece um jeito estranho de analisar as coisas — respondeu Vaile. — Parece que também vão começar a procurar mais embaixadores para a Resolução em breve. Tenho certeza de que você terá uma carreira brilhante no serviço diplomático.

— *Vaile* — disse Kiem. — Não quero chegar nem perto da Resolução.

Vaile abriu um sorriso breve.

— Fico feliz em ver que pelo menos alguém na família está quase tomando jeito. Ah! — acrescentou ela, enquanto Kiem tentava entender se aquilo tinha sido um elogio ou não. — Falando em família. — Ela acenou para a porta dupla do salão.

As portas se abriram para receber um grupo de atrasados em vestimentas militares lotadas de medalhas e emblemas de patentes. A multidão se abriu como uma flor ao redor deles. Kiem observou e gemeu.

— Uhm, perfeito.

— Kiem? — Jainan se afastou da conversa e parou discretamente ao lado dele. — O que houve?

— Minha mãe — respondeu Kiem num sussurro. — Não era pra ela estar aqui ainda. Deve ter pegado um transportador adiantado. *Aff.* — Ele pensou por um breve momento se uma das cadeiras douradas o esconderia caso ele se agachasse atrás dela e se comportasse feito uma cadeira.

— Kiem! — Uma mulher baixa e corpulenta, com o uniforme balançando sob o peso das medalhas, emergiu do centro do grupo.

Kiem levantou a mão.

— Seja bem-vinda de volta, mãe. — Ele deu a Jainan um olhar de *desculpa, isso provavelmente vai ser horrível* e estendeu o braço. Jainan o segurou, e eles se aproximaram dela juntos.

— General Tegnar — disse Jainan, se curvando. Kiem também fez uma reverência.

A mãe de Kiem os olhou de cima a baixo.

— Bem, pelo menos os dois estão inteiros — disse ela. — Mal fico sabendo que você se casou, Kiem, e já me avisam que você perdeu seu parceiro em algum tipo de sequestro.

Kiem ergueu a cabeça no meio da reverência.

— Mãe!

— Ele não me perdeu — respondeu Jainan. Kiem tentou lançar um olhar de desculpas de soslaio, mas para sua surpresa Jainan tentava segurar um sorriso enquanto olhava para ela. — Eu me escondi convenientemente em uma área militar sigilosa, o que, vamos admitir, é bem fácil de encontrar.

A mãe de Kiem riu.

351

— Digamos que sim. — Seu rosto se contorceu numa expressão ainda mais severa, como uma colisão continental acontecendo numa escala de tempo acelerada. — Fiquei sabendo do Fenrik. Martim-Pescador. Coisas horríveis por toda parte.

— Já está sabendo o que vai acontecer? — perguntou Kiem.

— Dizem que vão aposentá-lo — respondeu ela brevemente. — Devem me mandar de volta para Iskat.

— Ah! — suspirou Kiem. Ele não conseguiu processar como se sentia em ter a mãe de volta ao planeta. — Que bom?

— Theano — disse a mãe dele, examinando Jainan. — Hm. Ouvi dizer que você é muito habilidoso no bastão marcial.

Jainan inclinou a cabeça.

— Eu tento.

— Vai ter que me mostrar. — A mãe de Kiem cruzou os braços e encarou o filho. — E você roubou um transportador, foi?

Kiem ficou sem palavras, desajeitado e acovardado como geralmente se sentia ao ser confrontado pelo julgamento da mãe.

— Foi por uma boa causa.

A general Tegnar estendeu a mão e, inesperadamente, deu um tapinha no ombro do filho.

— Tenho certeza de que sim. Muito bem. Seu theano me parece uma boa influência. Kiem não queria atirar nem no alvo de mentira quando ia pro acampamento — completou ela para Jainan. — Espero que você consiga fazer aflorar esse lado nele. O garoto precisa de força. De ambição. — Seu tom no final ficou esperançoso.

— Não acredito que ele precise se juntar ao exército para provar qualquer tipo de força, senhora — disse Jainan solenemente. — E não acredito que a senhora pense mesmo que ele faria isso.

— Na lata. Ai, ai — disse ela filosofando. — Mas esse caminho da diplomacia também não é nada mau, hein? Em breve você estará pelo sistema todo nos representando. Um diplomata militar. — Ela o varreu com o olhar, de cima a baixo, depois fez uma careta e pareceu reconsiderar. — Um diplomata cultural. — Kiem se sentia como uma pedrinha embaixo de uma nave que acabara de decolar. Elaborou uma reverência meio de diplomata cultural, mas ela não estava olhando para ele. — Ah, lá está a Quinta Divisão. Preciso conversar com eles. Jainan, me procure amanhã para falarmos sobre o bastão marcial.

Ela acenou para os dois e saiu. Kiem soltou um suspiro explosivo, metade frustração, metade risada.

— Poderia ter sido pior — disse ele. — Desculpe por isso.

O sorriso permanecia no rosto de Jainan enquanto ele a observava atravessar o salão.

— Entendo o que você diz sobre ela — comentou ele. — Vocês dois não se parecem muito.

— Eu entendo a minha mãe quase tanto quanto entendo a *Imperadora* — disse Kiem. — Já te contei que a Vaile está tentando me transformar num diplomata? Espero conseguir escapar dessa.

Havia um vislumbre de curiosidade no olhar que Jainan deu a ele.

— Sim, você iria detestar — disse ele. — Imagine só ter que conhecer pessoas, conversar com pessoas, convencer pessoas a concordarem com coisas...

— Peraí — interrompeu Kiem. — Peraí, como assim? Uma discussão com a Imperadora, beleza, mas não sou esperto o suficiente pra... — Ele parou. — Não estou acostumado a fazer essas coisas. Isso é política.

Jainan não respondeu de imediato. Em vez disso, pegou duas taças de champanhe de uma bandeja e entregou uma delas para Kiem. Depois de beber um gole, o conde falou:

— Queria que a gente fosse a Thea para uma visita propriamente dita.

Missões diplomáticas passavam por Thea. Mas turistas também, claro.

— Vamos, sim — disse Kiem, lentamente.

— Pense no assunto — sugeriu Jainan. — Acho que você pode ser muito bom nisso. — Ele voltou a enlaçar o braço no de Kiem e recusou educadamente outra conversa. A recepção parecia animada; os funcionários mais jovens de Rtul e Kaan se dividiram em grupos barulhentos ao redor deles. — Com quantas pessoas mais você acha que somos obrigados a conversar?

— Nenhuma — respondeu Kiem de imediato. — Vamos até a varanda. — Ele os guiou até o conjunto de sacadas que ficava na ponta do salão: bolhas de vidro que se projetavam vertiginosamente da cúpula, dando uma visão ininterrupta das estrelas. Eles podiam estar no meio da galáxia, mas aquela era a única oportunidade de ter algum tipo de privacidade com Jainan.

— Kiem? — Bel havia atravessado a multidão, ficando entre eles e a sacada. Os dois pararam. Ela parecia inquieta, menos composta do que o normal, e seus olhos acusavam Kiem. — Você tem alguma coisa a ver com a proposta de emprego que eu acabei de receber?

— Como assim? — perguntou Kiem. — Não! Espera. Então ela te ofereceu mesmo um emprego? — Ele percebeu que não estava se ajudando muito. — Não tenho nada a ver com isso. Por que eu teria *alguma coisa* a ver com isso?

— Porque isso é exatamente o tipo de coisa que você faria — disse Bel.

Kiem lançou um olhar de apelo para Jainan.

— É exatamente o tipo de coisa que você faria — disse Jainan.

— Ei! — protestou Kiem. — Não fui eu. Isso seria um tiro no pé. — Porém, não era aquilo que estava em jogo. Ele não deveria influenciar a escolha de Bel; tentou deixar a voz mais neutra. — A Imperadora te ofereceu um emprego.

— O escritório privado dela me ofereceu um salário maior — explicou Bel. — Se eu conseguir "dar conta do trabalho".

— Me parece uma boa — disse Kiem. — Assistentes dela sempre acabam em coisas grandes. Ouvi dizer que Rakal já trabalhou pra ela. Quer dizer, é claro que você dá conta. Você foi o cérebro da nossa operação durante o ano passado inteiro.

— Eu poderia — disse Bel. Houve uma longa pausa, o que era incomum da parte dela. — Por outro lado, também ouvi dizer que você vai se juntar à diplomacia.

— *Como você ficou sabendo disso?* — perguntou Kiem. — Certo, espera, primeiro de tudo, só vou assumir funções sociais para os theanos, e em segundo lugar, não acredito que você sabia que eu ia me juntar à diplomacia e não me contou nada. — Bel meio que sorriu. Kiem estava adiando a pergunta.

Então, foi Jainan quem perguntou.

— O que você vai fazer?

— Eu estava pensando — disse Bel lentamente — que pode ser legal ver um pouco mais da galáxia. Com a Imperadora, eu não teria muitas oportunidades pra isso.

Kiem se pegou sorrindo de novo.

— Nós podemos cobrir o aumento de salário. Já que agora somos dois e tal. E você sempre pode ir trabalhar para a Imperadora depois, se quiser.

— Posso mesmo — disse Bel. — Não prometo nada quanto ao tempo que vou ficar. Mas quero ver no que vai dar essa coisa da engenharia do Jainan.

— Como você sabe do...

— Ela perguntou pra assistente da Imperadora — disse Jainan, com um tom de diversão na voz. — Se liga, Kiem!

— Agora preciso ir até lá anunciar minha decisão de deixá-los esperando mais um pouco — disse Bel. — Vou deixar vocês em paz. — Ela abriu um sorrisinho rápido, se virou e desapareceu multidão adentro.

— Será que *agora* vamos ter um pouco de privacidade? — murmurou Jainan.

— Sim! Claro. Com certeza. — Kiem abriu a porta com um floreio que se tornou uma reverência no meio do caminho. — Vossa graça?

— Vossa alteza — respondeu Jainan, assentindo solenemente. Os dois saíram do clarão de luzes e barulho e passaram à escuridão límpida e nítida do lado de fora.

As estrelas espiralavam ao redor em pontos incontáveis de luz. O brilho escuro de Thea girava abaixo, circulado pela luz solar no fim da noite enquanto a estação se erguia como uma lua. Mas nenhum dos dois notou nada disso, na verdade, porque o canto da sacada era o lugar perfeito para se recostarem.

Um tempo depois, Kiem respirou fundo e inclinou a cabeça para trás. Jainan era uma presença quente e sólida em seus braços.

— Olha só — disse Kiem. — Faz semanas que temos um quarto pra compartilhar, mas em vez disso achamos melhor sair por aí dando beijos escondidos em sacadas.

— Sua mãe estava errada — disse Jainan. Ele se soltou de Kiem e pegou as mãos dele, se encostando no vidro para que os dois ficassem lado a lado. — Parece que sou uma péssima influência.

— Eu não estava te pedindo pra *parar* — protestou Kiem. Jainan sorriu sob a luz das estrelas, e Kiem se inclinou para beijar o canto de seu maxilar. Foi interrompido pelas portas se escancarando.

— Ai, meu Deus — disse uma voz theana e envergonhada. — Só vim buscar o Jainan. Não queria flagrar vocês se agarrando.

Kiem soltou um grunhido dramático e levou a mão até a testa.

— Jainan — disse ele. — Me diz que a lei theana permite lançar membros do seu clã no espaço em momentos como esse. Acho que consigo encontrar uma cápsula espacial.

Jainan riu. Kiem levou um momento para perceber que ainda não havia escutado aquilo — Jainan sorria, brincava, segurava uma gargalhada, mas nunca havia se soltado com tanta liberdade assim. A risada dele era alegre e contagiante, e o príncipe descobriu que amava cada detalhe dela.

— Não — respondeu Jainan, esfregando a mão no maxilar para se controlar. — Infelizmente não temos essa lei. Gairad, tente fazer aparições mais discretas das próximas vezes.

— Um monte de assistentes de Rtul e Kaan começou um jogo de dardos no salão — disse Gairad. — Eu venci a minha partida. Agora vai você lá lutar por Thea.

— Gairad — disse Jainan em reprovação, mas não era aquilo que seu coração dizia. Kiem percebeu o modo como ele virou a cabeça de leve; não era um pedido de permissão, nem um jeito de conferir o que Kiem estava fazendo, mas um convite.

Kiem sorriu.

— Beleza — disse ele. — Vamos lá, e eu vou te ver ganhando.

— Eu não vou *ganhar* — disse Jainan. — Já joguei isso em Thea e acho que, no máximo, consigo ser melhor que alguns dos convidados mais bêbados...

Kiem se virou para roubar um último beijo, e os membros de clã enxeridos podiam se danar.

— Você vai ser o melhor — disse ele.

— Você não sabe disso — respondeu Jainan.

Seus olhos refletiam as luzes do salão; atrás dele, além do vácuo, as estrelas queimavam em pontos infinitos; ainda mais além, um telescópio poderia ver o redemoinho do elo e mais um milhão de estrelas; e aquela minúscula estação girando em torno de um minúsculo planeta brilhante como se fosse o eixo de todo o universo.

— Sei sim — disse Kiem. — Você vai ver.

AGRADECIMENTOS

Alguns de vocês já tinham lido outra versão desta história. Para todos que me encorajaram a trabalhar nela: eu não poderia ser mais grata.

Mas como me deram uma página inteira para isso, meus agradecimentos especiais vão para:

Aqueles que leram os primeiros rascunhos, principalmente as pessoas muito gentis que deixaram comentários nas primeiras prévias ou no AO3, ou que recomendaram a história no Tumblr, em blogs e entre amigos. Vocês são parte do que trouxe esta história até aqui. Muito obrigada.

Emily Tesh, leitora beta que mergulhou com tudo por *anos*, desde nossa primeira conversa até as edições finais, você é a melhor.

Tamara Kawar, minha agente, que defendeu a história de Kiem e Jainan desde o começo e cuja empolgação infinita, gentileza e olhos agudos tornaram este livro o que ele é.

Ali Fisher, pela edição extraordinária, pelas incontáveis melhorias à história como um todo e pelas dicas editoriais sutis como "Já pensou em colocar todas essas coisas de construção de mundo que você acabou de me contar... no livro em si?".

A. K. Larkwood, Sophia Kalman, Ariella Bouskila, Megan e Maz, pelo apoio constante, pelas piadas e boas opiniões. Não sei como consegui me juntar a um grupo de escritores composto por pessoas tão espertas e engraçadas, mas sou extremamente feliz por esse grupo existir. Obrigada também a todos os outros autores que gentilmente tiraram um tempo para ler o manuscrito e oferecer conselhos, e às Serpentes pela ajuda na construção de mundo e pelos comentários prévios.

Minha família, por ter apoiado minha escrita ao longo dos anos, torcido pelo livro e me alimentado no Natal em que eu passei por uma crise editorial. Menção honrosa aos esforços heroicos da minha mãe, que leu o livro duas vezes!

O time da Tor, com agradecimentos especiais para aqueles que trabalharam tanto neste livro: Kristin Temple, Caro Perny, Renata Sweeney, Becky Yeager,

Natassja Haught, Megan Kiddoo, Steven Bucsok, Greg Collins, Eileen Lawrence, Sarah Reidy, Lucille Rettino, Devi Pillai. Também para Magdiel Lopez e Katie Klimowicz, artista e designer da capa norte-americana. E na Orbit do Reino Unido: Jenni Hill, Nadia Saward, Nazia Khatun, Madeleine Hall, Joanna Kramer e Anna Jackson.

Por fim, e principalmente, para Eleanor. Eu te amo, e você estava certa. Precisávamos *mesmo* de mais dinossauros.

ESTA OBRA FOI COMPOSTA PELA ABREU'S SYSTEM EM CAPITOLINA REGULAR
E IMPRESSA EM OFSETE PELA GRÁFICA SANTA MARTA SOBRE PAPEL PÓLEN SOFT DA
SUZANO S.A. PARA A EDITORA SCHWARCZ EM JANEIRO DE 2022

A marca FSC® é a garantia de que a madeira utilizada na fabricação do papel deste livro provém de florestas que foram gerenciadas de maneira ambientalmente correta, socialmente justa e economicamente viável, além de outras fontes de origem controlada.